Andrea De Carlo

Zwei von zwei

Roman

Aus dem Italienischen von Renate Heimbucher

Diogenes

Titel der 1989 bei Mondadori, Mailand,
erschienenen Originalausgabe: ›Due di due‹

Die deutsche Erstausgabe erschien 1991
im Diogenes Verlag
Umschlagillustration:
Félix Vallotton, ›Les Barques‹,
1912 (Ausschnitt)

Veröffentlicht als Diogenes Taschenbuch, 1993

120/93/8/1
ISBN 3 257 22584 9

Ich dachte, wie verschieden und zugleich wie ähnlich doch im Grunde unsere beiden Lebensläufe in diesen Jahren gewesen waren, zwei von zwei möglichen Wegen, die an der gleichen Gabelung begonnen hatten.

Erster Teil

Eins

Das erste Mal, als ich Guido Laremi sah, waren wir alle beide so schmächtig und unsicher, so provisorisch in unserem Leben, daß wir wie Zuschauer zusahen, während das, was uns passierte, Vergangenheit wurde und unterging, ohne die geringste Perspektive. Meine Erinnerung an unsere erste Begegnung habe ich in Wirklichkeit aus ausgelöschten und hinzugefügten und veränderten Details rekonstruiert, um diese eine Episode aus dem Geflecht bedeutungsloser Episoden herauszulösen, dem sie damals angehörte.

In dieser rekonstruierten Erinnerung stehe ich auf der anderen Straßenseite und blicke auf das Gewimmel von Mädchen und Jungen, die aus einem alten grauen Gebäude hervorquellen, kaum eingedämmt von einem Eisengeländer, das auf eine Länge von etwa zehn Metern den Bürgersteig entlangläuft. Ich habe die Hände in den Taschen vergraben und den Mantelkragen hochgeschlagen und versuche verzweifelt, mich so zu geben, als gehöre ich nicht zu der Szene, obwohl ich erst vor einer Viertelstunde aus dem gleichen Tor herausgekommen bin und die gleiche mühsame Wegstrecke hinter mir habe. Aber ich bin vierzehn und ich hasse die Kleider, die ich anhabe, ich hasse mein ganzes Aussehen und die Vorstellung, in diesem Augenblick hier zu sein.

Die Menge junger Menschen bewegt sich vorwärts wie ein von Baumstämmen und aus dem Wasser ragenden Felsblöcken in seinem Lauf gehemmter Sturzbach, ergießt sich, sowie das Geländer endet, auf die Straße und überschwemmt sie bis zu meinem Gehsteig. Und fast jedes Gesicht ist zu blaß oder zu rund oder zu lang, fast jeder Körper ist zu kantig oder zu weich, fast jede Gangart unausgewogen, als ob die Schulmappen, die sie alle in der Hand oder auf dem Rücken tragen, zu leicht oder zu schwer wären. Fast in jedem Blick, fast in jeder Bewegung, die in die allgemeine Verschwendung mechanischer Energie einfließt, liegt diese Spur von beflissener Gleichgültigkeit. Ich komme mir keineswegs besser vor als die anderen: was meinen Unmut verschärft und ringsum reflektiert, ist der Gedanke, meine eigenen Mängel in hundertfacher Vervielfältigung zu sehen.

Ich spähe in die wirre, bewegte Masse von Köpfen und Oberkörpern und hoffe das Haar eines Mädchens, das ich vor ein paar Tagen gesehen habe, wiederzuerkennen, statt dessen trifft mich der Blick von einem, der sich mit konzentrierter Außenseitermiene einen Weg zu bahnen sucht. Es ist der Blick eines ungebetenen Gastes, eines blinden Passagiers: ein Blick, der sich von den eigenen Gesichtszügen distanziert, von der eigenen Art und Weise, den Kopf nach rechts oder links zu drehen.

Nun folgt in meiner rekonstruierten Erinnerung eine Lücke, in der Guido Laremi mit seinem unbeteiligten Außenseiterblick vom Hintergrund aufgesogen wird. Ich mache mein Mofa von der Kette los und lasse es an, und ich muß diese simplen Handgriffe mehrmals wiederholen, sie machen mir Mühe, Wut auf die Gegenstände. Endlich sitze ich im Sattel und versuche mich zwischen den Menschen und Autos durchzuschlängeln, und dabei fahre ich jemanden an. Ich spüre einen Schlag an der Lenkstange, komme ins Schwanken und kippe um; von meinem schweren Mantel und der mit Schulbüchern vollgestopften Segeltuchtasche hinabgezogen, lande ich auf dem Mofa.

Ein paar runde Köpfe und lange Hälse, ein paar Mond- oder Birnen- oder Pferdegesichter, Brillen in Bunkerfenster- oder Flaschenboden- oder Panoramafernseherform drehen sich im wimmelnden Durcheinander zu mir; wenden sich sogleich wieder ab, als ich ohne nennenswerte Beschädigungen aufstehe. Guido Laremi preßt sich ein paar Meter von mir die Hand in die Seite, sagt »Verdammter *Mist.*« Er hat ungefähr mein Alter, helle Augen, aschblondes Strubbelhaar. Er trägt einen englischen Regenmantel, der ihm allerdings zu kurz ist; auch er hat den Mantelkragen hochgeschlagen. Er fixiert mich, und sein Blick ist jetzt nicht mehr nur unbeteiligt, sondern voller Ärger.

»Tut mir leid«, sage ich und zerre das Mofa hoch. Ringsherum schieben und rempeln unter Schimpfen und Schnattern und Lachen und kehligem Geschrei die immer noch herausströmenden Schüler. Die Autos fahren ruckweise vorwärts, verdichten mit ihren Abgasen noch die ohnehin schon schmutzige kalte Luft. Eine vertrocknete Lehrerin huscht vorüber wie ein sattes und vorerst keine gefährlichen Absichten hegendes altes Raubtier.

Noch einmal sage ich zu Guido Laremi »Tut mir leid«. Er lächelt kaum merklich, sagt »Macht nichts«. Er hat eine leicht rauhe, kratzige Stimme. Beinahe förmlich drücken wir uns die Hand, in dieser prekären Position zwischen Straße und Gehsteig, mitten im Stimmengewirr und Motorenlärm. Dann fragt er mich, ob ich ihn nicht ein Stück mitnehmen könne: als Entschädigung sozusagen.

Ich lasse den Motor wieder an; er steigt hinten auf, und ich starte schwankend inmitten der Autos und Schüler. Es ist ein leichtes Mofa mit kurzem Sattel, kein Zweisitzer, es hat keine Beifahrer-Fußstützen. Guido Laremi streckt die Beine zur Seite, drei- oder viermal sagt er »Paß auf«.

Und es ist ein Novembertag, und Mailand ist so niederdrückend grau wie selten, die Wohnung, in der ich zum Mittagessen erwartet werde, lockt mich kein bißchen, für den Nachmittag habe ich nichts Interessantes vor. Weit und breit ist keine Verabredung mit einem attraktiven Mädchen in Sicht; alles um mich herum erscheint mir gleichermaßen langweilig und sinnlos, ohne Anregungen. Selbst aus der Distanz und als Rekonstruktion ist die Erinnerung an diese Fahrt auf dem vibrierenden Mofa durch die vom Verkehr verstopften alten Straßen mit Guido Laremi, der sich hinter mir an den Rahmen drückt, alles andere als idyllisch.

Zwei

Nach unserer ersten Begegnung haben Guido Laremi und ich uns volle neun Monate nicht gesehen. Ich brachte ihn nach Hause, und wir verabschiedeten uns, und trotz der Sympathie und der Neugierde, die wir füreinander empfanden, sagten wir uns weder unsere Namen noch in welcher Klasse wir waren, noch unternahmen wir dann irgendeinen Versuch, uns in der Schule ausfindig zu machen. Es war eine Zeit, in der eine Sache geschah und sich gleich darauf wieder verflüchtigte, als sei sie nie dagewesen. Ich erinnere mich an diese Zeit, wie sich ein Insekt an seinen Larvenzustand erinnern mag: mit der gleichen Art von dumpfen Empfindungen, die eine nach der anderen auftauchen und gleich wieder verschwimmen.

Was mir in Erinnerung kommt, sind Zustände der Trägheit und des Wartens, Unausgeglichenheit, um sich selbst kreisende Überlegungen, bruchstückhafte Bilder, vages Geschwätz, Blicke aus der Distanz, aufgeschobene Verabredungen. Völlig mechanisch büffelte ich Latein, Altgriechisch und Algebra, ohne die innere Logik dieser Fächer oder ihre Anwendungsmöglichkeit außerhalb der Schule zu erfassen. Ich hörte den Lehrern zu und versuchte mir anhand ihres Tonfalls einzuprägen, was sie sagten: die Melodik der Formeln. Zu Hause saß ich jeden Nachmittag am Tisch und blickte auf die Seiten eines Buchs und blickte ins Leere.

Realistische Alternativen zum Schülerdasein schien es mir damals keine zu geben. Die einzigen Möglichkeiten, die mir in den Sinn kamen, waren wie aus weiter Ferne betrachtete Filmbilder, deren Töne für mich unhörbar waren: ich als Auswanderer; beim Erlernen einer körperlichen Arbeit; auf der Suche nach dem Glück. Ich hätte wohl in einer viel schwierigeren Lage sein müssen, um diesen Bildern näherzukommen: Hunger leiden vielleicht, bei alkoholsüchtigen oder gewalttätigen Eltern wohnen. Meine Familie war eine italienische Durchschnittsfamilie, durchschnittlich an meiner schulischen Entwicklung interessiert, durchschnittlich tolerant gegenüber meinen Interessenschwankungen, durchschnittlich beschützend und bestärkend. Ich hatte keinen um mich, der mir das Leben unmöglich gemacht, einen unwiderruflichen Bruch herbeigeführt hätte.

Mitunter versuchte ich herauszufinden, was ich tun könnte, sollte ich je aus diesem Zustand der Ungewißheit herauskommen, aber ich gelangte nie zu einem glaubwürdigen Schluß. Manchmal betrachtete ich mich im Badezimmerspiegel, um es aus der Entwicklung meiner Gesichtszüge, aus den Möglichkeiten meiner Mimik zu erraten. Mittags und abends aß ich mit meiner Mutter und ihrem Mann und spürte, wie ich mich innerlich versteifte, wenn zum hundertsten- oder tausendstenmal die gleiche Bemerkung fiel, der gleiche Ausspruch getan, der gleiche Charakterzug ins Licht gerückt wurde. Es kam mir morbid vor, immer noch hier bei ihnen zu sein, gefangen in dem enggeknüpften Netz mir so wohlbekannter Blicke und Gesten, aber ich tat auch nichts, um daraus zu entkommen, und man merkte mir wohl auch nicht an, daß ich darunter litt: ich hatte die Fähigkeit entwickelt, Mißstimmungen ohne erkennbare Reaktionen zu absorbieren. Sonntags schlief ich bis zwölf oder eins; bis meine Mutter ins Zimmer kam und die Rolläden hochzog und mir die Decken wegriß.

Ich spielte Gitarre, aber ich konnte keine Noten lesen und hatte auch kein gutes Gehör, und so klimperte ich ewig die zwei, drei Akkordfolgen, die ich kannte, eine elliptische Frustrationsübung. Ich hing im Nichts, wenn ich nicht gerade meinen täglichen Pflichten nachging. Ich wartete vor allem, daß die Zeit verging; und es kam mir vor, als vergehe sie unwahrscheinlich langsam.

Drei

Zu Beginn der Quinta wurde Guido Laremi in meine Klasse versetzt. Wir waren in das paranoische Fluidum einer Lateinstunde eingetaucht, da kam er hinter dem Rektor herein. Ich erkannte ihn nicht gleich, denn seine Haare waren noch wirrer und länger als bei unserer ersten Begegnung, und er war in einem anderen Stil gekleidet, ausgewaschene Jeans und Tennisschuhe. Auch sein Blick war anders: die Fremdheit darin hatte sich verdichtet und gab seinen hellblauen Augen ein lebhaftes, eindringliches Leuchten. Leicht vorgeneigt stand er neben dem Pult und beobachtete den Rektor, als warte er gespannt auf etwas, das ihn selbst ganz und gar nicht betraf.

Der Rektor war ein aufgeplustertes, untersetztes Männchen mit einem schmalen Schnurrbart wie ein Polizeikommissar; halblaut gab er unserer Lehrerin, sie hieß Dratti, irgendwelche Erläuterungen. Die Dratti deutete auf Guido Laremi und sagte: »Der Schüler Laremi gehört aus ordnungstechnischen Gründen von heute an zu eurer Klasse.«

Die Lehrerin wie auch der Rektor wirkten leicht verlegen; Guido Laremi musterte sie, die Hände in den Taschen. Dann ging der Rektor hinaus, während wir alle unter Stühlerücken und Rascheln und Räuspern aufstanden; die Lehrerin forderte Guido Laremi auf, sich einen Platz zu suchen.

Er ging nach hinten, sah sich die Gesichter von drei, vier Schülern an, die allein in einer Zweierbank saßen. Er kam bis zu mir und setzte sich, ohne mich anzusehen, neben mich; mit zusammengekniffenen Augen fixierte er mit höchst interessierter Miene das Pult. Erst nach einigen Minuten drehte er sich zu mir, sagte: »Hallo.«

Als wir nach Schulschluß die Treppen hinuntergingen, fragte ich ihn, wieso er zu uns versetzt worden sei. »Das ist eine dramatische Geschichte«, sagte er ohne die geringste Absicht, sie mir zu erzählen. Ich fragte ihn, ob ich ihn auf dem Mofa mitnehmen solle; er lehnte dankend ab und sagte, er müsse noch bleiben. Es war klar, daß er auf ein Mädchen wartete, aber er war so sonderbar verschlossen, tat geheimnisvoll. Er ging über die Straße zum gegenüberliegenden Gehsteig, zu der gleichen Stelle, an der ich stand, als ich ihn zum ersten Mal sah.

Auch am nächsten Tag setzte er sich zu mir in die Bank in der vorletzten Reihe, und von da an wurden wir Freunde. Es war ein langsamer Prozeß, der der trägen Dynamik jener Zeit folgte, in der sich alles in schwer wahrzunehmender Weise veränderte. Keiner von uns beiden hatte engere Beziehungen zu den anderen Klassenkameraden, ich aus Schüchternheit nicht und weil ich sie als Teil einer Welt betrachtete, die ich nicht akzeptieren wollte, Guido, weil er zu anders war als sie. In Wirklichkeit hatten die zwei plumpen Jungintellektuellen der Klasse, Ablondi und Farvo, denen sein Aussehen und seine Redeweise imponierten, anfangs versucht, ihn für ihre Clique zu gewinnen. In den Pausen hatten sie ihn beiseitegezogen und sich bemüht, ihn über ihre angelesenen und den Gesprächen ihrer Eltern abgelauschten Ansichten über Film und Literatur und moderne Malerei ins Bild zu setzen. Guido hatte nicht das geringste Interesse gezeigt; ohne nach einem Vorwand zu suchen, hatte er sich nach wenigen Sätzen von ihnen losgemacht, und die Anziehung, die er auf Ablondi und Farvo ausgeübt hatte, schlug in Abneigung um. Mit einer Mischung aus maßvoller Feindseligkeit und physischem Mißtrauen in ihren kurzsichtigen Augen guckten sie von weitem zu ihm herüber.

Guido schien es nicht einmal zu bemerken, aber mich freute es jetzt um so mehr, daß er mich zu seinem Banknachbarn erkoren hatte. Fast unbewegt saßen wir auf unseren Plätzen und hörten uns die Ausführungen über Grammatikregeln und mathematische Lehrsätze an; wie alle anderen von der Angst gepeinigt, über Regeln und Formeln abgefragt zu werden, die so gut wie keiner wirklich begriffen hatte.

Unsere Lehrerinnen versuchten erst gar nicht zu verbergen, wie genüßlich sie über Menschen, die jünger und zumindest potentiell freier und glücklicher waren als sie, unumschränkte Gewalt ausübten. Es mußte ihnen wahre körperliche Lust bereiten, die so gut wie jede Unzufriedenheit in ihrem Gefühlsleben oder mit ihrer finanziellen Lage oder dem Gesundheitszustand zu kompensieren vermochte. Wie scheußlich ihre Wohnung oder wie unerträglich ihre Ehe oder wie anstrengend die Fahrt, die sie allmorgendlich auf sich nehmen mußten, auch sein mochten, kaum standen sie im Klassenzimmer und hatten die Tür hinter sich geschlossen, waren sie wie ausgewechselt. Sie hängten ihre runden oder schmalen Hüte, ihre bläulichen oder grünlichen Mäntel an den Garderobenständer, setzten sich ans Pult und fixierten mit halbgeschlossenen Augen ihre dreißig Opfer, die wehrlos im gleichen Rhythmus atmeten. Sie, die Lehrerinnen, gaben die Zeit vor, zogen den Augenblick, in dem sie zuschlagen würden, hinaus, um ihn dann um so besser auszukosten, ließen den Zeigefinger gemächlich die Namensliste im Klassenbuch hinabgleiten, sagten »Kommen Sie nach vorne, Ba ... nein, Ge ...« Die Luft wurde dünn: es herrschte diese Leere, in der die kleinste Geste bedeutsam wurde, die kleinste Tonschwankung beängstigendes Gewicht gewann.

Halb nach hinten gewandt, saß Guido geduckt neben mir und machte unablässig über alles Bemerkungen. Anfangs sprach er wie zu sich selbst, mit der Zeit aber erhob er die Stimme ein wenig, um mich teilhaben zu lassen. So gut wie nie sahen wir uns an: die Kommunikation zwischen uns lief wohlverborgen hinter der scheinbaren Aufmerksamkeit für die Lehrerinnen ab. Bald entstand zwischen uns eine selbstverständliche Komplizenschaft, ähnlich der bei einigen Partner-Sportarten wie Bob oder Motorradrennen mit Beiwagen. Ich war sein Sozius: ich bildete das Gegengewicht und half die Spur halten, ich war das Minipublikum für seine Beobachtertätigkeit.

Er hatte eine echte Begabung dafür, Akzente, Verhaltensweisen, Gewohnheiten, einen bestimmten Tonfall, körperliche Absonderlichkeiten und Ticks zu erkennen; er isolierte und kombinierte sie mit ungewöhnlicher Leichtigkeit. Dabei folgte er fieberhaften, unvorhersehbaren Eingebungen: manchmal sprang er von einem Thema zum anderen, stellte Besonderheiten nebeneinander, verglich sie miteinander; dann wieder hielt er sich bei einem einzigen Detail auf und legte es aus verschiedenen Blickwinkeln dar, walzte es bis zur Unerträglichkeit aus.

Ab und zu merkte es eine der Lehrerinnen: blitzschnell hoben die Dratti oder die Cavralli ihren Raubtierblick, schlugen mit der flachen Hand aufs Pult, riefen: »Wer ist das da hinten?« Dann wurde das Klima noch gefährlicher; den dreißig auf ihren Plätzen festgenagelten Opfern stockte der Atem. Guido wartete sekundenlang ab und legte dann erneut los, seine heisere Stimme war jetzt nur ein Flüstern. Die gestiegene Spannung lud seine Bemerkungen noch mehr auf, erfüllte sie mit Elektrizität.

Rockmusiker, sagte er, seien die einzigen jungen Leute, die genau das tun konnten, was sie wollten. Er erzählte mir, wie er einmal vor drei Jahren die Rolling Stones im Fernsehen gesehen hatte. Es war nur ein kleiner Ausschnitt aus einem Live-Konzert gewesen, die Musik teilweise überdeckt von der Stimme eines miesen, ironisch sein wollenden Kommentators, und trotzdem hatte es ihn unwahrscheinlich beeindruckt. »Das war *Leben*«, sagte er. »Da waren diese fünf voller Energie und Wut und Spaß an ihrer Sache, ohne Rücksicht auf irgendwen und ohne irgendeine Verpflichtung und ohne irgendwas zu erklären und irgendwem einen vernünftigen Zweck vorzugaukeln.«

Gitarre lernen wollte er aber nicht. In Italien, meinte er, könne man keine Rockmusik machen; die italienische Sprache sei zu starr und artifiziell, als daß sie sich zu etwas anderem als Opernmusik singen ließ; alle, die es versuchten, würden in ihm peinliche Gefühle und Traurigkeit hervorrufen.

Dafür übersetzte er Songtexte, mit der gleichen Leidenschaftlichkeit, als spielte er sie. Auf diese Weise lernte er viel besser Englisch als im Unterricht. Er brachte immer ein kleines Taschenwörterbuch in die Schule mit und entschlüsselte Strophe um Strophe, auch wenn die Hälfte der Ausdrücke, die er nachschlug, zu ausgefallen oder zu neu waren, um schon kodifiziert zu sein. Mit seinem rauhen und ein wenig unreinen Timbre summte er die Passagen halblaut vor sich hin; bemühte sich, mir die Eindringlichkeit eines Bilds oder einer Tonfolge nahezubringen. »Ist das nicht *irre*?« sagte er. Manchmal wiederholte er eine Phrase so oft, bis ich sie im Ohr hatte, während die Dratti weiter lateinische Deklinationen skandierte wie eine ausgeflippte Maschine.

Er hatte auch so etwas wie einen Schreibtick: er kritzelte mit Bleistift auf das faserige Holz der Schulbank, von dem der Lack abgeblättert war, mit dem Füller in die linierten Schulhefte, mit Filzstift auf das militärgrüne Segeltuch seiner Büchertasche. In seiner flinken, schrägen Handschrift schrieb er Liederverse oder Sätze, die er erfunden oder gelesen oder irgendwo gehört hatte, und alle schienen sich auf unsere Situation zu beziehen. Er brüstete sich nie damit, er betrachtete sie nicht als Gesetzesartikel, an die man sich zu halten hatte. Es beeindruckte ihn, wenn er auf einen Satz stieß, der einen Gedanken oder ein Gefühl lebendig und unkonventionell ausdrückte; studierte ihn bewundernd, wie man es mit einem kleinen Gemälde tun mag. Er dachte sich auch angebliche Zitate oder Gedichte aus, die völlig einleuchtend klangen.

Wir waren gefangen in diesem neurotischen Gespinst aus geschriebenen und geflüsterten Sätzen, auf einer Ebene parallel zu der unserer Lehrerinnen. Nur hin und wieder kam es unvermittelt zu einer Berührung zwischen beiden Ebenen, hervorgerufen durch ein Wort, einen Blick oder einen Mißton: wir tauchten für einen Augenblick aus unserer Besessenheit auf, und dann war es, als bemerkten wir zum ersten Mal die ihre.

Wenn Guido nicht am Ausgang stehenblieb, um auf seine mysteriöse Freundin zu warten, fuhr ich ihn mit dem Mofa nach Hause. Ich vermied es ihm vorzuschlagen; ich wartete, daß er mich darum bat. Er sah mich kurz an, fragte: »Stört's dich, mich ein Stück mitzunehmen?« Es klang, als sei es ihm ziemlich egal; als könne er genausogut zu Fuß nach Hause gehen.

Kurz vor der Stadtautobahn setzte ich ihn ab, vor einem großen Gebäude aus dem neunzehnten Jahrhundert mit gelber Fassade. Er ging ein paar Schritte zurück, winkte mir zu. Ich sah ihn nie hineingehen; er blieb immer zur Straße gewandt stehen und besah sich den Verkehr: zerzaust und mager, stets ein wenig zur Seite geneigt.

Vormittags waren wir uns so nahe und auf der gleichen Wellenlänge, nachmittags oder an schulfreien Tagen und in den Ferien sahen wir uns nie. Ein paarmal fragte ich ihn, ob er zum Lernen zu mir kommen wolle; er sagte, er habe zu tun, im gleichen Ton, in dem er sagte, er müsse vor der Schule warten. Dann redeten wir nicht mehr davon; es war eine Art stillschweigender Übereinkunft, daß die Schulstunden das einzige Terrain unserer Freundschaft waren. Es kam mir auch nicht weiter sonderbar vor, denn die Schulzeit war der wichtigste Teil des Tages; der Nachmittag nur ein schwacher Abglanz des Vormittags, leer und ohne Spannung.

Vier

Mit seinem ausgefallenen und romantischen Aussehen hatte Guido unsere Klassenkameradinnen vom ersten Tag an beeindruckt. Beim geringsten Anlaß scharwenzelten sie um ihn herum, übertrumpften sich gegenseitig mit ihren kindlichen Versuchen, seine Aufmerksamkeit auf sich zu ziehen. Er machte das Spiel mit und drehte den Spieß mit Leichtigkeit um, es fiel ihm nicht schwer, sie einzuschüchtern; die Vorstellung, daß seine echten Interessen außerhalb der Schule lagen, steigerte nur seinen Reiz, ließ ihn gefährlicher erscheinen.

Unsere Schulkameraden beobachteten ihn aus der Distanz, mit eifersüchtigen Augen. Es war eine Eifersucht, die wie alle unsere damaligen Gefühle wirkungslos war; sie blitzte an der Oberfläche der Blicke auf und zog sich sofort wieder zurück. Bis auf Ablondi und Farvo, die ihm spinnefeind waren, wußten sie nicht recht, wie sie sich Guido gegenüber verhalten sollten, der sich um die Normen, an die sich alle unter so großer Anstrengung anzupassen suchten, überhaupt nicht scherte.

Die Mädchen in unserer Klasse waren im allgemeinen sympathischer als die Jungen, auch wenn mich ihre unbeholfene Vertraulichkeit kaum zu reizen vermochte. Die attraktiveren Mädchen schienen mir alle unerreichbar: in Klassen und Abteilungen, die durch lange Korridore und Treppen und wieder Korridore von meiner Klasse getrennt waren, fest liiert mit jungen Männern, die reifer und interessanter waren als ich; mit Wünschen und Gewohnheiten, die ich mir nicht mal vorzustellen vermochte. Manchmal kreuzte ich in der Halle für einen Augenblick ihren Weg, inmitten von hundert anderen Leuten, aber sie waren gegen meine Blicke völlig immun.

Die einzigen Hübschen in unserer Klasse waren eine Blondine namens Paola Amarigo, die immer von einem Achtzehnjährigen mit einem schweren Motorrad abgeholt wurde, und eine Brünette, die Margherita Tardini hieß. Ich war mir sicher, daß ich bei der Amarigo keinerlei Chance hatte, so hatte ich es mehr auf die Tardini abgesehen. Manchmal blickte ich während des Unterrichts unverwandt zu ihr hinüber, bis sie es merkte und sich umdrehte: einige Sekunden lang hatten wir Blickkontakt, was mir schon als großer Erfolg vorkam. Auch in diesen Dingen neigte ich dazu, die Zeit als unerschöpfliches Gut zu betrachten: als müsse jede Gelegenheit so lange zyklisch wiederkehren, bis ich sie würde zu nützen wissen.

Guido wartete jetzt nicht mehr vor dem Schulhaus auf sein mysteriöses Mädchen, zehn Tage lang war er düster und niedergeschlagen. Beim Hinausgehen steuerte er schnurstracks mein Mofa an, sagte »Fahren wir?«, ohne sich umzusehen. Während des Unterrichts kritzelte er nervös Sätze in ein Heft, sprach fast nicht mit mir, summte zwanghaft kleine Liedfetzen vor sich hin. Das eigentümliche Vertrauen, das zwischen uns bestand, schloß die Möglichkeit, darüber zu sprechen, aus, es zwang uns zu tun, als ob nichts wäre.

Dann wurde Guido auf Paola Amarigo aufmerksam und lebte binnen kürzester Zeit wieder auf. Unsere Klassenkameraden hielten Paola Amarigo allesamt für unerreichbar, und sie hatte nie das geringste Interesse für einen von ihnen gezeigt: sie saß allein in einer Bank in der ersten

Reihe, wie auf einem kleinen Thron, ohne über das Allernotwendigste hinaus ein Wort oder einen Blick zu vergeuden. Anscheinend betrachtete sie die Schule als bloßen Ort des Wartens, von dem sie der Kerl mit dem schweren Motorrad oder ein noch Besserer wegholen würde, um ihr ein glanzvolles Leben zu bieten. Obendrein war sie strohblond, und Blondinen genießen hierzulande, sofern sie nicht ausgesprochen häßlich sind, gegenüber anderen Frauen seit jeher eine Vorzugsstellung.

Guido benutzte sie anfänglich nur als Zielscheibe seiner spöttischen Bemerkungen: er mokierte sich über die Steifheit, mit der sie dasaß, über ihre übertrieben gepflegte Frisur. Wegen ihres Getues und weil ihr Vater Bankier war, nannte er sie ›Barbie‹ oder ›Prinzessin Caveau‹. Aber er sprach immer häufiger von ihr, und sein Spott wirkte immer unglaubwürdiger. Er stellte mir Fragen wie »Meinst du, daß Paola Amarigo *ißt*?« oder »Meinst du, Paola Amarigo macht Pipi?«, und es war ihm anzumerken, wie er sich zu diesem makellosen und bis an die Grenze der Unnatürlichkeit geschniegelten Mädchen hingezogen fühlte.

Eine Zeitlang trieben wir dieses doppelte Wechselspiel: ich tauschte Blicke mit der Tardini und Guido mit der Amarigo. Die wenigen, mit Bänken vollgestellten Meter, die uns trennten, erschienen uns als unüberwindliche Distanz, über die hinweg sich ferne Brennpunkte des Interesses gerade noch beobachten ließen. Die Anziehungskraft dieser Mädchen war für mich etwas Abstraktes, mit Verwirklichungschancen, die sich in der zyklischen Zeit und in teleskopischer Entfernung verloren. Trotzdem waren es faszinierende Vorstellungen, viel intensiver als die Gedanken, die sich um die Schule drehten.

Gemeinsam mit mir verharrte Guido eine ganze Weile in dieser kontemplativen Dimension, als dächte er genauso wenig wie ich daran, sie je zu verlassen; dann sagte er eines Tages kurz vor dem Ende der Pause »Jetzt tu ich's«, und ich sah, wie er das Klassenzimmer durchschritt, geradewegs auf Paola Amarigo zu, und etwas zu ihr sagte. Sie schien verdutzt, lächelte aber, schüttelte ihr wohlfrisiertes Blondhaar.

Sie sprachen nur wenige Minuten miteinander, bis die Pause zu Ende war, und doch kam ich mir, als die nächste Stunde begann und Guido sich wieder in unsere Bank setzte, unwahrscheinlich träge gegenüber dem Leben vor. Guido äußerte sich in keiner Weise über das eben Geschehene, aber man merkte ihm an, daß es ihn erregte, Kontakt aufgenommen zu haben, und sein Interesse lud sich mit Hoffnungen und Erwartungen auf.

Er sorgte dafür, daß sich die Distanz nicht wieder vergrößerte: anderntags ging er wieder zu ihr, sprach mit ihr und brachte sie erneut zum Lächeln. Er schaffte es, dabei fast völlig natürlich zu bleiben, er versteckte sich nicht hinter irgendwelchen Posen, um sich sicherer zu fühlen. Er redete mit ihr, als trieben ihn weniger Eroberungsabsichten als vielmehr Neugierde: er setzte ihr nicht unentwegt mit seinem Blick zu. Aber wenn er sie ansah, war in seinen Augen ein eigentümliches Leuchten: ein weicher und leicht grausamer Widerschein, den ich bei ihm sonst nie gesehen hatte.

Nach und nach ließ Paola Amarigo ihn den Lack der Makellosigkeit ankratzen, der sie wie eine Schutzschicht umhüllte: während des Unterrichts drehte sie jetzt öfters den Kopf zu unserer Bank, hielt ihr Lächeln weniger unter Kontrolle, wenn er mit ihr sprach. Unsere Klassenkameraden waren fassungslos darüber, daß sie doch nicht so unnahbar war; nun hatten sie einen Grund mehr, Guido als Wesen einer anderen Spezies zu betrachten.

Der Schulunterricht kümmerte Guido immer weniger. Er schrieb in sein Heft, als mache er sich Notizen, statt dessen verfaßte er kleine Erzählungen von ein, zwei Seiten, minuziöse ineinander verflochtene Schilderungen, die sich zu einem raffinierten Gewebe fügten, dessen Feinheiten sich erst aus nächster Nähe betrachtet offenbarten. Ich las über seine Schultern hinweg, noch während er schrieb, und verfolgte staunend, wie die Wörter auf das Blatt flossen und im Handumdrehen eine Figur oder eine Stimmung erstehen ließen. Sein Urteil schien noch schärfer, als wenn er sprach, noch treffender und unversöhnlicher. Manchmal dachte er sich komprimierte und surreale kleine Zweipersonen-Komödien aus: warf Satz um Satz aufs Papier, ohne je aus dem Rhythmus zu kommen oder die Spannung zu lockern oder in vorhersehbare Bahnen zu geraten. Er erfand Titel wie ›Bekenntnisse eines Manteltaschendiebs‹, bezog mich in diese Denkspiele ein, bis mir auch ein paar Ideen kamen.

Mit der Zeit wurden die Dratti und die Cavralli auf unsere heimlichen Aktivitäten aufmerksam, setzten uns mit wütenden Blicken, Zischen, Fingerschnalzen zu. Dann hörte Guido auf, hielt sekundenlang den Mund, um mit noch größerem Eifer von neuem loszulegen. Die Gefahr schreckte ihn nicht; er wollte bei Paola Amarigo ankommen, einen Widerschein seiner kreativen Fähigkeiten zu ihr hinübersenden. Ich spielte weiter die Sekundantenrolle; ich wollte das Interesse von Margherita Tardini auf mich ziehen. Unsere Schulkameraden überliefen Schauer verbotenen Vergnügens, und beim kleinsten Gefahrenzeichen rückten sie von uns ab: mit angestrengten Unschuldsmienen.

Eines Morgens sah ich vor einer Mathematikstunde Guido und Paola Amarigo am Fenster stehen: er strich ihr mit den Fingern sanft über das Kinn, sie lachte.

Wir redeten noch eine ganze Weile nicht darüber, obwohl er trotz seiner Geheimnistuerei nicht mehr viel verbergen konnte. Wir lebten wie in einem Aquarium, in dem jede Geste und jeder Gesichtsausdruck jederzeit für jeden sichtbar waren, was unsere gegenseitige Zurückhaltung noch absurder und zugleich wertvoll machte.

Ich begann, mich um Margherita Tardini zu bemühen. Ich hätte gern dieselbe lockere und natürliche Taktik wie Guido angewandt, aber ich schaffte es nicht. In den Pausen versuchte ich mich ihr zu nähern, und schon auf dem Weg zwischen den Bänken hindurch kam ich mir linkisch und unsicher vor, mein Herz pochte heftig und machte meine Bewegungen unbeholfen. Ich sprach sie an, und mein Gesicht verzog sich in unkontrollierbarer Verlegenheit. Ich glaubte mich mit ihren Augen zu sehen: voller Unsicherheit, unfähig, in irgendeiner Weise zu überraschen.

Tagelang beobachtete Guido mich in seiner zurückhaltenden Art und tat, als ob nichts wäre. Eines Morgens dann, als die Dratti gerade ohne die leiseste Gefühlsbewegung einen unerträglichen Sermon von Cato Censorius herunterübersetzte, sagte er zu mir: »Ich weiß, wie dir zumute ist. Du fühlst dich wie hinter einer Glasscheibe, du siehst alles und kannst es nicht anfassen. Drei Viertel meines Lebens war ich auf diese Weise ausgeschlossen, bis ich begriffen habe, daß man sie *zerschlagen* muß. Das ist die einzige Möglichkeit. Und wenn du Angst hast, dir wehzutun, dann versuch dir vorzustellen, daß du uralt und halbtot bist und dem Versäumten nachtrauerst.«

Es war seltsam, denn so intensiv unsere Gespräche, unsere Schreiberei und heimlichen Gedankenausflüge auch gewesen waren, hatten wir uns bis zu diesem Augenblick doch wie zwei Zugreisende benommen, die die Landschaft betrachten und sich gegenseitig aus ihrem Gesichtsfeld ausgrenzen. Es war, als würden wir plötzlich zugeben, daß wir uns sehen: daß wir an der Szene beteiligt sind.

Und es gelang mir, die Glasscheibe zwischen mir und Margherita Tardini zu zerschlagen: ich brachte ihr den ins Italienische übersetzten Text von *Just like a Woman* von Bob Dylan, mit zwei, drei auf sie zugeschnittenen Veränderungen. Sie wartete, bis ich wieder in meiner Bank war, und öffnete den vierfach gefalteten Zettel, überflog ihn rasch. Sie drehte sich zu mir um, und ich sah die Röte auf ihren hübschen glatten Wangen; mein Herz klopfte sofort schneller.

Tags darauf sprach ich sie beim Hinausgehen auf dem Korridor an und begleitete sie zu Fuß vier Häuserblocks weit.

In der Woche darauf brachte ich sie mit dem Mofa bis nach Hause. Guido blieb im Gedränge vor der Schule stehen und schaute uns nach; mit der Hand machte er mir ein Zeichen, das besagen sollte *»Nur zu«*.

Fünf

Ich wollte mich jetzt auch anders kleiden. Ich kaufte mir ein paar Cordjeans und zwei amerikanische Hemden und eine lange karierte Wolljacke. Als ich das Geschäft verließ, kam ich mir wie ein anderer Mensch vor: mit neuen körperlichen und geistigen Möglichkeiten. In der Schule sagte Guido mit einem subtilen Lächeln »Na endlich«. Er merkte, daß ich seinem Beispiel nacheiferte, und ich wußte es, aber es machte mir nicht viel aus: ich wollte weg von dem, was ich immer gewesen war, und er entsprach fast allem, was ich gerne sein wollte. Ich ließ mir die Haare wachsen, kämmte sie nicht mehr. Sie wurden nicht strubbelig wie die seinen: glatt und ordentlich lagen sie helmförmig um meinen Kopf, und auch so langhaarig sah ich immer noch wie ein braves Muttersöhnchen aus.

Meine Mutter war alles andere als erfreut, sie fand mich schlampig und unordentlich, wie sie mir immer wieder sagte. Sie hatte gegen Unordnung eine regelrechte Aversion, die, glaube ich, teils von ihrer deutschen Abstammung, teils von der katastrophalen Ehe mit meinem Vater herrührte. Das Wissen um die Beweggründe ihres Verhaltens trieb mich, jeden noch so geringfügigen Anlaß zur Reibung zu verschärfen, unsere Beziehungen immer näher auf einen möglichen Bruch zuzutreiben.

Eines Tages lud ich Guido nach der Schule zum Essen zu mir ein. Ein paar Sekunden lang war er unschlüssig, bevor er einwilligte. Von einer Bar aus rief ich meine Mutter an, um sie zu benachrichtigen; so wenig Vorbereitungszeit zu haben, brachte sie in Panik, aber ich ließ ihr keine Zeit, es mir zu sagen, und legte einfach auf.

Wir kamen bei mir zu Hause an, und sowie wir durch das Haustor traten, befielen mich Zweifel. Guido registrierte in seiner unbarmherzigen Art jedes Detail: den grauen Marmor in der Halle und die Topfpflanzen im Aufgang zu den Wohnungen, die verglaste Pförtnerloge, die Silberbeschläge am Aufzug. Am Treppenabsatz sah ich ihn an, querköpfig und mager und unduldsam wie er war, und mir wurde klar, daß es eine Art Selbstverstümmelungstrieb gewesen war, ihn hierher zu bringen.

Meine Mutter öffnete ganz aufgeregt die Tür und begann sich sofort zu entschuldigen, weil das Haus nicht aufgeräumt sei. Ich stellte ihr Guido vor, und er küßte ihr die Hand. Es war ein vollendeter Handkuß, wie ich nie zuvor einen gesehen hatte: weder alberne Anbiederei noch mechanische Hampelmannsgeste noch stilisierte Andeutung. Er nahm einfach die Hand meiner Mutter und küßte sie, als sei es das Normalste auf der Welt, und meine Mutter strahlte für einen Augenblick in reinster Freude. Aber als Guido sich zu mir wandte, sah ich, daß er sich keineswegs sicher war, das Richtige getan zu haben: in seinem Blick lag eine Spur Ratlosigkeit. Aber er fing sich fast sofort wieder; unbefangen reichte er dem Zimmermädchen seine Jacke, sah sich die Bilder an den Wänden an.

Wir setzten uns zu Tisch, und nach fünf Minuten, die wir mit Betrachtungen über das Klima und die Jahreszeiten verbracht hatten, kam der Mann meiner Mutter; Guido erhob sich und gab ihm die Hand. Schon wie er den leeren Platz angeschaut hatte, während er sprach, hatte gezeigt, daß er nicht gerade erpicht war, auch noch das Familienoberhaupt in die Situation einbezogen zu sehen.

Der Mann meiner Mutter machte seine üblichen mechanischen Gesten: er küßte meine Mutter aufs Haar, sagte »Bleib nur sitzen«. Dann setzte er sich an seinen Platz und musterte Guido, sagte: »Sehen wir dich also endlich mal.« Guido zeigte ein kleines höfliches Lächeln; ich spürte, wie ich innerlich zurückwich.

Dann trug das Dienstmädchen die Pasta auf, und der Mann meiner Mutter schaufelte mit der furiosen Energie, mit der er immer aß, das Essen in sich hinein, als müsse er irgend jemandem oder zumindest sich selber irgend etwas beweisen. Er hob eine Gabelvoll hoch und schnellte mit gierigen Lippen vor, wie ein Seehund oder ein Walroß, das einen Fisch im Flug zu schnappen versucht. Ich war den Anblick gewöhnt und sagte mir immer, daß er sich wenigstens in diesem Punkt von Sinnenfreude mitreißen ließ, die bei seinen anderen Aktivitäten schwerlich zu erkennen war; aber in Guidos Anwesenheit brachte ich es nicht einmal über mich, ihn anzusehen, mit meiner Mutter neben sich, die stocksteif auf ihrem Stuhl saß und mit der Gabel im Essen stocherte. Ich kam mir wie ein Schauspieler vor, der bei einer Theateraufführung voller Stereotypen mitwirken muß; am liebsten wäre ich davongelaufen.

Guido schien sich nicht sonderlich unbehaglich zu fühlen: er aß und beantwortete die Fragen meiner Mutter über die Schule. Seine Aufmerksamkeit war geradliniger, als wenn wir in unserer Schulbank saßen, leichter zu verfolgen, ansonsten aber machte er keinen Hehl aus seinen Ansichten. Dreiviertel dessen, was wir lernen mußten, sagte er, sei ohne Bezug zum Leben; unsere Lehrerinnen Dratti und Cavralli seien zwei regelrecht sadistische Biester.

Der Mann meiner Mutter machte ein paar Bemerkungen über die Schule und das Leben und das Jungsein und das Erwachsenwerden. Er war, was mich betraf, ziemlich nachlässig; er machte sich um mich eher allgemeine Sorgen, die ihn über Einzelheiten meines Tagesablaufs hinwegsehen ließen. Er war Anwalt für Zivilrecht und hatte meine Mutter kennengelernt, als er sie im Scheidungsverfahren gegen meinen Vater vertrat, das sich dann erübrigte, weil mein Vater an Leberzirrhose starb, noch bevor der Prozeß zu Ende war. Er war ein im Grunde gutmütiger Mensch, nicht kleinlich oder herrschsüchtig, aber antriebslos. Gerade das aber war es, was meiner Mutter, die nach der Ehe mit meinem Vater, der Maler und Alkoholiker gewesen war, nur Stabilität und feste Bezugspunkte suchte, das Gefühl der Sicherheit vermittelte.

Aber unter der Oberfläche ihres geordneten Lebens zog sie die Eigenwilligkeit einer Künstlerseele noch immer an: ich merkte es daran, wie sie jetzt Guido ansah, mit dem gleichen vibrierenden Interesse, mit dem sie von einem Gemälde oder einem Theaterstück oder einem Konzert sprach. Sie wußte nicht recht, wie sie sich ihm mitteilen sollte: sie fuhr sich in ihrer Rolle fest, machte, hinter ihre Mütterlichkeit verschanzt, nichtssagende Bemerkungen.

Als wir beim Kaffee angelangt waren, fragte der Mann meiner Mutter Guido: »Und was macht dein Vater?«

Guido wartete einen Augenblick mit der Antwort, dann sagte er: »Er ist im Investment tätig.«

»Wo?« wollte der Mann meiner Mutter weiter wissen. Hinter seiner Frage steckten keine negativen Absichten; sie war nur ein Ausdruck seiner linearen, unsensiblen Neugier.

Wieder zögerte Guido ein wenig: lang genug, daß ich am liebsten die Tischdecke weggerissen und Teller und Gläser auf den Boden geschmissen hätte. »Ich glaube, er arbeitet hauptsächlich in der Dritten Welt. In Afrika und im Orient hauptsächlich.« Er sagte es hastig und stolperte dabei über das erste »hauptsächlich«, so daß er es ein zweites Mal sagen mußte.

Als das Essen zu Ende war und wir auf den Flur hinaustraten, nahm ich mir vor, nie wieder jemanden zu mir einzuladen, bevor ich nicht eine eigene Wohnung hatte.

Sechs

Margherita Tardini und ich sahen uns außerhalb der Schule nur Samstag nachmittags. An den anderen Nachmittagen telefonierten wir nicht einmal; sonntags fuhr sie mit ihrer Familie zum Lago di Varese. Samstags verabredeten wir uns mit anderen Pärchen aus unserer Klasse, um uns einen Film anzusehen oder durch die Innenstadt zu flanieren. Alles war vernunftbestimmt und altersgemäß, ohne Leidenschaft oder gefährliche Improvisationen. Wir küßten uns im Halbdunkel des Kinosaals, ich streichelte ihr die Hüften oder sogar den Busen, bis sie meine Hand wegschob. Und es gab die Seitenblicke der anderen Pärchen: die beruhigende Kontrolle durch die Clique.

Guido nahm nie an diesen Ausflügen teil, er hatte immer andere Verabredungen, über die er nicht sprechen wollte. Die Situation mit Paola Amarigo war für ihn nicht gerade einfach, denn obwohl sie immer vertrauter miteinander wurden, ließ sie sich nach wie vor von dem Jungen mit dem schweren Motorrad abholen. Wenn sie nach der Schule die Treppe hinunterging, warf sie Guido verstohlene Blicke zu, und kaum war sie am Ausgang, setzte sie wieder ihre untadelige Miene auf, als würde sie ihn nicht einmal kennen. Sie drehte ihr Profil mit der ebenmäßigen Nase nach allen Seiten und hielt mit unschuldigen Blicken Ausschau nach ihrem Kerl, der schon auf sie wartete. Guido strebte, ohne sich umzudrehen, zu meinem Mofa: als hätte er es eilig, nach Hause zu kommen.

Eines Samstagmorgens dann tuschelte er in der Pause

mit Paola, und als er zu unserer Bank zurückkam, sagte er zu mir: »Wir treffen uns bei mir zu Hause, mit dir und Margherita.« Ich fragte nicht viel; allein der Gedanke erregte mich.

Ich schickte sofort einen Zettel an Margherita, um ihr den Plan zu unterbreiten; es bedurfte zweier weiterer Briefchen und vieler drängender Blicke meinerseits, längeren Augenzwinkerns zwischen ihr und Paola Amarigo, bis ich sie soweit hatte.

Um halb drei holte ich sie vor der Haustür ab. Sie sah viel hübscher als sonst aus: lebhaft und aufgekratzt bei der Vorstellung, einmal nicht im Schutz der Gruppe auszugehen. Bei der ersten Ampel, an der wir halten mußten, gab ich ihr einen Kuß, bis die Autos hinter uns zu hupen begannen.

Guido wartete an der Ecke der Straße, in der er wohnte, einige Meter von der Stelle entfernt, an der ich ihn immer absetzte. Er hatte ein kleines Paket mit Gebäck in der Hand und blickte nervös in die Richtung, aus der seiner Meinung nach Paola Amarigo kommen mußte. Wir waren kaum vom Mofa abgestiegen, da fragte er Margherita schon: »Glaubst du, daß sie kommt?« Margherita bejahte, ich weiß nicht, aufgrund welcher Anhaltspunkte. Wenn sie mit Guido sprach, nahm ihre Stimme einen lebhafteren Ton an als sonst: an der Art, wie sie ihn anguckte, wie sie sich mit der Hand durch die Haare fuhr und lachte, sah ich, welche Anziehungskraft er hatte. Nahezu allen Frauen, die mit ihm zu tun hatten, erging es so, ich war zu sehr daran gewöhnt, als daß es mich sehr eifersüchtig gemacht hätte.

Gleich darauf kam aus der entgegengesetzten Richtung ein Taxi und hielt vor Guidos Haustür. Er lief und öffnete die Wagentür, sah zu, wie Paola ausstieg: blond und mit fast weißer Haut, in einem dunkelblauen Mantel und hohen Stiefeln. Sie sah eher wie eine junge Dame als wie eine Gymnasiastin aus; nüchtern und erwachsen in einem Maß, das mich an Guidos Stelle befangen gemacht hätte.

Guido wandte kein Auge von ihr, interessiert an jedem Detail. Noch nie hatte ich ihn so von jemand eingenommen gesehen: auf so enge Distanz und mit so offenem Lächeln. Er führte uns durch die Halle zu einem Aufzug aus altem, poliertem Holz. Guido war angespannt, auch wenn er sich bemühte, es sich nicht anmerken zu lassen; er deutete in den Aufzugschacht mit den Seilen und Treibscheiben, die sich über uns bewegten, sagte: »Er ist *tödlich* langsam.«

Im fünften Stock fummelte er mit den Schlüsseln herum, ließ uns in eine große Wohnung eintreten, die noch bürgerlicher und protziger war, als ich mir vorgestellt hatte. Das Wohnzimmer war mit absolut gleichförmiger Strenge eingerichtet: Vorhänge und Teppiche und Sofas und Sessel und Tische und Tischchen und Schränke besetzten den Raum ohne das leiseste Zögern. Verglichen damit sah es bei mir zu Hause leer und salopp aus.

Guido setzte das Kuchenpaket auf einem Tisch ab. Paola und Margherita sahen sich um, schnupperten in die Luft. Guido nahm ihnen die Mäntel ab und hängte sie in den Vorraum. Er kam ins Wohnzimmer zurück und versuchte die Stimmung aufzulockern: klopfte Paola auf die Schultern und sagte »He«. Es herrschte eine seltsam unbehagliche Atmosphäre; inwieweit es an der Einrichtung lag und inwieweit an der aufgestauten Spannung zwischen uns, war nicht klar. Paola machte eine coole kleine Drehung, fragte: »Wo ist dein Zimmer?«

Guido führte uns durch eine mit großen dunklen

Schränken überladene Diele, öffnete eine Tür, sagte »da«. Das Zimmer war genauso eingerichtet wie die übrige Wohnung: so streng, daß es feindselig wirkte. Es gab ein schmales Bett an der Wand, einen Schreibtisch am Fenster, ein Regal mit in Reih und Glied aufgestellten Büchern. An der Wand hingen zwei kleine Bilder: zwei Meerlandschaften mit klaren, konventionellen, in der Zeit erstarrten Linien. Ich blickte mich suchend um, aber ich konnte keine Spur von Guidos Wesen entdecken, so wie ich es zu kennen glaubte: keine Spur der Farbigkeit und Phantasie und Unordnung, die ich mir in seinem Zimmer vorgestellt hatte. Es sah aus wie das Zimmer eines jungen Offiziers im neunzehnten Jahrhundert, eines jungen Adligen in Gefangenschaft, dem noch die kleinste Spielerei verwehrt war. Das Licht, das durchs Fenster fiel, schuf um jeden Gegenstand einen Nimbus der Reglosigkeit, als sei er noch von keinem Menschen berührt worden. Paola und Margherita waren genauso entgeistert wie ich, sie wußten nicht, was sie sagen sollten.

Guido bemerkte unsere Bestürzung; er kam mir sonderbar ratlos vor, und um ihm zu Hilfe zu kommen, fragte ich, ob es hier nicht irgendwo Musik gäbe.

»Doch, doch«, sagte er erleichtert aufatmend; schob uns hinaus in Richtung Wohnzimmer. Auf einem kleinen Tisch neben der Tür war ein Stapel Schallplatten; Guido zog *Between The Buttons* von den Rolling Stones hervor und legte es auf den Plattenteller. Es war eine Stereoanlage für symphonische Musik mit riesigen Lautsprecherboxen in Nußbaumholz: das erste Stück dröhnte daraus zehnmal lauter hervor, als ich es von meinem kleinen Jugendplattenspieler gewöhnt war.

Guido drehte den Ton noch lauter, bis die Fensterscheiben und das Porzellan und die Gläser auf den Konsolen zu vibrieren begannen. Paola hielt sich die Ohren zu und schrie »Spinnst du?«, so empört, als sei sie doppelt so alt. Guido packte sie an den Schultern, schüttelte sie und kniff sie, bis sie lachen mußte und Leben in sie kam. Die starre Atmosphäre zerbrach und löste sich in rasche Bewegung auf: wir begannen alle vier zwischen den erdrückenden Möbelstücken zu tanzen. Guido schwenkte Paola mit verwegen leuchtenden Augen umher; umkreiste sie mit ungezügelten Bewegungen, stieß gegen Sessel und Türpfosten. Er achtete aber auch darauf, den Kontakt zu mir und Margherita nicht zu verlieren: alle paar Sekunden schaute er zu uns und lächelte uns zu, bemühte sich, die Situation zusammenzuhalten, sie unter Strom zu halten, alle verfügbare Energie pulsieren zu lassen, die Leere des riesigen Zimmers zu füllen.

Dann kam ein langsames Stück, und wir tanzten auf der Woge der tiefen Töne, die uns in den Ohren und im Zwerchfell dröhnten. Paola und Margherita hinterließen in der Luft blumige Parfümwölkchen, die sich mit jeder ihrer Bewegungen zu immer betörenderen Kombinationen vermischten. Durch die Fenster kam jetzt nur noch wenig Licht herein; wir wiegten uns im Halbdunkel wie Fischotter in einer lauen Strömung. Ich schmiegte mich immer enger an Margherita, versunken in die Temperatur und die Konsistenz ihres Körpers, in das vernehmliche Pochen ihres Herzens. Noch nie hatte ich mich so vom Atem eines Mädchens, von seiner inneren Wärme aufgesogen gefühlt. Noch nie hatte ich eine nächtliche Phantasie oder Urlaubsschwärmerei oder aufwallende Begierde gehabt, die so die Grenzen zwischen den Empfindungen aufzuheben, sie zu einem einzigen Schwebezustand zu verschmelzen vermocht hätte.

Am Rand meines Gesichtsfelds ließ sich Guido mit

Paola auf ein Sofa gleiten, aber das war nur ein vorbeiziehendes, kaum registriertes Bild. Ich preßte Margherita jetzt ohne den geringsten Abstand an mich, ohne den geringsten Sinn für Humor. Ich legte ihr eine Hand auf die Hüfte, strich ihr mit der anderen vom Nacken aus über den Rükken, jedesmal ein Stück tiefer hinab zum Gesäß. Ich spürte die Festigkeit ihres Bauchs an meinem, die lustvolle Reibung. Dann schob ich meine Hand zu ihrer Brust hinauf, und sie stieß einen leisen Seufzer aus, faßte mein Handgelenk, aber ohne ihm Einhalt zu gebieten; die Innenfläche ihrer Hand war warm und feucht von Schweiß. Ich öffnete einen Knopf an ihrer Bluse, fuhr mit der Hand unter den elastischen Rand ihres BHs, ließ die Finger zwischen den weichen Baumwollstoff und ihre Haut gleiten. Ich hörte, wie sie schluckte; wie ihr Atem langsamer wurde als der langsame Rhythmus der Musik. Ich schob sie zu einem Sofa, und wir fielen aufeinander: versanken fast ohne die Augen zu öffnen wie in einem sanften Traum. Ich küßte sie am Halsansatz und knöpfte die Bluse noch weiter auf, schob den BH weg, um meinen Lippen den Weg freizumachen. Sie sagte »nein«, aber zu leise, widerrief es durch die Art, wie sie sich zurückbog und mich an den Haaren zog und mir ins Ohr hauchte. Ich glitt mit der Hand hinab zu ihrem Knie, über das hauchdünne Gewebe der Strümpfe und behutsam wieder hinauf bis zu der zarten nackten Haut, wo die Strümpfe aufhörten. Ich war so durcheinander, daß ich meine Gesten nicht mehr von meinen bloßen Absichten unterscheiden konnte, und da klingelte es.

Es klingelte drei- oder vier- oder fünfmal nacheinander: ein dringliches *pling-plong pling-plong pling-plong* durch die Rolling-Stones-Musik hindurch. Margherita stieß meine Hände weg und fuhr auf dem Sofa hoch; rückte zur Seite. Ich versuchte sie wieder an mich zu ziehen, aber sie schubste mich gewaltsam zurück; es war zu dunkel, um ihr Gesicht zu sehen. Am anderen Ende des Wohnzimmers stolperte Guido über einen Sessel; tastete sich zu einem Lichtschalter, knipste das Licht an.

Schlagartig waren wir wieder dem riesigen Wohnzimmer ausgeliefert: ohne jeden Halt, jetzt hilflos wie Fischotter auf dem Trockenen. Margherita zog ihren Rock zurecht, knöpfte sich hastig die Bluse zu, ohne mich anzusehen. Paola saß weit entfernt auf dem anderen Sofa, auch sie zerzaust und verwirrt; sie versuchte hektisch, sich zurechtzumachen. Guido stand mitten im Zimmer und sah mit panischem Blick um sich, ohne Schuhe und mit aus der Hose hängendem Hemd. Die Türglocke klingelte gnadenlos weiter mit ihrem Zweiton-Gebimmel.

Guido schlüpfte in seine Schuhe, drehte die Musik ganz herunter und ging nachsehen, zog die Tür zum Vorraum hinter sich zu. Wir hörten eine erregte Frauenstimme, die ihn beschimpfte; Guidos Stimme, die zu antworten versuchte. Keine der beiden überschritt eine bestimmte Lautstärke: zwei scharfe Flüsterstimmen, die schwer zu unterscheiden waren, außer wenn sie so klar umrissene Wörter wie »Niemals!« oder »Schon tausendmal!« oder »Nichts!« formten. Die höheren Töne der Frauenstimme schnitten wütend die etwas tieferen von Guido ab, der sein Terrain nur mit Mühe zu halten schien.

Im Wohnzimmer taten ich und Margherita und Paola, als hörten wir nichts, wir strichen dicht an den Möbeln entlang, ohne uns ins Gesicht zu sehen. Die beiden Stimmen im Vorraum erreichten einen zornigen Höhepunkt, bis die von Guido deutlicher hörbar sagte: »Ich hab verstanden, ich hab *verstanden*!« Wir hörten, wie die Tür zugeknallt wurde, wie der Schlüssel mehrfach im Schloß umgedreht wurde.

Guido kam ins Wohnzimmer zurück, den Anflug eines verzweifelten Lächelns auf den Lippen. Wir sahen ihn alle drei an und warteten auf Erklärungen. »Das war meine *Mutter*«, sagte er. Er tippte sich mit einem Finger an die Stirn, um zu sagen »Die spinnt«, aber der Blick der Mädchen veränderte sich nicht: die Stimmung von vorhin war weg, verflogen. Wir standen sekundenlang bewegungslos da, dann blickte Paola auf die Uhr, sagte »Ich muß gehen«. Guido fragte »Wirklich?«, versuchte sie aber nicht umzustimmen; er schaltete den Plattenspieler aus, nahm die Schallplatte vom Plattenteller.

Im Pulk verließen wir das Haus, gingen ohne zu reden und ohne uns anzusehen die Straße hinab bis zur Stadtautobahn. Die verflogene Stimmung von vorhin lastete auf uns wie ein stümperhaft begangenes Verbrechen, lud jede Geste mit Unbehagen auf. An der Straßenecke sagte Paola, sie wolle ein Taxi. Guido erblickte eines und sprang mitten auf die Fahrbahn; der Taxifahrer bremste einen Augenblick, bevor er ihn überfahren hätte, und fluchte. Paola stieg ein, sagte »Ciao«, fast ohne ihre schmalen Lippen zu öffnen. Und Margherita fragte, ob sie ein Stück mitkommen könne: als sei mein Mofa kein genügend zuverlässiges Fahrzeug, um sich der Situation zu entziehen.

Guido und ich blieben am Gehsteig stehen, während das Taxi mit den beiden Mädchen im Verkehrsstrom davonfuhr. »Die sind nicht sonderlich witzig, was?« sagte Guido.

»Nein«, antwortete ich und versuchte dem schwachen Nachhall der Empfindungen nachzulauschen, die mir eben noch so stark und sicher erschienen waren.

Guido schaute immer noch auf den Verkehr; dann wandte er sich zu mir, sagte: »Es war gar nicht meine

Wohnung. Ich hab meiner Mutter die Schlüssel geklaut. Sie ist *Pförtnerin*, seit mein Vater verschwunden ist.«

Ich sah ihn an, um herauszufinden, ob er einen Scherz machte, aber er sah völlig ernst aus. »Willst du damit sagen, daß du überhaupt nicht dort wohnst?« fragte ich ihn. Mir fiel ein, wie oft ich ihn mit dem Mofa bis vor das Haustor gebracht hatte; wie er immer am Gehsteig stehenblieb und auf die Straße schaute.

»Ich wohne dort, aber *unten*«, sagte Guido, und er schien weniger verlegen als wütend, daß er darüber sprechen mußte.

Ich begann die geistigen Bilder, die ich um ihn herum konstruiert hatte, seit ich ihn kannte, zu korrigieren: Neuinterpretationen, die rasch vom Ende bis zurück zum Anfang abliefen. Was mich besonders betroffen machte, war die Haltlosigkeit meiner Mutmaßungen über seine Familie und seine Kindheit und seine Jugend, über die Einflüsse, die seinen Charakter, so wie er heute war, geprägt hatten. Ich dachte an das ihm völlig abgehende gesellschaftskonforme Verhalten, an seine gnadenlose Beobachtungsgabe. Ich versuchte herauszufinden, ob ich je ungewollt irgendeine abfällige Äußerung über Pförtner, irgendeine dünkelhafte Bemerkung gemacht hatte; ich war verwirrt und voller Schuldgefühle, voller begründeter Zweifel. Schließlich sagte ich: »Um so besser, verdammt noch mal. Das Zimmer, das du uns gezeigt hast, war *ätzend*.«

Guido lächelte, er hatte gemerkt, daß ich schon im gleichen Ton redete wie er. »Es gehört einem Rechtsanwalt, so einem Scheißfaschisten mit einer Mumie von Frau, die in einem Zimmer schläft, das genauso aussieht. Zur Zeit sind sie an der Riviera, in einem ganz ähnlichen Wohngefängnis.«

Wir standen am Rande der Straße, auf der sich in der

dunstigen, abgasgeschwängerten Winterabendluft Scheinwerfer an Scheinwerfer reihte, und es kam mir vor, als gäbe es in unserer Komplizenschaft auf einmal viel weniger Zurückhaltung, viel weniger Filter und Gegengewichte. Wir blieben vielleicht noch eine Viertelstunde an der Straßenecke stehen und lachten und plauderten über alles mögliche: jedesmal, wenn wir uns verabschieden wollten, fiel uns etwas Neues ein.

Sieben

Nach dem Nachmittag in seiner angeblichen Wohnung gelang es Guido nicht mehr, wieder eine engere Beziehung zu Paola Amarigo herzustellen. Vielleicht fühlte sie sich wegen der gewaltsamen Auflösung der Stimmung damals gekränkt, oder sie nahm den Vorfall nur als Vorwand, um ihrer Unentschlossenheit ein Ende zu setzen; jedenfalls erklärte sie Guido, als er Montag morgens in der Pause zu ihr ging, sie habe ernstlich über die Beziehung zu ihm nachgedacht und beschlossen, es bei einer bloßen Freundschaft zu belassen.

Zu mir sagte er, er habe diesen Satz früher oder später erwartet: die nichtssagende Floskel, den Tonfall, in dem sie ausgesprochen wurde. Er sagte, es sei leicht zu begreifen, daß ihr der Kerl mit dem schweren Motorrad vertrauenerweckender und besser für das Leben gerüstet schien. Trotzdem mußte es ihn mehr schmerzen, als er zugeben wollte, denn er schrieb ihr ein Lied und eine zwei Seiten lange Geschichte, legte ihr beides auf die Bank. Sie las alles in wenigen Minuten, kalt und beherrscht, ohne auch nur einmal den Kopf herumzudrehen oder den Gesichtsausdruck zu verändern.

Guido unternahm noch mehrere Versuche, sie zurückzuerobern, dann schaute er sie von einem Tag auf den anderen nicht mehr an, als habe sie sich in Luft aufgelöst. Er sprach auch nicht mehr von ihr, und das Thema war abgeschlossen, bis er einen Monat später mir gegenüber eine hämische Bemerkung über ihren Haarschnitt machte. Er hatte diese Art, seine Gefühle unter Schichten von Zynismus und Ironie zu schützen: manchmal gelang es ihm so gut, daß sie im verborgenen vor sich hinkümmerten, bis sie sich ganz verloren.

Auch mein Verhältnis zu Margherita war seit dem Samstag bei Guido verdorben. Der Gedanke, sie habe sich zu sehr gehenlassen, trieb sie, wieder feste Grenzen zu ziehen, sich gegen neuerliches Nachgeben abzusichern. Bei einer kurzen Unterredung auf dem Korridor erklärte sie mir, wir seien beide für gewisse Dinge noch zu jung, und ihr Ton dabei hätte ihre Eltern beglückt. Ich versuchte eine scherzhafte Bemerkung, wie viele Filme wir uns doch Samstag nachmittags noch hätten ansehen können, aber ich war deprimiert, durch und durch frustriert. Als Entschädigung zwang ich mich, mich auf ihre offenkundigsten Mängel zu konzentrieren: den leicht kehligen piemontesischen Akzent, die völlige Kritiklosigkeit.

Guido und ich bemühten uns, vom Schulunterricht wenigstens soviel aufzunehmen, daß wir nicht durchfielen, auch wenn es nicht einfach war. Die Gebiete, die uns interessierten, wie Literatur und Geschichte und Geographie und Englisch, wurden absolut nachlässig abgehandelt, während die Zeit und die manische Energie unserer Lehrerinnen für die entlegensten und unverständlichsten Fächer draufgingen. Sie täten das, sagte Guido, weil wir da keine Kontrollmöglichkeit hätten; sie verschanzten sich hinter dem Schutzwall ihrer unzugänglichen Lehrsätze wie Brandschatzer auf einem Wehrturm.

Stundenlang saßen wir in unserer Bank, und unsere Gedanken trugen uns wie Meeresströmungen weit weg. Guido erzählte mir von Büchern, die er gerade las: er sprach von Stendhal und Kafka und Scott Fitzgerald mit einem Interesse, wie er es für kaum ein anderes Thema zeigte. Hatte er sich für einen Autor begeistert, konnte er sich wochenlang in dessen Sphäre aufhalten: er sammelte Informationen über sein Leben, versuchte in den Büchern, die er geschrieben hatte, seine persönliche Lebensgeschichte aufzuspüren, so verdeckt und filtriert sie auch war.

Die italienischen Autoren, die wir in der Schule durchnahmen, hielt er für fad und langweilig, triefend von guten Absichten. »Von guten Absichten triefend«, sagte er. Er verabscheute zum Beispiel Alessandro Manzoni, den man bei der Dratti ebensowenig in Frage stellen durfte wie das Eingangsportal oder das Kruzifix über dem Pult. »Welchen Reiz können Bücher von einem haben, der den ganzen Tag in seiner Stube hockt, an seiner Familie und an der Dienerschaft herummäkelt, voller katholischer Moralismen und belehrender Absichten und kleiner Zipperlein und Knickrigkeit steckt und in dessen ganzem Leben nichts Aufregendes oder Verrücktes zu finden ist?« Er hatte diese romantische Weltsicht: schon damals jagte er Vorstellungen wie ›aufregend‹ oder ›verrückt‹ nach.

Eines Morgens traf ich ihn an der Ecke vor der Schule. Wir waren beide spät dran, der Hausmeister hatte das Tor schon geschlossen. Wenn wir angeklopft und ihn angefleht hätten, wäre er gekommen, um noch einmal aufzumachen, aber Guido sagte achselzuckend »Vergiß es«: und es klang wie »vergiß es für immer«. Wir beschlossen, uns einen Film anzusehen, in einem kleinen Filmkunst-Kino der Innenstadt, in dem es vormittags eine Vorstellung fast ausschließlich für schwänzende Schüler gab. Wir nahmen den längsten Weg, guckten uns unterwegs die Passanten und die Schaufenster und die Häuserfassaden an: voller

Schuldgefühle und Trotzgefühle und Erregung angesichts so vieler verfügbarer Möglichkeiten, und voller Frust, nichts Besseres zu erwischen als einen Film.

Wir gingen um den Domplatz herum, den zu dieser Stunde nur Tauben belebten und ein paar Leute, die die Tauben fotografierten, und Rentner und Schüler, die in Zweier- oder Dreiergrüppchen ziellos umherschlenderten. In dieser Stille und Leere sah der Dom noch irrwitziger aus als sonst: ein gewaltiger, rußgeschwärzter, in den grauen Raum hineingestellter Koloß.

Wir gingen durch die Galleria, und an der Stelle, wo die beiden Flügel der Glaskonstruktion aufeinandertreffen, standen drei Halbstarke neben einem Plakat mit der italienischen Nationalflagge. Als wir an ihnen vorbeigingen, gab einer von ihnen Guido ein Flugblatt: eng beschrieben in Druckbuchstaben mit vielen Ausrufezeichen.

Guido warf einen kurzen Blick darauf, machte kehrt und gab es ihm zurück. »Das kannst du behalten«, sagte er.

Der Halbstarke tat überrascht. »Paßt dir was nicht?« fragte er. Seine Freunde schoben sich etwas näher heran. Sie mußten alle drei um die zwanzig sein, breite, kräftige Kerle in fast gleich aussehenden Mänteln; mit schmalen Augen in flachen Gesichtern, Abzeichen mit der Trikolore im Knopfloch.

Guido musterte den ersten aus wenigen Zentimetern Entfernung, seltsam angespannt. »Mir paßt nicht, daß du *stinkst*«, sagte er.

Der Jungfaschist brauchte ein paar Sekunden, um Guidos Worte zu registrieren: man sah, wie sie die trüben Schichten seines Gehirns durchwanderten, Schicht für Schicht, und von unten wieder zurückprallten. »Kannst du das noch mal sagen?« fragte er. Es kam ihm unfaßbar vor, daß dieser schmächtige Fünfzehnjährige so mit ihm zu sprechen wagte; er drehte sich zu seinen Freunden um und warf ihnen einen Blick zu. Mit ihren ausdruckslosen Augen kamen sie noch ein Stück näher, ein böses Lächeln um die Lippen.

Ein Gefühl von Kälte durchlief meine Adern, ich wollte nur schnell fort von hier. Ich versuchte Guido am Arm wegzuziehen, aber er machte sich los und ging noch dichter an den ersten Faschisten heran, mit einem völlig absurd wirkenden herausfordernden Blick. »Du bist wohl auf deine miesen Freunde angewiesen, du *Schweinehund*?«

Diesmal kapierte der Bursche auf der Stelle: er stürzte sich auf Guido und placierte ihm einen Fausthieb mitten ins Gesicht; Guido flog nach hinten, und er warf sich auf ihn; ich sah, wie sie sich ineinander verkeilten, mit den Füßen traten und wild aufeinander einschlugen. Einen Augenblick schwankte ich zwischen Angst und Wut, dann aber schlug blinde Wut in mir hoch und löschte alle anderen Empfindungen aus. Ich stürmte brüllend los und trat mit der ganzen Kraft, die ich in den Beinen hatte, gegen den Kopf des Faschisten. Ich hörte einen dumpfen Schlag, wie wenn ein fauler Kürbis platzt, sah, wie der Bursche von Guido abließ und zur Seite rollte, mit Augen, die einen Moment lang ganz weiß waren. Und in derselben Sekunde kamen die beiden anderen Faschisten wie die Verrückten auf mich zu; ich duckte mich und wartete auf den Schlag.

Die beiden sprangen mich an, aber bis auf die Luftverdrängung und den Druck und die keuchende Wärme ihrer Körpermasse spürte ich fast nichts; fast unmittelbar danach ertönten Stimmen, Hände griffen ein, jemand schrie: »Was geht hier vor?« Dann waren zwei riesige Polizisten zwischen uns und rissen uns auseinander. Ich sah zu Guido hinüber: er und der Faschist lagen noch am Boden, langsam rappelten sie sich hoch.

Die anderen zwei Faschisten standen mit roten Augen und Schaum vor dem Mund da, mit verzerrten Gesichtern. »Wir schlagen euch tot«, schrien sie, wild gestikulierend, aber sie ließen sich von den beiden Schutzmännern wegschieben, zurück zu ihrem Plakat mit der italienischen Flagge. Die Schutzmänner waren groß wie Grenadiere, sie gehörten der kleinen Sondertruppe an, die in ihren besonders reich mit Gold betreßten Uniformen zu Repräsentationszwecken in der Mailänder Innenstadt eingesetzt wird. Ihren ärgerlichen Mienen nach hätte man meinen können, daß sie mit ihrem Eingreifen weniger zwei Menschen als vielmehr die Ehre der Stadt gerettet hatten.

Der Faschist, dem ich den Fußtritt gegeben hatte, schrie »Scheißkommunist« zu mir herüber; aber er preßte sich die Hand an den Kopf, der ihm sehr weh tun mußte, und auch er ließ sich ohne großen Widerstand von den Schutzmännern zurückhalten; mit schriller Stimme erklärte er, wir hätten angefangen. Um uns hatte sich eine kleine Schar von Passanten und Rentnern angesammelt, sie verfolgten die Szene in der Hoffnung, daß sie noch nicht zu Ende sei.

Guidos Hemd war blutbefleckt, und auch aus der Nase rann ihm Blut, aber in seinen Augen war noch der gleiche herausfordernde Blick wie fünf Minuten zuvor. Er ging erneut auf den ersten Faschisten zu und sagte: »Du bist doch nur ein verfaultes Überbleibsel der Geschichte.« Es erstaunte mich, wie selten man von ihm ein wirklich schlimmes Schimpfwort zu hören bekam, selbst wenn er so außer sich war wie jetzt.

Einer der Schutzmänner stieß ihn zurück. »Wenn du nicht aufhörst, nehmen wir dich mit auf die Wache«, schrie er ihn an. »Ihr solltet jetzt eigentlich in der Schule sein, schämt euch«, fügte sein Kollege hinzu, und es war nicht schwer zu erkennen, daß sie sich zwischen beiden Seiten bereits für die der Faschisten entschieden. Ich packte Guido am Arm, zog ihn weg, bevor er sich auch noch mit ihnen anlegen konnte.

Schweigend gingen wir in Richtung Kino. Noch nie hatte ich mich in einer solchen Situation physischer Gewalt befunden, abgesehen vielleicht von Strandkeilereien als kleiner Junge, und ich war erschüttert. Zudem begannen mir auch ein Ohr und ein Knie und das Schlüsselbein zu schmerzen, wo ich Schläge kassiert hatte, ohne es recht zu merken. Guido wischte sich mit dem Handrücken das Blut ab, die Ärmelbündchen seiner Jacke waren verschmiert. Die Leute starrten uns an, wie wir halb humpelnd und übel zugerichtet durch die Straßen gingen: sie drehten sich nach uns um und schauten uns in der alten krankhaften und verstohlenen Mailänder Art nach.

Kurz vor dem Kino fragte ich Guido, ob ihm nicht klar gewesen sei, daß die uns alle Knochen hätten brechen können. Mit zur Seite geneigtem Kopf und seinem eindringlichen Blick sah er mich an und fragte: »Meinst du?«, als sei er wirklich neugierig auf diese Möglichkeit.

In der Schule hämmerten die Dratti und die Cavralli uns immer beharrlicher Lehrsätze und Deklinationen ein; sie setzten auf die bedingten Reflexe, die mechanischen Prozesse in unseren Hirnen. Guido sagte: »Sie sind wie Verkäuferinnen in einem völlig veralteten Krämerladen. Ohne den geringsten Charme versuchen sie immer noch ihre Ware an den Mann zu bringen, und es ficht sie überhaupt nicht an, daß die Ware verkommen und die alte Kundschaft ausgestorben ist.« Aber nicht nur in der Schule hatte ich das Gefühl, von verkommener Ware umgeben zu sein. Ich glaubte sie überall um mich herum zu sehen, immer wenn ich in die trübsinnigen Gesichter der Straßenbahnpassagiere oder auf die langen Reihen gefängnisartiger Gebäude blickte, die die Straßen säumten; immer wenn ich im Radio einen der albernen und verlogenen Schlager hörte oder im Fernsehen die Visage eines der Politiker sah, die unser Land schon regierten, bevor ich geboren wurde, und immer noch regieren. Ich spürte den Modergeruch, der über der beklemmenden grauen Einförmigkeit hing, die alle Gedanken und alle Farbe umfing und erdrückte.

Manchmal kam es mir vor, als sei ich vom Leben schrecklich weit entfernt; als nähme ich nur einen schwachen Abglanz und Widerhall davon wahr: gefiltert und adaptiert, von anderen synchronisiert und interpretiert, bevor er zu mir gelangt. Manchmal kam ich mir vor wie im Exil, auch wenn ich nicht wußte woher oder seit wann.

Eines Tages, als ich durch die Innenstadt nach Hause fuhr, kam der Verkehr zum Stillstand. Die Autofahrer drückten auf die Hupe und ließen im Leerlauf die Motoren aufheulen; in der Luft hing ein beißender Geruch, noch schärfer als die chemischen Dünste, die man normalerweise in Mailand einatmet. Ahnungslos schlängelte ich mich auf meinem Mofa durch die stehenden Autos. Dann ertönten Sprechchöre und lautes Knallen; ein Schwarm junger Leute kam aus einer Seitenstraße geschossen, rannte dicht an den Häuserwänden entlang und im Zickzack zwischen die Autos, wo sie sich zerstreuten. Einen Augenblick später tauchten aus der gleichen Ecke ganze Rudel von Polizisten mit Gummiknüppeln in der Hand auf: in ihren plumpen Uniformen und Helmen und schweren Stiefeln viel langsamer und schwerfälliger als die Jugendlichen, die unbehindert davonflitzten, seitlich und nach hinten auswichen, schräg über die Straße liefen. Die Polizisten stürmten stur geradeaus wie Kampfstiere, deren Schwung schon fast verebbt ist, blieben stehen, sammelten sich wieder zögernd und dräuend auf der Straße. Die Jugendlichen, die schon weit weg waren, kamen zurück, um zu sehen, was sich tat; fingen wieder zu rufen an.

Am nächsten Morgen erzählte ich Guido davon, und er lächelte, nickte mit dem Kopf, als wüßte er schon alles.

Acht

Nach außen hin war die Schule noch die alte, die Stundenpläne und Methoden und Lehrpläne immer die gleichen; im Kern aber war sie unterminiert. Es war wie eine Reise auf einem altersschwachen, langsam sinkenden Schiff durch seichte Gewässer. Immer häufiger verspürten die Passagiere den Drang, an Deck zu laufen und hinauszuspringen, doch der Besatzung gelang es noch, für Ruhe zu sorgen und ihren Kurs fortzusetzen, als ob nichts wäre. Die alten Lehrerinnen mit ihren Fischaugen, die alten Pauker mit ihren grimmigen Nasen machten immer im alten Stiefel weiter, aber langsam dämmerte ihnen, daß der Schiffbruch unabwendbar war: jeden Tag hörten sie ein neues Knarren im Schiffsrumpf.

Anfangs war es nur ein fernes Rumoren: Guido und ich saßen in unseren Bänken fest und konnten es kaum wahrnehmen. Wir spitzten die Ohren, versuchten die Schwingungen in der Luft aufzufangen, hofften die ganze Zeit, sie würden näherkommen.

Eines Morgens dann, als ich in die Straße einbog, in der die Schule lag, hatte die Luft eine ungewöhnliche Konsistenz: jeder Ton, jede Bewegung pflanzte sich ringsum in Wellen fort, als sei gerade etwas Unwiderrufliches geschehen. Das Tor zum Schulhof stand sperrangelweit offen, die Schüler strömten hinein und rannten zur Turnhalle. Der Hausmeister und zwei Schuldiener versuchten die schweren eisernen Torflügel zu schließen, aber ohne echte Überzeugung: sobald sie einen neuen Schülerschwarm kommen sahen, zogen sie sich zurück, noch ganz schlapp von dem Schock, der sie kurz zuvor erschüttert haben mußte.

Ich lief ebenfalls über den Hof, trat in die Turnhalle, die voller Leute war: Blicke und Stimmen und Bewegungen füllten den Raum mit ihren frenetischen Vibrationen. Da waren Hunderte von Schülern aus den verschiedensten Zweigen und Klassen, und jedem einzelnen stand das Staunen darüber ins Gesicht geschrieben, daß man den unbarmherzigen Rahmen der Stundenpläne und Klassenräume gesprengt und sich so frei und ungeordnet vermischt hatte. Ich schob mich durch die Menge: überrascht, so viele hübsche Mädchen zu sehen, denen wir auf den Gängen nie begegnet waren, Gesichter und Körper und Persönlichkeiten, von deren Existenz ich nicht einmal eine Ahnung gehabt hatte. Mir war, als hätten sich die Möglichkeiten meines Lebens schlagartig um das Vielfache vermehrt, weit über die künstlichen Grenzen hinaus, die ich bisher als unveränderlich hingenommen hatte.

Dann setzten sich alle auf den Boden, und ein Schüler aus der Tertia kletterte auf einen Tisch und sprach in ein Megaphon, das seine Worte verzerrte, sie fast unverständlich widerhallen ließ. In einen grünen Lodenmantel eingepackt, wippte er leicht auf den Beinen, ohne jemanden direkt anzusehen. Er zählte die Probleme unseres Schulwesens auf: die überalteten Lehrpläne und unsinnigen Methoden, die Feindseligkeit der Lehrer gegenüber Veränderungen. Er benutzte eine sehr korrekte Sprache, wie ein aufgebrachter, aber braver Schüler, der stets darauf bedacht ist, im Recht zu sein und es auch beweisen zu können.

Aber niemand in der ganzen Halle hörte ihm wirklich zu. Es herrschte so etwas wie ein diffuses Interesse an der

Tatsache, daß die Rede stattfand, daß das Tor zum Hof und die Glastüren der Turnhalle aufgebrochen worden waren, um sie zu ermöglichen; daß ein scheinbar unantastbarer Apparat blockiert worden war. Nur hin und wieder fokussierte sich das intensive, aber unspezifische Interesse auf einen Satz des Redners: dann klatschten die Leute in die Hände und johlten. Ansonsten wurden nur Blicke und Gesten getauscht; Körperhaltungen eingenommen und aufgegeben und auf wenige Sekunden und wenige Meter Distanz erneut eingenommen. Fast alle zündeten sich Zigaretten an, sogen den Rauch ein und bliesen ihn hinaus, reckten sich vor oder kauerten sich zusammen, winkten jemandem zu, lächelten in unterschiedlichen Nuancierungen.

Ich hielt nach Klassenkameraden Ausschau, aber die waren wohl alle ins Klassenzimmer hinaufgegangen, überhaupt waren kaum Leute aus der Mittelstufe in der Turnhalle. Dann erblickte ich Guido, der neben dem Rednertisch stand; ich schob mich durch das Getümmel, ich brauchte fünf Minuten, um zu ihm zu gelangen.

Er schlug mir mit der Hand auf den Arm, sagte »Hallo!«. Die Geschehnisse um uns herum, die Energie, die in der Luft lag, und die unverhofften Aussichten hatten ihn in helle Aufregung versetzt. »Stell dir mal die Hyänen droben vor!« sagte er.

Ich sah die Dratti und die Cavralli vor mir, wie sie samt ihren Opfern im Klassenzimmer saßen: voll ohnmächtigem Zorn über das, was zwei Stockwerke tiefer vorging.

Guido guckte unentwegt im Raum umher, sein Blick ruhte nirgendwo länger als einige Sekunden. »Ist das nicht *irre*?« sagte er.

Tags darauf aber saßen wir erneut im Klassenzimmer, die Turnhalle war wieder ein Behälter für vorgeschriebene Tätigkeiten zu vorgeschriebenen Stunden. Unsere Schulkameraden hockten ausdruckslos in ihren Bänken, voller Schrecken bei dem Gedanken an die Möglichkeit allgemeiner Repressalien. Die Dratti war beinahe grün im Gesicht, sie sagte zu mir und Guido: »Ihr werdet nie in die Prima kommen.« Sie versenkte sich in die Griechisch-Lektion, stieß die Wortendungen ungewöhnlich scharf und grimmig hervor. Ihre Unterlippe zog sich bei jedem Wort zusammen, ihr Kinn warf eine doppelte Schrägfalte bis hinab zum Hals. Guido wies mich darauf hin: machte mich auf jede dieser Kontraktionen aufmerksam, bis ich nicht mehr hinsehen konnte.

Niemand in der Schulleitung dachte auch nur im Traum daran, auf das einzugehen, was tags zuvor in der Turnhalle gesagt worden war. Der Rektor leitete eine Untersuchung ein, um herauszufinden, wer das Tor aufgebrochen hatte; der Schulamtsleiter gab eine Verlautbarung heraus, in der er die Rückkehr zum geregelten Schulbetrieb für wünschenswert erklärte. »Wünschenswert« ist in der Sprache der Herrschenden hierzulande schon immer ein häufig vorkommendes Wort gewesen, man konnte es genauso oft hören wie man ihre verhaßten Visagen im Fernsehen sah. »Dieser ganze beschissene Apparat ist veraltet, stur und *verlogen*, da kann man lange nach besseren Lehrplänen rufen«, sagte Guido.

In den Zeitungen lasen wir Berichte über Schüler und Studenten in Frankreich und Deutschland und Amerika und Japan, die die Schule auffliegen ließen und der Polizei Straßenkämpfe lieferten, Steine warfen und Autobarrikaden errichteten. Es war wie eine weitreichende meteorologische Störung, deren Ausläufer bis zu uns gelangten, abgeschwächt durch die Entfernung, aber immer noch stark genug, um das Klima zu verändern. Es gab nichtgenehmigte Versammlungen in anderen höheren Schulen und in der Universität, spontane Straßendemonstrationen und Zusammenstöße mit der Polizei. Guido und ich rasten mit meinem Mofa überall dorthin, wo sich etwas tat: wir brannten darauf dabeizusein, wenn Situationen aus dem Gleichgewicht gerieten.

Eines Tages trieb die Dratti wieder ihr sadistisches Spiel des langsam über die Namensliste gleitenden Zeigefingers, murmelte Anfangssilben von Namen und versetzte damit die Klasse in Angst und Schrecken. »Laremi«, sagte sie dann mit dem üblichen plötzlichen Vorschnellen.

Man hörte das übliche erleichterte Aufatmen der Entronnenen, die stühlerückend ihre Sitzposition veränderten, während Guido aufstand. Er warf mir einen kurzen Blick zu und ging ans Pult, und ich dachte daran, wie gespalten wir waren zwischen unserem Wunsch nach Veränderung und der dumpfen Wirklichkeit, der wir uns weiterhin Tag für Tag beugten.

Mit völlig gefühlloser Stimme sagte die Dratti zu ihm: »Übersetze. Seite 121.« Sie vergewisserte sich, daß er das Griechischbuch aufschlug; wartete steif und unbewegt ab, ohne ihn noch einmal anzusehen. Die Klasse atmete langsam, harrte wie gebannt auf das drohende Desaster eines Mitschülers.

Guido starrte in sein Griechischbuch: auf die winzigen Buchstaben aus vergangenen Zeiten. Er fuhr sich mit der Hand durch die Haare, schüttelte den Kopf; die Dratti kräuselte ihre unglaublich schmalen blassen Lippen.

Guido sah sie an, und ich glaubte, er würde ihr ins Gesicht schreien, sie beschimpfen oder ihr gar an die Kehle springen, wie in einem Film, in dem eine positive Figur von einem Ungetüm zum Äußersten getrieben wird. Statt dessen richtete er den Blick wieder auf sein Griechischbuch und begann: »In einem kleinen Haus am Waldrand lebten einmal drei Schweinchen: Jimmi, Tommi und Sammi...«

Die Klasse zuckte in ungläubigem Erstaunen zusammen; die Dratti fuhr mit dem Kopf zurück und erstarrte ohne irgendeine Reaktion. Guido wirkte so konzentriert, als übersetze er wahrhaftig Wort für Wort den griechischen Text. Die Szene war alles andere als komisch, und keiner von uns kam auf die Idee zu lachen; in eisiger Spannung lauschten wir der Geschichte von den drei Schweinchen. Guido machte weiter, ohne aus der Fassung zu geraten, ernst und aufrecht stand er neben dem Pult. »Eines Tages«, fuhr er fort, »beschloß eines der drei Schweinchen, sich ein eigenes Haus zu bauen...«

Dann erwachte die Dratti aus ihrer momentanen Erstarrung, mit einer so unbeherrschten Reaktion, daß ihre Stimme sich überschlug, in ein hysterisches Register emporsprang. Sie brüllte Guido an, sie würde ihn dem Rektor melden, ihm eine Sechs in Griechisch geben, ihn hinauswerfen, um ihn nicht mehr sehen zu müssen; mit aschfahlem Gesicht beugte sie sich vor und hämmerte mit ihren runzligen Händen auf das Pult, bis sie sich weh tat.

Jetzt ließ Guido ein trauriges kleines Lächeln sehen, als sei er bekümmert über diese schrillen Töne und häßlichen Worte. Er ging zur Tür, und er kam mir zerbrechlicher vor, als er mir sonst erschien: ein Fünfzehnjähriger mit aschblondem Haar auf einem Kopf voller Phantasie.

Die Klasse saß unbewegt, blicklos. Die Dratti schnappte nach Luft, ihre Arme zitterten.

Es schien, als sei der Verfall des alten Schiffs nunmehr unaufhaltsam, doch als das Schuljahrsende allmählich näherrückte, wurden die Schüler alle schlagartig vernünftig. Selbst die kämpferischen und selbstbewußten Oberprimaner, die das Tor aufgebrochen und in der Turnhalle lange und scharfe Reden gehalten hatten, sagten jetzt, das Wichtigste sei, nicht durchzufallen, den Lehrern nicht zu einem leichten Sieg zu verhelfen. Gleichsam von einem Tag auf den anderen machten sie einen Rückzieher und begannen zu büffeln, strebten wie vordem nach guten Noten. Das alte Schiff war wieder flott und setzte seinen Kurs fort, als habe es nie das leiseste Anzeichen von Gefahr gegeben; die Besatzung versuchte nicht, ihre Genugtuung zu verbergen.

Guido und ich hielten in Erwartung erneuter Störungen weiterhin Augen und Ohren offen, bald aber war klar, daß alles vorbei war. Wir mußten wieder zu unseren Büchern greifen, die wir am liebsten nie wieder angeschaut hätten, und weiter nutzlose Kenntnisse sammeln; allein schon der Gedanke daran frustrierte uns derart, daß wir nicht zusammen lernen konnten. Wir büffelten jeder für sich, vermieden es, darüber zu sprechen. Margherita Tardini ging mit mir nicht einmal mehr samstags aus; wir dürften jetzt nur an die Schule denken, sagte sie zu mir, denn es gehe um unsere Zukunft. Den ganzen Juni hindurch verbrachte ich die Nachmittage in meinem Zimmer, und der Horizont erschien mir nach diesem kurzen Lichtblick nun noch verschlossener als zuvor.

Im Juli legten wir die Aufnahmeprüfungen für die Oberstufe ab. Wäre es nach der Dratti und der Cavralli gegangen, wären Guido und ich mit Sicherheit durchgefallen, aber zum Glück prüften uns andere Lehrer. Einer von ihnen machte abfällige Bemerkungen über Guidos langes

Haar, ein anderer über den Aufbau meines Italienisch-Aufsatzes; doch ihre Feindseligkeit hatte keine persönlichen Gründe, und am Ende ließen sie uns beide durchkommen.

Zehn Tage später konnten wir auf den Listen in der Halle die Prüfungsergebnisse einsehen; außer einem gedämpften Gefühl der Erleichterung empfanden wir nichts Besonderes dabei. Wir gingen wieder auf die Straße hinaus in die stickige Mailänder Hitze, und die Mittelstufe war abgeschlossen, vor uns lag die endlose und ungewisse Weite der Ferien.

Neun

Im Oktober sahen wir uns im neuen Klassenzimmer wieder, eine Tür weiter. Zwischen den braungebrannten Gesichtern unserer Klassenkameraden wirkte Guido, als habe er den Sommer im Verborgenen hinter sich gebracht, aber er war auch sichtlich erwachsener geworden: seiner endgültigen Physiognomie näher. Ich fragte mich, ob ich mich in ähnlicher Weise verändert hatte, vermochte es aber selbst nicht herauszufinden. Margherita Tardini begrüßte mich, als habe sie viel zu viele andere Dinge im Kopf, um sich auch noch mit mir abgeben zu können; ich sah ihr nach, wie sie zu ihrem Platz ging, und merkte, wie weit wir uns voneinander entfernt hatten.

Es war, als hätten wir jetzt alle einen kleinen Sicherheitsraum um uns herum, den wir im Vorjahr noch nicht hatten; wir versuchten die neue Situation zu entschlüsseln. Der augenfälligste Unterschied war, daß wir die Dratti nicht mehr vor uns hatten. Ihre Rolle war auf eine Vielzahl von Charakteren und Verhaltensweisen aufgeteilt: einen hölzernen und kahlköpfigen Philosophieprofessor, eine Mathematiklehrerin, die sehr viel wohlwollender war als die Cavralli, einen ständig halb alkoholisierten Italienischlehrer, der in seiner Jugend Gedichte geschrieben hatte, eine brünette Lateinlehrerin, die uns gleich am ersten Tag eröffnete: »Ich bin eine moderne, aber unbeugsame Frau.« Die polarisierte Kontrolle war vorbei, die systematische Verfolgung einzelner zwischen Trennwänden eingedämmt. Die Angst, die die Luft dünn und noch die kleinste

Bemerkung von Guido bedeutsam gemacht hatte, war gemildert, mit anderen Empfindungen vermischt.

Die neuen Lehrer begannen ihren Unterricht, als hätten die Ereignisse des letzten Frühjahrs nicht die geringsten Spuren hinterlassen. Im Grunde wußten sie wohl, daß dem nicht so war, denn hie und da zeigten sich in ihrem Verhalten leichte Risse, kleine transversale Zweifel. Aber sie hatten so viele Jahre in einer unwandelbaren Landschaft im gleichen Trott weitergemacht, es mußte ihnen seltsam erscheinen, daß sich jetzt etwas ändern sollte.

Guido faszinierte es, wie resistent ihr ganzes Bezugssystem gegenüber dem Lauf der Zeit war. Dieser Gedanke bestürzte ihn jetzt weit mehr als in der Mittelstufe, wo wir immer alles auf die spezielle Perversität zweier Lehrerinnen geschoben hatten. »Es ist, als gehe man um ein *Jahrhundert* zurück«, sagte er. »Als hätte es nie den Film und den Rock and Roll und die Pop-art gegeben. Als hätte es nicht mal den Jazz gegeben, nicht mal den *Impressionismus*. Wir sind außerhalb des *Lebens*, in einer unterirdischen Welt.«

Und es war wirklich unmöglich, in unseren Schulbüchern oder in den Lehrplänen irgend etwas zu finden, das die heutige Zeit widergespiegelt hätte. Fächer wie moderne Sprachen oder Geographie gab es nicht mehr, wir hatten sie aufgeben müssen, damit wir um so tiefer in die toten Sprachen eindringen konnten, die, wie die Lehrer sagten, die »Grundlagen der italienischen Kultur und dem Erlernen des logischen Denkens sehr förderlich« seien. In Geschichte sprang man von der Gründung Roms zur Renaissance und von dort zum Risorgimento, eine erbauliche und verlogene Selektion, die alle schändlichen Episoden unserer Vergangenheit ausließ. Der Literaturkurs war der Beweihräucherung bestimmter italienischer Dichter gewidmet, ihre ausländischen Zeitgenossen wurden samt und sonders ausgeklammert. Wir befanden uns wahrhaftig in einer unterirdischen Welt: in einer Kolonie, die jede Verbindung zur Wirklichkeit verloren hatte, aber einfach weitermachte, als sei diese Verbindung völlig entbehrlich; und auch noch stolz darauf war.

Bald faszinierte es Guido und mich nicht mehr. Wir vermochten unsere Unduldsamkeit auch nicht mehr in heimlichen Bemerkungen abzureagieren; immer mehr drängte es uns, offen zu handeln. Guido begann sich zu exponieren, unterbrach die Ausführungen der Lehrer mit Fragen, mit Bitten um Erläuterungen, die sie in Zorn oder in Verlegenheit brachten.

Bald gab es neue Anzeichen für einen Schiffbruch. In anderen Klassen kam es zu Auseinandersetzungen und zu offenem Protest, Schülerdelegationen richteten Appelle an die Lehrer und den Rektor, ohne Erfolg. Eines Morgens wurde wieder einmal die Turnhalle des Lyzeums besetzt und eine Versammlung abgehalten.

Guido und ich gingen zusammen über den Schulhof, mischten uns unter die aufgebrachten Schüler. Es waren doppelt so viele wie im Jahr zuvor. Diesmal sah es aus, als sei überhaupt niemand zum Unterricht gegangen, die Turnhalle war zum Bersten voll. Ein Tisch wurde gegen die Wand geschoben, jemand sprang hinauf und sprach in ein Megaphon. Fast alle, die das Wort ergriffen, waren aus der Oberprima; sie waren aggressiver als im letzten Jahr und hatten sich auch mehr auf umfassendere Themen verlegt: die Welt und wie sie funktionierte.

Guido hörte gespannt zu, blickte unentwegt umher. Dann schob er sich durch die Menge bis zum Rednertisch, ließ sich in die Rednerliste eintragen. Abwartend blieb er dort stehen: ich sah seinen Kopf zwischen den vielen unruhigen Köpfen und fragte mich, ob er wirklich sprechen würde. Dann wurde er aufgerufen; er kletterte auf den Tisch, griff nach dem Megaphon. Er war viel jünger als die anderen Redner, aber sein Blick und seine zierliche Gestalt mit dem wirren Haarschopf hatten sogar noch aus vielen Metern Entfernung eine ziemlich starke Wirkung. Es war die Zeit der physischen Eindrücke, schon das bloße Aussehen von jemandem löste Wellen von Abneigung oder Sympathie aus.

»Dieses Schulsystem ist schuld, daß unser Land so veraltet und verkommen und weltfremd ist«, sagte Guido. »Alle diese Scheißtypen, die uns regieren und lenken und unterrichten, sind aus diesem Schulsystem hervorgegangen, sie sind in diesem Scheißsystem *aufgewachsen*. Sie sind ein Teil davon, mit ihren lateinischen Sprüchen und ihren Haarspaltereien und ihrem nichtssagenden Gelaber und den systematischen Falschdarstellungen und dem Doppel- und Dreifachspiel. Nicht zu glauben, was wir alles lernen könnten, wenn wir die Zeit, die wir damit vergeuden, den veralteten Lehrstoff in diesem Kadaver-Museum zu pauken, für lebendiges Wissen verwenden würden. Mit der gleichen Mühe könnten wir vier oder fünf Fremdsprachen lernen, wir könnten Malen lernen und Notenlesen. Wir könnten die *Welt* kennenlernen, einen Beruf erlernen.«

Seine Stimme klang sonderbar naiv und verletzlich, verglichen mit dem Ton, in dem er über dieselben Dinge mit mir sprach. Es war, als gäbe Guido gerade dann mit Absicht seinen Selbstschutz auf, wenn die anderen sich möglichst bedeckt hielten; als ließe er gerade dann in seiner Wachsamkeit nach, wenn ihm am meisten bewußt war, daß er verwundbar war. Nicht einmal das Megaphon benutzte er richtig: manchmal hielt er es zu weit vom Mund entfernt, und seine Worte verloren sich, oder er nahm es zu dicht an die Lippen, und sie klangen verzerrt und unverständlich. Er brach unvermittelt ab, als alle erwarteten, er würde weiterreden oder zumindest einen krönenden Abschluß bringen, und stieg vom Tisch. Man klatschte Beifall, wenn auch nicht eben stürmisch; der nächste Redner trat an seinen Platz.

Eine Woche danach gingen wir beide zu einer Protestdemonstration gegen die Verhaftungen, zu denen es bei einer anderen Demonstration gekommen war. Der Demonstrationszug war bereits losmarschiert, als wir an der Universität ankamen, und wir mußten versuchen, ihn einzuholen. Wir liefen durch die Innenstadt, orientierten uns an den Verkehrsstockungen und den aufgebrachten Gesichtern der Passanten. Auf halbem Weg erreichten wir den Zug auf einer Straße, die am Gefängnis vorbeiführte; wir reihten uns unter die etwa achthundert Demonstranten ein, die zornige Parolen gegen die Regierung riefen. An der Spitze fuhren ein paar Polizeiautos, am Ende des Zuges Polizeijeeps und Mannschaftswagen voller Polizisten mit Helmen und Schlagstöcken.

Guido und ich waren jünger als der Durchschnitt der Demonstranten, um so versessener waren wir darauf, im Zentrum des Geschehens zu sein, an der kollektiven Erregung teilzunehmen. Hinter uns war der Verkehr nahezu lahmgelegt, wir hörten das wütende Hupkonzert der Autos. Die Schutzmänner bemühten sich, den Verkehrsfluß aufrechtzuerhalten und die einzige freie Spur wechselweise für beide Fahrtrichtungen auszunutzen; bald jedoch blockierten sich die entgegengesetzten Verkehrsströme gegenseitig, die Autos standen Flanke an Flanke mitten auf der Fahrbahn. Das allein war schon ein erheiterndes Gefühl: den Verkehr zum Stillstand zu bringen in einer Stadt, die auf die Autos viel mehr Rücksichten nahm als auf ihre Bewohner.

Wir waren am Fuß der langen und hohen Gefängnismauer, von wo aus gerade noch die schmalen Fensteröffnungen eines der Gebäude zu sehen waren. Irgend jemand begann zu rufen »Kommt heraus! Kommt heraus! Kommt heraus!« und bald skandierten wir den Satz im Chor, so als richte er sich nicht allein an die Leute im Knast, sondern an alle, die in Schulen, Wohnhäusern oder Bürogebäuden ähnlicher Bauart eingesperrt waren. Wir hoben und senkten die Arme im Rhythmus der Worte, von echtem Freiheitsdrang erfüllt: unsere Unduldsamkeit und Wut schafften sich Raum.

Plötzlich kam Druck von der Seite, alle rannten und drängten wie verrückt zur Straßenmitte, mit vorgereckten Armen und Panik in den Augen. Im Nu war die kleine, kämpferisch schreiende Menge in wilder Flucht, ihre Wut in Angst umgeschlagen. Guido und ich flitzten mit den anderen davon, ohne zu begreifen weshalb, rannten in der rempelnden und schiebenden und schreienden Menge die Straße hinunter, während es ringsum ohrenzerreißend krachte und pfiff. Erst jetzt sah ich die Tränengasgranaten, die über unsere Köpfe hinwegsirrten, die Polizisten, die uns in blindwütigem Galopp mit erhobenen Schlagstökken verfolgten; ich spürte die nackte Gefahr und rannte noch schneller. Nur einmal als Kind, auf dem Land, als mich ein Schäferhund verfolgte, war ich so gerannt: fast ohne den Boden zu berühren, mit Wahnsinnsgeschwindigkeit wie in einem Trickfilm. Auch Guido neben mir flog dahin; leicht und nervig wie er war, witschte er zwischen den Flüchtenden hindurch.

Dann verlangsamte sich der Lauf, ging in einen gemächlichen, immer stockenderen, seitlich auslaufenden Trab über; verebbte. Schweißüberströmt und erschöpft standen wir da und sahen zu den gleichfalls stehengebliebenen Polizisten hinüber. Der Raum zwischen uns und ihnen war voller Tränengas, das in dichten Schwaden über dem Asphalt hing. Zwei Kommissare in Zivil waren dabei, den Polizeitrupp wieder zu einer horizontalen Linie zu ordnen; sie brüllten Befehle; die Uniformierten wogten zur Seite.

Wir verfolgten ihre Bewegungen, bereit, beim leisesten Zeichen zu flüchten, und die Wut schlug wieder in uns hoch, in die von der Angst hinterlassene Leere hinein. Jemand begann von neuem zu rufen, die Faust zu schwenken; die erneut im Gleichtakt skandierten Drohgebärden und Rufe vervielfältigten sich. Der Rhythmus wurde schärfer, die Stimmen lauter, brachen in immer rauheren Tonlagen hervor. Wieder gingen wir auf die Polizisten zu, mit jedem Schritt unvorsichtiger: unwiderstehlich von ihnen angezogen. Jemand hob unter einer Platane einen Stein auf, schwang ihn wie eine Handgranate in der Faust, und bald taten es ihm viele nach und schleuderten Steine gegen die Polizisten. Sie taten es mit hingebungsvollen, zwischen Mut und Tollkühnheit ausgewogenen Mienen und erzeugten bei den anderen Ströme von Bewunderung. Auch Guido stürmte mit seinem Stein los und warf so kräftig er konnte. Fast alle Würfe waren zu kurz: nur wenige erreichten ihr Ziel – ohne große Wirkung. Es kam auch nicht so sehr darauf an zu treffen, wichtig war, den Raum zu zerreißen, das Gleichgewicht zu zerstören.

Eine Zeitlang riefen wir und warfen Steine und näherten uns den Polizisten, bis schließlich einer der Polizeichefs mit einer grünrotweißen Schärpe um die Brust in ein Horn blies und die Polizisten uns erneut nachjagten. Wieder flüchteten wir auf einer Woge von Angst; doch sie war schon weniger lang und intensiv als die erste. Bald hielten wir keuchend wieder an, um zu Atem zu kommen, und schauten von fern zu den Polizisten hinüber. Guido erklärte mir, wie leicht ihre Geschwindigkeit oder ihre Stoßrichtung abzuschätzen war, weil sie meistens geradeaus losgaloppierten, von ihrem eigenen Schwung getragen, bis er erlahmte. Er war voller Schwung und Energie, die Haare klebten ihm an der Stirn, und seine Pupillen waren geweitet: die leidenschaftliche Seite seines Wesens lag ungefiltert bloß.

Noch einmal machten wir uns an die Polizisten heran, und wieder stürmten sie los. Wir stiebten schnell davon, jetzt fast so belustigt wie erschrocken. Allmählich wurde aus der Auseinandersetzung eine Art ritualisiertes Kampfspiel, bei dem es keinem der beiden Lager gelang, mit dem anderen in körperlichen Kontakt zu kommen. Dennoch hatte der Eifer, mit dem die Polizisten zum Angriff stürmten, und der Zerstörungsdrang, mit dem wir Steine schmissen und uns die Stimme aus dem Hals schrieen, nichts von der Losgelöstheit des Rituals, auch wenn die Sache nicht weiter gefährlich war, sofern man nicht stürzte oder sich in der Entfernung täuschte. Die bloße Substanz der Fakten war in diesem Fall weniger wichtig als die ihr zugrundeliegenden Gefühle: die Emotionen, die die Realität kontrahierten und erweiterten.

Guido rannte wie schwerelos, ohne je zu ermüden oder stehenzubleiben. Ich bemühte mich, ihm auf den Fersen zu bleiben, was nicht einfach war. Immer wieder griffen wir an und rannten davon und machten wieder kehrt, wichen von der Straße am Gefängnis aus in Seitenstraßen zurück in Richtung Zentrum, zwischen den feststeckenden

Fahrzeugen und den Gehsteigen. Die Leute drückten sich an die Häuserwände und flüchteten sich in die Hauseingänge oder lehnten an den Fenstern und schauten zu; die Geschäftsleute ließen die Rolläden herunter. Guido schrie sie an: »Euch war immer *alles* recht, so wie es war! Ganz egal, was für Schweinereien vor euren Augen passiert sind!« Er versetzte einem Auto einen Fußtritt; und es kam einen wahrhaftig Lust an, Schaden anzurichten und Krach zu schlagen, sich mit allen anzulegen, die für die Zustände mitverantwortlich schienen.

Wir machten immer weiter, und es sah aus, als nähme es nie ein Ende, allmählich jedoch nutzte sich die Spannung ab, und auf einmal waren wir müde, es fing an dunkel zu werden. Die Verfolgungsjagden wurden kürzer und seltener; hörten ganz auf. Es gab noch vereinzelte Rufe und Gesten, bis der Verkehr die Straße wieder in Besitz nahm und die Stadt verschlang und alles mit seinen mechanischen Bewegungen und Geräuschen überdeckte.

Die Zeitungen stellten die Zusammenstöße vor dem Gefängnis als regelrechte Schlacht und die Beteiligten als Kriminelle dar. Unser Philosophieprofessor nannte es eine »schändliche Episode«: Unsere Klassenkameraden waren hin und her gerissen zwischen Neugierde und dem Wunsch, zu verdrängen; Einzelheiten, die Guido und ich berichteten, nahmen sie zurückhaltend auf, erschrocken beim bloßen Gedanken, zu viele Informationen aus erster Hand zu bekommen. Ablondi und Farvo analysierten die Vorfälle, als seien sie als Augenzeugen auf einem privilegierten Beobachtungsposten dabeigewesen.

Die Berichte über Guidos Rolle bei den Zusammenstößen verbreiteten sich in der ganzen Schule, von Mal zu Mal mehr verzerrt und aufgebauscht, und verliehen ihm schließlich den Nimbus eines kleinen Helden. Er versuchte es ins Scherzhafte zu ziehen, doch mittlerweile waren die Bilder in Umlauf und machten die Runde. Die Mädchen sahen mit neuer Bewunderung auf ihn; die Lehrer mit einer zusätzlichen Dosis Feindseligkeit.

Es gab weitere Demonstrationen und Schulbesetzungen, neue Zusammenstöße mit der Polizei, es wurden Steine geworfen und Schaufenster eingeschlagen und aus Autos Barrikaden errichtet. Manchmal wurde der Unterricht mitten am Vormittag abgebrochen, man hörte Geschrei auf der Straße, ein Demonstrationszug zog unter unseren Fenstern vorbei. Wir rannten aus den Klassenzimmern, um mitzumachen, ließen die Lehrer mit den wenigen Strebern, die sie nicht im Stich lassen wollten, einfach sitzen. Ab und zu gab es spontane Versammlungen, wieder wurde die Turnhalle besetzt.

Auf einmal sah es aus, als könnte sich alles ändern, man mußte nur herausfinden wie. Die jungen Leute versuchten die Szenarien zu zerschlagen, in denen zu leben sie verdammt waren; noch die kleinste Tat reizte zur Nachahmung. »Dies ist das Ende einer beschissenen *Epoche*. Solange sie konnten, haben sie sich dagegen gesperrt, die Spielregeln zu ändern, und jetzt explodiert ihnen ihr gräßliches System unter dem Arsch«, sagte Guido. Mit »sie« meinte er die Erfinder und Herren der Welt, so wie sie war, ihre Wächter und Verwalter.

Nachmittags gingen wir zur Universität, schon an der Wegbiegung voller Erwartung. Wir trieben uns in den rauchgeschwängerten Hörsälen herum, wo diskutiert wurde, wie man alles verändern könnte, und glaubten uns dort in einer viel authentischeren und kühneren Dimension als in unserer Schule. Die Studenten faszinierten uns: ihre militärgrünen Parkas und ihre reifen Gesichter, ihre

Ironie und Weltkenntnis, ihre Gefährlichkeit, die jederzeit hervorbrechen konnte. Uns war bewußt, daß es eher so etwas wie ein romantisches Spiel war, bei dem sich jeder nach Vorbildern aus der Literatur oder der Geschichte oder der Malerei oder der Musik seine Figur erschuf, aber in unserer damaligen Lebensphase erkannten wir sie bereitwillig an, machten sie zum Ausgangspunkt unserer Phantasien.

Die Reden, die wir hörten, zeigten uns Bilder von neuen möglichen Welten, die in anderen Ländern verwirklicht oder nur gedacht, bloße Entwürfe geblieben waren. Alle hatten angefangen, die Geschichte zu durchforschen, auf anderen Pfaden als den von unserer Schulbildung vorgezeichneten: tagtäglich machten wir neue Entdeckungen, die bald in Widerspruch zueinander gerieten. Der Wettstreit zwischen den verschiedenen Linien und Richtungen schien zur Atmosphäre zu gehören, hielt sie lebendig, während wir von einem Ende der Stadt zum anderen liefen.

Guido sagte, ihm läge mehr daran zu handeln als zu reden; aber auch er las Geschichtsbücher; mit der gleichen Leidenschaft, mit der er Romane verschlang. Er lieh sich Bücher in Bibliotheken aus oder klaute sie in den Buchhandlungen der Innenstadt: er lungerte eine halbe Stunde zwischen den Regalen herum, und wenn er herauskam, war sein Parka vollgestopft mit Taschenbuchausgaben über die Geschichte der französischen Revolution und die Geschichte der russischen Revolution und alles, was sonst sein Interesse erregt hatte.

Er las nachts zu Hause und nachmittags, wo er ging und stand, sogar in der Schule während des Unterrichts, notdürftig hinter einem Stapel Schulbücher verborgen. Jetzt sah man ihn noch seltener ohne ein Buch in der Hand und hörte ihn kaum je über etwas anderes als über ein Buch reden. Er las fast alles, was man damals las, *Das Kapital* von Marx, und *Was tun* von Lenin und die anderen Titel, die die Schüler der oberen Klassen und die Studenten in ihren Reden in jedem dritten Satz zitierten. Er sagte, er wolle herausfinden, wer die Menschen seien, die hinter diesen Büchern steckten: ob er ihnen gern begegnet wäre oder nicht.

Bei dieser Erkundung unbekannter Territorien versuchte er ohne die Leitfäden auszukommen, die allenthalben angeboten wurden; er verließ sich auf seinen Instinkt. Er nahm Informationen auf und filtrierte sie; befand darüber auch ohne den Anspruch auf Objektivität. Er las Marx, und immer wenn ich ihn fragte, was er von ihm hielt, gab er mir zur Antwort: »Weiß ich noch nicht.«

Zehn

Eines Nachmittags fuhren Guido und ich mit dem Mofa von einer Versammlung in der Universität zurück, und er bat mich, vor einer Bar an der Piazza San Babila anzuhalten. Ich wollte es ihm ausreden, weil nur fünfzig Meter weiter das Parteibüro der Neofaschisten war, wo sich mit Eisenstangen bewaffnete Rechtsradikale herumtrieben und auf jeden losgingen, der lange Haare oder Tennisschuhe trug. »Nur für fünf Minuten«, sagte Guido und stieg ab.

Es war eine der alten prunkvollen Mailänder Bars mit Kristallspiegeln und Messingbeschlägen und dunklen Paneelen. Die Kassiererin verfolgte mich und Guido mit ihren giftigen Blicken, als wir die Bar durchquerten und die Wendeltreppe hinaufstiegen. Im Obergeschoß saßen in einer Art Galerie mit kleinen Tischen zwei umwerfend hübsche Mädchen. Sie waren höchstens ein, zwei Jahre älter als wir, sahen aber tausendmal anziehender und verführerischer aus als unsere Klassenkameradinnen. Verglichen mit ihnen, wirkte Paola Amarigo wie ein armseliger Besen ohne Charme und Sinnlichkeit. Eine von ihnen hob den Blick, und ihr Gesicht erhellte sich. »Guido!« rief sie.

Guido ging zu ihr und küßte sie auf die Wange, setzte sich und redete aus wenigen Zentimetern Entfernung mit ihr. Ich stand steif neben dem Tisch, schüchtern und zu ihnen hingezogen und gleichzeitig voller Sorge, daß eine Horde Faschisten auf der Treppe auftauchen könnte. Guido stellte uns mit einer angedeuteten Geste vor, sagte

»Mario, Nina, Antonella«. Antonella war das andere Mädchen; neben sie setzte ich mich.

Ein älterer Kellner kam herauf, um die Bestellung aufzunehmen. Er fixierte Guido und mich mit kaum verhohlener Abneigung. Über die Köpfe der Mädchen hinweg, die etwas anderes wollten, bestellte Guido schnell vier starke Aperitifs, bemüht, uns alle einzubeziehen. Die Mädchen kicherten, warfen sich Blicke zu. Aus der Nähe gesehen, war Antonella weniger hübsch als Nina, sie hatte kleinere Augen und einen breiten Unterkiefer; beide aber gehörten sie zur gleichen Rasse Frau, und davon hatte ich noch nie eine so nah gesehen.

Der Kellner kehrte mit vier riesigen roten, mit Orangenscheiben garnierten Gläsern zurück und legte mit einer Spur von Sadismus in den Augen den Kassenbon auf den Tisch. Bevor ich irgend etwas tun konnte, zog Guido schon ein zusammengerolltes Bündel Tausendlirescheine aus der Tasche und legte sie ihm unabgezählt auf die Hand. Der Kellner entrollte einen Schein nach dem anderen; gab ihm ein Drittel zurück. Guido sagte zu ihm: »Das ist für Sie«; eine absurde Geste, die gleiche Summe gaben mir meine Eltern für die ganze Woche, und gewiß bekam er auch nicht mehr. In seinem Blick lag ein Anflug von Verlegenheit, in der Art, wie er rasch einen großen Schluck nahm und zwei der Gläser den Mädchen hinschob. Der Kellner zog sich mit einem frostigen Danke zurück, als stünde für ihn außer Zweifel, daß das Geld gestohlen war.

Nina erzählte, wie ein Fernsehschauspieler sie nach einer Party außerhalb der Stadt in einem klapprigen alten Mercedes hatte nach Hause bringen wollen und dabei im Straßengraben gelandet war. Sie hatte eine erstaunliche Sprechweise, mit unvermittelt wechselndem Timbre und schnellen kleinen Handbewegungen. Sie wirkte nicht sonderlich intelligent, dafür war ihre Stimme von einer quirligen Energie belebt; sie verweilte bei einem Detail, um das Thema dann rasch von verschiedenen Seiten aus zu beleuchten und dabei ihren eigenen Standpunkt mehr als einmal umzustoßen. Guido beobachtete sie hingerissen, schlürfte seinen Aperitif und versuchte ihr weitere Einzelheiten zu entlocken. Auch ich trank; der Alkohol ging mir sofort ins Blut, dehnte alle meine Eindrücke.

Wir schauten in einem fort Nina an und hörten zu, wie sie einen Deutschlehrer ihrer Klosterschule schilderte, fast jedes ihrer Adjektive belustigte uns; dann sah Antonella auf die Uhr und sagte: »Wir müssen gehen.« Nina brach ihre Erzählung mittendrin ab, ging ihren Mantel holen. Guido und ich standen ebenfalls auf, Guido stieß dabei einen Stuhl um.

Wir stiegen hinter den beiden Mädchen die Treppe hinab. Guido fragte: »Können wir nicht mitkommen?« Sein Ton klang zu flehentlich, um ernst zu wirken; die Mädchen verneinten. Der Alkohol ließ mich alle unsere Bewegungen langsamer wahrnehmen, als sie in Wirklichkeit waren: Guido, der sich ohne Erfolg an Nina heranzumachen versuchte, die Haare und das Parfum der Mädchen, die Blicke, während wir wie auf Watte die Stufen hinabzuschweben schienen.

Die Piazza draußen war schon dunkel, und es war kalt, Verkehrslärm empfing uns, und im Licht der Straßenlampen und Autoscheinwerfer hasteten Leute vorbei. Guido wollte noch mit Nina reden, aber Antonella, die sie fest untergehakt hielt, sagte: »Also dann auf Wiedersehen.« Guido wollte sie umstimmen, versuchte sie wort- und gebärdenreich zu überreden. Neben den beiden in teure Stoffe gekleideten Schönen wirkte er ärmlich und abgerissen, nicht befugt zu derartiger Aufdringlichkeit. Schließlich gab er auf; Nina und ihre Freundin eilten fast im Laufschritt davon, verschwanden an der nächsten Straßenkreuzung.

Ich wollte ihn fragen, wo und wann er sie kennengelernt hatte, aber er ging schnurstracks auf mein Mofa zu. Erst als wir schon in der Straße waren, in der er wohnte, meinte er: »Das Leben ist beschissen, der einzige Trost ist, daß es mit der Zeit nur besser werden kann.« In dem Verkehrsgetöse konnte ich seine rauhe Stimme kaum hören.

In der Schule beschwerten sich allmählich selbst die Lahmsten unter unseren Klassenkameraden offen über das, was wir lernen mußten, und wie es uns beigebracht wurde. Um uns einzuschüchtern, sprachen die Lehrer noch lauter, versuchten ihren Stoff noch unverständlicher darzubieten. Unsere Forderungen waren anfangs ganz vernünftig, die Lehrer aber waren einfach nicht imstande, darauf einzugehen.

Einmal zum Beispiel schlug Guido der Lateinlehrerin vor, uns statt der üblichen, mit grammatikalischen Erläuterungen gespickten Textausschnitte ganze Bücher lesen zu lassen, damit wir der mühseligen Übersetzerei wenigstens ein bißchen Spaß abgewinnen könnten. Sie ließ ihn nicht einmal ausreden, schrie: »Ihr lest das, was ich bestimme, ihr braucht mir nicht zu sagen, wie ich zu unterrichten habe, Bande von Ignoranten und Nichtsnutzen, die ihr seid!« Fünf Minuten lang beschimpfte sie die ganze Klasse: rot im Gesicht, mit ihren gefärbten Haaren, die ihr auf dem Kopf hin und her wogten.

Als sie gegangen war, waren auch unsere Klassenkameraden empört, ihr Unmut über die Methoden der Lehrer war noch gestiegen. Wir besprachen, wie wir reagieren könnten: Ablondi schlug vor, der Lehrerin einen ausführlichen Beschwerdebrief zu schreiben, Farvo wollte über seinen Vater, der Rechtsanwalt war, Klage gegen sie erheben. Fast alle machten jetzt irgendwelche Vorschläge, beim geringsten Einwand jedoch wurde ihr Blick unsicher; keiner gedachte das, was er sagte, wirklich in die Tat umzusetzen. Guido ließ sich etwas einfallen, und auf der Woge der Erregung gelang es ihm, alle mitzureißen, zum Mitmachen zu verpflichten.

Am nächsten Tag stellten wir sämtliche Bänke um, so daß wir mit dem Rücken zum Pult und mit dem Blick zur hinteren Wand saßen. Nur Paola Amarigo und ein monarchistisch gesinnter Junge namens Tirmoli wollten sich nicht beteiligen, mit abweisendem Gesicht gingen sie auf den Flur hinaus, um nur nicht mitmachen zu müssen. Als die Lateinlehrerin hereinkam, saßen wir alle nach Guidos Anweisungen mucksmäuschenstill und brav mit dem Rücken zu ihr, als folgten wir aufmerksam einer Unterrichtsstunde auf der gegenüberliegenden Seite des Klassenzimmers.

Die Lehrerin war wie vom Schlag gerührt: auch wenn wir sie nicht sehen konnten, merkten wir es an ihrem Schweigen und an der Art, wie sie am Pult herumraschelte. Mit einem Seitenblick mahnte Guido mich, still sitzen zu bleiben; man spürte, wie hinter uns eine schreckliche Spannung aufstieg.

Dann brüllte die Lehrerin wie eine Verrückte, wir sollten uns umdrehen. Keiner gehorchte; ich sah die verängstigten Gesichter unserer Klassenkameraden in den Bänken neben mir. Ich glaube, die meisten von ihnen bereuten die Sache bereits, vielleicht haßten sie Guido, der sie hineingezogen hatte.

Die Lehrerin ging durch die Bankreihen, schrie und stampfte mit den Füßen, als gelte es einen bösen Traum zu verscheuchen. Sie griff sich irgend jemanden heraus, schrie ihn aus wenigen Zentimetern Distanz an: »Ich mache dich dafür verantwortlich!« Wir waren keine guten Schauspieler; wir mußten uns anstrengen, weiter die Wand vor uns anzustarren.

Die Stimme der Lehrerin wurde noch schriller, sie kreischte: »Hört auf der Stelle damit auf! Auf-der-Stel-le!« in hysterischem Crescendo, das ihren Stimmbändern nur schaden konnte. Die Situation war jetzt bis zum äußersten gespannt, ich glaubte zu sehen, wie unsere Klassenkameraden in ihren Bänken zitterten, wie sich bei jedem Wort, das die Lehrerin schrie, ihre Züge verzerrten. Aber wir schafften es, reglos sitzen zu bleiben, wie Guido uns befohlen hatte, und weiter so zu tun, als folgten wir einer geisterhaften Unterrichtsstunde.

Schließlich kehrte die Lehrerin an ihr Pult zurück, und wir hörten, wie ihr die Stimme brach. Auch als sie jetzt zu schniefen und zu schluchzen begann, blieben wir mit dem Rücken zu ihr sitzen; dann drehte sich Guido um und fragte leise: »Warum müssen wir so im Kriegszustand sein? Wäre es nicht einfacher, miteinander zu *reden*?«

Seine Stimme war ohne jeden Spott: er war aufrichtig betrübt, als habe er eine Angestellte vor sich, der man vor der Nase die Arbeitsstelle weggeschnappt hat, oder eine Frau, die vom Ehemann verlassen worden ist. Die Lehrerin war fassungslos über diesen Ton: als wir uns alle umdrehten, starrte sie Guido völlig aufgelöst an. Dann rannte sie zur Tür und schrie: »Ich lasse euch alle lebenslänglich suspendieren!«

Wir hörten, wie sich das wütende Klappern ihrer Absätze auf dem Korridor entfernte, wie es verstummte und wieder zurückkam, sich unschlüssig aufs neue entfernte, und es war klar, daß wir gewonnen hatten. Unser Zögern ging in Ungläubigkeit, dann in hemmungslose Ausgelassenheit über; wir lachten und brüllten und machten Luftsprünge. Das Panorama aus Monolithen und Fossilien, in dem wir bislang gelebt hatten, schien sich aufgelöst zu haben, es war zu einem Freiraum geworden, in dem wir tun konnten, was wir wollten. Nur Guido machte in dem allgemeinen Tohuwabohu ein trauriges Gesicht; die arme Lehrerin tue ihm leid, sagte er zu mir.

Auch die anderen Lehrer sahen, wie die altvertrauten Landschaften vor ihren Augen einstürzten. Allzu lange unterdrückt, brach die Erbitterung gewaltsam hervor, ging über die ursprüngliche Forderung nach einer Aktualisierung der Lehrpläne hinaus und stellte den Sinn der ganzen Schule in Frage. Es war eine regelrechte physische Erbitterung, die leicht in Gewalt umschlug. Einmal sahen Guido und ich, wie ein Juraprofessor in der Universität von Hunderten von Studenten die Treppe hinuntergejagt, bespien und mit Münzen und Schmähungen überschüttet wurde, während zwei Pedelle den Mann, der grau im Gesicht war wie eine Leiche, vor der Lynchjustiz zu retten suchten. Die Niederträchtigkeit der Masse widerte uns an, aber wir waren uns sehr wohl bewußt, daß auch wir im gegebenen Augenblick und unter dem geeigneten Vorwand zur Lynchjustiz greifen könnten.

Guido und ich sahen uns jetzt fast jeden Nachmittag. Wir lebten in einem bewegten Klima, weit entfernt vom trägen Dahinfließen der vergangenen Jahre. Meine Mutter und ihr Mann waren darüber keineswegs erfreut: jedesmal, wenn ich nach Hause kam oder wegging, sahen sie mich besorgt an; sie versuchten mir die Ereignisse so zu erklären, wie sie sich ihnen in den Zeitungen darstellten. Ich hörte gar nicht zu, preßte mir die Hände an die Ohren, bis sie aufhörten, aß und lief wieder aus dem Haus.

Ich holte Guido ab, und zusammen gingen wir ins Stadtzentrum. Fast jeden Tag gab es Versammlungen und Demonstrationen und Veranstaltungen, an denen wir teilnehmen mußten, hitzige Diskussionen und feingeistige Diskussionen und unverständliche Diskussionen. Immer wieder wurde plötzlich Alarm geschlagen, es hieß, Faschistentrupps seien im Anmarsch, was uns mit Erregung, Angst und gemischten Erwartungen erfüllte. Wir trafen Vorbereitungen, diskutierten, wie wir bei den Vorbereitungen vorgehen sollten.

Es gab eine kleine Gruppe von Studenten, die so lange an ihrem Verhalten gearbeitet hatten, bis sie sehr abgebrüht und bedrohlich erschienen, voller ungeahnter Kraftreserven. Sie waren überdurchschnittlich groß und kräftig, alles an ihnen stimmte, der Blick, die Bewegungen, die Kleidung und der Tonfall. Im Alarmfall tauchten sie, mit Schutzhelmen und Stöcken gewappnet, von einem Moment zum anderen auf und standen Wache an den Türen, wie Samurais, die zur Verteidigung eines armen Bauerndorfs angerückt waren. Auf uns Jüngere wirkten sie beeindruckend: die Mädchen blickten voller Bewunderung auf sie, die Jungen wünschten sich, so zu sein wie sie. Guido wies mich darauf hin, wie sehr sie vom äußeren Schein lebten, aber ihr verwegenes Aussehen und der Gedanke, daß sie ihre eigene Erfindung waren, faszinierte auch ihn.

Die Faschisten materialisierten sich so gut wie nie oder nur an entlegenen Punkten der Stadt und verschwanden sogleich wieder. Gewöhnlich beschränkten sie sich auf eine bestimmte Zone, nahe der Bar, in der Guido mir seine Freundinnen vorgestellt hatte, und dorthin wagte sich normalerweise keiner von uns. In anderen Städten mochten sie eine echte Bedrohung darstellen, aber in Mailand bekam man kaum einmal einen zu Gesicht. Für uns bedeutete dies lange leere Wartezeiten, erwartungsvolle Erregung, die sich innerhalb von Stunden in nichts auflöste.

Wir hätten gern jemanden gehabt, der all das verkörperte, was wir verabscheuten, aber ihn zu finden, war nicht einfach. Unsere Lehrer hatten auf den geringsten Druck hin nachgegeben und schienen nun genau wie wir Opfer des Lehrstoffs zu sein; die Polizisten waren nur Befehlsempfänger. Die wahren Verantwortlichen hatten vage Konturen und nichtssagende Namen: die Regierung, die Kapitalisten, der Imperialismus; es war schwer, ihnen ein Gesicht oder einen Namen zu geben. So zogen wir voller Frust durch die Straßen und schrien zu den Häuserfassaden hinauf und hinter den Autos her. Manchmal überkam uns die Lust, Sachen kaputtzumachen und wenigstens die Szenerie zu zerschlagen, wenn sich schon der Regisseur und die Akteure versteckt hielten.

Elf

Guido las weiter seine Bücher, bildete sich seine Meinungen anhand der Informationen, die er sammelte, und mit Hilfe seines Instinkts. Eines Tages sagte er zu mir, für ihn sei Marx ein Erfinder von Ideen-Käfigen; in seinen Schriften sei der gleiche dogmatische und rigide Geist wie in der katholischen Religion. »Es sind *Formeln*«, sagte er, »und deshalb sind sie so erfolgreich.«

Er folgte anderen Wegen; er las Kropotkin und Bakunin, die Geschichte des Aufstands von Kronstadt und der anarchistischen Machno-Bewegung. Er ging bci seinen Studien nicht methodisch vor: er sprang von einem Buch zum anderen, verschlang die Seiten mit der gleichen Ungeduld, mit der er auch alles andere tat. Ich merkte, daß er seine eigenen Gedankengebäude darauf aufbaute: er griff sich irgendeine Theorie heraus und wandelte sie ohne Rücksicht auf ihren Ursprung ab. Manchmal las ich einen Text nach, über den er mit mir diskutiert hatte, und entdeckte, daß er in Wirklichkeit ganz anders lautete und etwas anderes bedeutete. Wies ich ihn darauf hin, dann lächelte er nur; er versuchte nicht, mich von seiner Glaubwürdigkeit zu überzeugen.

Je mehr er las, desto mehr Sympathie entwickelte er für die Anarchisten: sie waren die einzigen, die nicht mit starren Vorstellungen und straffen Organisationen seinen Unmut, mit verfälschten Geschichtsdarstellungen seinen Zorn erregten. Die Anarchisten, die wir in der Stadt herumlaufen sahen, wirkten auch sympathischer als die Anhänger der anderen Gruppen: sie machten einen freieren, improvisationsfreudigeren und vergnügteren Eindruck. Wir schlossen uns ihren kleinen ungeordneten Haufen an, die bei Demonstrationen in den hintersten Reihen marschieren mußten und bei Versammlungen immer an den Rand gedrängt wurden.

Guido versuchte nie, mich mit Argumenten auf seine Seite zu ziehen: er ließ seine Vorstellungen die meinen streifen, regte sie dazu an, sich eigenständig zu formen. Ich fühlte mich nie von ihm beeinflußt, und doch kam ich mit leichter Verspätung stets zum gleichen Schluß wie er.

Ansonsten neigte Guido nach wie vor dazu, seine tieferen Gefühle zu verbergen, wenn er mit mir sprach. Er offenbarte sie nur bei öffentlichen Anlässen, und dann war ich erstaunt, mit welcher Leidenschaftlichkeit er es tat; wie wenig er sich bemühte, sie hinter einer Ausdrucksweise oder einem Bezugssystem zu verbergen. Er legte die Bilder, die er im Kopf hatte, so unkompliziert wie möglich dar, stellte sie einfach in den Raum und ließ sie aus sich selbst heraus wirken.

So stand er einmal bei einer Versammlung in der Turnhalle eine halbe Stunde lang neben mir und gab Kommentare zu den Beiträgen ab, aufgebracht über den Tonfall und die Ausdrucksweise und die Blicke der Redner. Dann meldete er sich zu Wort, und als die Reihe an ihm war, ließ er sich zu einer gefühlsgeladenen und leidenschaftlichen Rede hinreißen.

Er sagte »Nichts auf der Welt in ihrer heutigen Form ist *unvermeidlich*. Es ist nur eine von Millionen möglichen Formen, und sie hat sich für die, die darin leben, als unwirtlich und feindselig und starr erwiesen. Aber wir können uns ganz *andere* Formen ausdenken, wenn wir wollen. Wir können alles um uns herum anders gestalten, wir können die Städte, so wie sie heute sind, und die Straßen und Häuser und Büros und Verwaltungsgebäude niederreißen, und die Familien, wie sie heute sind, und die Produktionsweisen und das Schulsystem und die Autos abschaffen und die Kleider und die Art, miteinander zu reden und uns anzuschauen. Wir können ganz neue Lösungen erfinden, wir können ohne Geld auskommen und ohne kalte und harte Materialien und ohne Motoren und ohne Macht, wenn wir wollen. Wir können Bäume in den Städten pflanzen, ganze Wälder auf den Straßen wachsen lassen, den Asphalt aufreißen und die Straßen schmäler machen und alles bunt anmalen und alle Fabriken schließen und eine neue Art zu arbeiten erfinden. Wir würden nur Dinge herstellen, die wirklich notwendig sind, und nur aus Materialien, die für den Benutzer angenehm sind. Wir können uns neue Transportmittel ausdenken, Seen und Wasserläufe anlegen und auf den Straßen Musik machen. Wir können das Leben in eine Art *Bilderbuchabenteuer* verwandeln, wenn wir wollen. Es gibt keine Grenzen für das, was man sich *ausdenken* kann, wenn wir nur die Mittel dafür einsetzen, die jetzt vergeudet werden, um diese gräßliche Welt in Gang zu halten.«

Es gab zaghaften Applaus; spöttische Bemerkungen aus der Schar der Redner, die sich um den Tisch drängten. Noch einen Monat zuvor wäre die gleiche Rede vielleicht besser aufgenommen worden, jetzt aber war die freie Energie der Anfänge bereits größtenteils kanalisiert, in feste Bahnen gelenkt.

Jeden Tag standen am Schultor schmallippig lächelnde Universitätsstudenten. Sie hockten auf dem Geländer, das den Gehsteig abgrenzte, wie Junglehrer, die gekommen waren, um eine wilde, lärmende Kinderschar zu bändigen und auf nahe, wohlorganisierte Spielplätze zu geleiten. Sie gehörten verfeindeten Linien ein und derselben Familie an: einige trugen Abzeichen mit dem vergoldeten Konterfei Mao Tse Tungs im Knopfloch; andere führten hektografierte Flugblätter mit sich, auf welchen der Name von Marx neben dem von Lenin oder Trotzki oder Stalin stand. Jede dieser Linien gebärdete sich mit erstaunlichem Selbstbewußtsein als rechtmäßiger Familienerbe und wurde gegen jeden aggressiv, der es in Zweifel stellte. Für gewöhnlich wechselten sie sich ab, es erschien immer nur eine Gruppe in dem zu kolonisierenden Gebiet, aber manchmal kam es vor, daß sie am gleichen Tag nebeneinander standen, und dann verteidigten sie erbittert die dünnen Trennwände, die ihre Positionen voneinander abgrenzten.

Guido hatte eine regelrechte physische Abneigung gegen sie. Er war erschüttert über ihre veralteten Ideen, über die Art, wie sie unentwegt die Geschichte durchforsteten, um Bestätigungen für ihre Behauptungen zu finden. »Sie möchten die Welt verändern und gehen dabei *zurück*. Ihre Köpfe sind angefüllt mit grobkörnigen Fotografien und alten Filmen aus der Mottenkiste wie *Panzerkreuzer Potemkin* und *Pellizza da Volpedo*, mit Denkmälern und verstaubten Büchern. Selbst wenn man sie zwingen würde, wären sie unfähig, sich was Neues auszudenken«, sagte er.

Und es war wirklich seltsam, man fand bei ihnen keine Spur mehr von dem Improvisationsgeist und der Ironie, die noch vor kurzem all jenen zu eigen schienen, die etwas verändern wollten. Ihre Einstellung glich der unserer Lehrer, die uns gleich am ersten Tag in der höheren Schule aufgefallen war: eine Art Zugehörigkeitsgefühl zu einer Kolonie, die jede Verbindung zur Zeit abgebrochen hatte und auch noch stolz darauf war. Mit mönchischem Eifer hatten sie ihre Reden noch vom letzten Schimmer all dessen gesäubert, was Farbe und Gefühl in unsere fossile Landschaft gebracht hatte; ihre Rhetorik war abstrakt und farblos, aus Archiven übernommen. Ihre Parolen sprachen von Eroberung, Bewaffnung der Massen, Prozessen und Volkstribunalen und Hinrichtungen, von Vormarsch und Diktatur und historischen Augenblicken.

Manche von ihnen hatten früher katholischen Organisationen oder rechtsextremistischen Gruppen angehört, bevor sie just im rechten Augenblick konvertierten; sie waren auf der Bildfläche erschienen, während wir, getrieben von Begeisterung und Zorn, von einem Ende der Stadt zum anderen liefen. Als wir sie bemerkten, war es, als seien sie schon immer dagewesen, mit ihren Miniatur-Parteien, ihren Miniatur-Hierarchien, ihren Sprachcodes und ihren Ritualen.

Trotzdem sah es aus, als stünden noch viele Möglichkeiten offen, die Atmosphäre war bunt und bewegt. Guido und ich besuchten jetzt die Treffen eines Anarchozirkels in einem ehemaligen Lagerraum in der Nähe der Porta Ticinese und diskutierten stundenlang über die verschiedenen möglichen Formen der Welt. Hier gab es keine Hierarchien oder Hackordnungen; jeder konnte zwanglos und locker das Wort ergreifen, wann immer er wollte, und in Frage stellen, was die anderen sagten.

Die ersten Male sondierte Guido die Lage und hörte den anderen zu. Dann redete er auch selbst und wußte sich mit der für ihn typischen Art, Gedanken in Bilder zu kleiden, das allgemeine Interesse zu erobern. Er war nachgerade besessen von seinen Ideen, wie man die Städte verändern könnte: er hatte ganze Filme im Kopf, die die alten trostlosen Bilder des Bestehenden ersetzen sollten.

Er redete und gestikulierte in dem staubigen alten

Lagerschuppen, und ich glaubte seinen Zorn und Schmerz darüber zu spüren, als Kind armer Leute in Mailand aufgewachsen zu sein. Einmal hatte er mir eine seiner Erinnerungen als Vier- oder Fünfjähriger erzählt: seine Mutter zog ihn an der Hand die graue Straße entlang durch den kalten, mit Abgasen und Rußpartikeln geschwängerten Nebel. »Es gab nichts, an das man sich hätte halten können, keine angenehme Farbe, keinen angenehmen Geruch, nichts, was sich angenehm angefaßt hätte. Meine Mutter zerrte mich hinter sich her, und ich sperrte mich dagegen, und alles um mich herum war so schrecklich *unangenehm*, daß ich dort auf dem Gehsteig am liebsten tot umgefallen wäre.«

Damals mußte sein Haß auf unnatürliche Materialien und Formen entstanden sein, auf die käfigartigen Wohnhäuser und die chemische Umwandlung der Elemente. Für ihn lag der Ursprung nahezu jeden Übels auf der Welt in der Industriegesellschaft, die die Umwelt vergewaltigt und die komplexen Kreisläufe und Gleichgewichte des Lebens zerstört hatte, um sie dem Rhythmus der Maschinen anzupassen.

»Fast alles, was industriell produziert wird, ist nur dazu da, den Leuten Gründe zu liefern, das Geld auszugeben, das sie mit einer Arbeit verdienen, die sie nie tun würden, wenn sie kein Geld verdienen müßten. Die Geschäfte sind voll mit unnützem Kram und Spielzeug, das kaputtgeht, und Kleidern, die aus der Mode kommen, bloße Lockvögel, die man den Vorübergehenden vor die Augen setzt, damit die Maschinerie in Gang bleibt und menschliche Energie in Umlauf kommt. Und das ist nur möglich, weil die Menschen an Orten leben müssen, wo sie nicht mehr die geringste Kontrolle über ihre Umgebung haben und über das, was sie essen und was sie anziehen. Alle leben nur noch auf Pump, alles, was sie brauchen, müssen sie *kaufen*, und sie können nie genug kriegen, sie glauben immer noch mehr zu brauchen. Aber wenn die Industrien erst einmal zerstört sind, und die Orte, an denen die Menschen leben, wieder angenehm sind und es kein Geld mehr gibt, dann braucht keiner mehr *Dinge* zu besitzen, um sich glücklich zu fühlen.«

Er sagte, die ideale Welt könnte ein System sich selbst versorgender Dörfer sein, die von Landwirtschaft und Handwerk leben und durch Handels- und Kommunikationsnetze miteinander verbunden sind. Wichtig sei, daß der Maßstab überschaubar bleibe, wenn man das Macht- und Autoritätsprinzip wirklich abschaffen und jedem die Kontrolle über sein Leben überlassen wolle, ohne daß alles ins Chaos stürzt.

Wenn Guido solche Reden in der Schule führte, stieß er jetzt auf regelrechte Schranken aus Worten und Blicken: rasch abgesteckte Grenzen zwischen dem, was realistisch und was unrealistisch war, zwischen Geschichte und Phantasie, Fortschritt und Rückschritt. Albino Ablondi und Emanuele Farvo empörten sich, sie fühlten sich in ihrer frisch gewonnenen Überzeugung angegriffen, daß man in den Städten und Fabriken nur die Herren auswechseln müßte, um die Welt zu verbessern. Die Anarchisten waren die einzigen, die sich wirklich großmütig mit solchen Perspektiven auseinandersetzten, sie von verschiedenen Standpunkten aus diskutierten, als hielten sie sie durchaus für möglich.

Sie warfen grundlegende Fragen auf, die gelöst werden mußten: wer würde entscheiden, wie die Welt im einzelnen verändert werden sollte, da wir uns doch grundsätzlich einig waren, daß nichts delegiert werden sollte? Welche Größe sollten zum Beispiel die Dörfer haben? Was sollte angebaut werden? Was würde geschehen, wenn jemand lieber weiter in einem Hochhaus leben oder weiter sein Auto benutzen wollte? Und wenn jemand es darauf anlegte, die anderen zu berauben oder einfach nur auf ihre Kosten zu leben? Wer sollte sie eines Besseren belehren, ohne daß es auf autoritäre Bevormundung hinauslief?

Ganze Nachmittage führten wir in dem verräucherten und staubigen Lagerschuppen hitzige Diskussionen: als gelte es ein Projekt auszuarbeiten, das am nächsten Tag verwirklicht werden sollte.

Zwölf

Zwei-, dreimal sagte mir Guido, er würde Nina sehen oder habe sie gesehen: jedesmal in gespielt gleichgültigem Ton, als spräche er über ein Buch, von dem er gehört hat und das er zu lesen gedenkt. Ich wagte nicht nach Details zu fragen; in solchen Dingen waren wir immer noch sehr zurückhaltend.

Dann erzählte er mir eines Tages, daß er jetzt mit Nina zusammen sei, aber ihre Familie sei fürchterlich, der Vater, ein Nazityp, habe sie einmal dabei überrascht, wie sie sich vor dem Haus küßten. »Groß und unerbittlich stand er da«, sagte er, »und fixierte mich mit eisigem Blick, bebend vor Empörung, als hätte er seine Tochter mit einem *Ungeheuer* ertappt.« Jetzt mußten sie, um sich sehen zu können, komplizierte Vorkehrungen treffen, sich Vorwände und mehrfach umgeänderte Zeitpläne und wechselseitige Alibis mit den Freundinnen von ihr ausdenken.

Eine Weile sprachen wir nicht mehr davon; dann fragte er mich eines Morgens, ob ich Lust hätte, Samstag nachmittag mit zu Antonella, Ninas Freundin zu kommen, die ich damals in der Bar gesehen hatte. Sie hatte sich danach offenbar nach mir erkundigt und Nina immer wieder nach mir gefragt. Ich sagte, selbstverständlich würde ich mitgehen: mit großen Erwartungen, die schon in mir hochstiegen.

Gleich nach dem Essen fuhr ich zu ihm, und zusammen kehrten wir ins Zentrum zurück. Er hieß mich das Mofa hinter der Straßenecke anketten, wir dürften uns möglichst wenig bemerkbar machen. Er war in dieser Verschwörerstimmung, als stünden wir im Begriff, einen Diebstahl zu begehen; das erhöhte meine Aufregung und meine Ängste um das Vielfache.

Mit gesenktem Kopf, die Hände in den Taschen, schlüpften wir rasch in die Eingangshalle, wo uns der Portier wie zwei echte Diebe aufhielt und fragte: »Wohin wollt ihr?« Er musterte unsere Haare und unsere Schuhe und sah aus, als würde er gleich nach einem Stock greifen oder die Polizei rufen. Guido nannte ihm Antonellas Name; der Pförtner trat, ohne uns aus den Augen zu lassen, zurück bis zur Gegensprechanlage. Es war ein prunkvoller Hausflur mit goldverzierten Geländern und Marmorstatuen, im Hintergrund sah man ein Stück Garten. In seinen Parka gehüllt, blickte Guido umher, als suche er nach einem Fluchtweg. Der Portier bedeutete uns hinaufzugehen; dicht an der Wand entlang huschten wir davon.

Der Aufzug ging direkt in die Wohnung: Antonella und Nina öffneten die Tür, noch aufsehenerregender gekleidet und geschminkt als damals in der Bar. Nina warf sich an Guidos Hals; sie küßten sich, sahen sich auf engste Distanz an.

Antonella gab mir die Hand fast ohne Druck, fragte »Wie geht's?« Sie bewegte sich leicht befangen in dem großen Salon mit Parkettboden; sie erklärte, ihre Eltern seien bis zum Abend weg. Mir kam es vor, als verbargen sich hinter dieser Mitteilung bestimmte Absichten oder gar ein fester Plan hinsichtlich meiner Person; ein Schreck durchzuckte mich, und ich sah hilfesuchend zu Guido hinüber. Aber Guido klebte an Nina und hatte keinen Raum für andere Gedanken; er verschwand mit ihr durch eine der Türen.

Antonella folgte ihnen, und wir kamen in einen zweiten,

noch größeren Salon mit Kronleuchtern aus Kristallglas und Wandschirmen und Spiegeln und vergoldeten Sesseln. Der Reichtum war in der Wohnung aufdringlich zur Schau gestellt, er spiegelte sich von den Möbeln in Antonellas Blick wider und hemmte ihre Bewegungen. Weder ich noch sie wußten, was wir tun sollten; haltsuchend gingen wir im Raum umher. Alle paar Sekunden sah sie zu Guido und Nina hinüber, die eng umschlungen an einem Fenster standen: so verschieden voneinander und so gierig aufeinander wie zwei unmögliche Geliebte. Einmal rief sie ihnen zu »Treibt's nicht zu wild, ihr beiden!«, und dicht unter der Oberfläche dieses Scherzes meinte ich ihren Ärger darüber zu spüren, daß sie nicht an der Stelle ihrer Freundin war. Sie war ein Mailänder Mädchen aus gutem Hause, energisch und unterkühlt; es fiel mir nicht schwer, mir ihre Mutter vorzustellen; sie im Alter ihrer Mutter. Sie zog mich aber auch an: ich betrachtete ihr Profil mit der kurzen Nase, die selbstbewußten Beine unter dem Rock aus teurem Wollstoff.

Dann verschwanden Guido und Nina ohne ein Wort auch aus diesem Salon, und ich fühlte mich verloren. Ich besaß gegenüber Frauen nicht die mindeste Unbefangenheit, vor allem, wenn ich sie nur einmal gesehen hatte und wenn sie so viel reifer und beängstigender wirkten als die Mädchen, die ich kannte. Innerhalb von Sekunden hatte mich die Verlegenheit völlig gelähmt; an einen Sessel gelehnt stand ich da und starrte die Wand an. Ich versuchte eine Äußerung zu einem großen Gemälde, das die Schlacht von Lepanto darstellte, aber Antonella interessierte sich nicht dafür, sie fragte mich, ob ich etwas trinken wolle. Ich folgte ihr, so nervös, daß ich über einen Teppich stolperte.

Die Küche war genauso protzig wie der Rest der Wohnung, mit lauter weißen Möbeln und Regalen und gewaltigen Küchengeräten. Antonella öffnete einen riesigen Kühlschrank, beugte sich nieder und blickte auf die Flaschen und Fläschchen, die dichtgereiht in den Fächern standen, und für einen Augenblick kam es mir vor, als suche sie im Anblick dieser Gegenstände Sicherheit.

In ihrem Familienslang, den letzten Vokal jeden Wortes so lang wie möglich dehnend, fragte sie mich, was ich möchte. Ich sagte, ich wüßte es nicht; sie nahm eine Flasche Weißwein heraus, reichte sie mir zum Entkorken. Wir tranken in kleinen, gezwungenen Schlucken: beide ohne Appetit, nur darauf aus, die Kommunikation zu erleichtern. Ich war nicht darauf gefaßt gewesen, von einem Augenblick auf den anderen so in die Klemme zu geraten, ohne die kleinste Übergangsphase, ohne Plauderei zu viert und ohne Ausweichmöglichkeiten und allmähliche Annäherungsversuche.

Wir begannen zu reden, sie erzählte mir von einem ihrer Lehrer, der von den Nonnen gefeuert worden war, weil er eine Schülerin verführt hatte; von einer der Hausangestellten, die jetzt gerade mit ihrem unwahrscheinlich trotteligen Verlobten im Kino sei. Sie kam mir dumm und borniert vor mit ihren übernommenen Ansichten; wenn sie einen Bruder hätte, dachte ich, würden Guido und ich uns vermutlich vor dem Schulhaus mit ihm prügeln. Gleichzeitig fühlte ich mich zu ihr hingezogen, während mir der Wein zu Kopf stieg und meine Gedanken sich verwirrten.

Wir wechselten alle paar Minuten unsere Position, von der Büffetkante zum Tisch, zum Hocker in der Ecke beim Kühlschrank; mir war nicht klar, ob wir die Distanz verringern oder vergrößern wollten. Antonella trank mit Gesten, die sie wohl sehr erwachsen und resolut wirken lassen sollten, aber ich hatte den Eindruck, als schwände ihre förmliche Beherrschtheit immer mehr dahin und produziere fast karikaturhaft gedehnte Gesichtsausdrücke: Parodien der Gleichgültigkeit, Neugierde, Koketterie.

Sie begann mich über Guido auszufragen: ob ich seine Familie kennen würde und was sein Vater eigentlich mache; ob er treu sei, ob er sich mit anderen Mädchen treffe, ob ich welche davon kennen würde; ob ich glaube, daß die Sache mit Nina ernst sei, wie lang sie meiner Meinung nach dauern würde. Ich versuchte ihr möglichst vage Antworten zu geben, aber sie war nicht leicht auszutricksen, sie rückte mir bei jeder neuen Frage mehr auf die Pelle.

Sie sagte, sie habe vorher noch nie Kommunisten kennengelernt; ihren Eltern gefielen die überhaupt nicht. Ich entgegnete, daß wir keine Kommunisten seien, aber mit den Ansichten ihrer Eltern wohl trotzdem nicht sehr übereinstimmten. Sie hörte mir nicht einmal zu; versuchte mir erneut Informationen über Guido zu entlocken, fragte mich, ob er je mit mir über sie gesprochen habe. Ich verneinte, aber sie wollte mir nicht glauben, sah mir fest in die Augen.

Ich wollte das Thema wechseln, da sprang sie mich ohne ein Wort an und küßte mich auf den Mund, drückte mich dabei gegen den Schrank. Ihr Kuß war im Vergleich zu den vorsichtigen Zungen- und Lippenberührungen mit Margherita Tardini gierig und drängend: sie preßte sich mit ihren Beinen, mit Bauch und Busen, die ich durch die zwischen uns liegenden Stoffschichten hindurch spürte, erregt an mich. Mein Herz pochte dumpf, wie ich es nie zuvor erlebt hatte, ich spürte, wie ich in einem Strom von Anziehung und Erschrecken in einen Bereich meines Lebens gezogen wurde, von dem ich bisher nur vage Vorstellungen gehabt hatte.

Als wir uns voneinander lösten, wollte ich etwas zu ihr sagen; sie aber drückte sich nur noch heftiger an mich, strich mir mit der Hand über den Bauch und dann weiter hinunter. Sie atmete tief, mit einem süß nach Wein riechenden Atem; ihre Zunge und ihre Hände waren von hemmungsloser Zudringlichkeit. Nicht daß ich mir viele Gedanken darüber gemacht hätte: ich war viel zu aufgewühlt und auch voller Angst. Ich dachte immer noch, ich müsse etwas zu ihr sagen, aber es gelang mir nicht, die Worte zu formulieren.

Dann faßte sie mich am Handgelenk und zog mich aus der Küche und einen Gang entlang. Hinter einer Tür hörten wir Seufzer und leises Lachen von Nina und Guido, abgerissene Wörter. Antonella gab mir einen tiefen Blick, als fahre sie mir mit der Zunge den Gaumen entlang, zerrte mich noch ungestümer weiter.

Ich folgte ihr durch den Gang, in dem mir unglaublich konzentrierte Gerüche zu hängen schienen, in ihr Zimmer mit pastellfarbenen Möbeln. Ich nahm keine Geräusche mehr wahr, versuchte erst gar nicht, einen vernünftigen Gedanken zu fassen; mir war nicht einmal klar, ob sie mich tatsächlich zog oder ob ich sie schob. Ich ließ mich rückwärts auf ein Bett fallen, und sie warf sich auf mich, erdrückte mich fast mit ihrem Gewicht. Ich hätte sie gern angeschaut, aber ich war abgelenkt von Dutzenden von Eindrücken, die völlig simultan auf mich einstürmten: ihr glasiger Blick und ihre Knie und ihr Parfüm und die Konsistenz ihrer Haare und die Poster mit Filmschauspielern und Schlagersängern über unseren Köpfen und die mit Reißzwecken an den Schrank gehefteten Ansichtskarten und ihre Hände mit den rosalackierten Fingernägeln.

Ohne zu überlegen, zog ich ihr den Pullover aus, den

Kopf voller instinktiver Impulse und vielleicht Erinnerungen an frühere Leben, Bildern aus Büchern oder Filmen. Sie setzte sich auf, um es mir leichter zu machen, küßte mich auf den Hals und an den Ohren. Vor ihrer himmelblauen Bluse machte ich halt: ich stellte mir das Hausmädchen vor, das sie gebügelt hatte; sie und ihre Mutter in dem Geschäft, in dem sie sie gekauft hatten. Ich wußte nicht mit den winzigen Knöpfen umzugehen, wenn ich versuchte, sie aus den winzigen Knopflöchern zu schieben, rutschten sie mir zwischen den Fingern durch. Endlich schaffte ich es doch: ich streifte ihr die Bluse ab, und sie ließ sich aufs Bett zurückfallen, hingesunken wie ein Opferlamm. Mit klopfendem Herzen saß ich da und starrte auf ihren BH aus weißer Baumwolle hinab, der sich mit jedem Atemzug hob und senkte; ich hätte gern gewußt, welche Art von Bezugssystem sie hatte, was sie genau von mir erwartete.

Sie hatte die Augen geschlossen, die Lippen halb geöffnet, und verhielt sich jetzt auf absurde Weise passiv. Ich nestelte lange am Reißverschluß ihres Rocks herum, und als ich ihn ihr abgestreift hatte und ihren Slip erblickte, der aus dem gleichen makellos weißen Stoff wie der BH war, kam es mir unglaublich vor, so weit vorgedrungen zu sein. Ich konnte kaum fassen, daß nichts mich hindern würde, meine Hand auf die kleine Wölbung ihres Venushügels zu legen, mit den Fingerkuppen zwischen ihren Schenkeln hinabzugleiten. Ich verharrte in der Schwebe am Rand der Unwirklichkeit, dann streckte ich die Hand aus, und nichts hielt mich auf; sie seufzte, und ich fiel in ihren Seufzer.

Als sie sich wieder anzog und das Bett machte, wirkte sie nicht sonderlich zärtlich oder beteiligt; sie war besorgt, keine Spuren zu hinterlassen. Auch ich hatte ihr gegenüber keine präzisen Gefühle: ich vermochte nicht zwischen Zuneigung und Fremdheit und Anziehung zu unterscheiden. Um ihre Stimme zu hören, fragte ich, wie es ihr gehe; sie sagte »Bestens«, jetzt wieder in ihrem glatten und kühlen Mailänder Ton. Sie ging ins Bad, während ich mich fertig anzog, mit fahrigen Gesten, in denen noch das tiefe Wohlgefühl von vorhin nachklang.

Dann riß sie in heller Aufregung die Tür auf, rief »Ihr müßt weg, schnell! Das Hausmädchen ist zurückgekommen!«. Sie zerrte mich aus dem Zimmer, über die Diele. Guido stand allein im Vorraum, an eine Wand gelehnt; von einer anderen Stelle der Wohnung hörte man Stimmen. Antonella schubste uns in den Aufzug, sie verabschiedete uns nicht einmal.

Ohne etwas zu sagen, fuhren wir hinunter, huschten durch die Eingangshalle, rannten wie die Verrückten, bis wir um die Ecke waren, wo das Mofa stand. Wir sahen uns an, aufgelöst wie wir waren, und mußten lachen: ein nervöses Lachen wie von gerade noch entkommenen Dieben.

Anderntags kam es mir seltsam vor, mit Antonella geschlafen zu haben; jedesmal, wenn ich daran dachte, überfiel mich ein zähes Gefühl der Ratlosigkeit, der Widerhall von zurückkehrenden Empfindungen. Mir schien, daß ich jetzt endlich jenseits der Glasscheibe war, wo die Welt nicht mehr so völlig außer Reichweite lag. Ich wäre mir dessen gern sicher gewesen, war es aber nicht; ich fragte Guido, wann wir ein neues Treffen arrangieren könnten.

Er sagte, Nina habe schreckliche Angst, Antonellas Hausangestellte könnte ihren Eltern erzählen, daß sie die beiden Mädchen mit uns in der Wohnung überrascht habe.

»Es ist wie in einem billigen Liebesroman«, sagte er. Gerade das war es, was ihn, glaube ich, an seiner Affäre mit Nina hauptsächlich faszinierte: der Kontrast zu dem, was wir in der übrigen Zeit taten und sagten.

Dreizehn

Nina und Antonella sahen wir nur ein einziges Mal zusammen wieder, als sie uns nach einer Versammlung am Ausgang der Universität abholten. Antonella schien sich sehr unbehaglich zu fühlen: sie sprach kaum mit mir, sah die ganze Zeit woandershin. Mir wurde klar, daß sie nur mit mir zusammengewesen war, weil sie es nicht mit Guido machen konnte, und dieser Gedanke war ihr wohl immer wieder hochgekommen und hatte sie mit Wut und Ärger gegen mich erfüllt. Das tat mir sehr weh, denn ich war überzeugt, nunmehr durch eine Art Verwandtschaft mit ihr verbunden zu sein, ungeachtet der Tatsache, daß wir uns kaum kannten und wahrscheinlich in nichts gleicher Meinung waren.

Nina dagegen war sehr von Guido eingenommen, und er von ihr. Ihm mußte bewußt sein, daß sie nicht eben die Klügste war, aber ihn faszinierte ihre brillante Art, aus ihrer Umgebung und den Leuten um sie herum Energie zu absorbieren; ihre mit kindlicher Eitelkeit genossene Freude, im Mittelpunkt der Aufmerksamkeit zu stehen. Zudem reizte es ihn wohl auch, mit einem Mädchen zusammenzusein, das von so völlig anderer Herkunft war als er und in einer Gegend Mailands geboren und aufgewachsen war, die er nur von außen kannte.

Sie trafen sich weiter, unter immer größeren Schwierigkeiten; unter Zeitdruck, an wechselnden Orten, belauert von wachsamen Hausangestellten und einem tyrannischen Vater und den Nonnen ihrer Schule, die sie wie Gefängniswärterinnen bewachten. Sie trafen sich auf der Straße oder in einer Bar, redeten miteinander und küßten sich und liefen umher, bis die knapp bemessene Zeit, die sie zur Verfügung hatten, abgelaufen war. Guido war erbittert, daß er nirgends mit ihr zusammensein konnte, außer mitten im Straßenverkehr und unter Leuten. Die leerstehenden Wohnungen im Haus, in dem er wohnte, konnte er nicht mehr benutzen, denn seine Mutter hielt die Schlüssel jetzt in einer Schublade unter Verschluß, und für die Bar hatte er nicht immer genug Geld. Ich bot ihm an, was ich hatte, aber davon wollte er nichts wissen; einmal, als meine Mutter ausgegangen war, stellte ich ihm für zwei Stunden am Nachmittag unsere Wohnung zur Verfügung. Er nahm an, wenn auch ungern; er sagte: »Diese verfluchte Stadt, in der es nicht einen einzigen ruhigen und angenehmen Flecken gibt, wo zwei Menschen allein sein können und *niemanden* darum bitten oder dafür bezahlen müssen.«

Obwohl seine Gedanken größtenteils von Nina in Anspruch genommen waren, beteiligte er sich weiterhin an den Treffen der Anarchisten und an den Diskussionen in der Schule, las er weiterhin Bücher, um im dichten Gestrüpp möglicher Ansichten seine eigenen aufzuspüren.

Der Schulbetrieb war lahmgelegt; er schien für immer stillzustehen und fand dann doch zu einem nahezu normalen Rhythmus zurück. Die Lehrer gaben zunächst allen unseren Forderungen nach und versuchten dann wieder Boden zu gewinnen, zeigten abwechselnd Härte und Nachgiebigkeit. Unsere Klassenkameraden machten Front gegen sie, stellten unnachgiebig Forderungen, sie verlangten, im voraus informiert zu werden, wann sie abgefragt würden; dann wieder duckten sie sich in ihren Bänken und wagten nicht den Mund aufzumachen, benahmen sich wie brave, lernwillige Schulbuben. Der Rektor setzte uns mit Polizeimethoden unter Druck; war dann wieder einsichtig, ja rührselig; kam uns erneut auf die fiese Art. Alle versuchten diesen wechselnden Wellen zu folgen, ihre Intensität und Dauer vorauszusehen; darauf bedacht, nicht gegen den Strom zu schwimmen.

Und bald schon nahte wieder der Sommer, und wie im Vorjahr begann die ganze Schule zu büffeln. Die Diskussionen über die Welt und die Entwürfe für ihre Neugestaltung, die theologischen Zitate und Dispute wurden eilends archiviert. Guido war wütend. »Die sind doch letztlich alle nur daran interessiert, ihrem Reifezeugnis einen Schritt näherzukommen«, sagte er.

Ich selbst war erleichtert, daß ich das Schuljahr nicht drangeben mußte und zu Hause keinen Krach bekommen und vielleicht von einem Moment auf den anderen vor dem Nichts stehen würde. Die Lehrer hatten die Bruchstücke ihrer Beurteilungsmaßstäbe nur annähernd wieder zusammengesetzt, und keiner von ihnen wollte durch besondere Strenge auffallen; so war es nicht weiter schwierig, nicht durchzufallen.

Guido und ich begannen von einer gemeinsamen Reise zu reden. Es war mir unvorstellbar, drei Monate mit meiner Familie in Santa Margherita zu verbringen und meinen Kontakt zu Guido für so lange Zeit zu unterbrechen. Guido meinte, wir könnten ein kleines Zelt mitnehmen, die Westküste bis zum südlichsten Punkt Italiens hinunter- und auf der anderen Seite wieder hinauffahren. Keiner von uns war bisher sehr weit aus Mailand herausgekommen, und schon darüber zu reden kam uns abenteuerlich vor. Guido kam immer wieder auf das Thema zurück, fügte jedesmal weitere Details hinzu: wir würden von Fischen und geklautem Obst leben, einige Strecken per Autostopp, andere als Schwarzfahrer auf Güterzügen zurücklegen, Nina aus der Gefangenschaft bei ihren Eltern in Sestri Levante befreien und mitnehmen und für mich ein genauso hübsches und nettes Mädchen finden. Diese Pläne schienen aus den Tiefen seiner mit Büchern und Liedern und aufgeschnappten Bildern genährten Phantasie zu kommen und steckten mich genauso an wie seine politischen Reden.

Einen ganzen Monat lang redeten wir über unsere Reise durch Italien, und Ende des Monats wurde Nina in ein Sommerkolleg nach Österreich geschickt, Guidos Mutter mußte sich einen Leistenbruch operieren lassen, und er vertrat sie in der Pförtnersloge. Ich erbot mich, mit ihm in Mailand zu bleiben, aber Guido sagte, das sei sinnlos; wenn er es schaffen würde, käme er zu mir ans Meer.

In Santa Margherita fühlte ich mich mehr denn je wie in einem Gefängnis: von der Welt abgeschnitten wie ein Sträfling. Frühmorgens ging ich schwimmen; für den Rest des Tages verkroch ich mich im Garten und las Bücher, die ich aus Guidos Erzählungen schon zu kennen glaubte. Die Abschnitte, von denen er mir erzählt hatte, beeindruckten mich am stärksten; die anderen glitten an meinen Augen vorbei wie Wassergetier, das ich mit eigenen Mitteln schwer fassen konnte. Ich versuchte es trotzdem und hatte den Eindruck, jeden Tag kleine Fortschritte zu machen. Der Mann meiner Mutter mit seinem schlichten Gemüt drängte mich, an den Strand zu gehen. »Du wirst noch ein richtiger Sonderling«, sagte er.

Vierzehn

Ende September sahen Guido und ich uns wieder, vor einer Bar in der Nähe meiner Wohnung. Aufgeregt ging ich zu der Verabredung: begierig, ihm gegenüberzutreten und mich ihm selbständiger und erwachsener zu zeigen, weniger den Wechselfällen des Lebens ausgeliefert. Er stand vor der Tür, wie immer zu früh gekommen; auch diesmal ohne sichtbare Spuren des soeben vergangenen Sommers.

Wir musterten uns auf unsere übliche, indirekte Art, mit Seitenblicken und ablenkenden Gesten, registrierten unwesentliche Details. Wir traten in die Bar und kamen zu dem Schluß, daß keiner von uns etwas trinken wollte; wir gingen wieder hinaus, liefen durch die Straßen und redeten.

Er war in Österreich gewesen, um Nina zu besuchen, aber das Ferienheim, in das man sie geschickt hatte, war eine Art Luxusgefängnis, mit einer riesenhohen Mauer rings um den Park und livrierten Torhütern. Eine Woche lang war er im nahen Dorf geblieben, er hatte entdeckt, daß die Mädchen Samstag nachmittags für ein paar Stunden Ausgang hatten. Nina aber wurde auf Wunsch der Eltern zusammen mit einigen anderen eingesperrt gehalten, deshalb vertraute er einer ihrer Gefährtinnen eine Botschaft an, in der er ihr mitteilte, daß er sie in der folgenden Nacht heimlich besuchen käme. Die Kameradin mußte ihn bei der Direktorin verpfiffen haben, denn kaum war Guido die Mauer hochgeklettert, packten ihn die Wachen und schleppten ihn zur Polizeistation, von wo er am nächsten Morgen aus Österreich ausgewiesen wurde.

Mir gegenüber bemühte er sich jetzt, seinen Bericht farbig zu gestalten und die amüsanten Aspekte ins Licht zu rücken, aber es war klar, daß ihn die ganze Geschichte mit Wut und Angst erfüllt haben mußte. Noch immer hatte er nichts von Nina gehört, er fürchtete, ihre Eltern könnten sie weiterhin von Mailand fernhalten. Er hatte versucht, von Antonella etwas über sie zu erfahren, aber die war auch nicht da, und die Hausangestellte, mit der er telefoniert hatte, war voller Argwohn. »Wenn ich Ninas Vater, diesem Schweinehund, begegne, *schlag ich ihn tot*«, sagte er.

Er fragte mich, wie mein Sommer gewesen sei, und ich versuchte ihn in möglichst knappen Worten zu schildern; ich erzählte ihm vor allem von den Büchern, die ich gelesen hatte.

Dann saßen wir wieder in der Schule, mit unseren ebenfalls um drei Monate erwachsener gewordenen Klassenkameraden. Die Lehrer griffen ihre Lehrpläne wieder auf, warfen vorsichtige Blicke um sich, um herauszufinden, ob alles wieder normal sei; und fast sofort ging es von neuem los mit Streiks und Versammlungen und Demonstrationen, die alles noch mehr blockierten als im Jahr zuvor. Die Schule ging zu Bruch; die Lehrer gaben es auf, sie zusammenzuhalten, sie kämpften vor allem um das eigene Überleben.

Die Demonstrationen innerhalb und außerhalb der Schule wurden immer häufiger, sie richteten sich auf Ziele, die immer weiter von unserem unmittelbaren Lebensbereich entfernt waren: das internationale politische Gleichgewicht, Kriege in anderen Ländern, die Machenschaften in der Weltwirtschaftspolitik. Ich stimmte mit fast allen Forderungen überein, aber es wurmte mich, daß von den Problemen, mit denen wir Tag für Tag zu tun hatten, überhaupt nicht mehr die Rede war. Wir benutzten die Schule als Gehäuse für hochtrabende Reden und ließen sie in ihren eigenen Relikten zugrundegehen; wir demonstrierten gegen das Eingreifen der Amerikaner in Vietnam, aber keiner machte sich noch Gedanken darüber, wie man unsere häßliche und feindselige Stadt verändern könnte. Alles schien auf eine Ebene theoretischer Überlegungen und langfristiger Programme abgeglitten zu sein, die von Worten und Gesten genährt wurden, welche die Realität niemals auch nur streiften. Zwar blockierten wir einige Institutionen, beschädigten andere; aber wir vermochten nichts unmittelbar Sichtbares und Handfestes an ihre Stelle zu setzen.

Das politische Klima wurde immer starrer und gleichförmiger: die Miniparteien gewannen zunehmend Terrain, ihre vorformulierten Ideen breiteten sich aus wie ein Ölfleck. Ihre militanten Anhänger liefen mit regelrechten Gebrauchsanweisungen, Zitatensammlungen und Interpretationsmustern für jede Gelegenheit herum.

Der Einflußreichste an unserer Schule war ein dicker Oberprimaner namens Silvano Golemmi, der es durch die bloße Suggestivkraft seiner Leitbilder sogar geschafft hatte, das Aussehen eines Chinesen anzunehmen: seine Wangenknochen schienen sich nach oben verschoben, seine Augen zu Schlitzen verengt zu haben. Die Kader seiner Organisation deckten ihn ein mit Büchern und Heften und Zeitschriften und ganzen Kisten voll Anstecknadeln und Plaketten mit dem Konterfei Lenins oder des Großen Vorsitzenden Mao. Am Schulausgang oder in den Pausen sah man ihn und seine Adepten mit wahrhaft missionarischem Eifer Material verteilen, begierig darauf, Leute zu bekehren, bevor jemand von der gegnerischen Sekte ihnen zuvorkam.

Viele, die im Vorjahr noch keinen Standpunkt gehabt hatten, fanden nun gebrauchsfertige Meinungen vor und machten sie sich mit unglaublicher Geschwindigkeit zu eigen. Ablondi und Farvo redeten von einem Tag auf den anderen daher, als hätten sie die Lösung für alle Probleme der Welt gefunden; sie zitierten Zitate, beteten in immer bestimmterem, keinen Widerspruch duldendem Ton Universaltheorien nach. Es war eine Art biologischer Mutation: in ihre Jünglingskokons eingesponnen, hatten sie die gefährlichste und beunruhigendste Phase vorübergehen lassen, und kaum war das Spiel entschieden, waren sie ausgeschlüpft, schon viel klüger und wissender und ausgeglichener als ich und Guido. Sie wiesen uns immer wieder auf die Unreife unserer Positionen, ihren Mangel an historischen Grundlagen hin; sie taten, als hätten sie von jeher dieselbe Gesinnung gehabt und schwierige Kämpfe durchgestanden, um sie zu verteidigen. Unsere Klassenkameraden hörten ihnen verblüfft zu, ließen sich von ihnen einschüchtern.

Guido sagte, in unserem Land gäbe es eine regelrechte Tradition des plötzlichen kollektiven Gesinnungsumschwungs; das gleiche sei mit dem Risorgimento und dem Widerstandskampf und jeder anderen wichtigen historischen Wende geschehen. Immer seien es wenige einzelne gewesen, die wirklich etwas riskiert und fast im Alleingang alles aufs Spiel gesetzt hatten; sobald sich die Dinge jedoch zu ihren Gunsten gewendet hatten, hätten sich alle um sie geschart und behauptet, von Anfang an auf ihrer Seite gestanden zu sein. »Dies ist ein *feiges* Land«, sagte er, »das sich immer auf die Seite des Siegers schlägt.«

Bei den Sitzungen und Versammlungen in der Schule gab es einige, die mit Guidos Positionen sympathisierten, aber sie bildeten keine feste Gruppe. Guido versuchte auch gar nicht, uns so zu organisieren, daß wir mit den maoistischen und marxistisch-leninistischen Gruppen konkurrieren konnten. Als ich ihn fragte, ob es nicht besser wäre, eine etwas straffere Form zu finden, sagte er nur: »Ja ja, gründen wir doch eine *Partei*. Mit einem Zentralkomitee und einem Generalsekretär und einer *Kongreßhalle*.«

Der Drang der Leute, in festen Strukturen Halt und Bestätigung zu suchen, in schwarz auf weiß gedruckten und von der Geschichte bekräftigten Ideen, die man als verbindliches Bezugssystem benutzen konnte, machte ihm Angst. Er wollte nicht einmal, daß wir uns immer am gleichen Tag oder zur gleichen Uhrzeit trafen. »Das entscheiden wir ganz spontan«, meinte er. »Es kann alles mögliche dazwischenkommen. Es kann sein, daß uns die *Lust* vergeht, daß wir andere Gedanken im Kopf haben.« Er war ein unruhiger Geist: es wurde ihm langweilig, längere Zeit an einem Ort stillzusitzen, allzu ausführlich über ein Thema zu diskutieren; er wollte herumlaufen, die Dinge von anderen Standpunkten aus sehen.

So wandten sich viele der Leute, die er zunächst angezogen hatte, schließlich enttäuscht wieder ab und machten sich auf die Suche nach mehr Geborgenheit und Rückhalt. Das bereitete ihnen keine Mühe, denn es gab mittlerweile ganze Organisationen, die bereitwillig Schutz vor Zweifeln boten, handlich verpackte Gewißheiten lieferten. Diejenigen, die bei uns blieben, waren sicherlich nicht zu Aktivisten berufen und sahen auch nicht so aus: schwierige junge Mädchen, schmächtige Gymnasiasten, in keine Norm passende, unbeugsame Denker. In den Versammlungen verbündeten sich die anderen Gruppen, um uns von der Diskussion auszuschließen; sie sahen spöttisch auf uns herab, als sei unser Mangel an Vorbildern nur ein Zeichen von Infantilität, außerstande, dem Bollwerk der Geschichte standzuhalten. Obendrein war Guido erst siebzehn, und die Oberprimaner schienen kraft ihrer Körpermaße und ihrer vorschriftsmäßig angesammelten Kenntnisse alles von einer höheren Warte aus zu beherrschen.

Bei Straßendemonstrationen mischten Guido und ich uns unter die Anarchisten, die mit ihren schwarzen Fahnen ans Ende des Zuges verbannt waren. Immer noch kamen sie mir freier und erfinderischer vor als die anderen Gruppen, aber sie machten zugleich den Eindruck von Verlierern: als seien sie hoffnungslos im Nachteil gegenüber den Gruppen, die weiter vorn liefen – der Spitze des Zuges um so näher, je mehr ihre Gewißheiten mit schierer Muskelkraft zusammentrafen. Versuchten wir aus der uns aufgezwungenen Position auszubrechen, wurden wir immer brutaler, unter immer schärferen Drohungen zurückgescheucht.

Auch in den großen Versammlungen an der Universität, wo sich die diversen verschwägerten Linien an den Mikrophonen des Auditorium maximum gegenseitig zu übertrumpfen suchten, hielten wir uns an die Anarchisten. Hier hatten wir nicht die geringste Chance, zu Wort zu kommen; wir blieben am Rande und machten Zwischenrufe, provozierten kleine periphere Reaktionen.

Dennoch bezeichnete sich Guido nie als Anarchist. Er sagte, er stimme in fast allen Punkten mit ihnen überein, aber ihre Tradition aus dem frühen neunzehnten Jahrhundert käme ihm mit ihrer Opfermentalität und den sentimentalen Liedern, die wir immer noch ab und zu sangen, ein wenig pathetisch vor. Nicht einmal seinen engsten

Freunden gegenüber vermochte er seinen kritischen Geist zu entschärfen; seine Aufmerksamkeit bearbeitete alles wie mit einer scharfen Klinge, früher oder später setzte sie zum Schnitt auf das an, was sie vor sich hatte.

Manchmal gerieten die bornierten marxistisch-leninistischen Theoretiker außer sich, weil sie ihn nicht exakt einzuordnen vermochten. Sie wollten ihn zwingen, sich irgendwie zu definieren, zu sagen, zu welchem Namen er sich bekenne. »Zu *Guido Laremi*, denke ich«, sagte er lachend.

Zuletzt wurden sie wütend, warfen ihm Irrationalismus, Spontaneismus und Qualunquismus vor, einige der vielen »-ismen«, von denen es in der Sprache jener Zeit wimmelte.

Ab und zu erzählte mir Guido von Nina. Sie war nach Mailand zurückgekehrt und besuchte die Klosterschule, aber ihre Eltern bewachten sie jetzt so streng, daß jedes Treffen mit der unglaublichsten Sorgfalt geplant werden mußte und sehr kurz war. Antonella wurde selbst zu streng beaufsichtigt und war auch zu eifersüchtig, als daß sie ihnen hätte helfen können, und so waren sie gezwungen, immer neue Tarnungen und Alibis zu finden.

Guido war erbittert; unter den Schwierigkeiten, die anfangs seinen Sinn für Romantik angesprochen hatten, litt er jetzt nur noch, sie erfüllten ihn mit Zorn. Er fand es absurd, daß alle theoretischen Diskussionen und die Linienkämpfe und Kraftproben und das Herumgerenne in der Stadt und die Auseinandersetzungen mit der Polizei ihm bei der Lösung eines so simplen Problems, wie er sein Mädchen sehen und wohin er mit ihr gehen konnte, wenn er es schaffte, sie zu sehen, überhaupt nichts nützten.

»Wir spielen Revolution in unseren kleinen, abgegrenzten Reservaten und kommen uns wichtig und gefährlich vor, und bei der ersten wirklichen Gelegenheit sind wir plötzlich wieder armselige *Minderjährige* ohne eigene Wohnung und ohne Arbeit und ohne Geld, ohne die geringste Möglichkeit, Einfluß auf unser Leben zu nehmen.«

Die politischen Diskussionen an der Schule verkümmerten nach und nach zu einem bloßen Abklatsch der Diskussionen an der Universität. Die hierarchische Struktur der Miniparteien schaltete jedes Risiko spontaner Aktionen seitens der jüngeren Aktivisten aus; sie hatten sich streng an die Weisungen der führenden Genossen zu halten und durften nur die angelernten Formeln nachbeten. Die Rivalität zwischen den verschwägerten Flügeln wuchs sich zu einem Interpretationskrieg aus: nicht selten kam es zu handgreiflichen Auseinandersetzungen um den Sinn eines Satzes von Lenin oder einer Passage aus dem *Kapital*, zu Keilereien um das Nutzrecht an einem bestimmten Begriff.

Guido sagte, ihm käme das wie eine Neuauflage der internen Kämpfe in der christlichen Kirche vor: dort habe es das gleiche Bestreben gegeben, die Rechtgläubigkeit für sich zu beanspruchen und Anhänger zu gewinnen und Häretiker niederzumachen, Ausschlüsse zu verhängen und Inquisitionen und Kreuzzüge zu veranstalten. Er sagte: »Dieses Land ist so entsetzlich katholisch; man hat lediglich die *Namen* geändert.«

Albino Ablondi fand sogar eine Freundin, eine Klassenkameradin von uns namens Magliugo. Dick und schwammig wie eine Schnecke hielt sie mit ihm Händchen, wenn sie ihm nicht gerade Beifall klatschen mußte.

Guido sagte, es sei die Epoche der Autobahnen, alle bewegten sich gruppenweise stur geradeaus und würden kurvenreiche Straßen am liebsten für immer abschaffen.

Doch statt ihn einzuschüchtern, reizte das erst recht seinen Widerspruchsgeist, trieb ihn dazu, sich immer unbedachter zu exponieren. Einmal nahm er sich bei einer Besetzung unserer Schule ein Mao-Poster vor und überklebte die Mao-Bibel, die der Große Vorsitzende in der Hand hielt, mit der Abbildung einer Eistüte. Heute erscheint das völlig harmlos, in der damaligen Atmosphäre jedoch wurde es als echtes Sakrileg empfunden: Albino Ablondi meldete es Golemmi, der mit vier Aktivisten aus der Oberprima angerannt kam. Zwei von ihnen zerrissen das Plakat in winzige Stücke, die anderen gingen mit Fausthieben und Fußtritten auf Guido los. Ich stürzte mich in das Getümmel, um ihm beizustehen, und in dem ungleichen Kampf kassierten wir alle beide einen Haufen Schläge.

Er hat sich nie darüber beklagt; es kam ihm ganz natürlich vor.

Wenn es eine Versammlung gab, versuchten die ML-Gruppen in der Regel, Guido auszuschließen, er durfte das Mikrofon nicht einmal anrühren. Meistens schaffte er es trotzdem, er redete, um diejenigen in Rage zu bringen, die ihn ohnehin haßten. Manchmal waren seine Beiträge geradezu dadaistisch: statt sich zum Thema zu äußern, rezitierte er einen Text von Jimi Hendrix. Ein andermal redete er über ganz private Dinge: über den tristen Ausblick aus seinem Schlafzimmer, über die Schwierigkeit, ja Unmöglichkeit, Nina telefonisch zu erreichen. Für Leute, denen es zur Gewohnheit geworden war, im Plural und in gewichtigem Ton über sich zu reden, war dieses Verhalten unerträglich; die kleinen Parteibonzen der Miniparteien kamen mit blutunterlaufenen Gesichtern an den Rednertisch, brüllten Guido an und drohten ihm mit geballten Fäusten. In solchen Situationen kam es oft vor, daß ich ihm zu Hilfe kommen mußte und zusammen mit ihm verprügelt wurde.

Alle politischen Gruppen hatten begonnen, ihre kräftigsten Aktivisten zu festen Ordnungsdiensten zusammenzufassen, die mit Eisenstangen und Schraubenschlüsseln bewaffnet waren. An die Stelle der romantischen Samuraitrupps traten kleine Berufsarmeen mit Offizieren und Unteroffizieren und Stoßtrupps. Mit wahrem Soldatenstolz reihten sie sich in die Demonstrationszüge ein, standen stramm und sangen die Lieder der Roten Armee, brüllten mit geschultem Gleichklang schauerliche Parolen.

Binnen kurzem brachte eine Gruppe, die sich ›Studentenbewegung‹ nannte und die stärkste dieser paramilitärischen Organisationen aufgestellt hatte, die Universität unter ihre Kontrolle. Sie nisteten sich ein wie Ratten in ihren Höhlen; legten Eisenstangen- und Schraubenschlüsseldepots an, bedeckten die Wände mit Plakaten und Schriften, hängten Spruchbänder über den Haupteingang. Ihr Jargon war mit echtem Studentenstumpfsinn aus Büchern eingepaukt, verbessert und abgesegnet von den Geschichts- und Philosophie- und Zivilrechtsassistenten, die ihnen jeden Schritt vorschrieben. Ihre Lichtgestalten waren Stalin und Berija, der Chef seiner Geheimpolizei; sie pflegten einen noch viel ausgeprägteren Kult männlicher Gewalt als die frühen ML-Gruppen und stellten ihn bei jeder Gelegenheit zur Schau. Die Frauen in ihrer Gruppe behandelten sie meist als Hilfskräfte oder Dienstbotinnen. Sie benutzten instinktiv Männlichkeitssymbole wie Stöcke, Zigarren und schwere Motorräder; jeden politischen Streit lösten sie mit Überraschungsattacken, wobei sie dafür sorgten, daß sie immer zehn gegen einen waren. Gleich darauf leugneten sie die Tat ab, heuchelten Empörung über die Anschuldigungen.

Guido faszinierte es, wie sich jemand ganz bewußt auf derart finstere Vorbilder berufen konnte, er sagte: »Stalin hat *zwanzig Millionen* Menschen umgebracht, Berija war ein *Berufskiller*.« Ihn verwunderte die Sicherheit und Unbekümmertheit, mit der sie aus dem vor vielen Jahren formulierten Gedankengut eines Gewaltregimes schöpften und es auf die jetzigen Umstände anzuwenden suchten. In Wirklichkeit war ihre Verbundenheit mit der Vergangenheit viel weniger abstrakt als bei anderen Gruppen: ihre Anführer waren vierzig und älter, sie gehörten einer Generation an, die wir bisher nur als Eltern und Lehrer gekannt hatten.

Die treibende Kraft dieser Organisation war ein Assistent für Zeitgeschichte, der ganz in Tweed gekleidet in einem englischen *Spider* herumfuhr, selbstgefällig von der Schuhspitze bis zum Haarschnitt. Bei öffentlichen Anlässen hielt er sich etwas im Hintergrund; er arbeitete im Schutz charismatischerer Figuren. Er agierte per Handstreich, offensichtlich inspiriert von anderen Handstreichen aus der Vergangenheit, anderen doppelgesichtigen Abkommen und taktischen Bündnissen.

Guido sagte, in der Geschichte sei das immer so gewesen: nach jedem Ausbruch kollektiven Unmuts sei die Kontrolle schließlich von einer kleinen Gruppe übernommen worden, die eiskalt und mit großer Sorgfalt einen Käfig geflochten und ihn der spontanen Leidenschaft der Menschen übergestülpt habe.

Bei einer Demonstration prügelten die Schläger der ›Studentenbewegung‹ auf einen fünfzehnjährigen Anarchisten ein, brachen ihm zwei Rippen, verletzten ihn am Arm und ließen ihn blutüberströmt liegen. Tags darauf nahm Guido einen großen Pappdeckel und malte darauf mit Filzstift einen Gorilla mit einem Schraubenschlüssel in der Hand, darunter schrieb er STALINISTEN FEIGE HUNDE; er sagte, das wolle er im Atrium der Universität aufhängen.

Ich versuchte ihn mit allen Mitteln zu überzeugen, daß dies eine selbstmörderische Idee war, aber er hörte mir nicht einmal zu. Er sah kaltblütig aus, wie immer, wenn er wirklich voller Wut war; sagte: »Du brauchst ja nicht mitzukommen.«

Natürlich ging ich doch mit. Je näher wir der Universität kamen, desto mehr gefror mir das Blut in den Adern. Wir sprachen nicht miteinander, sahen geradeaus vor uns hin, Guido mit seinem Plakat in der Hand.

Kaum hatten wir das Atrium betreten, nahmen uns die Schläger der ›Studentenbewegung‹ auch schon aufs Korn; im Nu waren es mehr als zehn. Mit wahrem Mörderblick umdrängten sie uns, bestärkt von ihrer Muskelkraft und den Schraubenschlüsseln, die sie unter ihren Parkas versteckt hielten, putschten sich gegenseitig auf. Es amüsierte sie, zwei so wehrlose Opfer vor sich zu haben; sie begannen gemeine Witze über uns zu reißen, fragten uns, was wir hier zu suchen hätten.

Guido antwortete nicht, langsam ging er bis zu einer Anschlagtafel, an der verschiedene Ankündigungen hingen, und bat mich um Reißnägel. Mit nicht sehr ruhigen Fingern pulte ich vier Stück heraus und reichte sie ihm; er begann sein Plakat anzuheften.

Die stalinistischen Schlägertypen sahen uns zu, mit ihren Gesichtern von braven, sportlichen Söhnen von Anwälten und Ärzten und Geschäftsleuten, sie wollten den

Augenblick, bevor sie uns massakrierten, möglichst lange hinauszögern. Sie ließen Guido das Plakat fertig aufhängen, dann sagte einer, der in einen hellen Regenmantel à la Geheimpolizei eingemummt war: »Mach das wieder ab.«

Guido schaute ihn an, als sähe er ihn zum ersten Mal, fragte: »Wieso? Findest du nicht, daß es ziemlich *treffend* ist?«

Wir standen beide mit dem Rücken zur Anschlagtafel, ohne Fluchtmöglichkeit: ich versuchte mir zu überlegen, wie ich wenigstens meinen Kopf schützen sollte, wenn ich erst mal am Boden lag.

Doch die Schlägertypen waren fassungslos über Guidos absoluten Mangel an Wirklichkeitssinn, und einen Augenblick später kam ihr Anführer zusammen mit dem Professor, dessen Assistent er war, ins Atrium, und die Situation schien ihm zu öffentlich, als daß er in seiner Anwesenheit eine Schlägerei hätte zulassen können. Er sagte zu seinen Leuten: »Laßt ihn, jeder kann hier frei seine Meinung äußern.«

Die Meute zog sich widerspruchslos zurück; Guido und ich trollten uns zum Ausgang.

Erst weit hinter der nächsten Straßenecke sahen wir uns an. Guido war sehr bleich, und ich erkannte, daß es bei ihm keineswegs Leichtsinn war, sondern eine Art Selbstzerstörung aus Wut über die Welt, so wie sie war.

Fünfzehn

An einem eisig kalten Dezembertag fuhr ich mit Guido zu einer Versammlung, und plötzlich hörten wir einen dumpfen Schlag, der die Straße unter unseren Füßen und die Häusermauern ringsum erzittern ließ. Wir hatten keine Ahnung, was das sein konnte; jemand unter den Vorübergehenden meinte, ein Heizkessel sei explodiert.

Abends im Fernsehen hieß es, in einer Bank im Zentrum Mailands sei eine Bombe explodiert und habe zehn Menschen getötet; die Polizei habe die Ermittlungen aufgenommen, es handle sich zweifelsohne um ein politisches Attentat. Der Nachrichtensprecher hatte den dramatischsten Ton seines Repertoirs angeschlagen: von Abscheu erfüllt, als wisse er genau, wer die Schuldigen waren, auch wenn er keine Namen nennen durfte.

Am nächsten Tag in der Schule sahen wir es in den Zeitungen: große grauenerregende Fotos von zerfetzten Menschenleibern und Blut und zersplittertem Holz und Schutt in der verwüsteten Bank; die kleinen aneinandergereihten Paßfotos der Toten, die Liste der Verletzten. Und wie in der Stimme des Nachrichtensprechers am Abend zuvor lag auch in allen Zeitungsartikeln eine stumme Anklage gegen all jene, die sich in den vergangenen Jahren erdreistet hatten, die bestehenden Verhältnisse in Frage zu stellen.

Die Polizei nahm sogleich einen Anarchisten fest, der nichts damit zu tun hatte, zauberte präparierte Zeugen herbei, die beschwörten, ihn mit der Bombe in der Bank gesehen zu haben. Plötzlich schien jeder, der subversive Ansichten hatte, zumindest moralisch an dieser schrecklichen Geschichte mitverantwortlich zu sein. Aus der stummen Anklage wurde eine regelrechte Vergeltungswelle, die von Fernsehen und Presse voller Rachsucht propagiert wurde und all jene ansteckte, die bisher nicht den Mut gehabt hatten, ihren lange gehegten Haß offen zu zeigen.

Am Vormittag zogen wir alle zum Domplatz, Guido und ich unter den Anarchisten, die wie Aussätzige ans Ende des Zugs verbannt waren. Auf dem riesigen, düsteren Platz standen bereits Tausende und aber Tausende braver Bürger, im giftgeschwängerten Mailänder Nebel grau und stumm aneinandergedrängt. Zum ersten Mal sah ich soviele Leute schweigend und reglos versammelt; eine fast unerträgliche Atmosphäre lastete auf dem Platz, ließ jeden Ausdruck im Ansatz gefrieren.

Guido war tief deprimiert, er blickte über die schweigende Menge rings um die große, rußgeschwärzte Kathedrale, sagte: »So ein Mist.«

Diese Grabesstimmung erdrückte gerade die unabhängigsten und phantasievollsten Leute und gab den theoretisierenden und den gewalttätigen Gruppen und den Ideologien Auftrieb. Die kleinen Anarchistenzirkel lösten sich auf, ihre Mitglieder wurden unter falschen Anschuldigungen ins Gefängnis geworfen oder flüchteten oder waren auch nur zu demoralisiert, um noch irgend etwas auf die Beine zu stellen. Die Stalinisten der ›Studentenbewegung‹ rissen alles an sich, sie nisteten sich noch fester in der Universität ein: ihre Ideologen arbeiteten die zu verbreitenden Meinungen aus.

Nach und nach schwand Guidos Interesse an der Politik. Jetzt war ich derjenige, der die Treffen in der Schule organisierte, von Klasse zu Klasse lief und Mitteilungen verteilte und Plakate schrieb. Ich versuchte ihn zu überzeugen, wie wichtig es sei, sich bei den Versammlungen weiterhin zu Wort zu melden, die stalinistische Linie nicht unwidersprochen durchgehen zu lassen. Er aber glaubte nicht mehr daran; er sagte, der Gedanke, da mit hineinverwickelt zu werden, sei ihm unangenehm. Wie schon in anderen Fällen, distanzierte er sich von dem, was ihn enttäuscht hatte, und tat, als habe es ihn nie im mindesten interessiert.

Aber auch dabei war sein Verhalten nicht völlig einheitlich: ab und zu ließ er sich etwas einfallen, um die bleiernen Wasser des neuen Konformismus aufzuwirbeln, Denkanstöße zu geben. Aber er tat es immer seltener; die meiste Zeit war er anderswo.

Auch die Sache mit Nina wirkte sich auf seine Gefühlslage aus, er mußte den Eindruck haben, vor einer Mauer zu stehen, die sich schwerlich mit bloßen Reden und demonstrativen Gesten aufbrechen ließ. Er sprach darüber wenig und in seiner ausweichenden Art, aber in seinem Blick lag bisweilen echte Verzweiflung, die er nicht zu verbergen vermochte. Wie immer war es ihm unangenehm, wenn ich ihm meine Hilfe anbot; sobald er zuviel von sich preisgegeben zu haben glaubte, wechselte er das Thema.

Er fand es immer absurder, zur Schule zu gehen. Er sah keinen Sinn darin, etwas, das wir haßten, weiterhin zu tun, als sei es die einzige Möglichkeit. »Wer zwingt uns denn dazu? Wer zwingt uns herzukommen, nur um uns darüber zu *beklagen*, daß wir herkommen müssen? Es gibt parallel dazu unendlich viele Möglichkeiten, über die ganze Welt verstreut. Wir müssen nur wollen.«

Ich stimmte ihm zu, aber derlei Erwägungen lagen für

mich fernab der Wirklichkeit: ich konnte mir nicht vorstellen, die Geborgenheit meiner Rolle des unzufriedenen Schülers tatsächlich zu verlassen und den Sprung ins Ungewisse zu wagen. Ich wußte, daß ich keinerlei künstlerische Fähigkeiten oder technische Kenntnisse besaß, auf die ich hätte zählen können, und in der Außenwelt fühlte ich mich keineswegs wohl. Von meiner Familie abgesehen, war die Schule der einzige Bereich, in dem ich mich halbwegs sicher bewegte; der konkrete Gedanke, sie aufzugeben, rief in mir den gleichen Schrecken hervor, den eine Käfighenne angesichts eines freien Feldes empfinden mag.

Guido dagegen blieb von einem Tag auf den anderen weg. Als ich ihn eines Morgens nicht sah, dachte ich, er sei krank oder zu einem seiner heimlichen Rendezvous mit Nina gegangen. Als der Unterricht zu Ende war, stand er jedoch auf dem Gehsteig vor der Schule, ans Geländer gelehnt wie ein Reisender zu Besuch an einem altvertrauten Ort. Er deutete auf die häßliche graue Fassade des Schulgebäudes, sagte »Damit bin ich *fertig*«, und an seinem Blick erkannte ich, daß es wahr und endgültig war, daß es für ihn kein Zurück mehr gab.

Wieder hatte ich ihm gegenüber ein schlechtes Gewissen: das brave Bürgersöhnchen, das nach Höherem strebte, aber unfähig war, den Ideen Taten folgen zu lassen.

Ich brachte ihn nach Hause, und auf dem ganzen Weg redeten wir unentwegt miteinander: ich wollte ihm zeigen, daß ich seine Entscheidung nachempfinden konnte, daß ich das gleiche tun würde, wenn ich die Kraft dazu hätte. Er war nachdenklich, aber er sah nicht aus, als habe er von mir etwas anderes erwartet. Er sagte, er wolle sich Arbeit suchen und Geld verdienen, um nach Amerika oder wenigstens nach England oder Holland gehen zu können.

Nina hoffte er von der Klosterschule und von ihren Eltern wegholen und mitnehmen zu können. Er wußte genau, wie schwer hierzulande Gelegenheitsjobs zu finden waren und daß Nina im Grunde sehr angepaßt und konventionell war: wenn er darüber sprach, war er hin- und hergerissen zwischen Überzeugung und Unsicherheit, Blicken zu mir und abgewandten Blicken.

Vor seiner Haustür verabschiedeten wir uns, ich fuhr davon und dachte, daß sich zwischen uns vielleicht gar nicht viel ändern würde; daß wir uns weiter nachmittags sehen und miteinander telefonieren würden und unsere Freundschaft so stabil und lebendig bleiben würde wie zuvor.

Statt dessen wurde fast alles anders. Ein paarmal kam Guido noch ans Schultor, dann hörte er damit auf; auch bei unseren nachmittäglichen Versammlungen ließ er sich immer seltener sehen.

Er sagte mir, daß sein Entschluß, die Schule aufzugeben, für seine Mutter ein schrecklicher Schlag gewesen sei und sie ihn jetzt jedesmal, wenn sie ihn sah, mit Weinen und Jammern und Drohungen peinigte. Er blieb den ganzen Tag außer Haus, ging so spät wie möglich zum Schlafen heim. Einmal hatte er in der Markthalle Obstkisten abgeladen, aber das war Knochenarbeit, die zu hart für ihn war, am nächsten Tag wollte er sie nicht mehr machen. Andere Gelegenheitsarbeiten fand er nicht, obwohl er weiter auf der Suche war. Noch dazu hatten Ninas Eltern entdeckt, daß die beiden sich wieder sahen; sie hatten die Kontrolle verschärft und gedroht, Nina wieder ins Ausland in ein Internat zu schicken.

Angesichts all dieser praktischen Probleme mußte ihm das Gequassel in unserer kleinen Clique unglaublich abstrakt und abgehoben, völlig weltfremd vorkommen. Eines Nachmittags kam er zu einer Sitzung und saß die ganze Zeit stumm hinten in dem staubigen Raum. Als wir fertig waren und zusammen hinausgingen, fragte ich ihn, warum er nichts gesagt habe. Er sagte, daß ihn das alles nicht mehr interessiere; daß ihm von dem Geschwätz übel werde.

Langsam wurde mir klar, daß sich die Distanz zwischen uns immer mehr vergrößerte, daß wir von zwei entgegengesetzten Strömungen auseinandergerissen wurden.

Sechzehn

In der Schule hatte ich ein Mädchen aus der Oberprima kennengelernt. Sie hieß Roberta Gemelli, war neunzehn Jahre alt und auf eine eigene, unauffällige Art hübsch, mit glänzendem schwarzem Haar und geraden Beinen, wachem Blick. Wie fast alle war sie über Guido in unsere lose kleine Clique hineingeraten und hatte unter dem Einfluß seines persönlichen Charmes weiter mitgemacht. Ich sah sie oft an und suchte inmitten der anderen ihre Nähe. Sie kam mir anders als die Mädchen vor, die ich bisher kennengelernt hatte, die nichts im Kopf hatten als ihr Aussehen und den Tinnef, den sie sich zu kaufen gedachten; sie hatte einen scharfen Verstand, eine klarsichtige und reife Art, die Dinge zu beurteilen.

Aber ich schaffte es einfach nicht, mich an sie heranzumachen. Ihr Interesse für Guido hinderte sie daran, mich wahrzunehmen; unsere Gespräche schienen dazu verdammt, auf einer von unserem Privatleben abgetrennten Ebene zu verharren. Guido behandelte sie mit der körperlichen Vertrautheit, die er mit fast allen Frauen herzustellen wußte: er schäkerte mit ihr, faßte sie an der Hand oder am Arm, manchmal strich er ihr übers Haar. Mir war nicht klar, inwieweit seine verhinderte Leidenschaft für Nina ihn davon abhielt weiterzugehen, was sich hinter dieser lockeren Vertrautheit noch abspielte. Wie bei allen Mädchen, die mir gefielen, war ich auch bei Roberta überzeugt, daß sie für mich unerreichbar war; ich verfolgte mein Interesse in meiner üblichen unentschlossenen und untätigen Weise.

Dann kam Guido nicht mehr zu unseren Sitzungen, und alle, die mehr oder weniger fest in unserer Gruppe mitgearbeitet hatten, standen als Waisen da. Bei der ersten Versammlung ohne ihn lag ein Gefühl der Leere in der Luft, Ratlosigkeit auf allen Gesichtern. Was wir sagten, hatte keine Zielrichtung, fand keinen Widerspruch mehr; unsere Diskussionen drehten sich unschlüssig im Kreis, verloren sich im Gewirr nichtssagender Wörter.

Das zweite Mal kamen außer mir nur noch fünf Leute, und eine davon war Roberta Gemelli. Als die Sitzung zu Ende war, gingen wir zusammen hinaus, ich fragte sie, ob ich sie zur Bushaltestelle begleiten könne. Die Hälfte des Wegs redeten wir über Guido: über seine Gründe, wegzugehen, und über seinen Charakter, über das, was er künftig würde tun können. Sie verfolgte meine Worte mit aufmerksamen Augen, fast in Körperkontakt mit mir, während wir das Trottoir entlanggingen; dann hakte sie sich bei mir unter, und mir war nicht mehr klar, ob sie an mir interessiert war oder an dem, was ich ihr über Guido erzählte.

Als ich an der Bushaltestelle ihren Bus von weitem kommen sah, dachte ich, daß ich nicht hinter meiner Glasscheibe eingesperrt bleiben konnte, während sie davonfuhr; ich beugte mich vor und gab ihr einen Kuß auf die Stirn. Einen Augenblick lang war sie verdutzt: ich sah, wie ihr Kopf kaum merklich zurückwich, wie sich ihre Pupillen weiteten. Mein erster Impuls war, mich wegzudrehen und durch die Menge an der Haltestelle davonzulaufen, statt dessen küßte sie mich rasch auf die Lippen und stieg in den Bus.

Ich ging zu Fuß nach Hause und hatte das Gefühl, völlig mühelos auf einem Teppich unterdrückter Euphorie zu gehen. Ich war verblüfft, daß die Methode des Glasscheibe-Zerschlagens so schnelle Veränderungen bewirkte, einen zaghaften Wunsch im Handumdrehen Wirklichkeit werden ließ.

Bald sahen Roberta und ich uns jeden Nachmittag; wenn es keine Versammlung gab, gingen wir ins Kino oder tranken etwas in einer Bar oder bummelten einfach zusammen durch die Stadt. Sie gab sich weiterhin klarsichtig und korrekt und machte die meiste Zeit kluge Bemerkungen über die Welt, aber trotzdem gefiel sie mir. Sie hatte weitaus mehr Bücher gelesen als ich, und Freunde gehabt, die schon fast erwachsen waren, sie gehörte einer schon etwas anderen Generation an als ich. Ablondi und Farvo machten unverhohlen neidische Gesichter, wenn sie uns auf den Gängen oder im Atrium der Schule sahen. Seit Guido weg war, hatten sie alles getan, mich ins Abseits zu drängen, und waren sicher nicht erfreut, daß ich sehr wohl anderweitig beschäftigt war.

Nachdem wir uns wochenlang nur geküßt hatten, lud mich Roberta eines Samstag nachmittags zu sich nach Hause ein, und wir gingen zusammen ins Bett. Sie sagte mir, sie nähme die Pille, und ich bräuchte mir keine Sorgen zu machen; ihre Eltern kämen erst am nächsten Tag nach Mailand zurück, und ich könne die ganze Nacht bei ihr bleiben. Ich war siebzehn, und es kam mir irre vor, mit einem Mädchen ein richtiges Verhältnis zu haben, ich konnte es kaum glauben.

Am nächsten Morgen frühstückten wir zusammen und gingen hinunter, Zeitungen kaufen. Ich hatte das Gefühl, unverbrüchlich mit ihr verbunden zu sein; alle meine Interessen waren neu geordnet, nach einem reiferen und stabileren Muster.

Ich war mit Roberta zusammen und konnte an nicht viel anderes denken. In der Schule machte ich noch einige Anläufe, mich an der politischen Arbeit zu beteiligen, aber wie Guido verlor ich das Interesse daran; was dazu führte, daß auch das ihre nachließ, obwohl sie vielleicht weitergemacht hätte. Ich wollte, daß sie an mich statt an universelle Probleme dachte, ich wollte, daß sie mich nochmals zu sich nach Hause einlud. Mit der Zeit hatte ich Erfolg, und bald sahen wir uns unter der Woche jeden Nachmittag bei ihr. Ihre Eltern hatten eine Tierarztpraxis und kamen erst um acht Uhr abends nach Hause, so waren wir allein, bis es Zeit für das Abendessen war. Um drei ging ich zu ihr, und wir schlüpften sofort in das schmale Bett in ihrem Zimmer voller Bücher und Nippesfiguren und Fotos von Hunden und Katzen, liebten uns stundenlang. Trotzdem war ich wohl nicht von echter sexueller Leidenschaft überwältigt, wenn ich auch kaum Vergleichsmöglichkeiten hatte; ich fühlte mich eher in eine laue und dumpfe Dimension des Lebens abgeglitten, in der ich die Reibungen mit der Außenwelt und die Schwierigkeiten vergessen konnte, die jede noch so kleine Bewegung schwierig zu machen schienen.

Zum ersten Mal im Leben gab es für mich keine engen Zeitbeschränkungen und Aufgaben und Pflichten, deretwegen ich das, was mir Spaß machte, unterbrechen mußte. Ich brauchte keine einzige Minute mehr über den Schulbüchern oder in der polemischen Spannung der politischen Versammlungen zu verlieren; meiner Mutter und ihrem Mann sagte ich, ich ginge zum Lernen zu einem Klassenkameraden, damit waren ihre Sorgen beschwichtigt. Das einzige, was ich zu tun hatte, war, mich durch den Stadtverkehr bis vor Robertas Haus zu kämpfen, mit dem Aufzug hinaufzufahren, sie schon in der Diele zu küssen und mich mit ihr langsam zu ihrem Zimmer zu schieben. Wir überließen uns jeden Tag dem gleichen Zeitplan und den gleichen Bewegungen und nahezu den gleichen Worten; die regelmäßige und voraussehbare Wiederholung wirkte beruhigend. Wenn wir uns nicht gerade liebten, schmiedeten wir Zukunftspläne, redeten über die Jobs, die wir finden würden, die Städte, in denen wir leben wollten. Roberta wußte genau, was sie wollte, sie hatte wenige Zweifel oder Ängste. Ihre soliden Ansichten schienen mir ein guter Ausgangspunkt für die Entdeckung meiner eigenen Interessen.

Manchmal spielten wir auch, wir wären zwei erwachsenere und zufriedenere Personen, als wir es in Wirklichkeit waren, und wenn es zu schwierig wurde, unsere Rollen überzeugend durchzuhalten, liebten wir uns wieder. Es war eine Art Freiraum, den wir bewohnen konnten: ein exterritorialer Bereich, in dem unser Mangel an wirklicher Autonomie irrelevant zu sein schien. Zehn vor acht kleideten wir uns wieder an und verabschiedeten uns eilig voneinander; ich hastete die Treppen hinunter, kurz bevor Robertas Eltern nach Hause kamen.

Die Ausgewogenheit meines Tagesablaufs hatte sich verkehrt; die Vormittage waren jetzt nur matte und blasse Schatten der Nachmittage.

Guido sah ich nur ein einziges Mal wieder, als er nach einer Versammlung in der Schule am Ausgang stand. Wir umarmten uns, doch als wir dann miteinander zu reden versuchten, erfaßte uns eine sonderbare Verlegenheit, wir konnten keinen unbefangenen Ton finden. Vielleicht war ich eifersüchtig wegen Roberta, die ihn wieder mit den gleichen Blicken ansah wie zu Anfang; vielleicht grollte ich ihm, weil er einfach von heute auf morgen weggegangen war, ohne das geringste Verantwortungsgefühl für jene, die ihre spärlichen Gewißheiten auf ihn gegründet hatten.

Jedenfalls bemerkte er die unterschwellige Feindseligkeit in meinen Gefühlen, versuchte sie mit seiner gespielten Gleichgültigkeit zu kompensieren. Ich erzählte ihm von der neuesten politischen Entwicklung an der Schule, mit der ich inzwischen nur noch recht wenig zu tun hatte; es interessierte ihn überhaupt nicht. Er erzählte mir, daß er Gelegenheitsjobs mache, ohne mir zu sagen, welche; daß er bald wegzugehen gedenke, ohne mir zu sagen wohin. Wir sprachen in kurzen Sätzen, mit nervösen Gesten und ständigen Seitenblicken: die ganze Zeit darauf bedacht, Themen und Worte zu verbergen, die uns durch den Kopf gingen.

Fast erleichtert verabschiedeten wir uns, versprachen, uns bald wiederzusehen, und wußten alle beide, daß es nicht so sein würde.

Das Schuljahr ging zu Ende, und ich wurde versetzt, wie alle anderen auch. Meine Mutter und ihr Mann, die keine Ahnung hatten, wie wenig Kraft es mich gekostet hatte, schenkten mir ein Motorrad, eine 125er Guzzi. Ich war gerührt, als ich sie leuchtend rot und sehr viel kompakter als mein altes Mofa vor mir sah; damit könnte ich an jeden beliebigen Ort der Welt fahren, dachte ich.

Mit einem kleinen Zweimannzelt und zwei Schlafsäcken und ein paar Klamotten in einer Reisetasche starteten Roberta und ich in Richtung Süden, auf einer ähnlichen Route wie der, die ich im Vorjahr mit Guido für unsere Reise geplant hatte, aus der nichts geworden war. Wir fuhren in Etappen von wenigen Kilometern die Küste entlang, zelteten in kleinen Wäldchen oder Lichtungen dicht am Meer, aßen so gut wie nichts. Wir ließen uns in der Sonne schmoren und schwammen und redeten und liebten uns auf Luftmatratzen: es war der erste Urlaub meines Lebens, den ich frei und unabhängig verbrachte, es gefiel mir.

Siebzehn

Dann war wieder Oktober, und ich ging wieder zur Schule.

Die wenigen Lehrer, die sich nicht mit der Lage abgefunden hatten, waren in Pension oder in die Provinz gegangen, wo sie vermutlich darauf hofften, daß sich die Verhältnisse erst später ändern würden; die anderen hatten jede Forderung der Schüler erfüllt, garantierte Mindestnoten, Ankündigung der Tests, Diskussionen während des Unterrichts. Sie arbeiteten immer noch mit den gleichen Lehrplänen wie eh und je, aber ohne die geringste Überzeugung oder, noch schlimmer, oberflächlich und zynisch. Die Neostalinisten der ›Studentenbewegung‹ hatten die verschwägerten Linien ihrer Sippe endgültig besiegt, sie in eine Art Klandestinität gezwungen. Ihre kalte und starre Ideologie verschüchterte die breite Mehrheit der Schüler, die jetzt nur noch mit der geringstmöglichen Mühe ihre schulische Laufbahn fortsetzen wollten.

Roberta schrieb sich für Tiermedizin ein, nachdem sie mir monatelang gesagt hatte, daß sie niemals den Beruf ihrer Eltern ergreifen werde; bald mußte sie fast jeden Nachmittag Vorlesungen und Seminare besuchen. Ohnehin hätten wir uns, glaube ich, nicht weiterhin so oft wie im vergangenen Jahr sehen und miteinander schlafen können, denn die Anziehung zwischen uns begann einer allzu platten und einförmigen körperlichen Vertrautheit zu weichen.

Sie war froh, das frustrierende Schulklima hinter sich zu

lassen; praktisch anwendbare Fakten zu lernen; oft ärgerte sie sich über meine Lustlosigkeit, über den müßigen Skeptizismus, mit dem ich mich über alles und jedes ausließ. Manchmal holte ich sie am tiermedizinischen Institut ab: ich sah sie mit ihren Kommilitoninnen herauskommen und kam mir vor wie ein arbeitsloser Ehemann, der sich die Zeit mit kleinen Gefälligkeitsdiensten vertrieb.

Vormittags lungerte ich auf den Gängen des Lyzeums oder auf dem Schulhof herum und zapfte zusammen mit einem Klassenkameraden namens Testari aus den Autos der Lehrer Benzin für unsere Motorräder ab. Wenn ich den Unterricht besuchte, las ich Romane, von denen Guido mir erzählt hatte, aber es war keine angenehme Art zu lesen: das müde und ungesunde Unterrichtsklima entstellte den Geist der Seiten, die ich vor mir hatte, trübte ihren Reiz.

Nachmittags fuhr ich mit dem Motorrad durch die Gegend, ging allein oder mit Testari ins Kino; trottete die Gehsteige im Zentrum entlang, bis mich die grauen Gesichter der Passanten und die Häßlichkeit der allzu vertrauten Stadt mit Depression erfüllten. Samstags und sonntags traf ich mich mit Roberta, aber wir verbrachten jetzt fast unsere ganze gemeinsame Zeit mit Ausflügen oder öden Gesprächen, mit der parallelen Lektüre von Büchern und Zeitungen.

Manchmal fragte ich mich, was wohl aus Guido geworden war, was er tun mochte. Ich rief bei ihm an, aber seine Mutter sagte mir, er sei nicht da; und er rief nicht zurück. Ab und zu fuhr ich mit dem Motorrad durch seine Straße, aber ich begegnete ihm nie.

Ich dachte, daß er mir nicht besonders fehlte; daß er zu einer Phase meines Lebens gehört hatte, die nun vorbei war. Immer seltener dachte ich an ihn, zuletzt kam er mir fast gar nicht mehr in den Sinn.

Ich wollte nur endlich mit der Schule fertig sein, auch wenn ich noch nicht wußte, was ich danach tun sollte. Mit zwölf oder dreizehn, bevor ich mich im vagen humanistischen Dunst des Gymnasiums verlor, hatte ich viel praktischere Vorstellungen über mein Leben gehabt. Jetzt war ich von jedem Berührungspunkt fast gleich weit entfernt, voller abstrakter Gedanken und schlecht verdauter, unanwendbarer Kenntnisse aus zweiter Hand.

Ich konzentrierte mich auf die Aussicht, wenigstens von den grünlich getünchten Klassenzimmern und Gängen, von dem inhaltslosen Gerüst von Fächern und Stundenplänen wegzukommen. Ich substrahierte die Tage von den Wochen, die Wochen von den Monaten; berechnete immer wieder den Zeitraum, der noch bis zum Schuljahresende fehlte.

Im Juli legte ich die Reifeprüfung ab, brachte sie ohne jede Schwierigkeit hinter mich. Meine Mutter und ihr Mann luden mich zur Feier des Tages zum Essen in ein Restaurant ein. Es war mir unangenehm, ihnen wieder den Eindruck zu vermitteln, als hätte ich etwas Verdienstvolles geleistet; ihre Glückwünsche machten mich traurig.

Roberta mußte sich auf eine Prüfung an der Universität vorbereiten und hatte nicht die geringste Lust auf abenteuerliche Reisen, so fuhren wir nach langen Diskussionen und Streitereien zu meiner Familie nach Santa Margherita und verbrachten dort den August. Es war eine Art geruhsamer Gefühlsselbstmord: vom ersten Tag an überfiel uns zäh wie Melasse die Langeweile, erfüllte uns mit Gleichgültigkeit füreinander.

Wir redeten kaum noch miteinander; sie verbrachte ihre Tage damit, aus Büchern über Pferdeinnereien zu lernen, ich las alte Romane von Verne und Salgari wieder, die noch aus meiner Knabenzeit im Haus waren. Dann und wann gingen wir mit schlurfenden Schritten zum Strand, sie legte sich in die Sonne, und ich saß mit angewinkelten Beinen unter dem Sonnenschirm und beobachtete, wie die Familien neben mir ihre Leiber zur Schau stellten.

Bei Tisch gab Roberta sich dazu her, dem Mann meiner Mutter bei seinem Geschwätz über Berg- und Landschinken, Reben auf magerem Boden und Reben auf fettem Boden zu sekundieren. Wenn ich draußen im Garten war, hörte ich sie manchmal alle drei über meinen Charakter reden, Ansichten über meine mögliche Zukunft austauschen.

Es schien mir unglaublich, aus purer Trägheit in eine solche Lage geraten zu sein; ich dachte daran, wie ich noch vor zwei Jahren den Eindruck gehabt hatte, die vorgezeichneten Pfade meines Lebens verlassen und frei überallhin laufen zu können.

Genauso heftig, wie ich das Ende der Schule herbeigesehnt hatte, sehnte ich mich jetzt nach dem Ende des Sommers.

Achtzehn

Als wir wieder nach Mailand zurückkehrten, hatten mir die Ferien keine einzige neue Idee, nicht den geringsten Energieschub gebracht, mit dem ich meine Probleme hätte angehen und lösen können. Träge und zermürbt von der Langeweile des soeben vergangenen Augusts, hing ich zu Hause herum. Ich stand jeden Morgen spät auf, blieb in meinem Zimmer und hörte Musik. Meine Mutter und ihr Mann drängten mich, irgendeine Entscheidung zu treffen; auf der Suche nach Inspiration ging ich zur Universität.

Es war sonderbar, aus anderen als politischen Gründen dorthin zu gehen, die Gänge zu betreten, auf denen die Schläger der ›Studentenbewegung‹ mit den alten Akademikern inzwischen symbiotisch zusammenlebten. Ich las die Namen der Professoren und die Titel ihrer Vorlesungen an den Türen der Hörsäle, die Ankündigungen an den Anschlagtafeln der Institute: für alles hatte ich denselben Mangel an Interesse.

Ich lief stundenlang herum und versuchte den für die einzelnen Fakultäten erforderlichen Aufwand an Zeit und Mühe zu errechnen; am Ende entschied ich mich nur deshalb für Philosophie, weil dort weniger Examen verlangt wurden als in Philologie und mir diese Wahl gleichermaßen vage erschien. Meine Mutter und ihr Mann waren erfreut, als ich es ihnen mitteilte; ihrer Sorgen um mich wieder einmal enthoben.

Das große verglaste Gebäude, in dem man sich immatrikulierte, war gerammelt voll mit Leuten mit Zeugnissen und Formularen in der Hand, die vor den Schaltern der verschiedenen Fakultäten drängelten, als würden dort Gratismedikamente oder Frührenten ausgegeben.

Dann sank mein Leben in ein Meer der Indifferenz ab; richtete sich in einer Wassertiefe ein, wo nichts mehr von besonderer Bedeutung war.

Ich fand heraus, daß man, um Prüfungen ablegen zu können, nicht einmal die Vorlesungen zu besuchen brauchte: es genügte, einige der auf den Anschlagtafeln angegebenen Bücher zu lesen und sich in die langen Wartelisten einzutragen. Wie am Gymnasium gab es garantierte Mindestnoten, das Verfahren selbst war noch automatischer und unpersönlicher als in der Schule. An Prüfungstagen standen lange Schlangen auf den Gängen und in den Hörsälen, Dreier- und Vierergrüppchen, die darauf warteten, zu Professoren und Assistenten vorgelassen zu werden, die sie noch nie im Leben gesehen hatten.

In allen Prüfungsgesprächen, die ich hörte, überwog das gleiche oberflächliche soziologische Geschwafel, die gleichen Phrasen und obligaten Zitate, die gleichen auswendig gelernten und auf die verschiedensten Kontexte angewandten Namen und Titel. Mit nur zwei Büchern konnte man sogar drei oder vier Prüfungen absolvieren, wenn man die Nachbarschaft der einzelnen Gebiete und die interdisziplinäre Abhängigkeit bemühte. Einige Studenten versuchten immer noch, ihre Kenntnisse mit schülerhafter Gewissenhaftigkeit an den Mann zu bringen; andere preschten völlig skrupellos vor, kompensierten ihr mangelndes Faktenwissen durch Arroganz und versteckte Drohungen. Die Professoren duckten sich hinter ihre Tische, hörten sich die dürftige Aufzählung ungeschickt vorgetragener Allgemeinplätze an und sagten dann »In Ordnung«; trugen die Noten ein, unterschrieben. Mit aufgeschlagenen Studienbüchern traten die Studenten auf den Gang hinaus, blickten auf die vollen und die noch auszufüllenden Spalten, als handle es sich um den Teilnahmeschein für ein Preisausschreiben.

Sobald es an der Zeit war, legte auch ich eine Prüfung ab, zusammen mit drei anderen Studenten, die ich tags zuvor kennengelernt hatte; als es vorbei war, wunderte ich mich nur, wie unglaublich einfach die ganze Sache gewesen war. Meine Mutter und ihren Mann erfüllte angesichts der Note in meinem Studienbuch grundlose Freude, sie hofften, daß ich so weitermachen würde, sagten sie.

Ansonsten aß und schlief ich, traf mich abends sowie samstags und sonntags mit Roberta, telefonierte stundenlang mit ihr. Fragte mich jemand, was ich mache, konnte ich sagen, ich studiere: ich kam nicht einmal in die Verlegenheit, meine Untätigkeit rechtfertigen zu müssen.

Roberta gab ihr Tiermedizinstudium auf und begann in einer Werbeagentur zu arbeiten. Sie sagte, sie sei es leid, nichts zu verdienen und keine eigene Wohnung zu haben und kein Geld, um das zu machen, was sie wollte; sie halte es nicht mehr aus, immer auf die Zukunft zu warten, sie wolle direkte Beziehungen zum Leben aufnehmen.

Da hatte ich es nun. Monatelang hatte ich ihr Guidos Worte über die nutzlose Rolle der Studenten und ihr Unvermögen, in der Welt etwas zu bewirken, gepredigt, und sie hatte mir immer entgegengehalten, sie sei zufrieden mit dem, was sie tue, mit ihrer begrenzten Verantwortlichkeit und den langfristigen Plänen. In unseren kleinen verbalen Schützengräben verschanzt, hatten wir deswegen sogar gestritten, ohne daß einer von uns dem anderen auch nur ein winziges Stück seines theoretischen Terrains überlassen hätte; dann hatte sie ohne Vorwarnung ihre Position und ihre Einstellung gewechselt, Fakten vor die Worte postiert.

Eine wer weiß wie lange unterdrückte Energie stieg in ihr empor, ließ sie allmorgendlich um halb acht aus dem Bett springen und zu ihrer Agentur rennen, schnipseln und kleben und kopieren und tippen und telefonieren, von einem Ende der Stadt zum anderen fahren, um Material abzuholen oder zu übergeben. Wenn wir uns abends sahen, war sie erschöpft und froh, es zu sein; ihre Stimme klang so entschieden und ungeduldig, wie ich sie nie gekannt hatte. Sie war erwachsen geworden und hatte nicht die geringste Lust, sich weiter in den nebulösen Gefilden aufzuhalten, die ich noch bewohnte.

Ich fragte mich, wie es kam, daß sich die Menschen, die mir am nächsten standen, vor meinen Augen so plötzlich wandelten, ohne daß ich auch nur Zeit gehabt hätte, zu merken, daß eine Veränderung in der Luft lag.

Jetzt, da ich nicht einmal mehr einen festen Stundenplan hatte, an den ich mich halten konnte, schlief ich unbegrenzt: zehn, elf Stunden in einem dumpfen Schlaf, aus dem ich mit benommenem Kopf und verlangsamten Reflexen wie nach einer Krankheit erwachte. Zur Universität ging ich eigentlich nur, weil es mir peinlich war, zu Hause zu bleiben, ich schlich durch die Gänge, auf der Suche nach einer Anregung oder nach Zerstreuung. Hin und wieder, nur um irgend etwas zu tun, nahm ich an einer Versammlung der Neostalinisten teil oder ging mir ein paar Sätze einer unverständlichen Vorlesung über Spinoza oder Hegel anhören. Ich trieb dahin wie ein Schiffbrüchiger, ohne jede Hoffnung, von einem Schiff gesichtet zu werden.

Roberta meinte, ich solle mir Arbeit suchen wie sie, aber

ich hatte nicht die Hälfte ihrer Entschlußkraft, und der bloße Gedanke, jemanden zu bitten, mich einzustellen, erfüllte mich mit Schrecken. Ich fühlte mich unnütz, ein Neunzehnjähriger mit einem Kopf voller Worte in einem rigiden, altmodischen Land.

Manchmal kam es mir vor, als suchte ich die ganze Zeit nach Rechtfertigungen für das, was ich nicht tat, ohne daraus irgendeinen Trost zu ziehen. Manchmal hätte ich mich am liebsten aus dem Fenster gestürzt; aber mein Mißbehagen war zu diffus, um mich wirklich soweit zu treiben.

Neunzehn

Eines Juninachmittags saß ich zu Hause und versuchte ein Buch für eine Pädagogikprüfung zu lesen, da sagte mir der Pförtner durch die Gegensprechanlage, daß Guido Laremi unten sei.

Ich wartete an der Wohnungstür auf ihn, aufgeregt und mißtrauisch bei der Erinnerung an das letzte Mal, als wir uns gesehen hatten, als er dann aber aus dem Aufzug trat, war er voller Mitteilungsdrang, sagte *»Hallo«*, ganz in seiner alten Art. Die Haare waren ihm in aschblonden Locken bis auf die Schultern gewachsen, seine Kleider waren abgewetzt und schlampig; ansonsten schien er sich nicht verändert zu haben.

Wir traten in die Diele, wo ich hoffte, daß meine Mutter nicht herauskommen und Fragen für Fünfzehnjährige stellen würde, und gingen in mein Zimmer hinüber. Kaum waren wir drinnen, kam es mir rührselig vor mit den alten Dylan- und Bakuninpostern an den Wänden und den Kropotkin- und Kerouac-Taschenbuchausgaben auf den Fächern des kleinen Schülerregals. Guido warf einen Blick in das aufgeschlagene Pädagogikbuch auf dem Tisch, in das Heft mit meinen mühsamen Aufzeichnungen; sagte nichts dazu.

Ich versuchte ihm die Situation an der Universität zu schildern, die ich, um ihr wenigstens einen Charakter zu geben, überspitzt darstellte, aber ich schaffte es wohl nicht, mich anders als dämlich und passiv zu präsentieren. Mir wurde heiß vor lauter Frust, ich riß das Fenster auf und ließ den Straßenlärm herein.

Er setzte sich auf den Tisch, hörte mir mit von anderen Gedanken durchsetzter Aufmerksamkeit zu. Aus seiner Hosentasche zog er ein winziges Päckchen in Silberpapier, mit einem dunkelbraunen Kügelchen darin, das er über der Feuerzeugflamme erhitzte: ein würziger Geruch entströmte ihm, der bald das ganze Zimmer durchzog. Ich fragte ihn, ob das Haschisch sei, er bejahte lachend. Er sah jetzt noch störrischer aus als auf dem Gymnasium, noch unangepaßter. Als er fertig war, zündete er den dünnen Joint an, behielt den Rauch lange in den Lungen. Dann gab er mir den Joint, und ich inhalierte ebenfalls; hustete, als sei ich am Ersticken. Ansonsten glaubte ich keine Wirkung zu spüren: ich sah im Zimmer umher, um meine Wahrnehmungen zu testen.

Guido sagte: »Weißt du, daß ich den Einberufungsbefehl bekommen habe? Diese *dreckigen* Schweinehunde.« Er sah wirklich besorgt aus: mit übereinandergeschlagenen Beinen saß er in einer Rauchwolke.

Ich versuchte mir die Postkarte mit dem Einberufungsbefehl vorzustellen, und gleich darauf fühlte ich, wie ich innerlich ausglitt, mir war plötzlich, als sei ich gleichzeitig innerhalb und außerhalb der Situation.

Guido sprang vom Tisch, begann im Zimmer hin und her zu laufen wie ein Tiger im Käfig. »In zwanzig Tagen soll ich einrücken, aber lieber geh ich ins *Exil*. Ist mir scheißegal, wenn ich nicht nach Italien zurückkehren kann, bis ich fünfunddreißig oder fünfzig bin.«

Ich sah alles, was er sagte, bildhaft vor mir wie eine Art sehr rasch ablaufenden Fernsehfilm: wie er mit einem Koffer in den Zug stieg; erst als Fünfunddreißigjähriger, als Fünfzigjähriger wieder zurückkam. Mir war nicht mehr klar, ob wir über etwas Ernstes oder über etwas Lustiges redeten. Um die automatisch ablaufenden Bilder zu stoppen, fragte ich ihn: »Hast du denn gar keine Möglichkeit, drum herumzukommen?«

»Nein«, sagte er, ohne aufzuhören, im Zimmer herumzugehen. »Letztes Jahr hab ich mit Herztabletten versucht, mich für untauglich erklären zu lassen, aber die haben mich eine Woche lang im Militärhospital festgehalten, und derweil wäre ich fast zum *Invaliden* geworden, bei jeder raschen Bewegung schlug mir das Herz bis zum Hals. Also hab ich die Tabletten abgesetzt, und innerhalb von Stunden war die Wirkung verschwunden, einen Tag später haben sie ein EKG gemacht, und das war voll *in Ordnung*. Das einzige, was mir die ganze Geschichte eingebracht hat, war, daß ich zu einem Strafbataillon für Kriminelle und Simulanten nach Kalabrien versetzt wurde.«

»Und was hast du jetzt vor?« fragte ich ihn, wenngleich ich mir nicht sicher war, meine Stimme zu hören.

Er sagte: »Es ist so ein unglaublicher *Machtmißbrauch*, daß sich dieser Scheißstaat berechtigt glaubt, einen Menschen zu entführen und ein Jahr lang *festzuhalten*.«

»Aber was willst du tun?« fragte ich ihn.

Guido trat ans Fenster, schaute hinaus. Er sagte »Jetzt kann ich nur noch versuchen, den *Verrückten* zu spielen, und wenn das danebengeht, nehme ich den ersten Zug nach Frankreich.«

Ich fragte, wie er das meine, den Verrückten zu spielen. Auf einem Regal sah er einen abgerissenen Koffergriff, setzte ihn auf den Fußboden auf, tat, als zerre er mit aller Kraft daran. Auf einmal war es, als würde das Zimmer abheben und in die Luft emporsteigen: wir verloren alle beide das Gleichgewicht, purzelten auf den Boden; wir lachten unbändig und strampelten wild mit den Beinen.

Eine Woche später trafen wir uns in einer Bar nahe

seiner Wohnung wieder. Mailand war in die sommerliche Variante seiner dicken, süßlich riechenden Luft eingetaucht. Guido erzählte mir, er sei bei zwei verschiedenen Psychiatern gewesen, um sich psychische Labilität bescheinigen zu lassen, als er jedoch den Militärdienst erwähnte, hatten sie ihn nicht einmal mehr anhören wollen. »Mit ihren kalten *Reptilienaugen*«, sagte er. »Die hätte ich sehen wollen, wenn ich ihnen einen Umschlag voller Geld mitgebracht hätte.« Er schaute umher, und es war klar, wie sehr er sich in der Klemme fühlte: vor einer unausweichlichen Entscheidung.

Ich fragte ihn, was er jetzt zu tun gedächte. Es war mir zuwider, aus dieser Position generöser Anteilnahme mit ihm zu reden, nur weil mich das Studium für den Augenblick noch vor diesem Problem bewahrte; am liebsten wäre ich gezwungen gewesen, mit ihm zu fliehen.

Guido sagte: »Jetzt bleibt mir nur die Möglichkeit, sie davon zu überzeugen, daß ich wirklich verrückt bin. Morgen lasse ich mich ins *Irrenhaus* einsperren.«

Ich fragte ihn, wie ich ihm helfen könne. Er hob den Blick, sagte, ich könne ihn begleiten.

Morgens um sieben holte ich ihn ab. Er wartete auf dem Gehsteig an der gewohnten Stelle auf mich, aber ich erkannte ihn erst, als ich wenige Meter vor ihm war. Er hatte sich den Kopf fast glattgeschoren und trug einen zu weiten und zu kurzen grauen Anzug, ein bis zum letzten Knopf zugeknöpftes Hemd, schwere Bergschuhe.

Kaum merklich lächelte er mir zu: seine Gesichtszüge wirkten kantiger als vorher, und er schien noch schiefer als sonst auf seinen Füßen zu stehen. »Also los«, sagte er und stieg auf. Der Anzug sei noch von seinem Vater, erklärte er mir; die Nacht habe er damit verbracht, eine aus der Gemeindebibliothek entwendete Abhandlung über chronische Depression zu lesen.

Wir durchquerten die Stadt in nördlicher Richtung auf bereits mit tosendem Verkehr gefüllten Straßen. Personenautos und Lastwagen donnerten in unsinniger Raserei zwischen den hohen grauen Häuserfassaden hindurch, ließen ohrenzerfetzende Lärmwellen, stinkende Abgasschwaden hinter sich. Die Fußgänger auf den Gehsteigen muteten an wie Phantasmen mit unsicherem Gang, ihre Kleider und Gesichter waren von derselben Farbe wie das Szenario, in dem sie zu leben gezwungen waren.

Die psychiatrische Klinik ist eins von vielen Betongebäuden in einer Betonwüste; ich hielt mein Motorrad auf dem Parkplatz an. Guido stieg ab, strich sich das Jackett glatt, zupfte den Kragen zurecht, der ihm fast die Luft abschnürte. Mit seinem Lagerhäftlingsgesicht sah er mich an, und ich glaubte in seinen Augen noch den Horror der Fahrt zu sehen, die wir gerade hinter uns hatten. Beinahe ohne die Lippen zu bewegen, sagte er: »Ich laß dann von mir hören.«

Ich wollte ihn hineinbegleiten, aber er meinte, es sei besser, wenn ich nicht mitkäme. So schaute ich ihm nach, wie er mit seinen Bergschuhen und dem grauen Anzug, aus dem die Handgelenke und die Fußknöchel hervorragten, zum Eingang schlurfte. Unter der Tür drehte er sich um und winkte mir steif zu: mit der gleichen konzentrierten Außenseitermiene wie damals in der Schule, als ich ihn zum ersten Mal sah.

Vier Tage später rief er bei mir zu Hause an. Er sprach leise, im Hintergrund hallten Stimmen, vermutlich in einem Korridor oder einem Atrium. Ich fragte ihn, wie es ihm gehe; er antwortete: »Sie behalten mich hier. Viel machen sie aber nicht.« Ich fragte ihn, ob er wisse, wie lange er noch bleiben muß, er sagte »Keine Ahnung.« Das Gespräch war nicht gerade einfach zu führen: auch ich sprach leise, in möglichst neutralem Ton. Ich fragte ihn, was er zu essen bekäme; er sagte »Ich esse nicht.« Unvermittelt verabschiedete er sich und legte auf, damit niemand zuhören konnte, glaubte ich. Ich blieb noch ein, zwei Minuten am Telefon stehen und hatte das Gefühl, in einem Polizeistaat zu leben, mit Spitzeln und Spionen an jeder Ecke.

Ich rechnete damit, daß Guido wieder anrufen und mich auf dem laufenden halten würde, aber er ließ nichts mehr von sich hören. Nach einer Woche rief ich bei seiner Mutter an, aber auch sie wußte nichts und machte sich nur noch mehr Sorgen.

Als vierzehn Tage um waren, begann ich mir ernstliche Sorgen zu machen, mich zu fragen, was ihm passiert sein mochte. Ich sprach darüber mit Roberta, stellte Mutmaßungen an, bis sie wütend wurde.

Eines Nachmittags rief mich Nina an, so angespannt, daß ich sie schier nicht wiedererkannte; sie sagte: »Guido geht es schlecht. Seine Stimme klingt furchtbar. Sie halten ihn dort gefangen, und er wird echt verrückt.«

Ich sagte zu ihr, daß er diesen Eindruck wahrscheinlich bewußt erwecken wolle; ich bemühte mich, es nicht allzu deutlich zu sagen, aus Angst, daß das Telefon abgehört wurde. Sie aber begriff meine Umschreibungen anscheinend nicht, denn sie fragte immer wieder, wie ich das meine. Ich sagte ihr, wir müßten ihn weitermachen lassen; wenn die Sache wirklich eine böse Wendung nähme, würde er es uns schon wissen lassen. Sie wirkte keineswegs überzeugt, als ich mich von ihr verabschiedete, und sie hatte alle ihre Befürchtungen auf mich übertragen. Ich fragte mich, ob wir ihn nicht doch zu retten versuchen, mit Gewalt ins Irrenhaus einbrechen und ihn wegholen, irgendwo verstecken sollten.

Fünf Minuten später rief Guido an, fragte mich, ob ich ihn nicht zusammen mit Nina besuchen könne. »Allein erschrickt sie sich«, meinte er. Seine Stimme klang wirklich leidend: ich brauchte eine Weile, um mir selbst einzureden, daß auch dies nur zu seiner Verstellung gehörte.

Am folgenden Nachmittag holte ich Nina vor einer Bar ab, denn zu Hause wurde sie immer noch überwacht. Sie war aufgeregt, in einem kurzen, grünen Kleid, das ihre Augen noch größer wirken ließ; sie sagte, daß sie unbedingt um fünf zurück sein müsse. Wir durchquerten die Stadt, ohne miteinander zu reden, und es rührte mich an, sie in jeder Kurve so dicht an mir zu spüren, weich und duftend. Die Autofahrer gaben ihr lange, schleimige Blicke, wenn wir an ihnen vorbeifuhren, verdrehten die Hälse, um ihre Beine zu sehen. Ich versuchte ihre Blicke abzuwehren; ich kam mir vor wie jemand, der einen einzigartigen Kristallkelch in seiner Obhut hat und ihn bei der kleinsten Unachtsamkeit irreparablen Beschädigungen auszusetzen fürchtet.

Auf dem Parkplatz der psychiatrischen Klinik guckte sie mit verlorenem Blick um sich, fragte »Ist es hier?« Ich sagte ihr, sie solle sich keine Sorgen machen, aber es half nicht viel. Ich hatte sie viel selbstbewußter in Erinnerung, ohne dieses unsichere Flackern in den Augen.

In einer Art Glaskäfig saß ein Pförtner mit Affengesicht; ich sagte ihm, daß wir zu Guido wollten. Ich hatte erwartet, daß er Ausweise, Bescheinigungen und amtliche Genehmigungen verlangen würde; aber er deutete nur gleichgültig auf einen Korridor. Wir gingen rasch und stumm, Nina an meinen Arm geklammert. Es roch nach Kohlsuppe und Desinfektionsmitteln; die Fenster waren alle geschlossen. An einem Fenster standen zwei Pfleger und stritten, ein schmächtiges Männchen im Schlafanzug schlurfte über den Flur; Töne gedämpfter Betriebsamkeit hallten von den glatten Oberflächen wider.

Wir kamen an einem großen Saal voller Betten vorbei, auf denen gut ein Dutzend Leute herumsaßen oder -lagen, während ein Hausdiener mit rabiaten Bewegungen den Boden fegte. Von der Tür aus fragte ich ihn, ob er wisse, wo Guido Laremi sei, er schrie mich grob an: »Wer soll denn das sein?« Wir gingen weiter den Korridor hinunter, und ich dachte, daß ich mit Nina, die sich so ängstlich an mich drückte, viele Kilometer weit gehen könnte, durch alle Korridore dieser Welt.

Wir schauten in andere Säle hinein; jedesmal drehte sich irgendein Gesicht zu uns, sah uns mit tausendfach gefilterter Neugier an. Schließlich fanden wir Guido in einem großen Saal mit Stühlen und Bänken: an eine Wand gelehnt stand er da, immer noch in dem lächerlichen grauen Anzug, in dem er hergekommen war. Die anderen ringsum spielten Karten oder unterhielten sich, starrten auf einen alten Fernseher mit unscharfem Bild. Keiner tat etwas Verrücktes, und doch lag in jeder Geste und in jedem Ton, in der zähen Trägheit aller Blicke etwas sonderbar Unharmonisches.

Guido kam ausdruckslos, mit langsamen Schritten auf uns zu, sagte halblaut »Ciao«. In den zwanzig Tagen war er noch magerer geworden.

Nina stand aufrecht vor ihm: sie war sprachlos über sein Aussehen, wußte nicht, was sie tun sollte. Guido starrte auf den Boden; er murmelte »Laßt uns hier weggehen«. An den Füßen hatte er immer noch die klobigen, dicksohligen Schuhe, sein Gang war schleppend. Wir folgten ihm über den Korridor und durch eine Glastür nach draußen: in einen kleinen, besonnten Hof mit einigen in den Betonboden eingelassenen Sitzbänken und zwei brutal gestutzten Platanen.

Nina packte ihn an der Jacke und fragte: »Darf man erfahren, was mit dir los ist? Ich hab's doch gleich gewußt, du hättest nicht hierher kommen sollen.«

Guido schob ihre Hand weg, sagte: »Laß das.« Ich machte Anstalten, zu der Glastür zurückzugehen und sie allein zu lassen, aber er winkte mich zurück.

Ich wollte ihnen nicht allzusehr im Weg sein: so wandte ich mich ab und betrachtete die anderen Anwesenden im Hof, die in hypnotische Beschäftigungen versunken waren. Eine schwarzgekleidete alte Dame redete auf einen kräftigen jungen Mann mit flacher Stirn ein, stellte ihm rhythmisch wiederholte knappe Fragen. Ein Pfleger kauerte am Boden und studierte ein Pornoheftchen. Ein dünner Mann strich mit einem Ball in der Hand dicht an der Wand entlang. Es war heiß und stickig, die Luft stand still.

Guido setzte sich auf eine Bank. Selbst hier in der Sonne ließ er sein Jackett zugeknöpft und das Hemd bis zum Hals geschlossen. Nina und ich setzten uns ziemlich hilflos rechts und links neben ihn. Nina sah ihn an, als habe sie ihn immer noch nicht sicher erkannt, biß sich auf die schönen Lippen. Mir war, als ob auch wir in der Atmosphäre des Ortes versänken, ein paar Befreiungsversuche machten, um erneut abzusinken.

»Was ist?« fragte ich ihn.

»Nichts«, sagte Guido. Er sah uns immer noch nicht ins Gesicht, sein Gesichtsausdruck war starr wie bei einem Ertrunkenen. Ich vermutete, daß er in der langen Zeit hier drinnen die Grenze der Verstellung irgendwann überschritten und unter den vielen unruhigen und aktiven Schichten seines Gehirns zu einer wirklich depressiven Schicht vorgedrungen sein mußte.

»Was tut sich denn?« fragte ich ihn. Der dünne Mann hinter uns ließ seinen Ball jetzt hüpfen, erzeugte zwischen den Hofmauern dumpfe Wellen.

»Weiß nicht«, sagte Guido. »Ich bin bei ein paar Ärzten gewesen. Abends gehen die Pfleger herum und teilen Medikamente aus.« Er sprach, ohne seinen Worten Farbigkeit zu geben, ohne sie durch Hervorhebungen so übertrieben zu betonen, wie er es sonst tat.

Nina starrte ihn an, auf seine Gesichtszüge konzentriert. »Machen sie denn gar keine Untersuchungen oder so was mit dir?«

»Einen Test mit Klecksen«, sagte Guido. »Da gibt es diese Tintenkleckse, die irgendwelche Formen bilden, und du mußt sagen, was du darin siehst.«

Ich erwartete, von einem Augenblick auf den anderen ein ironisches Funkeln in seinen Augen, seine Stimme sich wieder beleben zu sehen; aber sie schien endgültig erloschen, dem mühsamen Tonfall der Worte ergeben. Die Hitze im Hof war unerträglich: das Hemd klebte mir am Rücken fest, meine Stirn war schweißnaß.

Nina sah aus, als stünde sie kurz davor, zu weinen oder zu schreien. »Wie lange wollen sie dich denn noch hierbehalten? Wann lassen sie dich raus?« fragte sie.

»Weiß ich nicht«, sagte Guido. Mir war nicht klar, ob er sie gern in die Arme genommen hätte und sich nur zwang, seine Gefühle zu unterdrücken, oder ob er tatsächlich weggetreten, von einer Mauer der Gleichgültigkeit umschlossen war.

Wir saßen noch ein paar Minuten in dem glühendheißen Hof, dann sagte Guido, wir müßten jetzt gehen. Er folgte uns ein paar Schritte; kurz vor der Tür machte er kehrt und ging wieder zu der Bank zurück. Nina wollte ihm folgen; ich mußte sie am Arm durch den Korridor ziehen.

Draußen auf dem Parkplatz, auf den die Sonne herabbrannte, fing sie zu weinen an; sie fragte mich: »Hast du gesehen, was aus ihm geworden ist? Ich hab's ihm gesagt, er hätte lieber zum Militär gehen sollen, statt sich so was anzutun, aber er hört ja nie auf das, was die anderen sagen. Und jetzt haben sie ihn fertiggemacht und lassen ihn nicht mehr raus.« Sie sprach fast ohne Atem zu holen, gestikulierte heftig mit ihren zarten Händen.

Ich versuchte sie zu beruhigen, ihr zu erklären, daß sich Guido von niemandem so leicht fertigmachen lasse. Aber ihre Stimme klang jetzt eher wütend als besorgt. »Ist mir doch egal, was mit ihm passiert, ich kann so was nicht ertragen. Ich kann meinen Verlobten doch nicht im Irrenhaus besuchen gehen. Ich will mit einem normalen Menschen zusammensein, nicht mit so einem kriminellen Spinner.«

Sie war jetzt wirklich wütend, auf alles, was ihr das Leben schwer machte, seit sie Guido kennengelernt hatte: die Auseinandersetzungen, die sie seinetwegen mit ihren Eltern gehabt hatte, der Sommer hinter den Mauern des Internats und die ständige Beaufsichtigung, die Schwierigkeit, sich einem so andersartigen und rastlosen und keinerlei Sicherheit bietenden Menschen anzupassen.

Ich wollte ihr klarmachen, daß sie sich mit Guido zusammengetan hatte, gerade weil er so war, doch nun wandte sich ihr Groll auch gegen mich. »Du gibst ihm sowieso immer recht«, fuhr sie mich an. Es kam mir unglaublich vor, sie vor noch kaum einer Stunde geradezu zerbrechlich gesehen zu haben, so hart war ihr Ton jetzt. Einen Augenblick später brach ihr die Stimme und sie weinte erneut, sagte, sie hätte Angst.

Ich brachte sie nach Hause zurück, in der stickigen Hitze durchquerten wir die Stadt von Norden nach Süden.

Wieder hörte ich eine Woche lang nichts von Guido. Seine Mutter und Nina riefen mich mehrmals an, aber abgesehen von den üblichen allgemeinen Betrachtungen über Guidos Charakter hatte ich keine Anhaltspunkte, um sie zu beruhigen.

Eines Abends dann, als ich mich gerade zu Tisch setzen wollte, schnarrte die Gegensprechanlage, und er war es: »Komm *runter*«, sagte er. Ich erklärte meiner Familie, daß ich weg müsse, rannte nach unten.

Er trug immer noch den grauen Anzug seines Vaters, aber er hatte endlich den Hemdkragen aufgeknöpft. Er war knochendürr, schien nur aus Augen zu bestehen. Er konnte nicht stillstehen; sagte: »Jetzt ist es vorbei, für *immer*, Scheißfaschisten und Mafiosi.«

Ich war glücklich für ihn und verspürte zugleich einen Anflug von Neid, als ich ihn so frei und unbeschwert sah. Mir war, als sei ich von übermäßiger Vernunft und Ängstlichkeit unbeweglich am Boden festgenagelt, während er auf und davon flog. Es währte nur den Bruchteil einer Sekunde; gleich darauf war ich wieder voller Begeisterung, drängte ihn zu erzählen.

»Laß uns *laufen*«, sagte er, »ich war fast einen Monat lang eingesperrt.« Er riß sich die graue Jacke vom Leib und ließ sie über seinem Kopf kreisen, überquerte mit ein paar Sätzen die Straße.

Wir gingen aufs Geratewohl durch die Straßen der Innenstadt, in der nur von den vorbeifahrenden Autos bewegten Luft. Guido sprach hastig, sah sich in einem fort um; er erzählte mir von dem Test mit den Klecksen, den er im Irrenhaus gemacht hatte. »Das erste war eine Art

Schmetterling, der Arzt fragte mich, was ich sähe. Einen zerschmetterten Hundekopf, antwortete ich ihm. Er schrieb alles kommentarlos auf ein Formular. Dann zeigte er mir einen Klecks in Form einer kleinen Gans, eine Silhouette wie aus einem Walt-Disney-Trickfilm, und ich sagte, das käme mir vor wie der Arm eines Sterbenden. Er machte weiter und zeigte mir zwanzig Minuten lang Kleckse, die ich deuten sollte, und schien ziemlich fasziniert von mir, vermutlich paßte ich genau auf irgendeine Beschreibung in seinem Lehrbuch. Zum Schluß gab es einen Klecks, der unverkennbar die Form einer nackten Negerin hatte, mit ausladendem Busen und Hintern und wulstigen Lippen und so, und als er mich fragte, was ich sähe, schüttelte ich den Kopf und sagte nichts. Er insistierte, jetzt ganz angespannt vor wissenschaftlichem Interesse, und da sprang ich auf, fing an zu schreien, ›Ich sehe nichts, ich sehe *nichts*‹, als stünde ich vor einem schlimmen Anfall. Er machte ein Gesicht wie ein Goldsucher, der auf eine *Goldader* gestoßen ist, und schrieb wie ein Verrückter sein Krankenblatt voll.«

Wir liefen die Gehsteige entlang, ohne darauf zu achten, wohin wir gingen, im Kielwasser der von seinen Worten hervorgerufenen Bilder. Er erzählte, daß man ihn ins Militärhospital gebracht habe. »Im *Krankenwagen* haben sie mich hingefahren, mit einem Pfleger als Begleitung und einer schauerlichen Diagnose in einem Briefumschlag. Als wir dort waren, haben sie mir die Kleider ausgezogen und mir einen groben braunen Schlafanzug und ein Paar Pantoffeln gegeben. Es ist ein riesiges Gebäude mit Dutzenden von Abteilungen, das ganze Haus ist voller Leute, die sich durch die Gänge schleppen und ihre aus einer unglaublich breiten Skala von Simulationen ausgewählte Simulation zu perfektionieren suchen. In der kardiologischen Abteilung gab es welche, die vor dem EKG eine Treppe rauf und runter rannten, bis ihnen schier das Herz zersprang. Andere stopfen sich Tabak unter die Achselhöhlen, um Fieber zu kriegen, oder stecken einen Finger in einen Flaschenhals und schütteln die Flasche, um sich den Fingerknochen zu brechen, wieder andere husten stundenlang künstlich, bis sie Lungenentzündung haben. Aber die Militärärzte, diese Hunde, sind viel zu gerissen, und sie müssen auch dafür sorgen, daß die Bestechungsgelder weiter fließen.«

»Und wie hast du es angestellt?« fragte ich. Ich war von seiner Erzählung so gefesselt und erregt, als wäre das alles mir selbst passiert.

Guido sagte: »Ich bin zu einem Gespräch gerufen worden und hab auf keine einzige Frage geantwortet, ich hab sie nicht mal *angeschaut*. Da waren zwei Militärärzte, vermutlich frisch von der Ausbildung, auf die schienen die Atteste aus dem Irrenhaus mächtig Eindruck zu machen. Heute morgen haben sie mich zum Oberstarzt geschickt. Ich mußte eine Stunde im Vorzimmer warten, durch die Tür hörte ich seine Stimme, er rechtfertigte sich in einem fort am Telefon, vielleicht ging es um irgendeine Empfehlung, die nichts gefruchtet hatte. Als er mich schließlich einließ, war er stinksauer, besah sich die Papiere aus der Klapsmühle, als glaube er überhaupt nicht daran. »Bist du das chronisch depressive Syndrom mit Borderline-Schizophrenie?« Er saß da und beschnüffelte mich wie eine giftgeschwängerte Kloakenratte, und da dachte ich, daß eine Depression vielleicht nicht ausreichte, deshalb schrie ich: »Ich will doch nur zum Militär, helfen Sie mir doch, bevor mich die Pfaffen umbringen, die schon meine Mutter getötet haben.« Ich sah ihm nicht ins Gesicht, aber es schien zu wirken, und so machte ich weiter und schrie immer lauter: »Geben Sie mir meine Schuhe wieder, Herr Doktor, ich muß zum Militär, Sie haben sie mir weggenommen, ich weiß es genau, ich hab Sie gestern gesehen im Sumpf voll verwester Eselskadaver.« Ich brüllte so laut ich konnte und warf mich auf den Boden, fing an zu zittern und zu spucken und mich herumzuwälzen wie ein Epileptiker. Ich brauchte mich gar nicht anzustrengen, ich brauchte nur an das Gesicht dieses *Schweinehunds* dort am Schreibtisch zu denken, und es ging wie von selbst. Neben ihm stand ein Offiziersbursche, der war wohl ziemlich erschüttert, zu ihm sagte der Oberst in angewidertem Ton: »Schicken Sie ihn nach Hause.« Sie zerrten mich hoch und brachten mich zur Kleiderausgabe und bestellten mir sogar ein *Taxi*.«

Wir überquerten eine Straße, über die in furiosen Wellen der Verkehr flutete, wir waren beide völlig aufgekratzt und konnten kaum glauben, was geschehen war. Guido lief mit seinem unregelmäßigen Gang, er guckte um sich, als brauche er sich nur auszusuchen, was er der Stadt und dem Leben sonst noch stehlen, welche Triumphe er sich noch verschaffen könnte.

Zwanzig

Am zwanzigsten Juli kam Guido nachmittags zu mir und sagte, daß er mit Nina Schluß gemacht habe. Meine Mutter war in Santa Margherita und ihr Mann im Büro, so gingen wir ins Wohnzimmer, um zu reden. Guido setzte sich in einen Sessel, trommelte mit den Fingern auf die Lehne. Er bemühte sich, eine ruhige und gefaßte Miene zu bewahren, aber als ich ihn fragte, wie es dazu gekommen sei, erfüllte sich seine Stimme wieder mit lebhaften Gefühlen, er sprang auf.

Er sagte, er habe es satt zu sehen, wie sie die Drohungen und Pressionen ihrer Eltern hinnahm, große Heldentaten versprach und dann doch brav zurückkehrte, um sich ins Haus einsperren zu lassen, voller Angst allein beim Gedanken, ihn anzurufen. »Der Punkt ist«, sagte er, »daß sie im Grunde findet, daß sie *recht haben*. Mag sein, daß sie von mir fasziniert ist, weil ich anders bin, exotischer als ihre Freunde, aber sie weiß sehr wohl, daß sie früher oder später eine realistischere Lösung finden muß.«

Er ging auf und ab, immer noch erschreckend mager und kahlgeschoren wie ein Lagerhäftling, und ich begriff, daß er beschlossen hatte, Nina zu verlassen, aus Angst, daß sie es sonst später tun könnte. Es war nicht der einzige Grund, aber sicher der letzte, den er zugegeben hätte; er sagte, er habe das Bedürfnis, sein ganzes Leben zu ändern, die Welt kennenzulernen. »Wir sind jetzt *zwanzig*, verdammt noch mal«, sagte er, »wir können uns doch nicht immer alle möglichen Dinge ausdenken und uns mit etwas ganz anderem zufriedengeben, nur weil wir es schon vor uns haben.«

Er sagte, er habe nicht die geringste Lust, in Mailand zu bleiben, nur weil er hier geboren sei, und jetzt, da er sich den verfluchten Militärdienst vom Hals geschafft habe, halte ihn nichts mehr auf.

Ich fragte ihn, was er zu tun gedächte; er sagte, zuerst mal wolle er nach Griechenland fahren, und dort würde er dann schon sehen. Er hatte Geld für zwei, drei Monate, wenn er sparsam damit umging, und das genügte ihm als Ausgangspunkt.

Seine Stimme war voller Licht, voller Bruchstücke von Bildern, ruhelosen Visionen; ohne auch nur darüber nachzudenken, sagte ich zu ihm, daß ich mitkäme.

Tags darauf gingen wir in ein Reisebüro und kauften zwei Schiffskarten von Venedig nach Piräus für eine Passage auf Deck, und eine für mein Motorrad. Wir trafen ein paar Vorbereitungen, legten das bißchen Zeug beiseite, das wir mitnehmen wollten. Ich hatte noch das kleine Zweimannzelt von meinen Ferien mit Roberta vor zwei Jahren, aber Guido meinte, wir bräuchten es nicht, die Schlafsäcke würden uns genügen. Es war das erste Mal in meinem Leben, daß ich eine Auslandsreise machte, der Gedanke daran erfüllte mich mit Erregung.

Roberta fühlte sich keineswegs alleingelassen; sie war so von ihrer Arbeit beansprucht, daß sie froh zu sein schien, mich einige Wochen nicht um sich zu haben. Sie sagte, sie würde Anfang August nach Griechenland nachkommen, ich bräuchte ihr nur ein Telegramm zu schicken und ihr mitzuteilen, wo ich sei. Unsere Beziehung bestand mittlerweile fast nur noch aus kleineren organisatorischen Problemen: Termine, die aufeinander abgestimmt, Gespräche und Begegnungen, die rechtzeitig vorausgeplant werden mußten. Jedesmal, wenn wir etwas vereinbart hatten und ich den Hörer auflegte, verspürte ich ein Gefühl der Erleichterung angesichts des Freiraums, den ich vor mir hatte. Es gab keinen echten Antrieb, keine impulsiven Begierden mehr zwischen uns; mit ihr zusammenzusein erschien mir ebenso unvermeidlich wie mit meiner Familie zusammenzuleben oder zur Universität zu gehen oder in Mailand zu wohnen.

Am Tag der Abreise holte ich Guido gegen halb sieben morgens mit meinem schon reisefertigen Motorrad ab. Er stand in der Pförtnersloge und schnürte gerade einen kleinen Rucksack zu, während seine Mutter ihm ein paar letzte Ratschläge in punkto Sonne und Essen und etwaige Unannehmlichkeiten erteilte, in die wir geraten könnten. Ich sah sie zum ersten Mal, klein und leidgeprüft und voller Beschützertriebe. »Daß ihr mir ja vorsichtig seid, Mario, du bist doch weniger leichtsinnig als er.« Ich versprach ihr aufzupassen, aber es war nur so dahingesagt, denn sie wußte besser als ich, daß niemand große Möglichkeiten hatte, das Verhalten ihres Sohnes zu überwachen. Er behandelte sie mit einer Mischung aus Ungeduld und Zärtlichkeit; sagte: »Mach dir keine *Sorgen*. Wir fahren ja nicht nach *Australien*.« Er hatte ihr allerdings erklärt, daß er nicht einfach in Urlaub fahre, und die Stimmung in der alten Pförtnersloge war gespannt, hatte etwas Unwiderrufliches. Es machte einen sonderbaren Eindruck auf mich, Mutter und Sohn Laremi zusammen zu sehen, so verschieden wie sie waren, bis auf die Augen, die bei beiden von fast dem gleichen Blau waren.

Schließlich griff sich Guido seinen Rucksack und schob mich hinaus. Seine Mutter folgte uns bis zum Haustor, sah zu, wie ich den Motor anließ. Guido winkte ihr ein letztes Mal, sagte zu mir: »Nichts wie *weg*.«

Durchgerüttelt von den dreihundert Kilometern auf den Landstraßen kamen wir in Venedig gerade noch rechtzeitig an, um uns einzuschiffen. Wir ließen das Motorrad im Schiffsbauch zurück und stiegen zum Oberdeck hinauf. Es sah nicht gerade aus, als seien viele junge und ausgeflippte Leute an Bord; es waren vor allem Familien und Pärchen mittleren Alters, ein paar türkische und ägyptische Gastarbeiter auf der Heimreise. Guido sah sich enttäuscht um, er hatte sich wohl schon für diesen ersten Teil der Reise intensive Begegnungen und Empfindungen vorgestellt. Ich mußte mit ihm von Deck zu Deck gehen, die weißgestrichenen Eisentreppen hinauf und hinunter, aber wir konnten keine hübschen Mädchen oder interessanten Leute entdecken. Am Ende setzte er sich auf eine Bank, während sich das Schiff von der Küste mit ihren Fabrikanlagen entfernte. »Das ist nur so eine beschissene neutrale Zwischenphase, völlig reizlos«, meinte er.

Die neutralen Zwischenphasen waren eine gängige Idee von ihm: er meinte damit die zeitlichen und räumlichen Abstände, die die raren interessanten Augenblicke des Lebens einleiten und miteinander verbinden. Er konnte sich nicht damit abfinden, daß diese bedeutungslosen und lästigen Verbindungsstücke sich Tag um Tag hinzogen und kaum Raum für die Sensationen ließen, die sie ermöglichen sollten.

Unter der senkrecht herabstechenden Sonne liefen wir im Hafen von Piräus ein, guckten während des umständlichen Landemanövers von oben auf die Quais herab. Guido war von allem, was er sah, nicht minder beeindruckt als ich: von den Gesichtern der Leute und den Aufschriften in fremden Buchstaben, dem wimmelnden Durcheinander von Kleinlastwagen und Motorrollern und Karren, Seeleuten und Hafenarbeitern und Wartenden, Reisenden aus vielen Ländern und mit vielerlei Zielen. Wir waren voller Aufregung beim Gedanken, außerhalb Italiens und ohne festes Programm an einem Ort zu sein, den wir überhaupt nicht kannten.

Als wir uns endlich nach unten durchgekämpft hatten, luden wir das Motorrad aus, noch etwas zurückhaltend angesichts der auf uns einstürmenden Geräusche und Bilder. Es gab massenhaft taschen- und rucksackbeladene junge Ausländer, Grüppchen und Paare und Einzelgänger mit Hüten oder Tüchern auf dem Kopf, Sandalen an den Füßen. Es gab Skandinavierinnen mit sehr heller Haut und Amerikanerinnen mit Gitarren, magere, interessant aussehende Französinnen, ganze Schwärme langhaariger Deutscher. In dem Trott, in dem sie vermutlich durch halb Europa gezogen waren, zuckelten sie zwischen den Schiffen am Quai und den Reisebüros und Bars umher: leicht vorgeneigt, benommen von dem grellen Licht, den rauhen Zurufen der Griechen, der Hafenbetriebsamkeit.

Guido wollte sich nicht ein einziges Detail entgehen lassen: er registrierte Gesichter und Kleider, Nationalitäten und Beziehungen zwischen einzelnen; er sagte: »Ist das nicht toll? Bedenke mal, wie *unwahrscheinlich* es ist, daß sich zwei Menschen ausgerechnet hier und in diesem Augenblick begegnen, bei all den möglichen Orten und all den möglichen Augenblicken.«

Wir gingen zu einem der vielen kleinen Reisebüros, um herauszufinden, was für uns zur Wahl stand. Ich blieb mit dem Motorrad draußen, Guido drängte sich durch den Schwarm von Ausländern, die den Schalter belagerten. Durch die Tür sah ich, wie er die Mädchen um sich herum und die Landkarten an den Wänden betrachtete; ein paarmal kam er zurück und fragte mich mit glänzenden Augen um Rat. »Wir könnten zu den Kykladen fahren oder zu den Sporaden oder nach *Kreta*, nach *Hydra*.«

Wir beratschlagten in dem Stimmengewirr und in der Hitze und änderten immer wieder unsere Meinung, ließen uns verführen von den Namen der Inseln, ihren Umrissen auf der Landkarte, den Gesichtern der Leute, die dorthin fahren wollten. Dann stürzte sich Guido erneut ins Getümmel; zehn Minuten später kam er mit zwei Fahrkarten in der Hand wieder heraus, sagte: »Wir fahren nach *Lesbos*, das Schiff geht in einer Stunde.«

Das Motorrad neben uns herschiebend, gingen wir zu den Piers zurück, und Guido erklärte mir, er habe gesehen, wie zwei Schwedinnen, eine davon sehr hübsch, Fahrkarten nach Lesbos verlangt hatten. »Das war für mich ein Wink des Schicksals«, sagte er. Aber in der längs der Schiffsflanke wartenden Menschenmenge konnte er sie dann nicht wiederfinden; wir dachten, daß vielleicht auch sie im letzten Moment ihre Pläne geändert hatten. Ohnehin gab es viele andere anziehende Mädchen; man warf sich Blicke zu, machte Annäherungsversuche in der sengenden Sonne.

Schließlich luden wir das Motorrad ein, stiegen die alten, vielfach überstrichenen Eisenstufen hinauf, und die Decks waren bereits überfüllt mit jungen Reisenden auf der Suche nach einem Platz, wo sie sich niederlassen konnten. Alle breiteten Matten oder Badetücher aus, setzten sich darauf, stellten ihre Taschen oder Rucksäcke so hinter sich, daß sie den Rücken oder Kopf anlehnen konnten. Sie setzten sich auf die Planken, keiner schien an den weißen Bänken interessiert. Da war dieses alte griechische Schiff mit seinem ganzen System von Kabinen erster und zweiter und dritter Klasse und Bars und Restaurants und Salons und Gängen und Schotten, und die jungen Touristen waren einzig und allein an seiner äußersten Oberfläche interessiert. Ihretwegen hätte es genausogut ein Floß sein können: eine bloße Trennscheibe zwischen Luft und Wasser, an der sie sich festhalten konnten mit ihren in dünne Stoffe gekleideten Körpern, den nackten oder notdürftig mit leichten Riemchensandalen geschützten Füßen.

Die Annäherungsversuche zwischen männlichen und weiblichen Reisenden waren jetzt schon ein wenig intensiver als auf dem Pier, aber immer noch nicht ganz eindeutig; wie auf einer großen Party, auf der keiner den anderen kennt und jeder zunächst herauszufinden sucht, wer ihn interessieren könnte, bevor er aus sich herausgeht. Guido schaute umher und schaute mich an, überwältigt von der Vielfalt der Erscheinungen und Herkünfte und Verhaltensweisen. Jetzt waren wir mittendrin in seinen unendlichen parallelen Möglichkeiten, und der Gedanke daran machte ihm angst, als stünde in diesen ersten Minuten der Reise unser Leben auf dem Spiel.

Ich ging hinter ihm her, stieg über die am Boden liegenden oder sitzenden Leute hinweg, und endlich erspähte er die beiden Schwedinnen. Wir kämpften uns bis zu ihnen durch, fanden noch ein freies Fleckchen und ließen uns wenige Meter von ihnen entfernt nieder. Das Schiff lag noch eine weitere halbe Stunde lang still in der heißen Sonne, und alle richteten sich an ihrem Platz ein oder schlenderten auf dem Deck umher. Dann legten wir ab; endlich gab es ein leichtes Lüftchen, die Schatten verschoben sich. Ein junger Deutscher neben uns spielte Gitarre, ein anderer zündete einen Joint an und reichte ihn herum; und schon nach kurzer Zeit war die Stimmung vergnügt und aufgelockert durch prickelnde Kontakte, seitliche, durch ein Netz von Blicken und Gesten strömende Anziehungskräfte.

Dann wollte der junge Deutsche ein Lied von Dylan spielen und fand die richtigen Akkorde nicht, die Leute ringsherum drängten mit aufmunternden Zurufen; Guido ließ sich die Gitarre geben und begann zu spielen, sang dazu mit seiner rauhen Stimme. Er konnte spielen, wenn auch nicht umwerfend gut: er kannte die Griffe und begleitete den Song besser, als ich es gekonnt hätte, obwohl ich schon seit Jahren übte. Ich fragte ihn, wann er das gelernt habe. »Letztes Jahr«, sagte er, als sei es das Natürlichste auf der Welt. Er spielte weiter und erfand ein kleines Lied mit englischen Reimen; die Leute ringsum sangen mißtönend im Chor, machten lachend weitere Vorschläge.

Die beiden Schwedinnen waren schon auf Guido neugierig geworden, folgten seinen Lippenbewegungen. Die eine war ein wenig pummelig, aber die andere war so hübsch, wie er gesagt hatte, mit lebhaften blauen Augen und einer kleinen sommersprossigen Nase, zierlich und gut gebaut unter der spärlichen Bekleidung. Guido gab dem Deutschen die Gitarre zurück und rutschte näher zu ihr, sagte irgendwas zu ihr. Ich hörte ihn zum ersten Mal mit einem Ausländer englisch sprechen, nachdem er diese Sprache bei unserem heimlichen Schwätzen in der Schule schon tausendmal benutzt hatte. Wörter, die er von Schallplatten kannte, sprach er mit einem unbefangenen amerikanischen Akzent aus, die aus Schulbüchern gelernten klangen etwas unbeholfener; alles in allem wußte er sich weit effizienter auszudrücken als die Schwedin, die mit kleinen Schulsätzen antwortete.

Bald kamen sie in Kontakt: sie streckte sich am Boden aus und legte mit der größten Natürlichkeit ihren Kopf auf seinen Bauch. Guido redete weiter, sprang frei improvisierend von einem Thema zum anderen. Fiel ihm ein englischer Ausdruck nicht gleich ein, dachte er sich einen aus, redete ohne innezuhalten weiter. Ich dachte, wie beruhigend sein Scharfsinn in diesem Augenblick war: wie er auch von mir und den anderen, die um ihn herumsaßen, die Beschwerlichkeit und die Unannehmlichkeiten der Reise, die Formlosigkeit und Unzulänglichkeit des Lebens abzuwehren schien.

Er ließ sich durch seine Zuneigung zu der Schwedin nicht isolieren, er achtete darauf, sich auch an die weniger hübsche Freundin und an mich zu wenden. Die weniger Hübsche hörte ihm aufmerksam zu, sobald er sie aber länger als einige Sekunden nicht ansah, erstarrten ihre Züge zu einem beleidigten Ausdruck; auf Italienisch sagte Guido zu mir: »Mario, tu doch was. *Sprich* wenigstens mit ihr.«

Es ärgerte mich, daß ich mich mit der häßlichen Freundin befassen sollte, um ihm mit der hübschen freie Bahn zu schaffen: seine natürliche Leichtigkeit im Umgang mit Frauen rief in mir öfters rasch wechselnde Gefühle hervor. Gleich darauf kam mir meine Reaktion schäbig vor, und ich knüpfte ein Gespräch mit der häßlichen Freundin an, machte mühsame Bemerkungen über das Klima und die Geographie Griechenlands. Sie schien nicht bereit, sich mit mir als Ersatz abzufinden: sie faßte sich an den Bauch, sagte, sie habe sich am Abend zuvor in Athen mit einem Fischgericht den Magen verdorben. Sie schaute weiter zu Guido hinüber: auf seine Hand, die jetzt durch das strohblonde und sehr feine Haar ihrer Freundin fuhr.

Wir saßen stundenlang auf Deck, eingetaucht in diese Atmosphäre des gegenseitigen Näherkommens unter lauter Fremden auf dem leise vibrierenden Schiff, während sich das Licht der Sonne allmählich orangerot färbte und auf das Meer sank. Dann brach die Nacht herein, die Luft wurde kühl und feucht. Guido zog seinen einzigen Pullover aus seiner Segeltuchtasche und gab ihn der hübschen Schwedin; mit einem leise triumphierenden Lächeln streifte sie ihn sich über. Die Häßliche erwartete nicht, daß ich mit ihr das gleiche tun würde: Sie zwängte sich in eine Windjacke, die sie im Rucksack hatte, gab unserem Gespräch keine weitere Nahrung mehr.

Im Dunkeln ging die Fahrt weiter; die jungen Reisenden zogen sich so warm an, wie sie konnten, rückten noch dichter zusammen, um sich gegenseitig zu wärmen. Man hörte Stimmen in vielen Sprachen, unterschiedliche Wörter und Tonfälle und Stimmlagen, gedämpfte Gitarrenklänge; der Wind vom offenen Meer wehte die Haschischwölkchen auseinander. Guido und die Schwedin küßten sich; ihre beiden Gestalten folgten den Schlingerbewegungen des Schiffs. Die häßliche Schwedin schlief gegen ihren Rucksack gelehnt, aus ihrem offenen Mund drang ein gurgelndes Schnarchen. Ich hätte auch gern jemanden gehabt, der mir gefiel, aber ich konnte die Gesichter auf Deck nicht mehr unterscheiden: alles was ich sah, waren glühende Pünktchen und der Widerschein des Mondes auf dem Wasser. Es war ein sonderbares, intensives Gefühl, sich so aufs Geratewohl übers Meer tragen zu lassen, fernab von allem.

Dann ertönte eine schrille Sirene, riß mich jäh aus dem Schlaf. In die dunklen, hingekauerten Silhouetten der Passagiere ringsherum kam wieder Leben: viele von ihnen rappelten sich hoch und sammelten ihr Gepäck zusammen, traten an die Reling; andere drehten sich nur um und schliefen weiter. Wir fuhren in den Hafen der Insel Chios ein, der von Laternen erhellt war, die weiße Häuserfassaden und bunte Fischerboote, kleine auf der Mole hantierende Seemannsgestalten aus dem Dunkel holten.

Die häßliche Schwedin streckte den Arm aus und rüttelte ihre an Guido geschmiegte Freundin wach, bedeutete ihr, daß sie aussteigen müßten. Guido sah auf die Uhr, sah zu mir, wie einer, der gewaltsam aus einer anderen Dimension gerissen wird.

Die hübsche Schwedin sprang auf, sagte: »Wir steigen hier aus.« Sie zog ihre Fahrkarte aus der Hosentasche, besah sie im Schein einer Lampe, um sich zu vergewissern.

Guido war wie vor den Kopf gestoßen, er hatte nicht den leisesten Zweifel gehabt, daß sie nach Lesbos fahren würden. »Wieso das?« fragte er.

Die hübsche Schwedin schien unschlüssig; sie sprach mit ihrer häßlichen Freundin, um sie zu einer Programmänderung zu überreden. Die Häßliche erregte sich, stieß rauhe, kehlige Sätze hervor, sie sagte vermutlich, sie steige auf jeden Fall aus. Vielleicht hatte das Gefühl des Ausgeschlossenseins, das sie Guido gegenüber empfunden hatte, sie mit Groll erfüllt, denn sie vermied es, ihn anzusehen, während sie die Riemen ihres Rucksacks zurechtzog.

Die hübsche Schwedin wandte sich mit gespielt ergebener Miene zu Guido. Das Licht aus dem Hafen fiel jetzt, nachdem das Schiff am Quai festgemacht hatte, von hinten auf sie: so wirkte sie noch blonder und anziehender, sehr zierlich in dem Pullover, den Guido ihr geliehen hatte. Offensichtlich wollte sie ihn sagen hören, daß wir dann ebenfalls ausstiegen; ihn seine Sachen auflesen sehen.

Statt dessen sagte Guido nur »Na dann viel Spaß«, und sein Ton klang bereits distanziert, ließ kaum ein Gefühl erkennen. Die hübsche Schwedin sah ihn überrascht, mit zitternden Lippen an; dann zog sie den Pullover aus und gab ihn ihm zurück, packte sich den Rucksack auf den Rücken, ging mit ihrer häßlichen Freundin davon.

Als das Schiff wieder ablegte, wickelten sich die alten Passagiere und die in Chios neu Zugestiegenen in ihre Schlafsäcke wie Larven in ihre Kokons, um sich vor der Kälte und der Dunkelheit zu schützen. Guido und ich taten das gleiche; aber ich konnte nicht einschlafen, mein Kopf war angefüllt mit Blicken, die rasch an mir vorüberzogen. Irgendwann stand ich auf und sah Guido an der Reling stehen. Er sah auf keinen bestimmten Punkt auf dem Meer oder am Himmel; kein Laut war zu hören bis auf das unablässige leise Rauschen des Winds.

Einundzwanzig

Um sechs Uhr morgens kamen wir im Hafen von Mitilini auf Lesbos an, noch halb im Schlaf, wie gerädert von der Nacht auf Deck. Die Stadt war größer und häßlicher, als Guido und ich es uns vorgestellt hatten: schon zu dieser frühen Stunde von Verkehr und lärmendem Getriebe, hektischem Geschrei erfüllt. Wir standen da und besahen sie uns von oben, keiner von uns beiden sonderlich gut gelaunt. Wie es aussah, waren die interessantesten Passagiere alle in Chios ausgestiegen, und nur die trübseligsten hatten die Reise fortgesetzt und verloren sich zwischen den griechischen Familien, die erst jetzt aus ihren Kabinen gekrochen kamen. Im Nu hatten die Passagiere aus dem Schiffsinneren, alles Gestalten mittleren Alters, die Decks überschwemmt, überall Gesten und Zurufe und Kinder und Gepäckstücke verteilt. Guido besah sie sich, und ich war sicher, daß er glaubte, unter Hunderten möglichen Inseln die falsche ausgesucht zu haben.

Wir holten das Motorrad, packten unsere Taschen und Rucksäcke darauf; wir blieben auf der Hafenstraße stehen, unschlüssig, wohin wir fahren sollten. Ich hätte gern Erkundigungen eingeholt oder wenigstens eine Landkarte der Insel gekauft, aber Guido sagte: »Wir fahren einfach *drauflos*.«

Also aßen wir ein Joghurt in einer Bar und fuhren ohne irgendeinen Plan in nordwestliche Richtung. Bald waren wir fernab jeder Ortschaft auf einer Straße voller Schlaglöcher, die durch eine kahle, von der Sonne versengte

Landschaft führte. Wir sprachen nichts, aber wir hatten vermutlich beide die gleichen Bilder aus dem Hafen in Piräus im Kopf: die Gesichter der Touristen, die zu faszinierenden Reisezielen unterwegs waren. Unfaßbar, wie es uns statt dessen in diese staubige und unbelebte Ödnis hatte verschlagen können.

Dann wurde die Landschaft schöner: wir fuhren eine mit Aleppokiefern und Eichen begrünte bergige Erhebung hinauf; auf von endlosen Olivenhainen bedeckten Hängen wieder hinunter. Wir fuhren und fuhren, während uns die vom Asphalt reflektierte Sonne die Füße verbrannte, bis schließlich das Meer in Sicht kam. Die Straße führte an einer Bucht entlang; sie brachte uns zu der alten Stadt Methymna, die sich von einem kleinen Hafen voller Fischerboote einen felsigen Hang hinaufzog und mit ihren Häusern auf das Meer und die Ebene hinabblickte. Guido sagte: »So *schlecht* ist es vielleicht gar nicht.«

Wir ließen das Motorrad stehen und schauten uns um, und der Ort war ganz anders als die chaotische Anhäufung von häßlichen Gebäuden in Piräus und Mitilini. Schmale, mit Kieselsteinen gepflasterte Sträßchen schlängelten sich zwischen alten weißgekalkten Häusern vermutlich türkischen Stils aus Holz und Stein mit vorspringendem Obergeschoß den Hang hinauf; jeder Winkel schien einen anderen Schatten zu werfen, eine andere Ausrichtung zur Sonne und zum Meer zu haben. Es gab Glyzinien an den Häusermauern, enge alte Bars, aus denen orientalische Volksmusik drang, kleine Läden, in denen Stoffe und Sandalen und Armreifen und Lederriemchen verkauft wurden. Und junge Ausländer und Ausländerinnen, die braungebrannt zwischen den Einheimischen umherschlenderten, als gehörten sie zum Ort, und sich sehr wohl zu fühlen schienen.

Wir stiegen weiter hinauf bis zu den Ruinen einer mittelalterlichen Festung über der Stadt, von wo aus ein langer Küstenstreifen zu sehen war. Im Schatten eines Johannisbrotbaums las eine junge Amerikanerin einem jungen Mann, einem Riesenkerl, aus dem *Großen Gatsby* vor. Sie lagen einander gegenüber und bemerkten uns nicht einmal, als wir an ihnen vorbeigingen. Die Sonne stach herab, aber der Schatten unter dem Baum war kühl; dieser schien so alt wie die Steinmauern um uns herum.

Als wir durch das Dorf wieder hinuntergingen, meinte Guido: »Manchmal trauert man etwas Verlorenem nach, dabei hat man es nur verloren, um was *Besseres* zu finden.« Das war seine Art, sich im Leben zu orientieren: auf irgendein Zeichen hin wählte er unter den vielen Alternativen eine aus und änderte dann im Weitergehen seine Interpretation. Er wirkte jetzt so frohgestimmt wie vor der Abreise; begierig auf Kontakte und Informationen und Überraschungen.

Am Dorfrand war eine große Wiese, auf der ein paar Touristen neben ihren klapprigen Autos und bemalten Kleinbussen Zelte aufgebaut oder Schlafsäcke auf dem Gras ausgebreitet hatten. Unter einer Lärche fand Guido ein schattiges Plätzchen, das ihm gefiel. »Jetzt haben wir sogar einen Stützpunkt, Menschenskind«, sagte er. Vier, fünf wie Urchristen aussehende junge Deutsche saßen singend unter einem anderen Baum, ein junges Mädchen mit stämmigen Beinen wusch in einer Schüssel T-Shirts und hängte sie zum Trocknen über die Lenkstange ihres Rennrads. Wir kamen gar nicht auf die Idee, daß es riskant sein könnte, unsere Sachen unbewacht hier zurückzulassen: die Atmosphäre wirkte viel zu natürlich.

Mit dem Motorrad gingen wir auf die Suche nach einem Badestrand, und ich stürzte mich gierig ins Meer. Guido bespritzte sich nur mit Wasser; er sei mit dem Meer nicht sehr vertraut, meinte er, aber es gefalle ihm.

Am Abend gingen wir ins Dorf hinauf. Im schwindenden Licht breitete sich die Musik zwischen den alten Häusern aus und klang jetzt noch rührseliger und orientalischer als bei Tag. Die ersten jungen Ausländer und Ausländerinnen setzten sich an die wackligen Tische der kleinen Straßenrestaurants, und auch hier gab es diesen Austausch von Gesten und Blicken, den wir schon auf dem Schiff bemerkt hatten. Die Luft war erfüllt vom Geruch nach Gewürzen und Gebratenem.

Guido und ich machten einen Rundgang auf den gepflasterten Sträßchen; wir fühlten uns jetzt schon ganz heimisch, nachdem wir einen Lagerplatz gefunden und uns umgezogen hatten. Als wir zurückkamen, waren die Restaurants im unteren Teil des Dorfs überfüllt mit buntgekleideten Ausländern, die sich lautstark unterhielten. Unter den Gästen einer Taverne mit Terrasse erkannten wir die beiden Amerikaner, die in der Burgruine den *Großen Gatsby* gelesen hatten. Am Tisch daneben stand gerade ein nordisches Pärchen auf; Guido und ich setzten uns.

Fasziniert von den Geräuschen und Gerüchen des Szenarios bestellten wir auch den Weißwein und die exotischen Gerichte, die die Kellner den anderen brachten. Der Wein war eisgekühlt und schmeckte stark nach Harz; wir tranken ihn in großen Schlucken, und allein der Wein wog die Fahrt quer durch die Insel in der glühenden Hitze und die Enttäuschung auf, die uns im Hafen erfaßt hatte.

Mit unserer schon in der Schule entwickelten Methode ließen wir uns über die Leute ringsum aus; aber Guido war viel zu neugierig, um abseits zu bleiben und Kommentare abzugeben. Er trank und guckte umher, dann beugte er sich zu der Amerikanerin vor, die aus dem *Gatsby* vorgelesen hatte, und sagte zu ihr: »Es ist eins meiner fünf Lieblingsbücher.«

Sie brauchte einige Sekunden, bis sie begriff, wovon er sprach; dann lachte sie, sagte: »Willie ist so faul.« Willie war der große bärtige Amerikaner, er winkte uns zu; das Mädchen hieß Rachel. Wir stellten uns ebenfalls vor, schüchtern wie arme Schlucker, die durch das Fenster bei einem Festmahl zusehen. Guido versuchte weiter den Widerstand der Fakten zu brechen: er fragte die beiden, ob es ihnen etwas ausmache, ihren und unseren Tisch zusammenzustellen. Das ließe sich schon machen, meinten sie; wir schoben unseren Tisch über den unebenen Steinboden.

Rachel erklärte uns, daß sie keine Amerikaner, sondern Kanadier seien; daß sie Chorsängerin und Willie Klavierstimmer sei. Willie fragte uns, was wir machten, und weil er dabei mir in die Augen sah und mit seinem gewaltigen Finger auf mich deutete, sagte ich, ich sei Student. Sogleich kam ich mir deswegen wie ein nutzloser Trottel vor, auch wenn ich ein paar Jahre jünger war als er; ich wollte mich korrigieren, er aber schaute bereits zu Guido. »Und du?« fragte er ihn in dem Durcheinander von Stimmen und Gesten ringsum an den Tischen, und ich dachte, daß es in Italien fast beleidigend war, jemandem in unserem Alter diese Frage zu stellen, weil dort niemand die Möglichkeit oder Gelegenheit hatte, irgend etwas zu machen. »Ich schreibe«, sagte Guido.

»Geschichten?« fragte Rachel, genauso überrascht wie ich. Guido nickte mit einer Spur von Verlegenheit. Rachels Interesse war geweckt, sie sagte: »Du bist uns komisch vorgekommen mit deinen kurzen Haaren.« Guido erzählte ihr die Geschichte vom Militärdienst; ab und zu stolperte er über Begriffe, die ihm noch in keiner echten englischen Unterhaltung vorgekommen waren.

Rachel und Willie waren seit vierzehn Tagen in Methymna und schienen sich hier wie zu Hause zu fühlen, sie kannten fast alle Ausländer, die an den Tischen ringsherum saßen. Guido fragte, wer die hübsche Brünette sei, die mit einem Mädchen mit ovalem Gesicht und zwei Typen, die wie Rockmusiker aussahen, am Tisch hinter uns saß. Willie sagte, das seien Amerikaner, bis auf das Mädchen mit dem ovalen Gesicht, die aus Schottland käme: die beiden Jungen waren Brüder und hießen Nick und Theo, sie waren Roadies bei den Rolling Stones gewesen. Die hübsche Brünette hieß Louise, sie war die Freundin von Nick und arbeitete in einem Restaurant in Boston; die Schottin namens Tricia studierte Geologie.

Diese Informationen klangen auf Englisch, das wir nicht besonders gut verstanden, leicht verworren, aber Guido schien das noch neugieriger gemacht zu haben; er drängte Willie, sie zu bitten, ihren Tisch mit unserem zusammenzustellen. Schließlich ließ Willie sich dazu bewegen: die Amerikaner und die Schottin sahen mißtrauisch zu uns herüber und schoben ihren Tisch heran.

Guido stellte Nick Fragen über seine Arbeit. Nick erzählte von den Konzerten, bei denen er vergangenes Jahr dabeigewesen sei, und alles, was er sagte, hatte den Rhythmus, den Guido und ich an amerikanischen Liedern und Schallplatten und Filmen jahrelang so bewundert hatten: die locker-unbeschwerte Geschmeidigkeit dessen, der vom Zentrum der Welt kommt. Louise und Theo fügten schnell hingeworfene Sätze hinzu, deren Sinn ich nicht genau zu erschließen vermochte, die aber nicht minder aufregend und verführerisch klangen. Guido war genau wie ich fasziniert vom Ton ihrer Stimmen, von ihrer Art zu lachen; von den Orts- und Personennamen, die uns bekannt waren. Es kam uns vor, als verfügten sie über eine unglaubliche Flut von Informationen aus erster Hand über alles, was wir von unserem peripheren Standpunkt aus durch mühsames Überwinden der Filter von Übersetzungen, Interpretationen und Synchronisationen kennenzulernen versucht hatten.

Sie waren sich dessen sehr wohl bewußt und spielten es aus: sie redeten, als seien sie intime Kenner der Musik und der bildenden Kunst und des Films und der Literatur; all der amerikanischen Künstler, von denen wir von klein auf gehört oder gelesen oder Filme gesehen hatten. Willie und Rachel bemühten sich, ebenso bewandert zu erscheinen, doch Nick ließ keine Gelegenheit aus, ihre relative Bedeutungslosigkeit ins Licht zu rücken. Tricia war kaum minder peripher als wir, das einzige, was sie uns voraus hatte, war die gemeinsame Sprache.

Wir tranken weiter Retsina, und die Unterhaltung wurde wirrer, aber auch leichter, verlief immer weniger linear. Irgendwann entdeckte Guido zwei sehr hübsche Mädchen, die allein an einem Tisch saßen, er fragte Willie, ob er sie kenne. Willie bejahte und sagte, sie seien Französinnen aus Lyon und hießen Anne und Jeannette. Nick und Theo kicherten und machten Witze über die Verführungskünste der Italiener. Guido stand auf und ging zu den zwei Französinnen hinüber, lud sie an unseren Tisch ein. Sie überlegten einige Sekunden, dann kamen sie; wir rückten enger zusammen, um ihnen Platz zu machen.

Nun waren wir zu zehnt und bunt gemischt; die Stimmung lud sich mit neuen Anziehungskräften und Neugierden auf. Nick gab sich weiter als Weltkenner; erzählte amüsante Begebenheiten. Guido schien ihm gegenüber gehemmt; er warf nur hie und da wenige Worte ein, derer er sich sicher fühlte. Langsam aber ging er aus sich heraus, spielte gegen die Schwierigkeit der fremden Sprache, die den Schwung seiner Worte bremste, und mit der Zeit hatte er Erfolg. Die Frauen der Tischrunde sahen jetzt häufiger und interessierter zu ihm hinüber, beeindruckt von der unerwarteten Begeisterung in seiner Stimme.

Nick trat mit ihm in Wettstreit: mit jedem Satz erhöhte er das Tempo, versuchte den Themenkreis zu erweitern. Er erzählte, letztes Jahr sei er in Italien gewesen und habe es sehr malerisch gefunden, von Komödiengestalten bevölkert. »Buongiorno buonasera signore«, äffte er den italienischen Tonfall nach.

Guido entgegnete ihm: »Italien ist *kaputtgemacht* worden von den Ganoven, die bei uns seit dreißig Jahren an der Regierung sind. Euch kommt es malerisch vor, weil ihr herkommt und *dreidimensionale* Ansichtskarten sucht und sie schließlich sogar findet, wenn auch verkommen und mit Scheußlichkeiten überhäuft.«

Nick war über Guidos plötzliche Gereiztheit verwundert, er begriff nicht den Grund dafür. Er versuchte unbekümmert zu bleiben, sagte: »Ich hab keine Scheußlichkeiten gesehen, die Pizza war ausgezeichnet.«

»Ihr steckt so voller *Gemeinplätze*«, sagte Guido. »Das vereinfacht eure Weltsicht.« Statt den ironischen Intentionen seiner Stimme zu folgen, wurde sein Englisch ungelenk, ließ seine Empfindungen viel eindeutiger erscheinen, als sie waren. In Wirklichkeit war er sehr angetan von Nick, von seiner typisch amerikanischen absoluten Gutgläubigkeit.

»Wen meinst du mit ihr?« fragte Nick, jetzt in Abwehrhaltung.

»Er hat recht«, sagte Louise, die instinktiv auf Guidos

Seite war. »Du redest immer von Dingen, die du gar nicht kennst.«

Nick gab sich geschlagen, sagte: »Ich wollte niemanden beleidigen.«

Guido war keineswegs beleidigt: er lächelte ihm zu, schenkte ihm Wein ein; sagte: »Das ist meistens so, über Dinge, die man nicht kennt, *redet* man.« Der Retsina dehnte jeden Satz, den wir wechselten, legte Gefühle in jeden Blick.

Ich gab mich dieser Stimmung hin, und immer wieder kam es mir unglaublich vor, so mittendrin zu sein in diesem Sprachengewirr: zum ersten Mal fühlte ich mich wirklich unabhängig von meiner Familie und meiner Stadt und meinem Land, frei, alles in mich aufzunehmen, was mich an der Welt neugierig machte.

Ich sprach Jeannette an, goß ihr Retsina ein und bemerkte, daß sie ein sehr schönes Gesicht mit haselnußbraunen Augen hatte, einen schlanken, sinnlichen Hals. Ich fragte sie, warum sie ausgerechnet hierher gekommen sei; sie erzählte mir, daß sie sich von ihrem Freund getrennt habe, mit dem sie drei Jahre zusammengewesen sei, und Anne habe mit ihrem Freund das gleiche getan. Dann seien sie beide in ein Reisebüro gegangen und hätten auf gut Glück eine Schiffsreise nach Lesbos gebucht. Ich sagte zu ihr, in diesem Augenblick hier zu sitzen und mit ihr zu reden sei für mich eine der unwahrscheinlichsten Situationen, die ich je erlebt hätte. Sie fragte mich, was ich damit meine, und ich versuchte es ihr zu erklären. Wir redeten teils italienisch, teils englisch und teils französisch, die eigentliche Kommunikation zwischen uns lief jedoch mehr auf einer physischen Ebene ab; wir hätten uns auch einfach anschauen und den Mund bewegen können.

Wir saßen Stunden auf der Terrasse des kleinen Restaurants, bis sich die würzigen Küchendüfte verflüchtigt hatten und die Leute an den anderen Tischen alle gegangen und die hypnotischen Bouzoukiklänge verstummt waren. Der Wirt kam, um zu kassieren und die Gläser abzuräumen. Mittlerweile aber waren wir eine durch die verschiedensten Spannungsfäden miteinander verbundene Clique; wir schlenderten das gepflasterte Sträßchen hinauf zu einer Stelle, wo man das Meer sehen konnte. Guido erzählte Anne und Louise von Byron, der nach Mesolongion gefahren war, um den griechischen Freiheitskampf zu unterstützen; ich konnte seine Stimme nicht genau unterscheiden, weil ich zu sehr damit beschäftigt war, mit Jeannette zu reden.

Es war sehr spät geworden, im Dorf hörte man keinen Laut mehr. Willie und Rachel sagten, sie gingen schlafen, und in Minutenschnelle löste sich das Grüppchen auf und zerstreute sich in verschiedene Richtungen. Nick riß Louise fast von Guido weg; er sagte zu ihm, es sei ihm ein Vergnügen gewesen, ihn kennenzulernen. Sein Bruder Theo verzog sich mit der Schottin Tricia: er legte ihr den Arm um die Taille, sie jedoch schob ihn ihm weg, noch bevor sie um die Ecke aus unserer Sicht verschwanden.

Guido und ich gingen mit Anne und Jeannette wieder hinunter bis zu dem Haus, wo die beiden ein Zimmer gemietet hatten. Wir blieben auf der jetzt menschenleeren Straße stehen, und mir war, als sei mir das Gefühl für Raum und Entfernungen abhanden gekommen. Ich wollte Jeannette klarmachen, daß ich ihren Hals umwerfend fand, und sie lachte; dann sah ich, wie Anne und Guido sich hinter einem Mäuerchen küßten. Und wie schon manches Mal, half mir sein Vorbild, den kontemplativen Zustand, in dem ich schwebte, zu verlassen: bewog mich,

Jeannette auf den Hals zu küssen, ihr zu folgen, als sie zurückwich, und sie auf den Mund zu küssen.

Ich verlor mich im Geschmack ihrer Lippen, im Gedanken, daß wir uns noch vor wenigen Stunden nicht einmal gekannt hatten; ich dachte daran, wie lang die Kette unwahrscheinlicher Möglichkeiten sein mußte, die uns zusammengeführt hatte. Ich dachte auch an die Öde der letzten zwei Jahre mit Roberta, wie ich mich, wäre nicht Guido gewesen, damit abgefunden hätte, und dieser Gedanke gab mir das Gefühl, als eröffne sich mir mit Jeannettes Kuß eine Welt der Empfindungen, in der ich gern für immer gelebt hätte.

Ich weiß nicht, wie lange wir in diesem gelösten Verwirrungszustand blieben; irgendwann sagte Guido: »Wir gehen ans Meer, ihr könnt das Zimmer nehmen.« Er gab mir irgendein Zeichen, das in den anderen Bewegungen der Situation unterging; den Arm um Anne gelegt, ging er auf der engen, abschüssigen Straße davon.

Jeannette und ich schlüpften durch die Haustür und die Treppen hinauf in das Zimmer, in dem überall Kleider herumlagen; in ein Bett mit knarrendem Rost, der unter uns auf und nieder schwang. Wir lachten immer noch und sahen uns aus nächster Nähe an, berührten uns durch die Kleider hindurch wie zwei große Kinder, die eine von melancholischen Gefühlen gänzlich unbeschwerte Anziehung zueinander trieb.

Ich hob ihren Rock aus dünner griechischer Baumwolle hoch, und ihre Haut war unglaublich warm von all der Sonne, die sie absorbiert hatte. Ich streifte ihr den Slip ab, und da war kein weißer Streifen vom Badeanzug zu sehen: die glatte Wölbung ihres Bauchs ging unter den zarten Härchen nahtlos in die Leistenbeuge über.

Zweiundzwanzig

Am nächsten Morgen klopfte Anne an die Tür und sagte, sie müsse sich umziehen. Jeannette sprang aus dem Bett, viel wacher als ich mir vorgestellt hatte, ging nackt die Tür öffnen, ohne mir Zeit zu lassen, in die Hosen zu schlüpfen. Sie wechselten verschlüsselte Blicke und leise französische Worte, stöberten in ihren im Zimmer verstreuten Sachen.

Mühsam zog ich mich an und ging zur Tür, benommen von der Nacht und vom Wein, von Jeannettes Geschmack, ihren Berührungen, die ich noch auf meinem Körper spürte.

Sie trug mir auf, in dem kleinen Restaurant von gestern abend auf sie zu warten, damit wir zusammen frühstücken konnten. »Nicht einfach verschwinden«, sagte sie, als wäre auch dies eine Möglichkeit. In Erwartung eines Kusses oder einer Umarmung hielt ich mich in ihrer Nähe; aber sie zwinkerte mir nur fröhlich und aufgekratzt zu.

Ich stieg die Stufen hinab, und kaum war ich draußen, verzog sich das Wohlgefühl, das mich eingehüllt hatte, und ließ mich schutzlos zurück, jäher Angst ausgeliefert. Jeannettes Blick war mir beim Hinausgehen egoistisch und gleichgültig erschienen: binnen eines Augenblicks durchlief dieser Eindruck meine wirre nächtliche Erinnerung bis zurück zu dem Zeitpunkt, als wir noch plaudernd vor dem Haus standen. Ich ging blindlings ein paar Schritte die Straße entlang, erschreckt von dem Licht und dem fremdartigen Klang der Stimmen und der orientalischen Architektur: von der Situation ohne erkennbare Grenzen und

Ränder. In einem plötzlichen Impuls wollte ich die Treppen wieder hinauflaufen und wie ein Verrückter an Jeannettes Tür schlagen und Bestärkung von ihr verlangen; das nächste Schiff nehmen und mich in die wohlbekannte Langeweile zu Roberta flüchten.

Dann sah ich Guido an einem Tischchen auf der Terrasse des kleinen Restaurants sitzen, und der Anblick seiner vertrauten Physiognomie verlangsamte meine rasenden Gedanken, stoppte sie.

Er sah aus, als habe er überhaupt nicht geschlafen, war aber in bester Laune, glücklich, hier zu sein. Der Wirt kam und fragte nach unseren Wünschen; Guido sprach mit ihm, als kenne er ihn schon immer, bestellte für uns beide türkischen Kaffee. Er war bezaubert von allem, was wir um uns sahen: von den Materialien und den Formen und den Gerüchen des alten Hafenstädtchens. »Ist das nicht *irre*?« fragte er mich. Ich bejahte; ich fragte mich nur, ob ich es je schaffen würde, eine ähnliche innere Stabilität zu erlangen wie er, ein Gleichgewicht, das nicht durch die leiseste Stimmungsschwankung erschüttert wurde.

Der Wirt brachte ein Tablett mit dem Kaffee und zwei große Gläser mit eisgekühltem Wasser. Guido bedankte sich auf Griechisch: »Efkaristò polì«, sagte er. Er fragte ihn nach seinem Namen, der Wirt sagte, er heiße Costas. Guido sagte ihm auch seinen Namen, tauschte gestikulierend und mit einem Mischmasch von Worten Bemerkungen über die Schönheit des Ortes mit ihm aus. Mir kam der Gedanke, daß er der Welt vielleicht deshalb so unbefangen und frei entgegentreten konnte, weil er nie irgend etwas besessen hatte und ohne die Last von gesellschaftlichen Erwartungen und Familienstrukturen und zu übernehmenden Rollen aufgewachsen war.

Er erzählte mir, daß er mit Anne stundenlang auf der

Wiese unterhalb des Dorfs gelegen und den Nachthimmel betrachtet habe. »Wir konnten sämtliche Sternbilder erkennen, noch nie hab ich sie so *deutlich* gesehen«, sagte er. Wie es zwischen ihnen gelaufen war, sagte er mir nicht, wollte auch nichts über Jeannette und mich wissen. Ich dachte, daß wir in diesen Dingen wohl nie zu echter Vertrautheit finden würden; es gehörte nicht zum Wesen unserer Freundschaft.

Dann kamen Willie und Rachel, und fünf Minuten später Anne und Jeannette, Nick und Louise und Theo mit einem warmen Stangenbrot, das sie gerade beim Bäcker weiter oben gekauft hatten. Als letzte kam Tricia, atemlos, als fürchte sie, aus dem Spiel ausgeschlossen zu bleiben. Beim Frühstück stellte sich die Gruppenatmosphäre wieder her: die Bemerkungen von vielen Gesichtspunkten aus, die kleinen gegenseitigen Neckereien, die kulturelle und physische Neugierde.

Jeannette lächelte mir zwei-, dreimal zu, bot mir auch ein Stück Brot mit Honig an, Hinweise auf eine echte Verbundenheit waren in ihrem Verhalten allerdings schwerlich auszumachen. Sie schien ebenso an den anderen interessiert wie an mir; sich selbst und ihres Körpers sicher, wechselte sie immer wieder ihre Haltung und ihre Blickrichtung, wenn sie sprach oder lächelte. Ihre Freundin Anne war unvergleichlich stärker zu Guido hingeneigt, sie klebte an ihm, obwohl er in einem fort zu Louise hinübersah.

Ich wollte vermeiden, von meinen Gefühlen fortgerissen zu werden; ich ließ mich von Willie in ein Gespräch über das Klavierstimmen verwickeln, aber alle paar Sekunden richtete sich meine Aufmerksamkeit wieder auf Jeannette.

Als es sehr heiß wurde, beschlossen wir, zum Meer zu

gehen. Der schönste Strand war zwei oder drei Kilometer vom Dorf entfernt, also machte sich der ganze Trupp auf den Weg, während ich mit meinem Motorrad auf der unasphaltierten Straße hin und zurück fuhr und jedesmal einen von ihnen mitnahm. Nach einer halben Stunde lagen wir alle nackt zwischen den grauen Kieselsteinen und dem kristallklaren Wasser am Strand. Jedesmal, wenn einer zum Meer rannte und hineinsprang, wurde unsere Unterhaltung unterbrochen; wechselte Form und Richtung, je nachdem, wer sitzen blieb, wer wegging oder zurückkam. Es herrschte eine ständige, aus vielfältigen Kontakten bestehende Spannung zwischen uns, und nicht einmal die Sonne vermochte sie zu mindern.

Jeannette glitt ins Wasser und tauchte wieder auf, glatt und behende wie ein Wassertier. Ich tauchte hinter ihr her, versuchte sie um die Taille zu fassen und zum Lachen zu bringen wie in der Nacht zuvor, unter Kreischen und Spritzen und plötzlichem Abtauchen. Sie gab mir einen Kuß auf die Lippen und witschte davon, zurück zu dem komplizierteren Wechselspiel der Gruppe, mit der gleichen physischen Freude, die sie am Schwimmen fand.

Gegen zwei aßen wir Brot und Ziegenkäse, den wir uns aus dem Dorf mitgebracht hatten, Tomaten, die wir im Meerwasser wuschen. Willie kletterte die Felsen hinter dem Strand hinauf und kehrte mit seiner Baseballmütze voller Feigen zurück, verteilte sie, als sei das eine alltägliche Familiengepflogenheit. Und wir waren inzwischen wirklich so etwas wie eine Familie, eine frisch gegründete und instabile Familie, die sich an sich selbst erfreute und noch keine feste Rollenverteilung besaß. Die wenigen anderen Ausländer an dem langgezogenen Strand schauten neugierig zu uns herüber, sie wären, glaube ich, auch gern so gewesen wie wir.

Guido las laut aus einem englischen Buch über das Ende der Inkas vor. Als er zur Schilderung eines von Pizarro organisierten Massakers vor den Toren Cuzcos kam, mußte er sich vor Wut alle paar Sätze unterbrechen. Er konnte sich über Geschichtsbücher empören; diese Fähigkeit war ihm nicht abhanden gekommen.

Die Mädchen und Willie nahmen ebenso leidenschaftlich Anteil; Nick und Theo warfen flache Steinchen ins Meer, ließen sie auf den kleinen Wellen hüpfen. Am Horizont sah man die türkische Küste, hin und wieder kam der ferne Widerhall von Explosionen herüber. Wir plauderten und ließen uns vorlesen und badeten im Meer, bis die Sonne zu sinken begann und die Luft frischer wurde; ich fuhr wieder Stafette mit meinem Motorrad und brachte alle zum Dorf zurück, jetzt nahm ich jedesmal zwei Personen mit.

Wie tags zuvor aßen wir gemeinsam zu Abend, dann gingen wir tanzen in ein Lokal unten in der Ebene, wo die gleiche orientalische Musik, die in Methymna aus jeder Bar und jedem Restaurant tönte, mit größerer Lautstärke gespielt wurde. Wir waren wieder betrunken, erregt von der für alle möglichen Veränderungen offenen Situation. Guido tanzte mit Louise und mit Anne, mit der völlig entfesselten Jeannette und mit der tapsigen, aber von athletischer Energie strotzenden Tricia. Die anderen Männer in der Gruppe wollten ihm nicht nachstehen, hüpften mit ihm um die Wette und schlenkerten mit den Armen. Auch ich stürzte mich ins Getümmel; drängte mich dicht an Jeannette, versuchte ihr Interesse wiederzubeleben.

Als wir zum Dorf hinaufstiegen, war es drei Uhr vorbei, und wir hielten uns nur noch mit Mühe auf den Beinen; ausgepumpt sagten wir uns gute Nacht. Anne und Guido gingen in ein zweites Zimmer hinauf, das sie im gleichen

Haus hatten mieten können, ich und Jeannette in das der letzten Nacht. Wir liebten uns wieder, aber diesmal hemmten meine melancholischen Gefühle jede meiner Gesten. Als ich es ihr erklärte, sagte sie mit einem reizenden, aber unerbittlichen Lächeln: »Ich hab für die nächste Zeit keine Lust, mich an irgendwen zu binden.« Ich war zu sehr von meinen Empfindungen fortgetragen, um mich ernstlich darüber zu beklagen.

Die nächsten Tage vermischen sich in meiner Erinnerung zu einer einzigen Aufeinanderfolge von englischen Wörtern und lautem Vorlesen aus Büchern, Baden und Schwimmen und Spaziergängen in der Sonne und unterm Sternenhimmel, Geschmackseindrücken von Wein und Ziegenkäse, Bouzoukiklängen und nackten Mädchenkörpern und vertraut gewordenen fremden Blicken und wieder Worten und Worten, von vielen Stimmen genährten Disputen bis tief in die Nacht über die verschiedenen Formen der Welt. Nie in meinem ganzen Leben hatte ich so wenig geschlafen, nie mich so wach und interessiert und ruhelos gefühlt. Ab und zu dachte ich an die Sommer vor diesem, und es schien mir unglaublich, daß ich die Zeit so töricht und untätig hatte verstreichen lassen.

An Roberta erinnerte ich mich kaum noch; wenn sie mir wieder einfiel, dann schien sie weit weg, Teil einer Vergangenheit mit Orten und Personen und Gefühlslagen, die ich am liebsten für immer vergessen hätte. Manchmal stellte ich mir vor, wie sie völlig eingespannt in Geschäftsbeziehungen mit Grafikern und Werbetextern und Geschäftsführern und Kunden korrekt und nervös und professionell in ihrer Werbeagentur saß, und fragte mich, was uns zweieinhalb Jahre hatte aneinander binden können. Ich überlegte mir einen Vorwand, um unsere Verabredung Anfang August abzusagen: die Worte, die ich auf das Telegramm schreiben könnte.

Guido fragte Louise und Nick und Theo ständig über das Leben in Amerika und über ihre Arbeit aus, über die Wohnungen, in denen sie lebten, und die Musik, die sie hörten, und die Speisen, die sie aßen. Er gab sich nie zufrieden mit den Details, die sie ihm berichteten; er wollte immer noch genauere, bis in die kleinste Kleinigkeit gehende Schilderungen. Er sammelte Informationen im Hinblick auf eine Auswanderung, mit der Wißbegier eines wirklichen Auswanderers.

Anne und Louise und Tricia wunderten sich über seine mangelnde Bindung an Orte, über die Art und Weise, wie er ohne Gewißheiten oder ausgeprägte nationale Eigenheiten umherlief. Sie hätten ihn vermutlich gern beschützt, die Rastlosigkeit eingedämmt, die ihn bei allem, was er tat, so unbeständig machte.

Die Jungs zeigten ihm gegenüber die gleiche Mischung aus Neid und Neugierde wie unsere ehemaligen Mitschüler, den gleichen Argwohn gegenüber der Art, wie er sich den ihnen bekannten Regeln zu entziehen schien. Trotz aller Gespräche und der körperlichen Nähe und der vielen Zeit, die wir miteinander verbrachten, waren sie mit ihm viel weniger vertraut als die Mädchen, und das verunsicherte sie, machte sie unfähig, ihn einzuordnen.

Einmal wollte Nick ihn zwingen, über seine Arbeit zu reden: er fragte ihn, wer sein Verleger sei, was er genau schreibe. Guido sagte, er habe noch nie etwas veröffentlicht; dann erzählte er ihm eine Geschichte, die er gerade im Kopf hatte und die unserer eigenen, die wir gerade erlebten, unglaublich ähnlich war.

Die Dynamik in unserer Clique war unberechenbar wie Guidos Charakter, sie folgte den ständigen Schwankungen seines Interesses, das sich auf irgend etwas konzentrierte und unvermittelt wieder schwand. Es kam vor, daß sich Willie und er an einem Tag sehr nahe waren, verschworen in ihrer ironischen Feindseligkeit gegen die Amerikaner, und tags darauf nicht mal mehr miteinander redeten und Guido zu mir sagte, Willies innere Schwerfälligkeit sei ihm unerträglich. Einen Abend lang tuschelten Louise und Tricia wie alte Freundinnen, und am nächsten Abend fauchten sie sich an, wenn sie sich nur über den Weg liefen. Sogar der bis zur Arroganz selbstbewußte Nick und der sich hinter seiner Zerstreutheit verschanzende Theo maßen zuletzt ihr Verhalten an dem von Guido, richteten sich um des Gesamtgleichgewichts willen nach ihm.

Guido schlief mit Anne, aber es war nicht schwer zu erkennen, daß er sich von ihrer Beharrlichkeit allmählich eingeengt fühlte. In Wirklichkeit zogen ihn alle fünf Frauen in unserer Clique auf unterschiedliche Weise an: Louise, weil sie Amerikanerin war, Jeannette, weil sie triebhaft und unbekümmert war, Rachel wegen ihrer reiferen Intelligenz, Tricia wegen ihres unscheinbaren, strengen Aussehens, hinter dem sich möglicherweise schlummernde Leidenschaften verbargen.

Er unternahm keine gezielten Verführungsversuche, drängte sich nicht mit werbenden Worten oder Gesten auf; doch das machte ihn in ihren Augen um so interessanter. Unsere Tagesabläufe und mit ihnen unsere gegenseitigen Beziehungen gerieten nach und nach aus der Form, wurden schwer kontrollierbar.

Eines Abends saßen wir auf der Wiese unterhalb des Dorfs um ein Lagerfeuer und hörten Nick und einem Dänen zu, die auf der Gitarre spielten, da fragte mich Guido, ob er eine Runde mit dem Motorrad fahren könne. Er behauptete, er sei schon öfters gefahren; gleichwohl kam die ganze Gruppe mit uns zur Straße hinauf, und ich erklärte ihm im Mondschein, wie man es machte. Er fuhr unter allgemeinem Gelächter und Kommentaren zwei-, dreimal auf und ab: er kam ganz gut zurecht, auch wenn er die Kupplung zu hart einlegte und die Maschine überdrehte.

Schließlich wendete er und fragte, wer mitkommen wolle, und Jeannette rief schnell »Ich«, kletterte auf den Sattel, bevor irgend jemand etwas dagegen tun konnte. Mit diebischer Freude preschte Guido los, rief: »Wartet nicht auf uns!«

Aber wir warteten doch auf sie; und nach zwei Uhr war immer noch nichts von ihnen zu sehen. Nick versuchte die Angelegenheit in seiner überlegenen Art herunterzuspielen: er zog an seinem Joint, meinte: »Offenbar amüsieren sie sich.« Anne jedoch war außer sich vor Erregung; und auch die anderen Mädchen waren nervös, sie taten, als machten sie sich Sorgen, daß etwas passiert sein konnte.

Ich konnte nicht glauben, daß Guido fähig sein würde, mir vor meinen Augen mein Mädchen wegzuschnappen, und zugleich hatte ich von Anfang an gewußt, daß es so kommen mußte: vom ersten Abend an, als er sie und Anne gefragt hatte, ob sie ihren Tisch an unseren stellen wollten. Ich hatte tagelang ihre Blicke beobachtet, wenn sie aneinander vorbeigingen, den veränderten Tonfall ihrer Stimmen, Jeannettes Unleidlichkeit, wenn ich sie in Guidos Gegenwart beiseitenehmen oder küssen wollte. Wie alle anderen hatte ich mich von diesem Wechselspiel der Anziehung gefangennehmen lassen; ich hatte nie versucht, etwas dagegen zu tun.

Aber gerade diese Unvermeidlichkeit kam mir jetzt unerträglich vor, erfüllte mich mit Angst und Wut. Ich hoffte, daß ihnen das Benzin ausgehen würde, bevor sie irgendwo angelangt waren; daß Guido es sich anders überlegen würde. Anne meinte, wir sollten nach ihnen suchen: »Da ist was passiert«, sagte sie immer wieder in ihrem kehligen Englisch und blickte dabei auf die Uhr, und wir konnten uns alle vorstellen, was.

Wir gingen trotzdem zusammen die Straße entlang, die Guido und Jeannette genommen hatten, einen sinnlosen halben Kilometer durch Felder voller Grillen, und kehrten dann um. Wir waren übermüdet, betäubt vom Wein und vom Rauchen und dem langen Tag in der Sonnenhitze. »Die werden längst oben sein und schlafen«, sagte Nick, aber es war nur das, was er selbst gern getan hätte.

Als wir ins Dorf hinaufkamen, war von meinem Motorrad nichts zu sehen, die zwei Zimmer, die wir gemietet hatten, waren leer. Wir blieben auf der Straße stehen und redeten, nunmehr völlig zerschlagen, über Musik und Reisen; dann gingen Willie und Rachel und Nick und Louise und Theo und Tricia ins Bett, verschwanden paarweise in verschiedene Richtungen. Guido war erst wenige Stunden fort, und schon zeigten sich in der Gruppe die ersten Auflösungserscheinungen, die Impulse, die sie zusammenhielt, waren schon weniger intensiv.

Anne und ich gingen in das Zimmer hinauf, in dem sie mit Jeannette gewohnt hatte, bevor Guido und ich gekommen waren; wir liefen stundenlang zwischen Bett und Fenster hin und her, erschüttert und nutzlos wie Angehörige der Opfer eines Flugzeugunglücks.

Um acht wachte ich auf: augenblicklich stieg die ganze Angst und Eifersucht wieder in mir hoch. Anne stand mit wütendem Gesicht an der Tür, sie sagte: »Ich geh frühstücken.«

Wir gingen gemeinsam zu dem kleinen Restaurant hinunter, und da saßen Guido und Jeannette an einem der Tischchen und löffelten Joghurt mit der natürlichsten Miene der Welt. Sie lächelten uns entgegen, winkten uns zu.

Einen Augenblick lang fühlte ich angesichts ihrer Herzlichkeit Erleichterung, die jedoch sogleich schwand, als ich sah, wie sich ihre Körperhaltungen gegenseitig ergänzten: wie der Strom physischer Anziehung sie eng zusammenhielt. Anne sagte: »Wir dachten, ihr seid tot. Ihr hättet uns auch was sagen können.« Ihre Gefühle ergossen sich unkontrolliert in ihre Stimme, ließen sie pathetisch zittern.

Guido erklärte, sie hätten weiter nördlich einen herrlichen Strand entdeckt und seien zum Schlafen dort geblieben. Er sagte es, als gäbe es dabei absolut nichts zu verbergen; als habe er keinerlei Abmachung gebrochen oder gegen irgendeine Verpflichtung verstoßen.

Jeannette löffelte weiter ihren Joghurt, aber aus der Nähe gesehen, wirkte sie nicht so unbefangen wie Guido. Sie vermied es, mich anzusehen, sie tat, als sei sie sehr an ihrem Löffel interessiert. Ich hätte am liebsten auf sie eingeschlagen, sie für die verdorbene Stimmung einer ganzen Nacht büßen lassen.

Anne aber war noch wütender als ich: auf französisch fauchte sie: »Kann ich mal mit dir sprechen.« Jeannette tat, als höre sie nicht, da packte Anne sie am Arm und zerrte sie vom Stuhl, an dem Steinmäuerchen, von dem aus man zur Ebene hinabblickte, droschen sie mit Worten und Gesten aufeinander ein.

Guido stand auf, um einzugreifen, bemerkte jedoch, mit welchem Gesicht ich ihn ansah, und fragte mich: »Was ist denn so *Dramatisches* passiert?«

Ich wollte ihm eine spöttische oder wenigstens halbwegs gleichmütige Antwort geben, statt dessen füllte sich meine Stimme mit unkontrollierbarem Zorn, noch schlimmer als bei Anne: »Ein skrupelloser Scheißkerl bist du!« sagte ich zu ihm. »Ohne auch nur einen Augenblick drüber nachzudenken, fährst du vor meinen Augen mit meinem Mädchen davon, noch dazu auf meinem eigenen Motorrad, und am nächsten Tag sagst du mir nett und freundlich guten Morgen, als kämst du gar nicht auf die Idee, was Schlimmes getan zu haben.«

Er starrte mich befremdet an; fragte: »Warum mußt du alles in dieser Weise *interpretieren*, sogar du? Ich bin nur ein bißchen spazierengefahren, und Jeannette ist mitgekommen, und wir sind über Nacht weggeblieben. Da steckte überhaupt keine *Absicht* dahinter.«

Aufgebracht schrie ich ihn an: »Du brauchst gar nicht vor aller Welt so unschuldsvoll zu tun, wenn du dir alles nimmst, was du willst, als stünde es dir zu.« Ich rückte ihm dicht auf die Pelle, aber in Wirklichkeit hatte sein Blick meinen Zorn schon untergraben, in Traurigkeit umschlagen lassen.

Guido sagte: »Ist doch alles nicht so *schrecklich*, Mario. Jeannette hat nie gesagt, daß sie dein Mädchen ist, ich hab keinem was weggenommen.«

Dann kamen Rachel und Willie, und mir war, als sähe ich die Szene mit ihren Augen: wie ich und Anne auf der Restaurantterrasse auf Guido und Jeannette losgingen wie in einem komischen Bühnenstück. Anne mußte dasselbe gedacht haben, denn sie ließ von Jeannette ab; wir setzten uns alle um den kleinen Tisch, bestellten Joghurt und Kaffee, und Costas musterte uns neugierig.

Aber ich glaubte, keine Möglichkeit mehr zu haben, zur Atmosphäre der vergangenen Tage zurückzukehren: ich fühlte mich einsam, geschädigt durch die Umstände; aus

Jeannettes Gedanken und sogar aus ihrem Gesichtsfeld ausgeschlossen. Die Angst überfiel mich noch heftiger als am ersten Morgen, als ich aus ihrem Zimmer auf die Straße getreten war, und diesmal verschlimmerte Guidos Anblick meine Gefühle noch, statt mich zu beruhigen.

Ich saß an dem kleinen Tisch, während die anderen ringsum in kaum veränderter Konstellation ihre Beziehungen neu knüpften, und plötzlich überkam mich der verzweifelte Wunsch, bei Roberta zu sein, die so stabil und zuverlässig war. Mir fiel ein, daß der erste August war und sie wahrscheinlich schon auf eigene Faust in den Urlaub gefahren war; erneut packte mich Angst beim Gedanken, daß ich sie in all der Zeit nie angerufen hatte, so gebannt wie ich von dem aufregenden und gefährlichen Spiel der parallelen Möglichkeiten gewesen war.

So sprang ich auf, eilte zum Postamt, wo ich vor Tagen schon einmal mit Rachel gewesen war, die einen Postscheck einlösen mußte. Der winzige Schalterraum war voller Zigarettenqualm, es gab nur zwei Telefonkabinen mit zwei Warteschlangen davor. Ich wartete, bis ich an die Reihe kam, sagte mir im Geist immer wieder Robertas Mailänder Nummer vor. Ich war ganz versessen darauf, sie sofort zu erreichen, der Leere zu entkommen, die mich zu verschlingen drohte.

Endlich kam ich durch; sie nahm nach nur zweimaligem Klingeln ab, sagte: »Darf man fragen, wo zum Teufel du bist? Seit zehn Tagen warte ich auf deinen Anruf.«

Und sonderbarerweise ließ ihre vertraute Stimme meine Angst verfliegen und im selben Augenblick auch die Lust, sie zu sehen. Mir wurde klar, daß dieser Anruf eine Geste der Feigheit und ein Verzicht war, so als flüchte man sich mitten in einem Fest zur Mutter, nur weil es nicht leicht ist, mit Leuten zu reden, die man nicht kennt.

Aber es war mir zu spät klargeworden; Roberta sagte: »Ich komme morgen um halb zwölf auf dem Athener Flughafen an, wir sehen uns um zwölf am Informationsbüro in Piräus.«

Ich hätte ihr gern erklärt, daß ich nicht sicher war, ob ich kommen würde; daß ihr nervöser Mailänder Yuppie-Ton mir die Lust dazu vertrieben hatte. Aber inzwischen hatte sie schon zweimal nachgefragt, ob ich verstanden hätte, und das Gespräch beendet. Vor dem Postamt traf ich Nick und Louise, die mit der warmen Stange Brot auf dem Weg zu dem kleinen Restaurant waren; als ich ihnen sagte, ich müsse abreisen, und ihre verdutzten Gesichter sah, fühlte ich mich wie ein Rekrut, der gewaltsam aus seiner Heimat weggeholt wird.

Auch Guido und die anderen auf dem Platz vor dem Restaurant waren betroffen. »Hättest du ihr nicht wenigstens sagen können, sie soll hierher kommen?« fragte mich Guido. Er wußte genau, daß Roberta mit unserer Clique nichts hätte anfangen können, aber es tat ihm wirklich leid, daß ich wegging, sein Blick war traurig.

Und Rachel und Tricia und Willie und Louise und Theo und Anne und sogar Nick und Jeannette versuchten mich zu überreden, zu bleiben, nochmals in Mailand anzurufen und etwas anderes zu vereinbaren. »Du kannst doch nicht einfach weggehen«, sagten sie, oder »Du kannst uns doch nicht verlassen, Mario.« Ich konnte mich nicht erinnern, daß sie mich je mit Namen genannt hätten; ich sie allerdings auch nicht.

Auf einmal hatte ich das Gefühl, unter Menschen zu sein, die mich gern hatten und an mir interessiert waren, im Zentrum eines Kreislaufs lebendiger Gefühle und möglicher Überraschungen und unerwarteter Fähigkeiten. Bisher, so schien mir, hatte ich nicht das Geringste unternommen, ich hatte untätig darauf gewartet, daß die anderen sich hervortaten. Ich war in Guidos Kielwasser gesegelt, hatte es als gegeben hingenommen, daß er den Weg bahnte und Kontakte knüpfte und alle schwierigen Initiativen ergriff, und kaum hatte ich es geschafft, mit Jeannette ins Bett zu gehen, hatte ich mich an sie geklammert wie ein Sparer an sein Bankkonto. Ich schämte mich, daß ich mich von der ersten Widrigkeit hatte kleinkriegen lassen, das Spiel aufgegeben hatte. Am liebsten hätte ich mich um zehn Minuten zurückversetzt, das Telefongespräch mit Roberta rückgängig gemacht und mich wieder ins Getümmel gestürzt, um so lang wie möglich dabeizubleiben.

Rachel begleitete mich zum Postamt, und unterwegs konnte ich gar nicht fassen, daß mir hatte entgehen können, wie liebevoll und klug und hübsch sie war in ihrem dünnen schmalgestreiften griechischen Kleid. Sie stellte sich mit mir an, wartete vor der Kabine, während ich zu telefonieren versuchte; aber ich bekam keine Verbindung, ich versuchte es hundertmal nacheinander ohne Erfolg. Durch meinen Kopf schwirrten Bilder von unserem täglichen gemeinsamen Frühstück auf der Terrasse und den Staffelfahrten zum Strand, den endlosen Diskussionen und ausgedehnten Nächten, den vielfältigen Anziehungskräften, die jede Geste durchliefen: ich wurde davon so abgelenkt, daß ich mich beinahe verwählt hätte.

Ich mußte einem Griechen, der voller Zorn wartete, die Telefonkabine räumen; als ich es erneut probierte und endlich Verbindung bekam, war Roberta nicht mehr zu Hause. Ich sah sie vor mir, wie sie im Reisebüro das Flugzeugticket abholte; wie sie draußen auf der Straße in ihrem Notizbuch leidenschaftslos die genaue Uhrzeit unserer Verabredung überprüfte.

Rachel war untröstlich, sie redete mir zu, es später noch

einmal zu versuchen. »Du wirst sehen, du erreichst sie noch, du hast noch ein paar Stunden«, sagte sie. Wir erkundigten uns trotzdem, wann das Schiff nach Piräus ging, es fuhr um sieben.

Die anderen gingen an den näher liegenden und weniger schönen Strand, um mich nicht allein zu lassen. Nervös badete ich mit ihnen, und jedes Wort und jeder Blick, den wir wechselten, nahm einen unwiederbringlichen Wert an, schlug sich mir auf den Magen. Jeannette versuchte sich an Guido zu klammern, aber er sah sie kaum an, er schien sich viel mehr für Louise zu interessieren. Sein nächtlicher Motorradausflug hatte alle Beziehungen innerhalb der Gruppe durcheinandergebracht, denn Nick machte jetzt Anne den Hof, und Tricia fühlte sich zu Willie hingezogen, Rachel legte sich mit tropfenden Haaren dicht neben mich. Ich hatte das unwirkliche Gefühl, hier zu sein und schon abgefahren zu sein, und das gab der leisesten Gefühlsschwankung unglaubliche Intensität.

Um eins ging ich in der prallen Mittagssonne zum Dorf hinauf; das Postamt war geschlossen. Ich hätte es wissen müssen, aber eine Strömung der Unvermeidlichkeit hatte mich erfaßt und riß mich mit; meine Versuche, dagegen zu reagieren, waren zaghaft und widersprüchlich. Ich spielte immer noch mit dem Gedanken, Roberta und unsere Verabredung in Piräus sausenzulassen, auch ohne es ihr zu sagen; ich war mir sicher, daß sie es schaffen würde, sich den Urlaub auf andere Weise zu organisieren, sie war nicht der Typ, der sich von solchen unvorhergesehenen Ereignissen schrecken ließ.

Statt dessen ging ich ins Zimmer hinauf, um mit leiser, selbstquälerischer Genugtuung beim Anblick von Jeannettes immer noch überall herumliegenden Sachen zu packen. Ich bezahlte bei der Griechin meine Rechnung, erläuterte ihr, daß meine Freunde noch dablieben: höflich und distanziert wie einer, der im Begriff steht, sich vom Leben auszuschließen.

Ich hatte keine Lust, mich von jemandem zu verabschieden, allein der Gedanke, nochmals zum Strand zu gehen und reihum allen die Hände zu drücken oder sie zu umarmen, erfüllte mich mit bodenloser Traurigkeit. Ich lud meine Sachen aufs Motorrad und fuhr rasch in die Ebene hinunter, raste auf der glühendheißen Straße in Richtung Mitilini davon.

Dreiundzwanzig

Roberta war pünktlich am Informationsbüro in Piräus: ich sah sie auf mich zukommen, hübscher als ich sie in Erinnerung hatte; blasser als die Mädchen, an die ich jetzt gewöhnt war, in ganz anderem Stil gekleidet. Sie sagte mir, ich käme ihr verlottert, abgemagert und müde vor. Mir war nicht klar, ob in ihrem Blick auch Argwohn lag; mein Wahrnehmungsvermögen schien außer Funktion.

Wir traten in eins der von Menschenmassen belagerten Reisebüros. Roberta sagte, sie habe über die Insel Paros viel Gutes gehört; ich antwortete, daß es mir recht sei. Im Hafen wimmelte es noch viel mehr von Touristen als damals, als ich mit Guido hier gewesen war, die Hitze war unerträglich.

Dann saßen wir auf einer Bank auf dem Schiffsdeck, und Roberta erzählte mir von ihren Problemen in der Werbeagentur: von den Spannungen mit den Arbeitgebern und Kollegen, von ihren Berufsaussichten und all dem Zeug. Ich hielt die Augen halb geschlossen und nickte zustimmend, ich fragte mich, warum ich sie nur angerufen hatte.

Paros war eine große, von griechischen und deutschen und italienischen Familien frequentierte Insel mit Autos voller Kindern und Badeausrüstungen und Kühltaschen und Schlauchbooten: schon nach dem ersten Kilometer wußte ich, daß ich hier auch nicht einen Schatten der Atmosphäre auf Lesbos wiederfinden würde.

Nach stundenlangem verzweifeltem Herumlaufen auf

der Suche nach einem Platz zum Schlafen landeten wir schließlich in einem Hotel der gehobenen Preisklasse, verausgabten für eine Nacht, womit ich in Methymna eine ganze Woche ausgekommen war. Wir liebten uns auf einem breiten Bett mit gestärkten Laken, und obwohl mich die Vertrautheit unserer Zuneigung rührte, kam es mir vor, als durchlebte ich lediglich Empfindungen, die wir beide nur allzu gut kannten, ohne daß sie uns je überrascht oder überwältigt hätten.

Am nächsten Morgen fanden wir ein bescheideneres Hotel an einem Strand mit feuchtem Sand, aber wir wußten schon nicht mehr, was wir miteinander reden sollten. Ich fühlte mich wie jemand, der für einen Augenblick ein herrliches Panorama erschaut hat und sich widerstandslos hat wegführen lassen: ich schwamm und sonnte mich und machte Spaziergänge, stellte mir die ganze Zeit vor, woanders zu sein.

Zwei Tage später sagte ich zu Roberta, ich wolle wieder nach Lesbos, und sie war betroffen über meinen Drang zu fliehen, der mir mit den Worten hochkam. Mit wenigen entscheidenden Auslassungen erzählte ich ihr von den Tagen und Nächten, die ich mit Guido und den anderen dort verbracht hatte, bis sie mich fragte, warum ich ihr nicht gleich vorgeschlagen hätte, dorthin zu fahren, statt so passiv mit ihr nach Paros zu kommen. Die Routine unserer Beziehung langweilte sie genauso wie mich, auch wenn mir das damals noch nicht bewußt war; sie wollte ebenso wie ich davon loskommen.

Aber als wir uns im Hafen erkundigten, entdeckten wir, daß es von Piräus aus jede Woche nur zwei Schiffe nach Mitilini gab. Wir blieben noch zwei weitere Tage im Exil in Paros; wir zählten beide die Stunden.

Schließlich fuhren wir nach Athen zurück und schifften

uns nach Lesbos ein. Ich versuchte nicht daran zu denken, wie Roberta sich in unseren Gruppengeist einfügen würde; ich hoffte, es würde sich von selbst ein neues Gleichgewicht herstellen. Wir schliefen nicht auf Deck, weil sie fror, sondern in einer Kabine zweiter Klasse, eingesperrt zwischen dick mit Farbe überstrichenen Metallwänden.

Am nächsten Morgen waren wir in Mitilini; wir rannten hinaus, sobald die Luken geöffnet wurden, fuhren in der Gluthitze ohne anzuhalten bis nach Methymna.

Wir gingen sofort zum Kieselsteinstrand, suchten vorher nicht einmal eine Übernachtungsmöglichkeit. Ich hatte nur die Blicke und Gespräche im Kopf, die ich genau an dem Punkt wieder aufzunehmen gedachte, wo ich sie abgebrochen hatte. Roberta lief einen Schritt hinter mir, ein wenig steif, aber jetzt auch schon neugierig auf das Sortiment ungewöhnlicher Leute, die ich ihr geschildert hatte.

Und auf der ganzen weiten Fläche grauer Kieselsteine lagen nur zwei oder drei Touristenpärchen, die ich nie zuvor gesehen hatte.

Roberta und ich badeten, versuchten die Enttäuschung, den Staub und Schweiß der Reise wegzuwaschen. Wir hatten keine Kraft mehr, zum Motorrad zurückzukehren; wir blieben liegen, schwammen und sonnten uns, ohne miteinander zu sprechen.

Gegen Abend gingen wir nach Methymna hinauf, aber das alte Städtchen war von Touristen ganz anderen Schlags belebt als in meiner Erinnerung, Pärchen und Familien und Gruppen mittleren Alters, die lärmend die kleinen Restaurants und Stoffgeschäfte und Keramikläden stürmten, sich klappernd und schlurfend die engen Gäßchen hinaufschleppten. Roberta sah mich an, verwundert, wie wenig meine Erzählungen mit der Wirklichkeit übereinstimmten.

Vor dem Haus, in dem ich mit Jeannette geschlafen hatte, blieb ich mit Roberta stehen; die alte Hauswirtin stand in der Tür. Als ich sie fragte, ob Guido und die beiden Französinnen noch da seien, bog sie den Kopf zurück, schloß die Augen und schnalzte verneinend mit der Zunge. Allmählich kam mir das Ganze wie eine Rückkehr nach jahrelanger Abwesenheit vor, wenn nichts mehr so ist, wie es einmal war: voller Nostalgie sah ich mich um, folgte den Schatten unwiederbringlicher Gefühle.

Wir gingen zu Costas Restaurant. Er begrüßte mich überschwenglich, obwohl er viel zu tun hatte: auf italienisch fragte er mich »Hej, Mario, wo ist Guido?« Ich erwiderte, daß ich das auch gern wüßte, ich sei auf der Suche nach ihm. Er sagte, er habe seit Tagen keinen von unserer Clique mehr gesehen, alle seien plötzlich verschwunden gewesen. »Nur Willie noch da«, sagte er.

Roberta hatte Hunger, also setzten wir uns an einen freien Tisch mitten in der lärmenden Menge. Da waren Deutsche mit kehligen Stimmen, die sich mit Pommes frites vollstopften und wüst lachten, lasche Italiener, die sich beschwerten, daß es kein italienisches Essen gab, und sich das Haar glattstrichen, vom Bier stockbetrunkene Engländer. Mir war, als sähe ich nur nationale Stereotypen, wo es zuvor facettenreiche Neugier aus den verschiedensten Blickwinkeln gegeben hatte; Kau- und Schluckbewegungen, wo vorher überraschende Schilderungen anderer Welten gewesen waren.

Nach dem Essen bummelten wir durch das Dorf und trafen Willie. Er sah mich als erster, schon von weitem, brüllte so laut »Mario!«, daß sich alle Leute nach uns umdrehten. Wir umarmten uns, klopften uns in der von

Guido übernommenen Art auf die Schultern, sagten uns, wie wir uns über das Wiedersehen freuten. Er stellte mir eine Skandinavierin namens Tove vor, die bei ihm war, ich stellte ihm Roberta vor.

Ich fragte ihn, wo Guido sei; er sagte, der sei zwei Tage nach mir mit Jeannette und Nick und Louise nach Athen abgereist und habe vorgehabt, von dort aus nach Santorin oder Kreta zu fahren. Die anderen hatten sich einen Tag später eingeschifft, jeder mit einem anderen Ziel. »Die Situation war ziemlich wirr zum Schluß«, sagte er. Von Rachel sprach er nicht, aber es war klar, daß auch seine Beziehung zu ihr die Wirren nicht überstanden hatte.

Dann sahen wir uns mitten im Touristenstrom an, mit Roberta und Tove neben uns, und merkten, daß sich die ganze freundschaftliche Überschwenglichkeit in den ersten Worten erschöpft hatte. Ohne Guido, der die Rolle eines jeden ins Licht rückte und in Beziehung zu den anderen setzte, waren wir wie Schauspieler ohne Regisseur: in uns selbst zurückgezogen, unfähig, auf eigene Faust weiterzuspielen. Wir versuchten uns für den Abend etwas einfallen zu lassen, aber wir wußten, daß wir die Atmosphäre, die in unserer Gruppe geherrscht hatte, nie wieder würden herstellen können. Wir ließen uns von den Verständigungsschwierigkeiten besiegen; verabredeten uns für den nächsten Tag am Strand.

Alle Zimmer in Methymna waren belegt; Roberta und ich übernachteten im Schlafsack auf der Wiese unterhalb des Dorfs, am nächsten Morgen machten wir uns auf die Suche nach einem weniger überlaufenen Ort. In einem kleinen Fischerdorf an der Südküste fanden wir ein Zimmer, verbrachten vierzehn Tage reinster Langeweile, genau wie in den zwei Sommern vor diesem.

Ab und zu fragte ich mich, was Guido mit Jeannette und Louise und Nick auf Santorin oder Kreta tun mochte: wie viele andere unwahrscheinliche Möglichkeiten er zusammengebracht hatte.

Vierundzwanzig

Im September war die Situation wieder so wie im Jahr zuvor, nur ein wenig schlimmer.

Guido war immer noch weg, er schrieb nicht und ließ auch sonst nichts von sich hören. Seine Mutter sagte mir, er sei nach London gegangen, hatte aber keine Ahnung, wo er wohnte und wie lange er bleiben wollte. Sie hielt mich zehn Minuten am Telefon fest, voller mütterlicher Besorgnis, Befürchtungen, daß Guido auf die schiefe Bahn geraten sein könnte. Es war seltsam, ihre ängstliche, lebensferne Stimme zu hören, wenn man an die Weltläufigkeit dachte, die sich ihr Sohn mühsam angeeignet hatte, um Grenzen zu überschreiten, die er nicht hinnehmen wollte.

Ich ging wieder zur Universität, fast nur, um mich den Blicken meiner Mutter zu entziehen, wenn sie morgens kam, um mich aus dem Bett zu werfen. Ich ging zu Fuß hin, immer in der Hoffnung, unterwegs auf Unvorhergesehenes zu stoßen: ein in Flammen stehendes Haus oder ein tolles Mädchen, irgend etwas, das mein Leben aus seiner immergleichen, sinnlosen Bahn hätte reißen können.

An der Universität sah ich in die Schaukästen der Institute, lief an den Hörsälen vorbei, wo die Vorlesungen stattfanden, strich durch graue, neonbeleuchtete Gänge, stieg Treppen hinauf und wieder hinunter. Die Neostalinisten der ›Studentenbewegung‹ folgten immer noch ihren selbstbeweihräuchernden Ritualen, stellten drohend ihre Männlichkeit zur Schau, verkauften ihre Propagandaschriften und -plakate und -schallplatten in der ehemaligen Universitätsbuchhandlung; ich wunderte mich, daß sie es noch nicht leid waren.

Hin und wieder sagte ich zur Beschwichtigung meiner Familie, daß ich mich gerade auf ein Examen vorbereite; hin und wieder bereitete ich mich wirklich auf eines vor, was aber keinen großen Unterschied machte.

Roberta und ich waren wie ein Ehepaar mittleren Alters, wo sich jeder auf seinem eingefahrenen Gleis bewegt, ohne sich vom anderen noch die kleinste Überraschung zu erwarten oder ihm den kleinsten Spielraum zur Veränderung zu lassen. Sie war von ihrer Arbeit zunehmend beansprucht: wenn wir abends miteinander telefonierten, redete sie kaum einmal von etwas anderem. Oft sagte sie, sie sei zu müde, um mich zu sehen, und riet mir, ebenfalls früh schlafen zu gehen. Erleichtert schoben wir unsere Begegnungen auf, wir wußten, daß wir in der Zwischenzeit ohnehin nicht viel versäumten.

Samstags oder sonntags machten wir einen Ausflug mit dem Auto, das sie sich gekauft hatte. Wir fuhren zu den Seen oder aufs Land südlich von Mailand, wo es flach und feucht war, und wenn wir durch die eng verflochtenen Industrieansiedlungen und Schlafstädte wieder nach Hause fuhren, stieg eine Art Weltekel in mir auf, der mir den Atem nahm.

Wenn ihre Eltern nicht da waren, verbrachten wir manchmal die Sonntagnachmittage bei ihr zu Hause und schliefen einfach ein: sanken träge auf das Sofa, von totaler Emotionslosigkeit überwältigt.

Mir war bewußt, daß sich zwischen uns alles unaufhaltsam verschlechterte, doch anstatt darüber zu erschrecken, lauerte ich mit morbidem Vergnügen auf dieses Gefühl. Ich war so ziellos, daß mir jede noch so destruktive und grausame Veränderung eine willkommene Abwechslung bedeutete. So empfand ich zum Beispiel einen vagen Reiz, als ich hörte, daß ein Verwandter meiner Mutter gestorben war, oder als ich in der Zeitung von einem entsetzlichen Erdbeben auf den Philippinen las. Ich hatte immer mehr das Gefühl, ein Zuschauer zu sein; immer weniger selbst am Leben teilzunehmen.

An einem Samstagnachmittag kam ich zu Roberta, und sie erschien mir noch nervöser als sonst, blickte ständig umher, verrückte alle paar Sekunden irgendeinen Gegenstand. In der Küche, mit der Hand auf der offenen Kühlschranktür, sah sie mir schließlich in die Augen; sagte, sie habe seit zwei Monaten etwas mit einem anderen.

Ich nahm, glaube ich, für einige Sekunden einen schokkierten Ausdruck an, aber ihre Mitteilung rief in mir so etwas wie eine leise und flüchtige bittere Freude hervor. Ich dachte an die ganz umsonst aufgegebene Atmosphäre auf Lesbos, wo ich mich eines der seltenen Male in meinem Leben wirklich im Zentrum einer erregenden und schwer voraussehbaren Situation gefühlt hatte. Ich dachte daran, daß es zwischen uns in Wirklichkeit schon seit mindestens zwei Jahren aus war und mir nur die Kraft gefehlt hatte, es zur Kenntnis zu nehmen; wie ich dazu neigte, mich ohne zu reagieren im Ablauf der Dinge zu verfangen und darauf zu warten, daß mich jemand herausziehen möge.

Roberta war höflich und bestimmt: sie sagte, wir hätten keinen Grund, nicht Freunde zu bleiben, auch wenn wir uns jetzt vielleicht eine Zeitlang besser nicht sehen sollten; sie riet mir, irgendeine seriöse Arbeit zu suchen oder wenigstens zu verreisen. Ihr Entschluß mußte so lange in ihr herangereift sein, daß ihre Sätze fast rezitiert wirkten, aber hinter dem trockenen Klang stand das sehr lebhafte Bedürfnis, einen Schlußpunkt zu setzen, mir keinen Rückweg offen zu lassen.

Ich sagte ihr, daß sie völlig recht habe und es für uns beide das Beste sei, schade nur, daß wir erst so spät darauf gekommen seien; wenigstens mit meiner unverhofft gelassenen Herzlichkeit gelang es mir, sie zu überraschen.

Auf dem Heimweg verflog meine Freude über die Veränderung; als ich in meinem Zimmer war und die Tür geschlossen hatte, fühlte ich mich tiefer als zuvor in Depression versinken, hinabgezogen von meinen eigenen Mängeln und Fehlern. Ich begann wieder darüber nachzugrübeln, wie anders ich hätte sein können, wenn mein Vater nicht Alkoholiker gewesen wäre und sich von meiner Mutter getrennt und dann umgebracht hätte; wenn er mich in einem anderen Land oder in einer anderen Zeit oder einer anderen Stadt hätte aufwachsen lassen, mit einem anderen Charakter und anderen Begabungen.

Fünfundzwanzig

Im Juni legte ich an der Universität ein Examen in Neuerer Geschichte ab. Hinter mir auf der Liste stand eine Arbeitsgruppe von vier Studenten, sie fragten mich, ob ich mich ihnen anschließen und ihnen dafür das Warten ersparen wolle. Ich sagte ja; auch sie waren von der Warterei zermürbt, schienen sich aber keine Sorgen zu machen. Wir setzten uns wie eine Mauer vor den Professor, und einer von ihnen legte mit einer kleinen Abhandlung über die ›Lage der arbeitenden Klasse in England‹ von Engels los. Seine Sprechweise war voller lexikalischer Ausrutscher, voller Gemeinplätze, die er den falschen Kontexten überstülpte. Er leierte in einem mechanischen Tonfall, den er im Lauf wer weiß wie vieler Prüfungen entwickelt haben mußte, ohne die geringsten Stimmvariationen. Hin und wieder schien ihm das selbst aufzufallen, dann gab er sich einen Ruck, brachte ein Schlüsselwort oder gar einen ganzen Schlüsselsatz mit unerwarteter Überzeugungskraft hervor.

Der Professor stützte sich auf den Ellenbogen und blickte woandershin; wenn er den Kopf zu uns drehte, glaubte ich in seinen Augen einen unter Schichten von Resignation vergrabenen tiefen Groll zu erkennen. Einmal nur griff er ein, um ein allzu ungenaues Zitat zu korrigieren, ansonsten ließ er die Dinge laufen; er blickte auf eine spitzbusige Assistentin, auf die Dutzende Studenten, die dichtgedrängt darauf warteten, daß sie an die Reihe kamen. Schließlich sagte er »Das genügt«. Er ließ sich unsere Studienbücher geben und füllte sie aus, reichte sie an seine Assistentin weiter, die die Noten ins Register eintrug.

Als wir den Hörsaal verließen, kam ich mit einem aus der Arbeitsgruppe ins Gespräch, der Aurelio Moscardi hieß. Er war groß und mager, hatte die Haare zu einem Pferdeschwanz zusammengebunden und schielende Augen hinter kleinen runden Brillengläsern. Er sagte mir, er habe sich nur an der Universität eingeschrieben, um den Militärdienst hinauszuschieben; er wolle noch ein, zwei Prüfungen machen und dann abhauen, eine Reise nach Indien machen.

Wir gingen in den kleinen Bogengang hinaus, wo einige Studenten auf dem Rasen saßen und Bücher lasen; wir setzten uns ebenfalls, und er drehte sich einen Joint. Seine absolute Lässigkeit erstaunte mich: seine Art, den Rauch hinauszublasen, als brauche er nichts zu verbergen.

Wir entdeckten, daß wir ähnliche Ansichten über Mailand und über unsere Studentenrolle hatten, über die Möglichkeit, auf unbestimmte Zeit dabei zu bleiben. Zum Ausgleich hatte er sich eine Perspektive mit fernen geographischen und kulturellen Bezugspunkten aufgebaut, mit Denkweisen und Rhythmen und Melodien, die ihm viel interessanter als unsere eigenen erschienen. Die geplante Indienreise war Teil dieser Perspektive, sie schien seine ganze Aufmerksamkeit zu absorbieren.

Wegen seiner Augen fand ich keine natürliche Art und Weise, ihn anzusehen; aber ich brauchte verzweifelt Freunde, und nachdem wir eine halbe Stunde gequatscht hatten, glaubte ich, einen gefunden zu haben.

Wir sahen uns wieder und gingen zusammen ins Kino oder liefen durch die Innenstadt; wir legten in einer nur zu diesem Zweck gebildeten Arbeitsgruppe eine Prüfung in Anthropogeographie ab, bekamen eine eins, ohne ein Wort gesagt zu haben. Die Kommunikation zwischen uns war unkompliziert, ohne große Ansprüche auf keiner der beiden Seiten, ohne Bemühungen um Anpassung oder gegenseitiges Verständnis. Er kiffte beinahe unentwegt, und auch ich fand allmählich Geschmack daran: die Art, wie die Konturen der Dinge zu verschwimmen, mit der sie umgebenden Leere zu verschmelzen schienen, beruhigte mich. Es war nicht so angenehm wie die Kifferei auf Lesbos in dem dichten Geflecht von Anregungen und lebendigen Gefühlen, aber es half mir, meine ungelösten Lebensprobleme zumindest ein wenig von mir zu schieben, milderte ihre Dringlichkeit.

Wir rauchten und trieben uns in der feindseligen Stadt herum, und Aurelios Schilderungen seiner bevorstehenden Indienreise erschienen mir immer verlockender. Bald begann ich mit ihm über die Reiseroute durch Jugoslawien und Griechenland und die Türkei und Afghanistan zu diskutieren; wir beschlossen, gemeinsam zu fahren.

Meine Mutter und ihr Mann waren beglückt, daß ich eine weitere Prüfung geschafft hatte, sie gratulierten mir und ermunterten mich weiterzumachen. Ich hörte ihnen zu wie jemand, der sich Gefühle erschwindelt, und nutzte ihre gute Laune trotzdem aus, sie um das Geld zu bitten, das ich brauchte, um mit Aurelio nach Indien zu fahren.

Meine Mutter sagte, sie freue sich, wenn ich etwas von der Welt sähe, aber sie könne nicht verstehen, warum es ausgerechnet Indien sein müsse. Allmählich fiel ihr, glaube ich, mein bekiffter Blick auf, auch wenn sie ihn nicht mit der direkten Ursache in Verbindung brachte. Ihr Mann sagte: »Dort leben sie ja selbst wie die Hunde«, und empfahl mir, lieber nach Frankreich oder England zu fahren. Ich mußte noch eine weitere eins in Geschichte machen, bevor ich sie überzeugen konnte, daß die Indienreise auch im Hinblick auf mein Studium eine nützliche Erfahrung sein konnte. Mir war klar, daß es falsch und schäbig von mir war, doch dieses Bewußtsein war unter meiner Gleichgültigkeit verschüttet; das Kiffen half mir, es nicht emporkommen zu lassen.

Mitte Juli fuhr Aurelio vor dem Haus vor, um mich abzuholen. Meine Mutter und ihr Mann wollten unbedingt mit hinausgehen; bestürzt starrten sie auf den mit Taschen und Schlafsäcken und Wasser- und Benzinkanistern und Gaskochern und Töpfen in verschiedenen Größen bis unters Dach vollgestopften alten vw. Ich packte meinen Kram dazu, trieb Aurelio zur Eile, um mir rührselige Abschiedsszenen zu ersparen.

Das Auto gab ein unablässiges Dröhnen und intermittierendes Röcheln von sich: bei neunzig Stundenkilometern war der Lärm so stark, daß wir brüllen mußten, um uns zu verständigen. Aurelio brüllte mir zu, ich solle mir keine Sorgen machen, er habe den Wagen seit drei Jahren, er sei schon immer so gewesen. Bald steuerte er nur noch mit einer Hand, zerbröselte mit der anderen Haschisch und Tabak. Er wollte nicht, daß ich das Lenkrad hielt; es bereitete ihm ein beiläufiges Vergnügen, sich in gefährlichen Situationen diesen Operationen zu widmen.

An der jugoslawischen Grenze ließen uns die Grenzbeamten alles Gepäck ausladen, durchwühlten es, als seien sie sicher, etwas zu finden. Ich war vor Sorge erstarrt, Aurelio indes verfolgte die Szene mit der gleichen Lässigkeit, mit der er sich an der Universität in eine Prüfungsgruppe einschlich. Kaum hatten die Grenzer uns fahren lassen, da zog er schon triumphierend die Haschischstange hervor, die er, sorgsam in Stanniol verpackt, in seinen Schuhen versteckt hatte. Er summte einen häßlichen Schlager von vor zehn Jahren vor sich hin, wiegte seinen durch den Pferdeschwanz kleiner wirkenden Krauskopf hin und her, und schon waren wir aus Italien draußen und fuhren fernen Zielen entgegen; einen Augenblick lang schauderte mir bei dem Gedanken, das mit einem wie ihm zu tun.

Am ersten Tag legten wir ohne etwas zu essen vierhundert Kilometer zurück, betäubt vom Haschisch und von der Hitze und vom Lärm. Jedesmal, wenn wir an einer Ortschaft vorbeikamen und ich vorschlug, anzuhalten und wenigstens Brot und Käse zu kaufen, fuhr Aurelio unter irgendeinem Vorwand weiter: er tat, als hätte er mich zu spät gehört, sagte »Im nächsten«. Wir rauchten in einem fort, unsere Reflexe wurden immer langsamer.

Am zweiten Tag gab er zu, daß es ihm nicht behagte, Geld für Essen auszugeben, er würde es sehr viel lieber dafür verwenden, in der Türkei neues Haschisch einzukaufen und länger unterwegs zu bleiben. Die indischen Weisen, sagte er, äßen fast nichts und erreichten dabei in bester Form ein hohes Alter, das könnten wir doch auch probieren. Diese Anschauung mußte auf einem fast krankhaften Geiz und einem totalen Mangel an Geschmacksinn gediehen sein, der ihn die ranzigen Erdnüsse, die er eines Tages in einem Dorfladen klauen konnte, köstlich finden ließ.

Sogar wenn ich an den Ständen am Straßenrand Feigen und Weintrauben kaufen wollte, mußte ich kämpfen, und selbst dann brachte Aurelio es fertig, mit den freundlichen Bäuerinnen, die sie verkauften, zehn Minuten lang zu feilschen, mir ein schlechtes Gewissen zu machen, wenn ich aß.

In Jugoslawien ging das Auto zweimal kaputt, das zweite Mal in einem Ort namens Titovo. Es goß in Strömen, und die ganze Einwohnerschaft schien ausschließlich damit beschäftigt, auf einen durch die Hauptstraße fließenden Schlammstrom zu starren. Aurelio hatte eine außergewöhnliche Fähigkeit, sich zu verfahren und es nicht zuzugeben; an jeder Kreuzung wählte er die falsche Richtung, folgte ihr zig Kilometer, bevor er sich zum Umkehren entschloß. Er benutzte die Tatsache, daß er der Eigentümer des Autos war, als Machtinstrument, das er immer dann ausspielte, wenn wir in irgend etwas uneins waren. Abends fand er unweigerlich die feuchteste und schmutzigste Stelle, um unsere Schlafsäcke auszubreiten; morgens schlief er bis weit in den Tag hinein, selbst wenn wenige Meter über unseren Köpfen ein Bagger arbeitete. Allmählich wuchs in mir eine regelrechte physische Abneigung gegen ihn, so daß zuletzt schon ein Wort oder eine Handbewegung von ihm genügte, mich in Rage zu bringen.

Wir brauchten acht Tage, bis wir die griechische Grenze erreichten, aber bei unserer Art zu reisen hätten es auch ein oder zwei Monate sein können. Aurelio und ich sprachen fast nur noch miteinander, um zu streiten: jeder Wegweiser, jedes Lebensmittelgeschäft diente als Vorwand. Sein absolutes Desinteresse an der Landschaft, durch die wir fuhren, die Trägheit seiner sich im Kreis drehenden Gedanken, die schlaffe, aber beharrliche Art, wie er mich weiterhin hinderte, zu essen oder das Auto zu steuern, waren mir unerträglich.

In der Türkei machte er im ersten größeren Dorf halt, ließ mich zur Bewachung des Autos in der sengenden Sonne stehen, bis er mit einem neuen Stück Haschisch und einem Kügelchen Opium zurückkehrte. Beides zusammen kostete unsere gemeinsame Kasse weit mehr, als wir am Essen eingespart hatten, doch dieses Geld hielt er für gut angelegt, seine Augen glänzten vor Freude. Wir rauchten das Opium, das wir mit Tabak mischten, dann das Haschisch; mein Hunger ließ nach, ebenso meine Unduldsamkeit gegen Aurelio. Im Hintergrund war beides noch vorhanden, aber es machte mir nicht mehr viel aus, wie mir jetzt auch die Reise und alles andere ziemlich egal war. Ich wollte nur weit weg von Mailand sein und von meiner Familie und den vor mir hergeschobenen Entscheidungen; so lang wie möglich nicht zurückkehren.

Hundert Kilometer hinter Istanbul begann eins der vielen dröhnenden Geräusche des Autos die anderen zu überwiegen, wurde binnen weniger Minuten zu einem alles übertönenden Getöse. Wie immer weigerte sich Aurelio zuzugeben, daß etwas nicht stimmte; erst als der Lärm ohrenbetäubend wurde, fuhr er langsamer. Fünf Kilometer vor einer Ortschaft namens Talmit verebbte das Dröhnen in einer dumpferen Frequenz, das Auto bewegte sich rukkelnd und stoßweise voran wie eine sterbende alte Hornisse.

Wir schafften es, den Wagen bis ins Dorf zu schieben, fanden einen jungen Mechaniker, der in einer Stunde den Motor auseinandernahm, Stück für Stück auf den Fußboden der Werkstatt legte und ihn nicht wieder zusammenbauen konnte. Er probierte es stundenlang, indem er schweißtriefend und wütend mit dem Schraubenschlüssel darauf herumschlug; dann spuckte er auf den Boden, gab uns durch Zeichen zu verstehen, daß es schon spät sei und wir am nächsten Tag wiederkommen sollten. Ich drängte ihn weiterzumachen, aber das Haschisch und die mangelhafte Ernährung hatten mir die Kraft geraubt, ich machte wohl keinen sehr überzeugenden Eindruck auf ihn. Aurelio wankte mit gleichmütigem Gesichtsausdruck umher, als mache es für ihn nicht den geringsten Unterschied, ob wir in Talmit blieben oder nach Indien gelangten oder auch nach Mailand zurückfuhren.

Wir nahmen die wichtigsten Taschen und die Schlafsäcke und machten uns auf die Suche nach einem Schlafplatz. Es waren kaum Leute auf der Straße, und die wenigen, die unterwegs waren, musterten uns mit feindseligen Blicken. Das Gehen kostete mich große Mühe; immer wieder dachte ich, wieviel lieber ich in Italien gewesen wäre, mit einem netten Mädchen, das mich gern hatte. Vor einer Bar stießen wir auf einen halbbetrunkenen Typen, der uns anquatschte, und Aurelio erzählte ihm von unserer Reise, lachte sein meckerndes Lachen, während ich auf einem Stuhl vor mich hindöste. Der Typ erbot sich, uns für die Nacht ein Zimmer zu vermieten: als Aurelio es mir mitteilte, sah ich ganz deutlich ein Bild von uns beiden vor mir, wie wir am nächsten Morgen aufwachten und unsere Taschen und Brieftaschen verschwunden waren. Aber ich war todmüde, und mir war, als sei ich am Geschehen gar nicht wirklich beteiligt; ich sagte zu ihm, mir sei es recht.

Und am nächsten Tag wachten wir auf, und unsere Taschen und Brieftaschen waren verschwunden. Der Mechaniker weigerte sich, uns das Auto zurückzugeben, das im übrigen noch immer ohne Motor war; er bezahlte uns die Busfahrt nach Istanbul im Tausch gegen unsere gesamte Reiseausrüstung.

In Istanbul liefen wir in der schrecklichen Hitze und in

dem Chaos umher, zwischen Geschrei und Gehupe und den erschöpft dreinblickenden Touristenschwärmen. Aurelio bewegte sich wie ein Automat vorwärts, noch zu angetörnt vom letzten Opium und Haschisch, um mir zu antworten, wenn ich mit ihm sprach. Auf einem kleinen Platz sah er einen Rot-Kreuz-Bus stehen, mit einem Schild, auf dem auf Englisch stand ›Zehn Dollar für ein Pint Blut‹; zielstrebig ging er darauf zu.

Ich wartete draußen auf ihn: als er herauskam, war er leichenblaß, der Pfleger mußte ihn stützen und auf eine Bank setzen. Ich hatte nicht die geringste Absicht, es auch zu tun, aber ich war so schlapp und müde, daß ich mich trotzdem hineinführen, mir mit einem Gummiriemen den Arm abbinden, mir mit einer mordsgroßen Nadel hineinstechen ließ. Dann sah ich in dem Meßglas mit Kubikzentimeterskala mein Blut emporsteigen, Strich um Strich bis zur Fünfzigermarke und höher. Der Pfleger tat, als sähe er es nicht, er plauderte mit seinem Kollegen, der die gleiche Gangstervisage wie er hatte. Mit dem Rest von Stimme, der mir noch geblieben war, fing ich zu schreien an; er zog die Nadel heraus, sah mich mit dem hämischsten Lächeln an, das mir je begegnet war.

Er schob mir die zehn Dollar in die Hand und brachte mich hinaus, und kaum war ich draußen im grellen Sonnenlicht, wurde mir schwarz vor den Augen.

Sechsundzwanzig

Ich lag den ganzen Tag im Bett, umgeben von Stapeln von Zeitungen und Illustrierten und Büchern, die ich nicht las. Ich antwortete auf keine Frage; verharrte so bewegungslos wie ich konnte in meinem Privatklinikzimmer, in dem die Krankenschwestern aus und ein gingen und meine Mutter mir gezuckerte Pfirsichschnitze reichte.

Mit professioneller Gelassenheit sagte mir der Arzt allmorgendlich, daß mein Erschöpfungszustand organisch völlig überwunden, alle Blutwerte wieder normal seien. Ich tat, als hörte ich ihn gar nicht; ich drückte meinen Kopf in das doppelte Kissen und drückte mich vor jeder Verantwortung, vor den Entscheidungen und unerträglichen Anforderungen des Lebens.

Ab und zu kam mir wieder in den Sinn, was Guido über das gestörte Gleichgewicht, über die permanente Aggression feindseliger Materialien, über die verkommenen Gefühle gesagt hatte. Ich dachte an das Gewirr von Straßen und Betonklötzen, das unmittelbar draußen vor meinem Zimmer begann: an die Geräusche und Gerüche und Beziehungen in der mit den übelsten Motivationen erbauten Stadt. Am liebsten hätte ich keinen Arm und kein Bein mehr bewegt, mich für immer in mich selbst zurückgezogen.

Der Arzt begann einen anderen Ton anzuschlagen, mir klarzumachen, daß ich nicht so weitermachen und auf so infantile Weise den Kopf in den Sand stecken konnte. Auch der Mann meiner Mutter hielt mir Vorträge über das

Erwachsensein, über die Fähigkeit, dem Leben ins Auge zu sehen; er sagte, mit zwei Bekloppten, die freiwillig und unter großem Energieaufwand in die Türkei fahren, um dort zu verhungern, habe er nicht das geringste Mitleid. Sogar Aurelio Moscardi kam mich besuchen, mit einer scheußlichen Sammlung amerikanischer Psychodelic-Comics, und machte den Eindruck, als habe er seine Sparflammen-Vitalität völlig wiedererlangt. Meine Mutter arrangierte diese Besuche mit der Vorstellung, sie würden Reaktionen in mir hervorrufen, und war verzweifelt, als sie sah, daß sie keine Wirkung hatten.

Mir war klar, daß meine Lage immer peinlicher wurde, aber ich versuchte, nicht allzu viel daran zu denken, meine alte Fähigkeit, Mißbehagen nicht an mich heranzulassen, noch zu steigern. Ich sah fern, ich schlief; die Tage vergingen, es gab nichts, worauf ich Lust gehabt hätte. Der Arzt hatte es treffend ausgedrückt: ich steckte den Kopf in den Sand, und das erschien mir viel besser, als ihn hochzustrecken.

Dann vernahm ich eines Nachmittags mehrstimmiges Geflüster, das vom Korridor kam; mit einem sonderbaren Gesichtsausdruck trat meine Mutter mit ihrer Schwester ins Zimmer. Sie kam ein paar Schritte auf mein Bett zu und brach in Tränen aus. Sie sagte, daß ihr Mann um elf Uhr vormittags einen Herzinfarkt erlitten habe und gestorben sei.

Und ich sah, wie sich in der durchsichtigen Hülle, die mich umgab, ein Sprung bildete, sich diagonal fortsetzte und sie im Bruchteil einer Sekunde sprengte: mit einem Schlag war ich schutzlos ausgeliefert, ohne den geringsten Filter zwischen mir und den schrill von allen Seiten auf mich einstürzenden Emotionen.

Der Mann meiner Mutter war stets ein so stabiler, gerade wegen seines beschränkten Wesens solider Faktor meiner Umgebung gewesen; nie war ich auf den Gedanken gekommen, daß er eines Tages nicht mehr da sein könnte. Ich versuchte mein Leben angesichts dieser neuen Lage zu überdenken; aber es gelang mir nicht. Bis vor einem Augenblick hatte ich mich verhalten wie ein von einem ergebenen Publikum verwöhnter junger Filmstar, und einen Augenblick später war die Hälfte des Publikums gegangen, die andere Hälfte hatte tränenüberströmt die Bühne gestürmt.

Auf ihre Schwester gestützt, weinte meine Mutter jetzt hemmungslos; mit einem Satz sprang ich aus dem Bett und faßte sie um die Schultern, versuchte sie zu beruhigen.

Ich stand das Begräbnis durch, die ganze bürokratische Prozedur mit Formularen und Urkunden und beglaubigten Fotokopien und notariellen Bescheinigungen; gemeinsam mit meiner Mutter setzte ich mich mit dem verhaßten Staatsapparat auseinander, mit einer Entschiedenheit, von deren Existenz ich nie etwas geahnt hatte. Ich glaubte sie in meinen Augen zu sehen, wenn ich mich im Spiegel betrachtete, in meiner Stimme zu hören und in meinen Bewegungen zu spüren. Ich wollte reagieren, meinen Teil des Raums einnehmen, ohne noch länger zu zögern erwachsen werden.

Zweiter Teil

Eins

Der Mann meiner Mutter hatte mir in seinem Testament Geld hinterlassen, unter der Bedingung, es für »etwas Überzeugendes« zu verwenden. Wie der Notar mir erklärte, war der Satz so unbestimmt, daß er nicht als verbindlich, sondern allenfalls als Anregung zu betrachten sei. Ich sagte ihm, daß er mir durchaus nicht unbestimmt vorkäme; daß ich mich jedenfalls daran gebunden fühle.

Mit fünf Jahren Verspätung hatte ich das gleiche Stadium erreicht wie Guido, als er das Gymnasium verließ: ich wollte mich nicht länger über die Dinge beklagen, als wären sie unvermeidlich. Ich hatte keine Lust mehr zu sagen, daß Mailand eine schreckliche Stadt sei, und trotzdem weiter dort zu leben, daß die Universität ein Abstellgleis für Arbeitslose sei, und weiter hinzugehen, daß es krankhaft sei, bei meiner Familie zu leben, und es trotzdem weiterhin zu tun. Ich hatte keine Lust mehr, Hypothesen und Theorien heranzuziehen, um meine Trägheit und Unzufriedenheit zu rechtfertigen. Es kam mir vor, als hätte ich bisher nur von Worten gelebt, in einem Land der Worte, in dem das, was man sagt, viel mehr gilt als das, was man tut; und das hatte ich nun absolut satt. Ich wollte mir ein anderes Leben aufbauen, ein Leben, das greifbar und riechbar und sichtbar war, an einem Ort, der mir behagte: ich wollte meine Sinne benutzen, nichts mehr reden.

Meine Mutter hatte nichts dagegen, daß ich wegging; sie wußte, wie unglücklich ich bisher gewesen war, auf der vergeblichen Suche nach Sinn. Im übrigen hatte auch sie sich verändert, seit ihr Mann gestorben war: unter dem Schleier ihrer Trauer, der sie noch schützte, glaubte ich zu sehen, daß sie sich unbeschwerter bewegte, von freieren Gedanken beflügelt.

Ich kaufte einen robusten kleinen Gebrauchtwagen und einen kompletten Satz Straßenkarten und machte mich auf die Reise durch Italien. Fernab von Industriegebieten und Großstädten, fernab auch von mittleren Ortschaften, drang ich auf holperige Landstraßen vor; ich schlief im Auto oder in dem kleinen Zelt, das mir von den Ferien mit Roberta geblieben war.

Ich suchte wie ein Wünschelrutengänger oder wie ein kranker Hund, der an den Kräutern schnüffelt, die ihm Heilung bringen können. Ich sah mich um und schnupperte in die Luft: ich nahm die Ausstrahlung eines Ortes wahr, die unterirdischen Wasseradern, die Windrichtung, die Lage zur Sonne. Es war nicht leicht, Landschaften zu finden, die noch nicht von Schnellstraßen und Autobahnen zerschnitten und von Wohnsilos und Industrieanlagen und Einkaufszentren verschandelt waren, und selbst wenn ich welche fand, war mir ihre Atmosphäre meist fremd. Manche Orte erschienen mir melancholisch, andere schattig und düster, andere beklemmend grandios, wieder andere so karg, daß sich meine Empfindungen verflüchtigten und mir nur ein Gefühl der Leere blieb. Ich ließ mich nicht entmutigen; ich war bereit, monatelang weiterzusuchen.

Als ich Ende September einen Feldweg auf den Hügeln um Gubbio entlangfuhr, war mir, als begänne in mir ein Ton zu schwingen. Auf einer von Eichen- und Hainbuchenwäldchen im Wechsel mit brachliegenden Feldern umgebenen kleinen Hochebene standen zwei alte Steinhäuser. Sie waren durch etwa fünfzig Meter Wiese voneinander getrennt, beide nach Westen gewandt; das eine breit und quadratisch, das andere schmäler und höher. Ich betrachtete sie aus der Nähe, faßte die Mauern an und roch daran und dachte, dies könnte das Zentrum meines neuen Gleichgewichts sein.

In Gubbio fand ich die Stelle auf den Katasterkarten, wo sie als ›Ortschaft Due Case‹ verzeichnet war; es gehörten zwölf Hektar Mischland und ein Brunnen dazu. Die Erben des ursprünglichen Besitzers waren zwei miteinander zerstrittene Brüder, doch schließlich gelang es mir, sie, was den Verkauf betraf, zu einigen. Ich gab kaum mehr als die Hälfte des Geldes aus, das mir der Mann meiner Mutter hinterlassen hatte; für etwas Überzeugenderes, so schien mir, hätte ich es gar nicht verwenden können.

Als ich jedoch mit einem Maurermeister aus Gubbio zu meinen zwei Häusern zurückkehrte, um mir von ihm sagen zu lassen, was zu machen sei, wies er mich darauf hin, daß sie vom Einsturz bedroht waren: der Mörtel, der die Mauern zusammenhielt, war mit den Jahren bröcklig geworden, die Balken von Holzwürmern zerfressen, die Dächer halb eingefallen. Er lachte, als er hörte, daß ich vorhatte, sofort einzuziehen, sagte: »Wenn Sie drunter begraben werden wollen.«

Der Maurermeister trieb in dem acht Kilometer entfernten Dorf Ca' Persa drei Maurer auf; er begann mit ihnen am größeren Haus zu arbeiten, das ihm solider als das andere erschien. Ich baute mein Zelt auf der Wiese auf, stand jeden Morgen um sechs auf und half bei der Arbeit: ich ließ mir die verschiedenen Techniken erklären, versuchte sie mir während der Arbeit anzueignen. Bald wurden meine Arme und Beine sehr viel kräftiger, ich konnte Lasten tragen, unter denen ich früher zusammengebrochen wäre. Wie ein Verrückter belud und entlud ich den Schubkarren, lief mit Sandsäcken und Mörteleimern, mit fünfzig Kilo schweren Balken auf den Schultern hin und her. Immer wenn ich nicht mehr konnte, setzte ich mich ins Gras und blickte über die Landschaft ringsum, und die Harmonie der Hügel erfüllte mich innerhalb weniger Minuten mit neuer Kraft.

Ich fand wahren Genuß daran, Steine zu schleppen und Holz zu sägen und einzupassen und Schicht für Schicht aufzubauen, bis eine stabile, aber in sich noch sensible Struktur erstand. Ich gab mich ganz dem Rhythmus der verschiedenen Tätigkeiten hin; der rauhen Oberfläche der Steine, der duftenden Maserung des Holzes, der nüchternen Harmonie der Dachziegel. Diese Empfindungen rührten mich an, als seien sie mir aus anderen Zeiten wohlvertraut; als kehrten sie ganz unverändert aus weiter Ferne zurück.

Zu den Maurern hatte ich ein sonderbares Verhältnis. Als ich ihnen am Anfang erklärte, daß ich keine künstlichen Baustoffe verwenden wolle, sahen sie mich an wie einen Verrückten, dann fanden sie allmählich Gefallen an der Idee, gaben zu, daß es ihnen Spaß machte, so zu arbeiten. Aber sie wußten weiterhin nicht, was sie von meiner Besessenheit halten sollten, und konnten nicht begreifen, daß ich in dem winzigen Zelt schlief, nur um mich nicht von diesem einsamen und unwirtlichen Ort entfernen zu müssen. Wenn ich sie fragte, ob sie vor dem ersten Schnee fertig sein würden, schüttelten sie jedesmal den Kopf; sie verstanden nicht, warum ich es so eilig hatte.

Wenn sie abends nach Hause gingen, machte ich allein

weiter, vollendete die Arbeit des Tages im Schein einer Lampe, die von einem kleinen Dieselgenerator mit Strom versorgt wurde. Ich arbeitete, bis ich völlig ausgepumpt war, dann machte ich mir auf dem kleinen Gaskocher etwas zu essen warm und kroch ins Zelt. Ich schlief sofort ein, bis zum Kopf in den Schlafsack eingemummt, um mich vor der vom Boden aufsteigenden feuchten Kälte zu schützen.

Ende Dezember begann es zu schneien, aber da hatten wir die Grundstruktur des größeren Hauses schon instandgesetzt. Die Mauern waren befestigt, die Fenster an ihrem Platz, die neuen Balken trugen den Zwischenboden und das neue Ziegeldach, auch wenn es keinen Stromanschluß und kein fließendes Wasser und keine Heizung gab. Ich hatte bei der Gemeinde nichts beantragt, weil ich nicht die geringste Einmischung wollte; mein Haus sollte autonom und naturnah sein, in der Landschaft verborgen.

Ich entlohnte die Maurer, sagte ihnen, den Rest würde ich allein schaffen. Ich sah ihnen nach, wie sie, nicht sehr überzeugt, durch den Schnee davonstapften, dann holte ich meine Sachen aus dem Auto, verstaute alles im Haus und machte mich an die Innenarbeiten.

Ich schlief im Schlafsack auf einer Luftmatratze, machte mir mein Essen auf dem Gaskocher, wärmte mich am Feuer eines schlecht ziehenden Kamins. Jetzt, wo die Straße tief verschneit war, schien Gubbio unerreichbar, aber auch eine Autofahrt nach Ca' Persa war schon ein schwieriges Unterfangen. Mal verlor ich die Schneeketten, mal rutschte ich rückwärts den Hang hinab, mußte verzweifelt kämpfen, um nicht im Graben zu landen. Zu Fuß ging ich das Notwendigste besorgen, schleppte mich auf dem Rückweg mit den schweren Einkaufstaschen voller

Nägel und Kitt und Thunfischdosen und Spaghetti ab. Ein Drittel des Tages verbrachte ich damit, Holz für den Kamin zu sammeln und zu trocknen und zu sägen, und auch so bekam ich nur einen kleinen Teil des Hauses warm. Der Kamin war höchst eigenwillig und empfindsam: ein leiser Windhauch oder eine Andeutung von Regen genügten, schon zog er nicht mehr und füllte das Haus mit dichtem Qualm. Manchmal mußte ich das Feuer mit Wasser löschen, die Fenster aufreißen, hustend und mit tränenden Augen eisige Luft hereinlassen, voller Zorn wie auf einen persönlichen Feind. Manchmal ging ich nach Ca' Persa, um meine Mutter anzurufen und ihr zu sagen, daß es mir ausgezeichnet gehe und alles fabelhaft sei, dann kam ich müde und durchgefroren nach Hause zurück, mit schmerzenden Händen und Füßen, seit Wochen ungewaschen; geriet in Versuchung, bis zum Frühjahr alles stehen und liegen zu lassen, nach Mailand zu fahren und ein heißes Bad zu nehmen. Aber mittlerweile ging es mir um das Prinzip; gleich darauf schämte ich mich, daß ich hatte aufgeben wollen, und arbeitete noch energischer weiter.

Von Januar bis März reparierte ich die Rohrleitungen für das Bad und die Küche, verlegte in allen Zimmern Stromkabel und schloß sie an den kleinen Dieselgenerator an, ich schreinerte Fensterläden und sogar einen Tisch und zwei Stühle. Keine dieser Arbeiten gelang mir einwandfrei, aber gerade das Unregelmäßige und Unvollkommene ließ das Haus natürlicher wirken: freier mit der Landschaft atmen.

Zwei

Im Frühjahr legte ich einen kleinen Gemüsegarten an. Die Erde war hart und lehmig, voller Steine, die unter der Hacke zersplitterten; ich brauchte drei Tage, um zwanzig Quadratmeter umzugraben, und eine Woche später war der Boden beinahe wieder so kompakt wie vorher. Ich säte Karotten und setzte Tomaten und Zucchini und Kopfsalat und Erdbeeren, ohne Sinn und Verstand, so daß die Pflänzchen, als sie zu sprießen begannen, sich gegenseitig Licht und Wasser wegnahmen und bald gelb wurden. Ich bewässerte sie jeden Tag, und je mehr Wasser ich auf sie goß, um so schlechter schien es ihnen zu gehen; ich war ganz verzweifelt, daß ich ihnen nicht zu helfen vermochte.

Ein Bauer namens Raggi, der auf einem Hof in der Nähe lebte, sagte mir, ich hätte die Aussaatzeit und die Reihenabstände und die Saattiefe und die Lage falsch gewählt. Er riet mir, alles mit einem Motorpflug umzugraben, eine dreifache Dosis Ammoniumnitrat darüberzustreuen und noch einmal von vorn anzufangen. Als ich ihm erklärte, daß ich keine Motorgeräte und keine chemischen Produkte verwenden wolle, meinte er, dann solle ich mein Gemüse lieber gleich in Ca' Persa kaufen. Er schien alles andere als erfreut, einen Fremdling in der Gegend zu haben, noch dazu einen, der alles allein machen wollte, ohne jede Erfahrung und auf absonderliche Art und Weise.

In Gubbio kaufte ich mir ein Gärtnerhandbuch, und auch darin wurde empfohlen, die Erde mit Kunstdünger zu überschütten und die Pflänzchen zum Schutz gegen Insekten und Krankheiten mit Giften zu besprühen und unentwegt künstlich zu behandeln. Ich ließ das Handbuch sein; als im April die ersten Schädlinge die Blätter anfraßen, säuberte ich Blatt für Blatt mit einer alten Zahnbürste. Mit einem regelrechten Haß auf die winzigen Räuber lag oder kauerte ich stundenlang zwischen den Beeten. Einmal kam der Bauer Raggi vorbei und sah mich dabei: er hatte ein mitleidiges Lächeln auf den Lippen.

Schließlich wurde mir klar, daß ich mir ein Minimum an Grundkenntnissen verschaffen mußte, mit denen ich arbeiten konnte. Ich brauchte andere Bücher als mein Gärtnerhandbuch, und fuhr bis nach Perugia, um danach zu suchen.

Perugia war eine mittelgroße Stadt mit einem schönen historischen Zentrum und häßlichen Außenbezirken, mit regem Verkehr und dichtstehenden Häusern und gutgefüllten Läden, mit den Gerüchen und Geräuschen und der Betriebsamkeit einer mittelgroßen Stadt. Ich hatte sieben Monate außerhalb der Welt gelebt, kaum einmal die Kleider gewechselt oder mich rasiert, keine Zeitungen gelesen und nicht ferngesehen und bis auf die Maurer und den Bauern Raggi und die Ladenbesitzerin in Ca' Persa mit keinem Menschen gesprochen; es beeindruckte mich, wieder einmal durch einen bewohnten Ort zu gehen. Ich war fasziniert von den Leuten, von der Vielfalt von Gesichtern und Gestalten, von ihrer unterschiedlichen Art, sich zu kleiden und zu bewegen.

Ich trat in eine große Buchhandlung, fand eine ganze Abteilung mit Büchern über Ackerbau und Botanik, Gemüse- und Obstanbau. Jeder Buchdeckel schien mir einen Schatz zu bergen: gierig nach Informationen blätterte ich in Fachbüchern, verwirrt, so viele zur Verfügung zu haben. Außer der Kassiererin gab es zwei junge Verkäuferinnen, und eine von ihnen fiel mir besonders auf. Anmutig bewegte sie sich zwischen den Regalen, hörte sich die Wünsche der Kunden an und gab ihnen freundlich Antwort, suchte ihnen die Bände heraus, die sie verlangten. Alle naselang sah ich von meinem Buch auf, und jedesmal bemerkte ich aus der Ferne eine neue Besonderheit an ihr: das Strahlen ihrer kastanienbraunen Augen, die kleinen wohlgeformten Ohren, die schönen, geraden Beine. Irgendwann merkte sie, daß ich sie ansah, und lächelte mir zu; wandte sich sogleich wieder ihrer Tätigkeit zu. Ich bekam schreckliche Lust, zu ihr zu gehen und mit ihr zu reden, aber ich war von Hemmungen blockiert, wieder einmal hinter der Glasscheibe eingeschlossen. Und wieder einmal wandte ich die geistige Methode an, die Guido mich gelehrt hatte: ich stellte mir vor, daß ich schon halbtot war und den versäumten Gelegenheiten nachtrauerte.

Mit dem Buch, das ich gerade in der Hand hatte, ging ich zu ihr und fragte sie, ob sie es mir empfehlen könne. Es war eine fünfhundert Seiten starke Abhandlung über Ackerbau in einem protzigen Kunstledereinband. Sie lächelte wieder, sagte: »Kommt drauf an.«

»Worauf?« fragte ich, entzückt von ihrer Stimme, von der zarten und heiteren Linie ihrer Lippen.

»Auf das, was du machst«, sagte sie. Ihre Gesichtszüge kamen mir sonderbar vertraut vor; sie brachte meine Gedanken so durcheinander, wie es mir selten passiert war.

Ich erläuterte ihr, was ich machte, und redete viel mehr, als ich wollte: ich griff weit zurück, erzählte ihr von meinem Erschöpfungszustand, von Mailand und von den zwei Häusern und von dem schwierigen Winter, den ich hinter mir hatte; ich redete und redete und vergaß darüber meinen Gemüsegarten.

Sie kontrollierte ab und zu mit einem Blick das Geschehen in der Buchhandlung, ohne sich jedoch ablenken zu lassen; sah sogleich wieder mich an. Sie schien sich für alles, was ich ihr erzählte, zu interessieren, war neugierig auf Einzelheiten: sie wollte wissen, welche Form meine Häuser hätten, aus welchem Material sie gebaut seien.

Einen Augenblick lang spielte ich mit dem Gedanken, sie einzuladen, sich alles anzusehen, aber mit ihr zu sprechen kam mir schon so wunderbar vor, daß ich Angst hatte, die Situation könnte sich vor meinen Augen in nichts auflösen, wenn ich sie zu weit vorantrieb. Ich schilderte ihr, wie ich mit meinem kleinen Dieselgenerator Strom erzeugte, um mich nicht mit der staatlichen Elektrizitätsgesellschaft einlassen zu müssen: ich bemühte mich, ihr meine Sicht der Dinge zu vermitteln, und hatte das Gefühl, das sie der ihren ähnlich war.

Als sie mir gerade etwas sagen wollte und ich auf ihre noch nicht ausgesprochenen Worte konzentriert war, kam eine Dame mit kantigem Gesicht und fragte nach irgendeinem Schulbuch. Sie lächelte mir zu und huschte davon, um zwischen den Büchern in einem weit entfernten Regal zu suchen.

Mit dem dicken Wälzer in der Hand blieb ich wartend stehen, doch als sie das Buch für die Dame gefunden hatte, waren schon die zwei nächsten Kunden mit ihren Wünschen da. Ich wartete weiter und hoffte, sie würde wenigstens nochmals zu mir herüberschauen. Sie tat es nicht; als sie die beiden Kunden bedient hatte, stieg sie, ohne auch nur einmal den Kopf zu wenden, eine schmale Treppe hinauf, um nach irgend etwas anderem zu suchen. Ich dachte, daß sie zu mir vielleicht auch nicht freundlicher als zu jedem anderen Kunden gewesen sei; daß das Leben in der Einsamkeit meine Wahrnehmungen verzerrt habe. Ich erblickte mein Spiegelbild im Schaufenster, und ich sah aus wie ein Schiffbrüchiger, in zerlumpten Kleidern, mit wildwachsendem Bart und irrem Blick; ich dachte, daß ich keine Chance hatte, das Interesse eines Mädchens wie sie zu wecken.

Ich bezahlte an der Kasse und verdrückte mich, lief rasch zu meinem Auto und fuhr zurück zu den Hügeln.

Zu Hause versuchte ich den agrarwissenschaftlichen Wälzer zu studieren, aber er war in einer steifen, kalten Sprache geschrieben, ohne das geringste Bemühen, wirklich etwas mitzuteilen. Er wirkte auf mich genauso wie die alten Physik- oder Griechischbücher am Gymnasium: automatisch setzte das Gefühl des Unbeteiligtseins ein, das meine Aufmerksamkeit nach wenigen Minuten erlahmen und die Wörter ohne Sinn an mir vorübergleiten ließ. Mir war nicht klar, ob das bei mir eine Form von Dummheit oder ein Dauerschaden durch die Schule oder eine natürliche Abwehr war.

Das Mädchen aus der Buchhandlung ging mir nicht aus dem Sinn: alle paar Minuten dachte ich an sie, während ich draußen oder im Haus arbeitete. Ich versuchte unser Gespräch zu rekonstruieren, aber meine Erinnerung hatte sich zu langen Eindrücken von Bewegungen und Blicken gedehnt, bestand weniger aus Worten. Ich hatte noch vor Augen, wie sie lächelte, wie sie den Kopf leicht schräglegte, während sie mir zuhörte.

Ich installierte eine Wanne im Badezimmer und einen Spülstein in der Küche, schloß die Rohre an und baute zwei Pumpen ein, um Wasser im Haus zu haben, wann ich wollte; ich grub ein weiteres Stück Land um, baute ein Bett aus Kiefernholz; verstärkte eine einsturzgefährdete Wand im zweiten Haus. Ich widmete mich diesen Arbeiten mit meiner ganzen Körperkraft, und es kam mir vor, als würde ich es für das Mädchen aus der Buchhandlung tun. Ich hatte keine anderen menschlichen Kontakte, die sich hätten dazwischenschieben können; sie nahm den ganzen Raum in meinen Gedanken ein.

Nach einer Woche hatte ich so große Lust, sie wiederzusehen, daß ich meine Angst vor einer Enttäuschung überwand und erneut nach Perugia fuhr. Sie war nicht in der Buchhandlung; die andere Verkäuferin sagte mir, sie sei etwas trinken gegangen. Sie sagte mir, daß sie Martina heiße, und ihren Namen zu erfahren, verursachte mir einen Glücksschauer. Ich trat auf die Straße hinaus, und da kam sie mir auch schon entgegen. Sie begrüßte mich freudig, als würden wir uns seit langem kennen. Das veranlaßte mich, ihr zu sagen, daß ich fast die ganze Woche an sie gedacht hatte; Martina lächelte auf ihre anmutige Art, sie sagte, sie habe auch an mich gedacht. Wir standen uns auf dem Trottoir gegenüber, mitten unter fremden Menschen, die an uns vorbeigingen, und ich hatte nur den Wunsch, sie am Arm zu fassen und mitzunehmen, sie nicht mehr loszulassen.

Bei Ladenschluß wartete ich vor der Buchhandlung auf sie. Ich hatte vor, mit ihr irgendwo essen zu gehen, doch als sie herauskam, begannen wir so angeregt miteinander zu reden, daß wir alles andere vergaßen und immer weiter liefen. Sie erzählte mir, daß sie in Mailand geboren und aufgewachsen sei; daß sie mit Familiennamen Quimandissett heiße, weil ihr Vater maltesischer Abstammung sei. Sie war vor zwei Jahren nach Perugia gekommen, um Medizin zu studieren und selbständig zu leben, dann war sie es leid geworden, auf die Universität zu gehen und sich von ihrer Familie unterhalten zu lassen, und hatte den Job in der Buchhandlung gefunden. Sie redete ganz natürlich darüber, ohne sich mit ihrer Unabhängigkeit oder ihrem Erwachsensein zu brüsten, wie es eine Zwanzigjährige in ihrer Situation hätte tun können. Zugleich war sie wirklich unabhängig und erwachsen, mit einer instinktiven Sicherheit gegenüber allem, einer unaufdringlichen Klugheit.

Wir liefen und redeten bis Mitternacht, ohne etwas gegessen zu haben. Ab und zu setzten wir uns auf ein Mäuerchen oder eine Treppe in der historischen Stadt: unser Vergnügen am Austausch von Informationen schien unerschöpflich. Ich dachte, wie unwahrscheinlich unsere Begegnung war, wie unvermeidlich.

Wir küßten uns vor dem Haus, in dem sie wohnte, in einem spärlich beleuchteten, verwinkelten Sträßchen, und mir war nicht klar, ob ich mir alles nur vorstellte oder ob das Leben genau die Form meiner Vorstellung annahm. Ich sagte zu ihr, sie solle die Arbeit in der Buchhandlung aufgeben und zu mir ziehen, mir helfen, ein Stück Welt außerhalb der Welt genau nach unseren Wünschen zu gestalten. Ich benutzte Worte, die mir noch vor wenigen Monaten abgedroschen und aufgeblasen vorgekommen wären, aber es machte mir nichts aus, es waren die einzigen, die auszudrücken vermochten, was ich empfand.

Ich wartete auf ihre Antwort, von einem Strom so intensiver Gefühle erfaßt, daß ich kaum noch atmen konnte; sie sagte ja.

Ich drückte ihr die Hände, hingerissen von der Zartheit ihrer Gesichtszüge, der wachen Aufmerksamkeit ihres Blicks. Wie ein Verrückter überhäufte ich sie mit Küssen: trunken von der Konsistenz ihres Körpers, dem Duft ihres Haars.

Sie forderte mich nicht auf, mit hinaufzukommen, und ich hätte es auch gar nicht getan; ich hatte keine Lust, irgend etwas vorwegzunehmen oder zu überstürzen. Ich wollte diese Liebesgeschichte hegen und beschützen, so wie man bei einem Sturm etwas Kostbares und Zerbrechliches beschützt: mit konzentrierter Behutsamkeit.

Mit Luftsprüngen und wilden Sprints rannte ich durch die fast menschenleere Stadt; ab und zu stieß ich einen Schrei aus, der zwischen dem alten Gemäuer widerhallte.

Drei

Anfang Juni kündigte Martina ihre Stelle in der Buchhandlung und das Zimmer, das sie gemietet hatte, und zog zu mir. Als wir ihre beiden Koffer aus dem Auto ausluden, spürte ich ein nie gekanntes Verantwortungsgefühl; ich drückte sie mit der ganzen Kraft, die ich nach Monaten körperlicher Arbeit in den Armen hatte, bis sie lachend schrie, daß ich ihr weh tue.

Wir liebten uns die ganze Nacht, überwältigt von einem dichten Wechselspiel von Gefühlen und Empfindungen, ohne jede Möglichkeit, die einen von den anderen zu unterscheiden. Es war wie eine endgültige Vermischung, aus der ein neues Gleichgewicht anstelle unserer beiden früheren erstand; es hatte nichts zu tun mit dem lokalisierten Austausch von Gesten und Begierden, wie ich ihn bis zu diesem Augenblick erlebt hatte. Eng umschlungen schliefen wir ein, und noch im Schlaf konnte ich es nicht glauben: ich schreckte hoch und meinte allein zu sein, ich mußte eine Kerze anzünden, um mich zu vergewissern, daß sie wirklich da war.

Binnen weniger Tage kam Leben in das Haus, es beseelte sich mit Formen und Farben, die Martina mit ihren weiblichen Instinkten auswählte und zusammenstellte. Sie brauchte nur wenige Kleinigkeiten, um die Zimmer wohnlicher wirken zu lassen, den kahlen und kalten Räumen, in denen ich gelebt hatte, Wärme und Farbe zu geben. Sie hängte Stofftücher an die Wände, einen kleinen ovalen

Spiegel ins Schlafzimmer, lustige Handtücher ins Bad, stellte Gewürzgefäße in die Küche.

Ich griff jede noch so kleine Anregung von ihr auf und arbeitete wie ein Verrückter: mit unbegrenzter Energie sägte und hämmerte und schmirgelte und dübelte und strich ich an. Zum ersten Mal im Leben hatte ich das Gefühl, ein erwachsener Mann zu sein, mit den Fähigkeiten und Verpflichtungen eines Mannes, und ich hätte mir nie vorgestellt, daß mich das so zufrieden machen könnte. Die Vorstellung, für Martina sorgen und ihr eine angemessene Umgebung bieten, diese weiter verbessern und gegen den Druck der Welt verteidigen zu dürfen, erfüllte mich mit Freude. Ich dachte an meine Beziehung mit Roberta, in der ich weder Aufgaben noch Verpflichtungen gehabt hatte, an mein inhaltsloses Dasein als gelangweilter Heranwachsender; ich konnte kaum glauben, daß ich erwachsen geworden war.

Wir waren optimistisch und voller Pläne, jeden Morgen kamen uns neue Ideen, wie wir unsere zwei Häuser und das Land drum herum verändern könnten. Abends studierten wir Obstbaumkataloge und Handbücher über Bienen- und Geflügelzucht, Bücher über Biodynamik und alternative Energiegewinnung. Martina zeichnete Entwürfe für Obstgärten und Getreidespeicher und Solarheizungen; radierte wieder aus und begann von neuem, je nach dem Stand der Informationen, die wir laufend sammelten.

Wir kauften effizientere Arbeitsgeräte als die, die ich bisher verwendet hatte. Die Ladenbesitzerin in Ca' Persa gab uns einen alten Handpflug, den ihr Vater seit Jahren nicht mehr benutzte; ich vermochte ihn nur unter großer Anstrengung zu schieben, dafür aber war er ohne Motor.

In Wirklichkeit schufteten wir uns fast zu Tode: wir verbrachten die Tage damit, Land zu roden und mit Kuhmist zu düngen, den wir zehn Kilometer weit heranschleppten, Löcher für die Bäume zu graben, die wir pflanzen wollten, die wilden Kirsch- und Feigenbäume rings um das Haus von Brombeerranken und Waldrebe zu befreien. Schweißüberströmt, von Dornen zerkratzt und mit schmerzenden Muskeln arbeiteten wir stundenlang in der prallen Sonne und redeten dabei unentwegt. Wir waren viel zu begeistert von allem, was wir taten, freuten uns viel zu sehr über die kaum wahrnehmbaren Fortschritte, um unsere Müdigkeit zu spüren.

Auf dem Wochenmarkt in Gubbio kauften wir Küken und junge Enten und zwei Gänschen; im Auto, das von Schnattern und Piepsen erfüllt war, fuhren wir aufgeregt wie Kinder nach Hause zurück. Die Tiere brachten Lärm und Bewegung auf unser Anwesen, ließen es noch belebter und bewohnter wirken. Martina und ich sahen ihnen stundenlang zu, wir fütterten sie und versuchten sie nach ihren Bedürfnissen leben zu lassen. Wir legten einen kleinen Teich für die Enten und Gänse an, bauten Treppen und Sitzstangen für die Hühner. Wir hatten uns jahrzehntelange unerfüllte Städterträume zu erfüllen, kindliche Phantasien, die wir erst jetzt als Erwachsene ausleben konnten.

Im September kam der Windgenerator, den wir bei einer englischen Firma bestellt hatten. Es war eins der einfachsten und billigsten Serienmodelle, trotzdem war es nicht leicht, den Mast auf einem Hügelvorsprung etwa dreißig Meter vom Haus entfernt aufzustellen, das Kabel zu verlegen, das ihn mit der Akkumulatorenkammer verband, und die Propeller richtig einzustellen. Schließlich aber drehte er sich im Wind wie ein großes Windrad und versorgte uns fast ebensogut mit Strom wie der alte Dieselgenerator, der mir mit seinem Gestank und seinem aufdringlichen Brummen ein Jahr lang auf die Nerven gegangen war.

Im Oktober holten wir uns in der Baumschule drei Aprikosen-, drei Apfel-, drei Kirsch- und drei Pflaumenbäumchen und einige Weinreben, pflanzten sie in die Löcher, die wir schon seit langem vorbereitet hatten. Wie sie so kümmerlich, kahl und dürr dastanden, sich mühsam an den Pfählen aufrechthielten, sahen sie nicht gerade ermutigend aus. Martina malte mit Wasserfarben ein Bild, wie sie in einigen Jahren aussehen würden, mit ausladenden Ästen und voller Früchte; wir hängten es im Schlafzimmer auf, um es jeden Morgen zu sehen. In das größte Zimmer stellten wir einen alten Holzofen, den wir in Gubbio aufgetrieben hatten, um das Ofenrohr herum konstruierten wir einen zylindrischen Wasserbehälter, um heißes Wasser zu haben. Als die Kälte kam und die Tage kürzer wurden, schien es uns unglaublich, Licht und Wärme zu haben, ohne auf irgend jemanden angewiesen zu sein. Manchmal ging ich abends hinaus, nur um die erleuchteten Fenster zu sehen, den leichten Rauchgeruch zu riechen. Ich betrachtete das bewohnte Haus und das andere, das wir noch richten mußten, und die heranwachsenden Obstbäume; es rührte mich, zu sehen, wie man Dinge umgestalten kann, ohne sie zu zerstören.

Der Winter wurde noch härter als im letzten Jahr. Bisweilen war die Luft so still und eisig, daß sich der Generator stundenlang nicht drehte und das Licht der Lampen immer schwächer wurde und wir schließlich im Dunkeln saßen; dann wieder blies der Wind so heftig, daß Martina und ich hinauslaufen und die Bremse ziehen mußten, bevor die Flügel des Rotors vom Mast gerissen wurden. Es war ein minderwertiger Generator, und wir hatten ihn nicht korrekt aufgestellt: er neigte dazu, gerade an den kältesten Abenden kaputtzugehen, wenn wir uns gegenseitig laut aus einem Buch vorlasen, um uns Mut zu machen. Die Akkumulatorenkammer stand regelmäßig unter Wasser, so daß es Kurzschluß gab und wir beim Licht einer Taschenlampe stundenlang Wasser schöpfen mußten. Der alte Ofen war nicht viel zuverlässiger als der Kamin, immer wieder füllte sich das Haus mit Rauch, der nur schwer wieder zu vertreiben war; die Gasflasche ging immer dann zur Neige, wenn wir gerade etwas im Backofen hatten. Das Dach war undicht, und wir mußten hinaufklettern und nach verrutschten Dachziegeln suchen: Martina zwang mich, mir ein Seil um den Bauch zu binden, hielt das andere Ende fest, während ich hinaufstieg. Zwei Hennen erfroren uns, zwei weitere wurden von einem Marder getötet, bevor ich, von dem aufgeregten Gegacker aus dem Schlaf gerissen, herbeieilen konnte. Wir mußten unaufhörlich Holz sägen und trocknen und ins Feuer legen; zum Einkaufen mußten wir zu Fuß nach Ca' Persa gehen und alles durch den tiefen Schnee nach Hause schleppen.

Es machte uns nicht viel aus: wir waren glücklich miteinander, wärmten uns gegenseitig. Martina hatte die Fähigkeit, angesichts jeder Widrigkeit ruhig und heiter zu bleiben, sie wußte mich zu besänftigen, wenn ich, wozu ich neuerdings neigte, frontal reagierte; »Na komm, du brauchst doch niemandem was zu beweisen«, sagte sie zu mir. Manchmal fingen wir mitten in einer Katastrophe zu lachen an; manchmal liebten wir uns, während der Regen von der Zimmerdecke tröpfelte und das Licht ausgegangen war, die Fenster weit offenstanden, damit der Rauch abziehen konnte.

Im März wurde Martina schwanger. Seit zwei Monaten hatten wir nicht mehr zu verhüten versucht, ohne es ausdrücklich beschlossen zu haben. Wir überließen uns dem Strom, der unser beider Leben trug, das voller Verlangen war; als es geschehen war, überraschte es uns nicht mehr als das allmorgendliche Erwachen.

Von Heirat sprachen wir mit keinem Wort, der Gedanke, der Staat mit seiner perversen Manie, alles zu kontrollieren, könne sich in unsere Beziehung einmischen, kam uns absurd vor. Wir hatten nicht das geringste Bedürfnis, unsere Verbindung vertraglich zu untermauern; keine Lust, uns gemeinsam in das Labyrinth der Formalitäten zu begeben, durch das ich mich anläßlich der Beerdigung des Mannes meiner Mutter hatte kämpfen müssen. Mit dem Handpflug brachen wir ein Stück ebenen Bodens um und säten Buchweizen aus, um zu sehen, ob er gedieh, wie in den Büchern behauptet wurde.

Im April kam zum ersten Mal, seitdem ich von Mailand weggegangen war, meine Mutter zu Besuch. Sie war glücklich, daß ein Enkelchen kommen würde, und erschrocken über all das, was ihr an unserem Leben unbequem und schwierig vorkam. Sie konnte nicht begreifen, wie wir so fernab von einem bewohnten Ort leben und ohne Hilfe von Motoren Landwirtschaft betreiben konnten, ohne Heizung, Telefon und Fernseher, mit zwei Handpumpen für das Wasser und einer Windmühle für das Licht, Hühnern und Enten, die uns ständig zwischen den Füßen herumliefen.

Doch sie hatte meine Trägheit und Unzufriedenheit in Mailand nur allzu gut in Erinnerung und sah, wie ich mich durch Martina und diesen Ort verändert hatte; bald waren ihre Sorgen um unsere und unseres zukünftigen Kindes Gesundheit zerstreut. Eines Morgens sah ich sie emsig im Garten hacken, sie, die in ihrem ganzen Leben keinen Besen in die Hand genommen oder Hausarbeiten verrichtet hatte.

Mit ihrer natürlichen Art überwand Martina das instinktive Mißtrauen, das meine Mutter ihr gegenüber hatte; nach wenigen Tagen redete sie mit ihr wie mit einer Freundin. Auch ich versuchte, auf die Gefühlssperre zu verzichten, hinter der ich mich immer verschanzt hatte, und das war für mich eine sonderbare Entdeckung. Es war mir nicht mehr zuwider, ihr zuzuhören, ich hatte nicht mehr das Bedürfnis, mich von allem, was sie sagte, zu distanzieren: ich besaß jetzt mein eigenes Territorium, ich brauchte es mir nicht mehr verbal zu erfinden. Meine Mutter freute sich darüber genauso wie ich; sie erzählte mir von ihrem Leben mit meinem Vater, dem Maler, Einzelheiten über meine Herkunft, von denen ich nichts gewußt hatte.

Als wir sie eine Woche später wieder zum Bahnhof von Perugia brachten, sagte sie, sie hätte sich noch nirgends so wohl gefühlt; sie bewundere unsere Entscheidung und würde das gleiche tun, wenn sie jung wäre. Gerührt standen wir alle drei auf dem Bahnsteig; Martina und ich gingen mit Tränen in den Augen davon. Ich sagte zu ihr, daß Guido vielleicht recht gehabt hatte, als er behauptete, daß man in Großfamilien leben müßte, in Räumen, in denen jeder unabhängig sein und doch mit den anderen in Kontakt treten kann, wann immer er will. Martina stimmte mir zu, aber sie meinte, sie könnte nie mit ihren Eltern zusammenleben. Sie waren die einzigen Menschen, über die ich sie mit leisem Groll in der Stimme hatte sprechen hören:

ihr Vater sei ein eitler und bis zum Narzismus egozentrischer Mensch und ihre Mutter ihm hörig. Sie hatten sie und ihre Schwester und ihren Bruder ohne Wärme aufgezogen, ständig durch Feste und Reisen und gesellschaftliche Verpflichtungen abgelenkt, viel zu sehr auf sich selbst konzentriert, um sich mit den Kindern zu befassen. Die Warmherzigkeit, die ich an ihr so liebte, mußte sie als Gegensatz dazu entwickelt haben, so wie meine Liebe zum Landleben aus meinem Greuel gegen die Stadt entstanden war. Ich sagte ihr, daß ich ihren bösen Eltern dankbar sei; sie lachte, obwohl sie in Wirklichkeit immer noch darunter litt, wenn sie daran dachte.

Im Juni war der Buchweizen auf dem kleinen Feld bereits gut gediehen, die Obstbäumchen fast so dicht belaubt wie auf Martinas Bild, der Gemüsegarten übervoll mit Möhren und Kopfsalat und Kürbissen und Zwiebeln und Erbsen und Tomaten. Wir hackten und mulchten und düngten und jäteten Unkraut, sahen ständig zum Himmel hinauf, ob es wohl endlich regnen würde, liefen mit Wassereimern hin und her. Die drei Hühner, die den Winter überlebt hatten, legten Eier, die anderen, die wir neu hinzugekauft hatten, wuchsen heran. Von Selbstversorgung waren wir noch weit entfernt, aber wir wußten, daß wir es früher oder später schaffen würden.

Martina arbeitete, ohne sich zu schonen: ihr Bauch wuchs mit der gleichen Langsamkeit wie alles ringsum. Immer wieder sah ich uns im Geist mit einem Sohn oder einer Tochter auf der Wiese zwischen den zwei Häusern; ich fragte Martina »Kannst du dir das vorstellen?«

Im August mähten wir den Buchweizen, häuften ihn auf der Wiese auf, droschen ihn aus und siebten ihn dann, wie wir es in den Büchern gelesen hatten. Wir brauchten eine Stunde, um in einer alten Kaffeemühle mit Handkurbel ein paar hundert Gramm davon zu mahlen; Martina machte aus dem Mehl einen Teig und buk ein Fladenbrot. Es war flach und hart und duftend, es kam uns tausendmal besser vor, als es in Wirklichkeit sein konnte.

Die Frau aus dem Laden in Ca' Persa schenkte uns ein wenige Wochen altes Hündchen. Martina wollte es Dip nennen, nach den Anfangsbuchstaben von *dipende*, auf deutsch »kommt drauf an«, die ersten Worte, die sie in der Buchhandlung zu mir gesagt hatte. Wenn sie nichts zu arbeiten hatte, spielte sie mit ihm: sie herzte und streichelte es; diese Liebkosungen galten, glaube ich, auch schon unserem Kind, das bald geboren werden sollte.

Im September brachte mir der Postbote eine Karte von Guido, die meine Mutter in Mailand umadressiert hatte: ein altes Schwarzweiß-Foto von einem Mann, der mit einem Fernglas aufs Meer hinausspäht. Auf der Rückseite stand nur »Wie geht's? G.«, in der schrägen und akkuraten Druckschrift, an die ich mich so gut erinnerte. Der Poststempel stammte aus Oslo; ein Absender stand nicht darauf.

Vier

Von Ca' Persa aus rief ich Guidos Mutter an. Sie hatte keine Ahnung davon, daß er je in Norwegen gewesen sein sollte; soviel sie wußte, war er in London, dort aber schon zehnmal umgezogen. Wie immer regte sie sich auf, wenn sie von den Ortswechseln ihres Sohnes sprach, meine ungeschickten Versuche, sie zu beruhigen, beachtete sie überhaupt nicht. Ich hinterließ meine Adresse, bat sie, sie an Guido weiterzugeben, falls er sich melden würde.

Martina hatte mittlerweile einen Siebenmonatsbauch, ab und zu ließ sie mich die Hand darauflegen, damit ich spürte, wie sich das Baby bewegte. Sie meinte, es müsse ein unruhiges Kind sein, weil es nie stillhielt, aber sie arbeitete ja selbst von früh bis spät im Haus und draußen, mit der unendlichen Vielfalt von Tätigkeiten beschäftigt, die wir zusammen entdeckt hatten. Sie duldete nicht, wie eine Kranke behandelt zu werden, und geriet jedesmal in Wut, wenn ich sie von der schwersten Arbeit fernzuhalten suchte.

Nach einer Untersuchung Monate zuvor bei einem Gynäkologen in Perugia war sie die Arroganz der Ärzte und die unpersönliche Kälte der Praxisräume leid; sie sagte, sie wolle ohne sie auskommen, solange es ging. Wir kauften uns die am leichtesten verständlichen Bücher zum Thema, versuchten die Vorgänge in ihrem Körper selbst zu verfolgen, ohne jemandem oberflächliche Diagnosen bezahlen zu müssen. Manchmal wiederholte ich ihr den Satz aus einem Bob-Dylan-Song, der Guido so gut gefiel:

»Du brauchst keinen Meteorologen, um zu wissen, woher der Wind weht«, und in unserem Fall kam er mir wahrer denn je vor.

Einen Monat lang hörte ich nichts von Guido, dann kam der Postbote mit einem Telegramm von ihm aus Mailand, in dem es hieß »Ankomme Bahnhof Perugia morgen 19 Uhr«.

Tags darauf fuhr ich ihn abholen. Martina hatte an den Wänden im Gästezimmer neue Stofftücher und ein selbstgemaltes Aquarell aufgehängt, Wiesenblumen in die Vasen gestellt und das Wohnzimmer hübsch hergerichtet. Meine Erzählungen über Guido hatten sie mit Neugier erfüllt, und wir hatten seit Monaten keinen Besuch gehabt; wir waren regelrecht ausgehungert nach Kontakten. Während ich auf dem Bahnhof wartete, fragte ich mich, ob Guido wohl auf der Höhe von Martinas Erwartungen und meinen Erinnerungen sein würde.

Als der Zug mit einer Dreiviertelstunde Verspätung einfuhr und er ausstieg, sah ich sofort, daß keine enttäuschenden Metamorphosen oder erbarmungslosen Verschiebungen seiner Ansichten stattgefunden hatten. Wir umarmten uns und klopften uns auf die Schultern, musterten uns verstohlen, wie wir es immer getan hatten. Seine Haare waren wieder so lang wie vor der Geschichte mit dem Militärdienst; in seinem Blick war die gleiche Rastlosigkeit wie vor drei Jahren.

Er wunderte sich über meinen Bart und mein Aussehen, über die Bauernhände, die ich inzwischen hatte: »Du bist ein ganz *anderer* geworden, Donnerwetter«, sagte er. »Das will ich hoffen«, antwortete ich ihm.

Während der Fahrt nach Hause erzählte ich ihm, was ich seit dem Sommer 73 erlebt hatte: von meinem Zusammenbruch aus Mangel an Motivation, von meiner Flucht aufs Land und den zwei Häusern und von Martina und von der Feldarbeit, von dem Kind, das bald kommen würde.

Guido sah mich an, ob ich mich nicht über ihn lustig machte; drei- oder viermal fragte er mich, ob wir wirklich ein Kind erwarteten. Dieser Gedanke beeindruckte ihn sehr und mußte eine Reihe von Überlegungen in Gang gesetzt haben, denn danach blickte er auf die nächtlichen Hügel hinaus, summte leise vor sich hin.

Als wir zu Hause ankamen, war es schon zu dunkel, um noch irgend etwas sehen zu können; ich wollte ihm wenigstens zeigen, wo der Gemüsegarten und die Obstwiese und der Windgenerator waren. Er hörte kaum zu, schnupperte hauptsächlich in die Luft.

Martina kam an die Tür und gab ihm die Hand; Guido fixierte sie mit seiner fast peinlichen Aufmerksamkeit. Ich stand im Hintergrund, gespannt, wie ihre beiden Charaktere aufeinander wirken würden. Martina ist keine Frau, die sich leicht in Verlegenheit bringen läßt; sie musterte Guido genauso eingehend, sagte: »Mario hat mir schon den Kopf über dich vollgequatscht.«

Er brach in Lachen aus; wir gingen ins Haus. Guido registrierte die Raumaufteilung im Haus, die herumliegenden Gegenstände. Ich hätte gern gewußt, wie ihm mein Leben so auf den ersten Blick vorkam; mit fast krankhaftem Interesse belauerte ich seinen Gesichtsausdruck. Auch der Hund Dip war neugierig, versuchte ihn in die Knöchel zu beißen.

Dann schob Martina uns zum Tisch, sie bestand darauf, uns die Teller zu füllen. Sie erklärte Guido, daß fast alle Nahrungsmittel, die auf dem Tisch standen, aus Eigenproduktion stammten; erzählte von einigen der komischen Fehler, die uns beim Anbau unterlaufen waren. Guido lächelte ihr zu, es war klar, daß sie ihm gefiel: sie und ihre witzige und treffsichere Redeweise.

Wir aßen, tranken den herben, aber kräftigen Wein vom Bauern Raggi; die Distanz zwischen uns verringerte sich, die Unterhaltung wurde leicht und flüssig. Guido erzählte uns, wie er von Lesbos aus mit Jeannette und Nick und Louise nach London gegangen war und wie er sich bald darauf mit Louise zusammengetan hatte und sie beide von Gelegenheitsjobs gelebt hatten, bis sie nach Boston zurückzukehren beschloß, und er mit ihr ging. Er erzählte von seiner anfänglichen Begeisterung von Amerika, als ihm jede Straße und jedes Auto und jedes Schild und die Leute und Stimmen und die Musik wahnsinnig faszinierend vorkamen; von Louises rasch nachlassendem Interesse für ihn, nun, da sie zu Hause war. Er erzählte von seiner Panik, als er mitten im Januar in Boston plötzlich allein dastand; wie er es in blanker Verzweiflung schließlich schaffte, Arbeit zu finden und bleiben zu können und noch sechs Monate lang kreuz und quer durch das Land zu fahren, bevor er nach London zurückkehrte.

Er arbeitete in San Francisco als Gärtner und Kühlschrankausfahrer, in New York als Gepäckträger und Hundewärter und Kellner, bis er die Stadt schließlich genauso haßte wie Mailand. Er redete in seinem akzentuierten Ton, mit plötzlich aufblitzender Verwunderung oder Empörung oder Freude in seiner rauhen Stimme, holte eine Figur aus dem Hintergrund hervor, ließ einen Hintergrund vor die Personen treten. Was er sagte, war schwer voraussehbar, weil er in einem fort den Blickwinkel und den Gesichtspunkt und den Rhythmus wechselte: ganze Monate tat er mit wenigen Worten ab, um dann Episoden von wenigen Augenblicken bis zum äußersten in die Länge zu ziehen.

Martina hörte ihm neugierig zu, beeindruckt von seinem schrägen Charme. Ich freute mich, daß sie ihn genauso interessant fand wie meine Beschreibung, und gleichzeitig verspürte ich einen leichten Anflug von Neid. Aber es war ein Neid ohne Groll, ähnlich jenem, den ein Kinobesucher auf die Schauspieler auf der Leinwand empfinden mag, ohne wirklich an ihrer Stelle sein zu wollen. Ich war so lange Zeit auf die kleine Welt konzentriert gewesen, die ich zusammen mit Martina Stück für Stück aufbauen wollte, und nun überschüttete uns Guido mit Eindrücken und Bildern von draußen und erfüllte uns mit einer abstrakten Sehnsucht.

Es muß nicht leicht für ihn gewesen sein, als er zum Beispiel in London in einer Bar als Küchenjunge arbeitete und mit einem Mädchen namens Sarah in ein besetztes Haus ohne Heizung und elektrisches Licht einzog, wo die Milch nachts auf dem Küchentisch zu Eis gefror. Oder als er später als Gehilfe eines Lautenbauers arbeitete, der sich bei Monatsende jedesmal die raffiniertesten Vorwände einfallen ließ, um ihm weniger zu bezahlen, als ihm zustand; oder als er mit einer Malerin zusammen war, die in einem Kahn auf der Themse lebte und an epileptischen Anfällen litt.

Ich versuchte mir die Behausungen vorzustellen, in denen er gelebt hatte, die Fenster und Türen, die Kleider und Haare seiner Frauen, die Leute, die unten auf der Straße vorbeigingen, das Wetter und die Farben des Himmels, die Gerüche, die in der Luft lagen, die Atmosphäre in den Geschäften, an seinen Arbeitsstellen. Ich dachte, wie verschieden und zugleich wie ähnlich doch im Grunde unsere beiden Lebensläufe in diesen Jahren gewesen waren, zwei von zwei möglichen Wegen, die an der gleichen Gabelung begonnen hatten.

Er hielt sich bei keiner Geschichte länger auf; anscheinend verfügte er über eine so reiche Auswahl an Episoden, daß er nicht wußte, welche er für uns aussuchen sollte. Er erzählte, wie er mit einem Mädchen, das er in einem Konzert kennengelernt hatte, nach Oslo gegangen war und sie eines Samstags beschlossen, mit der Großmutter von ihr, die in einem Altersheim wohnte, einen Ausflug aufs Land zu machen. Sie fuhren zu einem herrlichen kleinen Flußtal und setzten die Großmutter auf einen Klappstuhl, damit sie das vorbeifließende Wasser betrachten konnte. Dann gingen sie in den nahen Wald, um sich zu lieben, und als sie zurückkamen, war die Großmutter gestorben. Guido sagte: »Aus purem *ästhetischem* Vergnügen, glaube ich, der Anblick des wunderschönen kleinen Tals und der kristallklare Fluß und der grenzenlose Raum, nachdem sie jahrelang nur die Wände des Altersheims gesehen hatte. Und wir hatten keine Ahnung, was wir tun sollten, wir legten sie auf den Rücksitz im Auto und deckten sie mit einem Schlafsack zu und fuhren in die Stadt zurück, um irgendwen zu benachrichtigen. An einer Bar hielten wir an, um zu telefonieren, und als wir wieder rauskamen, war das Auto mit der toten Großmutter *gestohlen* worden.«

Ich fragte mich, ob alles, was er uns erzählte, wirklich passiert war oder ob er es sich aus tatsächlich Geschehenem und Ausgedachtem und von Bekannten Gehörtem zusammengedichtet hatte. Es war mir ziemlich egal: was zählte, war seine Art und Weise, die Worte mit Leben zu erfüllen und voranzutreiben, bis sie in uns Zuhörern Gefühle geweckt hatten.

Er trank den herben Wein in kleinen Schlucken, blickte abwechselnd zu mir und Martina, wiegte den Kopf. Unser Haus schien durch seine Gegenwart wie mit einer neuen Stromquelle bereichert und in seinem unkomplizierten

Gleichgewicht erschüttert, das es bislang zusammengehalten hatte. Ich dachte an die Sorgfalt und Mühe, die wir in jedes der Möbelstücke investiert hatten, und ich sah an Martinas Augen, daß sie ihr auf einmal nicht mehr wichtig waren, daß sie gut auch ohne sie auskommen könnte.

Guido sagte, er habe sich in London eine alte Olivetti-Reiseschreibmaschine gekauft und zu schreiben begonnen, nachts und wenn er nicht arbeiten mußte. Martina fragte ihn, was er schreibe; er sagte: »Was mir passiert ist, in erster Linie. Und was mir so einfällt.« Martina kannte unsere Regeln der Zurückhaltung nicht; sie bohrte weiter.

Guido hatte sich nicht geändert: er sagte »Eines Tages lasse ich es euch lesen«, und lenkte das Gespräch auf ein kleines Gemälde meines Vaters, das an der Wand hing.

Martina fragte ihn, wieso er nach Italien zurückgekommen sei. Er sagte, das wisse er selbst nicht; eines Tages habe er sich aus einem Impuls heraus ein Ticket für einen Charterflug gekauft, und als es soweit gewesen sei, habe er überhaupt keine Lust mehr dazu gehabt, sei aber trotzdem geflogen. »Als ich in Mailand ankam«, sagte er, »und die Straßen und die Gesichter der Leute wiedersah und den alten italienischen Mief roch, hätte ich mich *umbringen* können.«

Dann ließ er seinen Blick durch das Zimmer wandern, sagte: »Wie tüchtig ihr gewesen seid, wegzugehen und euch das alles mit soviel *Sorgfalt* aufzubauen und jetzt ein Kind zu machen.«

In seiner Stimme schwang Bewunderung und auch eine Spur von Traurigkeit. Ich sagte zu ihm, wenn er wolle, könne er bei uns bleiben; er sagte, das wisse er, und ich glaube, das stimmte auch.

Fünf

Guido blieb fünf Tage bei uns. Wir zeigten ihm das zweite Haus, den Weinberg, auf dem die Reben heranwuchsen, und das abgeerntete Buchweizenfeld, auf dem wir jetzt Weizen aussäen wollten; wir erklärten ihm unsere Anbauweise, unsere Pläne für die nächste Zukunft. Er hörte zu, erstaunt, wieviel wir in so kurzer Zeit aus eigener Kraft geschafft hatten.

Ich sagte ihm, im Grunde sei es sein Verdienst, er habe als erster vom Land als der einzigen Rettung gesprochen. »So *originell* war die Idee auch nicht«, meinte er. Er sah sich nicht gern für andere verantwortlich und freute sich nicht, wenn er sah, daß er recht behalten hatte. Er blickte über unser aussaatbereites Feld; in Gedanken schon wieder woanders.

Eines Morgens, als ich mit ihm am Frühstückstisch saß, sagte er zu mir, er habe nicht die Absicht, in Italien zu bleiben. Immer wenn er im Ausland einmal eine italienische Zeitung gelesen habe, sei es ihm vorgekommen, als versänke er wieder in diesem Sumpf aus aufgeblasenem Politikergeschwätz und angeblichen Prinzipien und falschem Moralismus und schwarzem Zynismus und hohlen Worten. »Und auf den Fotos immer dieselben Visagen dieser Scheißtypen mit ihren *Mafiamethoden*, die sich so sicher sind, daß sie in Italien immer weiter wie die Made im Speck leben können. Am liebsten würde ich auf sie *schießen*, wenn nicht die, die das tun, eine noch schlimmere Welt als die unsere im Kopf hätten. Mag sein, daß jedes andere Land, wenn du es wirklich von innen siehst, genauso mies und feige und erstarrt und morsch ist wie unseres, hier aber *muß* ich es einfach merken.« Ich antwortete, daß wir hier auf dem Land fast nichts davon merkten; daß wir in einigen Jahren völlig autonom sein könnten und nicht mehr an Italien denken, uns nur um unser eigenes Leben zu kümmern bräuchten. Wenn er bei uns bleiben wolle, sagte ich, könne er das zweite Haus haben, auch Martina wäre darüber glücklich. Wir könnten es zusammen renovieren und nach und nach die ganzen zwölf Hektar bebauen, uns mit den Pflanzen, die uns interessierten, näher befassen und den Wald pflegen und uns weitere Haustiere anschaffen und unsere Kinder in einer einzigen, glücklichen Familie aufwachsen lassen.

Die Idee reizte ihn, und er sah sich das zweite Haus an; dann aber sagte er: »Ich bin nicht genug von der Welt losgelöst oder nicht zufrieden genug. Und ich hab keine Familie, ich hab keinerlei stabiles Gleichgewicht, ich weiß noch gar nicht, was ich *will.*«

Später am Tag sagte er uns, daß er schon beschlossen habe, nach Australien zu gehen; er wollte nur noch so lange in Mailand bleiben, bis er das Geld für die Reise zusammenhatte. Martina fragte ihn, warum ausgerechnet Australien; er sagte: »Weil es das am weitesten entfernte und offenste Land ist, das mir eingefallen ist.« Seine Stimme klang beinahe trotzig: als sei er darauf gefaßt, mit Gewalt zurückgehalten zu werden, zu hören, daß sein Plan verrückt sei.

Statt dessen fragte ich ihn, ob ich ihm helfen könne, auch wenn ich von vornherein wußte, daß er nein sagen würde.

Am nächsten Tag fuhren wir ihn zum Bahnhof. Bevor er

in den Zug stieg, fragte er, ob das Angebot mit dem zweiten Haus weiter gültig sei. Martina sagte, es sei lebenslänglich gültig; er umarmte sie und umarmte auch mich, fuhr ab, ohne noch etwas zu sagen.

Hin und wieder rief ich ihn frühmorgens oder abends an: er versuchte immer noch, das Geld für Australien zusammenzubekommen, er sagte, das sei nicht so einfach. Manchmal war er nicht zu Hause, dann antwortete mir seine Mutter; sie wollte von mir wissen, was Guido eigentlich vorhabe: warum er sich keine Arbeit suchen und in seiner Heimatstadt leben wolle wie alle anderen.

Martina und ich waren jetzt wegen des Kindes in Alarmbereitschaft. Sie arbeitete immer noch den ganzen Tag, aber es kostete sie Mühe, man merkte, daß es bald soweit war. Wir schliefen immer schlechter, aßen unregelmäßig, konzentrierten uns auf die unmittelbarsten Tätigkeiten. Die meiste Zeit verbrachte ich damit, Vorkehrungen gegen die Kälte zu treffen: die Fenster zu isolieren, trockenes Holz aufzustapeln, den Zug des Kamins und der Ofenrohre zu verbessern. Ich installierte einen zweiten, kleineren Ofen in unserem Schlafzimmer, ersetzte den Gasherd in der Küche durch einen Holzherd; erneuerte die Akkumulatoren in der Elektroanlage, brachte den Generator in Ordnung. Ich arbeitete mit nie gekannter Energie, wie ein Tier, das ein Nest für seine Jungen baut.

Wir waren unserem Beschluß treugeblieben, daß sich keiner dieser kaltäugigen Ärzte in unsere Schwangerschaft einmischen sollte: wir hatten in Ca' Persa eine alte Hebamme kennengelernt, die Giovanna hieß und bereit war, Martina bei einer Hausgeburt beizustehen. Wir waren von der Idee begeistert und zugleich voller Angst, daß etwas schiefgehen könnte, auch wenn sich Giovanna aufgrund langjähriger Erfahrung sicher zu sein glaubte, daß es keine Probleme geben würde. Wir redeten ständig darüber, zwischen Gewißheit und Zweifeln hin und her gerissen, während der Zeitpunkt immer näherrückte. Wir malten uns aus, wie schön, wie natürlich und heiter es sein würde, wenn unser Kind umgeben von Materialien und Formen und Farben, die wir selbst ausgesucht hatten, zur Welt kommen würde, und gleich darauf fielen uns dramatische Situationen ein, plötzliche Blutungen bei vom Schnee blockierten Straßen, weitab von jedem Krankenhaus. Am Ende zeigte sich Martina entschlossener als ich: sie sagte, es sei sinnlos, sich für ein Leben außerhalb der Welt zu entscheiden, wenn wir schon bei der ersten Schwierigkeit wieder umkehren würden. Wie immer bestärkte sie mich mit ihrer Einstellung in meinen Überlegungen, vervielfältigte meine Energien.

Meine Mutter kam aus Mailand, um uns zu helfen, in einem Taxi, das widerwillig die Straße zu uns heraufgekrochen kam. Anfangs machte mich ihr Eindringen in unser Territorium nervös, als ich dann aber sah, daß Martina sich freute, ließ auch ich mich durch ihre Anwesenheit aufmuntern. Seit sich der normierende Einfluß ihres zweiten Mannes so gut wie verflüchtigt hatte, wirkte sie fröhlicher und unordentlicher: mehr wie damals, als sie meinen Vater kennengelernt hat, glaube ich. Sie behauptete, wir seien es gewesen, die sie verändert und ihr bewußt gemacht hätten, wie unnötig viele Dinge in ihrem Leben waren.

Einige Tage lang sprachen wir kaum über das Kind, und doch wirkte sich das Klima des bevorstehenden Ereignisses auf alle unsere Gesten und Blicke aus. Eines Abends begann Martina zu weinen, sie sagte, es bekümmere sie, daß nicht auch ihre Familie hier sei. Am nächsten Morgen erklärte sie mir, das sei nur ein Anfall von Melancholie gewesen, in Wirklichkeit gehe es ihr ausgezeichnet und sie brauche niemanden; trotzdem ging ich nach Ca' Persa in den Laden und telefonierte nach Mailand.

Ein Hausmädchen sagte mir, daß die Herrschaften Quimandissett auf einer Reise in Feuerland seien und nicht vor Ende des Monats zurückkämen; nur Chiara, Martinas ältere Schwester, war zu Hause. Ich ließ sie mir geben, obwohl ich sie noch nie gesehen oder mit ihr gesprochen hatte, und schilderte ihr die Lage. Ihre Stimme klang ähnlich wie die von Martina, aber verhaltener; sie sagte zu mir, sie habe seit Monaten nichts von ihrer Schwester gehört und natürlich komme sie gerne. Ich schilderte ihr in allen Einzelheiten den Weg, den sie nehmen mußte; zu Martina sagte ich nichts, als ich nach Hause kam.

Tags darauf kam Chiara auf den Grasplatz vor dem Haus gefahren, stieg aus ihrem kleinen französischen Auto, mit panischem Blick wegen der schwierigen Straße. Sie war fünfundzwanzig Jahre alt und größer als Martina, gekleidet und geschminkt wie eine junge Dame aus der Stadt, in Tweed-Kostüm und Seidenbluse, englischen Schnallenschuhen.

Wir begrüßten uns ohne jede Unbefangenheit, denn ich hatte von ihr immer nur als von der braven Schwester gehört, die stets mit den Eltern einig ist, und sie von mir wahrscheinlich als dem ungehobelten Rüpel, der Mädchen entführt, sie nicht heiratet und wie Wilde zu leben zwingt. Aber ich wußte, wie sie und Martina als Kinder aneinander gehangen hatten, und die Vertrautheit ihrer Gesichtszüge ließ meine Voreingenommenheit bald schwinden. Bevor ich sie ins Haus führte, zeigte ich ihr den Gemüsegarten und das Feld, auf dem der Weizen ausgesät war, und die Gänse und Enten und Hühner und den Windgenerator.

Sie versuchte, den Hund Dip abzuwehren, der ihr die Hände lecken wollte; sie sagte, das sei alles sehr schön, aber ihr sei kalt.

Als wir ins Haus traten, war Martina sehr überrascht, dann ging ihre Überraschung in Weinen über. Auch Chiara war gerührt: unter Tränen umarmten sie sich, und ich wußte nicht mehr, ob ich mich freuen oder ein schlechtes Gewissen haben sollte.

Fünf Minuten später setzte sich Martina auf einen Sessel, die Hände am Bauch, und sagte, vielleicht hätten die Wehen eingesetzt.

Meine Mutter und Martinas Schwester liefen aufgeregt um sie herum, brachten ihr ein Glas Wasser, knöpften ihr die Kleider auf, damit sie besser Luft bekam, sagten ihr, sie solle sich nicht aufregen. Martina war gar nicht aufgeregt, aber sie sprach leise und atmete heftig, die Angst weitete ihre Pupillen.

Ich packte sie an den Schultern und schüttelte sie, rief ihr zu, daß ich schnell Giovanna holen wolle und gleich wieder zurück sei. Meine Mutter gab mir gestikulierend irgendwelche Empfehlungen mit auf den Weg, aber ich hatte keine Zeit mehr, deren Sinn zu erfassen; wie ein Verrückter rannte ich hinaus und sprang ins Auto, gab auf der abschüssigen, ungeteerten Straße Gas, wußte nicht mehr, wie man die Gänge schaltete. Ca' Persa schien mir unendlich fern, und ständig kamen Kurven und Steigungen und Schlaglöcher, an die ich mich nicht erinnerte.

Als Giovanna mich sah, sagte sie, ich solle mich beruhigen, sie habe keine Lust, unterwegs den Unfalltod zu sterben. Ich schilderte ihr Martinas Symptome; sie versicherte mir, daß alles in Ordnung sei und es keinen Grund zur Sorge gäbe.

Als wir ankamen, saß Martina immer noch auf dem Sessel, umsorgt von ihrer Schwester und meiner Mutter. Giovanna tastete ihr den Bauch ab und stellte ihr ein paar Fragen, dann wies sie uns an, sie ins Schlafzimmer zu bringen, damit sie sich hinlegen konnte; Handtücher und Schüsseln mit warmem Wasser bereitzuhalten.

Eine Weile verharrten wir in einem sonderbaren Zustand, tauschten Worte und beruhigende Blicke und Berührungen; dann begann Martina zu jammern und heftiger zu atmen, und Giovanna wurde auf einmal sehr aktiv, gab allen Anweisungen. Ich tat mein Bestes, ihr zu helfen, aber meine Handbewegungen liefen nicht sehr synchron mit meinen Gedanken: ich stieß überall an, ich spürte, wie mir die Dinge aus den Händen glitten. Irgendwann sagte Giovanna, ich solle hinausgehen und dafür sorgen, daß der Hund zu bellen aufhörte.

Also ging ich mit Dip auf die Wiese vor dem Haus; durch die Fensterscheiben hörte ich die Stimmen der Frauen, Martinas immer lauteres und häufigeres Stöhnen.

Schließlich kehrte ich wieder in das Zimmer zurück, das von Dampf und emsiger Betriebsamkeit erfüllt war, ich sah Chiara, die ein bläulich angelaufenes Kind abtrocknete. Ich trat näher und sah, daß Giovanna einem zweiten Kind heraushalf. Ich verlor schier den Kopf, lief durch das Zimmer und wußte nicht mehr, wie viele Kinder geboren worden waren und wem. Dann sagte Giovanna: »Ja, Mario, es sind Zwillinge.«

Martina lächelte mir erschöpft zu, das gleiche taten meine Mutter und Chiara. Aber ich war zu erschüttert, zwei Kinder statt einem zu haben. Ich sah sie immerzu an: ein Mädchen und ein Junge, die zum Glück verschieden aussahen.

Giovanna sagte, sie habe es sich wegen der Form und der Größe des Bauchs schon gedacht, uns aber nichts gesagt, weil sie sich nicht ganz sicher gewesen sei. Sie versorgte Martina und die Kinder, erledigte sicher und ruhig einen Handgriff nach dem anderen, als würde sie Brot backen oder im Garten arbeiten. Als sie fertig war und die Handtücher und Schüsseln und anderen Gegenstände, die sie benutzt hatte, wieder an ihren Platz zurückgestellt hatte, fragte sie mich, ob ich einen guten Wein im Haus habe. Ich öffnete eine Flasche Dessertwein vom Bauern Raggi, und wir gaben auch Martina einen Schluck.

Dann waren alle Vorstellungen, die wir uns in den neun Monaten gemacht hatten, nichts gegen die Präsenz zweier neuer kleiner Menschen in unserer Familie. Es war kaum zu fassen, wie sich jemand von einem Augenblick auf den anderen so real und definitiv hatte materialisieren können, mit rauhem Stimmchen brüllte, wo vorher nichts gewesen war. Immer wieder ging ich zu Martina hinüber, die in unserem Zimmer eingeschlafen war, und wenn ich wieder herauskam, war ich darauf gefaßt, niemanden mehr vorzufinden, so als sei alles ein eingebildetes Ereignis gewesen: aber die Zwillinge waren immer noch da, meine Mutter und Chiara hielten sie auf dem Arm und betrachteten sie fast so staunend wie ich.

Sechs

Die Hebamme Giovanna wies mich darauf hin, daß ich die Zwillinge auf dem Standesamt in Gubbio eintragen lassen mußte, sonst würde niemand erfahren, daß es sie überhaupt gab. Ich kam in Versuchung, sie einfach nicht anzumelden, sie ohne Geburtsurkunden und ohne Untertanenpflichten frei und glücklich aufwachsen zu lassen; meine Mutter und Martina und Chiara aber meinten, das würde ihnen nur Probleme bereiten, sie könnten dann weder zur Schule gehen noch ins Ausland fahren noch sonst irgend etwas unternehmen, wenn sie einmal größer seien.

So mußten wir bald entscheiden, wie wir sie nennen wollten. Wir gingen alle üblichen Namen durch, dann versuchten wir es mit den ausgefalleneren und sogar mit selbst erfundenen; am Ende beschloß Martina, das Mädchen Chiara und den Jungen Guido zu nennen. Chiara war gerührt, als wir es ihr sagten. Trotz ihres eleganten, städtischen Auftretens war sie sensibel bis zur Zerbrechlichkeit: Martina sagte mir, sie habe vor wenigen Wochen mit ihrem Freund Schluß gemacht, das habe sie sehr mitgenommen.

Von Ca' Persa aus rief ich Guido an, um auch ihn zu benachrichtigen, und seine Mutter sagte mir, daß er tags zuvor nach Australien abgereist sei. Er hatte keine Adresse hinterlassen, er wußte noch nicht, ob er in Sydney oder in Melbourne bleiben würde. »Wie kann man nur so weit wegfahren und nichts mitnehmen?« fragte sie mich. »Er hat nur eine kleine Reisetasche dabei, da waren vielleicht zwei Hemden und eine Hose und ein paar Bücher drin.«

Ich sagte ihr, daß in Australien Sommer sei und daß Guido nie viel gebraucht habe, obwohl sie ihn besser kannte als ich. Es bekümmerte mich, daß er, ohne mir ein Wort zu sagen, abgefahren war: für wer weiß wie lange Zeit verschwunden.

Meine Mutter reiste ab, als sie sah, daß Martina wieder bei Kräften war und die Zwillinge gut tranken und sich entwickelten. Als ich sie zum Bahnhof brachte, gestand sie mir, lange darunter gelitten zu haben, daß ich keine künstlerischen Neigungen besaß, jetzt aber sogar froh darüber zu sein: sie fand es viel wichtiger, daß ich mein Leben meisterte. Ich verstand nicht, warum sie die beiden Dinge als Gegensatz betrachtete; meiner Meinung nach war das eine ihrer Vorstellungen, die noch aus dem Zusammenleben mit meinem Vater stammten.

Chiara sagte ständig, sie müsse unbedingt nach Mailand zurück, klammerte sich dann aber an jeden noch so kleinen Vorwand, um ihre Abreise wieder einen oder zwei Tage hinauszuschieben. Schließlich bat Martina sie, ihre Entscheidung zu treffen, ohne uns stets darüber auf dem laufenden zu halten, und Chiara brach in Tränen aus: sie sagte, in letzter Zeit habe sie sich so elend gefühlt, daß sie sich hätte umbringen können, es sei ihr so vorgekommen, als habe sie keine Freunde und keine Verpflichtungen und keine Interessen und keine genügend starken Bindungen an die Welt. Sie sagte, bei uns habe sie sich zum erstenmal seit Monaten wohl gefühlt, der Gedanke, jetzt wieder in die alte Situation zurückkehren zu müssen, ängstige sie.

Ich erklärte ihr, daß sie, wenn sie wolle, auch für immer hierbleiben könne; ich umarmte sie und strich ihr beruhigend über das Haar. Und sonderbarerweise kam ich mir dabei ein wenig wie Guido vor, obwohl ich ihn doch nie in einer solchen Rolle gesehen hatte: ich hatte nur die Spannung bemerkt, die hinter seiner scheinbaren Ablehnung jeder Verantwortung für andere zu spüren war.

Wir richteten Chiaras Zimmer mehr für die Dauer ein: bauten ein bequemes Bett und Regale und einen kleinen Tisch, wir fanden auch einen kleinen Ofen, um es nun, da die Kälte bevorstand, beheizen zu können.

Dann brach der Winter über uns herein, und unser Leben war auf das Haus beschränkt, dem Unterhalt der Öfen und dem Essenkochen und gemächlichen Reparatur- und Verbesserungsarbeiten gewidmet; versunken in einen trägen Rhythmus, der nur hin und wieder durch irgendeinen Defekt oder plötzliche Wetterexzesse unterbrochen wurde. Die Zwillinge nuckelten an Martinas Brust, sie lagen in der Wohnzimmerecke, die wir für sie weich ausgepolstert hatten, und schauten zur Decke hinauf. Alle paar Minuten ließ ich meine Arbeit liegen, um sie anzusehen, ihre Gesichter und Bewegungen zu beobachten, ihnen Reaktionen zu entlocken.

Nachts wachten sie auf und forderten Nahrung und Wärme und Zuwendung; die Stille, die vor ihrer Ankunft geherrscht hatte, währte jetzt immer nur einige Stunden. Wenn eines von beiden zu schreien begann, steckte es sogleich auch das andere an: die schrillen Stimmchen zwangen mich und Martina, wie Schlafwandler aufzustehen, sie in ihren Wiegen umzudrehen, mit geschlossenen Augen auf sie einzureden. Tagsüber waren wir dösig, erledigten unsere Arbeit mit wechselnder Laune.

Chiara kleidete und schminkte sich jetzt nicht mehr mit der peniblen Sorgfalt wie damals, als sie frisch aus der Stadt gekommen war; bald erlernte sie die notwendigsten Arbeiten, um den Haushalt in Gang zu halten, und widmete sich ihnen mit einer Energie, die ich ihr nie zugetraut hätte. Ihr schroffes Wesen wurde sanfter; sie und Martina fanden zu der Vertrautheit zurück, die sie als Kinder verbunden hatte. Es gab nicht mehr das polarisierte Wechselspiel wie in der Zeit, als Martina und ich nur zu zweit waren, statt dessen hatten wir nun die Vielfältigkeit dieser neuen Familie: ich dachte, daß wir jetzt jeder Art von Kälte würden trotzen können.

Zum erstenmal stellte ich eine richtige Bilanz unserer Finanzlage auf und erschrak. Nach dem Erwerb der beiden Häuser und den Instandsetzungsarbeiten und dem Kauf des Windgenerators und der Öfen und des Saatguts und den zweieinhalb Jahren Lebensunterhalt blieb mir von dem Geld, das mir der Mann meiner Mutter hinterlassen hatte, vielleicht gerade noch genug, um ein, zwei Jahre weiterzumachen. Ich war von Anfang an fest entschlossen gewesen, nie jemanden um Hilfe zu bitten, und dachte auch nicht im entferntesten daran zurückzugehen; unser Lebensstandard war schon dermaßen bescheiden, daß ich nicht wußte, wie wir ihn noch wesentlich hätten zurückschrauben können.

Als die Zwillinge schliefen, sprach ich mit Martina und Chiara darüber. Martina waren die Grundsätze der Ökonomie ebenso unverständlich wie mir: sie zuckte mit den Achseln und meinte, wir bräuchten ja nur nicht mehr in den Laden zu gehen und sollten uns eine Kuh anschaffen, damit wir Milch für die Zwillinge hatten, wenn sie einmal abgestillt waren. Aber der Gemüsegarten und die Obstbäume brachten zu wenig und auch nur zu bestimmten Zeiten des Jahres, die Enten und Hühner hatten die Neigung, ihre Eier zu verstecken, und sie zu schlachten und zu verspeisen war uns unvorstellbar; wir wußten noch nicht, ob uns das kleine Weizenfeld genug Mehl liefern würde. Es fehlte uns an Vitaminen und auch an Proteinen für den Winter; was Teigwaren und Käse und Thunfisch in Dosen und Zitronen und fast alles andere betraf, was wir zum täglichen Leben brauchten, waren wir vom Laden in Ca' Persa abhängig.

Chiara war zum Glück anders veranlagt als wir: sie analysierte die Lage vernünftiger. Sie sagte, sie fände unsere Ansichten ja gut und richtig, aber es käme ihr lachhaft vor, den Boden mit dem Handpflug zu bearbeiten und die Pflanzen mit dem Eimer zu bewässern und ganze Tage mit untauglichen alten Öfen zu vergeuden. Der einzig mögliche Weg sei ihrer Ansicht nach, jeden Hektar Land, den wir besaßen, auf effiziente Weise zu bestellen, das geeignete Saatgut und den richtigen Dünger und die richtige Anbaumethode zu finden und auf diese Weise größere Mengen zu produzieren, einen Teil davon zu verkaufen und uns von den Einnahmen das anzuschaffen, was wir noch benötigten. Sie sagte, sie könne Benzinmotoren auch nicht leiden, dann müßten wir uns aber wenigstens ein Maultier oder ein Pferd zulegen, das einen brauchbaren Pflug ziehen konnte; aufhören, wie in der Steinzeit leben zu wollen. Ihr Ton war aggressiv, aus meiner und Martinas Sicht sogar verletzend, so als bräche hinter den natürlichen Gefühlen, die sie sich bei uns wieder angeeignet hatte, erneut ihre Städtermentalität hervor. Aber sie hatte recht, und wir sahen es ein.

Dicht am Ofen, im Schein der einzigen Zwölf-Volt-Lampe, machten wir uns daran, realistischere Kalkulationen und Pläne aufzustellen.

Ab und zu trafen wir einen jungen Deutschen, der in einem kleinen Steinhaus namens Ca' Ciglione an einem sechs Kilometer von uns entfernten Berghang lebte. Er hatte kein Auto, aber er war ein tüchtiger Läufer; manchmal begegneten wir ihm auf der Straße und boten ihm an, ihn mitzunehmen; er schüttelte nur den Kopf und ging weiter, ohne aus dem Rhythmus zu geraten. Manchmal sahen wir ihn im Laden in Ca' Persa, wo er ein paar Kleinigkeiten einkaufte und dann mit seinem Rucksack wieder loszog, mit der gleichen irren Miene und dem gleichen Bedürfnis, allein zu sein, wie ich im ersten Jahr.

Anfang Januar hörten wir eines Abends bei dichtem Schneegestöber jemanden an die Tür klopfen; und er war es. Mager und steif vor Kälte fragte er uns in schlechtem Italienisch, ob wir ihm eine Kerze borgen könnten, aber es war nicht schwer zu erkennen, daß er in Wirklichkeit verzweifelt war vor Kälte und Einsamkeit und Hunger. Wir stellten ihm einen Teller Suppe hin; nach einem schwachen Abwehrversuch löffelte er sie mit gesenktem Kopf und zitternden Händen in wenigen Minuten in sich hinein. Martina und Chiara brachten ihm noch mehr zu essen; er erzählte, daß er Werner heiße und aus Frankfurt weggegangen sei, weil er die Stadt hasse und davon träume, im Süden auf dem Land zu leben und Ackerbau zu betreiben. Letzten Sommer habe er Ca' Ciglione entdeckt und das Haus gemietet, aber es gäbe dort weder Licht noch Wasser noch einen Ofen, und er hätte nie gedacht, daß der Winter in Italien so hart sein könne.

Wir hörten ihm voller Mitgefühl zu, dann lud Martina ihn ein, bis zum Frühjahr bei uns zu bleiben, ohne mich auch nur zu fragen. Sie sagte, bei uns sei jede Menge Platz und es würde uns freuen; er könne uns bei der Arbeit helfen und in einem warmen Haus und in Gesellschaft leben. Gegenüber Leuten, die ihr sympathisch sind, hatte sie schon immer diese instinktive Großzügigkeit gehabt, die viel stärker war als mein Revierverteidigungstrieb. Ich versteifte mich beim Gedanken, ein Fremder könne sich in die Wärme und Geborgenheit meiner Familie hineindrängen, und bekräftigte ihr Angebot in keiner Weise. Martina bat mich, einen Augenblick mit ihr in die Küche zu kommen; sie schloß die Tür und fragte mich, ob es mich nicht auch gefreut hätte, wenn ich so gastfreundliche Menschen gefunden hätte, als ich allein war. Ihr Blick war so klar und ruhig, daß ich ihr ohne weitere Diskussion recht gab und mich meiner Schäbigkeit schämte.

So zog Werner bei uns ein, und eine Woche später waren Chiara und er zusammen, wie es unvermeidlich gewesen war; und unsere Familie hatte sich weiter vergrößert.

Es fiel noch mehr Schnee, der die Hügel ganz bedeckte und alle Schroffheiten in der Landschaft einebnete. Wir packten die Zwillinge warm ein und stapften durch den Schnee wie in einem fernen Traum, in den kein Laut drang. Ansonsten blieben wir, in eine Art Lethargie versunken, im Haus und sorgten dafür, daß das Feuer in den Öfen und im Kamin nicht erlosch; wir besprachen, was wir im Frühling tun würden, und ließen diese Überlegungen dann wieder in der Schwebe; griffen sie später erneut auf.

Sieben

Im Frühjahr kam ein Luftpostbrief von Guido aus Sydney: drei eng mit Schreibmaschine beschriebene Blätter. Er hatte schon zweimal Wohnung und Job gewechselt, viele verschiedene Leute kennengelernt und tagelang die Eukalyptuswälder nördlich der Stadt durchwandert; jetzt arbeitete er als Fensterputzer und lebte mit einer jungen Fotografin zusammen. Der Brief war voller lebendiger Schilderungen von Leuten und Orten und Situationen, in dem klaren und bisweilen unbarmherzigen Stil, den ich von ihm kannte; er selbst kam jedoch in dem Bild so gut wie nie oder nur ganz beiläufig vor. Man mußte hinter den Verben und Adjektiven und knappen, ausgefeilten Sätzen suchen, um seine Gefühle zu entdecken, und dann schienen sie von Ratlosigkeit hinsichtlich der Zukunft beherrscht, von der Vorstellung, weit weg von der übrigen Welt zu sein.

Martina las den Brief nach mir; als sie fertig war, fragte sie mich: »Meinst du nicht, daß er schrecklich unglücklich ist? Als ob er freiwillig ins Exil gegangen wäre.«

Gemeinsam schrieben wir ihm einen langen Antwortbrief, in dem wir von den Zwillingen erzählten und wie sie hießen und von Chiara und Werner und von unseren neuen Plänen: mit so vielen Einzelheiten über unsere Gefühlslage, wie er über die seine unterschlagen hatte.

Wir kauften einen gebrauchten Traktor für die Felder, die wir neu anlegen wollten. Ackergäule oder Zugochsen waren schwer zu finden, außerdem waren wir zu dem Schluß gelangt, daß Tiere ins Joch zu spannen und schuften zu lassen nicht viel besser war, als einen Motor zu benutzen. Werner kam auf die Idee, den Traktor mit Methan zu betreiben, und er schaffte es in einer Woche, ihn umzurüsten, zwei große Flaschen an den Seiten zu befestigen, was zwar nicht erlaubt war, aber gut funktionierte. Er hatte echtes technisches Talent und wußte so einen Großteil der Probleme zu lösen, mit denen Martina und ich seit langer Zeit lebten, als seien sie unvermeidlich. Er schaffte es, den Windgenerator stabiler zu machen und die Akkumulatorenkammer abzudichten, er legte den Entwässerungsschacht im Keller frei, damit er nicht mehr bei jedem Regenguß überschwemmt wurde. Dank ihm und Chiara gewannen wir ein methodischeres Verhältnis zum Landleben und konnten Pläne verwirklichen, die wir noch in weiter Ferne geglaubt hatten.

Mit dem Traktor pflügten wir vier Hektar brachliegende Wiese um, düngten mit Kuhmist und säten Gerste und Zweikorn und Buchweizen aus, die nicht allzuviel unnatürliche Bodenbehandlung erforderten. Den Gemüse- und Obstgarten vergrößerten wir um fast das Dreifache, pflanzten die verschiedensten Gemüse- und Obstsorten mit unterschiedlichen Reifezeiten an. Wir schlossen eine Elektropumpe an den Brunnen an, damit wir den Garten bewässern konnten, ohne uns dabei das Kreuz kaputtzumachen; bauten einen kleinen Stall und kauften eine Ziege, lernten aus ihrer Milch Joghurt und Frischkäse herzustellen. In zwei Monaten gab ich einen Gutteil des Geldes aus, das mir geblieben war, aber ich wollte mir jetzt ohnehin keinen Fluchtweg mehr offenhalten.

Die Zwillinge begannen auf allen vieren zu krabbeln, sie reagierten zunehmend menschlicher auf unsere Stimmen. Fast jeden Tag brachten wir sie ins Freie hinaus, in einen Auslauf, den wir neben dem Gemüsegarten für sie gebaut hatten. Wir kümmerten uns abwechselnd um sie, damit nicht die ganze Verantwortung auf Martina lastete, und auch in diesem Punkt hatten wir es geschafft, wie eine echte Großfamilie zu leben.

Guido schrieb uns einen zweiten Brief. Er mußte sehr gerührt gewesen sein, daß wir eins unserer Kinder nach ihm benannt hatten, auch wenn er sich wie immer nichts anmerken lassen wollte. Er schrieb, ihm in seiner Rastlosigkeit käme unser Leben unwahrscheinlich ruhig und beschaulich vor; oft denke er an das Haus, das wir ihm angeboten hatten, wie an eine Insel im Strom. Die Fotografin hatte er bereits wieder verlassen, jetzt lebte er mit einem anderen Mädchen zusammen; er hatte sie kennengelernt, als sie beide im Rahmen einer Marktstudie für eine bestimmte Biersorte in einem Zelt Bier ausschenkten. Australien kam ihm provinzieller und öder vor, als er es sich vorgestellt hatte; in seinen Erzählungen schwang eine Spur von Enttäuschung mit.

Wir antworteten ihm mit einer Schilderung der jüngsten Entwicklung in unserer Familie und unserer Landwirtschaft.

Er schrieb erneut, und von nun an schickte er uns jeden Monat einen oder auch mehrere Briefe, je nachdem, wo er gerade lebte und welche Arbeitszeiten er hatte. Begierig warteten wir darauf wie auf die Kapitel eines Fortsetzungsromans, dessen unvorhersehbarer Verlauf Abwechslung in unseren gemächlichen und gleichförmigen Lebensrhythmus brachte. Sogar Chiara und Werner, die Guido nie begegnet waren, zeigten die gleiche Anteilnahme, die gleichen Gefühlsbewegungen wie ich und Martina, wenn der Postbote die Straße heraufkam.

Das Bewußtsein, ein getreues kleines Publikum zu haben, ermutigte Guido, Monat für Monat weiterzuschreiben, so wie die Blicke der Zuschauer einem Seiltänzer Mut machen können. Seine Briefe wurden offener, schlossen ihn selbst immer unverhohlener mit ein und glichen jetzt mehr den Seiten eines Tagebuchs als den Kapiteln eines Romans. Eines Tagebuchs jedoch, das geschrieben wird, um gelesen zu werden, die ständigen Streichungen und Korrekturen über den Zeilen ließen erkennen, wie wenig sein Stil vom Zufall abhing.

Er wechselte in einem fort die Frauen und die Wohnungen, rastlos und immer auf der Suche; hielt sich mit Jobs über Wasser, die er als Ausländer mit seinem längst abgelaufenen Touristenvisum ergattern konnte. Er arbeitete als Müllmann und übersetzte Handelskorrespondenz, fuhr mit einem Imbißwagen durch die Gegend und verkaufte Hamburger und Hot dogs, bis der Karren wegen eines Defekts an der Gasflasche abbrannte. Andere Jobs waren weniger legal, zum Beispiel, als er ein Auto von Sydney nach Canberra überführte und erst hinterher darauf kam, daß es gestohlen war; oder als er sich als Vermittler bei der Beschaffung falscher Papiere für zwei vietnamesische Flüchtlinge betätigte. Er hing völlig in der Luft, ohne Sicherheitsnetz; er hatte kein Geld, um nach Italien zurückzukehren, wenn er gewollt hätte, und es von irgend jemandem anzunehmen, war ihm moralisch unmöglich. Trotzdem schien er sich um sein Überleben nie sonderlich zu sorgen; was ihn beunruhigte, war die Frage, was er aus seinem Leben machen, welchen Weg er nun, mit vierundzwanzig, einschlagen sollte.

Bei allen Entscheidungen, wie wichtig sie auch sein mochten, versuchte er sich dem, was er für den natürlichen Lauf der Ereignisse hielt, nicht entgegenzustellen. Er hatte eine seltsame, widersprüchliche Art von Fatalismus, der ihn veranlaßte, sich in eine Situation tief hineinziehen zu lassen und erst dann plötzlich zu reagieren und alle beteiligten Faktoren wütend aufzumischen. Er ließ sich auf Beziehungen und Tätigkeiten und Orte ein, die ihm überhaupt nicht lagen; dann wieder trieb es ihn, scheinbar perfekte Zustände zu zerstören, um sich erneut auf die Suche nach einer Spur in der Landschaft zu machen, der er folgen konnte.

Martina war anfangs irritiert von der Unersättlichkeit, die ihn in immer neue Liebesaffären trieb, nach einiger Zeit jedoch sagte sie zu mir, daß sie ihn vielleicht verstehen könne. Ihrer Meinung nach war jede Frau für Guido wie ein Schlüssel, der ihm die Tür zu einem anderen Leben öffnete und ihm die Möglichkeit bot, sich dieses Leben nicht nur von außen vorzustellen, sondern bis in seine verborgensten Seiten selbst auszuprobieren. Sie war sich sicher, daß ihm die Frauen als Personen gefielen, und er gefiel ihnen offenbar auch, was seine Suche aber so endlos machte, mußte die Besessenheit von den unzähligen parallelen Möglichkeiten sein.

Daß sie Guido so gut durchschaute, nachdem sie ihn kaum eine Woche lang gesehen hatte, machte mich betroffen; auch die Anteilnahme, mit der sie über ihn sprach, ihr konzentriertes Interesse. Manchmal redete sie mit ihrer Schwester über Guido, und auch Chiara äußerte sich immer mitfühlender und zutreffender über ihn. Guido fiel dieses spezifisch weibliche Interesse innerhalb seines kleinen Publikums auf, und er spielte zwischen den Zeilen darauf an, war darauf bedacht, es zu nähren.

Dank seiner Briefe glaubte auch ich seine Denkweise besser als früher entschlüsseln zu können, zu erkennen, wie seine Verhaltensweisen, die mir nie ganz begreiflich gewesen waren, zustande kamen. Sein Gemüt kannte keine Zwischentöne: immer wieder stürzte es ihn aus der Begeisterung in die Depression, ausgelöst durch bloße Licht- oder Temperaturveränderungen, durch Farben oder Formen in seiner Umgebung. Zudem war er weitaus naiver, als ich angenommen hatte: oft ließ er sich vom Aussehen eines Menschen oder vom Klang eines Wortes verführen, und erst später wußte er sie richtig einzuschätzen. So schrieb er uns zum Beispiel, er habe ein tolles Mädchen kennengelernt, die für ihn das werden könne, was Martina für mich war, und einen Monat später listete er gnadenlos alle Fehler auf, die er an ihr entdeckt hatte, und tat die Affäre mit ihr als sentimentale Episode ab. Das gleiche passierte ihm mit neuen Freunden oder mit Jobs, die er gerade angetreten hatte; mit seiner Einstellung zu seinem Leben in Australien, die je nach seiner augenblicklichen Laune wechselte. Oft baute er sich ganz vernunftwidrige Erwartungen auf, die binnen kurzem von Enttäuschung hinweggefegt wurden. Fast immer gelang es ihm, das verlorene Terrain zurückzuerobern: mit neu geschärfter Fähigkeit, die Dinge über den äußeren Anschein hinaus zu beurteilen, darauf zurückzukehren.

Manchmal identifizierte ich mich aus meiner so viel sichereren Situation heraus mit ihm, betrachtete seine Briefe als Projektionen eines Teils von mir, den ich aus Ängstlichkeit und mangels Talent nie zur Entfaltung gebracht hatte. Martina verstand das gut; und so hatte ihr Interesse zweierlei Gründe.

Acht

Ende 1977 war die Bilanz unserer landwirtschaftlichen Tätigkeit zum erstenmal nicht negativ. Die Getreideernte war gut gewesen, wir hatten genug für den Eigenbedarf und konnten etliche Zentner an eine Mühle in Perugia verkaufen, die Mehl aus biologisch-organischem Anbau herstellte. Wir hatten gelernt, länger haltbaren Ziegenkäse und Obst- und Tomatenkonserven herzustellen; die Hühner legten endlich so viele Eier, wie wir brauchten. Wir waren fast autark, und das erfüllte uns mit Freude.

Die Zwillinge konnten mittlerweile laufen, sie wuchsen heran und waren rotwangig wie echte Landkinder; mit unerschöpflicher Energie erfüllten sie das Haus mit Lärm und Bewegung. Sie waren uns vier Erwachsenen fast in gleichem Maß zugetan und waren nur glücklich, wenn sie uns alle beisammen sahen. Wir verbrachten jeden freien Augenblick mit ihnen, spielten mit ihnen, verfolgten und förderten ihre Fortschritte als lebendigen Beweis, daß unsere Welt außerhalb der Welt funktionierte.

1978 trennte sich Guido von seiner derzeitigen Freundin samt Wohnung und reiste mit dem Bus nach Melbourne weiter. Diese Stadt entsprach wohl noch weniger als Sydney dem abenteuerlichen und exotischen Bild, das ihn an Australien so angezogen hatte: in seinen Briefen schrieb er, Melbourne käme ihm vor wie eine einzige, nichtssagende und verschlafene Kolonial-Vorstadt. Ich und Martina und Chiara und Werner bezweifelten allmählich, daß er in Australien je finden würde, wonach er suchte; wir verfolgten seine Ortswechsel und malten uns im voraus seine neuen Enttäuschungen aus.

Auch in Melbourne schlug er sich mit Gelegenheitsarbeiten durch, wechselte von einem Provisorium zum anderen. In seinen Berichten begann sich ein leiser Überdruß bemerkbar zu machen, gab ihnen zuweilen etwas Bitteres und Zweifelndes.

Dann lernte er eines Abends in einer Bar ein Mädchen namens Laurie kennen, und seine Briefe schlugen einen neuen Ton an.

Sie war dreiundzwanzig und wollte Rocksängerin werden, sie lebte in einem Haus, das sie sich gekauft hatte, ein ehemaliges drittklassiges Hotel in der einzigen lauten Straße der Stadt. Sie war reich und kindisch und spinnig, einzige Tochter eines Bauspekulanten und einer wunderschönen Frau, die bei einem Flugzeugunglück ums Leben gekommen war.

Noch in der gleichen Nacht, in der sie sich kennenlernten, gingen sie zusammen ins Bett, alle beide betrunken und bekifft; dann sahen und hörten sie tagelang nichts voneinander, aber Guido dachte so oft an sie, daß er wieder zu ihr ging. Laurie schien nicht mehr im geringsten an ihm interessiert, und das steigerte ihre Anziehungskraft auf Guido natürlich erheblich. Guido war fasziniert von ihren Allüren eines verwöhnten kleinen Mädchens, von dem subtilen Leid, das ihr Verhalten durchschimmern und sie vor jeder festen Bindung flüchten ließ; er war von ihr bezaubert, wie es ihm wohl nie zuvor passiert war.

Laurie lud ihn ein, bei ihr in ihrem ehemaligen Hotel zu wohnen, doch als er eingezogen war, sprang sie mit ihm nicht anders um als mit dem Dutzend Rockmusikern und Pseudokünstlern, die sie sich wie einen kleinen Hofstaat hielt. Hin und wieder forderte sie ihn auf, mit ihr zu schlafen; viel öfters aber stand er vor der verschlossenen Tür zu ihrem Zimmer in der obersten Etage, in dem Wände und Möbel pinkfarben gestrichen waren und Puppen und Teddybären vor lebensgroßen Fotografien von David Bowie saßen. Guido war von ihrem Benehmen entnervt und zugleich behext: ein paarmal nahm er Anlauf, sich von ihr zu trennen, kam wieder zurück.

Er versuchte, so unabhängig zu bleiben, wie er konnte; er arbeitete bei einem auf Eingeborenenkunst spezialisierten Antiquitätenhändler; transportierte für ein paar Dollar die Woche auf Eukalyptusrinde gemalte Bilder von einem Laden zum anderen. Wenn er morgens aus dem Haus ging, waren die anderen Bewohner des ehemaligen Hotels gerade schlafen gegangen; wenn er abends heimkehrte, saßen sie in der Küche und schnupften Kokain oder stimmten auf dem zum Tonstudio ausgebauten Dachboden ihre Instrumente.

Laurie wollte nicht, daß Guido sie singen hörte, ob aus Schüchternheit oder aus Furcht, nicht gut genug zu sein, war nicht klar. Nächtelang schloß sie sich mit ihrer Gruppe ein, aber die Musik, die herausdröhnte, hörte sich wie abgedroschener englischer Punk an, ihre Stimme klang schrill und unsicher. Von ihrer nationalen Identität wollten sie und ihre Freunde nichts wissen; sie eiferten importierten Vorbildern nach, wie vor ihnen vermutlich schon ihre Eltern. In ihrer spießigen Stadt, in der um sieben Uhr abends alles geschlossen und dunkel war, gebärdeten sie sich wie schwierige Bohemiens: reiche junge Australier, die so taten, als seien sie arme junge Engländer.

Doch selbst diese irritierenden und pathetischen Züge konnten Lauries Charme in Guidos Augen nicht schmälern oder ihn dazu bringen, sein gnadenloses Urteilsvermögen auf sie anzuwenden. Martina und Chiara suchten für mich und Werner die Adjektive heraus, mit denen er sie beschrieb, erfüllt von geradezu wissenschaftlicher Bewunderung, die ihn trieb, ihr Verhalten in allen Aspekten minuziös zu schildern.

Lauries Vater überwachte sie mit äußerster Eifersucht, die noch verschärft wurde durch die Tatsache, daß die von der Mutter hinterlassene Erbschaft sie finanziell absolut unabhängig gemacht hatte. Er belagerte sie mit Telefonanrufen zu den absonderlichsten Uhrzeiten, versuchte Einzelheiten über ihr Liebesleben herauszufinden, stattete ihr sogar mitten in der Nacht Überraschungsbesuche ab. Einmal sah Guido sie zusammen: er vital und aggressiv und mit fast asiatisch wirkenden Gesichtszügen, sie blond und mager und blaß vom Leben in geschlossenen Räumen. Guido meinte, daß fast alle ihre Entscheidungen darauf abzielten, den Vater zu reizen: die Rockmusik, ihre Freundschaften, die Unordnung und der Schmutz in ihrem Haus, ihre unregelmäßigen Eßgewohnheiten.

Guido gegenüber verhielt sie sich widersprüchlich. In Momenten der Panik klammerte sie sich an ihn an und schwor ihm, daß sie ihn brauche; sobald sie sich wieder stark fühlte, behandelte sie ihn voller Groll, der in Wirklichkeit vermutlich ihrem Vater galt. Die Pillen und Pülverchen, die sie einnahm, machten ihre Gefühlszustände noch unberechenbarer und die Kommunikation mit ihr äußerst schwierig.

Am Ende kam Guido zu dem Schluß, daß er sich von dieser Situation losreißen und so weit wegfahren mußte, wie er konnte; er schaffte es, das Geld für eine Reise in den Norden des Landes beiseite zu legen. Er beschrieb uns eine quälende und zugleich lächerliche Abschiedsszene in der Küche, mit einer im Kokainrausch weinenden und schreienden Laurie und ein- und ausgehenden Mitbewohnern, die im Kühlschrank nach Eßbarem suchten. Als er schon mit der Reisetasche in der Hand in der Tür stand, schrie sie, sie würde sich die Pulsadern aufschneiden, wenn er weggehe, und so brachte sie ihn dazu, zu bleiben.

Guidos Briefe wurden immer häufiger: manchmal kamen sogar zwei pro Woche, dicht beschrieben mit Beobachtungen über seine Beziehung zu Laurie. Er war in sie verliebt, gefangen im Netz ihrer wechselnden Launen, in der ungesunden Atmosphäre des ehemaligen Hotels. Sie schlief tagsüber und war nachts wach, stopfte sich mit Aufputsch- und Beruhigungsmitteln voll und bildete sich ein, das gehöre zu dem Bild, das sie darstellen wollte. Immer wieder überraschte Guido sie mit einem neuen Tablettenröhrchen: dann versuchte sie es zu verstecken und tat ganz unschuldig. In seinem verdrehten Zustand beeindruckte und rührte es ihn, wie hinter ihrer Lasterhaftigkeit immer noch der puritanische und koloniale Moralismus ihrer Kindheit zu erkennen war. Manchmal versuchte er ihr klarzumachen, daß sie lieber an ihrer Musik als an ihren Posen arbeiten sollte; am Ende zankten sie sich wie verrückt, bewarfen sich mit Gegenständen und stießen sich die Holztreppe hinunter.

Laurie ging nie bei Tageslicht hinaus, vielleicht um sich auch darin von ihren immer braungebrannten Landsleuten abzuheben. Guido kostete es Mühe, sie auf Trab zu bringen: einmal fuhren sie zusammen nach Phillip Island, um zu sehen, wie die Pinguine an Land kommen, ein andermal ins Bergland bei Geelong, wo ein geisteskranker Bildhauer zwischen Baumfarnen Plastiken von Aborigenes und heimischen Tieren aufgestellt hatte. Solche Manifestationen australischer Volkskultur, die Guidos Neugier weckten, waren Laurie zuwider, und sie hatte nicht das geringste Interesse für die Natur, für das Leben unter freiem Himmel, für die Eukalyptuswälder. Ihre seltenen Ausflüge arteten in neuen Streit aus, mit Ohrfeigen, Bissen und erbitterten Kämpfen auf den Autositzen.

Guido schrieb es zwar nicht ausdrücklich, aber an den Ton- und Rhythmusänderungen in seinen Briefen war ganz deutlich zu merken, daß auch er angefangen hatte, die Drogen zu nehmen, von denen Lauries Haus voll war. Er hatte immer heftigere Stimmungsschwankungen, sie ließen ihn aus irrealen Hochs auf den Boden desolater Tatsachen abstürzen. Ich und Martina und Chiara und Werner versuchten stundenlang, uns seinen Zustand unabhängig von seinen Worten zusammenzureimen; ereiferten uns in Diskussionen aus verschiedenen Blickwinkeln. Manchmal erschien mir das als krankhafte Beschäftigung; aber es waren Guidos Briefe, und offensichtlich brauchte er es, und unsere Anteilnahme beruhte auf echten und tiefen Gefühlen.

Im Dezember '78 zerstritt sich Laurie mit den Musikern ihrer Gruppe, und Guido nutzte die Gelegenheit, sie von dem ehemaligen Hotel loszureißen, sie zu überreden, mit ihm die Reise nach Norden zu machen, die er schon seit langem vorgehabt hatte.

Sie nahmen den Bus bis nach Brisbane, dort mieteten sie ein Auto, um auf selbstgewählten Routen weiterfahren zu können. Guido interessierte sich für diesen Teil Australiens, der ihm viel ursprünglicher erschien als die aufgesetzte Weltstadtatmosphäre in Sydney oder das künstlich Britische in Melbourne. Ihn faszinierten die weiten grünen Flächen, die ungeheuren Entfernungen zwischen den einzelnen Ansiedlungen, die immer üppigere und exotischere Vegetation, je weiter sie nach Norden vordrangen. Sein

Verhältnis zu Laurie folgte weiter dem gewohnten Auf und Ab, das in seinen Briefen manchmal Zeit und Interesse für die Landschaft übrig ließ und sie manchmal völlig verdrängte.

Einmal waren sie zu Gast bei entfernten Verwandten von Laurie, einem provinziellen Zweig ihrer Familie, den sie nie persönlich kennengelernt hatte. Laurie war es peinlich, sie betonte immer wieder, daß sie mit diesen Leuten, deren Leben aus Grillpartys im Garten und Lokalklatsch und nie überprüften Vorurteilen und Bierbesäufnissen bestand, nichts zu tun hatte. Sie hätte lieber im Hotel übernachtet, aber Guido wollte sparsam leben und nicht von ihrem Geld abhängig sein, und er fand es interessant, einmal Australier kennenzulernen, die nicht so taten, als seien sie Europäer oder Amerikaner. Er beschrieb uns die Familie eines Vetters von Lauries Mutter, deren Gäste sie in Toowoomba waren: ihr auf Pfählen erbautes Haus, die merkwürdigen Pflanzen und Früchte in ihrem Garten; die rituellen Saufgelage der Männer, das derbe, wenig anmutige Aussehen der Frauen. Laurie überredete ihn dazu, sich nachts heimlich aus dem Staub zu machen, ohne sich von jemandem zu verabschieden. Sie fuhren die ganze Nacht und nahmen am nächsten Morgen, am Ende ihrer Kräfte, die Fähre nach Frazer Island. Guido berichtete uns mit vorgetäuschter Indignation über diese kindischen Launen; in Wirklichkeit war er davon angetan, unternahm nichts Ernsthaftes dagegen.

Auf Frazer Island verbrachten sie eine Woche, während der sie die meiste Zeit des Tages in einer Hütte aus Palmenblättern lagen, Marihuana rauchten und sich liebten. Nachts gingen sie aus, fuhren im Schrittempo, um im Scheinwerferlicht die Ratten-Känguruhs, die Wallabies und die Roten Riesenkänguruhs herumhüpfen zu sehen.

Dann packte sie erneut ihre Unrast, und sie fuhren zur Küste zurück und weiter in Richtung Norden mit einzelnen Abstechern in die von Regenwäldern bedeckten Berge und Hügel. Sie badeten im quellfrischen Wasser kleiner Seen, beobachteten bunte Papageien, die blitzschnell durch die Büsche schwirrten. Zeitweise schien Laurie Anteil an den Reiseerlebnissen zu nehmen; dann verlor sie plötzlich wieder das Interesse, ihre Tabletten und Pülverchen und Drogen erweckten in ihr den Drang, umzukehren oder Hunderte von Kilometern weiterzufahren, ohne anzuhalten.

Es war Regenzeit, und hinter Rockhampton war die Küstenstraße überflutet vom schlammigen Wasser übers Ufer getretener Flüsse, das die Berggipfel in Inseln verwandelte und die Verbindungswege zwischen den Städten abschnitt. Guido und Laurie mußten den Umweg durch das Landesinnere nehmen, durch ein kahles, fast wüstenartiges Gebiet fahren. Laurie nahm nie ihre Sonnenbrille ab und zog ihr schwarzes Rockstar-Satinjäckchen auch bei dreißig Grad im Schatten nicht aus. Ihre Trägheit brachte Guido manchmal auf die Palme, dann wieder ließ er sich davon anstecken. Manchmal fuhren sie stundenlang, ohne ein Wort miteinander zu reden, so als sei es ihre Pflicht, den nördlichsten Punkt des Kontinents zu erreichen, ohne eine mögliche Lösung ihrer Spannungen.

Werner kaufte in Perugia eine Australienkarte; wir verfolgten darauf Lauries und Guidos Reiseroute, zeichneten mit Bleistift die Orte ein, an denen sie schon gewesen waren. Wir berechneten Entfernungen und Fahrzeiten, stellten Mutmaßungen über die nächsten Etappen an.

Mal glich ihre Reise der Erkundung eines geheimnisvollen Planeten, mal einer Irrfahrt durch eine trostlose Ödnis, ein andermal einer Verfolgungsjagd und einem Zweikampf. Ihre Stimmungen schlugen sich auf das Szenarium nieder, ließen es ständig in einem anderen Licht erscheinen: in idyllischen Tönen schilderte Guido einen Spaziergang durch die frische Kühle eines unberührten Waldes, und schon im nächsten Brief erschien ihm die Landschaft beklemmend fremd und leer. Er schrieb, er verstünde allmählich Lauries Unduldsamkeit gegenüber ihren Landsleuten, gegenüber ihrer Art, wahllos und eigenschaftslos und freudlos mit den Abfallprodukten der Industriegesellschaft zu leben; ohne tieferen Hintergrund als den bloßen Überlebenstrieb.

Mal waren er und Laurie ein Herz und eine Seele und amüsierten sich wie Kinder, mal waren sie voller Groll aufeinander. Sie aßen und schliefen immer unregelmäßiger, ihr Stoffwechsel wurde von den Drogen gesteuert, über die Guido jetzt mit gespielter Gleichgültigkeit schrieb. Auf schnurgeraden Straßen, an denen man immer wieder Kadaver von Känguruhs liegen sah, die von anderen einsamen Autos niedergemäht worden waren, legten sie Hunderte von Kilometern am Stück zurück, machten dann ohne bestimmten Grund irgendwo halt, hingen dort eine ganze Woche lang herum.

Ich und Martina und Chiara und Werner wunderten uns, daß Guido immer noch Zeit fand, uns zu schreiben; jedesmal, wenn wir einen Brief von ihm bekamen, fürchteten wir, es könne der letzte sein. Aus der Sicht unserer häuslichen Geborgenheit waren seine Briefe manchmal etwas befremdlich; wir kamen uns wie die allzu anspruchslos und eintönig dahinlebenden Leute im australischen Grenzland vor, die er und Laurie gleichermaßen verabscheuten. Dann stieß einer von uns zwischen den Zeilen auf eine unverhoffte Assonanz und fühlte sich plötzlich mitgerissen, voller Staunen und Lebendigkeit und ungeahnter Sehnsüchte.

Sie fuhren an dem Städtchen Cooktown vorbei und die Cape-York-Halbinsel hinauf, bis die Straße aufhörte. Sie stiegen aus dem Auto und versuchten, die Küste Neu-Guineas zu erspähen, aber sie sahen nur Mangrovenwälder, so weit das Auge reichte. Jetzt, da sie am nördlichsten Punkt angelangt waren, hatte sich der Grund für ihre Ortswechsel mit einem Mal erübrigt; sie fühlten sich verloren.

Sie fuhren zurück nach Süden; der Überschwemmungen wegen immer wieder gezwungen, Umwege zu nehmen und in gottverlassenen kleinen Nestern haltzumachen. Sie stritten beim geringsten Anlaß, snifften und schluckten Tabletten, liebten sich wild und verbissen. Guido hatte beim Schreiben mittlerweile jede Zurückhaltung abgelegt: es schien, als wolle er möglichst viele Fakten festhalten und uns zuschicken, damit wir sie unter günstigeren Bedingungen als er analysieren konnten.

Martina meinte, der tiefere Grund für ihre Spannungen läge darin, daß sie alle beide nicht wüßten, was sie aus ihrem Leben machen sollten und was sie von Australien eigentlich wollten. Bei allen Differenzen zwischen ihnen seien ihre Sehnsüchte gleich unbestimmt und vage; die Folge davon sei, daß sie mit allem unzufrieden sein würden, was sie auch finden mochten. Guidos Briefe wurden immer kürzer: wenige, eilig hingeworfene und vor der Weiterfahrt rasch in den Briefumschlag geschobene Zeilen. Der Regen pladderte herab, und die Straßen verwandelten sich in Flüsse; Guido und Laurie suchten Zuflucht in kleinen Hotels oder gemieteten Zimmern; dort starrten sie die Hälfte der Zeit zum Fenster hinaus, die andere Hälfte verbrachten sie damit, sich gegenseitig Vorwürfe zu machen. Dann brannte erneut die Sonne vom Himmel, und die feuchte Luft erwärmte sich wie in einem Treibhaus; sie ergriffen wieder die Flucht und fuhren in südlicher Richtung weiter. Die Stimmung war jetzt noch gereizter, weil Guidos Geld verbraucht und er nunmehr auf Laurie und ihre Kreditkarten angewiesen war.

Am Weihnachtstag schrieben sie uns einen gemeinsamen Brief aus Ipswich, mit Glückwünschen und Bemerkungen in ihren nervösen Handschriften, und dies war der letzte. Ich und Martina und Chiara und Werner warteten, aber es kam nichts mehr. Wir versuchten uns die Gründe für dieses Informationsvakuum vorzustellen; die möglichen Entwicklungen ihrer Reise. Martina sagte, es sei wie im Kino, wenn mitten im Film der Projektor ausfällt: genau dieses Gefühl plötzlich unterbrochener Spannung hatten wir.

Neun

Anfang Februar kam aus Rom ein Telegramm von Guido, mit der Telefonnummer eines Hotels. Ich ging drei-, viermal anrufen, bis ich ihn erreichte, als ich ihn endlich am Apparat hatte, war ich so überrascht, daß ich ihn kaum begrüßte und nur fragte, was er hier mache. Guido sagte, es sei ein plötzlicher Entschluß gewesen; er und Laurie seien seit zwei Tagen in Italien: wenn es uns recht sei, kämen sie zum Abendessen zu uns. Ich fragte ihn, welchen Zug sie nehmen wollten; er sagte, ich solle mir keine Gedanken machen, sie kämen schon zurecht.

Zu Hause konnten Martina und Chiara und Werner es so wenig glauben wie ich; sie wollten wissen, welchen Ton Guido am Telefon gehabt habe, ob ich auch mit Laurie gesprochen hätte. Wir waren gewöhnt, sie uns in einer völlig losgelösten Dimension vorzustellen, die noch ferner war als Australien von Italien; es war ein seltsamer Gedanke, daß sie nun mit der unseren verschmelzen sollte.

Stunden vorher fingen wir an, das Gästezimmer herzurichten, wir wuschen die Zwillinge und zogen sie um, räumten die herumliegenden Sachen auf. Martina hängte neue bunte Stofftücher an die Wände, Chiara stellte frische Blumensträuße in die Vasen. Werner überprüfte den Windgenerator, als erwarteten wir eine technische Inspektion und nicht zwei Freunde.

Dann wurde es dunkel, und niemand kam; alle fünf Minuten liefen wir ans Fenster oder zur Tür, um nachzusehen. Wir lauschten auf die vereinzelten fernen Motorengeräusche, bis sie sich hinter irgendeinem der Hügel verloren; gingen wieder hinein und sahen nach den Töpfen in der Küche, in denen das Essen kochte. Wir brachten die Zwillinge ins Bett, entkorkten die Flasche Wein, tranken ein paar Gläser; wir hatten Hunger und wurden immer nervöser. Gegen zehn Uhr endlich sah Chiara auf der Wiese hinter den beiden Häusern die Scheinwerfer eines Taxis und rief, daß sie da seien.

Guido stieg aus, in einem Baumwollhemd in der eisigen Nachtkälte; er umarmte Martina, dann mich und Chiara und Werner. Zögernd und neugierig standen wir alle um das Taxi herum wie ein kleiner Stamm von Wilden und starrten gebannt auf die Vielzahl von Koffern und Taschen, die der Fahrer aus dem Kofferraum auslud. Dann stieg Laurie aus, mit kurzgeschnittenem blondem Haar und zarten Gesichtszügen, in ihrem schwarzen Satinjäckchen, das Guido uns beschrieben hatte. Wir gaben ihr nacheinander die Hand; sie merkte, daß wir sie bestaunten wie eine Diva oder wie ein exotisches Tier, von dem wir schon viel gehört hatten. Der Taxifahrer war aus Orvieto gekommen und mehr als hundert Kilometer gefahren, um die beiden hierher zu bringen; er verlangte eine Unsumme Geld und verschwand in der Nacht.

Im Haus schenkte Werner Wein ein. Guido war ganz durcheinander, aus den gleichen Gründen wie wir: er sagte »Ich dachte schon fast, daß dies hier so was wie ein *imaginärer* Ort ist.« Um den Kontakt wiederherzustellen, schlug er mir in seiner üblichen Art mit der flachen Hand auf die Schulter; zu Laurie sagte er auf englisch: »Wir kennen uns praktisch seit unserer *Kindheit.*« Er sprach jetzt ein ganz natürliches Englisch, ohne sich um einen amerikanischen oder britischen Akzent zu bemühen, aber seine Stimme war noch genauso rauh, wie ich sie in Erinnerung hatte.

Laurie lächelte nervös, sie sah mich kaum an; es war seltsam, sie neben Martina zu sehen, die so viel ausgeglichener wirkte, heiter und zufrieden im Mittelpunkt ihrer Familie. Auch Guido bemerkte den Gegensatz; immer wieder blickte er von der einen zur anderen. Er wirkte mitgenommen, von der Reise, dem Klimawechsel, der Zeitverschiebung. Er wollte gleich die Zwillinge sehen; wir stiegen leise die Treppe hinauf und traten ins Kinderzimmer. Guido näherte sich behutsam ihren Bettchen, versuchte sie im Licht einer kleinen Lampe zu erkennen. Fünf Minuten lang blieb er so stehen und sah zu, wie sie atmeten, als sei sonst niemand im Zimmer. Ich hätte nie gedacht, daß er von zwei Kindern so beeindruckt sein würde: die Sehnsucht nach etwas, das er nicht besaß und nie besessen hatte, löschte seine Distanziertheit aus. Laurie war weniger gerührt; sie guckte gähnend im Zimmer umher.

Wir borgten jedem einen Pullover und gingen zum Essen hinunter. Um diese Zeit lagen wir normalerweise schon im Bett und schliefen, jetzt aber waren wir nicht müde, die Anwesenheit von Guido und Laurie jagte uns aufgeregte Impulse durchs Herz. Verbunden durch die Gegensätze, deretwegen sie sich voneinander angezogen und abgestoßen fühlten, deretwegen sie ein Jahr lang an den fernsten Orten gestritten hatten, saßen sie nebeneinander und gehörten beide derselben Atmosphäre an, Fremde alle beide. Jeder Blick, jeder Satzfetzen, den sie mit ihren vom vielen Umherziehen zerfaserten Stimmen tauschten, unterschied sie von uns. Ich betrachtete Guido in meinem dicken grauen Wollpullover und fragte mich, ob seine Fremdheit nun doch endlich eine Heimat gefunden hatte, eine andere, als ich gedacht hatte. Als er dann zu reden anfing, wußte ich, daß es nicht so war; daß sich vielleicht niemand völlig ändern kann.

Er wollte in allen Einzelheiten wissen, was sich getan hatte, seitdem er hier gewesen war: die Geburt der Zwillinge und die Geschichte von Werner und Chiara, unsere landwirtschaftliche Arbeit, die Tiere und Pflanzen. Offenbar hatte er die ausführlichen Berichte, die wir ihm nach Australien geschickt hatten, nicht sehr aufmerksam gelesen, denn einiges war ihm bekannt, anderes hörte er staunend zum ersten Mal. Er war begeistert, daß wir inzwischen fast Selbstversorger waren; »Ist ja irre«, sagte er immer wieder. Es kam mir sonderbar vor, ihm diese Resultate vorweisen zu können, gewissermaßen als Illustration, wie einfach es im Grunde ist, einen Zustand relativen Glücks zu erreichen. Ich stand in der Küche meines Hauses, das ich gebaut hatte, mit meiner Familie um mich, und redete von ganz handfesten Dingen mit einem Menschen, der im Leben noch gar nicht richtig Fuß gefaßt hatte; der Unterschied zwischen seiner und meiner Situation hätte nicht größer sein können.

Er hörte zu und stellte Fragen, mit denen er mir immer wieder ungeduldig ins Wort fiel. Nebenbei bemühte er sich, auch mit Martina und Chiara und Werner im Gespräch zu bleiben, aber in seiner Unstetigkeit war etwas Verzweifeltes; er hatte einen bitteren Zug um die Augen und um die Mundwinkel. Je länger wir redeten, desto mehr hatte ich den Eindruck, daß er gar nicht mehr wirklich aufnahm, was ich sagte: daß meine Sätze an ihm vorbeiglitten.

Laurie starrte auf ihren Suppenteller, rührte in einem fort mit dem Löffel darin herum, ohne ihn auch nur einmal zum Mund zu führen. Sie fröstelte sogar in Martinas dikkem Pullover; ausgeschlossen aus unserer Unterhaltung auf Italienisch, aus der allgemeinen Aufmerksamkeit, die auf Guido polarisiert war. Martina und Chiara versuchten in ihrem beschränkten Englisch etwas zu ihr zu sagen, aber sie bemühte sich nicht im geringsten um Kommunikation, brachte keinen einzigen Satz heraus. Zwischen ihr und Guido gab es ein unentwegtes Wechselspiel der Blicke, die allerdings eher prüfend als zärtlich waren; sie sprachen kaum miteinander. Irgendwann stand sie auf, sagte »*Excuse me*«. Mindestens zehn Minuten blieb sie weg; als sie wieder hereinkam, vermied sie es, uns anzusehen, ihr Essen rührte sie nicht mehr an. Martina und Chiara musterten sie aus engster Distanz, sie dachten dabei wohl an all das, was uns Guido über ihre Gepflogenheiten geschrieben hatte. Dann stand auch er auf; blieb lange verschwunden und kam mit einem schwer zu deutenden Gesichtsausdruck zurück.

Nach dem Essen räumten wir zusammen den Tisch ab und setzten uns an den Kamin. Es war unsere allabendliche Gewohnheit, ins Feuer zu schauen oder zu lesen oder uns zu unterhalten oder Musik zu hören, plötzlich aber glaubte ich das mit Guidos Augen zu sehen, als einen langweiligen Brauch träger Provinzler oder alter oder aus einer anderen Zeit stammender Leute. Sekundenlang zögerte ich, dann dachte ich, daß ich mich dessen wahrlich nicht zu schämen brauchte, es war ein Teil meines Lebens. Sein überkritischer und unduldsamer Blick brachte mich nicht mehr in Verlegenheit; ich war zufrieden mit dem, was ich und meine Familie geschaffen hatten. Ich war endlich ich selbst; nicht mehr hin und her gerissen auf der Suche nach einem Image oder einer Definition. Ich glaube, Guido spürte es, denn er begann in heftigem und provokantem Ton von seinem schwierigen Verhältnis zu Australien zu erzählen, als spräche er mit etwas rückständigen Verwandten, deren Lebensrhythmus und Wertvorstellungen von den seinen weit entfernt waren.

Martina und Chiara und Werner beteiligten sich am Gespräch, aber ihnen war klar, daß es mich und Guido viel mehr anging als sie, und hielten sich deshalb zurück. Schließlich sagten alle drei, sie seien müde, und gingen schlafen. Laurie hielt noch ein paar Minuten durch, dann erhob sie sich ebenfalls; sagte kaum gute Nacht und durchquerte wie ein schmächtiger Punk-Peter-Pan das Wohnzimmer.

Ich und Guido blieben allein zurück, übermüdet und mißtrauisch, begierig, unsere Karten aufzudecken. Er begann im Ton eines völlig Außenstehenden Betrachtungen über Italien anzustellen. Mit Italien, sagte er, verbinde ihn überhaupt nichts mehr; er könne sich nicht mal vorstellen, wieder dort zu leben. Vermutlich erwartete er, daß ich ihm vernünftige Argumente entgegenhalten würde, aber sein Spiel war zu deutlich, als daß ich mich hineinziehen ließ; wahrscheinlich habe er recht, sagte ich zu ihm. Und damit war ihm das Spiel verdorben, seine Stimme verlor an Schärfe. Er wollte ein Holzscheit im Kamin verschieben und verbrannte sich die Finger, sagte »Scheiße«.

Ich erkundigte mich nach seiner finanziellen Lage; er sagte, er habe keinen Centesimo mehr, seit einem Monat bezahle Laurie alles. Er könne die Rückreise nach Australien nicht bezahlen und sei sich sowieso nicht sicher, ob er überhaupt dorthin zurück wolle; er wisse nicht, wie er seinen Lebensunterhalt verdienen, noch was er im Leben machen wolle; er habe es satt bis an den Hals, durch die Gegend zu gondeln und zu hoffen, die Landschaft würde ihm zu einer Inspiration verhelfen.

Ich fragte ihn, wie es mit Laurie gehe; er sagte: »Wir tun uns auf jede erdenkliche Weise gegenseitig weh, aber sobald einer von uns auch nur andeutet weggehen zu wollen, rennt ihm der andere nach wie ein jämmerlicher *Masochist*; es ist völlig aussichtslos.«

Ich fragte ihn, ob die Drogen mit an der Situation schuld seien; er wandte nur den Blick ab, und mir war klar, daß es so war. Es war mir unangenehm, von meiner ehrsamen und gesunden Position aus, in der das einzige Rauschmittel, das ich benutzte, der Wein aus dem Weinberg hinter dem Haus war, mit ihm darüber zu sprechen, aber ich konnte nicht anders. Ich fragte ihn, was sie genau nähmen; er sagte, alles mögliche: Schlaf- und Beruhigungs- und Aufputschmittel, Marihuana und Opium und Kokain. Ich fragte ihn, ob sie auch fixten: er sagte *»Nein«*, als ob meine Frage nicht zumindest naheliegend wäre.

Er erzählte mir von seinem letzten Monat in Melbourne: von dem Horror, der sie überfiel, als sie dorthin zurückkamen, so daß sie ganz plötzlich beschlossen, zusammen nach Italien zu fahren. Er sagte: »Einmal ging ich raus, um ein bißchen spazierenzugehen, da packte mich das Gefühl der Leere so stark, daß sich mir die *Konturen* auflösten. Ich lehnte mich ganz fest an eine Hauswand, ich biß mir auf die Lippen, um festzustellen, ob ich nicht ganz und gar *verschwunden* war.« Er lachte, aber auch jetzt war er von diesem Zustand wohl nicht allzuweit entfernt.

Die letzten zwei Jahre, erzählte er mir, habe er ständig in dem angstvollen Bewußtsein gelebt, etwas entscheiden zu müssen, ohne imstande gewesen zu sein, Argumente und Kriterien für eine Entscheidung zu finden: »Ich wußte nicht mal, warum ich *dort* war und nicht irgendwo anders auf der Welt. Eigentlich bin ich nur geblieben, um nicht *zurückgehen* zu müssen«, sagte er.

Ich wollte wissen, was er jetzt vorhabe; er sagte, das wisse er nicht. Er wechselte in einem fort seine Sitzposition auf dem Sessel, stand auf und starrte ins Feuer, schniefte. Ich erklärte ihm nochmals, daß das zweite Haus seines sei, wenn er nur wolle, und es war ein viel realistischeres Angebot als letztesmal. Er lächelte wie vor zwei Jahren, sagte »Danke«; ohne den Gedanken wirklich in Erwägung zu ziehen. Ich legte die letzten Holzscheite aufs Feuer, und wir gingen schlafen, alle beide sehr ratlos.

Frühmorgens ging ich mit Werner in den Stall, um nach der trächtigen Ziege zu sehen, brachte die Bienenstöcke an eine windgeschützte Stelle, wendete die Quitten auf ihrer Strohunterlage um, schmirgelte die Kellertür ab, die ich später frisch anstreichen wollte, sägte ein paar Bretter für ein Regal und schaute nach dem Wein in den Fässern. Jeden Tag gab es so viel zu tun, daß die Zeit nie ausreichte, eine Arbeit brachte sogleich die nächste an den Tag.

Als wir ins Haus zurückkamen, fütterte Martina gerade die Zwillinge, Chiara schrieb Etiketten für die Marmeladengläser; Guido und Laurie hatten sich noch nicht sehen lassen. Wir waren so daran gewöhnt, schon morgens um sieben auf den Beinen und an der Arbeit zu sein, daß es uns unglaublich vorkam, daß jemand mittags um halb eins noch schlafen konnte. Um eins aßen wir, in einer eigentümlichen Stimmung, mit ständigen Blicken auf die beiden leeren Plätze und zur Tür, halblauten Gesprächen. Wir hätten gern über Guido geredet, ihre Ankunft am Abend zuvor und das Abendessen und die Unterhaltung nach dem Essen kommentiert und Meinungen ausgetauscht, aber wir brachten es nicht fertig. Auch die Zwillinge, die im Wohnzimmer spielten, schienen sich unbehaglich zu fühlen: alle paar Minuten kamen sie herüber, guckten uns prüfend an und wunderten sich über unsere ungewohnte Schweigsamkeit.

Als wir beim Tischabräumen waren, kamen Guido und

Laurie in die Küche herunter: verkatert und trotz unserer Pullover fröstelnd. Laurie wirkte jetzt, wo sie nicht geschminkt war, wie ein zerbrechliches kleines Mädchen, unsicher in ihrer Beziehung zum Raum und zu den Menschen. Guido, der sich erboten hatte, uns beim Abräumen zu helfen, ließ eine kleine Teekanne fallen, die in Scherben ging. Die Zwillinge näherten sich neugierig und mißtrauisch. Guido war entzückt: er wollte Guido jun. auf den Arm nehmen, doch der riß sich schnell los und flüchtete sich mit seiner Schwester ins Wohnzimmer.

Guido und Laurie setzten sich an den Tisch, und keiner von beiden hatte Hunger; sie lehnten alles ab, was wir ihnen anboten. Chiara kochte trotzdem Spaghetti mit Brennesselsoße, füllte sie ihnen in die Teller; sie aßen nur ein paar Bissen. Jetzt am hellen Tag fanden wir keinen Gesprächsstoff mehr. Guido wollte etwas über die Marmelade wissen, die Chiara kochte, aber man merkte, daß es ihn nicht wirklich interessierte; seine eigenen Fragen waren ihm gleichgültig. Er wirkte noch nervöser und müder als am Abend, bevor er schlafen gegangen war. Werner versuchte ihm in aller Ausführlichkeit unsere Renovierungspläne für das zweite Haus zu erläutern, verfing sich in einem Netz von Einzelheiten, aus dem er nicht mehr herausfand. Im Wohnzimmer hörte man die Zwillinge zu Martina sagen, daß sie nicht mehr in die Küche gehen wollten, aber keiner lachte darüber. Ich und Chiara bemühten uns in unserem stümperhaften Englisch um Konversation mit Laurie; sie antwortete kaum, sie lag so im Clinch mit Guido, daß jeder Satz halb vollendet gefror.

Wir liehen ihnen zwei warme Jacken und gingen nach draußen, um ihnen unseren Garten und die Äcker zu zeigen. Laurie schien das Ganze nicht zu beeindrucken, sie fröstelte nur und ging nach wenigen Minuten ins Haus zurück. Guido kam mit mir und Chiara und Werner bis zu den neu angelegten und schon eingesäten Getreidefeldern. Auch er fror und schaute umher wie einer, der gleich nach dem Aufwachen auf eine Kriegsmission geschickt wird. Am liebsten hätte ich ihn auf den Hügeln herumgeschleppt, ihm all das Mühsame und Greifbare gezeigt, das wir gemacht hatten, ihn zu einem langen Fußmarsch gezwungen, bis er ins Schwitzen kommen und diese ungesunde Rastlosigkeit ablegen würde, die seine Aufmerksamkeit daran hinderte, bei einer Sache zu verweilen.

Er lehnte sich an einen Nußbaum und sagte, daß er noch vor dem Abend nach Mailand fahren wolle. In seinem Blick lag eine Niedergeschlagenheit, wie ich sie in seinen Augen noch nie gesehen hatte, und binnen einer Sekunde fiel meine ganze Aggression von mir ab: ich kam mir vor wie ein arroganter, von den Umständen begünstigter Moralapostel. Ich versuchte ihn zum Bleiben zu überreden; bedrängte ihn sinnlos zehn Minuten lang.

Gegen fünf brachte ich sie mit dem Auto nach Perugia. Laurie döste hinten im Auto, Guido und ich blickten hinaus auf die Landschaft, die immer verunstalteter und verschandelter und kaputter war, je mehr wir uns der Stadt näherten: die widersinnigen Autobahnauffahrten und vierspurigen Überführungen, die riesigen Betonklötze der Fliesen- und Möbel- und Wurstfabriken, die Stadtrandsiedlungen, die man gebaut hatte, um mit dem Lebensraum und den Materialien und den Formen und dem Leben der Bewohner zu spekulieren. Irgendwann sagte Guido: »Wir ergreifen die Flucht, und diese Scheiße breitet sich immer weiter aus und niemand versucht sie *aufzuhalten*.«

Er sagte, das einzige, was man tun könne, sei sich eine Insel zu suchen, wie ich es getan hatte, und sie sich zu bewahren, so lange es ging. Ich erwiderte ihm, daß ich mich nicht einfach auf eine Insel zurückgezogen hätte; daß man mit dem Anbau von Getreide ohne Gift auch ein klein wenig Einfluß auf die Welt nehmen könne. Er deutete auf den scheußlichen Kuppelbau einer von einer doppelten Betonmauer umgebenen Lampenfabrik und sagte: »Wenn wir Einfluß nehmen wollten, müßten wir das Zeug dort mit Dynamit in die Luft sprengen. Mit biodynamischem Mehl kannst du bestimmt nichts ändern.« »*Auch* mit biodynamischem Mehl«, gab ich zurück.

Wir hätten stundenlang weiterreden können, wenn die Fahrt länger gewesen wäre; ich konnte kaum glauben, daß wir wieder eine Kommunikationsebene gefunden hatten. Erst als wir in die Stadt hineinfuhren, verschloß Guido sich wieder. Ich fragte ihn, warum er nach Mailand zurückkehren wolle; er sagte: »Weil wir uns dort vielleicht weniger auf *uns* konzentrieren.« Er drehte sich zu Laurie um, die auf die Seite gelehnt schlief.

Auf dem Bahnhof hatten wir kaum Zeit, die Fahrkarte zu lösen und das ganze Gepäck auf den Bahnsteig zu schleppen. Als der Zug einfuhr, zog Guido einen dicken gelben Umschlag aus seiner Reisetasche. »Schau's dir mal an, wenn du Lust hast«, sagte er zu mir. Im Gedränge der ankommenden und abfahrenden Reisenden konnte ich einen Blick hineinwerfen und sah, daß er einen Packen eng mit Schreibmaschine beschriebener Blätter enthielt. Guido schaute zu den Waggons, als sei er nur darauf aus, einen Platz zu ergattern: es war klar, daß er schon zu viel von sich preisgegeben zu haben glaubte und keine Fragen mehr hören mochte. Bevor sie einstiegen, wollten er und Laurie mir die Pullover zurückgeben, die wir ihnen geliehen hatten; ich sagte, sie sollten sie behalten, sich wenigstens vor der Kälte schützen.

Zehn

Zu Hause las ich das Manuskript, das Guido mir auf dem Bahnhof gegeben hatte. Es war die Geschichte eines Zwanzigjährigen namens Canemacchina, der in einem Vorort von Mailand wohnt und in einer Kfz-Werkstatt arbeitet und aus der Stadt so viel Gewalttätigkeit in sich aufnimmt, daß er den Bürgermeister und alle Stadträte zu ermorden beschließt. Die Geschichte war in der Ich-Form erzählt, aus der Sicht des Protagonisten, aus einer Perspektive ohne jede Distanz, ohne Vermittlerfiguren oder Betrachtungen von außen oder irgend etwas Tröstliches.

Als ich es fertig gelesen hatte, war mir, als hätte ein Knallgasgebläse ein Loch in die Schutzschicht um mein geruhsames Leben gebrannt und einen grellen Lichtstrahl und metallisches Kreischen und beängstigende Zusammenhänge eindringen lassen, die ich seit Jahren vergessen zu haben glaubte. Ich war verblüfft, wie eindringlich Guido in Australien die Atmosphäre Mailands wiedergegeben hatte; wie sich sein Talent, das ich dazu bestimmt glaubte, in kurzen Anmerkungen und Notizen verzettelt zu werden, auf eine nahezu hundert Seiten starke Geschichte hatte fixieren können. Die Figuren und Situationen waren noch plastischer und wirkungsvoller herausgeschnitten als in seinen Briefen oder seinen Erzählungen, die ich in der Schule gelesen hatte; die Schilderungen der Schauplätze von einer manchmal fast unerträglichen Intensität. Trotzdem war es kein ganz vollkommenes Werk: es enthielt Motive, die nur angedeutet und sogleich wieder fallengelassen wurden, Ansätze zu verwickelten Argumentationen, die im raschen Tempo der Erzählung untergingen. Beim Lesen glaubte ich Guido vor mir zu sehen: wie er konzentriert und zornig schrieb und plötzlich wieder von anderen Gedanken fortgerissen wurde.

Ich gab das Manuskript Martina, ohne etwas dazu zu sagen. Sie las bis spät in die Nacht; die letzten Seiten am nächsten Morgen. Sie war von Guidos Stil noch stärker beeindruckt als ich, von seiner Art, die Sichtweise einer völlig gefühllosen Figur verständlich zu machen und doch in jedem Wort Empörung mitschwingen zu lassen. Seit Jahren habe sie keine so boshafte und zugleich sonahegehende Geschichte gelesen; sie sagte, es erschrecke sie, wie Guido aus seinem Leben Wut und Schmerz herausdestilliert und angehäuft habe, um dann in dieser Form damit herauszurücken.

Auch Chiara wollte das Manuskript haben; sie las es ohne Unterbrechung an einem Nachmittag und einem Abend; am Ende meinte sie, sie fände es interessant, aber im Stil zu trocken. Sie war anders als ihre Schwester: ihr zartbesaitetes Gemüt ließ sie angesichts der geringsten Reibung erstarren und an Äußerlichkeiten Halt suchen. Es beängstigte sie, daß Guidos Geschichte keinerlei Lichtblicke bot, und doch sprach sie immer wieder davon, kam ständig auf das Thema zurück. Guido hatte schon mit seinen Briefen aus Australien ihr Interesse geweckt; als er gekommen war, hatte er sie teilweise enttäuscht; jetzt erschien er ihr wieder in einem neuen Licht.

Werner las nur mit Mühe Italienisch; tagelang nervte er uns mit Fragen nach der genauen Bedeutung scheinbar zweideutiger Adjektive und verlangte Erläuterungen zu dem unorthodoxen Gebrauch, den Guido von manchen Worten machte. Doch das Buch gefiel ihm: er sagte, er habe darin viel von dem wiederentdeckt, was er in seiner Frankfurter Zeit empfunden hatte, und es beeindrucke ihn, es so treffend dargestellt zu sehen.

Wir redeten darüber wie über ein Buch, denn für uns hatte es schon die Autonomie einer gedruckten und mit einem Einband versehenen Erzählung, dabei waren es nur lose, mit einer Schreibmaschine mit abgenutztem Farbband beschriebene Blätter voller Streichungen und von Hand eingetragener Korrekturen. Martina meinte, Guido könne es einem Verleger anbieten; die anderen stimmten ihr zu, sogar Chiara, die anfangs so voller Vorbehalte schien.

Ich ging mit Martina nach Ca' Persa, um ihn anzurufen und ihm zu sagen, wie sehr uns seine Geschichte gefesselt habe. Seine Mutter sagte mir, er sei nicht da, er schlafe mit der ›Australierin‹ in irgendeinem Hotel im Zentrum. Ihre Stimme klang mittlerweile eher aufgebracht als besorgt. Sie sagte, sie habe keine Lust mehr, sich seinetwegen verrückt zu machen und darauf zu hoffen, er würde sich irgendwann wie ein normaler Mensch verhalten. Ich bat sie, ihm auszurichten, daß ich angerufen hatte; sie schrie mich an, sie richte ihm überhaupt nichts aus.

Auf dem Nachhauseweg sagten wir uns, daß es ohne Telefon nicht weitergehen konnte; wir beschlossen, einen Anschluß zu beantragen.

Vier Tage darauf fand ich im Laden eine Nachricht von Guido vor, mit der Nummer des Hotels, in dem er wohnte. Ich rief ihn an, während ich im Geist nochmals die Bemerkungen durchging, die ich und die anderen zu seinem Buch gemacht hatten. Als er abnahm, klang seine Stimme gedrückt: er sagte mir, daß er sich endgültig mit Laurie zerstritten habe und sie nach Los Angeles abgeflogen sei, jetzt müsse er das Zimmer räumen, weil er natürlich kein Geld habe, um zu bleiben. Mitten im Satz brach er ab; dann sagte er: »Ich weiß überhaupt nicht mehr, was ich tun soll«, und ich spürte seinen Atem hinter den Worten, die Angst, die sie zusammenhielt.

Ich dachte, wie schrecklich die Stadt sein mußte, wie sie ihn aus Rache für das Buch, das er gegen sie geschrieben hatte, mit ihrer fahlen Februarkälte überfiel, sobald er aus dem Hotel trat. Ich befahl ihm, den nächsten Zug zu nehmen und zu uns zu kommen; andernfalls käme ich ihn mit dem Auto holen, würde ihn mit Gewalt mitschleppen. Er war verdutzt über meinen Ton; er sagte, er wisse nicht mal, wie er herkommen solle und wann. Seine Worte lösten sich nur mühsam aus den Pausen und erstarben gleich wieder.

Ich nannte ihm die Abfahrtszeiten der nächsten beiden Züge nach Perugia, ließ ihn alles wiederholen, um sicher zu sein, daß er verstanden hatte. Ich sprach sehr laut, um die Unsicherheit in seiner Stimme, ihre Ausdruckslosigkeit auszugleichen. Ich sagte, ich würde sofort zum Bahnhof fahren und so lange dortbleiben, bis er käme; legte auf, bevor er weitere Einwände machen konnte.

Als ich aus der Telefonkabine trat, war ich in heller Aufregung, die Frau aus dem Laden sah mich verwundert an. In all den Jahren hatte ich mich daran gewöhnt, Guidos Standpunkt zu umkreisen wie ein Boot eine Klippe; die Vorstellung, daß sich unsere Rollen umkehren könnten, beängstigte mich.

Der Wind roch nach Schnee, als der letzte Zug in den Bahnhof einfuhr, die Leute auf dem Bahnsteig schlugen die Mantelkrägen hoch und schoben die Hände in die Taschen, um sich vor der Kälte zu schützen. Ich war die

Warterei leid und halb erfroren und fast sicher, daß Guido nicht drin sein würde.

Doch mit den letzten Nachzüglern stieg er aus dem letzten Waggon, seine alte Segeltuchtasche umgehängt, in der Jacke, die ich ihm geliehen hatte. Er sah völlig erschöpft aus: begrüßte mich kaum, machte nicht einmal versuchsweise seine üblichen Kontaktaufnahmegesten. Wir eilten zum Auto, und er sah sich mit keinem Blick um; er hätte an jedem anderen Punkt der Erde sein können, so gleichgültig war ihm alles.

Drei Viertel der Strecke sprachen wir kein Wort. Wir fuhren langsam die dunklen Hügel hinauf, mir wollte einfach nichts einfallen, wie ich die Stimmung hätte lockern können: mit verkrampftem Magen fuhr ich dem Licht der Scheinwerfer nach. Draußen blies immer noch der Wind, drang in eisigen Stößen ins Auto, brachte es stellenweise ins Schleudern.

Als wir von der Staatsstraße in die kleine Landstraße einbogen, sagte Guido: »Ich weiß nicht, was zum Teufel das ist, ein Nervenzusammenbruch oder was, mir kommt es vor, als ob überhaupt nichts mehr von Bedeutung wäre.«

Ich sagte ihm, mir sei es auch schon so gegangen; so ergehe es jedem, der über das Wesen der Dinge nachdenkt und sich mit ihnen befaßt, um sie über den bloßen Namen hinaus zu verstehen; jedem, der die Wirklichkeit, die er vor sich hat, nicht einfach hinnimmt, sondern nach anderen Wirklichkeiten sucht, die ihm näherliegen. Ich war so auf diese Gedanken konzentriert, daß das Auto für einen Augenblick von der holprigen Straße abkam; ich bekam es gerade noch unter Kontrolle, kurz bevor ich gegen die Böschung geprallt wäre.

Guido merkte kaum etwas davon, er murmelte »So ausgedrückt, klingt es fast wie eine Art Verdienst«. Ich sah zu ihm hinüber, ob nicht wenigstens die Andeutung eines Lächelns auf seinen Lippen zu sehen war; dabei riskierte ich, ein zweites Mal von der Straße abzukommen.

Als wir zu Hause ankamen, blies ein so böser Wind, daß wir geduckt bis zur Haustür rannten, ich klopfte ungeduldig, begierig nach Wärme und Licht. Martina und Chiara und Werner begrüßten Guido ganz unbefangen, als wäre er nur einige Stunden weg gewesen. Sie nahmen sofort die Tätigkeit wieder auf, mit der sie gerade beschäftigt waren, verbargen ihre Neugier, bewegten sich weiterhin ganz ungezwungen. Nur der Hund Dip tat unverhohlen sein Interesse kund: aufgeregt sprang er an ihm hoch und wollte ihm die Hände lecken. Martina fragte ihn, wie die Reise gewesen sei; Guido sagte »So la la«.

Der Tisch war für zwei gedeckt: Werner holte eine Springform mit überbackenen Nudeln aus dem Ofen, Martina brachte Wein, Chiara Gemüse, ich ging in den Keller und holte einen selbstgemachten Ziegenkäse. Mit müdem Blick verfolgte Guido diese häuslichen Aktivitäten, setzte sich wortlos.

Die Küche war warm und behaglich; bei der Kälte draußen und dem Wind, der gegen die Fensterscheiben pfiff und sie zittern ließ, wirkte sie wie eine schützende Höhle. Guido aß stumm, sah niemanden an und nahm kaum Notiz von unserer Anwesenheit. Wir bedrängten ihn in keiner Weise, unterhielten uns in aller Ruhe über Bäume, die wir pflanzen wollten, über Düngemethoden und Baumschnitt. Martina und Chiara umsorgten ihn: schenkten ihm Wein ein, reichten ihm das Brot. Sie belauerten seinen Gesichtsausdruck, betroffen und angezogen von seiner unerwarteten Zerbrechlichkeit.

Gegen elf begleiteten Martina und ich ihn in sein Zimmer hinauf, mit einer zusätzlichen Decke und einer Wärmflasche. An der Tür sagte er »Ihr seid so nett zu mir«, und seine Augen füllten sich plötzlich mit Tränen. Gleich darauf wurde er wütend, weil er sich hatte gehen lassen; er sagte »Verdammter Mist, ihr habt euch ein *Wrack* ins Haus geholt«. Er lächelte sonderbar: ein verbittertes, schwer zu deutendes Lächeln.

Um sieben Uhr morgens stand ich auf und sah, daß es schneite: leise schwebten die Schneeflocken durch die dichte ländliche Stille. Es war der erste richtige Schnee in diesem Jahr, und er kam spät; ich dachte an die Tiere, die gegen den Schnee geschützt, an die Öfen, die beheizt werden mußten; an die jetzt noch beklemmendere Entfernung zwischen uns und dem Rest der Welt.

In wenigen Stunden war die ganze Landschaft ringsherum weiß, die Wölbungen der Hügel noch sanfter. Starr vor Staunen drückten die Zwillinge und der Hund die Nasen ans Küchenfenster. Wir gingen alle zusammen hinaus: die Luft war so lächerlich klar und still, daß wir mit lautem Geschrei Fangen zu spielen begannen, uns balgten und im Schnee wälzten.

Als Guido, vielleicht von unserem Geschrei geweckt, zur Tür herauskam, warf Chiara einen Schneeball nach ihm. Er schien das nicht sonderlich lustig zu finden, spielte aber trotzdem mit: wich ein paar weiteren Geschossen aus, hob mit bloßen Händen Schnee auf, um es uns heimzuzahlen. Wir stürzten uns mit wilder Energie in die Schlacht, die zugleich ein Versuch war, Guidos verzweifelte Traurigkeit zu verscheuchen: sie von ihm abzuschütteln, damit fröhlichere und lebensbejahende Gefühle an ihre Stelle treten konnten. Wir machten so lange weiter, bis wir naßgeschwitzt waren und keine Kraft mehr hatten, dann sahen wir dem Schnee zu, der immer noch in dichten Flocken fiel und die Bäume, das bewohnte und das unbewohnte Haus, die Äcker und Eichenwälder auf den Hügeln ringsum zudeckte.

Als wir wieder hineingingen, schien sich Guidos Angst etwas gelöst zu haben, er war erhitzt und vor Anstrengung ins Schnaufen gekommen, seine Wangen waren gerötet. Wir legten in den Öfen und im Kamin Holz nach, stellten die Kochtöpfe auf den Herd; ich setzte mich mit ihm ins Wohnzimmer, während Werner an der Elektroanlage herumbastelte und die zwei Frauen das Essen für die Zwillinge zubereiteten.

Er erzählte mir von den Tagen mit Laurie in Mailand: den unaufhörlichen Streitereien und Drohungen und wenige Minuten währenden Versöhnungen, den Stimmungsschwankungen und plötzlichen Zusammenbrüchen, Weinkrämpfen und Trotzreaktionen und in erschöpftem Schlaf verbrachten Tagen, wahllos geschluckten Pillen, erneuten Szenen vor den ehrbaren Gästen des Hotels und vor den Zimmermädchen. Er starrte ins Kaminfeuer; die Energie in seiner Stimme schien mehr dem Erzählten als ihm selbst anzugehören, nicht von Dauer.

Dann trat wieder Verzweiflung in seine Augen. Er sagte: »Ich bin immer so vagen Impulsen nachgelaufen, als müsse es irgendwas Besseres geben, das man nur zu finden braucht.«

»Vielleicht stimmt es ja«, sagte ich. »Vielleicht hast du es schon gefunden, und es ist nur eine Frage der Zeit, bis du es merkst.« Es widerte mich an, so mit ihm zu reden: in diesem Laienpredigerton, den ich unwillkürlich annahm.

Ohnehin hörte er nicht zu; er sagte: »Das ist, wie wenn du so lange an ein bestimmtes Wort denkst, bis nichts mehr davon übrigbleibt als der Klang. Nur geht es mir mit dem *Leben* so.«

Ich wollte ihm gerade eine lange, unmißverständliche Predigt halten; ich ließ es bleiben, rief nur irgendeine blödsinnige Zurechtweisung zu Chiara jr. und Guido jr. hinüber, die uns halb hinter einem Sessel versteckt beobachteten.

Eine Woche danach gingen Guido und ich mit dem Hund auf den schneebedeckten Hängen spazieren. Das von dem reinen Weiß vielfach reflektierte Licht blendete uns, gemächlich stiegen wir bis zu einer Stelle hinauf, von wo aus die beiden Häuser flach und winzig aussahen, umgeben von spärlichen Spuren menschlicher Aktivität. Wir atmeten tief durch; der Hund paddelte im Schnee um uns herum.

Ich sagte Guido, daß mir sein Buch sehr gefallen habe; daß ich es auch Martina und Chiara und Werner gegeben habe und sie es alle gleichermaßen spannend fänden. Ich wollte das Thema offen zur Sprache bringen und es nicht mehr länger umgehen wie eine mögliche Quelle des Unbehagens.

Guido schüttelte den Kopf und sagte: »Es ist mir peinlich, es überhaupt geschrieben zu haben. Die ganzen Frustrationen und nutzlosen Ambitionen, die da drinstecken. Die versteckte Selbstgefälligkeit.«

Ich hörte es mir an, und meine Behutsamkeit verkehrte sich in Wut: ich schrie ihn an, er solle endlich Schluß machen mit diesem selbstzerstörerischen Nihilismus und nicht immer Angst haben, Gefühle nach außen dringen zu lassen, als warteten alle nur darauf, ihm Naivität oder Dünnhäutigkeit vorzuwerfen.

Er sah mich an, verblüfft über die Wut in meiner Stimme; sagte: »Du bist *feindselig*.«

»Ich bin feindselig, weil ich keine Lust habe zuzusehen, wie du zugrunde gehst«, schrie ich. »Weil du deine Fähigkeiten verplemperst. Glaub mir, wenn ich nur einen kleinen Teil davon hätte, ich würde sie nutzen, statt mir den Kopf zu zermartern, weil ich nicht weiß, was ich aus meinem Leben machen soll.«

Je länger ich redete, um so mehr reicherte sich meine Wut mit anderen Gefühlen an, die zwischen uns standen, so miteinander vermischt, daß sie kaum voneinander zu trennen waren: Zuneigung und Eifersucht und Bewunderung und Neugier und Enttäuschung und Vertrauen und dreizehnjährige Freundschaft. Ich schrie ihn an, Chiara und Martina fänden ihn auch nicht so hinreißend; sie hätten wohl vor allem Mitleid mit ihm.

Zu anderen Zeiten hätte Guido es wahrscheinlich geschafft, meine Worte gegen mich selbst zu wenden; jetzt fragte er nur: »Und was soll ich tun, deiner Meinung nach?«

Wir waren wie erschlagen von dem grellen Licht, von der Konturenlosigkeit der Landschaft und unserer Gefühle. Ich sagte, er solle sein Buch irgendwem zum Lesen geben, es veröffentlichen lassen und weiterschreiben.

»Aber es ist doch kein fertiges Buch«, protestierte er. »Da steckt noch ein Haufen Arbeit drin.«

»Dann arbeite daran«, sagte ich. »Arbeite daran, bis es dich ganz überzeugt.«

»Und wovon *lebe* ich unterdessen?« fragte Guido. Ich hörte jetzt auch in seiner Stimme die Wut hochkommen, und das erleichterte mich unglaublich.

»Du kannst uns bei der Feldarbeit helfen, wenn der Frühling kommt«, sagte ich. »Du arbeitest drei, vier Stunden täglich, dafür bekommst du von uns Kost und Logis. Oder du zahlst uns mit einem Teil des Honorars die Unterhaltskosten zurück, sobald dein Buch erscheint.«

Guido lachte; er wandte sich mir zu und gab mir ein paar seiner Klapse auf die Schulter. Ich gab sie ihm zurück, aber jetzt war ich derjenige, der Tränen in den Augen hatte.

Elf

Guido lieh sich Martinas alte Schreibmaschine, ließ sich sein Manuskript von mir zurückgeben und schloß sich gleich nach dem Frühstück in sein Zimmer ein, blieb bis ein Uhr oben. Das gleiche tat er am nächsten und am darauffolgenden Tag. Stundenlang hämmerte er mit einem Tempo, das sich von draußen furios anhörte, auf den Tasten herum. Wenn er herunterkam, wirkte er nachdenklich, aber lebendig, von neuer Spannung erfüllt. Wir bemühten uns, ein möglichst gutes Klima um ihn herum zu schaffen: wir hielten die Zwillinge von seinem Zimmer fern, sprachen im Korridor mit gedämpfter Stimme, ließen ihm das Essen stehen, um ihn nicht mit unserer Zeiteinteilung einzuengen.

Er fing sich nicht so ohne weiteres: manchmal unterbrach er sich mitten im Satz, starrte zum Fenster hinaus oder ging wortlos aus dem Zimmer. Anfangs folgten wir ihm mit einem gewissen Abstand, weil wir fürchteten, er könne sich von selbstzerstörerischen Impulsen erfassen lassen, aber wir sahen, daß er nur lief, sich die Hänge hinaufmühte, die noch weiß von Schnee waren. Nach und nach gewann er seinen lebhaften Blick zurück; redete wieder mit der empörten und verwunderten und ironischen Stimme, die ich an ihm kannte.

Ich und Martina und Chiara und Werner erledigten die letzten Arbeiten des Winters: wir sägten Bretter für Möbel und für Bienenstöcke, erneuerten die Kabel der Stromanlage, legten unsere Pläne für das Frühjahr fest. Wenn

Guido gerade nicht schrieb, versuchte er uns zu helfen. Er hatte kein großes praktisches Geschick, aber die technische Seite unserer Arbeiten faszinierte ihn, er bemühte sich, so viel wie möglich darüber zu erfahren. Er war imstande, Werner endlose Erläuterungen über das Leben eines Bienenvolks oder über die Funktionsweise einer Elektropumpe abzuverlangen; er sagte, das sei jedesmal wie ein Blick in eine unbekannte Welt mit ganz eigenen Begriffen und Werten und Bezugssystemen; es beängstige ihn, wie viele solcher Welten existieren mußten.

Oft befaßte er sich mit den Zwillingen, er redete und spielte stundenlang mit ihnen. Er meinte, sie hätten einen außergewöhnlichen Wahrnehmungssinn und Erfindungsgeist, wir wollten das nur nicht wahrhaben, um sie weiter als niedliche, unreife Wesen betrachten zu können. »Wenn wir es fertigbrächten, sie nicht die ganze Zeit an unseren anmaßenden und rationalen Maßstäben zu messen, könnten wir erkennen, wie interessant sie sind«, sagte er. »Wenn wir sie nicht zwängen, ihre Komplexität in eine armselige Skala leichter *kontrollierbarer* Begriffe und Verhaltensweisen zu übertragen.« Wenn er uns dabei ertappte, wie wir an ihnen eine ungewöhnliche Ausdrucksweise verbesserten, sagte er jedesmal: »Laßt sie doch. Hört auf, *Zirkusdompteure* zu spielen.«

Dabei waren wir gewiß keine sonderlich konventionelle oder sehr an den gängigen Wertvorstellungen hängende Familie. Guido hatte die Gabe, keinen Vorgang so hinzunehmen, wie er war: ihn immer vom kompliziertesten Blickwinkel aus, den er finden konnte, in Frage zu stellen.

Auch Chiara hatte es ihm angetan. Mir war aufgefallen, wie er sich immer wieder damit vergnügte, sie wegen ihres leicht steifen, förmlichen Verhaltens zu necken; wie drängend und kindisch er wurde, wenn er mit ihr schäkerte. Ich hatte geglaubt, daß er nach dem Desaster mit Laurie nicht die geringste Lust verspürte, sich erneut zu verlieben, und so war es wohl auch, aber die ganze Chemie in Le Due Case basierte auf unvermeidlichen Verbindungen. Fast ohne eigenes Zutun schlitterten er und Chiara in ein gefährliches Wechselspiel der Gefühle, ließen sich davon mitreißen.

Immer häufiger sah ich sie zusammen, in der Küche oder vor Guidos Zimmer oder draußen im Freien. Sie redeten in erster Linie: vertieft in einen dichten Austausch von Gedanken.

Mit der Zeit glaubte ich zu bemerken, daß Chiara sich ein wenig anders bewegte. Drei Jahre lang hatte sie sich in die Rolle der jungen, mit lebensnotwendigen Arbeiten beschäftigten Landfrau gefügt, und jetzt kamen die spielerischen, brillanten Seiten ihres Naturells wieder zum Vorschein: sie sprach modulierter; über Themen, die sie vorher gar nicht zu berühren schienen.

Diese fast unmerkliche Wandlung steckte auch Martina an, wie es bei Schwestern manchmal vorkommt; sie ließ sich in komplizierte Wortgefechte mit Guido verwickeln und lachte häufiger als sonst, legte den Kopf leicht schräg wie in der ersten Zeit, als die Vertrautheit unser Verhalten noch nicht gelockert hatte. Im Hingezogensein zu Guido war sie Chiaras Komplizin, auf subtile Art und Weise zugleich aber auch ihre Rivalin, und das erschreckte und verunsicherte mich; nichts, dachte ich, ist so stabil, daß man sich ganz sicher fühlen kann.

Werner bemerkte diese Veränderungen erst sehr spät und wurde als Reaktion darauf so besitzergreifend, wie er sonst nie gewesen war: er verfolgte Chiara von einem Zimmer zum anderen und von einem Stockwerk zum anderen und von draußen nach drinnen, forderte von ihr ständig

Gesten der Bestätigung. Chiara fühlte sich dadurch bald eingeengt; sie benutzte jeden Vorwand, der sich bot, um ihm aus dem Weg zu gehen, nicht mehr mitkommen zu müssen, wenn er nach Ca' Persa oder Gubbio fuhr, sich beim Essen an den am weitesten von ihm entfernten Platz zu setzen. Wenn wir uns unterhielten, widersprach sie ihm fast immer, voller Unmut über seine mangelnde Komplexität, über die Art, wie er jedes Problem so anging, als sei es rein mechanisch zu lösen. Es war grausam mitanzusehen, wie ihr Blick interessiert aufleuchtete, wenn sie Guido zuhörte, und angesichts von Werners Gedankengängen, die so vorhersehbar waren, daß sie sie selbst hätte fortführen können, gleich darauf wieder erlosch. Sie hatte ihn wohl immer noch gern; was sie von ihm wegzog, war jedoch ihre wahre Natur; Guido hatte sie nur aus der ländlichen Ruhe aufgerüttelt, in deren Schutz sie lange Zeit geschlummert hatte.

Werner erkannte das nicht; er meinte, er bräuchte das Netz der Gewohnheiten, das sie bisher aneinander gebunden hatte, nur fester zu knüpfen, neue Energie zu investieren. Er war ein schlichtes Gemüt, und seine Erfahrung mit südländischen Frauen beschränkte sich auf Chiara; ohne es zu wollen, trieb er sie mit seinem Verhalten erst recht zu Guido hin. Wenn er schrieb, ging sie unter dem Vorwand, ihm Tee oder ein Glas Wein zu bringen, zu ihm in sein Zimmer hinauf; sie blieb nur kurz und bei geöffneter Tür, aber wenn sie herauskam, schwebte sie wie eine Wolke durch den Flur und ließ sich von niemandem ins Gesicht sehen.

Unsere Abende am Kamin wurden zu einem spannungsgeladenen, durch die allgemeine Aufmerksamkeit noch dramatisierten Wechselspiel von Blicken und Worten, Annäherungs- und Abwehrversuchen. Es war auch ein Verschleißkampf: Werner und Guido lasen oder plauderten beide so lange, bis sie vor Müdigkeit umfielen, jeder wartete darauf, daß der andere das Feld räumen und zu Bett gehen würde. Chiara blieb bei ihnen sitzen und blickte unbehaglich im Zimmer umher, als hoffe sie ein Fenster zu entdecken, das sie noch nicht gesehen hatte.

Martina und ich waren zu sehr mitbetroffen, um als Hüter der objektiven Vernunft auftreten zu können; wir waren ständig hin und her gerissen zwischen Verantwortungsgefühlen und Schuldgefühlen und Resignation. Spätnachts oder frühmorgens im Bett redeten wir darüber: fragten uns, wann unsere Familie endgültig aus dem Gleichgewicht geraten würde; was danach geschehen solle. Wir diskutierten über Guidos und Werners und Chiaras Charakter, darüber, was für jeden von ihnen richtig und was das Richtige schlechthin sei. So unvermeidlich, wie die Anziehung zwischen Chiara und Guido gewesen war, so unvermeidlich zog es uns auf ihre Seite.

Manchmal beobachtete ich Werner, wie er konzentriert und unbeirrbar herumwerkelte, und dachte, daß er einer Frau ein ganz anderes Gefühl der Sicherheit vermitteln müßte als Guido mit seiner Unrast und Sprunghaftigkeit. Dann sah ich Guido hinten im Flur mit Chiara reden: die ungebändigte Spannung, die in ihm steckte, vermischt mit der altmodischen Galanterie, die er aus den Büchern seiner Jugendzeit angenommen hatte.

Die Kälte blieb bis Mitte März und wich dann von einem Tag auf den anderen dem Frühling. Plötzlich standen wir vor Dutzenden praktischer Probleme, die alle zugleich angegangen sein wollten: die Äcker mußten gepflügt und gedüngt und eingesät, Bäume beschnitten und veredelt, Tiere versorgt werden. Wir gingen jetzt wieder vor Morgengrauen hinaus aufs Feld und kamen mittags müde und hungrig nach Hause.

Guido schrieb in seinem Zimmer und hörte nur auf, um auf die Zwillinge aufzupassen oder kleinere Gartenarbeiten zu erledigen oder mit uns zu essen. Ab und zu erbot er sich, bei aufwendigeren Arbeiten mitzuhelfen, aber keiner von uns wollte ihn von seinem Buch ablenken: wir gaben ihm immer irgendwie zu verstehen, daß es nicht nötig sei.

Wir vermieden es, offen über das zu reden, was er machte; allenfalls fragten wir ihn, wie er vorankomme, dann sagte er: »Ganz gut.« Chiara wußte als einzige mehr, denn er ließ sie ab und zu einige Seiten lesen, suchte ihren Rat. Mit ihrer Schwester redete sie darüber voll glühender Anteilnahme, als sei Guidos Buch auch ihre Sache, und Spuren dieser Einstellung gingen auch auf Martinas Stimme über, wenn sie mir davon erzählte. Manchmal glaubte ich, daß die Anziehung zwischen Guido und Chiara fast ausschließlich geistig sei und ihre Beziehung auf dieser Ebene bleiben könne, ohne tiefere Wunden zu schlagen.

Doch als der Frühling kam, verloren ihre Gefühle die winterlich zähe Trägheit, gerieten außer Kontrolle. Werner war viel zu sehr mit der Feldarbeit beschäftigt, um ein Auge auf Chiara zu haben, und es wäre ihm ohnehin entgangen, selbst wenn er ständig um sie gewesen wäre. Immer wieder sah ich ihn den Kopf zu den beiden Häusern drehen, wenn wir zusammen arbeiteten, als versuche er, von fern etwas zu hören. Wenn wir abends heimkehrten, schien Martina sich unbehaglich zu fühlen; jedesmal huschten Schritte über den Flur, Türen wurden leise geschlossen, Blicke verlegen abgewandt. Beim Abendessen schwiegen wir oder verbissen uns in Auseinandersetzungen über belanglose Themen. Nach dem Essen wurde die Atmosphäre noch schwieriger: manchmal ging Guido wieder in sein Zimmer hinauf, um zu arbeiten, Chiara legte sich um neun schlafen. Tagsüber musterten uns die Zwillinge aufmerksam; sie spürten die ungewohnte, zunehmende Spannung in ihrer Familie.

Dann kam ich eines frühen Morgens zum Frühstück hinunter und fand auf dem Tisch einen Zettel von Werner mit den Worten: *Viele Grüße an alle, ich hab's versucht, aber es ist sinnlos.*

Ich rannte hinauf und klopfte an seine Tür; Chiara öffnete mir, noch halb im Schlaf. Sie brauchte einige Sekunden, bis sie begriff, was ich ihr sagte, blickte verstört im Zimmer umher. Werners wenige Kleidungsstücke waren von den Stühlen und aus dem Schrank verschwunden, bis auf einen Pullover, den sie ihm gestrickt hatte, und ein paar Schuhe, die Martina und ich ihm geschenkt hatten. Auch sein alter Rucksack war weg und die Querflöte, auf der er den Zwillingen manchmal vorgespielt hatte. Er mußte sich in der Nacht leise wie eine Katze davongeschlichen haben, denn nicht einmal Chiara hatte etwas bemerkt.

Die Lautlosigkeit, mit der das Gleichgewicht unserer Familie auseinanderbrach, erschütterte mich mehr als es die heftige Szene getan hätte, die ich seit Wochen erwartet hatte; ein schreckliches Verlustgefühl erfaßte mich. Ich dachte an alles, was Werner für Le Due Case getan hatte, an seine sich immer in konkreten Tätigkeiten äußernde Begeisterung, an unsere so wenig auf Worte gegründete Freundschaft; daran, daß ich trotz allem keinerlei Zweifel gehabt hätte, wenn ich zwischen ihm und Guido hätte wählen müssen. Auch Chiara hatte keine, und doch stand sie weinend vor dem halbleeren Schrank.

Guido war zutiefst betroffen: er gab keine Ruhe, bis ich mit ihm nach Ca' Persa und Ca' Ciglione und Gubbio fuhr, zum Bahnhof von Perugia als letztem Versuch. Fast ohne ein Wort fuhren wir viele Kilometer; hielten ständig Ausschau, machten halt, sobald wir jemanden sahen, der entfernte Ähnlichkeit mit Werner hatte.

Als wir zurückkamen, schienen auch der Hund Dip und die Ziege und die Enten und Hühner gemerkt zu haben, daß das Gleichgewicht von Le Due Case zerstört war. Guido sagte: »Wie *schrecklich*, daß ich euer Familienleben so kaputtgemacht habe.« Martina versuchte ihm klarzumachen, daß er überhaupt nichts kaputtgemacht habe und daß Chiara kein armes Dummchen war, das sich vom Erstbesten den Kopf verdrehen ließ.

Guido wußte, daß er in ihrer Lage etwas ganz Ähnliches gesagt hätte; die Hände in den Taschen vergraben, ging er auf die Wiese hinaus. Chiara blieb minutenlang am Fenster stehen und sah zu ihm hinüber, dann ging sie ihm nach, und er drehte sich um; sie nahmen sich fest in die Arme.

Zwölf

Unser Leben war aus der Bahn geworfen, der Rhythmus und die Rollen und Beziehungen, die es lange Zeit geregelt hatten, durcheinandergebracht. Wir erlebten Tage voller Panik und Ungewißheit, wie wir unsere Zukunft gestalten sollten; voller Zweifel, ob wir das, was wir aufgebaut hatten, würden zusammenhalten können. Wir aßen zu absonderlichen Zeiten, gingen spazieren, wenn wir uns hätten ausruhen sollen, und redeten, ohne je zu einem Ende zu kommen. Wir liefen mit dem Gefühl umher, alles neu überdenken, neue Gründe finden zu müssen für das, was wir taten.

Guido hielt sich anfangs ziemlich heraus, auch wenn ihm bewußt war, daß er zu einem guten Teil für die neue Situation verantwortlich war. Er arbeitete weiter an seinem Buch; wenn wir diskutierten, sagte er »Vielleicht solltet ihr...« oder »Ich an eurer Stelle...«, und sein Ton klang vager und unbeteiligter denn je, schon auf ganz andere Atmosphären und Orte projiziert. Chiara war sich keineswegs sicher, ob sie in diese Projektionen einbezogen war: sie suchte seine Nähe, als wolle sie sich an ihm erfreuen, solange er noch da war. Auch Martina und ich wußten, daß wir langfristig nicht auf ihn zählen konnten; wir zwangen uns, uns als eine außer den Tieren und Pflanzen aus zwei Erwachsenen und zwei Kindern bestehende Familie zu betrachten.

Mit der Zeit jedoch begann Guido die Dinge von einem näheren Standpunkt aus zu sehen; er unterbrach die

Arbeit an seinem Buch und beteiligte sich an unseren Diskussionen. Wir gingen zusammen auf den Bergpfaden spazieren, und nach dem, was er sagte, fühlte er sich der Landschaft zugehörig und in unsere Pläne einbezogen. Selbstversorger zu sein, meinte er, sei wichtig, aber wir könnten nicht immer ohne ein anderes Ziel als das bloße Überleben weiterwursteln. »Wir müssen auch Dinge machen, die uns gefallen und uns *Spaß machen* und in der Welt draußen etwas bewirken. Wir dürfen hier nicht wie Flüchtlinge leben, wir müssen nach einer Lebensform suchen, die *Wut* hervorruft, kein Mitleid. Unser Ziel muß der Aufbau einer Gemeinschaft sein, die umfassender und vielseitiger als eine Familie ist, wir müssen hier eine Vielzahl von Leuten versammeln, die den Wunsch haben, zusammenzuleben und sich ganz unterschiedlichen Tätigkeiten zu widmen, auch solchen, die nicht unmittelbar ans Land gebunden sind.«

Seine Stimme erinnerte mich jetzt an die von vor elf Jahren, als er darüber redete, wie die Welt hätte sein können: er hatte wieder diese Art, die Wörter fast überdeutlich auszusprechen, die gleiche Fähigkeit, Bilder zu vermitteln wie damals. Ich und Martina und Chiara blickten von fern auf unsere beiden Häuser hinab und sahen sie im Geist schon von verwickelten und faszinierenden Beziehungen belebt.

»Es muß doch noch andere Leute geben, die gern außerhalb aller Zwänge leben möchten und davon *träumen* und nur nicht wissen, wie sie es anstellen sollen, und sich aus lauter Frust womöglich einer religiösen Sekte anschließen oder auf Teufel komm raus reich zu werden versuchen oder *aufgeben* und sich umbringen. Ich könnte verrückt werden, wenn ich an all die sensiblen und begabten Leute denke, die das Geld und die Industrie und die Autos und die Macht verabscheuen und sich deswegen für *krank* halten, weil sie glauben, allein zu sein, und sich der Realität anpassen und von ihr erdrücken lassen. Wir müssen einen Weg finden, solche Leute zu erreichen, Anzeigen in alle Zeitungen der Welt setzen und mit allen möglichen Mitteln darüber reden und Kontakte herstellen. Wir müssen das zweite Haus in Ordnung bringen und Gemeinschaftsräume schaffen, ein *Theater* und ein Maleratelier, vielleicht eine Druckerei und ein Tonstudio. Wir könnten Bücher herstellen und Schallplatten und Bilder und alles, was wir wollen, und es in die ganze Welt verschicken, damit auch andere Leute Lust kriegen, solche Orte zu gründen. Wir könnten das Geld ganz abschaffen und den Tauschhandel einführen, nur Beziehungen zu Leuten unterhalten, die *Dinge* produzieren, alle Verbindungen mit den Banken und der Bürokratie und der Verwaltung abbrechen«, meinte Guido.

»Aber das würde man nie zulassen. Stell dir allein die Probleme mit der Arbeitserlaubnis und der Lohnsteuerkarte und den Genehmigungen und allem vor«, meinte Chiara, die realistischste von uns, voller Sorge, als sähe sie unten auf der Straße schon die Polizeiautos herauffahren.

»Dann könnten wir *Widerstand* leisten«, meinte Guido. »Wir könnten rings um unser Tal Hindernisse und Sperren bauen und bei der UNO die Loslösung vom italienischen Staat beantragen und alle anderen Gemeinschaften ermutigen, es uns gleich zu tun, eine weltweite Anarchistenföderation gründen und alle Staaten und Regierungen und Heere und Banken ablehnen. Und uns sogar *umbringen* lassen, wenn es keine andere Möglichkeit mehr gibt, und damit einen Fall schaffen, der die Leute aufwühlt und die bestehenden schrecklichen Verhältnisse aus dem Gleichgewicht bringt.«

Wir waren stehengeblieben und schauten in unser Tal

hinab; Guidos Worte hatten in mir und Martina und Chiara so intensive Bilder geweckt, daß es uns die Sprache verschlug.

Martina lernte, mit dem Traktor zu fahren und manövrierte ihn bald besser als ich über die Felder, Chiara übernahm den Gemüse- und Obstgarten; ich mähte Gras und stutzte Bäume und säte, schob Schubkarren voller Steine und Ziegel für das zweite Haus, mit der gleichen Energie wie damals, als ich am ersten arbeitete. Um die Zwillinge kümmerten wir uns abwechselnd, mit Dips Hilfe, der sie bewachte wie ein Hirtenhund seine Herde, sie umkreiste und bellte, sobald sie das Areal verließen, das wir für sie bestimmt hatten.

Guido half mir den halben Tag bei der Renovierung des zweiten Hauses, die andere Hälfte des Tages arbeitete er an seinem Buch. Er zwang sich, die Grundlagen des Zimmerhandwerks und des Mauerns zu erlernen, dann zog er sich wieder in sein Zimmer zurück und hämmerte den ganzen Nachmittag auf der Schreibmaschine. Er schrieb und warf das Geschriebene weg und schrieb neu; jeden Abend schüttete er einen ganzen Korb voll zusammengeknüllter Blätter in unsere Papiertonne. Es blieb ihm noch genügend Energie, um mit mir und Martina und Chiara ein paar Sätze zu wechseln, mit den Zwillingen zu spielen oder ihnen eine Geschichte zu erzählen.

Er und Chiara machten einen zufriedenen Eindruck: nach wie vor redeten sie sehr viel miteinander, steckten in jeder freien Minute zusammen. Sie besuchte ihn, wenn er schrieb, gab ihm Ratschläge, wie sie es mehr oder weniger heimlich schon zu Werners Zeiten getan hatte. Oft hörte ich sie bis spät in die Nacht über das Buch diskutieren: über die Figuren und den Satzbau und einzelne Adjektive und mögliche Änderungen. Wenn Guido deprimiert war, versuchte sie ihn von seinen schrecklichen Stimmungsschwankungen zu befreien; sie sprach viel unverblümter mit ihm als es jemand anders je getan hatte, und er hörte auf sie, vertraute ihren Ansichten. Es war schön, sie zusammen zu sehen: ich war glücklich, diese Verbindung wenigstens teilweise mit herbeigeführt zu haben.

Eines Morgens Mitte Juli kam Guido in die Küche, wo ich und Martina gerade frühstückten, und legte sein fertiges Buch auf den Tisch. »Sieht länger aus als es ist, die *Blätter* sind so dick«, sagte er, als rede er über etwas, das ihn schon nicht mehr viel anging.

Natürlich brauchten wir keine Aufforderung: ich und Martina knobelten aus, wer es als erster lesen durfte; sie gewann, überließ es mir dann aber trotzdem. Gleich nach dem Abendessen fing ich an und las die ganze warme Nacht hindurch. Martina bat mich gar nicht erst, das Licht zu löschen, sie zog sich einfach das Laken über den Kopf.

Die Geschichte war im Vergleich zur ersten Version zehnmal besser: lückenlos durchstrukturiert, ohne Abschweifungen oder Nachlässigkeiten im Aufbau. Guido hatte die überflüssigen Adjektive und Adverbien Stück für Stück weggefeilt, die Übergänge und nebensächlichen Schilderungen gerafft, die Dialoge wie Messerklingen geschliffen. Statt sich zu mildern, hatte sich sein Zorn in der zweiten Fassung gesteigert und noch deutlicher die Form einer erbitterten Anklage gegen Mailand angenommen, gegen alle Städte wie Mailand, gegen die Verhältnisse und die Leute, die dazu beigetragen haben, daß sie so sind. Es war Guidos Rache für alles, was er als Kind und Heranwachsender erlitten hatte, für alle negativen Eindrücke, die er, wehrlos wie er war, absorbieren mußte: hart und gezielt wie ein Racheakt.

Am Morgen ordnete ich die Blätter, die neben meinem

Bett verstreut lagen, und gab den Stapel an Martina weiter. Ich wollte noch darüber nachdenken, bevor ich mit Guido sprach, aber kaum betrat er mit Chiara die Küche, platzte ich unwillkürlich heraus, daß ich sein Buch fabelhaft fände. Guido stand vor mir, der Schärfe und Gewalttätigkeit dessen, was er monatelang geschrieben hatte, scheinbar weit entrückt. Da wurde mir klar, daß es sich um ein richtiges Buch handelte, unabhängig von Guidos persönlicher Wut und meiner persönlichen Neugierde, die mich getrieben hatte, es zu lesen. Es war alles andere als ein nettes oder optimistisches Buch, aber seine Boshaftigkeit diente dazu, Wut und Bestürzung über all das zu wecken, was wir leicht als normal oder unvermeidlich hinnehmen. Der blinde Horror der Industriestadt sprach mit einer Deutlichkeit aus den Seiten, wie sie ohne das Mittel beschreibender Einschübe nur schwer zu erreichen ist: Guido war es geglückt, den Schrecken darzustellen, wie er ist, gewöhnlich und unspektakulär, Teil des Geflechts alltäglicher Praktiken und Beziehungen, die in einer für den, der damit lebt, kaum wahrnehmbaren Weise verkommen sind. Seine Geschichte ließ schmerzliche, unauslöschliche Gefühle zurück.

Während ich über das Buch redete, goß sich Guido Milch ein, nahm den Honig aus dem Regal, um seine Distanz zu demonstrieren. Aber seine Bewegungen, die betont beiläufigen Fragen, die er mir stellte, ohne mich anzusehen, ließen erkennen, wie versessen er darauf war, meine Reaktion auf sein Buch kennenzulernen. Nach und nach zeigte er es deutlicher: er fragte mich nach meiner Meinung zu bestimmten Details der Geschichte, zu bestimmten Figuren und Begebenheiten; welches meine instinktiven Reaktionen, welches meine verstandesmäßigen Reaktionen gewesen seien. Zum Schluß fragte er, was mich überzeugt oder irritiert habe, was mir überflüssig erschienen sei. Chiara hörte uns von fern zu; Martina saß bereits lesend am Tisch, versuchte ab und zu mit seitlichen Handbewegungen die lautstarken Zudringlichkeiten der Zwillinge abzuwehren.

Ich bemühte mich, meine Ansicht so präzis wie möglich darzustellen, meine Urteile möglichst genau zu definieren. Ich hatte schon immer Schwierigkeiten, meine Gefühle in rationalen Begriffen auszudrücken, wenn mir etwas gefiel oder mich interessierte, aber Guido bat mich immer wieder, mich genauer zu äußern; fragte »In welchem *Sinn*?« oder »Das *heißt*?«

Wir redeten noch stundenlang über das Buch, in der Küche und dann draußen in der heißen Sonne; im Schatten einer Steineiche und wieder im Haus. Ich war erstaunt, wieviel Guido an meiner Meinung gelegen war, wie viele Gedanken er sich hinter seiner scheinbaren Gelassenheit machte.

Am Abend war Martina mit dem Lesen fertig; sie sagte, sie fände es weitaus eindrucksvoller als die erste Fassung; jetzt funktioniere es bestens. Sie sprach darüber eher wie über ein zu einem bestimmten Zweck konstruiertes Gerät als wie über ein eigenständiges Kunstwerk, und Guido schien damit einverstanden, genau das habe er machen wollen, sagte er. Seine Kommunikation mit Martina war unkompliziert, ohne die Spannungen und Zwiespältigkeiten, die unsere Gespräche erschwerten.

Martina sagte, jetzt müßten wir unbedingt einen Verleger finden. Guido war hin und her gerissen: er hatte das Buch nicht geschrieben, um es nur uns zum Lesen zu geben, aber die Vorstellung, nun jemanden um etwas bitten zu müssen, ließ ihn erstarren. Er sagte: »Es werden doch fast nur Bücher von Leuten veröffentlicht, die *tot* sind. Oder von rechtschaffenen älteren Leuten oder von *Ausländern.*«

Ich und Martina und Chiara blieben dabei, daß es auf jeden Fall einen Versuch wert sei, um zu sehen, welche Antwort kommen würde. Am Ende war er einverstanden; Martina schrieb aus ihrem Notizbuch die Namen der wichtigsten Verlage heraus, die sie noch aus der Zeit hatte, als sie in Perugia in der Buchhandlung arbeitete. Ich und Guido fuhren nach Gubbio und machten acht Fotokopien des Manuskripts, steckten jede in einen Umschlag.

Als wir die Umschläge zukleben wollten, fiel uns ein, daß die Geschichte noch keinen Titel hatte. Guido hatte zwei oder drei im Kopf, aber keiner überzeugte ihn wirklich. In dem stickig heißen Postamt fingen wir zu diskutieren an; dachten uns verschiedene Möglichkeiten aus, alle gleich reizlos. Nach einer halben Stunde sagte ich, eigentlich könne er doch den Namen des Protagonisten als Titel nehmen, und Guido sah mich entzückt an. Wir schrieben *Canemacchina* auf das oberste Blatt jeden Stapels und klebten die Umschläge zu; schickten sie mit den nüchternen Begleitschreiben ab.

Der Sommer ging zu Ende, und Guido wartete auf eine Antwort. In Wirklichkeit warteten wir alle: ich und Martina und Chiara viel offenkundiger als er. Jedesmal, wenn wir das Postauto die Straße herauffahren hörten, rannte einer von uns dreien hinaus, in der Hoffnung, daß es etwas für Guido sei. Aber es waren immer nur Briefe von meiner Mutter, die wissen wollte, wie es uns ging; Ansichtskarten von den Quimandissetts aus Paris oder Borneo mit ein paar kümmerlichen Grußworten und ihrer Unterschrift. Guido regte sich auf, wenn er unsere Enttäuschung sah; »Es ist schon viel, wenn sie es mir *zurückschicken*«, sagte er.

Aber nicht einmal das taten sie. Martina versuchte uns klarzumachen, wie langsam Verlage arbeiteten: daß Monate vergehen, bevor ein Manuskript gelesen wird, weitere Monate, bis darüber entschieden wird. Guido hatte keine Lust, darüber zu reden; er wechselte das Thema, guckte weg. Aber daß er daran dachte, war klar. Seit er nicht mehr in seinem Zimmer auf der Schreibmaschine klapperte, gab es nichts mehr, was seine Aufmerksamkeit wirklich in Anspruch nahm. Er half mir, das zweite Haus in Ordnung zu bringen, aber die Langsamkeit, mit der die Arbeit voranging, ärgerte ihn: wenn wir einen ganzen Tag lang gemauert hatten, blickte er auf die um wenige Zentimeter gewachsene Mauer, meinte: »Es muß doch eine andere *Methode* geben.« Am liebsten hätte ich geantwortet, daß Schreiben ja auch eine langwierige Arbeit sei, dann fiel mir ein, daß es besser war, nicht darüber zu sprechen. Schmächtig wie er war, ermüdete er auch rasch; manchmal ließ er die Ziegelsteine, die ich ihm reichte, auf den Boden fallen, versetzte ihnen wütende Fußtritte.

Es erschreckte mich, wie sehr er bei allem Haß, den er gegen Mailand hegte, im Grunde ein Stadtmensch war. Man brauchte nur zu sehen, wie unangenehm ihn das gierige Gegacker der Hennen berührte, wenn er ihnen im Hühnerhof Maiskörner hinstreute, um zu erkennen, daß seine Liebe zum Land größtenteils abstrakt war. Die Vorstellung, in einer natürlichen Landschaft zu leben und die Idee von unserer autarken Familiengemeinschaft und dem Dorf, das wir aufbauen könnten, begeisterten ihn, aber er war nicht imstande, eine solide und dauerhafte Beziehung zum Land herzustellen. Er war zu unstet, um sich mit der Gleichförmigkeit unseres Tagesablaufs abzufinden, zu sehr auf unvorhersehbare Gefühlseindrücke versessen, um sich auf langfristige Pläne festlegen zu können.

Manchmal, wenn wir uns abends am Kamin unterhielten, schien er ganz bei der Sache zu sein, und von einem Moment auf den anderen blitzte Unmut in seinen Augen auf; er sprang auf und kramte in den Büchern im Regal.

Manchmal fragte ich mich, ob er je eine feste und dauerhafte Beziehung zu irgendeinem Ort, zur Wirklichkeit im allgemeinen würde herstellen können.

Wieder waren einige Monate vergangen, seit Guido und ich die Umschläge mit seinem Manuskript verschickt hatten, und immer noch gab es keinerlei Reaktionen. Chiara und Martina fanden es unmöglich, daß niemand sich herabließ, wenigstens ein Ablehnungsschreiben zu schicken; sie versuchten Guido zu überreden, telefonisch nachzufragen; sich an andere Verleger zu wenden. Guido sagte, es läge ihm überhaupt nichts mehr daran; Schreiben sei etwas für selbstgefällige Invaliden, die ihren Frust über ihre Lebensuntüchtigkeit in Büchern sublimieren. Seine Worte klangen so hart und bestimmt, daß man sie leicht für bare Münze hätte nehmen können, wenn er nicht selbst ein ganzes Jahr lang mit Feuereifer geschrieben hätte. Ich versuchte es ihm zu sagen; er wurde nur ärgerlich, sagte: »Weil ich *auch* so ein selbstgefälliger Invalide gewesen bin.«

Anfang Dezember kam der Postbote mit einem Brief des Mailänder Verlegers Zeriatti. Chiara riß ihn ihm aus der Hand und rannte damit zu Guido. Wir standen alle um ihn herum, als er ihn mit fliegenden Händen aufriß, immer noch bemüht, gleichgültig zu wirken.

Eine Ablehnung war es nicht. In dem Brief stand, der Roman habe interessante Aspekte, vor allem die eindringliche Charakterisierung des Protagonisten und den sehr direkten Stil, aber auch gravierende Mängel: die Nebenfiguren seien zu kontrastarm gezeichnet, die Gewalttätigkeit des Protagonisten sei zwar geschildert, nicht aber interpretiert worden, und das Mailänder Ambiente wirke für eine Erzählung, die zwar nicht den Anspruch erhebe, realistisch zu sein, aber auch nicht eigentlich in die Sparte der Fiktion gehöre, allzu apokalyptisch. Zudem könnte die Geschichte ohne Schaden für die Gesamtkomposition um mindestens fünfzig Seiten gekürzt werden, die direkten Anspielungen auf Politiker und Verwaltungsbeamte der Stadt seien plump und überflüssig, der Schluß breche den Erzählstrom einfach ab, ohne ihn zu beschließen, der Titel sei nicht gut. Mit ein wenig Geduld und den richtigen Eingriffen jedoch lasse sich der Roman erheblich verbessern, und der Verlag zöge ihn dann gern wieder in Erwägung.

Als Guido fertig gelesen hatte, knüllte er das Blatt wütend zusammen, sagte: »Als stünde er hoch oben auf einem Turm und schaue mit dem *Fernrohr* runter.«

Martina sagte, daß der Verlag, wenn man über die Sprache und den schrecklichen Ton hinwegsähe, ein deutliches Interesse an dem Buch zeige und es wahrscheinlich veröffentlichen würde, wenn Guido die Änderungen akzeptierte. Guido wollte darüber nicht einmal diskutieren; er sagte: »Kannst du dir die *Visage* vorstellen, die der Typ haben muß? Und seine *Stimme*? Die Stimme, mit der er der Sekretärin das alles diktiert hat?«

Er ging in sein Zimmer hinauf, während wir den zerknüllten Brief glätteten und noch einmal lasen; oben hörten wir ihn wild auf der Schreibmaschine hämmern. Zwanzig Minuten später kam er mit einem Antwortbrief von einer Seite herunter und zeigte ihn uns. Er glich einem Angriff mit gezücktem Messer: eine dichte Folge derart boshafter Bemerkungen über den Verlagslektor, daß die Quimandissett-Schwestern auf der Suche nach einem Vermittler zu mir schauten. Chiara sagte, wenn er ihn abschicke, bräche er damit für immer alle Brücken zur italienischen Literaturszene ab, keiner werde je etwas von ihm herausbringen. Guido entgegnete, die italienische Literaturszene sei ihm völlig egal; er werde sowieso nie wieder im Leben etwas schreiben. Er nahm einen Briefumschlag und schrieb in Druckbuchstaben den Namen des Lektors und die Anschrift des Verlags darauf. Chiara versuchte ihm den Brief aus der Hand zu reißen; er stieß sie zurück, jetzt wirklich böse: mager und allein gegen die Welt, aber auch daran gewöhnt; fest entschlossen, sich mit seinen Mitteln zu verteidigen. Er fragte mich, ob ich ihn nach Ca' Persa fahren könne, um den Brief einzuwerfen, und ich fuhr ihn.

Auf dem Rückweg sagte er zu mir, es mache ihn wütend, daß er sich überhaupt mit denen eingelassen habe. Mit »denen« sagte er. »Ich hasse sie«, sagte er, »diese Scheißkerle mit dem ganzen *öden* und verlogenen Dreck, den sie alljährlich herausbringen, und ich gehe hin und bettle sie um ihr Urteil an, wie ein Schulbub, der eine gute Note will.«

Ich antwortete, daß er sie um nichts angebettelt habe; daß es keineswegs erniedrigend sei, wenn man das eigene Buch veröffentlichen lassen wolle. Er bat mich, die Sache zu vergessen, für abgeschlossen zu betrachten.

Zu Hause nahm er sein Manuskript und warf es in die Papiertonne, stopfte es tief hinein. Später holten Martina und ich es heimlich wieder heraus, brachten es in einer Schublade in unserem Schlafzimmer in Sicherheit.

Guido sprach nicht mehr von seinem Buch, und keiner von uns sprach davon, wenn er in der Nähe war, aber es war klar, daß ihn hinter seinen jähen Stimmungsschwankungen der Gedanke daran immer noch bewegte. Manchmal schien er guter Dinge zu sein und mit ganz anderen Gedanken beschäftigt: mit dem Dorf, das wir aufbauen wollten, der Form, die es haben würde. Er diskutierte mit uns über den Namen, den wir ihm geben könnten, über seine architektonische und organisatorische Gestaltung. »Es darf keine Kommune oder esoterische Kolonie werden, auch wenn es vielleicht doch ein *spiritueller* Ort sein wird«, meinte er.

Aber im Lauf der Zeit wurde er immer öfter traurig und weltfeindlich, stellte in seinem alles niedermachenden Ton düstere Betrachtungen an. Er hatte immer weniger Lust, mit mir am zweiten Haus zu arbeiten; als ich die Arbeit des Schnees wegen einstellen mußte, konnte er sich zu keiner unserer winterlichen Beschäftigungen aufraffen. Den halben Tag las er in seinem Zimmer, machte lange, einsame Spaziergänge. Er blieb stundenlang fort, kam zurück und sagte kein Wort. Chiara wußte nicht, wie sie ihn aufheitern sollte, wenn sie es allzu eifrig versuchte, fuhr er sie an, sie solle ihn in Ruhe lassen. Das einzige, was an unserem Leben noch seine Neugier reizte, waren die Zwillinge: ab und zu erzählte er ihnen mit seiner rauhen Stimme verwikkelte Geschichten, die er aus dem Stegreif erfand. Sie lauschten wie hypnotisiert, still und reglos wie bei keinem von uns.

Dreizehn

Gut sieben Monate, nachdem Guido und ich das Manuskript abgeschickt hatten, kam ein Brief von einem anderen Verleger. Als der Postbote ihn brachte, war Guido unterwegs auf einem Spaziergang durch den Schnee, so war es ziemlich normal, daß ich ihn öffnete, um zu sehen, was darin stand. Der Ton war ähnlich wie der im ersten Brief, so als blicke der Schreiber aus erhabener Höhe auf seine Gesprächspartner herab. Die Beanstandungen waren jedoch milder und in gewisser Weise wohlwollend: gerade wegen seiner strukturellen Mängel sei der Roman, so hieß es in dem Brief, dokumentarisch recht interessant. Auch hier gab es eine Reihe von Änderungsvorschlägen, die unter anderem den »ziemlich unglücklichen und nichtssagenden« Titel betrafen, doch als ich den ganzen Brief ein zweites Mal durchgelesen hatte, wurde mir klar, daß es sich alles in allem um eine Zusage handelte.

Ich ließ ihn auch Martina und Chiara lesen: sie stimmten mit mir überein, daß die Änderungswünsche vernünftiger waren als das letztemal und daß Guido sie nie und nimmer auch nur in Erwägung ziehen würde. Wir beratschlagten halblaut, spähten dabei aus Angst, er könne zurückkommen, alle paar Minuten aus dem Fenster; wir beschlossen, ihm den Brief nicht zu zeigen, ihn in der Schublade zu verbergen, in der wir auch das aus der Papiertonne gerettete Manuskript aufbewahrten.

In der Nacht konnten Martina und ich gar nicht mehr aufhören, darüber zu reden: es kam uns irrsinnig vor, auf die Möglichkeit, Guidos Buch zu veröffentlichen, von vornherein zu verzichten, und andererseits waren wir sicher, daß seine Antwort auf den zweiten Brief, wenn er ihn gesehen hätte, genauso gelautet hätte wie auf den ersten. Bis ein Uhr nachts untersuchten wir das Problem aus verschiedenen Blickwinkeln; als wir kaum noch klar denken konnten, faßten wir den Entschluß, daß ich nach Mailand fahren und mit dem Verleger sprechen würde.

Ich war über fünf Jahre nicht in Mailand gewesen: als ich aus dem Zug stieg und auf den Platz vor dem Hauptbahnhof hinaustrat, war mir, als kehrte ich geradewegs in einen uralten, aber immer noch fortlebenden Alptraum zurück. Zu Fuß ging ich mit meiner Reisetasche eine breite Verkehrsstraße entlang, über die sich Ströme von Kraftfahrzeugen wälzten, die die Luft zerfetzten und zerrieben und durcheinander wirbelten und hinter sich noch verpesteter wieder ausspieen. Der Gehsteig war mit Ölflecken und schwärzlichem Staub und menschlichem Auswurf verschmutzt; von Autos verstopft, die bis dicht an die Häusermauern kreuz und quer geparkt waren, so daß ich alle paar Schritte auf die Fahrbahn ausweichen mußte. Es herrschte eine zähe, ungesunde Kälte; die wenigen Bäume, die zu sehen waren, hatte man auf das barbarischste gestutzt, zu kläglichen lebenden Pfählen reduziert, die die Fahrbahnen voneinander trennen sollten.

Im Zentrum, in der Nähe der Wohnung meiner Mutter, besah ich mir dann die überquellenden Schaufenster der Boutiquen und Feinkostläden und Obst- und Gemüsegeschäfte und Juweliere und Reisebüros; die vom Weekend in den Bergen gebräunten Gesichter der Wohlhabenden und die leichenblassen der vorbeihetzenden Passanten, die aufgedonnerten Halbwüchsigen in ihren Designer-

Klamotten; die blassen Kinder, die an der Hand ihrer Mütter durch die Abgasschwaden gezerrt wurden, und mich überfiel ein wahrer Horror bei dem Gedanken, eines meiner Kinder könnte einmal gezwungen sein, an einem solchen Ort zu leben.

Meine Mutter hatte es aufgegeben, sich die Haare platinblond zu färben, sie ließ sie so grau, wie sie waren, und sah damit viel besser aus. Die strenge Ordnung in ihrer Wohnung hatte sich mangels Interesse aufgelöst; keiner maß mehr sorgfältig den Abstand zwischen den holländischen Porzellanfiguren und den bronzenen Pferdchen und den Lithographien, die sie und ihr Mann jahrelang gekauft hatten. Sie hatte auch keine Haushälterin mehr, sie saß jetzt den ganzen Tag in ihrem Zimmer und malte Bilder. Ich erklärte ihr, weshalb ich nach Mailand gekommen war; sie ließ sich die ganze Geschichte von Guidos Buch erzählen. Sie erinnerte sich gut an ihn: sie sagte, sie sei selten jemandem mit einem so eindringlichen Blick begegnet.

Nach dem Abendessen, als sie zu Bett gegangen war, zog ich *Canemacchina* aus dem Umschlag, in den Martina es gesteckt hatte, setzte mich an den Schreibtisch, an dem ich früher gelernt hatte, und fing noch einmal zu lesen an. Nun, da ich selbst in Mailand war und das ungestüme Tosen des Verkehrs und die beißende Luft direkt vor dem Fenster hatte, fand ich es noch stärker als damals, als ich es auf dem Land gelesen hatte; die Wut, die darin steckte, noch gerechtfertigter. Es war spät, als ich fertig war, und ich war erfüllt von den Gefühlen des Buchs: Verzweiflung und Abscheu und Rachgier. Und ich nahm mir vor, Guido um jeden Preis zu helfen, es so zu veröffentlichen, wie es war, ohne auch nur ein Komma zu verändern oder ein Adjektiv abzuschwächen.

Das Allibratore-Verlagshaus befindet sich am Rand des

Stadtzentrums in einem alten Wohngebäude, an das eine vielbefahrene Verkehrsstraße und enge kleine, mit Autos zugeparkte Sträßchen grenzen. Von innen wirkten die Verlagsräume wie eine etwas düstere und mit Büchern vollgestopfte Mittelschicht-Wohnung. Die Sekretärin führte mich durch eine spärlich beleuchtete Diele zum Büro des Lektors, der an Guido geschrieben hatte.

Er drückte mir flüchtig die Hand und zog sich mit einer Pfeife gewappnet hinter seinen Schreibtisch in den Schutz der Gegenstände zurück, die er um sich aufgebaut hatte: Telefone und Manuskriptstapel und fertige Bücher und Terminkalender und Notizblöcke. Er hieß Salvatore Podrego, hatte eine gestreßte und eher unbeteiligte Miene, die dem Ton seines Briefs entsprach. Er fragte mich, wieso Guido denn nicht selbst gekommen sei; ich sagte ihm, er sei verreist und ich sein Agent. Ich sah in seinem Blick leisen Spott aufblitzen, aber ich ließ mich nicht einschüchtern; ich stellte mir vor, daß Guido im Zimmer stünde und mir zuhörte.

Ich sagte, es freue uns, daß Allibratore an *Canemacchina* interessiert sei, aber wir seien nicht bereit, irgendwelchen Änderungen des vorliegenden Texts zuzustimmen. Podrego sah mich an und wiegte den Kopf leicht hin und her, ich spürte, wie er meine Erscheinung einzuordnen versuchte: den Bart und die langen Haare, die bäuerische Kleidung. Er hielt mir eine kleine Rede über die moralische und künstlerische Verantwortung des Verlegers für das, was er veröffentliche, in einem Ton, als spräche er mit einem armen Wilden oder einem Kind. Ich warf ein, daß auch der Verleger Zeriatti Guidos Buch herausbringen wolle, und er verstummte.

Wir gingen zusammen ins Büro des Verlagsleiters und verhandelten eine halbe Stunde lang über den Vertrag. Ich hatte nicht die leiseste Vorstellung, wie die Standardbedingungen waren und was ich verlangen konnte, aber es war klar, daß sie hinter ihrer professionellen Gleichgültigkeit wirklich auf Guidos Buch erpicht waren. Die einzige Erfahrung im Feilschen hatte ich beim Mühlenbesitzer in Perugia gemacht, dem ich unser Getreide verkaufte, und die spielte ich aus: ich zwang sie, als erste mit einem Angebot herauszurücken, bot Widerstand, bis sie mir ein besseres machten.

Als ich dann auf die Straße trat, mit dem Vertrag in der Hand, der noch von Guido unterzeichnet werden mußte, konnte ich es kaum fassen: ich mußte ihn alle paar Schritte anschauen, um mich zu überzeugen, daß es wahr war.

Auf dem Bahnhof in Perugia wartete Martina auf mich, ganz aufgeregt, weil man uns, Jahre nachdem wir den Antrag gestellt hatten, endlich ein Telefon installiert hatte. Ich sagte ihr, daß es mir geglückt sei, Guidos Buch an den Mann zu bringen, und sie begriff zunächst gar nicht; dann strahlte sie wie ein Kind, rannte mit mir zum Auto.

Guido war mit Chiara und den Zwillingen im Wohnzimmer, er erzählte gerade eine Geschichte und drehte sich kaum um, als er uns hereinkommen hörte. Ich und Martina gingen auf ihn zu, sie sah mich an, wartete darauf, daß ich es ihm sagte. Ich wußte nicht, wie ich es anfangen sollte: seit Monaten hatten wir nicht mehr von dem Buch geredet, und meine Fahrt nach Mailand hatte ich ihm gegenüber mit einem Besuch bei meiner Mutter begründet; daß ich seinetwegen hingefahren war, darauf wäre er zuallerletzt gekommen. Ich fürchtete, er könne meinen Schritt als Einmischung betrachten oder als einen Gefallen, um den er mich nicht gebeten hatte, als wohlmeinende Mißachtung seiner Reserviertheit: ich blieb bei den Zwillingen stehen und konnte mich nicht zum Reden entschließen.

So sagte es ihm Martina. Guido sah sie fragend an und sah mich fragend an, als handle es sich möglicherweise um einen blöden Scherz. Ich zog den Vertrag aus der Tasche und zeigte ihn ihm; ich erklärte ihm, daß er überhaupt nichts verändern müsse, das Buch erscheine so, wie es war. Er starrte auf den Vertrag; bemühte sich, glaube ich, die Abwehrmechanismen, die er in all den Monaten um sein Werk herum aufgebaut hatte, wenigstens teilweise beiseitezuräumen.

Dann lächelte er, und Chiara umarmte ihn; wir fielen uns alle um den Hals und redeten auf einmal sehr laut, die Zwillinge und der Hund rannten wie die Verrückten hin und her. Wir öffneten eine Flasche Wein, um zu feiern, aber wir waren schon berauscht, noch bevor wir einen Schluck davon getrunken hatten.

Vierzehn

Im Frühjahr wurden Guido und ich mit der Instandsetzung des zweiten Hauses fertig. Guido wirkte heiter und fröhlich: seitdem sein Buch angenommen worden war, war er fast immer guter Laune gewesen und hatte voller Eifer gearbeitet. Wir schafften den Schutt weg und räumten das Werkzeug auf, riefen Chiara und Martina und die Kinder zur Hausbesichtigung. Das Haus war viel kleiner als das, in dem wir wohnten, aber die Zimmer waren interessant geschnitten; gerade richtig für einen, der Geschichten schreibt. Chiara war selig, guckte sich überall um.

Aber sie zogen nicht ein. Guido fand immer wieder einen Grund, den Umzug hinauszuschieben, den Gedanken daran über anderen Ideen und Aktivitäten zu vergessen. Chiara drängte ihn; sie wollte und brauchte ihren eigenen Bereich; er fragte sie, wieso sie es so eilig habe, ob es ihr bei mir und Martina und den Zwillingen nicht gefalle.

Sie setzte ihm immer mehr zu; Guido sagte, er sei daran gewöhnt, mit uns zusammenzuleben, die Vorstellung, unter einem anderen Dach zu wohnen, auch wenn es nur fünfzig Meter entfernt sei, erfülle ihn mit Traurigkeit. Er meinte, es gäbe keinen Grund, sich so über den Raum zu verstreuen; Chiara nahm es als Weigerung, sich eindeutig auf sie einzulassen. Ich und Martina versuchten ihr Guidos Gründe zu erklären, aber es nützte nicht viel: was ihr Angst machte, war der Gedanke, daß er nur in provisorischen Situationen leben konnte.

Mit fast wütender Hartnäckigkeit versuchte sie ihn weiter zu überreden; er ging zur passiven Verteidigung über, wartete, daß sie es satt bekäme. Zum erstenmal seit sie zusammen waren, trat die Unterschiedlichkeit ihrer Charaktere deutlich hervor; sie führte zu plötzlich auftretenden, deutlich spürbaren Spannungen, rechthaberischem Beharren auf gegensätzlichen Positionen.

Dann sprachen sie nicht mehr darüber. Das zweite Haus blieb leer; nur die Zwillinge spielten manchmal darin.

Ende des Sommers kam ein Umschlag aus Mailand mit den Druckfahnen von *Canemacchina*. Es war ein seltsames Gefühl, die Sätze, an denen Guido monatelang geschrieben und gefeilt hatte, in endgültigen, gedruckten Buchstaben zu sehen: als ob man die eigenen Gedanken eingefroren vor sich sähe, sagte er.

Er machte sich sofort an die Arbeit, schloß sich erneut den ganzen Tag in seinem Zimmer ein. Er änderte einzelne Wörter, versetzte Kommas und Punkte, trug mit dünnem Federstrich Zeichen ein. Hin und wieder fragte er mich oder Chiara oder Martina um Rat, jetzt nicht mehr so zurückhaltend wie damals, als er noch nicht wußte, ob außer uns je irgend jemand lesen würde, was er schrieb.

Als er fertig war, sahen wir die Fahnen alle gemeinsam durch und waren uns darin einig, daß es nichts mehr hinzuzufügen oder zu streichen gab. Guido steckte sie in einen Umschlag und verschloß ihn sorgfältig: das Buch war für uns nach den Zwillingen das Wertvollste, das Le Due Case hervorgebracht hatte, genauso voller vitaler Impulse wie diese.

Der Verlagsdirektor von Allibratore machte einen letzten Versuch, Guido zu einem anderen Titel zu überreden. Alle fänden *Canemacchina* zu düster, behauptete er, ein Titel, in dem das Wort »Generation« oder »Jugend« vorkäme, wäre viel besser. »Es *ist* ein düsteres Buch«, sagte Guido zu ihm, »und es ist gut, wenn man das gleich merkt.« Auch er war nicht mehr daran gewöhnt, an einem Privattelefon zu sprechen: er brüllte, als stünde er in der Kabine im Laden von Ca' Persa.

Anfang Oktober war das Buch fertig, mit der Post kamen fünf Exemplare. Der Umschlag war häßlich und hatte nichts mit dem Geist der Geschichte zu tun: zwei Typen mit comicartigen Gesichtern vor unverkennbar amerikanischen Wolkenkratzern. Guido achtete nicht weiter darauf, er sagte, das habe er erwartet. Weit mehr ärgerte er sich über den Klappentext, in dem es hieß, sein Buch schildere »in erschütternder Weise die Situation eines Jungen, dessen Leben von keinerlei Werten, Hoffnungen und Träumen erhellt wird« und sei ein »Selbstporträt einer Generation, die sich selbst verloren hat«.

»Sie haben es *geschafft*, diese Mistkerle.«

Trotzdem freute es ihn genauso wie mich und Chiara und Martina, sein gebundenes Buch in Händen zu halten, ein kompaktes Behältnis von Stimmungen, das jeder nur aufzuschlagen brauchte, um sie vor sich erstehen zu lassen.

Eine Woche später riefen die vom Verlag an und baten Guido, *Canemacchina* in Mailand vorzustellen. Er erklärte, alles, was er zu sagen habe, stünde in seinem Buch, es gäbe nichts hinzuzufügen oder zu erläutern. Als die Pressereferentin ihn jedoch fragte, ob er sein Buch ohne jede Hilfe in die Welt entlassen wolle, wurde er schwankend, sagte schließlich zu.

Wir studierten den Zugfahrplan, riefen meine Mutter an, um sie zu fragen, ob sie Guido und Chiara für zwei

Tage beherbergen könne; dann machte Martina den Vorschlag, wir sollten alle zusammen nach Mailand fahren. Die Feld- und Gartenarbeit konnte zwei, drei Tage warten, für die Tiere gab es von Werner gebastelte Futter- und Wasserspender, die längere Zeit vorhielten; wir sahen uns an und beschlossen zu fahren. Guido war darüber unglaublich erleichtert, sagte immer wieder »Gott sei Dank.«

Wir kampierten in der vordem so ordentlichen Wohnung meiner Mutter und brachten sie mit unseren ländlichen Gewohnheiten vollends durcheinander. Die Zwillinge und der Hund warfen die Nippesfiguren im Wohnzimmer herum, zerdepperten ein gut Teil der Porzellanfiguren und mundgeblasenen Glasgegenstände, ohne daß wir ihnen Einhalt gebieten konnten. Sie waren nie in einer Stadtwohnung gewesen, und die sonderbar künstliche und vom Erdboden losgelöste Dimension versetzte sie in ungewöhnliche Erregung. Meine Mutter sagte, wir sollten sie lassen: ihr läge nichts mehr an den Sachen, sie wolle sich an den Kindern freuen, so frei und wild sie waren. Martina fiel mit dem Grünzeug, das wir mitgeschleppt hatten, in die Küche ein, füllte den riesigen, fast leeren Kühlschrank mit üppigen Blättern und Wurzeln. Chiara schloß sich ins Bad ein und kam nicht mehr heraus; als Guido an die Tür klopfte, sagte sie, sie sei gerade dabei, sich wieder an fließend heißes Wasser zu gewöhnen.

Ich schaltete den Fernseher an, und die Zwillinge waren so überwältigt, daß sie zu spielen aufhörten und wie festgenagelt ein paar Meter vor dem Bildschirm stehenblieben. Martina schaltete bald wieder aus, der Ausdruck ihrer Gesichter entsetzte sie. Aber sie war keine dogmatisch denkende Frau: fünf Minuten später fragte sie mich, ob es richtig von uns sei, sie so weltfremd aufwachsen zu lassen.

Ich sagte zu ihr, daß ich das nicht wüßte, daß ich mich aber noch gut an die sterile Stille erinnere, die in meiner Kindheit in dieser Wohnung herrschte, an die kalte und öde Ordnung meines Lebens mitten in der Stadt.

Guido blätterte in den Zeitschriften, die meine Mutter in einem Korb aufbewahrte, stand auf und schaute zum Fenster hinaus, schaute die Bilder an den Wänden an. Er war nervös wegen der Buchpräsentation am nächsten Tag, er hatte nicht die geringste Lust dazu. »Ich hab das Buch doch nicht geschrieben, um feinen Damen in Pelzmänteln davon zu erzählen und sie zu überreden, es zu *kaufen*.«

Ich sagte ihm, daß vielleicht auch sympathische Leute dort sein würden, daß wir eine Vorstellung davon bekämen, wer seine Leser seien. Er war alles andere als überzeugt, besah sich die Buchtitel in den Regalen. Später rief er seine Mutter an, um ihr guten Tag zu sagen; aber er hielt die Hand über die Sprechmuschel, sagte ihr nicht, daß er in Mailand war.

Tags darauf schminkten sich Martina und Chiara und machten sich so schick, wie wir sie noch nie gesehen hatten; ich und Guido zogen uns jeder eins meiner alten Jacketts, die seit mehr als zehn Jahren in den Schränken meiner Mutter herumhingen, über unsere Alltagshemden und Arbeitshosen. Meine Mutter sagte, sie käme nicht mit, sie könne gesellschaftliche Situationen jedweder Art nicht mehr ertragen. Guido fragte sie, ob er bei ihr bleiben dürfe; wir mußten ihn mit Gewalt hinauszerren. Wir waren spät dran, liefen rasch zu der Buchhandlung, wo die Verlagsleute schon auf uns warteten. In einem der Schaufenster waren um ein Foto von Guido, das Chiara aufgenommen hatte, einige Exemplare von *Canemacchina* aufgebaut; auf einem Plakat hieß es ›19 Uhr Lesung mit dem Autor‹. Guido sperrte sich, er sagte: »Geht ihr rein, sagt ihnen, ich hab mich *umgebracht.*« Dicht aneinandergedrängt gingen wir hinein, die Zwillinge und den Hund als Blickfang für die Zuschauer vor uns herschiebend.

Drinnen war so gut wie niemand, bis auf die Buchhändler und ein Grüppchen, das in der Nähe der Kasse stand, vereinzelte Kunden zwischen den Regalen. Guido war vor Unbehagen wie gelähmt; ich mußte mit ihm den Verlagsdirektor und den Geschäftsführer und den Buchhändler und Salvatore Podrego und die mit goldenen Ketten und Armbändern behängte Pressechefin begrüßen gehen. Hinter ihnen standen auf einem Tisch Platten mit belegten Brötchen und Weinflaschen und Plastikbecher; zwei junge Burschen knieten am Boden und machten eine Fernsehkamera betriebsbereit.

Wir warteten einige Minuten, während die Verlagsangestellten in dem großen, halbleeren Raum umherblickten und Guido an seinen Lippen nagte; dann meinte die Pressechefin: »Vielleicht sollten wir anfangen.« Der Geschäftsführer der Buchhandlung dirigierte die wenigen Gäste, die zur Verfügung standen, in unsere Ecke, auch Martina und Chiara und die Zwillinge und den Hund, die sich in geschlossener Formation in der Nähe des Ausgangs gehalten hatten. Und obwohl kaum Publikum da war, wurde eine richtige Buchpräsentation mit allem Drum und Dran veranstaltet. Die Jungs mit der Fernsehkamera schoben eine Lampe heran und filmten, der Fotograf knipste, die Verlagsangestellten standen steif und elegant gekleidet mit verschränkten Armen da. Salvatore Podrego analysierte in einer tiefsinnigen Untersuchung den Stil und den Aufbau und die Figuren von Guidos Buch: redete zwanzig Minuten lang, als gehe es um schwer einzuordnende Funde aus irgendeiner primitiven Zivilisation.

Die wenigen Gäste waren größtenteils Damen um die Fünfzig, eine davon im Pelzmantel, wie Guido vorausgesagt hatte; man sah, wie ihre Aufmerksamkeit von Salvatore Podregos Worten zu Guido und mir, unseren Frauen und mißtrauisch dreinblickenden Kindern und dem wütend an der Leine zerrenden Hund abschweifte.

Nach einer guten halben Stunde endete Salvatore Podregos Rede in spärlichem Applaus, und die Pressechefin drängte Guido, etwas zu sagen. Er wehrte sich, solange er konnte, aber die Jungs vom Fernsehen zielten aus wenigen Zentimetern Entfernung mit der Kamera auf ihn, und alle waren voller Erwartung; schließlich sagte er: »Naja, ich hab das Buch geschrieben, weil ich nicht rumlaufen und Bomben schmeißen wollte, ich hab zuviel Angst, jemanden zu verletzen, der gerade vorbeikommt.«

Die Verlagsangestellten und Salvatore Podrego und die wenigen Gäste sahen sich an und wußten nicht recht, ob sie es ernst nehmen oder ob sie lachen sollten; jedenfalls waren sie enttäuscht, daß seine Rede schon aus war. Der Pressechefin gelang es, dem Publikum nochmals einen kleinen Applaus zu entlocken, dann deutete sie auf die Schnittchen und Flaschen auf dem Tisch, und alle stürzten sich darauf und aßen und tranken.

Ich und Chiara und Martina wollten zu Guido gehen, doch der Buchhändler bat ihn, Exemplare von *Canemacchina* zu signieren, für einige Damen, die sich den Mund vollstopften und sich die Krümel vom Mantel wischten und tiefgründige Fragen stellten. Guido antwortete darauf, ohne zugehört zu haben, und keiner merkte es; alle naselang schaute er mit dem Ausdruck eines Gefängnisinsassen zu uns herüber, in meinem alten blauen Jackett, das ihm zu groß war.

Und kurz darauf erschienen die Quimandissett-Eltern.

Chiara drehte den Kopf zu ihnen und erstarrte, Martina zeigte mehr oder minder die gleiche Reaktion. Ich hatte sie nie zuvor gesehen, aber sie kamen in der Gangart und mit dem Blick auf uns zu, die Martina mir so oft beschrieben hatte: wie ein Botschafterehepaar aus einem Land, in dem es viel strenger zugeht als bei uns. Der Vater war kaum größer als die Mutter, kerzengerade und bis zum letzten Millimeter gestrafft in seinem perfekten grauen Anzug; die Mutter trug eine kleine Brille mit halb kokett, halb streng wirkendem Gestell; man erkannte, daß sie als junge Frau ebenso hübsch gewesen sein mußte wie ihre Töchter.

Martina und Chiara begrüßten sie, und zwischen ihnen war nicht die geringste körperliche Vertrautheit. Sie gaben sich die Hand, wie sie es mit irgendwelchen Nachbarn hätten tun können; dann stellte Chiara Guido und Martina mich vor; die sich überkreuzenden Gesten wurden noch schwieriger und unbeholfener. Martina deutete auf die Zwillinge, die sich zwischen meinen Beinen versteckten; Martinas Eltern, die sie zum erstenmal sahen, reagierten mit einem höflichen kleinen Lächeln, mit nicht sehr entschlossenen Versuchen, sie anzufassen.

Die Mutter erzählte, sie seien am Nachmittag aus Wien zurückgekommen und hätten aus der Zeitung von der Lesung erfahren und gedacht, sie könnten mal vorbeischauen. Während sie sprach, blickte sie um sich, bestürzt über die Leere in der Buchhandlung. Ihre Augen glichen denen von Martina und Chiara; es berührte mich seltsam, ein Naturell darin widergespiegelt zu sehen, das dem ihren so fern war. Vater Quimandissett machte einige Bemerkungen über die weltweite Bedeutung des Verlagswesens, und hinter seiner botschaftermäßigen Kühle glaubte ich eine Spur von Widerwillen gegen mich und Guido zu bemerken, die wir mit ihren Töchtern zusammenlebten, ohne sie zu heiraten und ohne ein Minimum an gesellschaftlichem Glanz gewährleisten zu können. Seine Gattin musterte mit kleinen Seitenblicken meine und Guidos Schuhe und ausgebeulten Hosen, unsere schlechtsitzenden Jacken. Chiara und Martina waren gespannt wie Flitzbögen, Guido sah aus, als wolle er im Boden versinken; es war eine Erlösung, als die Pressechefin kam und sagte, daß wir uns auf den Weg ins Restaurant machen sollten.

Die Quimandissett-Eltern entschuldigten sich, sie hätten eine andere Verabredung und könnten nicht mitkommen, obwohl sie niemand ausdrücklich eingeladen hatte. Sie verabschiedeten sich von ihren Töchtern und von mir und Guido gleichermaßen unbewegt; die Zwillinge hielten sich weiterhin außer Reichweite; sahen ihnen ohne jede Sympathie nach.

Dann schleppte man uns in ein kleines Restaurant voller Jugendstilpaneele, aber ohne Fenster, und die Heizung war voll aufgedreht und fast alle rauchten und auf der Speisekarte standen nur Fleischgerichte. Guido saß weit von uns entfernt, eingezwängt zwischen dem Verlagsleiter und dem Geschäftsführer und der Pressechefin und einer Kundin der Buchhandlung, die nicht einen Augenblick den Mund hielt. In seinem Blick stand das pure Leiden; er gab einsilbige Antworten, trank unentwegt den Wein, den sie ihm eingossen.

Martina trieb die Kellner fast zum Wahnsinn, bis sie etwas für unsere vegetarische Familie fand. Orte wie dieser riefen sofort ihren Unmut hervor: sie schaute um sich und sagte »Hier erstickt man ja«, ohne jede Rücksicht auf die Gastgeber. Die Kinder rutschten immer wieder von ihren Stühlen und krochen mit dem Hund unter den Tisch, zerrten an der Tischdecke und lachten und kreischten und belästigten die anderen Gäste. Weder ich noch Martina gaben uns große Mühe, sie zur Ordnung zu rufen: wir litten genauso wie sie an Klaustrophobie, und Guidos Blicke gingen uns zu nahe, als daß wir das gemeinsame Essen hätten genießen können.

Die einzige von uns, die sich den Umständen anzupassen suchte, war Chiara, die sittsam neben dem Verlagsleiter saß und bereitwillig auf seine geistreichen Bemerkungen antwortete, die Guido nicht einmal anhörte. Sie war anders als Martina: in ihr steckte eine solche Sehnsucht nach gesellschaftlichem Leben, daß sie sogar bei einem Anlaß wie diesem glänzende Augen bekam. Sie blühte in der Stadt auf, die Spannungen, die mir und ihrer Schwester zuwider waren, schienen ihr altes Sozialverhalten wieder aufleben zu lassen. Ab und zu sah Guido sie an; vielleicht dachte er, daß auch er das Bedürfnis nach vielfältigen Kontakten habe, ganz anderen allerdings als die, für die sie sich interessierte.

Zuletzt war der kleine Saal völlig mit Rauch gesättigt, und die Zwillinge begannen Gläser umzustoßen, unter dem Tisch bellte der Hund; Martina meinte, es sei besser, wenn wir gingen. Zur großen Erleichterung der anderen Gäste standen wir auf, und in Guidos Augen flackerte Panik auf, er sagte, er käme auch mit. Er drückte allen die Hand, riß Chiara aus einem Gespräch heraus, das sie gern fortgeführt hätte. Die Pressechefin versuchte ihn zu halten, aber er war schon fast an der Tür, drehte sich nicht einmal mehr um.

Wir traten auf den Gehsteig hinaus, und verglichen mit dem Mief in dem Restaurant kam uns sogar die Mailänder Luft frisch vor. Guido sagte: »Nichts wie *weg*«; machte ein paar wilde Befreiungssprünge.

Wir gingen zu Fuß nach Hause, die Autos sahen aus wie

große aggressive Fische in trüben, vom Scheinwerferlicht aufgewühlten Fluten. Meine Mutter fragte uns, wie es gewesen sei; Guido sagte: »*Tödlich*. Das war die letzte Lesung meines Lebens.«

Fünfzehn

In Le Due Case zurück, bekam Guido einige Anrufe von unbedeutenden Journalisten, die die Pressechefin des Verlags auf ihn angesetzt hatte; sie stellten ihm rein pflichtgemäß ein paar Fragen. Chiara ging jeden Morgen die Zeitungen kaufen, aber es fand sich nie eine Rezension von *Canemacchina* darin; nur hie und da eine Werbeanzeige auf den Mittelseiten. Dann hörten auch diese auf; es kam nichts mehr. Ich rief den Verlagsleiter an; er brauchte gut fünf Minuten, um ans Telefon zu kommen, und erklärte mir dann, daß es nicht so einfach sei, Interesse für einen unbekannten Autor zu wecken, zumal, wenn sein Buch so wenig ansprechend und er jeder Promotion so abgeneigt sei. Das Interesse, das er gezeigt hatte, als ich mit ihm über den Vertrag verhandelte, war aus seiner Stimme verschwunden, statt dessen war jetzt nichts als Ärger über meine Anfrage herauszuhören.

Guido sagte, sein Buch sei für ihn fertig und abgehakt und bedeute ihm nichts mehr, aber in Wirklichkeit war er über das totale Ausbleiben von Reaktionen genauso bestürzt wie wir. Er hatte einen Roman geschrieben und damit etwas sagen wollen und es so direkt und scharf wie möglich gesagt, und nun sah es aus, als nähme niemand davon Notiz. »Geht euch jetzt auf, was für ein schreckliches *Gummi*-Land dies ist?« sagte er.

Ich ging mit Martina in die Buchhandlung in Perugia, in der sie früher gearbeitet hatte; die Frau an der Kasse sagte, sie hätten nicht ein Exemplar von *Canemacchina* verkauft.

Wir kauften selber ein paar und überredeten sie, eins davon ins Schaufenster zu stellen, wo es mit seinem häßlichen Einband zwischen den vielen anderen Büchern unterging. Auf der Straße suchten wir dann zwei Leute, denen wir die anderen beiden Exemplare schenken konnten: wir beobachteten die Passanten von weitem, folgten ihnen und gebärdeten uns dabei so auffällig, daß sie argwöhnisch wurden und uns etwas über ihre Wesensart offenbarten. Einen mageren Jungen und eine Frau mit einem Hund, der eine Pfote in Gips hatte, fanden wir schließlich sympathisch; wir erklärten ihnen, daß ein Freund von uns das Buch geschrieben habe.

Als Guido das erfuhr, sagte er, es sei eine nette, aber auch sentimentale Geste gewesen; solche Gefühle wolle er nicht gern hervorrufen.

Mit der Zeit hörten wir auf, über *Canemacchina* zu reden; wir wichen dem Thema in weitem Bogen aus.

Dann kam Chiara eines frühen Morgens mit ihrem kleinen Auto aus Ca' Persa zurück, wo sie Orangen gekauft hatte, und hupte schon von weitem wie eine Verrückte. Mit der Einkaufstüte und einer Zeitung in der Hand kam sie zum Haus gerannt; die Tüte platzte und die Apfelsinen fielen heraus und kullerten die abschüssige Wiese hinab. Chiara ließ sie davonrollen, schoß auf mich und Martina zu und streckte uns die Zeitung hin.

Auf der Titelseite stand ein unwahrscheinlich ins Auge springender Artikel von Filippo Lenti über Guidos Buch, unter dem Titel *Die Verlorene Generation*. Der Text beschrieb *Canemacchina* als »ein um so erschreckenderes, weil unbewußtes, fotografisch genaues Bild einer Generation, die keinerlei positive Werte besitzt und Lichtjahre von allem entfernt ist, was die Grundlagen unseres zivilisierten

Zusammenlebens ausmacht«. Weiter unten hieß es, die instinktive Reaktion auf ein solches Buch sei, es nach den ersten Seiten zuzuklappen und wegzuwerfen, wenn man aber wissen wolle, was in den letzten Jahren in den Köpfen vieler junger Leute vorgegangen ist, müsse man es zu Ende lesen. »Eine aufschlußreiche Lektüre«, so schloß der Artikel, »denn an der Schwelle zum Jahr 2000 könnte es ebendiese verlorene Generation sein, die das Erbe der Welt antritt.«

Wir rannten alle drei ins Haus und suchten Guido, zeigten ihm die Zeitung. Er überflog rasch das Blatt, völlig von den Socken über die auffällige Plazierung des Artikels, über den Ton, in dem Lenti sein Buch besprach. Als er fertig gelesen hatte, fing er an zu lachen, sagte: »Die *spinnen* ja. Die sind nicht ganz *richtig* im Kopf.«

Fünf Minuten später rief die Pressechefin von Allibratore an. Chiara zerrte Guido ans Telefon; die Stimme am anderen Ende der Leitung redete pausenlos und so laut, daß wir aus ein paar Metern Entfernung mithören konnten. Guido antwortete mit unverhohlener Ungeduld und sah dabei zu uns. Als er aufgelegt hatte, sagte er: »Einfach *lächerlich*. Die sind total aus dem Häuschen, dabei steht in dem Artikel kein Wort über mein Buch. Ich hab eine Geschichte gegen *Mailand* geschrieben und kein Tagebuch eines Jugendlichen für Amateursoziologen.«

Am nächsten Tag kam ein weiterer Anruf von Allibratore. Das Buch fand reißenden Absatz, eine zweite Auflage war bereits beschleunigt in Druck gegeben. Und wieder einen Tag später erschien in den drei größten Tageszeitungen Italiens eine halbseitige Werbeanzeige für *Canemacchina*, mit einer Abbildung des Covers und einem Foto von Guido und der riesigen Überschrift DAS ERSCHRECKENDE ZEUGNIS EINER VERLORENEN GENERATION.

Überall erschienen nun Rezensionen von *Canemacchina*: der Verlag rief uns an, um uns darauf hinzuweisen, Chiara fuhr nach Ca' Persa oder bis nach Gubbio, um Zeitungen und Zeitschriften zu holen. Fast alle Artikel beharrten darauf, daß es ein »unbewußt« schreckliches und verzweifeltes Buch sei, daß seine Sprache die des »Fernsehens« oder der »Comics« oder »der Straße« sei. Die Möglichkeit, daß der Stil und die Sicht des Buchs von einem klar denkenden Menschen bewußt gewählt worden sein könnten, schien niemand in Erwägung zu ziehen; von Mailand sprach keiner. Guido war wütend; nach einigen Tagen wollte er die Artikel, die wir ihm brachten, nicht einmal mehr lesen. Er arbeitete draußen in der Kälte und versuchte so zu tun, als ob nichts wäre.

Auf einem komplizierten Weg vom Pressebüro des Verlags über mich und Chiara zu Guido kamen weitere Bitten um Telefoninterviews. Er versuchte sich jedesmal zu drükken; um ihn zu überreden, sagten wir ihm, dies sei die einzige Möglichkeit bekanntzumachen, was ihn zu seinem Buch bewogen habe, aber bald erkannten wir, daß es keineswegs so war. Die Interviews dienten lediglich dazu, dem, was man ohnehin schreiben würde, kleine Farbtupfer aufzusetzen; sobald Guido aus dem Bild auszubrechen suchte, das sie sich zurechtgelegt hatten, hörten sie nicht mehr zu. Ich und Chiara und Martina verließen das Zimmer, damit er in Ruhe sprechen konnte, von draußen hörten wir ihn immer die gleichen Fragen beantworten: wann er das gemacht habe, was er in dem Buch erzählte, wie er seine Generation definieren würde, was er vom Sex halte, und wie er über die Zukunft dächte. Er versuchte über die Industriegesellschaft und über die Verkommenheit der Städte und der zwischenmenschlichen Beziehungen in den Städten zu reden, und am anderen Ende der Leitung schnitt man ihm einfach das Wort ab, fragte ihn, ob er sich mehr mit 1968 oder mit 1977 identifiziere. Guido gab ihnen darauf Antworten wie »In erster Linie identifiziere ich mich mit 69«, aber nicht einmal das erschien in den gedruckten Interviews.

Eine bekannte Journalistin namens Antonella Salvioni reiste mit einem Fotografen aus Mailand an, nachdem sie Guido zwei Tage lang gedrängt hatte, zu ihr zu kommen. Sie traf zwei oder drei Stunden später ein als verabredet, fett und unförmig, mit einer blonden Besenfrisur auf dem Kopf; kaum war sie im Haus, steckte sie sich eine Zigarette an und saugte daran, als wäre es der Schlauch eines Sauerstoffgeräts, glotzte im Zimmer umher. Guido bot ihr einen alten Sessel im Wohnzimmer an; sie beschwerte sich über die Fahrt, über das Wetter, über die Jahreszeit, daß wir uns an einen so abgelegenen Ort zurückgezogen hatten. Anscheinend hielt sie sich mehr für einen Star als für eine Interviewerin: sie genoß es, sich in ihrem gedehnten Ton reden zu hören. Der Fotograf schnüffelte in jede Ecke und spähte aus den Fenstern; er bat Martina um Wasser, um einen Kaffee, um noch mehr Wasser. Der Hund bellte unablässig, und die Zwillinge warfen mit Gegenständen um sich, wir mußten sie in der Küche einschließen. Wir Erwachsenen lungerten außer Sicht, aber in Hörweite am Rand der Interviewszene herum, unruhig wie Tiere, in deren Wohnhöhle ein Raubtier eingedrungen ist.

Antonella Salvioni fragte Guido, ob das seine Kinder seien, welches der beiden Mädchen seine Freundin sei, ob wir uns als eine oder als zwei Familien oder als eine Art Kommune betrachteten; ob wir das Haus gekauft oder gemietet hätten, wer uns das Geld gegeben habe. Sie rutschte ständig auf ihrem Sessel hin und her, verströmte Zigarettenrauch und ein süßliches Parfum, die sich wie Industrieausdünstungen im ganzen Haus ausbreiteten.

Guido versteifte sich angesichts ihres Tonfalls, seine Antworten wurden immer knapper und schroffer. Die Salvioni hielt ihm einen kleinen Kassettenrekorder vors Gesicht, schaute woandershin, wenn er sprach, unterbrach ihn mit neuen Fragen, bevor er ausgeredet hatte. Sie hatte eine giftige Miene, vielleicht von ihrer Arbeit oder wegen ihres Privatlebens oder ihres Aussehens; in jedem ihrer Sätze lag ein unterschwelliger Groll.

Guido wurde ärgerlich, antwortete in immer kürzeren und frostigeren Sätzen. Die Salvioni merkte es nicht einmal; sie stellte noch ein paar Fragen, dann sagte sie »Gut so«, packte ihren Kram in ihre Handtasche, die flach und kreisrund wie eine Bratpfanne war.

Der Fotograf nötigte Guido, im Wohnzimmer und in der Küche und draußen auf der Wiese zwischen den beiden Häusern zu posieren. Er versuchte ihn ständig zu einem künstlichen Lächeln und zu unnatürlichen Haltungen zu animieren: Kinn oder Schläfe auf die Hand gestützt, eine Hand in den Haaren, den Kopf zur Seite geneigt. Dazu habe er keine Lust, sagte Guido; die Hände in den Taschen vergraben, stand er angespannt und mißtrauisch da. Der Fotograf wollte ihn unbedingt mit Chiara ablichten, dann mit Chiara und Martina und mir und den Zwillingen und dem Hund. Wir stellten uns alle in Positur, vor dem Hintergrund der beiden Häuser, und kamen uns idiotisch vor, empfanden aber zugleich eine gewisse Genugtuung. Antonella Salvioni fragte uns nach unseren Namen, schrieb sie sich auf einen Notizblock; schloß sich eine Viertelstunde im Badezimmer ein, bevor sie wieder abfuhr.

Als sie weg waren und ihr Auto auf der unasphaltierten Straße verschwunden war, sagte Guido mehr wütend als müde »Ach du *Schande*«. Im Haus hing immer noch das Parfüm der Salvioni; wir ließen lange die Fenster offen.

Eine Woche darauf erschien das Interview groß aufgemacht in der Zeitung, für die die Salvioni arbeitete, mit einem Foto von Guido auf der Wiese, mit Martina und Chiara und den Zwillingen und dem Hund; ich war irgendwie nicht mit draufgekommen oder auf dem Negativ weggeschnitten worden. In der Bildunterschrift hieß es »Guido Laremi mit seiner ›Familie‹«. Chiara las den Text laut vor, und es war kaum zu glauben, wie jemand von der ersten Zeile an die Wirklichkeit so schamlos entstellen kann. Die Salvioni schilderte unser Haus als »eine Kommune, in der schmächtige und schüchterne Jugendliche leben, die offenbar mit Müh und Not dem Fluch der Drogen entronnen sind und sich mit Hilfe der beachtlichen Mittel eines der Mitbewohner einen Zufluchtsort vor der harten Wirklichkeit geschaffen haben. Hier zwischen freilaufenden Kühen und nackten Kindern, in einem undurchschaubaren Gemeinschaftshaushalt, hat Guido Laremi sein Stadterlebnis rekonstruiert. Und von den Allibratore-Verkaufsstrategen geschickt gesteuert, klettert sein Buch rasch an die Spitze der Bestsellerlisten ...«

»Wo zum Teufel hat sie die Kühe gesehen?« fragte Martina. »Und die nackten Kinder?« fragte ich. Chiara las weiter; ab und zu schauten wir selbst auf die Zeilen, um zu sehen, ob sie uns nicht verschaukelte. Manchmal lachten wir auch. »Diese häßliche fette Giftkröte«, sagte Guido.

Ihn beschrieb die Salvioni als »einen im üblichen Gammellook gekleideten hageren Achtundzwanzigjährigen mit blauen Augen, mit denen er zu sehr in sich selbst hineinsieht, um sich mit seinem Gegenüber beschäftigen zu können«. Wir waren fassungslos, wie jemand gegen einen anderen Menschen, den er kaum kannte, einen derart heftigen Groll hegen, ihn dazu benutzen konnte, um sich für gesellschaftliche Frustrationen oder ein unglückliches Gefühlsleben oder sonstiges das Gesamtgleichgewicht seines Lebens störendes Ungemach zu rächen. Im folgenden Interview waren Guidos Antworten völlig verfälscht: mit anderen als den ursprünglichen Fragen verknüpft, aneinandergestückelt in einem Stil, der Guido vielleicht in die Nähe des Protagonisten seines Buchs rücken und ihn auf jeden Fall so unsympathisch wie möglich machen sollte. Chiara hielt alle paar Worte inne, sah uns empört an. Martina sagte: »Und dabei hatte sie einen Recorder und hat alles vom Anfang bis zum Ende aufgenommen.« Guido war ganz still: er kam sich, glaube ich, sehr naiv vor, so in die Falle getappt zu sein.

Später rief er die Leute von Allibratore an, um ihnen mitzuteilen, daß er von der Zeitung eine Gegendarstellung verlangen werde. Aber sie waren von dem Interview begeistert und beschworen ihn, nichts zu unternehmen. *Canemacchina* gehe weiterhin reißend, die zweite Auflage sei in den Buchhandlungen, eine dritte bereits in Vorbereitung; es sei ganz gleich, was darüber gesagt werde, solang überhaupt etwas darüber gesagt werde; die Leser seien erpicht auf leicht aufgemotzte Informationen über die Autoren der Bücher, die sie lasen. Außerdem habe man soeben durchgesetzt, daß er als Gast der Fernsehsendung ›Supersamstag‹ eingeladen werde: da habe er fünfzehn Millionen Zuschauer, allein mitmachen zu dürfen, sei schon ein toller Erfolg.

Guido legte sehr verunsichert auf. Er sagte, sein Buch ziehe ihn auf ein Territorium, von dem er sich, als er es schrieb, nicht einmal habe träumen lassen; die Vorstellung, ein so großes Publikum erreichen zu können, lockte ihn, und zugleich war ihm der Gedanke zuwider, bei einem Spiel mitzumachen, das er verabscheute. »Zuletzt schmieren sie dich *auf jeden Fall* an, genau wie die Salvioni, dieser Schmutzfink.«

Auch wir waren voller widersprüchlicher Gefühle und wußten nicht recht, was wir ihm raten sollten. Martina behauptete, ›Supersamstag‹ sei eine erbärmliche Sendung und jeder, der mitmache, werde davon verseucht. Der Moderator hieß Nanni Tamba und war im Panorama unseres Landes eine ebenso konstante Größe wie die Politiker, die es seit eh und je regieren, genauso falsch und unausrottbar. Nach Chiaras Meinung waren das Wichtigste die fünfzehn Millionen Zuschauer; in einer Live-Sendung könne Guido sich viel besser äußern als in dem Interview einer böswilligen Reporterin ohne Zeugen. Ich war schwankend, zuletzt aber pflichtete ich ihr bei: nach all den Verfälschungen durch die Presse würde ihn das Fernsehen vielleicht so zeigen, wie er war, und ihn mit seinen eigenen Worten sprechen lassen.

Guido ging im Wohnzimmer auf und ab, er konnte sich nicht entscheiden. Mir wurde klar, daß er seine Entscheidungen nicht klipp und klar fällte, indem er ganz unbefangen einem einzigen Impuls folgte, wie ich auf dem Gymnasium geglaubt hatte. Er ließ sich ganz im Gegenteil von Zweifeln verführen: ließ zu, daß sie sich seines Denkens bis in den letzten Winkel hinein bemächtigten. Wenn er endlich zu einer Entscheidung gekommen war, diente seine Unerschütterlichkeit nur dazu, lange Spuren der Sehnsucht nach anderen Möglichkeiten zu verbergen, die er soeben ausgeschlossen hatte.

Er sagte, er gehe hin; rief bei Allibratore an und teilte es ihnen mit.

Am Tag vor der Sendung saßen wir bis spätabends am Kamin und besprachen, was Guido in einer Live-Sendung vor fünfzehn Millionen Menschen sagen könnte. »Stell dir vor, du würdest gegen all die Scheißpolitiker losziehen, die Italien ausplündern«, meinte Martina. »Sie würden sofort das Mikrofon ausschalten«, fiel Chiara ihr, schon leicht beunruhigt, ins Wort. Guido sagte: »Ich glaube, es kommt drauf an, wie *schnell* du bist. Sie brauchen sicher einige Sekunden, bis sie reagieren, und vielleicht könnte ich gerade noch sagen, daß das Fernsehen ein einziger Schwindel ist und von den Mafiosi der Parteien, die es sich untereinander aufteilen, manipuliert wird. Vielleicht könnte ich den Zuschauern gerade noch zurufen, sie sollen *ausschalten.*« »Dann stecken sie dich in den Knast«, entgegnete Chiara, jetzt ziemlich entsetzt.

Guido spielte wirklich mit dem Gedanken; er sagte: »Eigentlich würde es genügen, in *friedlichem* Ton zwei, drei Sätze zu sagen, ohne zu schreien oder Rabatz zu machen.« Wir redeten so laut, daß die Zwillinge im Obergeschoß aufwachten; ich mußte hinaufgehen und sie wieder beruhigen. Durch den Fußboden hörte ich immer noch die Stimmen aus dem Wohnzimmer: die Pläne für einen livegesendeten Handstreich gegen das Fernsehen.

Frühmorgens fuhren Guido und Chiara mit Chiaras altem Renault nach Rom ab. Ich und Martina und die Zwillinge liefen bis zur Straße winkend hinter ihnen her, aufgeregter als sie selbst.

Dann fuhren wir nach Gubbio, um uns einen Fernseher zu leihen. In dem Geschäft stand nur noch ein riesiger alter Kasten mit 55 cm-Bildröhre herum; wir unterschrieben die Papiere und bezahlten die Kaution; der Techniker half uns ihn zum Auto schleppen.

Wir hatten keine Antenne, im Wohnzimmer konnten wir nichts als elektronisches Schneegestöber und Brummen empfangen. Die Zwillinge waren trotzdem völlig aus dem Häuschen: sie rannten immerzu um mich herum und störten meine Versuche, das Gerät einzustellen.

Nachmittags trugen wir den Fernseher in die Küche, hievten ihn auf einen Stuhl am Fenster in Richtung auf die Relaisstation auf einem fernen Berggipfel. Auch so waren die wenigen Programme, die wir hereinbekamen, durch einen milchigweißen Schleier gefiltert, wie Geistersendungen. Die Stunde von ›Supersamstag‹ rückte immer näher, ich und Martina wurden immer nervöser beim Gedanken, Guido nicht sehen zu können. Ich machte hektische Experimente mit einem Draht, den ich in die Antennenbuchse steckte; brachte schließlich eine annehmbare Einstellung zustande, als die Sendung schon eine Viertelstunde lief. Ich setzte mich mit Martina dicht vor die Mattscheibe; wir versuchten die Zwillinge ruhig zu halten.

Nanni Tamba stellte gerade eine mit Ziegenfellen bekleidete sardische Volkstanzgruppe vor, die alsbald zum rhythmischen Gebimmel einer Schelle im Kreis herumzuhüpfen begann.

Es war eine dieser Unterhaltungssendungen, wie ich sie schon als Kind gesehen hatte, ein Mischmasch aus Tanzdarbietungen und Songs und Auftritten von Filmstars, zusammengehalten von sämtlichen Stereotypen, die unser Land hervorzubringen vermochte. Auch Nanni Tamba war noch der alte, jedenfalls auf unserem Bildschirm: er hatte noch den gleichen Blick und die gleiche Art, von einem Ende des Studios zum anderen zu schwänzeln, die gleiche mechanische Begeisterung, wenn er seine Gäste vorstellte.

Die sardische Tanzgruppe ging unter dem Applaus der Studioclaqueure hinaus; Nanni Tamba stellte eine alte Schauspielerin im Ruhestand vor, die mit Tränen in den Augen Ausschnitte aus ihren alten Filmen kommentierte. Dann trat auch sie von der Bühne ab, und Tamba rief »Und nun unser Buchtip!«, die Fernsehkamera folgte seiner Armbewegung mit einem Schwenk, und aus einer Türattrappe kam Guido, empfangen von erneutem Applaus der Studioclaqueure. Martina und ich krochen fast in den Fernseher hinein: es kam uns unglaublich vor, daß Guido wahrhaftig an der Sendung mitwirkte, genauso wie die sardischen Tänzer und die alte Schauspielerin und alle anderen. Wir sahen seine Gestalt auf dem Mattglas des Bildschirms, verfolgten, wie sie über die Bühne ging, als stünde sie im Bann eines seltsamen elektronischen Phänomens.

Guido war angespannt, er setzte sich auf den Sessel, den eine Assistentin ihm anwies. Nanni Tamba fragte ihn, wie alt er sei, vermutlich, um ihn erst einmal in eine fernsehgerechte Form zu pressen. »Würden Sie das einen Schriftsteller *mittleren Alters* auch fragen?« sagte Guido. Nanni Tamba kam nur für den Bruchteil einer Sekunde aus dem Konzept; ging sogleich zu einem automatischen Lächeln über, zu einer Bemerkung, wieviel leichter es doch sei, einen jungen Menschen nach seinem Alter zu fragen als einen alten. Darauf sagte Guido: »Finden Sie es nicht auch unglaublich, wie *herablassend* man hierzulande allen begegnet, die das Leben noch nicht kaputtgemacht hat?«

Nanni Tamba hörte ihm gar nicht richtig zu, wieder neutralisierte er seine Verlegenheit mühelos, indem er aus seinem Repertoire gebrauchsfertiger Statements schöpfte; stellte weitere vorbereitete Fragen, wobei er teils Sympathie für Guido zeigte, teils sich augenzwinkernd dem Publikum anbiederte. Guido bemühte sich, so natürlich wie möglich zu sprechen, genauso ungeschützt und ohne Allüren wie damals, als er bei Versammlungen in der Schule das Wort ergriff. Statt der Neostalinisten, die ihm das Megaphon zu entreißen suchten, hatte er diesmal jedoch die perfekte Maschinerie des Fernsehens mit ihren Zeitzwängen und festen Regeln vor sich: die Fragen erfolgten Schlag auf Schlag, und Nanni Tamba hüllte jedes Thema in versöhnliche und beschwichtigende Worte ein, um es dann mit wenigen Worten abzuschließen.

Guido versuchte zu erklären, was er mit seinem Buch hatte sagen wollen: daß Mailand und alle Großstädte wie Mailand zu lebenszerstörenden Maschinen verkommen seien; daß es zwar einen sehr großen Kreis von Schuldigen gebe, man sie aber auch lokalisieren könnte, wenn man wollte. Daß man zum Beispiel den Bürgermeister von Mailand, Ugo Mammoli, verantwortlich machen könnte für all die jungen Leute, die den Herointod sterben, und für all die nicht mehr jungen, die an Lungenkrebs sterben, und all die anderen dazwischen, die krank und verzweifelt sind in einer Stadt, in der es keine Grünflächen und keinen angenehmen Lebensraum gibt, und die von skrupellosen Gaunern in den politischen Parteien den Autos und Geschäftemachern und Bauspekulanten zum Fraß vorgeworfen wird.

Aber es war ein verzweifeltes Unterfangen; außer mir und Martina begriffen wohl nur wenige Zuschauer, was er sagen wollte. Nanni Tamba bedrängte ihn die ganze Zeit mit seinem künstlichen Lächeln, fing jeden Satz ab, bevor er gefährlich werden konnte, verstümmelte oder verwässerte ihn, bis er völlig nichtssagend war. Es kostete ihn Mühe, aber es war sein Job, und den machte er ausgezeichnet: ohne aus dem Rhythmus zu geraten, schaffte er es mit wenigen Sätzen, *Canemacchina* als ein kulturelles Phänomen darzustellen. Guido zwang sich, lauter und polemischer zu sprechen; Nanni Tamba holte zwei junge Mädchen und zwei junge Männer aus dem Publikum auf die Bühne, die sein Buch als »höchst amüsant« bezeichneten.

Guido schien sich wie in einer Falle zu fühlen, gepeinigt von den Scheinwerfern und den dicht an ihm vorbeischwenkenden Kameras und den Blicken, die Nanni Tamba dem Publikum im Studio und zu Hause zuwarf, und den Monitoren und Technikern. Er unternahm einen letzten Versuch, etwas zu sagen, gefangen in dem Käfig aus eingeübten Gesten, festgebannt auf seinen Sessel: nur ein Ingredienz von Nanni Tambas Show, wie alle, die vor ihm über den Bildschirm geflimmert waren, und alle, die nach ihm kommen würden.

Und gleich darauf war sein Auftritt zu Ende; Nanni Tamba rief: »Das war Guido Laremi mit seinem Buch *Canemacchina*, erschienen bei Allibratore!« als sei alles zur allgemeinen Zufriedenheit abgelaufen. Unter dem üblichen Applaus der Claqueure stand Guido auf, verschwand aus dem Bild, kurz bevor die Kamera auf drei Kandidaten eines Ratespiels schwenkte, die jeder hinter einem Pult mit Punkte-Zähler standen. Martina und ich sahen uns an, gekränkt von dem unerbittlich mechanischen Charakter des Fernsehens, von der Art und Weise, wie es Wörter und Menschen und Gefühle und Ideen rettungslos homogenisierte. Martina schaltete aus, obwohl die Zwillinge protestierten und weinten; sie sagte: »Montag früh, sobald das Geschäft aufmacht, bringen wir ihn zurück.« Unsanft zerrten wir den schweren Flimmerkasten bis zur Haustür; die Zwillinge strichen um ihn herum, in der Hoffnung, daß sich nochmals eins der elektronischen Gespenster auf dem Bildschirm zeigen möge.

Gegen elf Uhr nachts kamen Guido und Chiara todmüde und ausgehungert zurück. Wir wärmten ihnen etwas zu essen auf, leisteten ihnen Gesellschaft, während sie in der Küche aßen. Guido war wütend darüber, wie es gelaufen war, und hatte obendrein Angst, unsere Erwartungen enttäuscht zu haben. »Es war einfach nicht möglich, *irgendwas* zu sagen. Tatsache ist, daß du in ihren Händen ein armseliges *Objekt* bist, die machen mit dir, was sie wollen«, sagte er.

Martina und ich schwörten ihm, daß uns das klar sei; daß es ihm trotzdem gelungen sei, etwas zu vermitteln.

Er tröstete sich mit dem Essen und dem Wein, und seine Laune besserte sich: er beschrieb uns den Kopf von Nanni Tamba aus der Nähe besehen, mit dem Toupet und den gefärbten Haaren, die wie künstliche Palmen in der Wüste aussahen. Bald lachten und tranken auch wir, und Guido erzählte weitere umwerfende Details über die Sendung, schüttelte sie aus dem Ärmel wie ein gnadenloser Bilderdieb. Er war in Bestform: seine Augen funkelten, seine Stimme war voller Witz und Boshaftigkeit. Ich dachte, daß er einen speziellen Anlaß für seine Wut brauchte, um seine Fähigkeiten zur Entfaltung bringen zu können.

Wir saßen bis tief in die Nacht beisammen und hörten ihm zu; keiner von uns hatte noch Lust, schlafen zu gehen.

Sechzehn

Nach Guidos Auftritt in ›Supersamstag‹ stieg der Absatz seines Buchs rasant; eine Woche später stand *Canemacchina* an der Spitze aller von Tageszeitungen und Wochenzeitschriften veröffentlichten Bestsellerlisten. Die Allibratore-Pressestelle rief wieder an, um Guido mitzuteilen, daß die vierte und fünfte Auflage im Druck seien, und ihm Namen von Journalisten durchzugeben, die Interviews oder Statements oder witzige Bemerkungen von ihm haben wollten, um sie in Reportagen über die Musik oder die Kleidermode oder das Gefühlsleben der Jugend von heute einzuflechten. Mit dem Auto kamen Fotografen aus Rom oder Mailand mit Taschen voller Lampen und Objektive; sie ließen Guido auf dem Traktor oder inmitten unserer Tiere posieren, verlangten von ihm, sich ganz natürlich zu verhalten. Fast alle hatten zynische oder unbeteiligte Mienen; stellten Fragen ohne jedes echte Interesse.

Je nachdem, in welcher Laune er gerade war, antwortete Guido ihnen aufrichtig oder versuchte sich bedeckt zu halten. Manchmal ging ihm die Rolle als »Sprachrohr der Jugend«, in die sie ihn drängen wollten, auf die Nerven; manchmal amüsierte er sich über die Vielfalt von falschen Darstellungen, die in den Artikeln über ihn gemacht wurden. In einem wurde er als »Abbild des Protagonisten seines Buchs« bezeichnet, in einem anderen als »enfant gâté der Jugendkultur«, ein anderer behauptete, er habe »die schreckliche Wirklichkeit des Zuchthauses kennengelernt«, wieder ein anderer, er habe beide Eltern verloren und sei als »Waisenkind in Australien aufgewachsen«.

In Interviews äußerte er sich so klar und knapp wie nur möglich, kaum einer der Journalisten jedoch unterließ es dann, Guidos Antworten in einen Stil umzuformulieren, der dem seines Buchs glich, ihn je nach den Umständen ungehobelt oder naiv oder arrogant darzustellen. Einige übernahmen Antonella Salvionis Schilderung unseres Hauses mit den nackten Kindern und den freilaufenden Kühen und dem undurchschaubaren Ménage à quatre; spannen sie weiter aus, bis wir schließlich als Gemeinschaft von Ausgestoßenen oder als selbstverwaltetes Rehabilitationszentrum präsentiert wurden. In solchen Fällen war ich froh, die Auswirkungen der Falschdarstellungen mit Guido zu teilen: mir schien, daß sie so für ihn leichter zu ertragen waren.

Zum erstenmal erlebten wir so hautnah, wie eine falsche Information entsteht und verbreitet wird, und waren beinahe fasziniert davon. Der Automatismus des Vorgangs beeindruckte uns, die Kettenreaktion, die er auslöste, seine scheinbare Harmlosigkeit. Martina sagte, die Vorstellung, was sich bei der Unmenge von Fakten und Wörtern, mit denen die Leute tagtäglich überschüttet werden, wohl auf größerer Ebene abspielen mußte, mache ihr angst.

Guido behauptete, er sei glücklich, auf dem Land leben zu können, fernab von Verhaltensweisen, die Phänomene wie das rund um sein Buch förderten, in Wirklichkeit aber wurde ihm unser weltfremdes Leben immer unerträglicher. Es war Winter, und abgesehen vom Füttern der Tiere und der Versorgung der Öfen und der Überwachung des Generators und anderer wichtiger Funktionen im Haus gab es nicht viel zu tun. Wir verbrachten die Zeit mit Lesen und Reden, stellten eine Bilanz des vergangenen Jahrs auf und machten Pläne für das Frühjahr, spielten mit den Kindern, kochten Essen, aßen, schliefen. Manchmal sah ich Guido mit dem Blick eines eingesperrten Tiers allein im Wohnzimmer sitzen. Ich fragte ihn, warum er nicht ein neues Buch schreibe; er antwortete, Bücher könnten nicht aus Langeweile entstehen, sondern nur aus lebendigeren Gefühlen.

In diesem gedämpften Rhythmus ging unsere Familie ins neue Jahr, und dicht unter der ruhigen Oberfläche begann ihr Gleichgewicht erneut ins Wanken zu geraten.

Eines Abends beim Essen warf Martina Chiara vor, sie habe keinerlei echte Begeisterung für das Landleben, sie sähe immer aus, als lebe sie hier nur in Erwartung auf etwas Besseres. Sie sagte es ganz offen, weil sie gemerkt hatte, wie sich ihre Schwester und Guido, von ihren unruhigen Spannungen umgetrieben, von uns entfernten, aber sie hatte vermutlich erwartet, daß Chiara ihr widersprechen würde. Statt dessen gab Chiara zu, daß es wahr sei: sie sagte, das Landleben deprimiere sie so, daß sie sich am liebsten umbringen würde.

Und Guido pflichtete ihr bei, er sagte, auch er habe manchmal ein beinahe unerträgliches Gefühl der Leere. Martina hielt ihm entgegen, daß er ohne das Leben auf dem Land sein Buch nie zu Ende geschrieben hätte; er gab zurück, daß er überhaupt nichts hätte schreiben können, wenn er immer auf dem Land gelebt hätte. Ich fühlte mich durch seinen Ton gekränkt und sagte, er sei arrogant, und innerhalb von Sekunden artete die Diskussion in einen wüsten Streit aus; wir schrien uns an wie die Verrückten und warfen uns gegenseitig vor, daß wir so waren wie wir waren.

Als wir uns wieder beruhigt hatten, sagte Guido, das Ungesunde sei in Wirklichkeit, so lange Zeit in einem so isolierten Kreis zu leben; wenn er von autarken Dörfern gesprochen habe, dann habe er dabei nicht vier Erwachsene und zwei Kinder und einen Hund, die sich in den Hügeln von Gubbio verbarrikadieren, sondern viel ausgedehntere und mobilere Formen im Sinn gehabt. Der Mensch sei dazu geschaffen, vielfältige Beziehungen zu haben; es gehe nicht darum, aus der Stadt zu flüchten, sondern sie zu verändern, zu einem Ort zu machen, an dem man ein angenehmes und anregendes Leben führen könne, das nicht bis ins kleinste Detail von Tag zu Tag und von Jahreszeit zu Jahreszeit voraussehbar sei.

Doch sein distanzierter und scheinbar objektiver Ton war für mich noch verletzender als die Schmähungen, die er mir kurz zuvor ins Gesicht geschrien hatte, und trieb mich soweit, ihn zu fragen: »Und warum zum Teufel bleibst du dann hier, wenn du so unzufrieden bist?«

»Ich bleib gar nicht hier, ich gehe *morgen früh*«, sagte er, sah Chiara an, und der Blick, den sie wechselten, schloß die Diskussion ab, nahm mir und Martina jede Möglichkeit der Wiedergutmachung.

Am Morgen danach war die Luft eisig, auf den winterlich kahlen Hügeln lag ein graues Licht. Wir trafen uns in der Küche zum Frühstück, Guidos und Chiaras Gepäck stand fertig am Fuß der Treppe. Ich versuchte sie nicht umzustimmen, ich wußte, sie würden auf jeden Fall gehen.

Guido sagte: »Wir brauchen nur mal eine kleine *Luftveränderung*«, und sein Ton war jetzt traurig und friedlich. Ich fragte ihn, wohin sie zu fahren gedächten; er sagte, in den Norden, nach Paris vielleicht oder nach London, wenn er bei Allibratore einen Vorschuß auf das Geld bekommen könne, das ihm der Verlag schuldete.

Dann kam Martina mit den Zwillingen herunter, sah die Koffer und bemühte sich, so zu tun, als ob nichts wäre, und statt dessen kamen ihr die Tränen. Guido ließ seine Tasse Milch stehen, stand auf und nahm sie in die Arme, sagte: »Ich hab euch so *gern*, verdammt noch mal.« »Und warum gehst du dann weg?« fragte Martina, jetzt in Tränen aufgelöst. Auch Chiara weinte, trocknete sich mit einer Serviette die Augen. Guido hielt Martina immer noch umarmt, sagte zu ihr: »Weil jede Situation früher oder später zu Ende geht, so ist das nun mal in diesem blöden unvollkommenen *Leben*.«

Wir ließen das Frühstück stehen und begleiteten sie zum Auto. Ich half Chiara das Gepäck verstauen, während Guido den Zwillingen zu erklären versuchte, daß sie irgendwann wieder zurückkommen würden. Wir waren wie blockiert, tauschten Blicke und angedeutete Worte. Es war kalt, unser Atem verdichtete sich zu kleinen Dampfwölkchen. Schließlich riß Guido sich los: umarmte Martina und mich und die Kinder, stieg ins Auto. Auch Chiara umarmte uns der Reihe nach, sie weinte zu sehr, um etwas sagen zu können; setzte sich ans Steuer, ohne noch irgend jemanden anzuschauen.

Wir blieben bewegungslos stehen, während sie auf der kleinen Wiese wendeten, wir hielten die Kinder an der Hand. Als das Auto etwa zwanzig Meter entfernt war, blieb es stehen; Guido streckte den Kopf aus dem Fenster heraus und rief: »Was ich gestern abend gesagt habe, ist nicht *wahr*.«

Dann fuhr der alte Renault auf der holprigen Straße

schaukelnd davon, bis er hinter einer Hügelkuppe verschwand; ich und Martina sahen uns an und fühlten uns unglaublich allein, umgeben von der Öde der Landschaft um uns herum.

Siebzehn

Als der Frühling kam, waren wir nur zu zweit, um die Unmenge der anfallenden Arbeit zu bewältigen. Martina und ich sagten uns, wir müßten uns jetzt mit aller Kraft auf das konzentrieren, was wir vor uns hatten, und aufhören, uns anderswohin zu projizieren, wie wir es in der letzten Zeit mit Guido getan hatten. Wir stellten rigorose Arbeitspläne auf, versuchten jeglichen Leerlauf zwischen zwei Tätigkeiten auszuschalten, brachten den Zwillingen kleine, ihnen angemessene Aufgaben bei. Doch wir mochten jede Minute noch so intensiv nutzen, wir sahen keinen Sinn mehr in unserer Arbeit, und das nahm uns die Kraft dafür und führte dazu, daß wir bei allem, was wir taten, von körperlicher Müdigkeit überwältigt wurden. Abends im Bett redeten wir darüber; wir fragten uns, ob Guido unsere Fähigkeit, in Le Due Case glücklich und zufrieden zu leben, für immer untergraben habe.

Wir hatten eine Art Krise wie ein Ehepaar mittleren Alters, dessen Kinder schon erwachsen und aus dem Haus sind: es wurde immer schlimmer, bis wir schließlich kaum noch einen Augenblick am Tag frei davon waren. Wir arbeiteten auf den Feldern und schauten von fern zu unseren beiden Häusern hinüber, als gehörten sie zu einer Strafkolonie; wir glaubten die Einsamkeit, die sie umgab, zu spüren, wie man in der Nähe einer unterirdischen Quelle die Feuchtigkeit spürt. Früher waren wir so froh gewesen, fern von der Stadt und ihren Zwängen zu leben, und jetzt erschreckte uns ebendiese Abgelegenheit, trieb uns, am

Abend Fenster und Türen zu verrammeln, wie wir es früher nie getan hatten.

Alle unsere Gewißheiten waren erschüttert, die Zweifel, die in diesen sieben Jahren auf dem Land unbeachtet in uns geschlummert hatten, ließen sich nicht länger unterdrükken. Guidos Reden über das autarke Dorf kamen uns nun völlig realitätsfern vor, unser ökonomisches Gleichgewicht prekärer denn je. Der Gedanke, unseren Kindern, wenn sie einmal groß sein würden, nicht die Freiheit der Wahl bieten zu können, sie unbewehrt und verletzlich heranwachsen zu lassen, von all den Dingen angezogen, vor denen wir sie hatten bewahren wollen, beängstigte uns.

Manchmal stritten wir, obwohl unsere Ansichten sich so ähnlich waren, wie es die Ansichten zweier Menschen nur sein können. Martina fragte mich: »Ist ja alles schön und gut jetzt, wo sie fünf sind, aber was ist, wenn sie einmal dreizehn sind? Was machen wir, wenn sie, sobald sie dazu fähig sind, nach Perugia abhauen und sich mit Rauschgift vollstopfen?« Ich antwortete ihr, daß sie wenigstens bis dahin ohne chronische Bronchitis aufgewachsen sein würden und ohne das Gefühl des Eingesperrtseins und ohne gräßliche Geräusche und Gerüche und Formen, die von vornherein ihren Sinn für Ästhetik zerstören. Sie hörte mir kaum zu, denn was sie sagte, war ja nicht gegen mich gerichtet. »Man muß sich freiwillig dafür *entscheiden*, auf dem Land zu leben; wenn du ein Kind dort zur Welt kommen läßt, dann tust du ihm Gewalt an«, sagte sie. »Dann tust du ihm Gewalt an, wenn du es überhaupt zur Welt bringst«, entgegnete ich; und wir merkten, daß wir alle beide wie Guido redeten.

Aber wir blieben, wir brachten das Frühjahr hinter uns und den glühendheißen und insektenreichen Sommer, in dem wir bis tief in die Nacht hinein das Getreide droschen und siebten und in Säcke füllten und sofort in Schlaf sanken, sobald wir das Bett nur berührten, und nicht einmal mehr Kraft hatten, uns auszuziehen. Wir hatten alle Brükken zur Stadt allzu endgültig abgebrochen, um zurückkehren zu können: alles verausgabt, was wir hatten, und auf unsere erworbenen Schutzmechanismen verzichtet, Gewohnheiten entwickelt, die schwer aufzugeben waren. Eine Zeitlang träumten Martina und ich immer wieder, wir wären wieder in Mailand, mit den zwischen Betonmauern neben uns herlaufenden Zwillingen; dann hörten diese Träume auf; auch tagsüber dachten wir nicht mehr daran.

Statt wegzugehen, schlugen wir noch tiefer Wurzeln: jetzt war es eine Herausforderung zwischen uns und den Dingen. Jedes Bruchstück freier Zeit verbrachten wir damit, Anbautechniken und Pflanzensorten zu studieren, kurz- und mittelfristige Pläne zu entwerfen, Ziele abzustecken, die wir unbedingt erreichen mußten.

Wir kamen auch zu dem Schluß, daß wir nicht mehr alles allein bewältigen konnten: wir fuhren nach Perugia zur Universität und hängten Zettel an das Anschlagbrett im Atrium, um jemanden zu finden, der mit uns leben und arbeiten wollte. In einer Woche riefen uns vier, fünf Leute an, darunter ein junger Mann aus Udine mit Namen Paolo, der uns sofort sympathisch war. Er war groß und kräftig, aber mit einem kindlichen Gesicht; er studierte Agrarwissenschaft und lebte mit einem zierlichen jungen Mädchen namens Livia zusammen, die in einer Bar arbeitete; alle beide träumten schon seit langem davon, aufs Land zu ziehen. Als wir mit ihnen nach Le Due Case kamen, waren sie begeistert, sie sagten, der Zettel sei ein Wink des Schicksals gewesen.

Wir beschlossen, sie im zweiten Haus wohnen zu lassen, zumindest bis Guido und Chiara zurückkämen. Zwei Tage später kamen sie mit ihren Sachen aus Perugia; ich und Paolo trugen ein Bett in eins der Zimmer. Am Abend schienen sie sich bereits ganz heimisch zu fühlen, doch am nächsten Morgen fragten sie uns, ob sie nicht bei uns wohnen könnten. Das zweite Haus käme ihnen so leer und provisorisch vor; sie hätten die ganze Nacht kein Auge zugetan. Martina sagte, auch sie habe dort immer das Gefühl, daß es ein schönes, aber kaum bewohnbares Haus sei, und sogar ich mußte einräumen, daß mir der Gedanke, darin zu wohnen, seltsam vorkam. Vielleicht lag es an der schmalen, verwinkelten Form der Zimmer oder an ihrer ungünstigen Verteilung auf drei Stockwerke; vielleicht auch einfach daran, daß wir eigentlich kein zweites Haus brauchten, in unserem Haus war Platz genug.

So zogen Paolo und Livia in das Zimmer ein, das früher Guido und Chiara gehört hatte, trotz einigem anfänglichen Widerstreben der Zwillinge und auch unsererseits, und das zweite Haus blieb leer. Wir hielten es weiterhin in Ordnung, öffneten hin und wieder die Fenster, um es zu lüften, aber Martina hatte recht, wenn sie sagte, allmählich sei es mehr die Idee von einem Haus als ein wirkliches Haus.

Guido und Chiara schickten uns eine Karte aus London, wo sie auf der Suche nach einer festen Wohnung seien; eine weitere aus Rom, wohin sie für zwei Tage gefahren waren, um mit drei verschiedenen Produzenten zu verhandeln, die *Canemacchina* verfilmen wollten. Diese Erläuterungen stammten von Chiara; Guido hatte nur

»Schleimige Halunken!« dazu geschrieben, mit einem auf das Wort ›Produzenten‹ zeigenden kleinen Pfeil. Dann ließen sie nichts mehr von sich hören. Lange Zeit warteten wir darauf, daß sie uns anriefen oder schrieben, wo sie jetzt lebten, bis sich der Gedanke an sie unter den vielen anderen Gedanken verlor, die uns tagtäglich beschäftigten. Wenn wir an sie dachten, taten wir es mit einem vagen Gefühl des Gekränktseins: wir kamen uns verraten und im Stich gelassen vor, so sehr wir uns auch bemühten, alles zu verstehen und zu rationalisieren.

Ende September waren die Zwillinge schulpflichtig; Martina und ich hatten schon seit Wochen darüber diskutiert, ob wir sie in die Schule schicken sollten oder nicht. Wir fanden es nicht schön, sie hinzuschicken und sich ›normalisieren‹ zu lassen, wie Guido gesagt hatte, und zugleich wollten wir uns später auch nicht vorwerfen müssen, ihnen nicht genügend Informationen über die Welt angeboten zu haben. Wir besprachen es auch mit Paolo und Livia; ihre Einstellung war weit realistischer als die von Guido, sie überzeugten uns, daß wir sie vor allem nicht allzu anders aufwachsen lassen dürften als ihre Altersgenossen.

Chiara jun. und Guido jun. jedoch waren zwei Naturkinder, daran gewöhnt, ihr eigener Herr und Herr über ihr Territorium zu sein; sie hatten nicht die geringste Lust, sich den ganzen Vormittag in ein Klassenzimmer einsperren zu lassen und wie festgenagelt auf einer Bank zu sitzen. Allmorgendlich um halb acht mußten Martina und ich abwechselnd einen wilden Kampf ausfechten, bis wir sie zum Auto geschleppt hatten; einen weiteren, um sie wieder herauszuzerren; wenn wir dann ohne sie nach Hause zurückkehrten, kamen wir uns wie Verräter vor.

Mit der Zeit ließ ihr Widerstand nach, die Lehrerin sagte, sie würden allmählich etwas ›zivilisierter‹: wir merkten, daß sie sich der Situation anzupassen begannen. An der Art, wie sie sprachen und sich bewegten, an ihren Zeichnungen und Spielen beobachteten wir die ersten Anfänge der Verwandlung, und da fiel uns wieder ein, was Guido einmal zum Thema Kinder und Erwachsene gesagt hatte. Und wir kamen zu dem Schluß, daß es sinnlos war, eine reife und ausgewogene Entscheidung hinsichtlich ihres Lebens treffen zu wollen, weil wir in unserem eigenen Leben nicht reif und ausgewogen waren; wir durften nicht zulassen, daß unsere Kinder sich in Normen fügen mußten, die wir für uns selbst nicht akzeptierten.

So ging ich zur Schulleiterin, um mit ihr darüber zu sprechen, und sie ließ mich eine Erklärung unterschreiben, in der ich die zivil- und strafrechtliche Verantwortung dafür übernahm, daß ich meine Kinder nicht an der Grundschulerziehung teilnehmen ließ. Ich mußte mich verpflichten, sie privat unterrichten und staatliche Prüfungen ablegen zu lassen. Nach wenigen Tagen waren Chiara jun. und Guido jun. wieder so wild wie zuvor, ja noch eine Spur übermütiger, was davon herrührte, daß sie der Gefangenschaft entronnen waren; Martina und mir wurde bewußt, daß realistische Ratschläge nicht immer die richtigen sind.

Wir rodeten die letzten noch brachliegenden vier Hektar Land und säten Hartweizen aus; vereinbarten bessere Bedingungen mit der Mühle in Perugia; beantragten die Aufnahme in einen Verband biologischer Anbauer, um unsere Erzeugnisse künftig mit einem Verbandswarenzeichen verkaufen zu können. Livia und Martina probierten mit den Quitten und Äpfeln unserer Bäume neue Marmeladenrezepte aus und kauften ein Einkochgerät, so daß sie viele Gläser gleichzeitig sterilisieren konnten, ohne stundenlang vor den dampfenden Töpfen stehen zu müssen.

Der Winter kam, und es wurde der kälteste seit vielen Jahren, aber wir merkten es kaum, Betriebsamkeit und Zuversichtlichkeit wärmten unser Haus. Paolo und Livia waren Optimisten; sie strahlten Sicherheit aus und unterlagen keinen unerwarteten Stimmungsschwankungen, es gab nichts, was ihre Zukunft plötzlich von der unseren hätte trennen können. Manchmal merkte ich, daß ich sie fast wütend mit meiner Erinnerung an Chiara und Guido verglich: mit ihrer Rastlosigkeit und Unbeständigkeit, deretwegen wir jeden Tag mit dem Gedanken auf sie geblickt hatten, sie vielleicht schon im nächsten Augenblick nicht mehr zu sehen.

Wenn Martina und ich abends im Bett miteinander redeten, kam es uns vor, als seien wir ruhiger und heiterer denn je; das Gefühl der Bedrohung, die Zweifel und Ängste waren mittlerweile fast vergessen.

Achtzehn

Anfang 1983 gründeten wir die Kooperative Due Case, deren Mitglieder ich und Martina und Paolo und Livia waren. Die Lokalbehörde hatte unseren Anträgen nach langer Zeit stattgegeben und uns als Produzenten von Weizen- und Hartweizenmehl, Marmelade, Käse und Wein aus biologischem Anbau eingetragen. Wir hatten uns gerade zwei weitere Ziegen und einen Ziegenbock gekauft, auf einem Westhang acht neue Reihen Weinstöcke gepflanzt; Obst- und Gemüsegarten gediehen üppig. Im Juli ernteten wir doppelt soviel wie im Vorjahr, wir mußten viermal mit dem LKW hin- und herfahren, um unsere Getreidesäcke zur Mühle in Perugia zu transportieren. Die Kellerregale waren gefüllt mit Gläsern voller Aprikosen und Pfirsiche und Pflaumen und Kirschen, die wir mit Honig oder Vollrohrzucker eingekocht hatten, die Etiketten mit Hilfe der Zwillinge bemalt und beschriftet. Ein Mailänder Naturkost-Großhändler verkaufte unsere gesamte Produktion an Mehl und Konserven und Wein, die Nachfrage steige ständig, sagte er.

Wir waren erschöpft von der Arbeit, aber die Zukunft erschien uns jetzt viel weniger ungewiß.

Im Herbst kam ein Brief von Guido aus London, geschrieben in dem verlegenen Ton dessen, der eine Verbindung, die er selbst abgebrochen hat, wieder aufnehmen will. Er schrieb, daß er mit Chiara in der Wohnung einer Bildhauerin wohne, die für zwei Jahre nach New York gegangen sei. Chiara arbeite in einer Kunstgalerie, und er schreibe fast den ganzen Tag, auch wenn er sich noch nicht sicher sei, welcher Stimmung er folgen solle, und ihm die Vorstellung, das Schreiben zu seinem Beruf zu machen, manchmal absurd erscheine. Es sei eine zu pathologische Tätigkeit, als daß man sie institutionalisieren und sich Ergebnisse davon erwarten könne; das wäre vielleicht allenfalls etwas für die zynischen Schreiber von Trivialromanen oder vermeintlicher Experimentalliteratur.

London machte ihm nicht so viel Spaß wie das erste Mal, als er dort gewesen war; jetzt kam es ihm auch nur wie eine triste Großstadt voller Autos vor, wenn es auch vielleicht mehr Anregungen bot als Mailand. In den ersten Wochen hatten er und Chiara ganze Tage in Bibliotheken und Museen verbracht, Kinos und Theater und Rockkonzerte besucht, jetzt aber gingen sie nicht mehr oft aus. Wenn Chiara abends zurückkam, blieben sie am liebsten zu Hause im Trockenen, lasen oder sahen fern. Sie wußten noch nicht, wie lange sie noch in London bleiben, wohin sie danach gehen würden.

Er schrieb, daß sich Chiara dank ihrer Herkunft unter den Engländern viel wohler fühle als er, und das ließ ihn manchmal auf den Gedanken kommen, daß es vielleicht auf der ganzen Welt keinen Ort gab, an dem er sich wirklich wohlfühlen könne. Er meinte, das läge möglicherweise daran, daß Mailand in seiner industriellen Brutalität so anonym ist, daß sich in jemandem, der dort aufwächst, keine wirklichen Neigungen ausbilden können. Es gäbe Augenblicke, da grause ihm schon beim bloßen Gedanken an die hemmungslose und schmutzige Korruption in unserem Land; dann wieder rufe die Nüchternheit der Engländer in ihm den Wunsch hervor, unter impulsiveren und emotionaleren Menschen zu leben. Manchmal hatte er

Heimweh nach Italien, aber nach einem warmen, südlichen und sanften Italien, das er von fern gesehen zu haben glaubte oder das nur in seiner Vorstellung existierte.

Der Ton, in dem er schrieb, war ratlos, ja müde; weit entfernt von dem Mitteilungsdrang, der ihn in Australien getrieben hatte, uns über jede Begegnung und jeden Ortswechsel auf dem laufenden zu halten. Sein Brief war weniger ein Tagebuchblatt als eine Art Flaschenpost, die man dem Wasser übergibt, ohne sich groß Gedanken zu machen, wer sie erhält.

In meinem Antwortbrief erzählte ich ihm von den Fortschritten, die unsere Arbeit machte: von den bereits erzielten Erfolgen und den neuen Plänen, stellte alles so dar, daß es in deutlichem Kontrast zu seinen Lebenszweifeln stand. Ich tat das nicht aus Überheblichkeit, wahrscheinlich aber steckten hinter meinen Worten leise Rachegelüste: ich wollte ihm zu verstehen geben, wie gut wir uns durchgeschlagen hatten, nachdem er und Chiara uns im Stich gelassen hatten.

Er schrieb nicht mehr.

Der Bauer Raggi und zwei andere Landwirte aus der Gegend kamen zu uns, um sich über unsere natürlichen Anbaumethoden zu informieren und sich bei der Umstellung ihrer Felder von uns beraten zu lassen. Die Vertreter der Chemieindustrie und die kleinen Mafiosi der landwirtschaftlichen Genossenschaft hatten ihnen immer eingeredet, sie müßten den Boden mit Giften behandeln und das Letzte aus ihm herauspressen, jetzt aber sahen sie, daß wir mit anderen Methoden Erfolg hatten und unser natürlich angebautes Getreide doppelt so hoch bezahlt wurde wie das ihre. So beschlossen Paolo und ich, Informationen über unsere Anbauweise zu verbreiten, die Kooperative um neue Mitglieder zu erweitern, sobald sie ihre Felder umgestellt hätten. Dann entdeckten wir zehn Kilometer hinter Ca' Persa eine alte Mühle mit Steinmahlwerk und planten, sie wieder in Betrieb zu nehmen und unser Mehl ohne Zwischenhändler herzustellen. Wir hatten den Wunsch, über das bescheidene Niveau, mit dem wir uns so lange zufriedengegeben hatten, hinauszugelangen, uns für unsere Landwirtschaft ehrgeizigere Ziele zu stecken.

Im April 1984 rief Chiara aus London an, um Martina mitzuteilen, daß sie schwanger sei. Ihr Gespräch dauerte lange: ich hörte Martina nach Einzelheiten fragen, ihren aufgeregten und teilnahmsvollen Ton, und wußte sofort, was los war. Als sie fertig waren, begrüßte ich Chiara ebenfalls, ließ mir Guido geben. Wir hatten ewig nichts voneinander gehört, und ich hatte schon gedacht, daß es womöglich nie wieder dazu kommen würde, aber jetzt hatte uns Chiaras Nachricht eine Kommunikationsmöglichkeit eröffnet, und wir ergriffen beide die Gelegenheit.

Ich fragte ihn, ob er sich freue; er sagte »Na sicher«, und das hatte ich ihn noch nie sagen hören, nicht einmal in den sichersten Situationen. Sein Ton war der gleiche wie in dem Brief, den er uns vor sieben Monaten geschrieben hatte: genauso müde und ratlos. Ich fragte ihn, wie es mit seiner Arbeit gehe; er fragte: »*Welche* Arbeit?« Er sagte mir, daß das Schreiben ihm Mühe mache, seit zwei Jahren arbeite er an einem Roman, ohne etwas zuwege zu bringen. Er hatte keine Lust, darüber zu sprechen; sagte immer wieder: »Erzähl mir lieber von *euch*.« Er war neugierig auf die Zwillinge, wollte wissen, ob sie lasen. Ich sagte ihm, wir würden ihnen ab und zu einen Roman vorsetzen, aber im Augenblick würden sie sich anscheinend mehr für Bilderbücher interessieren; er lachte.

Als ich auflegte, war Martina völlig aus dem Häuschen, daß sie bald einen Neffen haben würde, und besorgt um Chiara und Guido. Sie fragte mich, ob sie mir zufrieden vorgekommen seien; ich antwortete, das sei bei ihnen schwer zu sagen.

Neunzehn

Im Juni 1984 mieteten Guido und Chiara ein Haus in Lerici. Martina war darüber genauso überrascht wie ich; sie hatte immer gedacht, Guidos und Chiaras Äußerungen über eine mögliche Rückkehr nach Italien seien rein theoretisch. Aber mit Guido war es immer so gewesen: wenn ich ihn im Geist in ein festes Bild eingeordnet hatte, zerschlug er es mir ohne Vorwarnung, zwang mich, mir schnell ein neues zu konstruieren.

Am Telefon erzählte er mir, er schreibe den ganzen Tag, in den Pausen gehe er schwimmen. Das Haus hatten sie über eine Londoner Immobilienfirma gefunden, an einem Tag schwärzester Melancholie, als er das Gefühl hatte, in einem lichtlosen Aquarium zu leben. Es hatte einen herrlichen Blick aufs Meer und einen privaten Kieselstrand, einen richtig südländischen Garten mit Olivenbäumen und Steineichen und Lorbeersträuchern und Orangen- und Zitronenbäumen. Allibratore hatte ihm für sein neues Buch einen hohen Vorschuß bezahlt, der sie auf Jahre hinaus aller praktischen Probleme enthob, wenn man davon absah, daß sie das Fell eines noch nicht erlegten Bären verkauft hatten. Er fragte mich, warum wir sie nicht besuchen kämen, aber wir hatten zuviel Arbeit, um auch nur für einige Tage wegfahren zu können; ich vertröstete ihn auf später, nach der Getreideernte.

Mitte Juli rief Chiara an, um uns zu verkünden, daß sie und Guido Ende des Monats heiraten würden und uns als

Trauzeugen wollten. Als ich von der Feldarbeit kam und Martina es mir erzählte, glaubte ich, daß sie Spaß machte; ich setzte ihr zehn Minuten lang zu, bevor ich ihr glaubte, und selbst dann noch nicht ganz. Ich rief Guido an, und er bestätigte mir, daß es wahr sei. Chiara hatte beim Bürgermeisteramt von Lerici schon das Aufgebot bestellt und ihre Eltern mobilisiert. So wie er darüber redete, war es auch für ihn eine überraschende Wende; er sagte: »Versucht zu kommen, laßt mich nicht *allein*.«

Am achtundzwanzigsten Juli stiegen Martina und ich und die Zwillinge ins Auto. Das Getreide war in Säcke abgefüllt und die Weinreben mit Knoblauchaufguß besprüht, trotzdem fuhr ich in dieser Jahreszeit nicht unbesorgt weg: immer wieder mußten Paolo und Livia mir sagen, daß sie zwei, drei Tage auch ohne uns zurechtkämen. Die Fahrt bis zur ligurischen Küste war lang und heiß; wir mußten jede Stunde haltmachen und die Zwillinge aussteigen lassen, die es nicht ertrugen, so lange in einer Blechkiste eingesperrt zu sein, und Hunger und Durst hatten und Pipi machen mußten. Erschöpft kamen wir in Lerici an, als sich die Sonne gerade auf das Meer herabsenkte.

Wir beschlossen, zuerst ein wenig durch den Ort zu bummeln, bevor wir zu Chiara und Guido gingen, und wir merkten, wie wenig wir darauf eingestellt waren, in einen Ferienort zu kommen. Zehn ganze Jahre lang waren Martina und ich in Le Due Case geblieben, hatten immer an ein und demselben Ort gearbeitet, Beziehungen hergestellt und Probleme gelöst, so sehr mit seiner Atmosphäre verwachsen, daß wir – abgesehen von der Stadt, aus der wir geflüchtet waren – ganz vergessen hatten, daß es auch noch andere Orte gab. Die Urlauber drehten sich nach uns um; verwundert über unsere Gesichter und unsere Kleidung, über den erdigen Staub, der wie ein Schleier über unseren Farben zu liegen schien. Die Verwunderung beruhte auf Gegenseitigkeit: völlig ungeniert starrten die Zwillinge auf die von hauchdünnen Stoffetzen zur Geltung gebrachte nackte braune Haut der Frauen, auf die Shorts der Männer, ihren Schlendergang, nachdem sie sich einen ganzen Tag lang gepflegt hatten; ich und Martina zeigten uns nur geringfügig wohlerzogener.

Das Haus, in dem Guido und Chiara wohnten, war eine richtige Villa aus den frühen sechziger Jahren, halbversteckt in einem Garten einen Kilometer außerhalb der Ortschaft. Wir klingelten, von drinnen wurde das Tor geöffnet; zwischen den Steineichen und Lorbeersträuchern, die Guido mir am Telefon beschrieben hatte, gingen wir auf einem mit Stufen versehenen schmalen Pfad hinab.

Guido erwartete uns an der Tür, blaß wie er selbst an den sonnigsten Orten blieb; er freute sich sehr, uns wiederzusehen. Er umarmte mich und Martina, betrachtete die Zwillinge und konnte kaum glauben, daß sie sich so verändert hatten. Dann kam Chiara mit einem runden Fünfmonatsbauch unter einem leichten Sommerkleid, auch sie glücklich, daß wir gekommen waren. Vor der Tür zu dem Wohnzimmer der großen, einst modernen und protzigen Villa voll kühner Schnörkel und amerikanischer Möbel tauschten wir bruchstückhafte Informationen aus. Guido machte eine ausholende Handbewegung, sagte: »Endlich ein Ort, in dem ich mich *wiedererkennen* kann, was?« Chiara stimmte nicht in unser Gelächter ein; es lag eine scharfe Spannung zwischen ihr und Guido, die sie ein paar Schritte von ihm entfernt hielt, als sähe sie ihn überhaupt nicht.

Nachdem wir gegessen und die Kinder ins Bett gebracht

hatten, setzten wir uns auf eine Terrasse, die auf einen Rasen hoch über dem weiter unten flimmernden Meer führte. Chiara erzählte Martina, daß am Nachmittag ihre Eltern gekommen seien, sie hatten ein Zimmer in einem Hotel im Ort genommen. Der Vater hätte gern ein regelrechtes Hochzeitsfest mit Essen und Musik und Gästen veranstaltet, Guido aber hatte es geschafft, alles viel schwieriger darzustellen, als es in Wirklichkeit war, und schließlich unmöglich zu machen. So hatte niemand irgend etwas veranlaßt, bis auf ein Abendessen in einem Restaurant in Tellaro, bei dem nur wir und vielleicht der eine oder andere Freund der Familie aus der Versilia dabeisein würden.

Chiaras Stimme stand immer kurz davor, zu versagen, und es war leicht zu erkennen, daß der Gedanke, ein Kind mit einem so unbeständigen Mann wie Guido zu haben, sie veranlaßt hatte, von ihm die Legalisierung ihrer Beziehung zu verlangen. Und so unglaublich es war, er hatte eingewilligt, verlockt vielleicht auch von der Gelegenheit, von den unendlich vielen parallelen Möglichkeiten des Lebens auch diese zu erkunden. Dann hatte sich die Möglichkeit in eine Tatsache verwandelt, und alle beide hatten sich mit konträren Rollen darin festgefahren, und statt Sicherheit zu finden, waren Chiara neuerliche Bedenken gekommen, die sie jetzt haltsuchend zu Martina blicken ließen.

Guido verhielt sich, als habe er mit der ganzen Angelegenheit nicht das geringste zu tun: er stand auf, ging ein paar Schritte über den abschüssigen Rasen. Ich ließ die zwei Schwestern allein, die angeregt miteinander redeten, und folgte ihm zwischen den von kleinen runden Scheinwerfern angestrahlten Orangen- und Zitronenbäumen.

Ich fragte ihn nach seinem Buch; er sagte nur, es sei fast fertig, die von Allibratore würden enttäuscht sein, weil es überhaupt nichts mit *Canemacchina* zu tun habe.

Er erzählte mir, daß Chiara schwanger geworden sei, als sie schon kurz vor der Trennung standen, aber in einem seltsamen Gefühlsspiel seien sie beide zu der Überzeugung gekommen, das Kind zu behalten. Eine Zeitlang war ihre Beziehung schwankend und ungewiß gewesen, dann war Chiara mit einer Menge Forderungen und Anschuldigungen herausgerückt, auf die er überhaupt nicht gefaßt gewesen war. »Du meinst, ein Mensch verändere sich ganz plötzlich, dabei hast du ihm nur ein Bild übergestülpt, damit er der Person entspricht, die du gern hättest. Die ganze Zeit habe ich in ihr immer ein junges Mädchen gesehen, das genauso ohne Gewißheiten und ohne Wurzeln ist wie ich, sie mußte *brüllen*, damit ich sie anschaute. Und erst dann habe ich die dreißigjährige Frau gesehen, die eine Familie und eine feste Wohnung und einen Mann braucht, der für sie da ist, und das war für mich ein echter *Schlag*. Aber alle diese Informationen sind von Anfang an dagewesen, perfekt lesbar, wenn ich sie nur hätte lesen wollen.«

Ich sagte zu ihm, das gleiche gelte auch für Chiara, seine Informationen seien gewiß nicht minder deutlich gewesen. Guido war jedoch keineswegs auf der Suche nach Solidarität gegen sie, er antwortete: »Ich habe nie irgend jemandem viele Informationen gegeben. Ich hab die Hälfte meines Lebens damit verbracht, sie zu *verbergen*.«

Wir waren am Rand des Rasens angelangt, wo das Gelände steil abfiel und eine schmale Betontreppe im Zickzack zum Strand hinabführte. Es war seltsam, mit einem so völlig ebenmäßigen Rasen unter den Füßen in einer lauen und von Düften erfüllten Nacht über so schwierige Probleme zu sprechen. »Und ihre Forderungen waren dermaßen *verständlich* und wohl auch ganz natürlich, bei dem Gedanken, ich könne außerstande sein, sie zu erfüllen, fühlte ich mich von Schuldgefühlen erdrückt. Ich hab keinen Militärdienst gemacht und die Schule aufgegeben, und jetzt lasse ich zu, daß dieser Scheißstaat sich in mein *Gefühlsleben* einmischt.«

Wir setzten uns auf die oberste Stufe, blickten hinab auf die kleine Welle, die träge an den Kieselstrand leckte und sich wieder zurückzog. Guido fragte: »Weißt du, wie lang meine Mutter arbeiten müßte, um hier eine Monatsmiete bezahlen zu können?«

Am nächsten Morgen wachten die Zwillinge vor Aufregung über den ungewohnten Ort früher als sonst auf und zerrten mich und Martina aus dem Bett. Chiara und Guido schliefen noch; in ihrer Villa, deren Möbel und Vorhänge sich jahrelang mit Salz und Feuchtigkeit vollgesogen hatten. Wir frühstückten und machten einen Rundgang durch den Garten, um uns die Pflanzen genauer zu besehen; gingen zum Meer hinunter. Das Wasser war kalt und nicht besonders sauber, aber die Zwillinge waren ganz versessen darauf, zum erstenmal in ihrem Leben baden zu gehen. Wir stürzten uns alle hinein, plantschten dicht am Ufer, fast übergeschnappt vor Vergnügen. Chiara jun. versuchte herauszufinden, wie ich es anstellte, mich über Wasser zu halten, Guido jun. schaffte es mit der schieren Kraft seiner Arme und Beine. Martina und ich erinnerten uns kaum, wie man es macht: aus Angst, unterzugehen, hielten wir uns im seichten Wasser, wo wir stehen konnten.

Als wir wieder zum Haus hinaufkamen, stritten Guido und Chiara: wir hörten, wie sie sich von einem Zimmer zum anderen wütend anschrien und mit Gegenständen schmissen. Wir wußten nicht, ob wir hineingehen und sie besänftigen oder draußen warten sollten; am Ende meinten wir, jeder der beiden habe aus seiner Sicht zu sehr recht, als daß eine Vermittlung sinnvoll wäre. Wir blieben auf dem Rasen sitzen und hörten ihre Stimmen anschwellen und wieder leiser werden; wir waren noch aufgekratzt von den Eindrücken beim Baden.

Dann trat Chiara auf die Veranda heraus, in einem dünnen Baumwollkleid, das ihren Bauch nicht zu verbergen vermochte, die Augen nur mit einem dünnen blauen Lidstrich betont, und trotzdem sah sie aus wie eine Braut. Sie hatte eine eigentümliche Grazie an sich, die von der Bedeutung herrührte, die sie diesem Augenblick beigemessen hatte; von all den Auseinandersetzungen und dem Kummer und den Reibungen, die sie hatte durchmachen müssen, um dahin zu gelangen.

Guido trank in der Küche Weißwein aus der Flasche, bot auch mir davon an. Er trug das gleiche ausgewaschene blaue Hemd und die gleichen Jeans wie am Vortag, die gleichen alten Tennisschuhe. Er hatte nie oft die Kleider gewechselt, seit ich ihn kannte; ich konnte ihn mir nicht vorstellen, wie er in ein Geschäft ging, um sich neue zu kaufen, oder sich für seine Hochzeit anständig anzog.

Als Trauzeugen paßten ich und Martina uns dem Brautpaar an: ich ließ das Baumwolljackett, das ich hatte anziehen wollen, im Koffer, Martina schminkte sich nur rasch vor dem Badezimmerspiegel. Guido trank weiter Weißwein aus der Flasche, triezte Chiara wegen der Festlichkeiten nach der Trauung. »Ich seh schon deinen Vater vor mir, wie er dich beim ersten *Walzer* herumschwenkt.« Chiara war völlig aufgebracht über sein Verhalten: sie schleuderte ein altes Buch nach ihm, verfehlte ihn knapp.

Wir gingen auf der Küstenstraße, auf der die Autos vorüberrasten, zu Fuß in Richtung Lerici. Guido pöbelte die Autofahrer an und machte ihnen Zeichen, langsamer zu fahren; bald ahmten die Zwillinge ihn nach, gestikulierten wie die Wilden, brüllten sämtliche Schimpfwörter, die sie kannten. Schon als Kleinkinder waren sie von ihm fasziniert gewesen, und das war sonderbar bei zwei so wenig beeinflußbaren Rangen, die nicht einmal auf das, was ich sagte, viel gaben.

Wir gingen ins Dorf hinunter, durchquerten es im Pulk. Guido antwortete den Zwillingen, die ihn mit Fragen bedrängten, aber er war zu angespannt, um sie so zu belustigen, wie sie es gern gehabt hätten. Chiara biß sich auf die Lippen, vielleicht bereute sie jetzt sogar, ihn mit all ihren stillen, aber beharrlichen Kräften so weit getrieben zu haben. Martina sagte: »Wir sollten es nicht so tragisch nehmen, es ist doch nur eine Formalität.« Keiner von uns lächelte: wir schleppten uns dahin, als ginge es zu einer Exekution.

Wir kamen zwanzig Minuten zu früh am Rathaus an; von den Quimandissett-Eltern war noch nichts zu sehen. Chiara wollte auf sie warten, aber Guido sagte: »Ich geh rauf«, und wir folgten ihm durch das Portal. Sie rannte hinter uns her die Treppe hinauf; vor dem Amtszimmer des Bürgermeisters richtete sie sich die Haare, hielt sich dicht an ihre Schwester. Guido war nahezu weiß im Gesicht, er sah wirklich wie ein zum Tode Verurteilter aus.

Drinnen wartete jedoch kein Exekutionskommando. Der Bürgermeister war klein und rundlich, er saß hinter einem Schreibtisch und redete eifrig auf eine Sekretärin oder Assistentin ein; er schien bestürzt, uns so früh zu sehen. Er sagte, er habe noch nie eine Trauung vorgenommen, weil er erst vor drei Wochen gewählt worden sei und die Dorfbewohner fast alle in der Kirche heirateten. Auf seinem Schreibtisch stand ein großer zellophanverpackter Gladiolenstrauß, den sah er alle naselang an. Seine Assistentin legte ihm eine grünweißrote Schärpe um, schob ihn zu dem Bürgerlichen Gesetzbuch, das aufgeschlagen bereitlag. Er las einen Paragraphen, der normalerweise vermutlich nur kurz angedeutet wird, er dagegen las endlos weiter. Guido und Chiara standen vor ihm, ohne sich anzusehen, Martina und ich drei Schritte hinter ihnen, mit dem Rücken an der Wand. Die Zwillinge liefen wie Raubtiere im Zimmer herum, fingerten an den Amtspapieren, rissen Schubladen auf. Ich versuchte sie leise zur Ordnung zu rufen, machte Drohgebärden. Das lenkte den Bürgermeister ab, er blieb mittendrin stecken. Er las den Absatz nochmals von vorn, stolperte wieder über den gleichen Satz. In der Amtsstube herrschte eine stickige Hitze, die Fenster waren geschlossen; die zellophanumhüllten Gladiolen sahen aus, als seien sie für ein Grab bestimmt. Der Bürgermeister schwitzte, er versuchte die Prozedur mit Gefühl zu absolvieren, und es kostete ihn schreckliche Mühe.

Plötzlich begann Guido leise zu lachen: er steckte mich damit an, dann Martina und die Assistentin des Bürgermeisters, die Zwillinge begannen die wüstesten Grimassen zu schneiden. Der Bürgermeister war nicht ohne Sinn für Humor; er hörte zu lesen auf, fragte Guido und Chiara, ob sie gewillt seien, einander zu heiraten. Sie sagten ja; Guido, als ginge ihn die Frage überhaupt nichts an, Chiara gekränkt durch unser Gelächter. Als der Bürgermeister sie aufforderte, die Ringe zu tauschen, zog sie nur einen hervor, steckte ihn sich ernst und elegant an den Finger, und unsere hysterische Erregung erlosch, erschien mit einem Mal ungerechtfertigt. Wir unterschrieben die Urkunden, bedankten uns beim Bürgermeister und seiner Assistentin und nahmen den Gladiolenstrauß, zerrten die Zwillinge so schnell wir konnten die Treppe hinunter.

Draußen vor dem Portal standen die Quimandissett-Eltern, der Vater winkte gerade einem Grüppchen sich nähernder Leute. Die Quimandissetts drehten sich um und sahen uns an, genauso steif und förmlich wie bei Guidos Buchpräsentation: wieder mit diesem leichten Schatten von Widerwillen in den Augen. Wir gaben ihnen die Hand, Martina und Chiara fast ebenso verlegen wie ich und Guido.

Der Vater sah auf die Uhr, sagte »Na dann los«. Martina erklärte ihm, daß die Trauung schon beendet sei; er und seine Frau machten ein merkwürdig betroffenes Gesicht, und ich hatte den Eindruck, daß der Schatten in ihrem Blick eher Verletzlichkeit als Widerwillen war.

Der Vater forderte Guido und Chiara auf, sich noch einmal vor das Rathausportal zu stellen; mit einer alten Leica schoß er ein paar Fotos. Sein Interesse an der Situation war das eines Insektenforschers, ohne die innere Anteilnahme, die ich anfangs bei ihm vermutet hatte. Guido musterte ihn jetzt mit seinem klinischen Blick, er stellte wohl die gleichen Betrachtungen an wie ich.

Das nahende Grüppchen war jetzt bei uns angelangt: darunter Marzio, der große Bruder von Chiara und Martina, der kaum älter als ich war, sich jedoch kleidete und benahm, als gehöre er der Generation seines Vaters an. Die anderen waren Freunde der Eltern, sie blickten mit leicht mitleidigen Mienen auf die schwangere Chiara, die so unfeierlich und ohne Hochzeitsgäste und ohne das ganze Drumherum heiraten mußte. Im Geist stellten sie Vergleiche mit den Hochzeiten ihrer Töchter an, und Chiara merkte es: sie bemühte sich, oberflächliches Lächeln und oberflächliche Fragen mit freundlichem Lächeln und freundlichen Antworten zu erwidern. Ich und Guido und Martina und die Zwillinge hielten uns am Rande, plauderten miteinander.

Marzio kam und hakte sich bei Guido unter, sagte zu

ihm: »Naja, ich werde schon ein Auge auf dich haben.« Martina erklärte mir, daß er schon als Kind ihr und Chiara gegenüber die Rolle übernommen habe, der sich ihr narzißtischer und charakterschwacher Vater immer entzogen hat. Er fragte mich, wann ich denn nun heiraten wolle, der vorwurfsvolle Ton war unter der Spur von jovialer oder kumpelhafter Ironie deutlich herauszuhören; ich versuchte ihm klarzumachen, daß ich mich bereits für verheiratet halte.

Wir standen immer noch vor dem Rathaus herum, während uns die Sonne auf den Kopf knallte: die Zwillinge wollten baden gehen, Chiara wußte nicht, was sie mit ihrem Friedhofsstrauß anfangen sollte, Vater Quimandissett unterhielt seine Freunde mit der Schilderung eines Schiffbruchs auf dem Luganer See, die Mutter fragte Marzio, wie das weitere Programm aussähe. Marzio gab die Frage an Guido weiter; Guido sagte: »Wir gehen baden oder schneiden uns die *Pulsadern* auf, je nach Wunsch.« Chiara wurde erneut wütend, schleuderte die Gladiolen auf den Boden.

Wir beschlossen, zu ihnen nach Hause zu gehen und etwas zu essen und zu trinken. Die Quimandissett-Eltern und ihre Freunde und Chiara und Martina und die Zwillinge und Guido machten sich auf den Weg; Marzio zwang mich, mit ihm in eine Bar zu gehen, wo er schon gekühlten Champagner kaufte und sich belegte Brötchen richten ließ. Während wir darauf warteten, fragte er mich über Le Due Case aus: lächelte spöttisch, als ich ihm von unseren biodynamischen Anbaumethoden erzählte. Er war Unternehmensberater bei einer Gesellschaft der Fiat-Gruppe; wir hätten, wenn wir danach gesucht hätten, wohl nicht viele gemeinsame Interessen finden können.

Auf dem Rückweg zur Villa beobachtete ich ihn, wie er mit den Champagnerflaschen in Plastikbeuteln einen halben Schritt vor mir herging, blond und frei von Zweifeln wie der Herr der Welt; und mir kam der Gedanke, daß ein Teil von Chiaras Männerbild, ein Teil ihrer Erwartungen, auch ohne daß sie es wollte, von ihm geprägt waren.

Zu Hause lungerte Guido mit einer Flasche in der Hand in dem von den Konversationen der Quimandissett-Eltern und ihrer Freunde überschwemmten Wohnzimmer herum. Er sagte zu mir: »Bring Martina und die Kinder weg, ich stecke *alles* in Brand.«

Statt dessen trank er weiter, und ich trank mit, obwohl ich so starken und kalten Weißwein nicht mehr gewöhnt war. Wir gingen auf den Rasen hinaus und setzten uns auf ein Mäuerchen. Er sah zu Chiara hinüber, die sich höflich und aufmerksam die vermutlich stinklangweiligen Ausführungen eines Freundes ihrer Eltern anhörte; plötzlich sagte er: »Aber ich bring es auch nicht über mich, sie zu *verlassen*. Es ist, wie wenn zwei Komplizen einen Ausbruchsversuch planen, jahrelang zusammen nach einer Möglichkeit suchen, die Gitterstangen durchzusägen und bis zur Mauer zu gelangen, und dann glückt es endlich einem von beiden und er geht allein fort und läßt den anderen drinnen. Wenn ich an die Kraft und Geduld denke, die sie in all den Jahren gebraucht hat, um mich aus der Depression herauszureißen und zur Arbeit anzutreiben, dann kommt mir der Gedanke, jetzt wegzugehen, wie ein schrecklicher *Verrat* vor.«

Ich antwortete, daß ich ihn gut verstünde, daß ich mir nicht einmal vorstellen könne, Martina zu verlassen; daß es vielleicht von nun an zwischen ihnen besser gehen werde. Guido sagte: »Die letzten Monate sind wir so *feindselig* gewesen. Ich weiß nicht, was ich getan hätte, wenn ich mein Buch nicht gehabt hätte.«

Er erzählte mir, sein neues Buch sei eine Geschichte über das Gleichgewicht der Lebensräume und über die Zerstörung dieses Gleichgewichts, aber von einem viel objektiveren Standpunkt aus als in *Canemacchina*, viel weniger in die Erzählhandlung eingebunden. »Ich habe praktisch alles reingepackt, was ich *denke*, und ich weiß nicht, als was ich es bezeichnen soll, denn es ist zu subjektiv, um ein Essay zu sein, aber auch zu *nüchtern* für einen Roman.«

Marzio kam und unterbrach uns, gefolgt von seiner Frau und Chiara und Martina mit den Champagnerflaschen und den Gläsern und den Platten mit den Schnittchen, sagte: »Will der Bräutigam denn nicht mitfeiern?« Guido lächelte nicht einmal, schon die Bezeichnung machte ihn schaudern. Weiter hinten kamen in Badeanzügen die Quimandissett-Eltern und ihre Freunde, kaum weniger gesetzt als in Kleidern.

Also stiegen wir in der heißen Mittagssonne alle die steile Treppe hinunter und verteilten uns auf dem steinigen Strand. Die Strömung hatte Plastiktüten und anderen Unrat ans Ufer gespült, den wir morgens noch nicht gesehen hatten; es roch nach Algen in langsamer Zersetzung, auf den Bäumen rings um die kleine Bucht zirpten Zikaden. Marzio verteilte die Gläser, entkorkte den Champagner und schenkte allen ein. Die Freunde der Eltern standen herum wie bei einer städtischen Party, guckten auf die hie und da mit Teer befleckten Kiesel, auf das flirrende Meer. Ich und Guido und Martina und die Zwillinge bildeten einen mißtrauischen Pulk im Schatten eines Strauchs. Chiara jun. deutete auf die Quimandissett-Eltern und fragte: »Was *wollen* die, Papa?« Wir tranken und beobachteten Gebärden und Gesichtsausdrücke; hörten von der Hitze gedämpfte Gesprächsfetzen. Chiara stand mit ihren anmutigen weichen Körperformen der Schwangeren bei ihren Eltern und wirkte alles andere als glücklich, und auch wir, die wir nichts mit ihr zu reden wußten, waren es nicht.

Die Zwillinge wollten baden; ich und Martina gingen mit ihnen ins Wasser, entzogen uns der steifen Atmosphäre am Strand, und plötzlich lockerte sich die Atmosphäre auf. Marzio produzierte sich in einer Reihe von Kopfsprüngen von einem Felsvorsprung, schwamm betont kraftvoll im Schmetterlingsstil. Dann kam er ans Ufer zurück und versuchte Chiara mit Gewalt aufzuheitern; hob sie empor und warf sie ins Wasser, verfolgte sie mit rudernden Armbewegungen. Und er hatte Erfolg: lachend und kreischend flüchtete sie vor ihm bis in die Mitte der kleinen Bucht, kam zurückgeschwommen und bespritzte ihn; sie schien nicht mehr an die Gründe für ihre Traurigkeit zu denken. Auch ihr Vater und ihre Mutter stiegen ins Wasser, und als sie drinnen waren, löste sich ihr steifes Gehabe fast gänzlich auf: das Meer und die Sonne waren stärker als jedes Selbstbild, das sie von sich hatten. Jetzt waren zwischen uns kaum noch schwerwiegende Gegensätze zu erkennen oder haßvolle Einmischungen oder Gründe, sich allzusehr um einander zu sorgen. Wir sahen ganz einfach aus wie eine Gruppe ungleicher Menschen in einem Meer, das einstmals wunderschön gewesen sein muß und es nicht mehr war; die Unvollkommenheit der Szene als Ganzes gab ihr fast etwas Rührendes.

Dann fiel mein Blick auf Guido, der immer noch an dem kleinen Strand stand, und Ärger durchzuckte mich, weil er diesen Augenblick nicht wie alle anderen genießen, sich nicht wenigstens für kurze Zeit gehen lassen konnte. Ich rief ihm zu, er solle hineinspringen, fast zornig schlug ich mit der Hand aufs Wasser. Er hob den Kopf, schüttelte ihn kaum merklich; erst dann fiel mir ein, daß er nicht schwimmen konnte.

Zwanzig

In Le Due Case stand die Luft still; wohl zum ersten Mal war ich nicht erleichtert, zurückzukommen. Mir war, als versänke ich in einem dumpfen und neutralen Wohlbefinden, allzusehr abgeschirmt vor dem komplexen Weltgeschehen. Es gab nur die Hitze über den trockenen Feldern, das Brummen der Insekten und einiger verspäteter Mähdrescher in der Ferne; das düstere Halbdunkel im Hausinnern. Ich und Martina interessierten uns nicht für die lösbaren Probleme, die Paolo und Livia uns sogleich unterbreiteten, wir sehnten uns zurück nach den Spannungen in Lerici. Auch die Zwillinge waren unruhig, hielten Ausschau nach Überraschungen, die in einer so vertrauten Umgebung schwerlich zu finden waren.

Einige Tage lang waren wir noch zerstreut, dann gewannen wir nach und nach unser Gleichgewicht wieder, oder das Gleichgewicht gewann uns wieder; wir ließen uns von den gemächlichen Arbeiten des Sommers und von den Plänen für den Herbst in Anspruch nehmen, redeten über die Mühle, die wir kaufen und wieder in Betrieb nehmen wollten.

Martina telefonierte jede Woche mit ihrer Schwester, um zu fragen, wie es ihr gehe; Chiara sagte, die Situation mit Guido sei nicht einfach. Er war immer noch mit dem Überarbeiten seines Buchs beschäftigt, ohne je zufrieden zu sein, der Verlag rief nun schon jeden Tag an und drängte ihn, das Manuskript endlich abzuliefern. Mit ihm selbst sprach ich nur ein paarmal, er war voller Zweifel: er sagte, die Geschichte mit Chiaras Schwangerschaft und der Heirat habe dem, was er schreibe, allen Sinn genommen. »Mir kommt es vor, als sei die Welt um mich herum so *eng* geworden. Vielleicht sollte ich *darüber* ein Buch schreiben.«

Ende September zogen Guido und Chiara nach Mailand um. Chiara war fast im achten Monat und wollte in der Nähe ihrer Familie und einer gut ausgestatteten Klinik sein, und Guidos Buch sollte in Kürze erscheinen. Die Verlagsleute hatten verlangt, daß er für Interviews und für die Promotion zur Verfügung stehe, diesmal hatten sie es vertraglich festgeschrieben. Eine Woche lang wohnten sie im Hotel, dann fanden sie bei einer Freundin von Chiara eine Wohnung zur Miete. Es schien mir unglaublich, daß Guido bereit war, sich an dem Ort, den er auf der ganzen Welt am meisten haßte, auf Dauer niederzulassen; ich fragte mich, ob das ein Akt der Selbstzerstörung oder eine Kapitulation gegenüber Chiaras Forderungen oder eine Rückkehr zu den Ursprüngen seines Abscheus gegen die Industriegesellschaft war. Ich erhielt jetzt nur gefilterte Informationen über ihn, aus den Berichten, die Martina mir gab, wenn sie mit ihrer Schwester telefoniert hatte. Er rief mich nicht an, und ich dachte, er werde seine Gründe dafür haben; auch ich rief ihn nicht an.

Um den zwanzigsten Oktober herum kam der Briefträger mit einem Päckchen; es enthielt ein Exemplar von Guidos neuem Buch *Alterationen*. Die Umschlaggestaltung sollte wohl an die von *Canemacchina* erinnern und hatte wie diese nichts mit Guido oder mit seiner Art zu schreiben zu tun. Ich und Martina rissen es uns gegenseitig aus der Hand, blätterten es mehrmals durch, bevor wir auf der zweiten Seite die Widmung entdeckten »Für Mario und Martina, Schöpfer der einzigen Stabilität, die meine Bewunderung findet«. Wir dachten daran, ihn gleich anzurufen und uns zu bedanken, aber wir wußten nicht recht, ob er sich darüber freuen oder nur in Verlegenheit geraten würde. Martina sagte, ihrer Ansicht nach sei es keine Geste, die eine Antwort verlange, sondern sie schon in sich enthalte, und ich gab ihr recht.

Diesmal schnappte sie sich das Buch als erste, begann abends am Kamin zu lesen. Voller Neugier strich ich um sie herum, fragte sie immer wieder, wie es sei; sie sagte »Laß mich weiterlesen«. Ihr Gesicht war ernst und aufmerksam, aber die Gefühle in ihrem Blick wußte ich nicht zu deuten: ich sah sie nicht lächeln oder traurig werden wie damals, als sie *Canemacchina* las. Ich stellte ständig Mutmaßungen über das Buch in ihren Händen an, fragte mich, ob es richtig sei, so stark Anteil an der Arbeit eines anderen zu nehmen.

Am nächsten Abend hatte Martina das Buch ausgelesen; sie wollte mir immer noch nicht sagen, was sie davon hielt. »Ich muß drüber nachdenken«, sagte sie, »es ist gar nicht so einfach.«

»Wieso mußt du drüber nachdenken?« fragte ich und riß es ihr aus der Hand. »Was soll das heißen, es ist gar nicht so einfach?«

Sie mußte wirklich erst nachdenken; schließlich sagte sie: »Es ist kein Buch, das dich mitreißt. Es steckt voller tiefsinniger und komplizierter und richtiger Beobachtungen, aber es ist so *abgehoben*, gar nicht wie von Guido geschrieben.«

Irritiert von dieser Bemerkung, begann ich auf der Stelle zu lesen, und wie immer hatte Martina recht. Der Stil war das genaue Gegenteil von *Canemacchina*: abgeklärt, aus einer dem Protagonisten ganz fernen und von der Erzählung losgelösten Sicht, aus der sich Situationen und Sachverhalte und Gefühle mit nachgerade geometrischer Präzision zusammenfügten und wieder auflösten. Es war, als hätte Guido sich dazu gezwungen, seine innere Anteilnahme an dem, was er schrieb, auszuschalten, die Dinge aus der Distanz zu registrieren, mit Hilfe des präzisesten Fernrohrs, das er finden konnte. Diese Entscheidung ermöglichte ihm eine vertikale und ultrascharfe Sicht auf seine Figuren und ihre Umwelt, verwehrte es dem Leser aber gleichzeitig, ihnen so nahe zu kommen, wie er gewollt hätte, enttäuschte ständig seine Erwartungen. Der Erzählstrang riß immer wieder ab und wurde wieder aufgenommen und wieder unterbrochen, er war ein bloßes Vehikel, um von einem Bild zum nächsten überzugehen, in einem Netzwerk von Gedanken, die bis an die Grenzen der Abstraktion über ihrem Kontext schwebten: stellenweise machten mich die Worte fast schwindeln, ich mußte innehalten.

Von Zeit zu Zeit stellte ich mir Guido vor, wie er entsetzt über seine Unfähigkeit, normale Beziehungen zur Welt herzustellen, in einem Zimmer in London oder Lerici oder Mailand saß, und dann wurde mir die abstrakte Intensität seines Buchs mit einem Mal zugänglich.

Aber ich konnte es nicht in einer Nacht auslesen wie *Canemacchina*; und als ich am nächsten Tag fertig war, hatte ich die gleichen gemischten Gefühle wie Martina. Es war kein einfaches Buch; auch ich wollte darüber nachdenken, bevor ich mich dazu äußerte.

So redeten wir gar nicht darüber. Martina telefonierte zwei-, dreimal mit Chiara, verstand es jedesmal, dem Thema auszuweichen. Wir versuchten Zeit zu gewinnen, warteten darauf, daß Guido von sich aus nachfragen oder daß sich unsere Gedanken von selbst klären würden.

Als Guido dann anrief, hatte er ganz andere Dinge im Kopf: er war in der Klinik, und Chiara bereits im Kreißsaal, das Kind sollte bald geboren werden. Martina befahl ihm, Ruhe zu bewahren, wir würden sofort kommen.

In heller Aufregung studierten wir den Eisenbahnfahrplan, vor dem Nachmittag gab es jedoch keinen Zug, und wir konnten nicht warten, so überließen wir die Zwillinge der Obhut von Paolo und Livia, stopften das Nötigste in eine Reisetasche, sprangen ins Auto und rasten los in Richtung Autobahn.

Das Dröhnen des altersschwachen Motors und das Pfeifen des Winds und das Knarren und Quietschen waren so laut, daß wir nichts reden konnten: wir fuhren stundenlang wie durch einen Tunnel puren Lärms, zwischen verbissen rasenden Autos, die andere Autos in den Schwanz zu beißen, sie seitlich abzudrängen, abgeschlagen hinter sich zu lassen suchten. Wir waren diese Art mechanischer Aggressivität so wenig gewohnt, daß wir Angst hatten, das neutrale Szenarium der Poebene zu durchqueren.

In Mailand mußten wir uns durch den Verkehr zur Klinik kämpfen: Martina in immer größerer Sorge um Chiara, geängstigt von den Schreckensbildern möglicher Komplikationen. Wir ließen das Auto schräg auf einem Gehsteig stehen, rannten die Treppen zu einem grauen Gebäude hinauf.

Der Portier sagte uns, »Signora Laremi« liege in einem Privatzimmer im dritten Stock. Es kam uns befremdlich vor, diesen Namen in Verbindung mit ihr zu hören, zum erstenmal konstatierten wir die formellen Wirkungen ihrer Heirat mit Guido. Um den Aufzug nicht benutzen zu müssen, gingen wir zu Fuß hinauf, liefen einen Korridor entlang. Die Beleuchtung und die Gerüche erinnerten mich an das Irrenhaus, in das sich Guido hatte einsperren lassen; an die Klinik, in der ich mit meinem Erschöpfungszustand aus Mangel an Motivation gelegen hatte; als Reaktion darauf versuchte ich im Vollgefühl meiner bei der Feldarbeit entwickelten Muskelkraft so aufrecht und federnd wie möglich zu gehen und sah in das gesunde und lebhafte Gesicht von Martina neben mir.

An der Tür zu Chiaras Zimmer hing ein blaues Schleifchen, das wohl von der Klinik angebracht worden war. Von Desinfektionsmittelgeruch umgeben, traten wir vorsichtig ein, und da lag Chiara sehr bleich im Bett, Mutter und Vater Quimandissett saßen neben ihr, Guido stand am Fenster. Er drehte sich um und sah uns mit einem Blick an, aus dem so große Erleichterung sprach, daß er meine von der vierhundert Kilometer langen Fahrt herrührende Benommenheit durchdrang und mich geradewegs ins Herz traf.

Wir küßten Chiara, sagten ihr ein paar Nettigkeiten. Sie war erschöpft; mit einem schwachen Lächeln sagte sie uns, das Kind sei in einer anderen Etage, in einer Stunde würde man es ihr bringen. Die Quimandissett-Eltern begrüßten mich und Martina mit ihrem, wie ich nun wußte, nicht von uns oder sonst jemandem hervorgerufenen Mißbehagen, sie sprachen so leise, daß man sie kaum verstand. Dann umarmten wir Guido: klopften uns wie üblich auf die Schultern, diesmal so zurückhaltend wie irgend möglich. Das Zimmer war mit den unterschiedlichsten Gefühlen gesättigt, die es ebenso intensiv durchdrangen wie die Gerüche; sie verlangsamten die Bewegungen und dehnten die Ausdrücke, dämpften die Töne. Die Heizung war voll aufgedreht; Martina und ich schwitzten in unseren dicken Wolljacken. Martina setzte sich zu ihrer Schwester aufs Bett, sprach halblaut mit ihr. Ich blieb neben Guido stehen, aber ich wußte nicht, wo ich mich anlehnen und was ich sagen sollte; ich sah zu den steif und hilflos auf ihren Stühlen sitzenden Quimandissetts hinüber.

Schließlich sagte Guido zu mir: »Wir gehen einen Augenblick hinaus.« Er wiederholte den Satz in Richtung auf das Bett: als wende er sich eher an die Atmosphäre im Zimmer als an die Leute darin.

Kaum waren wir draußen, zog ich mir Jacke und Pullover aus, mir war heiß zum Ersticken; Guido sagte: »Ich wollte mich gerade aus dem *Fenster* stürzen, als ihr gekommen seid.« Er war völlig übermüdet: mit geröteten Augen, unrasiert. Er erzählte mir, daß er sich mit dem Arzt hatte herumstreiten müssen, um bei der Entbindung dabeisein zu können; ich war überrascht, daß er das gewollt hatte. Er sagte: »Da bezahlst du ihnen zweihunderttausend Lire für eine Untersuchung, die fünf Minuten dauert, und sie denken überhaupt nicht dran, dir eine Rechnung auszustellen, und sobald du irgendwas von ihnen wissen willst, behandeln sie dich mit diesem fiesen Spezialistenhochmut, als würden sie dir schon eine Gnade erweisen, wenn sie dir antworten. Einer von hundert ist vielleicht aus Leidenschaft Arzt geworden, die anderen haben doch nichts anderes im Kopf als ihre BMWs oder Volvos, ohne einen Schimmer von Gefühl für die Menschen, die sie behandeln sollen.«

Zwei Krankenschwestern schlurften vorüber; eine davon legte mit einem fast verschwörerisch wirkenden Blick einen Finger an die Lippen. Ohne die Stimme zu senken, sagte Guido: »Ihr seid auch alle grob und *nachlässig*, ihr geht mit den Leuten um, als wären sie Kartoffelsäcke.«

Im fahlen Licht des Korridors gingen wir auf und ab, und die ganze Spannung, die sich in den letzten Tagen in ihm angesammelt haben mußte, kam jetzt aus ihm heraus. »Das einzige, was du in einem Land wie diesem tun kannst, ist immer gesund zu bleiben oder sehr reich zu werden, denn sobald du auf Hilfe angewiesen bist, wird dir klar, wo du lebst. Aber es liegt eben auch daran, was aus den *Städten* geworden ist, daran, daß ein Mensch mit einem anderen in Kontakt tritt und dann in seinem ganzen Leben nichts mehr mit ihm zu tun hat. Ich möchte diese Scheißkerle mal sehen, wenn sie an einem Ort leben würden, wo sie wissen, daß sie jemandem, den sie so schlecht behandelt haben, am nächsten Tag auf der Straße begegnen und am übernächsten Tag wieder. Diese Anonymität ist schuld daran, daß jeder sich hinter seiner Rolle verschanzen kann und meint, er sei nur ein Rädchen in der Maschinerie.«

Ich sagte ihm, er habe recht, und überlegte, aus welchen Gründen er an einem Ort blieb, den er so heftig verabscheute. Ich dachte, daß es möglicherweise gerade die heftige Abneigung war, die ihn hier am Ursprung seiner Wut hielt.

Die beiden Krankenschwestern von vorhin äugten vom anderen Ende des Ganges feindselig herüber; um Streit zu vermeiden, fragte ich Guido, ob wir nicht seinen Sohn sehen könnten. Schlagartig wechselte sein Gesichtsausdruck: er sei zwei Stockwerke tiefer, sagte er, und führte mich zur Treppe.

Wir gingen durch einen weiteren Korridor und kamen zu einer aquariumähnlichen Glaswand, dahinter lagen in ihren Bettchen aufgereiht ein Dutzend Neugeborene. Diese aseptische und industrielle Dimension der Geburt, so weit entfernt von der Hausgeburt der Zwillinge, erschreckte mich; es berührte mich sonderbar, diese Kinder nebeneinander und doch jedes für sich daliegen zu sehen, wechselweise versorgt von einer jungen Säuglingsschwester.

Guido zeigte mir seinen Sohn, aber er war sich nicht ganz sicher, er mußte nachsehen, ob die Nummer an dem Bettchen mit der übereinstimmte, die er sich notiert hatte. Wir drückten das Gesicht an die Glasscheibe, um ihn zu betrachten; wir versuchten alle beide, keine automatischen Bemerkungen zu machen. Wir sahen uns auch die anderen Babys an, runzlig und verschrumpelt und bläulich wie sie waren, jedes mit seiner eigenen ausgeprägten kleinen Physiognomie. Einige schliefen, andere hielten die Augen geöffnet; bewegten kaum merklich Arme und Beine, drehten den Kopf leicht hin und her. Guido sagte: »Wer weiß, woher sie kommen und was sie *vorher* gewesen sind. Welch weiten Weg sie hinter sich haben.«

Genau betrachtet, sahen sie wahrlich aus, als hätten sie eine weite Reise aus fernen Welten hinter sich, müde und erschöpft von den unterwegs erlittenen Erschütterungen: den gleichen Eindruck hatte ich gehabt, als ich meine Zwillinge zum ersten Mal sah, nur wußte ich ihn damals nicht zu benennen.

Guido sagte: »Sie sehen auch so *alt* aus. Auf einmal sind sie da, um sich herum das Stöhnen der Mütter und die kalten Gesichter der Ärzte und die Metallapparaturen und dieses schrecklich grelle Licht und diese Gerüche. Es muß kein sehr *sanftes* Erwachen sein.«

Wir standen vielleicht zwanzig Minuten fast bewegungslos da, versunken in den rührenden Anblick der kleinen Wesen in den Bettchen. Hie und da begann eins von ihnen plötzlich zu weinen: verkrampfte sich und wurde noch blauer im Gesicht, öffnete den Mund zu einem Schrei, den wir auf unserer Seite der Glasscheibe nur ahnen konnten. Die junge Säuglingsschwester kam nach einer oder zwei Minuten, zupfte die Bettdecke zurecht. Guido sagte: »Und dann müssen sie sich anpassen und Informationen sammeln, die *Codes* erlernen, um ausdrücken zu können, was in ihnen vorgeht, bis sie vergessen haben, daß sie sich einmal in einem so fließenden und so wenig *festgelegten* Zustand befunden haben.«

Einige der Väter und Großeltern und Onkels und Tanten und Familienfreunde, die gekommen waren, um ihre Babys zu besichtigen, waren über Guidos sonderbaren Ton verwundert und warfen ihm fragende Blicke zu. Dann hob die junge Säuglingsschwester die Babys eins nach dem anderen aus ihren Bettchen, legte sie auf Wägelchen, um sie den Müttern zum Stillen zu bringen. Ich und Guido gingen weg, und mir war klar, daß wir nicht länger nicht über sein Buch sprechen konnten, aber ich hatte keine Ahnung, wie ich es anstellen sollte. Vor der Tür zum Treppenhaus sagte ich: »Ich hab *Alterationen* gelesen.«

Er blickte auf, und ich sah, daß er schon an meinem Ton gehört hatte, wie ich darüber dachte; rasch entgegnete er: »Ich weiß, es sind vielleicht zehn gute Seiten darin, insgesamt.«

Ich schwor ihm, daß es weit mehr als zehn seien, er aber sagte: »Ich war dermaßen am *Boden* festgenagelt, zwischen den Forderungen von Chiara und dem Drängen des Verlags und dem Baby und der Hochzeit und allem, immer wenn ich zu schreiben anfing, wollte ich nur *davonlaufen*, so weit weg wie möglich.«

Ich versuchte ihm klarzumachen, daß sein Buch auf jeden Fall voller komplexer und noch von keinem niedergeschriebener Ideen steckte; daß es mir viel zu denken gegeben hätte. Er sah mich gar nicht an: er hatte ein zu klares Bild von der Situation, um sich von einem Freund trösten zu lassen.

Einundzwanzig

Als wir auf die Wiese hinter den zwei Häusern fuhren, kamen uns Paolo und Livia in heller Aufregung entgegengelaufen. Martina und ich dachten sofort, den Zwillingen sei etwas zugestoßen, mit wild klopfendem Herzen sprangen wir aus dem Auto. Aber in diesem Augenblick kamen die Zwillinge munter und vergnügt aus dem Ziegenstall; Paolo verkündete, ein Windstoß habe den Generator umgerissen. Für einen Augenblick stieg Wut in mir auf, daß jemand einer so rein technischen Angelegenheit wegen dermaßen in Sorge geraten konnte; ich sah Martina an und war mir sicher, daß auch sie dachte, wieviel unlösbarer doch die Probleme im Leben von Guido und Chiara waren.

Trotzdem mußten wir eine ganze Woche arbeiten, bis wir wieder elektrischen Strom hatten, und währenddessen mit Kerzenlicht auskommen und noch früher als sonst schlafen gehen, in noch kürzerer Zeit die unendlich vielen Dinge erledigen, die es jetzt im Spätherbst zu tun gab. Zusätzlich hatten wir unser Mühlen-Projekt. Ich und Paolo brüteten jeden Tag stundenlang über Kostenaufstellungen und Berechnungen, wieviel Mehl wir würden produzieren können und wie lange wir brauchen würden, um den Kredit abzubezahlen, wann die Kosten sich amortisiert haben und wir genug einnehmen würden, um reinvestieren zu können. Die Kreditzusage stand noch aus, ebenso wie die Zustimmung der Gemeinde und die Lizenzen und die Eintragung ins Handelsregister und all die anderen behördlichen Genehmigungen. Manchmal kam uns das ganze Unterfangen schrecklich schwierig und riskant vor, und wir kamen in Versuchung, es sausen zu lassen; dann trieb uns die Vorstellung, unseren gesamten Arbeitszyklus von der Aussaat bis zum Abpacken des Mehls selbst in die Hand nehmen zu können, von neuem voran.

Martina hielt weiterhin Kontakt zu Chiara, sie telefonierte fast jeden Abend mit ihr. Chiara hatte sich von der Entbindung erholt, und dem Kind ging es gut, sie hatten ihm den Namen Giuliano gegeben. Das Verhältnis zu Guido hatte sich keineswegs gebessert: er war nervös wegen des Erscheinens seines Buchs, und er haßte die Wohnung, in der sie lebten, er haßte es, nach Mailand zurückgekehrt zu sein. Und er trank: schon morgens fing er damit an, und das verdüsterte seine Laune noch mehr, verdüsterte seine Weltsicht. Manchmal sprachen sie tagelang nicht miteinander, er kam und ging, ohne ihr etwas zu sagen, er hatte keinen Appetit. An dem kleinen Giuliano hing er sehr, und er saß stundenlang an seiner Wiege, doch sein nächtliches Geschrei, seine ständigen Forderungen, sein scheinbares Unvermögen, Botschaften aufzunehmen, waren ihm unerträglich. Chiara war oft außer sich vor Erbitterung, sie sah keine Möglichkeit, wie es je besser werden sollte.

Mitte November kam Guidos Buch in die Buchhandlungen: in einer Zeitung sahen wir eine Reklame, in der es hieß ›Es ist da, das neue, packende Buch des Autors von *Canemacchina*‹. Wir stellten uns Guidos Reaktion auf diesen Werbespruch vor; sein Gesicht, während er ihn las. Die gleiche Reklame erschien auch an den folgenden Tagen, Martina und ich erschraken jedesmal, wenn wir sie sahen. Jeden Morgen fuhr einer von uns ins Dorf, um Zeitungen und Zeitschriften durchzublättern, auf der Suche nach weiteren Zeichen von Guidos Buch; jeden Abend riefen wir Chiara in Mailand an, um Neuigkeiten zu hören.

Dann erschien in einer bedeutenden Tageszeitung eine Rezension von Salvatore Podrego, in der *Alterationen* verrissen wurde. Der ganze erste Teil des Artikels beschäftigte sich damit aufzuzeigen, daß das neue Buch mit *Canemacchina* nichts zu tun hatte, der zweite legte dar, in welch krassem Mißverhältnis Guido Laremis Ambitionen zu seiner literarischen Rolle standen. Da war nicht die Spur eines Zweifels zwischen den Zeilen, nicht ein Schimmer von Interesse oder Neugier für irgendeinen Aspekt des Romans; Guido wurde als eine bloße, von der Zeit überholte soziologische Erscheinung abgetan. Der Artikel schloß mit einer Betrachtung über die gefährliche Macht der Massenmedien, die »in kürzester Zeit die natürliche Begabung eines jungen Menschen verschleißen und ihm einreden, er sei in der Lage, Urteile über die Welt abzugeben, was schon für weitaus gebildetere und beschlagenere Geister ein kühnes Unterfangen ist. Nun ja...«

Martina und ich lasen den Artikel ein paarmal durch und waren betroffen über den persönlichen Groll, der aus Podregos Worten sprach, als habe sich seit der Präsentation von *Canemacchina* in der leeren Buchhandlung in ihm eine immer heftigere Feindseligkeit angesammelt, die nur auf die Gelegenheit gewartet hatte herauszubrechen. Wir fragten uns, welches die Gründe für diese Feindseligkeit sein mochten: ob schon die Tatsache ausreichte, daß Guido sich nie um ihn und seine Kollegen bemüht hatte, oder auch nur sein Alter, sein Aussehen. Was Podregos Groll aber vor allem schürte, war, glaube ich, das Wesen von *Alterationen*, die Art, wie es das Reservat verließ, das man Guido angewiesen hatte, um nach anderen Territorien zu suchen, ohne sie von vornherein zu definieren und vielleicht auch, ohne sie erreichen zu können. Die Undefinierbarkeit, die Martina und mich irritiert hatte, mußte für ihn unerträglich wie eine persönliche Beleidigung gewesen sein.

Und fast alle anderen Rezensionen hieben in die gleiche Kerbe: das häufigste Urteil lautete ›überzogene Ambitionen‹ oder ›peinlicher Versuch‹; einige sprachen von ›verlorener Unschuld‹. Es war, als hätten sie drei Jahre lang auf Guido gewartet wie Buben, die aus Langeweile auf böse Gedanken kommen und mit hinter dem Rücken versteckten Stöcken und Steinen auf eine streunende Katze warten: bei jedem Satz, den sie schrieben, schienen sie miteinander in Wettstreit zu treten, jeder suchte den anderen an beißendem Spott und unbedingter Gewißheit zu überbieten. Erstaunlich war, wie ihre persönliche Abneigung sie zu scheinbar ganz objektiven Einschätzungen führte, von einem Standpunkt aus, der noch distanzierter und abgesetzter wirkte als der von Guido in seinem Buch. Keiner sagte auch nur annähernd so etwas wie ›Das Buch gefällt mir nicht‹ oder ›Ich finde es schrecklich‹; sie schrieben darüber in streng wissenschaftlichen Begriffen, als bezögen sie sich auf Parameter, die anzuzweifeln unsinnig ist.

Am Telefon sagte Guido mir, das seien bloß die Reaktionen frustrierter Voyeure, ihm mache das nichts aus. »Die hätten gern wieder eine nette und naive Geschichte gehabt, oder noch besser wäre ich einfach *verschwunden*, nachdem ich meinen kleinen Unterhaltungsroman produziert hatte.«

Aber auch vom Publikum wurde *Alterationen*, teils der Sperrmauer der negativen Rezensionen, teils der Natur des Buchs wegen, sehr kühl aufgenommen. Chiara berichtete uns, daß der Absatz äußerst schleppend sei, so daß der Verlag beschlossen habe, die laufende Werbung einzustellen, um die Verluste zu mindern. Martina rief in der Buchhandlung in Perugia an, um Informationen aus erster Hand zu erhalten. Auch dort wollte keiner Guidos Buch haben: nur zwei Exemplare waren verkauft worden, an einen mageren jungen Mann und an eine alte Dame mit einem hinkenden Hund.

Chiara sagte uns, daß es Guido in Wirklichkeit tief getroffen habe, er sei jetzt mit der Welt noch mehr im Kriegszustand. Ich hätte mit ihm gern unbefangen darüber gesprochen, aber jedesmal, wenn ich seine Stimme hörte, wurde mein Ton falsch und klang wie eine Beileidsbekundung; ich mußte mittendrin abbrechen. Schließlich rührten wir nicht mehr an das Thema, gingen ihm aus dem Weg, sobald wir in seine Nähe kamen.

Im Januar kam von der Gemeinde die vorläufige Genehmigung für die Mühle; die Bank, bei der wir einen Kredit beantragt hatten, schickte uns einen jungen Angestellten zur Ortsbesichtigung. Als ich und Paolo ihn hinfuhren, wollte er nicht einmal aus dem Auto aussteigen, er sagte: »Das ist ja eine Ruine.« Ich weiß nicht, was er sich von einer seit zwanzig Jahren stillgelegten Mühle auf dem Land erwartet hatte, kaum aber war er in der Stadt zurück, verfaßte er einen ablehnenden Bescheid; ließ uns umgehend wissen, daß unser Vorhaben unrealistisch sei. Eine zweite und dritte Bank reagierten in der gleichen Weise, nur brauchten sie länger.

Ich und Paolo und Martina und Livia konnten es kaum fassen, denn die Mühle war in besserem Zustand als die beiden Häuser zu dem Zeitpunkt, als ich sie entdeckte.

Wir fanden es unglaublich, daß die Banken Hersteller von Möbeln und Fliesen und Waschbecken mit Millionenkrediten überschütten, damit sie ihre scheußlichen Werkhallen in die Landschaft stellen können, aber nicht bereit waren, uns das bißchen Geld vorzuschießen, das wir brauchten, um eine kleine Mühle instandzusetzen, die obendrein von historischem Wert war.

Der Gedanke daran ließ uns nicht los: ganz gleich, worüber wir sprachen, wir kamen alle paar Sätze auf die Mühle zurück, griffen das Thema aus leicht veränderter Sicht wieder auf. Wir waren angespannt wie immer, wenn wir beschlossen hatten, unser Unternehmen wieder einen Schritt voranzutreiben; von Schwierigkeiten ließen wir uns nicht entmutigen. Ich dachte, daß es im Grunde ein ähnlicher Prozeß sein mußte wie der, der Guido zum Schreiben trieb: das gleiche Bedürfnis, einem schon vorhandenen Inhalt Gestalt zu geben, der gleiche langfristige Kraftaufwand ohne Garantie für das Endergebnis.

Ich versuchte es mit einem Anruf bei dem Direktor meiner alten Bank in Mailand; er sagte mir, er habe jetzt keine Zeit, am Telefon mit mir zu verhandeln, aber wenn ich wolle, könne ich kommen und ihm mein Projekt erläutern. Ich packte alle unsere Unterlagen zusammen, die Fotos und die Genehmigungen und die Anträge, die Blätter mit unseren Plänen und Berechnungen; Martina brachte mich zum Zug.

Am Abend war ich in Mailand, von einer Telefonzelle am Bahnhof aus versuchte ich Guido anzurufen. Er war nicht zu Hause, aber Chiara bestand darauf, daß ich bei ihnen übernachtete. So gab ich meiner Mutter Bescheid; sie sagte, sie hätte mir ohnehin nicht viel Zeit widmen können, sie bereite eine Ausstellung vor. Wir hatten jetzt ein wirklich gutes Verhältnis, aber sie legte Wert auf ihre Freiheit, sie hatte sie zu lange entbehren müssen.

Das Taxi, das ich nahm, blieb zwei Häuserblocks vor der Wohnung von Guido und Chiara rettungslos im Verkehr stecken; der Fahrer begann Selbstgespräche zu führen und den Kopf ruckartig hin und her zu bewegen, schlug mit den Händen auf das Steuerrad. Ich bat ihn, mich aussteigen zu lassen, und er brüllte mich an, das könne ich nicht machen, versuchte mich am Arm zu pakken. Ich mußte ihm doppelt so viel geben wie das Taxameter anzeigte, hinausspringen und über die von Autos verstopfte Straße rennen, während er mir durch das offene Fenster Beschimpfungen nachbrüllte.

Guidos Wohnung lag am äußersten Rand des eigentlichen Stadtzentrums in einem größtenteils im faschistischen Stil erbauten und von einem soliden und langweiligen Mittelstand bewohnten Viertel. Die Eingangshalle war mit grünweißem Marmor ausgekleidet; im Halbdunkel standen Fikusgewächse in Töpfen, die Pförtnerloge hatte bullaugenartige Fenster.

Chiara machte mir auf, wir begrüßten uns freudig. Die Wohnung dahinter war weiß und hell erleuchtet; auf den Polstern eines langen Sofas lag der kleine Giuliano, er strampelte und guckte zur Decke hinauf. Seine Gesichtszüge hatten sich im Vergleich zu damals, als Guido und ich ihn durch die Glasscheibe betrachteten, geglättet und gerundet: er sah jetzt viel jünger aus.

Ich mußte die ganze Wohnung besichtigen, Chiara zeigte mir mit dem naiven Stolz der Hausherrin das Bad und die riesige Küche voller Haushaltsgeräte. Aber sie wirkte nicht glücklich, in ihren Worten und Blicken lag eine schwer zu deutende Anspannung.

Eine Stunde später kam Guido, immer noch in der alten

Strickjacke, die ich ihm vor Jahren gegeben hatte. Er hatte keine Ahnung gehabt, daß ich in Mailand war: als er mich sah, erhellte sich sein Gesicht, für einen Augenblick leuchtete wieder seine alte Begeisterung auf, die so ansteckend wirkte. Er fragte mich, ob ich den kleinen Giuliano gesehen hätte; er nahm ihn auf den Arm, ließ ihn ein paar waghalsige Saltos machen, bis Chiara ihm befahl aufzuhören.

Er würdigte sie keines Blicks, legte das Kind aufs Sofa. Er ging in die Küche, eine Flasche Wein zu holen, und bewegte sich dabei, als seien ihm der Raum und die Gegenstände darin völlig fremd. Er wußte nicht, wo der Korkenzieher war, fand keine Gläser; voller Feindseligkeit gegen die Wohnung riß er Schubladen und Schranktüren auf und stieß sie wieder zu. Chiara sah zu mir, aber ich wußte nicht, was ich tun sollte, um ihr zu helfen oder um ihm zu helfen.

Mit zwei Gläsern Wein kam er zurück, leerte das seine mit wenigen Schlucken, ohne ihn zu genießen: nur der Wirkung wegen, die er hervorrief. Er fragte mich nach Martina und den Zwillingen; hörte sich meine Antworten an, hing aber auch anderen Gedanken nach. Er blickte auf seinen Sohn, blickte im Zimmer umher, stand auf und setzte sich wieder: es war nicht gerade eine einfache Unterhaltung.

Später aßen wir in der Küche zu Abend, Fertiggerichte, die Chiara in einem Feinkostgeschäft unten im Haus gekauft hatte. Sie und Guido bemühten sich, gastfreundlich zu sein und es mir behaglich zu machen: sie füllten mir das Glas und den Teller, stellten mir Fragen. Ich schilderte ihnen unser Mühlen-Projekt, aber das Spiel ihrer Blicke lenkte mich immer wieder ab. Guido wollte weitere Einzelheiten wissen, er goß sich Wein ein, goß auch mir ein, obwohl ich ihn daran zu hindern suchte.

Als wir vom Tisch aufstanden, waren wir beide betrunken, nur Chiara hatte einen klaren Kopf behalten. Guido packte mit fahrigen Bewegungen das Geschirr in die Spülmaschine, versuchte Teller und Besteck in die falschen Fächer zu zwängen. »Kommt dir diese Küche nicht auch wie eine Leichenhalle vor?« fragte er mich. Ich sagte, daß sie mit den weißen Kacheln am Fußboden und an den Wänden und so groß, wie sie war, wirklich etwas kalt wirke; aber Guidos Ton war voller Groll darüber, daß er sich darin aufhalten mußte, voller Groll auf die Gründe, die ihn dazu getrieben hatten.

Chiara schluckte alles ohne eine Regung, derartige Kommentare schien sie gewöhnt zu sein. Sie hatten inzwischen eine ganz indirekte Art der Kommunikation: sie redeten von Zimmern, wenn sie die immer größeren Reibungen ihrer Gefühle meinten.

Ich und Guido gingen hinaus, um ein paar Schritte zu machen. Ich sagte ihm, wie sinnlos es meiner Meinung nach sei, daß er und Chiara sich weiter so marterten; daß sie sich lieber trennen sollten.

Guido sagte: »Aber wir sind zu fest durch Gefühle und Gewohnheiten und schlimme Erfahrungen aneinandergekettet; es ist die reinste *Qual*«.

»Dann bleibt zusammen«, erwiderte ich. »Bleibt zusammen und hört auf, euch gegenseitig das Leben zu vergiften.«

Guido sagte: »Es ist zu spät. Du hast ja selbst gesehen, wir können über nichts mehr normal reden. Manchmal komme ich mir wie ein Ungeheuer vor, weil ich ihr nicht mal einen kleinen Teil der Sicherheit geben kann, die sie sucht, aber ich *kann* einfach nicht. Ich kann nicht wissen, was ich in zwei Monaten gern tun möchte, ich kann in dieser Stadt keine Wurzeln schlagen, nachdem ich mein Leben lang versucht habe, von hier *wegzukommen*.«

»Du könntest doch leben, wo du willst«, sagte ich. »Du

könntest dir eine Wohnung in irgendeiner anderen Stadt mieten oder am Meer oder in den Bergen. Du könntest dir eine Umgebung suchen, die für dich und deine Arbeit gut ist.«

Wir liefen durch den Nebel, zwischen den grauen Schatten der faschistischen Wohnblocks; auf dem Gehsteig war weit und breit niemand zu sehen, nur Autos, die auf der Straße vorüberrasten. Guido sagte: »Ich hab gar nicht diese *unbeschränkten* Möglichkeiten. Nach dem Reinfall mit dem Buch kann ich schon froh sein, wenn der Verlag den Vorschuß nicht zurückfordert.« Aber er wußte, daß es nicht daran lag; daß es andere Gründe waren, die ihn lähmten.

Wir gingen um den Häuserblock und kehrten wieder um; hier bekam man keine Lust, länger draußen zu bleiben. Guido hantierte am Türschloß herum: er brachte es nicht auf, voller Zorn versuchte er, den Schlüssel gewaltsam herumzudrehen. Dann merkte er, daß ich ihn beobachtete, und fing zu lachen an, fragte: »Hast du die Pförtnersleute von diesem Haus gesehen? Sie hat drei Käfige mit Kanarienvögeln, aber aus Angst, die Mieter zu belästigen, hat sie die Käfige im *Keller* stehen, an einem winzigen Fenster, durch das vielleicht zwei Stunden am Tag Licht hereinkommt. Und ein paar Meter hinter den Käfigen ist ein perfekt erhaltener *Luftschutzkeller* mit Sicherheits-Stahltür und Holzbänken zum Sitzen. Er ist von dem faschistischen Architekten, diesem nekrophilen Scheißkerl, der das Haus entworfen hat, von vornherein eingeplant und gleich mit eingebaut worden.«

Er hatte es geschafft, die Tür aufzuschließen, und wir gingen hinein, fuhren schweigend mit dem Aufzug hinauf. Chiara hatte mir das Sofa zum Schlafen hergerichtet, die Laken sorgfältig eingeschlagen. Guido sagte: »Mach dir jetzt unseretwegen keine Sorgen. So *tragisch* ist das alles nicht.«

Beim Einschlafen dachte ich immer noch an den Luftschutzkeller drunten im Haus, an die im Dunkeln eingesperrten Kanarienvögel.

Am nächsten Morgen ging ich zu dem Gespräch mit dem Bankdirektor. Er ließ mich eine halbe Stunde warten, und als er mich empfing, war er ständig von Anrufen abgelenkt, am Ende aber sagte er, er könne uns ein Hypothekardarlehen geben, mit den zwei Häusern als Garantie. Er riet mir, es mir zu überlegen, bevor ich entschied, denn ein gewisses Risiko sei dabei. Ich antwortete ihm, daß ich es mir schon überlegt hätte: daß ich die Phase kosmischer Unschlüssigkeit seit mindestens zwei Jahren hinter mir hätte und mir meiner Entscheidungen nunmehr sicher sei.

Ich fuhr zu Guidos und Chiaras Wohnung zurück, um meine Tasche zu holen und mich von ihnen zu verabschieden; der Zug ging um halb zwei. Sie schienen entsetzt, daß ich so bald wieder abfuhr, versuchten mich zu überreden, wenigstens noch einen Tag zu bleiben. Aber ich war zu begierig, wieder nach Le Due Case zu kommen; ich sagte ihnen, sie sollten uns so bald wie möglich besuchen.

Im Zug überkam mich Traurigkeit, daß ich nicht länger geblieben war: am liebsten wäre ich hinausgesprungen, um noch einmal mit ihnen zu reden.

Zweiundzwanzig

Im März kam der Bankkredit für die Mühle, bald darauf die letzten Genehmigungen, die uns noch gefehlt hatten; wir machten uns sofort an die Arbeit. Livia und Martina und die Zwillinge kümmerten sich um die Felder, ich und Paolo verbrachten fast den ganzen Tag auf der kleinen Baustelle: wir trieben die vier Maurer, die wir eingestellt hatten, zur Eile, wir waren so ungeduldig, daß wir oft mehr arbeiteten als sie. Die Mühle sollte um jeden Preis im Herbst betriebsfähig sein, wir wußten, daß das nicht einfach war. Sie war auch als Bauwerk schön, errichtet aus den gleichen Steinen und Ziegeln wie unsere zwei Häuser: es war ein Vergnügen zu sehen, wie sie nach und nach wieder Form annahm.

Ab und zu telefonierten wir mit Chiara und Guido. Guido hatte wieder zu schreiben begonnen, auf einer noch ungewissen Spur; Chiara kümmerte sich um das Kind. Manchmal sah es aus, als hätten sie einen Modus vivendi gefunden; dann wieder wirkten sie tief unglücklich. Ich und Martina sagten ihnen ständig, sie sollten uns in Le Due Case besuchen kommen, aber unsere Einladungen klangen allmählich wie bloße Phrasen.

Eines Abends im Juni rief mich Guido in einem seiner seltenen guten Momente an, wir plauderten lange. Er schreibe eine Geschichte über seine Wohnungsnachbarn, erzählte er mir.

Er sagte, sie kämen ihm vor wie die perfekten Bewohner einer Stadt, die in ihrer ganzen Anlage ein Kriegsakt gegen die Natur und ihr empfindliches Gleichgewicht sei. Hin und wieder begegne er ihnen zufällig im Aufzug und sei jedesmal fasziniert, wie sie sich hinter der Maske ihres gesellschaftlichen Status und ihres Berufs verschanzten und gar nicht mehr fähig seien, mit jemandem, der nur wenige Meter von ihnen entfernt wohnt, den geringsten Kontakt aufzunehmen. Manchmal stellte er sie beim Hinauffahren auf die Probe: anstatt in den Spiegel oder auf die Schaltknöpfe zu schauen, fixierte er sie die ganze Zeit, grüßte sie übertrieben freundlich, gab ihnen die Hand. Sie wurden noch steifer, ohne sich jedoch irgendwelche lebhafteren Reaktionen entlocken zu lassen; wie Schatten huschten sie hinaus, sobald sie in ihrer Etage angelangt waren. Er blieb in dem offenen Aufzug stehen und schaute ihnen nach, wie sie in ihre Wohnung traten; schaute auf die sargartigen Möbel in ihrem Vorraum, bis sie ihm wie gestrenge Friedhofswärter die Tür vor der Nase zuschlugen.

Guido sagte, seine Geschichte nähme allmählich die Form einer Untersuchung über diesen Menschentyp an, er versuche ihr Verhalten in unterschiedlichen Lebenslagen festzuhalten. Manchmal könne er der Versuchung nicht widerstehen, Störfaktoren in ihr Leben hineinzubringen, um zu sehen, was geschehen würde. So hatte er im vierten Stock zum Beispiel einmal ein schön gemaltes Schild im Treppenhaus aufgehängt, mit der Aufschrift ›Die werten Bewohner des vierten Stocks werden darauf hingewiesen, daß ihnen die Benutzung des Aufzugs ab sofort untersagt ist‹. Oder er rief einen der Hausbewohner an, gab sich als Anwalt eines anderen Hausbewohners aus und verlangte von ihm, zu einer bestimmten Zeit nicht mehr zu baden oder den gewohnten Parkplatz nicht mehr zu benutzen.

Es waren alles Fachärzte und Anwälte und leitende Bankangestellte, die den Bewohnern des Hauses, in dem er aufgewachsen war und in dem seine Mutter heute noch arbeitete, wohl sehr ähnlich waren: er wußte, wie er sie treffen konnte.

Ich lachte am Telefon und fragte ihn nach weiteren Einzelheiten, aber ich wußte, daß er damit in Wirklichkeit seine Ängste vertreiben wollte; ich konnte mich nicht so darüber amüsieren, wie ich gern gewollt hätte.

Ein andermal rief Guido mich an, nur um mir das Verkehrsgetöse zu schildern, das bis in seine Wohnung drang. Er hatte es analysiert wie eine Orchesteraufführung, jede einzelne Klangfarbe und Frequenz bis zu ihrem Ursprung zurückverfolgt. Er hatte eine Unzahl verschiedener Quellen unangenehmer Geräusche ausgemacht; sie nach ihrer Höhe und Lautstärke aufgeschlüsselt, den Rhythmus ermittelt, nach dem sie sich tagsüber oder nachts verdichteten oder auflockerten. Er sagte, er habe einmal eine sehr eindrucksvolle Schilderung Londons im sechzehnten Jahrhundert gelesen, als man die Schlachttiere auf der Straße ausbluten ließ und ausweidete und die Leute ihre Abfälle zum Fenster hinauswarfen und ihre Nachttöpfe auf die Gasse leerten, aber unsere Städte seien im Grunde nicht besser. »Wir haben uns nur daran *gewöhnt*«, sagte er, »keiner findet was dabei, daß die städtischen Autobusse mit einem Dieselmotor durch die Gegend fahren, der die Fensterscheiben zum Klirren bringt und die Häuserwände verrußt und bei den Passanten Hustenreiz erzeugt.«

An einer Seite des Hauses, in dem er wohnte, führte eine Verkehrsstraße vorbei, die eine unerschöpfliche Lärmquelle war: manchmal, wenn er vergeblich einzuschlafen versuchte, stellte er sich die Geräusche bildlich vor, als lange Linien, die auf weißem Grund ihre Spur zogen, breiter und tiefer wurden, wenn die Autos und Lastwagen und Motorräder dröhnend näherkamen. Manchmal malte er sich mitten in der Nacht aus, wie er aus dem Bett sprang und Bomben auf die Straße warf, um den gnadenlosen Verkehrsstrom aufzuhalten und in die Asphaltdecke Krater zu reißen, über die kein Auto mehr fahren konnte. Er hatte sein Bett so weit wie möglich vom Fenster abgerückt und schlief mit einem Kissen über dem Kopf, aber es nützte nicht viel. Wenn er morgens mit dem Finger über seinen Schreibtisch strich, blieb der krebserregende graue Staub daran kleben, den Millionen von Motoren in der Luft der Stadt verteilten. Er sagte, er wundere sich immer wieder darüber, manchmal glaube er, nicht richtig zu sehen.

An seinem Ton erkannte ich, daß Mailand ihn allmählich umbrachte; ich sagte ihm, er solle weggehen, mit Chiara und dem Kind oder allein, irgendwohin, wenn er nicht nach Le Due Case kommen wolle. Er sagte, er habe nur noch Geld für zwei oder drei Monate, ihm bleibe keine große Wahl mehr. Chiara sei auf der Suche nach Arbeit, er würde dann versuchen, sich um das Kind zu kümmern. Die Geschichte über die Nachbarn war ins Stocken geraten; andere Ideen, um einen Vertrag mit einem Verleger abzuschließen, hatte er nicht, sofern es überhaupt noch einen Verlag gab, der sich für ihn interessierte.

Dann muß er die Angst in meiner Stimme bemerkt haben, denn er wechselte den Ton, sagte: »Im Grunde ist es eine *interessante* Situation, du mußt sie nur in der richtigen Weise sehen.«

Der Sommer kam, die Arbeit an der Mühle war jetzt ein regelrechter Kampf gegen die Zeit. Ich und Paolo waren ständig zwischen den Feldern und der Baustelle und dem

Haus unterwegs; Martina und Livia rackerten sich genauso ab wie wir. Die Zwillinge halfen im Gemüsegarten und bei der Obsternte; Martina versuchte ihnen Geschichte und Geographie beizubringen, wenn sie zusammen arbeiteten; abends lasen wir ihnen Romane und Gedichte vor, ließen sie in jeder freien Minute schreiben und rechnen. Wir wollten keine scharfe Trennung zwischen dem Lernen und den anderen Tätigkeiten, zwischen Arbeit und Vergnügen, drinnen und draußen, Wörtern und Bildern. Sie lernten, sie wuchsen nicht als Analphabeten auf.

Unsere Telefongespräche mit Chiara und Guido wurden selten, wir hörten nur voneinander, wenn es echte Neuigkeiten gab. Chiara hatte jetzt eine Anstellung bei einem kleinen Reiseführerverlag, sie hatte ein junges Mädchen gefunden, das sich um das Kind kümmerte. Guido war zu deprimiert dazu: es gelang ihm immer noch nicht, zu schreiben; es interessiere ihn nicht mehr besonders, sagte er. Er versuchte seine alte Taktik der Trennung und Distanzierung, die ich bei ihm schon früher so oft beobachtet hatte, nun auf seine Arbeit anzuwenden, und ich wußte, daß der Schaden irreparabel sein würde, wenn es ihm gelingen sollte. Aber ich hatte kaum Möglichkeiten einzugreifen, wenn ich ihn nicht aus Mailand wegholen und mit Gewalt nach Le Due Case schleppen wollte. Ich dachte sogar ernsthaft an diese Möglichkeit: ich sprach darüber mit Martina, sie meinte, Guido sei der letzte, den man zu irgend etwas zwingen könne. Der Gedanke, daß ich ihm nicht helfen konnte, bedrückte mich so sehr, daß ich ihn nicht mehr anrief.

Dafür rief er mich an und erzählte mir, daß sich wieder mal ein römischer Filmproduzent bei ihm gemeldet habe, der ihm die Rechte an *Canemacchina* abkaufen wolle, und auch wenn er ihn von allen Produzenten, denen er begegnet sei, für den größten Gauner und Halunken halte, spiele er mit dem Gedanken, das Angebot anzunehmen. Er bekäme genug Geld, um ein paar Jahre davon leben zu können, obendrein ein Mitspracherecht am Drehbuch und die Garantie, daß einer der besten Nachwuchsregisseure Regie führen würde. Wieder erklärte er mir, daß ihm kaum eine andere Wahl bleibe; daß er es vorzöge, sein Buch zu verkaufen, als Erzählungen für Zeitschriften zu schreiben.

Das war Ende Juli, dann hörten wir nichts mehr voneinander. Zu der Arbeit an der Mühle kamen die Getreideernte und die tausend anderen wichtigen Arbeiten, die es auf dem Land zu tun gibt; Guido verschwand im Hintergrund.

Im September war die Mühle fertig. Wir mahlten die ersten Säcke Getreide, und das Mehl, das zwischen den Mühlsteinen herausrieselte, sah ganz anders aus als dasjenige, das wir aus Perugia bekamen. Wir waren sicher, daß es allein daran lag, daß wir die Getreidekörner selbst gesät und die Pflänzchen monatelang auf unseren Äckern gehegt und gepflegt hatten, bis sie herangewachsen waren, niemand hatte etwas hinzugefügt oder sie achtlos behandelt. Am Abend schmiedeten ich und Martina und Paolo und Livia Pläne für eine ferne Zukunft, wir kamen darauf, daß wir eines Tages eine kleine Bäckerei aufbauen und so wirklich den ganzen Zyklus vom Anfang bis zum Ende kontrollieren könnten. Die Idee schien undurchführbar, aber der Gedanke, von der Landwirtschaft zu leben und eine eigene Mühle zu besitzen, war uns einst ebenso unrealistisch erschienen.

Martina rief Chiara an, um Neuigkeiten zu hören: Guido hatte die Rechte an *Canemacchina* verkauft und sich von dem Produzenten ein Zimmer in einem Appartmenthaus in Rom mieten lassen, damit er am Drehbuch mitarbeiten und die Filmvorbereitung verfolgen konnte. Chiara sagte, das sei nur ein Vorwand gewesen, um von zu Hause wegzugehen, aber sie schien fast erleichtert darüber.

Eine Zeitlang redeten Martina und ich um die Sache herum, jeder besaß direkte Informationen, die der andere nicht hatte. Als wir sie dann schließlich austauschten, paßten die beiden Hälften der Situation genau zusammen, und es war offenkundig, daß Chiara und Guido sich getrennt hatten. Wir hatten gewußt, daß es früher oder später so kommen mußte, trotzdem waren wir über die Veränderung bestürzt: darüber, wie sie alle unsere Überlegungen und Vermutungen, die wir jahrelang um die beiden aufgebaut hatten, unversehens hinfällig machte. Unsere Vertrautheit mit ihnen kam uns plötzlich illusorisch vor; unser Bild von ihnen gefiltert und verzerrt durch die Entfernung, durch das unmerkliche Veralten der Eindrücke.

Ich bat Chiara nicht um Guidos Telefonnummer in Rom. Die Hochs und Tiefs unserer Freundschaft waren immer so zyklisch aufeinander gefolgt, daß sie mir wie eine Naturgegebenheit vorkamen, in die man besser nicht eingriff.

Dreiundzwanzig

Eines Abends im März rief mich Guido an. Sein Ton war heiter, weit entfernt von der Stimmung unseres letzten Gesprächs acht Monate zuvor. Er sagte, er habe seit Weihnachten eine schöne Wohnung im Zentrum von Rom, das Wetter sei herrlich, und es gehe ihm gut. Die Dreharbeiten hätten vor einigen Wochen begonnen, aber er kümmere sich gar nicht mehr darum. Morra, der Produzent, hatte die Geschichte derart verfälscht, daß eine Art zweitklassiger Thriller daraus geworden war, dann hatte er das Wenige, das noch übriggeblieben war, mit einer Reihe von Tricks zur besseren Fälschung der Bilanzen auch noch kaputtgemacht; der letzte dieser Tricks war, die Spielhandlung von Mailand nach Rom zu verlegen. Regisseur Bonini hatte sich gegenüber der Selbstherrlichkeit des Produzenten als völlig machtlos erwiesen, er tüftelte die ganze Zeit an Ausrüstungs- und Dolly- und Kameraeinstellungsproblemen herum, während Morra sich den Film zusammenbastelte, den er haben wollte. Guido war ein paarmal bei Besprechungen dabeigewesen und hatte sich wild mit ihm herumgestritten; dann war er zu dem Schluß gekommen, daß dies nun mal die Spielregeln waren, er hatte sich damit einverstanden erklärt, als er ihr Geld genommen hatte.

»Sie haben einen regelrechten *Instinkt*, einen schlechten und trivialen Film zu machen, was immer der Ausgangsstoff sein mag. Eigentlich ist es faszinierend, das mitanzusehen. Sie kaufen ein Buch nur, weil sie eine Basis brauchen, auf der sie ihre Finanzbetrügereien aufbauen können, was am Ende bleibt, ist allein der *Titel.* Du glaubst nicht, wie unehrlich sie sind, sie halten sich an keins ihrer Versprechen, aber auch das finden sie ganz normal. Das ist seit Generationen ihr Gesetz, nach dem es völlig *legitim* ist, Bilanzen zu fälschen und die Mitarbeiter übers Ohr zu hauen und widerliche Filme zu produzieren, solange man nur Geld damit macht.«

Aber in Rom gefiel es ihm recht gut; er sagte, die süßliche, laszive Trägheit in dieser Stadt gebe ihm wenigstens das Gefühl, in Italien zu sein. Ihm seien neue Ideen für einen möglichen Roman gekommen, der in Rom spielt, er arbeite gerade daran. Ich versprach ihn zu besuchen, auch wenn ich es in nächster Zeit wohl kaum schaffen würde. Als wir uns verabschiedeten, hätten wir beide gern noch länger miteinander gesprochen.

Im April hatte ich am Telefon eine scharfe Auseinandersetzung mit unserem Großhändler. Immer wieder einmal hatten wir Briefe von Leuten bekommen, die eine Packung Mehl oder ein Glas Marmelade oder eine Flasche Wein aus Le Due Case gekauft hatten und unsere Produkte ausgezeichnet, aber schrecklich teuer fanden, und jedesmal war mir die Wut über das Vertriebssystem hochgekommen, durch das die Preise unserer Erzeugnisse vervierfacht wurden, bevor sie zum Endverbraucher gelangten. Auch Martina fand es unerträglich, daß fast alle Naturkostläden Nahrungsmittel-Boutiquen waren, deren Kunden für zwei Karotten bereitwillig fünftausend Lire bezahlten; jedesmal, wenn wir darauf zu sprechen kamen, hatten wir das Gefühl, etwas dagegen unternehmen zu müssen.

Der Großhändler sagte, meine Überlegungen seien sonderbar naiv, so sei das Marktgesetz, das sei unvermeidlich, ein reines Problem von Angebot und Nachfrage. Ich entgegnete ihm, daß ich vielleicht naiv sei, aber keine Lust hätte, ihm noch dabei zu helfen, sich an dem Bedürfnis der Leute nach giftfreier Nahrung zu bereichern, dafür würde ich nicht arbeiten. Beleidigt schrie er mich an, wir seien ja nicht die einzigen Naturkost-Produzenten in Italien, er könne sich auch an jemand anders wenden. Ich schrie zurück, das solle er nur tun; Martinas Blicke ermunterten mich dazu.

Wir besprachen es mit Paolo und Livia, und sie stimmten mit uns überein, daß wir uns künftig selber darum kümmern sollten, wohin die Erzeugnisse von Le Due Case gelangten. Meiner Meinung nach kam es darauf an, möglichst viele Zwischenhändler zu umgehen, direkte Kontakte mit Einzelhändlern herzustellen, die bereit waren, unsere Politik der vernünftigen Gewinnspanne mitzutragen. Ich beschloß, von Stadt zu Stadt zu fahren und welche zu suchen.

Als ich in Rom aus dem Zug stieg, war die Luft lau, die Jahreszeit, verglichen mit unserem Bergland, um einen Monat voraus. Mitten im Gewimmel gepäckbeladener Touristen und gestreßter Familien und gehetzter Pendler und Tändelkram verkaufender Afrikaner und Polizisten und Drogendealern, mitten im Stimmengewirr und Lärm der großen fremden Menschenmasse rief ich Guido an.

Ich war fast sicher, ihn nicht anzutreffen, aber er war doch da. Seine Stimme klang heiser vor Müdigkeit, aber zugleich erfreut über meinen Anruf. Er konnte kaum glauben, daß ich in Rom war: er nannte mir seine Adresse, sagte, ich solle sofort kommen.

Er wohnte in einem Gebäude vielleicht aus dem achtzehnten Jahrhundert, in einer kopfsteingepflasterten Straße im historischen Zentrum. Der Pförtner wies mir den Weg in dem prunkvollen und etwas heruntergekommenen

Atrium, von dem eine breite Treppe zu den Patrizierwohnungen führte und, schmäler und steiler, weiter hinauf zu den Mansarden.

Auf den obersten Stufen wartete Guido auf mich: mir wurde klar, daß wieder anderthalb Jahre vergangen waren, seit wir uns das letzte Mal gesehen hatten.

Beim Hineingehen musterten wir einander immer noch, registrierten die Veränderungen an uns. Guido fragte, »Ob wir wohl *schrecklich* alt geworden sind?«, ich sagte nein, und es war nicht wahr, aber sicher wahrer als es in zwanzig Jahren sein würde.

Das Wohnzimmer war voller Licht, das durch die große Glasfront hereinfiel. Ich trat auf die Terrasse hinaus, blickte über die weite, helle Fläche von Dächern und Terrassen und Kuppeln.

Dann merkte ich, daß auf einem Stuhl ein langbeiniges Mädchen mit Sonnenbrille und Kopfhörern saß und in einem Buch las. Guido riß ihr die Kopfhörer von den Ohren; sie zuckte zusammen, sah mich durch die dunklen Gläser an. Sie glich einem großen Kind aus dem Süden, mit kurzgeschnittenem kastanienbraunem Haar und einem schönen sinnlichen Mund; sie hatte nur ein T-Shirt an. »Blanca«, stellte Guido sie mir vor, und er schien stolz auf sie und voller Bewunderung. Ich winkte ihr zu: es verwirrte mich, Guidos neues Leben in seiner Gesamtheit zu sehen. Blanca sagte »Ciao«, mit starkem spanischem Akzent, ging an mir vorbei nach innen.

Ich und Guido blieben auf der Terrasse, wir fühlten uns beide unbehaglich, weil es nun unvermeidlich schien, die Situation zu kommentieren. Er ging hinein und holte eine Flasche Wein und zwei Gläser; ich erzählte ihm, was ich in Rom vorhatte, die Geschichte von dem Großhändler und den überhöhten Preisen unserer Produkte. Er hörte mir zu, trank und drehte sich immer wieder um und schaute in die Wohnung; ich redete und versuchte herauszufinden, wie weit seine Alkoholabhängigkeit fortgeschritten war. Die Unterhaltung folgte unseren ziellos schweifenden Gedanken; Guido füllte und leerte dreimal sein Glas. Dann hob er Blancas Walkman auf, fragte mich, ob ich wieder hineingehen wolle.

Die kleine Wohnung war bis auf die allernötigsten Möbelstücke leer: kein Bild an der Wand, kein Gegenstand in den Regalen. Guido merkte, was ich dachte, sagte: »Als ich hier eingezogen bin, war alles voller eingerahmter Drucke aus dem achtzehnten Jahrhundert und voller Nippes und Schnickschnack wie in einem möblierten Zimmer für reiche Ausländer, ich hab die Vermieterin gebeten, alles in den *Keller* zu schaffen.«

Es war sein Wohnstil, er wollte sich nie für lange Zeit an einen Ort binden; wenn er hätte ausziehen müssen, hätte er vielleicht fünf Minuten gebraucht, um seine Sachen zusammenzupacken. Blanca kam in alten, zerschnippelten Jeans aus dem Schlafzimmer, mit dem gleichen T-Shirt von vorhin; sie wirkte sehr unabhängig, wenn sie Guido ansah. Sie nahm einen Schluck aus seinem Glas, sagte »Ich gehe«.

»Wann bist du zurück?« fragte Guido und lief ihr bis zur Tür nach. Er faßte sie einen Augenblick um die Taille, und ich glaubte eine Spur Besorgtheit in seinen Bewegungen zu sehen: Angst, verlassen zu werden.

Sie sagte »Weiß nicht, irgendwann«. Obwohl draußen schon die Sonne unterging, setzte sie sich wieder die Sonnenbrille auf, ging hinaus.

Guido räumte in der Kochnische ein paar schmutzige Teller beiseite, sagte: »Sie geht zur Gymnastik oder in die Ballettschule. Sie hat eine eigene Wohnung hier in der Nähe.«

»Hübsch ist sie«, sagte ich. Sie war auch das genaue Gegenteil von Chiara; es erstaunte mich, wie er eine so völlig andere Frau hatte finden können.

Sie sei Schauspielerin, erklärte er mir, er habe sie im Büro des Produzenten Morra kennengelernt, der sie für eine Rolle in *Canemacchina* haben wollte. »Sie hat mit mir über mein Buch geredet«, sagte er, »und obwohl sie es während einer Busreise gelesen hatte, kannte sie es ganz genau. Als Morra und Bonini herauskamen, machten sie Bemerkungen über die Länge ihrer Beine und die Form ihres Hinterns und die Größe ihres Busens, wie die Roßhändler.«

Er trank in einem fort, doch der Alkohol schien nur den Rhythmus seiner Sätze zu verlangsamen, ohne seine Gedanken im mindesten zu trüben. Ich trank zur Gesellschaft mit; er bat mich, ihm von der neuesten Entwicklung in Le Due Case zu erzählen. Ich fragte mich, ob es möglich ist, daß in einer Freundschaft die Rollen irgendwann wechseln oder ob sie über die Zeit und die allmählichen Veränderungen der Personen hinweg immer gleich bleiben müssen; ob bei unseren Gesprächen die ihn betreffenden Themen immer überwiegen würden.

Bald kamen wir wieder auf ihn und sein Leben zu sprechen. Er sagte: »Blanca lebt von *Luft*. Sie ißt so gut wie nichts und geht auf die Schauspielschule und liest alles, was ihr in die Hände kommt, die Geschichte der Kreuzzüge und das Leben von Byron und die chinesischen Romane aus dem fünfzehnten Jahrhundert. Sie ist neunzehn, und als sie aus Spanien hierher kam, war sie siebzehn. Ich glaube nicht, daß sie je irgend jemanden vermißt hat, aber ab und zu stellt sie sich vor den Spiegel und bildet sich ein, sie hätte zugenommen, und fängt an zu *weinen*. Sie liest auch alles, was ich schreibe, und ihre Äußerungen dazu verblüffen mich, sie sind fast *ungreifbar*.«

»Und ihr vertragt euch?« fragte ich. Vielleicht empfand ich leisen Neid auf ihn, weil er mit einem so jungen und so attraktiven Mädchen zusammenlebte. Ich war daran gewöhnt, an ihn als an den ungreifbarsten Menschen zu denken, den ich kannte, es wunderte mich, daß jemand auf ihn den gleichen Eindruck machen konnte.

Guido sagte: »Ganz gut. Aber es artet fast in *Arbeit* aus, wenn man ständig seine Fähigkeiten als Löwenbändiger und Schlangenbeschwörer und Kinderpsychologe hervorholen muß. Manchmal überkommt mich eine schreckliche Sehnsucht nach Chiara, und ich würde am liebsten auf dem schnellsten Weg zu ihr zurückkehren.«

»Und warum tust du es nicht?« fragte ich ihn. Er hatte mich praktisch dazu gedrängt, diese Frage zu stellen.

»Weil unser Zusammenleben zu schlimm gewesen ist. Das war nicht ihre Schuld und vielleicht auch nicht meine, vielleicht liegt es einfach am Leben, es läßt die Gefühle verkommen und zu *Fallstricken* werden, auch wenn man noch so gut aufpaßt.«

Von draußen kam jetzt ein letzter, rötlicher Lichtschein, und Guidos Blick war voller Schatten; ich hätte alles getan, um seine Gedanken in eine andere Richtung zu lenken. »Alles vergeht so *rasend* schnell«, sagte er. »Ohne es auch nur zu merken, haben wir schon unser halbes Leben hinter uns gebracht.«

Ich fragte ihn, was Blanca denn von ihm lese. Er gab keine Antwort; der Alkohol begann unsere Unterhaltung aufzulösen, Teile davon verselbständigten sich, drifteten auseinander. Er deutete auf einen kleinen Fernseher auf einer Konsole, sagte: »Dreißig *Sekunden* x-beliebige Werbung reichen aus, mir die Lust am Schreiben zu vertreiben. Das niederträchtige und zynische Spiel mit den Instinkten des Zuschauers, die von diesen *Verbrechern* an den

Schreibtischen der Werbeagenturen wohlkalkulierte Vortäuschung von Gefühlen. Die fröhlichen Kleinfamilien in ihren Gärten, die dazu benutzt werden, den Menschen, die in den von der Waschmittelindustrie verseuchten Städten leben müssen, Waschmittel anzudrehen. Sie fahren nach Irland und in die Sahara, um dort Autos zu filmen, nachdem die Autos unser Land so kaputtgemacht haben, daß es keinen Flecken mehr gibt, wo sie eins aufnehmen können, das frei dahinfährt.«

Wir schwiegen, tranken schweigend in dem fast dunklen Zimmer. Dann knipste Guido das Licht an; begann über die Bücher zu sprechen, die er gerade las.

Später kam Blanca zurück und kochte ein eigenartiges Kartoffelgericht mit Pinienkernen, rührte es lange mit Ingwer und weißem Pfeffer und anderen Gewürzen, die sie großzügig darüberstreute. Guido sah ihr aus der Nähe zu, machte ihr Komplimente wegen ihrer Eleganz als extravagante Köchin. Ich ließ mich mit in das Spiel hineinziehen, verwirrt vom Wein und von der Reise und von der Atmosphäre: wie Hofschranzen standen wir an ihrer Seite, bis sie fertig war, zwei betrunkene Vierunddreißigjährige, die eine blutjunge spanische Filmschauspielerin anhimmeln.

Wir aßen und tranken weiter; Guido war witzig und herzlich und mitteilsam wie in seinen goldenen Zeiten.

Er begann in die Vergangenheit zu schweifen, rasch aufeinanderfolgende Bilder aus einem Zeitraum von zwanzig Jahren wachzurufen, in denen Personen und Episoden und Gefühlszustände ohne die geringste chronologische Trennung nebeneinander standen. Ich folgte ihm auf diesem Zickzackkurs, und jeder im Dunkeln liegende Augenblick unserer gemeinsamen Erinnerung schien wieder bis ins kleinste Detail Licht und Farbe anzunehmen und wahrer zu sein als zu der Zeit, als wir ihn durchlebt hatten. Wir redeten über die alte Dratti und über Ablondi und Farvo und den kleinen Anarchistenzirkel und über die Reise nach Griechenland, über die Kleider, die wir trugen, und die Musik, die wir hörten, über die Gedanken und Pläne und Vorstellungen, die wir im Kopf hatten.

Dann sagte Guido, unsere gemeinsame Erinnerung sei um ein Jahr länger als Blancas ganzes Leben, und diese Vorstellung verblüffte uns alle; auch Blanca, die uns mit halbem Ohr zuhörte und halb ihren eigenen Gedanken nachhing. Und sonderbarerweise ließ ich mich von der Nostalgie in Guidos Stimme anstecken, als er von der Zeit sprach, in der uns noch alle Möglichkeiten offenzustehen schienen, obwohl ich wußte, daß ich, nicht einmal, wenn man mir die Pistole auf die Brust gesetzt hätte, zurückgekehrt wäre. Nur zu gut hatte ich in Erinnerung, wie sehr ich unter meiner Profillosigkeit litt, unter der Ungewißheit und Leere meines Lebens und meiner Zukunft. Ich wußte, daß Guidos Nostalgie fast den gleichen Ursprung hatte: daß ihn das Festgelegtsein und Älterwerden einengte, so wie es mich freier gemacht hatte.

Vielleicht dachte er dasselbe, denn er brach seine Erinnerungen plötzlich ab, sagte: »Hören wir lieber auf, die Vergangenheit aufzurühren wie Veteranen, Blanca stirbt vor Langeweile.« Er wechselte das Thema, erzählte von einer Stelle westlich von Rom, wo einem mitten in der Landschaft die Flugzeuge dicht über den Kopf hinwegfliegen, kurz bevor sie zur Landung auf das Rollfeld aufsetzen.

Seiner Beschreibung nach war es ein so einzigartiges Schauspiel, daß Blanca in Begeisterung geriet und uns bestürmte, wir sollten hinfahren und es uns ansehen. Ich sagte, ich sei zu müde und wolle schlafen, aber Guido war jetzt in seiner Verführer-Stimmung, sagte zu mir: »Es könnte in unserem ganzen *Leben* die einzige Gelegenheit dazu sein.« Blanca drängte in ähnlicher Weise; jetzt sah ich ganz deutlich das innige Einverständnis, das zwischen ihnen bestand: den Austausch von Worten und Gesten, während sie in die Schuhe schlüpften und mich nötigten, die meinen anzuziehen und mit ihnen aus der Wohnung hinaus- und die Treppe hinunterzulaufen.

Auf der Straße ging Guido schnurstracks auf einen am Straßenrand geparkten alten Alfa Romeo zu. Ich dachte, er wolle mich zum Narren halten, aber es war seiner, er hatte ihn von dem ersten Geld, das er von Morra bekommen hatte, aus vierter Hand gekauft. Er fuhr ohne Führerschein und ohne Zulassung, noch nicht einmal die Überschreibung war abgeschlossen. Es war ein richtiges Ganovenauto, eine ehemals heiße Kiste, die jetzt voller Rost und Beulen und Schrammen war, aber vielleicht die einzige Sorte Auto, die er besitzen konnte.

Er fuhr wie einer, der noch nie im Leben ein Auto gesteuert hat und sich weigert, die Grundregeln des Fahrens zu begreifen: er überdrehte den Motor, ließ die Kupplung krachen und an jeder Kreuzung die Bremsen kreischen. Er schien über die unmittelbaren Konturen der Straße hinwegzublicken, als dächte er weit mehr an das, was hinter einer Kurve sein mochte, als an das, was er vor Augen hatte. Aber er fuhr, und wir waren so betrunken, daß mir das allein schon wie ein Wunder vorkam.

Wir durchquerten die Stadt, nahmen die Autobahn in Richtung Meer; links von uns glitten in der Dunkelheit die letzten Lichter von Rom vorbei. Auf dem Vordersitz grölte Blanca ein altes französischen Kinderlied, das sie von ihrer Mutter gelernt haben mußte; hin und wieder griff Guido ihr ins Haar und zerzauste es. Aber wie immer gab er acht, mich nicht auszuschließen: bemühte sich, die Stimmung des Augenblicks gerecht zu verteilen, mich bei Laune zu halten. Wir machten Wortspiele, Assoziationsspiele, und sangen improvisierte Lieder; wir lachten und tranken Weißwein aus einer Flasche, die Blanca mitgenommen hatte. Die Nacht draußen war klar, es gab kaum Verkehr, während wir in Richtung Küste fuhren.

Dann verließen wir die Autobahn, Guido bog in eine kleine Nebenstraße ein, die mitten durch die Landschaft führte; er versuchte aus dem Gedächtnis die Stelle wiederzufinden, wo die Flugzeuge landeten. Er war nur ein einziges Mal dortgewesen, noch dazu bei Tag, und war sich keineswegs sicher, daß er sie finden würde. An einer Weggabelung wechselte er die Richtung, das altersschwache Auto schwankte auf den abgenutzten Stoßdämpfern. Mit wahrer Nonchalance fuhr er dicht am Straßengraben entlang; seine größte Sorge war, daß die späte Stunde und die Wirkung des Alkohols und der lange Weg unsere Neugier schließlich besiegen könnten. »Ihr dürft jetzt nicht *abschlaffen*. Haltet noch zehn Minuten durch«, sagte er. Er investierte seine ganze Energie in die Stimmung: redete unentwegt und versuchte unsere Aufmerksamkeit zu fesseln, unsere Neugier anzustacheln.

Schließlich fand er die Stelle wieder; wir sahen die bunten Lichter eines Kontrollturms, die weißen Lichter, die jenseits eines hohen Zauns das Rollfeld markierten. Guido sagte »*Hier* ist es«.

Wir stiegen aus, alle drei wie gerädert und voller Erwartung; wir schauten uns um, mit dem vagen Gefühl, etwas Verbotenes zu tun. Einen Schritt vor uns waren die ersten Lichter des Rollfelds, entfernten sich in einer langen punktierten Linie. Auf der anderen Seite der Straße lagen ausgedehnte Weizenfelder; die Luft war mild, mit der Feuchtigkeit des nahen Meers durchsetzt.

Guido guckte in die Höhe, sagte: »Es landet praktisch auf unseren *Köpfen*. Wir sehen es als kleines, leuchtendes Pünktchen herankommen, und dann senkt es sich herab, bis es dicht über uns ist, riesengroß und schrecklich schwer und vibrierend und voller Lichter und *Lärm*, gleich hinter dem Zaun setzt es auf die Landebahn auf. Und drinnen sitzen die Passagiere, jeder mit seinen Gedanken und seinem Aussehen und seinen so *mühsam* entwickelten Verhaltensweisen, alle in dem gleichen Behälter, der sie Tausende von Kilometern durch den Raum getragen hat.«

Ich und Blanca spähten zum Himmel empor, voller Bange beim Gedanken an das donnernde und kreischende Ungetüm über uns: wir spürten schon den Kerosingeruch in der Nase, den Sog der gewaltsam verdrängten Luftmassen. Es kam uns unmöglich vor, daß in der unbewegten Stille der Nacht etwas von wer weiß woher kommen und sich so lärmend und aggressiv materialisieren konnte, daß ein blinkendes Pünktchen größer und größer wird und auf uns zukommt und unsere Ohren mit metallischem Dröhnen erfüllt.

Wir warteten vielleicht eine Stunde, und kein Flugzeug kam. Guido ging auf und ab, schaute in die Luft und schaute zu Blanca und mir; er merkte, daß sich unsere Stimmung rettungslos verflüchtigte. Es war zwei Uhr nachts, und die erwartungsvolle Erregung begann sich in Müdigkeit aufzulösen, die Luft war nicht mehr so lau wie am Anfang. Guido fragte immer wieder, ob wir müde seien oder frören; Blanca und ich verneinten immer wieder, nur um ihn nicht zu enttäuschen, wir suchten die Dunkelheit nach näherkommenden Lichtpünktchen ab.

Dann schauderte Blanca zusammen, und Guido sagte

»Fahren wir nach *Hause*«. Gerade als wir ins Auto stiegen, sahen wir die Lichter eines aus der Gegenrichtung gekommenen Flugzeugs, das in weiter Ferne auf einer anderen Piste landete.

Wir fuhren stumm fast bis zur Autobahnauffahrt, aber Guido war zu erschöpft, um weiterzufahren, das Auto schlingerte immer gefährlicher. Ich sagte, daß ich das Steuer übernehmen könne; widerstandslos hielt er an, und wir tauschten die Plätze. Blanca schlief zur Seite gerollt, die Arme um die Taille geschlungen, jetzt wie ein richtiges Kind. Wir hatten nichts, um sie zuzudecken, also schauten wir sie nur an.

Auch ich hatte Mühe, den Kurs zu halten, ich versuchte, ganz langsam zu fahren. Im Rückspiegel sah ich nach Guido, er schlief nicht; irgendwann sagte er: »Man sollte sich nie irgendwas sehr detailliert vorstellen, weil dann am Ende die Vorstellung das ganze Terrain verschlingt, auf dem sich eine Sache *ereignen* könnte.«

Tags darauf verhandelte ich mit den Besitzern von fünf Naturkostläden. Nur einer gehörte einer sympathischen jungen Frau, die an das glaubte, was sie machte, die anderen waren alles unredliche und geldgierige Inhaber teurer Läden, voller Argwohn, sobald ich ihnen unsere Theorie der vernünftigen Gewinnspannen darzulegen begann. Ich vereinbarte mit der sympathischen jungen Frau, ihr unsere Erzeugnisse direkt zu liefern; den anderen sagte ich, sie könnten sie vergessen.

Als ich in Guidos Wohnung zurückkam, war er in düsterster Laune und trank schon wieder; Blanca war ausgegangen. Ich hatte daran gedacht, noch ein, zwei Tage zu bleiben, aber er bat mich nicht darum; versuchte mich nicht zu halten, als ich sagte, ich müsse zurückfahren.

Er begleitete mich zur Straße hinunter, und ich war fast gekränkt über seine abweisende Art; er sagte, er wolle mich zum Bus bringen, und an der Bushaltestelle stieg er mit ein und fuhr bis zum Bahnhof mit. Schweigend sahen wir zum Fenster hinaus: auf den Verkehr und die Stadt und das Menschengetümmel.

Auf dem Bahnsteig versprachen wir einander, daß wir uns bald wiedersehen würden. Ich sagte ihm, es sei ein Verbrechen, sein Haus leerstehen zu lassen; er gab mir recht, fügte aber sogleich hinzu: »Der Gedanke, daß es dasteht und auf *mich* wartet, macht mich traurig.« Dann fuhr der Zug ab; ich beugte mich aus dem Fenster und sah ihn in der Menge davongehen, die Hände in den Taschen vergraben.

Vierundzwanzig

Im Juni brachte Chiara den kleinen Giuliano nach Le Due Case. Wir hatten ausgemacht, daß sie ihn bis zu ihrem Urlaub im August bei uns lassen und so oft sie konnte an den Wochenenden besuchen sollte. Sie wirkte freundlich und geschäftig wie immer, sie war nicht der Typ, der die anderen merken ließ, wenn es ihr schlecht ging. Sie und Giuliano hatten eine starke physische Bindung entwickelt, vielleicht auch als Ausgleich für die Trennung von Guido. Das Kind war aufgeweckt und sensibel, seine Augen glichen in beeindruckender Weise denen seines Vaters.

Chiara blieb nur zwei Tage, bis Giuliano mit seiner Tante und seinem Vetter und seiner Kusine vertraut war. Das war nicht schwierig, denn die Freiräume, die er auf dem Land hatte, und die Spiele der Zwillinge waren für ihn höchst verlockend; schon am zweiten Tag mußte man ihm nachlaufen und ihn zurückholen. Die Verwandlung, die Kinder durchmachen, wenn sie aus Mailand herauskommen, hatte schon begonnen: seine Blässe verschwand, sein Appetit kehrte zurück, er entdeckte seine Beziehungen zur natürlichen Umwelt. Ein Vorgang, der bei Kindern zehnmal schneller und augenfälliger als bei Erwachsenen ist und mich immer wieder beeindruckt; mich daran erinnert, wie viele Schutzmechanismen Stadtmenschen sich schaffen müssen, um zu verbergen, was in ihrem Inneren vorgeht.

Chiara und ich redeten die ganzen zwei Tage so gut wie nichts miteinander: ich verspürte ihr gegenüber ein sonderbares Unbehagen, eine Mischung aus Schuldbewußtsein und dem Gefühl moralischer Mitverantwortlichkeit. Erst am Abend vor ihrer Abfahrt, als die drei Kinder schliefen und im Haus endlich Ruhe eingekehrt war, kamen wir dazu, miteinander zu sprechen. Ich erläuterte ihr unsere Pläne, andere Vertriebswege für die Due-Case-Produkte zu suchen, und meine Worte steuerten unweigerlich auf Rom und meine letzte Begegnung mit Guido zu. Und sie sah durch meine Worte hindurch: sah Guido mit Blanca in dem kleinen lichtdurchfluteten Wohnzimmer. »Was hat er deiner Meinung nach vor?« fragte sie mich.

»Weiß ich nicht«, antwortete ich, bemüht, die Bilder in ihrem Kopf zu überdecken. »Er ist in allem sehr ratlos, glaube ich. Was seine Arbeit betrifft und alles andere.« Ich war ihr fast so zugetan wie ihm; ich wollte mich nicht automatisch auf Guidos Seite stellen.

Chiara wandte den Blick ab, ich merkte, daß sie den Tränen nahe war. Ihr Gesicht war zarter und nervöser als das von Martina, aber ihre Züge glichen sich so sehr. Sie fragte: »Ist er denn wenigstens zufriedener als vorher?«

Ich antwortete: »In den zwanzig Jahren, seit ich ihn kenne, fallen mir vielleicht zwei, drei Situationen ein, in denen er mir zufrieden vorgekommen ist. Aber wenn ich es recht bedenke, war auch das nur eine vorgefühlte Zufriedenheit, mehr eingebildet als real. So ist er immer gewesen. Ich glaube, da kann er selber nicht viel dagegen tun.«

Chiara war nicht danach zumute, Betrachtungen über Guidos Wesensart anzustellen, sie hatte wohl selbst schon reichlich darüber nachgedacht. »Wenn man dich reden hört, könnte man ihn für ein bedauernswertes Opfer dieser Welt halten.«

»Das ist er auch«, entgegnete ich, wieder automatisch auf Guidos Seite. »Die Wirklichkeit ist ihm zuwider, er kann die Dinge einfach nicht hinnehmen, wie sie sind. Er möchte, daß das Leben genauso flexibel wie seine Phantasie ist, und ist jedesmal gekränkt, wenn er merkt, wie starr und einengend es ist.«

Sie lächelte; ich hoffte, sie würde sich jetzt nicht vom Kummer überwältigen lassen. Sie war eine resolute und mutige Frau, war die ganze Zeit allein gewesen und hatte gearbeitet und das Kind versorgt und eine Menge praktischer Probleme gelöst; trotz ihres zarten Aussehens war sie tausendmal lebenstüchtiger als Guido. Sie sagte: »Ich weiß, wie Guido ist. Bis zu einem bestimmten Punkt habe ich geglaubt, er könne sich ändern, aber jetzt glaube ich, daß nichts zu machen ist, und ich hab auch keine Lust mehr, drüber nachzudenken. Ich will mich scheiden lassen, Punkt und aus.« Ihre Augen waren voller Tränen, aber es waren Tränen der Befreiung: was sie sagte, waren keine leeren Worte.

Martina kam und setzte sich zu uns. Chiara sagte: »Das letzte Mal, als er nach Mailand kam, war er so herzlich und freundschaftlich, als freue er sich, mich zu sehen, aber ohne jede familiäre oder emotionale Verpflichtung. Als ich ihm sagte, daß ich ihn nicht mehr sehen wolle, und ihn bat, seine Bücher aus den Regalen zu nehmen, starrte er mich an, als hätte ich etwas Ungeheuerliches von ihm verlangt. Er geht alles in dieser total infantilen Art und Weise an, so als habe es keinerlei Bedeutung. ›Laß uns nicht *dramatisieren*‹, sagt er, ›das sind nicht die wirklich *schlimmen* Dinge im Leben‹, sagt er. Wenn eine Scheidung nichts Schlimmes ist, was denn dann?«

»Das glaubt er aber wirklich«, erwiderte ich. »Er war schon immer so, seit ich ihn kenne, er haßt die Vorstellung, Gefühle in Definitionen und in einen Rahmen zu zwängen.«

Sie wurde allmählich wütend, weil ich ihn so beharrlich in Schutz nahm; sie sagte: »Ist mir doch egal, ob er es glaubt oder nicht. Mir kommt es jetzt nur noch darauf an, seinetwegen nicht verrückt zu werden.«

Martina hatte sie wohl schon mehr als einmal so reden hören: aus ihrem Blick sprach schwesterliche Solidarität. Es tat mir leid, daß es so war, und mir wurde klar, daß es unvermeidlich war; ich versuchte niemanden mehr umzustimmen.

Chiara fuhr nach Mailand und sagte, sie würde in zwei Wochen wiederkommen. Sie konnte die lange Fahrt nicht jeden Freitagnachmittag machen und hatte vielleicht auch das Bedürfnis, sich ihr eigenes Leben zu organisieren. Giuliano weinte nur wenige Minuten, als sie ihm erklärte, daß sie wegfahre; die Zwillinge brachten ihn rasch wieder auf andere Gedanken, sie nahmen ihn in den Stall mit und zeigten ihm die Ziege. Er war ein recht eigenständiges Kind, vergnügte sich mit Chiara jun. und Guido jun., obwohl sie so viel älter als er waren. Martina war glücklich, ihn bei sich zu haben, und vermutlich voller Nostalgie nach der Zeit, als unsere Kinder in seinem Alter waren: beim geringsten Anlaß nahm sie ihn auf den Arm, sie zog ihn an und kämmte ihn und ließ ihm die Hätscheleien zukommen, denen sich die Zwillinge schon seit Jahren entzogen.

Guido rief jetzt häufiger an, um mit seinem Sohn zu sprechen. Wir riefen ihn ins Wohnzimmer; er hielt den Hörer weit von sich, beantwortete mit halber Stimme Fragen über seine Gesundheit oder über das, was er tat. Einige Minuten lang sagte er »Ja« und »Nein«, dann legte er auf oder gab das Gespräch an uns Erwachsene weiter. Guido war unglaublich um ihn besorgt: er wollte von mir oder Martina wissen, ob er gegessen habe und wie er angezogen sei und was er den ganzen Tag gemacht habe. Wir gaben uns alle Mühe, ihn zu beruhigen, aber der Gedanke, nicht bei ihm zu sein, machte seine Besorgnis unerschöpflich; mit Worten konnten wir da nicht viel ausrichten.

Eines Abends nach dem Essen hörten wir ein Auto die Wiese hinter dem Haus herauffahren. Mit den Revierverteidigungsreaktionen, die jedes Eindringen Fremder bei ihm auslöste, ging Paolo hinaus und kam einen Augenblick später wieder herein, sagte: »Es ist Guido mit einem Mädchen.«

Wir liefen alle nach draußen, aber es war kein so freudiges Wiedersehen wie sonst: die Erinnerung an den Abschied von Chiara an derselben Stelle war noch zu frisch, um in Martina und Paolo und Livia nicht Mißbehagen zu wecken. Ich ging als erster auf ihn zu, die anderen blieben hinter mir stehen, als wollten sie mich überwachen. Guido bemerkte die allgemeine Verlegenheit; in entschuldigendem Ton sagte er: »Wir haben uns im *letzten* Moment entschlossen.« Blanca umarmte mich überschwenglich, guckte mit ihrem exotischen Aussehen um sich: sie schien in diesem Augenblick die einzige zu sein, die sich wohlfühlte, sie war auch die einzige, die keine Bindungen zu diesem Ort hatte.

Martina und Paolo und Livia kamen näher und begrüßten sie, vorsichtig wie ein Rudel Tiere angesichts eines fremden Weibchens. Guido fragte nach Giuliano und war sehr geknickt, als ich ihm sagte, daß er schlafe. Er hatte auch wieder getrunken: eine Flasche Whisky lag auf dem Rücksitz seines Autos.

Fast ohne ein Wort gingen wir mit ihnen zu dem zweiten Haus hinüber, Martina holte Bettwäsche und Handtücher. In einem Zimmer im zweiten Stock stand noch das Bett, in dem Paolo und Livia eine Nacht geschlafen hatten, wir hatten es nie weggeräumt. Blanca wunderte sich über die unbewohnte Leere in den Zimmern; ich weiß nicht, was ihr Guido über das Haus erzählt hatte.

Hungrig waren sie nicht, sie hatten unterwegs haltgemacht und eine Pizza gegessen; sie sagten, sie wollten sich ein wenig ausruhen und dann zu uns herüberkommen. Sie schienen ihre eigene, private Dimension zu haben, die sie freute und amüsierte, sie tauschten rasche lächelnde Blicke, angedeutete Gesten.

Kaum waren wir in unserem Haus zurück, sagte Martina zu mir, »Ich weiß nicht, ob es eine gute Idee war, mit ihr herzukommen«, und ihr Ton machte mich wütend und erschreckte mich fast. Mir wurde bewußt, daß wir, ohne es zu merken, die Moralvorstellungen und die soziale Kontrolle einer kleinen, in sich geschlossenen Gruppe entwickelt hatten, das Bestreben, die Beziehungen zwischen den uns nahestehenden Menschen vor jeder Veränderung zu bewahren. Ich sagte es Martina; sie war beleidigt, wir fingen an zu streiten.

Im Wohnzimmer warteten wir eine Stunde auf Guido und Blanca, aber sie ließen sich nicht sehen. Paolo und Livia gingen schlafen; dann ging auch Martina. Bevor ich ihr folgte, trat ich auf die Wiese hinaus und sah zu den Lichtern in Guidos Haus hinüber. Ich dachte, wie oft ich es mir so vorgestellt hatte; wie anders es jetzt war.

Am nächsten Morgen stand Guido früh auf, er kam dazu, als ich gerade die Hühner hinausließ; sagte: »Mensch, Mario, was für ein *vollkommenes* Leben du hast.« Er wirkte viel verlotterter als damals in Rom, aber in drei Monaten konnte er sich nicht so stark verändert haben. Er hatte tiefe Ringe um die Augen, graue Strähnen in den wirren Haaren; in seinem Blick war die Enttäuschung stärker als jedes andere Gefühl, das ihn bewegt hatte, seit wir uns kannten.

Ich wollte etwas über den Alkohol sagen, der ihn zugrunde richtete, aber ich wußte genau, was er mir antworten würde. Und ich wußte auch, daß er nur ein Werkzeug für seine Selbstzerstörung, nicht ihre Ursache war; daß er ein anderes gefunden hätte, wenn es nicht der Alkohol gewesen wäre.

Er brannte darauf, seinen Sohn zu sehen, sagte: »Wenn ich ihn eine Zeitlang nicht sehe, werden mir die *Hände* ganz kribbelig, ich kriege Lust, ihn zu drücken und hochzuheben und zu knuddeln.«

»Kann ich mir vorstellen«, antwortete ich; und es gehörte auch nicht viel dazu, wenn man sein Bedürfnis nach Körperkontakt kannte, das er bei allen hatte. »Kannst du eben nicht«, sagte er, »du warst von den Zwillingen nie länger als *zwei Tage* getrennt.« In seiner Stimme lag jetzt eine Spur von Groll, oder ich bildete es mir ein.

Gemeinsam gingen wir ins Haus, der kleine Giuliano war mit den Zwillingen in der Küche, sie hatten gerade gefrühstückt und spielten jetzt Fangen zwischen den Stühlen. Giuliano war fasziniert von diesen beiden Wesen, die so viel größer als er und doch noch Kinder waren; widerspruchslos fügte er sich in die Rolle als Spielzeug, die sie ihm bei ihren vergnügten Balgereien zuteilten.

Guido ging frontal auf ihn zu, voller Wiedersehensfreude und begierig auf Kontaktaufnahme, und Giuliano erschrak, schrie »Laß mich los!«, kaum daß Guido ihn hochgehoben hatte. Er strampelte und zappelte und versuchte ihn in die Hand zu beißen, und als er merkte, daß

Guido nicht lockerließ, begann er zu brüllen. Guido hielt ihn fest, sagte »Na, na, *na*«; bemühte sich verzweifelt, die Situation zu retten, Zuneigung und Vertrauen in seinem Sohn zu wecken. Aber Giuliano hatte mittlerweile einen Anfall von Hysterie; Guido mußte ihn loslassen.

Giuliano rannte weinend davon, klammerte sich an Martina, die ihn auf den Arm nahm. Die Zwillinge verfolgten die Szene aus der Nähe, angelockt von dem Geschrei und eifersüchtig auf Giuliano, der so viel Aufmerksamkeit auf sich zog.

»Was für ein *rührender* Empfang«, sagte Guido. Martina versuchte ihm zu erklären, daß es eine natürliche Reaktion sei, daß man nicht erwarten dürfe, zu einem Kind, das man wochenlang nicht gesehen hat, so plötzlich wieder Kontakt aufnehmen zu können. Aber Giuliano weinte weiter, schrie Guido immerzu an »Geh weg, geh weg!« Martina brachte ihn hinaus, damit er sich beruhigen konnte, die Zwillinge liefen ihr nach.

Guido ging ans Fenster, schaute, mit den Händen in den Taschen, hinaus. Ich sagte zu ihm, das gleiche sei mir auch schon ein paarmal passiert, und ich sei darüber genauso traurig gewesen; aber es kam mir wie ein plumper Tröstungsversuch vor. Er fragte mich, ob etwas zu trinken da sei. Ich füllte ihm ein Glas mit unserem Rotwein und dachte, daß der ihm auf jeden Fall weniger schaden würde als das, was er sonst zu trinken pflegte.

Er leerte es mit wenigen Schlucken, in seinem Blick lag pure Trostlosigkeit. »Ich komme mir vor wie ein Trottel, der zusieht, wie ihm alles *entgleitet.* Und ich hab nichts. Blanca nicht, weil ich sie nicht kenne, und Chiara nicht, weil ich sie zu gut kenne, meinen Sohn nicht, weil ich ihn nie sehe. Das Haus hier nicht und meine Wohnung in Rom nicht und meine Arbeit nicht und auch keine Idee, die nicht im gnadenlosen Stumpfsinn der *Fakten* untergeht und unbrauchbar wird.«

Zum erstenmal, seit ich ihn kannte, hörte ich, daß er sich beklagte, etwas nicht zu haben, und dieser Gedanke jagte mir einen sonderbaren Schrecken ein, ließ mich sagen: »Im Grunde ist es dein Leben, und du hast es dir selbst ausgesucht.«

»*Nichts* habe ich mir selbst ausgesucht«, gab Guido zurück. »Ich hab mir nicht ausgesucht, in Mailand geboren zu werden, und ich hab mir meine Eltern nicht ausgesucht und nichts von allem, was ich gemacht habe.«

Ich sagte ihm, er könne nicht weiter so fatalistisch und infantil daherreden, sich als Opfer der Umstände darstellen. Ich hatte mir ebenfalls ein Glas Wein genommen, obwohl ich vormittags nie trank; ich ereiferte mich in einem Wust von Gedanken, die in unterschiedlichen Zeiten und Situationen entstanden waren, aber ursprünglich alle von ihm stammten. Ich sagte: »Früher bin ich vielleicht auch mal darauf reingefallen, aber dann habe ich erkannt, was für ein selbstzerstörerisches Spiel das ist. Und vielleicht schmeichelt dir ja der Gedanke an all die romantischen und faszinierenden Persönlichkeiten, die es nie geschafft haben, im Leben Fuß zu fassen und daran zugrundegegangen sind, aber das ändert nichts daran, daß es idiotisch ist, sich wegzuwerfen.« Ich redete jetzt auf einer Woge von echter Wut, ausgelöst von meinem Unbehagen und meiner Freundschaft für ihn und vielleicht von dem Neid, den ich selbst jetzt auf ihn empfand; ich lief in der Küche auf und ab und schrie ihn an.

Er sah mich an, über meinen Ton fast mindestens so überrascht wie ich selbst, sagte: »Na sicher, du hast es geschafft, die Dinge, die zählen, festzuhalten und, bevor sie direntgleiten können, in geeignete Behälter einzuschließen und diesen herrlichen Garten drum herum anzulegen, in dem deine Kinder und auch meins glücklich und zufrieden spielen können. Aber du hast den *richtigen* Start gehabt.«

Ich wollte ihm im gleichen Ton wie zuvor antworten, und statt dessen sah ich mich selbst, wie ich ihm vom Balkon meines beinahe glücklichen Lebens aus Belehrungen gab, während er von Zweifeln zerrissen und voll quälender Ungewißheit drunten auf der Straße stand. Ich schwieg, goß Wein in unsere Gläser.

Später kam Blanca herein, und Guido wurde wieder heiterer, auch wenn er weiter trank. Draußen war ein Junitag mit einem sanften Wind unter dem glasklaren Himmel; es war schwer, pessimistisch zu bleiben.

Nach einigen Tagen hatte Guido eine engere Beziehung zu seinem Sohn hergestellt: er konnte ihn minutenlang auf den Arm nehmen, ihm bilderreiche Geschichten erzählen, wenn er nicht gerade mit den Zwillingen umherzog. Aber Guido war zu ungeduldig, um sich mit der Langsamkeit des Vorgangs abzufinden: er versuchte ihn immer wieder zu beschleunigen, Giuliano zu packen und an sich zu drücken und sofort sein engster Freund zu sein. Sein Sohn sträubte sich und schrie wie ein Tier in der Falle; und er war wieder zutiefst bekümmert. Martina sagte ihm jedesmal »Es braucht seine Zeit«. Guido antwortete ihr »Ich *habe* keine Zeit«. Giuliano suchte mit den Zwillingen und dem Hund das Weite; wenn er im Haus war, hielt er sich im Schutz bietenden Blickfeld seiner Tante auf.

Blanca schaffte es im Nu, das Mißtrauen der Kinder wie der Erwachsenen in Le Due Case zu besiegen, mit ihrem sonnigen Wesen nahm sie alle für sich ein. Guido war ihr gegenüber geduldig und beschützend, wie ich ihn mit Chiara nie gesehen hatte: er erklärte ihr lang und breit, wie die Dinge funktionierten, gab sich Mühe, ihr seine Anschauungen zugänglich zu machen. Sie nahm diese Informationen, glaube ich, nur teilweise auf, soweit es ihr in ihrem Alter und mit ihrer ganz anderen Denkweise möglich war; sprühend von Energie und voll physischer Neugierde für die Welt ging sie durchs Leben. Guido schien froh, mit ihr zusammenzusein, aber das änderte weder etwas an dem Gefühl der Fremdheit, das ihn zu jeder Zeit zu umgeben schien, noch hinderte es ihn daran, schon am frühen Morgen zu trinken. Die Zufriedenheit, die er bei Blanca gefunden hatte, schien nur einen Teil seiner Gedanken aufzuhellen, ohne in die finsteren Bereiche ringsherum vorzudringen.

Ich betrachtete ihn jeden Tag aus der Nähe, aber anders als sein Sohn nahm er nicht wieder Farbe an; sein Appetit wuchs nicht. Trotzdem war ich überzeugt, daß das Landleben ihm guttat: ich hoffte, er würde sich entschließen, nicht mehr wegzugehen.

Eines Morgens, als Blanca noch schlief, begleitete mich Guido nach Gubbio, wo ich Werkzeug kaufen wollte. Wir fuhren über den Feldweg, bis er in die asphaltierte Straße nach Gubbio einmündete. Rechts und links von uns zogen die Hallen der kleinen und mittleren Fabriken vorüber, die vielstöckigen Wohnhäuser, die die ganze Ebene überwucherten. Ich wußte, welche Wirkung diese Art Landschaft auf Guido hatte; ich gab Gas, um möglichst schnell in die Altstadt zu gelangen. Guido aber schaute mit seinem krankhaft scharfen Blick hinaus, und kein Detail entging ihm; er sagte: »Es ist nur eine Frage der Zeit, wann sie auch in unser Tal kommen und es *überschwemmen.*«

Ich versuchte verzweifelt, in die Innenstadt mit ihren Stein- und Ziegelhäusern zu gelangen, aber ein Lastwagen versperrte die Straße, genau auf der Höhe einer Gruppe gewaltiger Betonklötze mit Bunkerfenstern. »Was meinst du, müßte man tun, um sie zu stoppen? Sich auf dem Parkplatz vor einem Supermarkt *anzünden*? Glaubst du, das würde was nützen?«

Ich sagte, vielleicht wäre es besser, ein Buch darüber zu schreiben, es möglichst viele Leute lesen zu lassen. Wir waren jetzt am Tor zur Altstadt angelangt; ich hielt an, wir sprangen aus dem Auto.

Guido sagte: »Aber die Botschaften laufen alle in denselben Bahnen, sie werden konsumiert, ohne *Spuren* zurückzulassen. Du kannst sagen, was du willst, es geht alles unter in den Millionen anderer Informationen, die tagtäglich im Umlauf sind. Die Gefühle, an die du appellieren möchtest, sind durch zu viele leere Kontakte und zu viele künstliche Kontakte abgestumpft, da kommt keine *Antwort* mehr.«

Dann liefen wir über das Kopfsteinpflaster der schmalen Straßen, und Guido war hingerissen von den verwinkelten Höfen, in die wir einen Blick werfen konnten, von den kleinen Innengärtchen und den zur Sonne oder zum Tal oder zum Berg über uns blickenden Fenstern. »Einst waren die Leute, die in der Stadt wohnten, *stolz* darauf«, meinte er. »Alle fühlten sich eng verbunden mit einem bestimmten Ausblick oder mit den Steinen einer Mauer, einer Perspektive oder einem geschützten Platz. Und mächtige und reiche Einwohner bemühten sich um den Ort in seiner *Gesamtheit*. Sie sahen in ihm die Erweiterung ihres Selbst, seine Schönheit trug zu ihrer eigenen Glorie bei.«

Er sprach mit einer sonderbaren, leidenschaftlichen Nostalgie, als hätte er die Städte von damals und ihre Erbauer persönlich gekannt. »Jetzt sind die Städte nur noch

Zentren der Ausplünderung menschlicher Energien, und die Reichen und Mächtigen wohnen mitten in ihrem eigenen *Müll*, sie versuchen nur noch, sich gegen die Greuel, die sie angerichtet haben, so gut es geht zu panzern und abzuschotten und sich bei der ersten Gelegenheit weit weg zu flüchten. Und die Leute passen sich willig an, lassen sich ihre Bedürfnisse pervertieren und auf *Objekte* lenken, auf Autos und Kleider und Elektrogeräte und nutzloses Spielzeug, das alles nur dazu dient, sie vergessen zu machen, was aus der Welt geworden ist.«

Sein Gang war noch unregelmäßiger als sonst, seine Stimme so laut und rauh, daß die Leute sich nach uns umdrehten, sich wahrscheinlich fragten, wer das sei oder was er wolle.

Tags darauf fuhren er und Blanca ab. Sie mußte Probeaufnahmen für einen Film machen, aber ich glaube, Guido wäre ohnehin nicht geblieben. Das Landleben gefiel ihm, aber es machte ihn zugleich traurig, es erinnerte ihn zu sehr an alles, was in seinem Leben fehlte. Martina und mir erklärte er, es sei ihm lieber, als unser Gast wiederzukommen, ohne die Vorstellung, daß das zweite Haus ihm gehöre und auf ihn warte. Martina und ich sagten, daß man vielleicht nur ein paar Möbel und andere Dinge hineinzustellen bräuchte, um es freundlicher und wohnlicher zu machen, aber wir wußten selbst, daß es nicht so war.

Wir gingen wie immer alle mit auf die Wiese hinaus, umarmten sie, bevor sie in ihren klapprigen Alfa Romeo stiegen. Guido nahm seinen Sohn in den Arm, diesmal setzte er ihn ab, bevor er sich ihm zu entwinden suchte; er sah ihm nach, wie er schutzsuchend zu Martina zurücklief. Wir umarmten und küßten uns, und es lag eine seltsame Endgültigkeit in der Luft, viel konzentrierter als bei früheren Abschiedsszenen, an die ich zu denken versuchte.

Als ihr Auto langsam davonfuhr, verspürte ich den Drang, ihnen über die Wiese nachzulaufen und noch einmal Abschied zu nehmen. Aber ich blieb unschlüssig stehen, und dann war es zu spät; das Auto verschwand hinter der ersten Kurve.

Fünfundzwanzig

Der Sommer ging weiter, heiß und lang, fast ohne Wind. Unsere Quelle schien zum Glück unerschöpflich zu sein und reichte für uns und die Tiere und den Garten; der Weizen war schon reif und machte uns keine Sorgen. Das war immer die schlimmste Zeit im Jahr, wenn das ausgedorrte Land in der Hitze flirrte und die kleinste Bewegung Schweiß kostete. Sooft wir konnten, zogen wir uns ins Haus oder in den Schatten einer Eiche zurück; die schweren Arbeiten erledigten wir nach Möglichkeit frühmorgens oder abends.

Anfang August kam Chiara und blieb den ganzen Monat bei uns. Sie las fast den ganzen Tag und ließ ihren Sohn in der Obhut von Martina. Giuliano war jetzt viel zu sehr mit den Zwillingen beschäftigt, er ließ sich nur noch abends, wenn er vom Herumrennen auf der sonnendurchglühten Wiese und vom Klettern in den Bäumen und von den wilden Verfolgungsjagden im Heuschober erschöpft war, von seiner Mutter hätscheln. Chiara hatte das Scheidungsverfahren in die Wege geleitet, Guido hatte ihr die erforderlichen Unterlagen geschickt. Jedesmal, wenn ich mit ihr darüber sprach, schien sie hin und her gerissen zwischen Erleichterung und Bedauern; vielleicht hoffte sie immer noch darauf, daß Guido eines Tages zurückkommen würde.

Aber Guido kam nicht zurück, und er rief auch nicht an. Gegen Ende August gab mir Chiara eine Plastiktüte mit seinen wenigen Habseligkeiten, die er in Mailand zurückgelassen hatte, sie sagte zu mir, sie wolle sie nicht mehr sehen. Es waren ein Dutzend alter Taschenbücher, ein paar alte Schallplatten und einige nie getragene Hemden. Keiner dieser Gegenstände trug irgendeine Aufschrift oder sonst ein Zeichen, an dem zu erkennen gewesen wäre, daß er Guido gehört oder in seinen Augen irgendeinen Gefühlswert gehabt hatte; ich habe nie jemanden gekannt, der weniger Spuren hinterlassen hätte als er. Vielleicht lag es an seiner Obsession für die Vergänglichkeit der Zeit, für die Unwiederbringlichkeit aller Dinge. Immer wenn er einen alten Brief oder ein altes Foto oder ein beschriebenes Blatt Papier fand, war sein erster Impuls, es zu vernichten: er sagte, es mache ihn traurig. Auch wenn er Geschenke bekam, machte ihn das traurig; und je mehr Sorgfalt und Liebe er hinter einem Geschenk vermutete, desto tiefer war seine Traurigkeit. Er sagte, so sei er von klein auf gewesen, er könne nichts dagegen machen.

Ich behielt die Plastiktüte mit seinen Sachen; legte sie in einen Schrank, um sie ihm bei der nächsten Gelegenheit zu geben.

Chiara ließ Giuliano noch zwei Wochen bei uns und holte ihn dann Mitte September zu sich zurück. Sie habe ihn in einem Kindergarten angemeldet, sagte sie; angesichts der Lage wolle sie ihm ein möglichst geregeltes und ausgewogenes Leben organisieren. Martina erzählte sie, sie sei jetzt mit einem Redakteur des kleinen Verlags zusammen, in dem sie arbeitete: sie sei nicht gerade aus dem Häuschen vor Glück, aber wenigstens auch nicht so unglücklich wie in den letzten Jahren mit Guido, als ihr selbst ihre kleinsten und legitimsten Bedürfnisse unerfüllbar erschienen. Zu mir sagte sie, Guido habe sie ein paarmal angerufen, aber die Gespräche seien jedesmal in einen Streit ausgeartet, ob es für Giuliano gut sei, in Mailand zu wohnen und in den Kindergarten zu gehen. »Stell dir vor, er hat sich erboten, ihn zu sich zu nehmen, dabei weiß er noch nicht mal, wo er in einem Monat leben wird«, sagte sie.

Ich sagte ihr, wir wären glücklich, wenn wir ihn bei uns behalten könnten; sie entgegnete: »Ich will, daß er bei mir lebt, ein Elternteil hat er ja wenigstens.« Sie sagte es nicht hart oder unversöhnlich oder kalt: sie wehrte sich nur ihrer Haut, wollte ihre Gefühle schützen, so gut sie konnte.

Als sie Giuliano am nächsten Tag auf den Arm nahm und ihm sagte, sie würde jetzt mit ihm nach Mailand zurückfahren, fing er zu brüllen an und wie ein Verrückter um sich zu schlagen; Chiara mußte ihn mit Gewalt ins Auto setzen und schnell losfahren, genauso erschüttert wie wir, die dastanden und zusahen.

Dann hörten wir nur noch sehr wenig von den Bruchstükken der Familie Laremi. Martina telefonierte ab und zu mit ihrer Schwester, nahm knappe, allgemein gehaltene Mitteilungen entgegen: dem Kind gehe es gut, auch wenn es wieder blaß sei und zuviel fernsehe; die Arbeit sei interessant, aber mühsam, die Mailänder Luft wie immer kaum zu atmen.

Guido rief ein paarmal aus Rom an, sagte mir, daß er aus dem Appartement mit Terrasse ausgezogen sei, weil er es sich nicht mehr leisten könne, er wohne jetzt vorübergehend bei Blanca. Er arbeitete an einem neuen Buch und glaubte jetzt den richtigen Schlüssel gefunden zu haben: die Barriere der ersten zehn Seiten hatte er hinter sich gebracht, auch wenn er nur langsam vorankam. Blanca hatte eine Rolle in einem Film und kam abends aufgeregt und beunruhigt nach Hause, aber es tat ihm gut, sie zu beruhigen, er fühlte sich so stabil wie lange nicht mehr.

Es waren keine langen Gespräche; die wahren Gefühle hinter seinem oberflächlichen Ton vermochte ich nicht zu erkennen.

Sechsundzwanzig

An einem Tag im Oktober kehrte ich gegen Mittag von der Feldarbeit nach Hause zurück, und Martina kam mir an der Tür mit einem seltsamen Gesicht entgegen. Im Haus herrschte eine unnormale Stille; ich sah Livia und Paolo und die Zwillinge durch die Diele huschen, ohne mich anzusehen. Martina sagte »Guido ist tot.«

Und ich hatte es gewußt, schon als ich auf der Türschwelle stand: ich hatte den Satz gehört, noch bevor sie ihn aussprach. Mir war, als sähe ich ihn vor mir wie eine flackernde Leuchtschrift auf neutralem Grund. Martina erklärte mir, man habe ihn am Stadtrand von Mailand in seinem alten Alfa Romeo gefunden, der gegen einen Laternenpfahl geprallt war. Ihre Worte gelangten sehr langsam oder viel zu schnell zu mir; mir war, als würden sie dem, was ich schon wußte, nichts mehr hinzufügen.

Ich lief im Wohnzimmer herum, ich sah durch jedes Fenster hinaus, sah die kleinen Holzrechtecke am Fußboden an; ich hatte den Sinn für die Gegenstände verloren. Ich ließ mich zu Boden gleiten, mit bruchstückhaften Empfindungen, die mir mit unterschiedlicher Geschwindigkeit durch den Kopf schwirrten. Sie waren wie durcheinandergewirbelte und verstreute Fetzen von Fotografien, fast alle hatten mit Guido zu tun; so sehr ich mich auch bemühte, es gelang mir nicht, sie zu ganzen Bildern zusammenzusetzen oder sie aufzuhalten.

Martina kauerte sich neben mir nieder, weinte und sah mich an, ohne etwas zu sagen. Ich versuchte, wenigstens ein Minimum an Distanz zu dem Gedanken an den toten Guido zu gewinnen, und sobald ich es zu schaffen glaubte, wurde ich schon wieder in seine dunkle Tiefe hinabgezogen. Es ging nicht darum, mit einem äußeren Ereignis fertigzuwerden; was geschehen war, war in mir.

Ich spürte, daß mein inneres Gleichgewicht zerstört war, für immer zerbrochen. Ich ging hinaus auf die Wiese zwischen den beiden Häusern, und da war keine erkennbare Temperatur und kein vertrauter Geruch in der Luft. Ich ging den Feldweg entlang, stundenlang, glaube ich, ohne einen bestimmten Gedanken im Kopf.

Als ich nach Hause zurückkam, gab Martina mir eine Tasse heiße Suppe und erzählte, was Chiara ihr am Telefon gesagt hatte. Ich wollte und brauchte keine Einzelheiten, aber ich hörte ihr trotzdem zu, mit wechselnder Aufmerksamkeit, die mich ihre Sätze in Bilder übersetzen ließ und gleich darauf ihren ganzen Sinn wieder auslöschte.

Chiara hatte nichts davon gewußt, daß Guido nach Mailand unterwegs war, sie war von der Polizei angerufen worden, die ihr mitteilte, daß sie ihn bei Morgengrauen, gefunden hatten. Es mußte noch eine Autopsie vorgenommen und ein Gutachten erstellt werden, um herauszufinden, wie er auf einer der geradesten Straßen der Stadt zu einer Zeit, in der kaum Verkehr war, tödlich verunglücken konnte.

Später kamen dann die Anrufe bei Chiara und Blanca und Guidos Mutter: die Versuche, Gefühle in auch nach ihrem Klang ausgewählten Worten auszudrücken. In Blanca schien die Verwunderung alle anderen Gefühle zu überwiegen; immer wieder sagte sie, Guido sei nicht der Typ, der sterben könne. Ich sagte ihr, er sei gewiß auch keiner, der in einer Welt wie dieser so gut leben könne.

In den unterschiedlichen Kummer von Guidos Mutter und Chiara und die unterschiedliche Art und Weise, ihn auszudrücken, mischte sich eine Spur von Zorn: darüber, daß er nie hatte zufrieden sein wollen, auch wenn er es hätte sein können. Ich versuchte beiden klarzumachen, daß Guido der am meisten nach Zufriedenheit strebende Mensch gewesen sei, den ich gekannt hatte; daß eben dies der Ursprung seines Leids gewesen sei.

Wir stritten, ob es eine Totenfeier geben solle oder nicht; nur mit Mühe konnte ich sie überzeugen, daß Guido nie eine gewollt hätte. Seine Mutter weinte und schrie, als ich ihr sagte, daß ich ihn auf dem Land bei Le Due Case zu begraben gedachte. Wenigstens jetzt wolle sie ihn in ihrer Nähe haben, schrie sie, und sie war so verzweifelt, daß ich ihr recht gab. Auf dem Mailänder Friedhof aber war kein Platz; um ein Grab zu bekommen, mußte man sich in Wartelisten eintragen und langwierigen Verfahren unterziehen, eine Unsumme bezahlen. Schließlich schaltete sich meine Mutter ein, sie sagte, wir könnten ihn vorläufig in unserem Familiengrab bestatten; sie brauche es noch nicht gleich.

In den Zeitungen und Zeitschriften erschien die Meldung genauso, wie ich es mir vorgestellt hatte, mit kleinen Bildberichten in Farbe, die alle auf *Canemacchina* und das soziologische Phänomen zentriert waren, das sie sich selbst ausgedacht hatten. Die Vorstellung eines beim Fahren ohne Führerschein und in betrunkenem Zustand tödlich verunglückten Guido fügte sich perfekt in ihre vorgefaßten Bilder, in ihre dem Wörterbuch der leeren Phrasen entnommenen Schlußfolgerungen, in denen von einer ›tragischen Parabel‹ die Rede war.

Das Begräbnis in Mailand war eine kurze und lieblose

Prozedur auf einem öden und trostlosen Friedhof, der sich kaum von der Stadt unterschied, die rings um ihn herum ihre noch lebenden Einwohner beherbergte. Guidos Mutter war gebrochen, hatte aber keinerlei Absicht, sich von mir und Martina trösten zu lassen: die Tatsache, daß wir am Leben ihres Sohnes so intensiv Anteil genommen hatten, mußte sie zu der Annahme veranlassen, wir seien an seinem Tod gewissermaßen mitschuldig. Chiara weinte, und aus ihrem Kummer glaubte ich auch Erleichterung herauszulesen. Blanca war nicht gekommen, am Telefon hatte sie mir erklärt, es mache ihr angst, unter den gegebenen Umständen allein nach Mailand zu fahren. Ich sagte ihr, das verstünde ich; ich wisse ja, was sie für Guido und Guido für sie empfunden habe.

Martina und ich fuhren gleich wieder zurück, am Bahnhof schworen wir uns, nie wieder nach Mailand zu kommen.

Nach einer Zeit der Unsicherheit ging unser Leben in Le Due Case wieder in den gewohnten Bahnen weiter, die vielfältigen Arbeiten füllten unsere Tage aus. Ich versuchte alle meine Kräfte bei der Arbeit zu verausgaben, nie genug übrigzulassen, um über irgend etwas allzu lange nachzudenken; aber ich wußte, ich würde nie mehr derselbe sein können wie vordem. Es war, als wäre ein Teil meiner Gedanken für immer gegangen, und mit ihm meine Fähigkeit, an einem Ort zu sein und mich an einen anderen zu denken, das Netz meiner Bindungen zu festigen und sie zugleich in Frage zu stellen, nach Sicherheit zu streben und doch immer noch auf eine Überraschung zu hoffen. Ich war jetzt nur der, der ich war, und ich tat, was ich tat; ohne Zögern und ohne Illusionen und unkontrollierte Erwartungen, ich nahm die Grenzen meines Lebens klar und deutlich wahr.

Aber es war mein Leben, und es gefiel mir: ich hatte es mir ausgesucht und Stück für Stück aufgebaut, mit viel Mühe und viel Leidenschaft und viel Freude; ich hätte mit niemandem tauschen wollen.

Nach Guidos Tod diskutierten wir eine Woche lang, was wir mit dem zweiten Haus machen sollten, jetzt, da er nie wieder darin wohnen würde. Livia wollte darin einen Arbeitsraum für die Marmelade- und Käseherstellung einrichten, denn wir benötigten dafür mehr Raum als bisher; Paolo schlug vor, eine Werkstatt für Schreinerarbeiten und für die Reparaturen unserer Landwirtschaftsgeräte daraus zu machen. Martina meinte, wir sollten es lassen, wie es war, für den Fall, daß noch jemand zu uns ziehen würde oder Paolo und Livia Kinder bekämen. Durch das Küchenfenster sahen wir immer wieder hinüber, wir umkreisten es, um es genau zu betrachten; wir konnten uns zu keiner Entscheidung durchringen.

Eines Abends dann kam mir ein plötzlicher Impuls, und ich folgte ihm, ohne jemanden zu fragen. Ich nahm einen großen Kanister mit Dieselöl, das noch von unserem Dieselgenerator übriggeblieben war, und trat in das Haus und ging von Zimmer zu Zimmer und verträufelte die Flüssigkeit; ging wieder hinaus und steckte es mit einem Streichholz in Brand.

Die Flammen loderten rasch empor, schlugen gelb und prasselnd aus den Fenstern. Paolo und Martina und Livia schrien Alarm, rannten zu den Wasserquellen; erst als ich ihnen sagte, daß ich es gewesen sei und daß der Wind von der anderen Seite wehe und keine Gefahr für unser Haus bestünde, ließen sie sich überreden, nicht einzugreifen. Wir blieben auf der Wiese stehen: die Zwillinge aufgeregt wie bei einem tollen Fest, Paolo und Livia fassungslos,

Martina mittlerweile, wie ich es gehofft hatte, auf meiner Seite. Die Luft um uns herum war heiß, das Licht dunkelorange, als wären wir mit einem Mal viel näher an der Sonne. Bald erfaßte uns alle eine Stimmung von unglaublicher Intensität, mit Tränen in den Augen und pochenden Herzen und ohne noch ein Wort herauszubringen verfolgten wir die Arbeit der Flammen. Wir lachten und weinten, und die Kinder schrien vor Freude, und der Hund bellte; das Schauspiel vor unseren Augen war der lebendigste und bewegteste Ausdruck unserer Gefühle. Ich dachte, dies ist eine Totenfeier, deren sich Guido nicht schämen würde; eine Totenfeier, wie er sie sich selbst hätte ausdenken können.

Das zweite Haus brannte noch den ganzen Abend und in der Nacht weiter. Immer wieder schien das Feuer kurz vor dem Erlöschen und gleich darauf flammte es wieder auf, hüllte das ganze Gebäude in noch heftigeres Prasseln und einen neuen Hitzeschwall. Der Bauer Raggi kam herbeigeeilt und wollte uns helfen, den Brand zu löschen, als wir ihm erklärten, wir hätten ihn absichtlich entfacht, konnte er es nicht glauben. Wieder einmal muß er gedacht haben, wir seien ein Haufen Spinner aus der Stadt, bald aber war auch er von dem Schauspiel fasziniert, er blieb lange bei uns stehen.

Als die Holzsparren verbrannt waren, krachte das Dach auf den ersten Stock und der erste Stock auf das Erdgeschoß; die Wände, die ich mit Guido mit soviel Sorgfalt zusammengemauert hatte, zerfielen in ihre Bestandteile, die herausbrechenden Steine und Ziegel bildeten einen immer noch brennenden Haufen. Dann war fast nur noch Rauch da, und wir schütteten mit Eimern und Schaufeln Wasser darüber, um die letzten Flammen und die Glut zu löschen, die auf die Wiese hätte übergreifen können; wir arbeiteten bis tief in die Nacht, bis das Feuer völlig erloschen und unsere Kräfte erschöpft waren.

In den Tagen danach räumten Paolo und ich die verkohlten Steine und Ziegel weg, stapelten sie zum möglichen späteren Gebrauch hinter dem Ziegenstall zu ordentlichen Reihen. Wir hackten den Boden und düngten ihn mit Asche und Mist und säten Lavendel und Rosmarin, die Martina sich schon lange gewünscht hatte.

Als wir fertig waren, machte ich allein einen Spaziergang zu dem Hügel hinauf, auf den ich einst vor Jahren mit Guido gestiegen war, um die Landschaft zu betrachten. Ich suchte genau die Stelle, wo wir gestanden hatten, und blickte hinab wie damals mit Guido, und es war seltsam, nur ein Haus zu sehen, wo zwei gewesen waren.

Andrea De Carlo im Diogenes Verlag

Vögel in Käfigen und Volieren

Roman. Aus dem Italienischen
von Burkhart Kroeber

»Was Andrea De Carlo in seinem Roman *Vögel in Käfigen und Volieren* unternommen hat, ist nichts weniger als die erzählerische Bearbeitung eines der zentralen politischen Themen der zweiten Jahrhunderthälfte, jener merkwürdig imaginäre Krieg, den insbesondere junge Menschen gegen die ›Macht‹, gegen ›das System‹ anzuzetteln versuchten.« *Michael Rutschky*

»Atemlos gelebt, atemlos gelesen. Ein Italiener macht deutschen Romanciers Tempovorgaben. Dabei entstand eine neue Gattung: der Liebeskrimi. Das alles in einer Sprache, die nicht lange in sich verweilt, aber dennoch fotografisch genau ist. Ein wildes Buch.«
Szene Hamburg

»Eines Tages wird Fjodor Barna, der Held des Romans, aus seiner Ich-Befangenheit herausgerissen, in seinem scheinbaren Stoizismus irritiert durch die Liebe zu dem ebenso schönen wie unberechenbaren Mädchen Malaidina, dessen Anblick ihm das ›Blut verkehrt herum kreisen‹ läßt; und wenn man in Fjodor einen späten Nachfahren von J.D. Salingers Holden Caulfield sehen zu können meint, könnte Malaidina eine Nachfahrin von Holly Golightly aus Truman Capotes *Frühstück bei Tiffany sein.«* *Frankfurter Allgemeine Zeitung*

Creamtrain

Roman. Deutsch von Burkhart Kroeber

»Kritisch äußert sich Andrea De Carlo über seine Erfahrungen in Amerika, die er sich in seinem ersten Roman *Creamtrain* vom Leibe geschrieben hat. Mit diesem Buch, dessen Manuskript sein Sponsor und

Lektor Italo Calvino betreute, wurde Andrea De Carlo auf Anhieb zum meistversprechenden literarischen Debütanten.« *Sender Freies Berlin*

»*Creamtrain* ist ein perfektes Buch, sehr gut geschrieben, sehr gut zu lesen. Macht Spaß. Unterhält. Ist cool. Stimmig. Kein Wunsch bleibt offen.«
Der Falter, Wien

Macno

Roman. Deutsch von
Renate Heimbucher

»Macno, einst Talkmaster im staatlichen Fernsehen, hat sich über Einschaltquoten zum Diktator befördert. Ausgehend von einer konventionellen Kritik an der Allmacht des Fernsehens nimmt der Autor die Idee auf und überdreht sie ohne Hemmungen, bis am Ende eine schrille Geschichte steht, die dennoch verblüffend wirklich klingt. Die gedankliche Abenteuerlust De Carlos hat eine Geschichte hervorgebracht, an die sich deutsche Autoren selbst in zehn Jahren noch nicht herangetraut hätten.« *Tempo, Hamburg*

Yucatan

Roman. Deutsch von
Jürgen Bauer

»Der Roman spielt auf mehreren Ebenen: der topographischen Ebene einer Reise nach Mexiko, der psychologischen einer Selbstfindung des Helden, der ideologischen einer Gegenüberstellung verschiedener Lebenshaltungen. Obwohl das Magische immer wieder in die Geschichte hineinspielt, dominiert es sie nicht. Man kann *Yucatan* auch als Reisebericht lesen. Dies um so mehr, als sich der gleichsam photographische Blick, mit dem der Verfasser gewisse Aspekte des amerikanischen Lebens wahrnimmt, seit der Veröffentlichung seiner Erzählungen *Creamtrain* (1985)

und *Macno* (1987) womöglich noch geschärft hat. Bemerkenswert ist nicht nur die Präzision, sondern auch die Wertfreiheit seiner Beschreibungen. Der Verzicht auf die Attitüden eines schöngeistigen Antiamerikanismus versetzt De Carlo in die Lage, ohne Zorn und Eifer bestimmte zeitgenössische Phänomene zu registrieren, die ihren Ursprung auf der anderen Seite des Atlantik gehabt haben mögen, aber nicht auf Amerika beschränkt geblieben sind. Dank seiner Fähigkeit zur Nuancierung erkennt man jedenfalls in *Yucatan* überall die Wirklichkeit wieder, in der wir leben. «
Frankfurter Allgemeine Zeitung

Zwei von zwei

Roman. Deutsch von Renate Heimbucher

Ich dachte, wie verschieden und zugleich wie ähnlich doch im Grunde unsere beiden Lebensläufe in diesen Jahren gewesen waren, zwei von zwei möglichen Wegen, die an der gleichen Gabelung begonnen hatten.

Mario, der Ich-Erzähler, und Guido, beide aus mehr oder weniger kleinbürgerlichen Verhältnissen, lernen sich in der Schule kennen, 1968 in Mailand. Guido ist der aggressivere, frühreif, voller Ideen und Utopien, antiautoritär, Mario ist von ihm fasziniert, hängt sich an ihn an. Sie erleben zusammen die politische Revolte jener Jahre, aber auch die erste Liebe. Dann trennen sich ihre Wege...

»Der ironische Blick, der den Kern einer Situation erfaßt, ist De Carlos herausragende Qualität, und war es seit je. Das bedeutet nicht, daß er ein literarischer Clown ist. Ohne tiefschürfende Introspektion rückt er psychologisch äußerst komplexe Zusammenhänge ins Licht, indem er sie an ihren sichtbaren Zeichen erkennt.« *Neue Zürcher Zeitung*

Guido konnte zu der jungen Amerikanerin, die aus dem *Großen Gatsby* vorgelesen hatte, sagen: »Das ist eins meiner fünf Lieblingsbücher.« (S. 166) Und Sie?

F. Scott Fitzgerald
Der große Gatsby

Roman. Aus dem Amerikanischen
von Walter Schürenberg

New York 1925. Auf der Suche nach seiner verlorenen Liebe gibt Gatsby sagenhafte Parties: bei Swing und Champagner treffen sich Welt und Halbwelt, Hollywood-Stars und Glamour-Girls, Intellektuelle, Playboys, Habe- und Taugenichtse. Über Gatsbys Herkunft und Reichtum kursieren die tollsten Gerüchte: der Emporkömmling, Großsprecher, Kriegsheld, Alkoholschmuggler und Gangster Gatsby wurde zum amerikanischen Traum und Trauma, sein Schicksal die Essenz von Glanz und Illusion der zwanziger Jahre.

»Mitte der zwanziger Jahre erschien einer der wohl exemplarischsten Liebesromane der Weltliteratur: *Der große Gatsby* von F. Scott Fitzgerald. Er handelt von der Leidenschaft eines jungen Mannes aus der Unterschicht, Jay Gatsby, zu einem weder außerordentlich schönen noch besonders geistvollen Mädchen aus bestem Hause...« *Esther Vilar*

»Fitzgerald – my alltime favorite hero.«
Doris Dörrie

Pino Cacucci im Diogenes Verlag

Outland Rock

5 starke Thriller. Aus dem Italienischen von Jürgen Bauer

»Cacuccis Sätze frieren die Dinge ein, und seine Sprache ist so kalt und ungerührt wie der Blick einer Kamera. Seine Helden sind die Urenkel Kafkas, sie fühlen sich als Verlorene, und sie haben sich damit abgefunden. Sie wissen, daß ihr Leben sinnlos ist, und sie tragen dieses Wissen so selbstverständlich mit sich herum wie eine Sonnenbrille oder einen Regenschirm.« *Süddeutsche Zeitung, München*

»Den photographischen Blick auf die Wirklichkeit, den Cacucci auf Umberto Ecos Kunstschule trainierte, gibt der junge Autor allen Helden seiner fünf Kurzgeschichten mit auf den Weg.«
Der Spiegel, Hamburg

»Dieses Buch hat mich so gefreut wie ein unerwartetes Geschenk, es war, als hätte ich einen Freund getroffen, der mir ein Bedürfnis, das ich selbst nicht genau kannte, zugleich weckte und befriedigte, jemand, der mir Gesellschaft leistet. Cacucci füllt eine große Lücke in der italienischen Literatur: Endlich einer, der das Erbe von Hammett und Chandler antritt. Ich war sofort von den Personen und Situationen gefesselt, die einer beschreibt, der weiß, wie man fesselt. Vor allem der künstlerisch sehr gekonnte Aufbau der Erzählungen hat mich bestochen, die düstere Entschlossenheit, mit der Cacucci die Ereignisse vorantreibt. Er weiß, wie's gemacht wird, und ich habe großen Respekt vor jemandem, der weiß, wie's gemacht wird, vor allem, wenn er es mit so viel Tempo, so kraftvoll und doch so bescheiden macht. Cacucci will sich nicht als Literat produzieren, er will erzählen, unterhalten. Und das tut er auch.« *Federico Fellini*

Puerto Escondido

Roman. Deutsch von Ulrich Hartmann

Puerto Escondido ist Abenteuerroman und roadmovie zugleich und schildert auf atemberaubende Weise das Lebensgefühl der Generation zwischen den Unangepaßten und den allzu Angepaßten, einer Generation, die sich von den großen Idealen verabschiedet hat. Zwischen Mexiko-Stadt und Vallarta, der Wüste des Hochlands und Puerto Escondido bewegen sich die Protagonisten in einem Mexiko kaputter Typen. Zwischen kleinen Drogendealern, Waffenhändlern und durchgedrehten Caudillos agiert eine Handvoll Außenseiter, die in keine Gesellschaft passen und deren einziger Wert die aus Komplizentum bestehende Freundschaft ist.

»Cacucci schreibt mit bemerkenswerter Leichtigkeit, seine Dialoge haben Tempo und Drive. Das Thema des einsamen Helden, der in Machenschaften verstrickt wird, die eine Nummer zu groß für ihn sind, wird mit der richtigen Dosis Ironie behandelt, am Ende jedoch bleibt ein Quentchen existentielle Wahrheit.« *Il Manifesto, Rom*

»Von Cacuccis genau charakterisierten Antihelden geht eine eigenartige Faszination aus, hervorgerufen durch die coole Selbstverständlichkeit, mit der sie ihre Rolle als Außenseiter spielen. Bis etwas Unvorhergesehenes ihr Leben aus den Fugen geraten läßt. Cacucci wahrt eine ironische Distanz gegenüber dem, was er schreibt. Seine Sprache ist wie das Objektiv einer Kamera. Dadurch entstehen unsentimentale, scharfe Bilder und eine Spannung, die den Leser bis zur letzten Seite in Atem hält.«
Christina Mattedi / Sender Freies Berlin

Philippe Djian im Diogenes Verlag

Betty Blue

37,2° am Morgen

Roman. Aus dem Französischen
von Michael Mosblech

»Für jemanden, der verrückte und besessene Liebesgeschichten mag, eine Pflichtlektüre.« *Wienerin*

»Wirklich bemerkenswert ist, mit welch stilistischer Sicherheit Philippe Djian diese Story vor dem Absturz in Gefühlskitsch oder Beziehungskisten-Knatsch bewahrt. Alles geschieht wie selbstverständlich, vorwärtsgetrieben von einer Atmosphäre nervöser Spannung, die Djian ganz konzentriert und doch wie beiläufig aufbaut. Ein Roman wie flirrende Saxophon-Klänge in der Nacht.«
Hessischer Rundfunk, Frankfurt

»Der Rolls-Royce unter den Neuerscheinungen der letzten Zeit, zumindest für Leute, die was von Literatur verstehen. So berauschend kann der Alltag sein in seiner ganzen Tristesse.« *Pin Board, Düsseldorf*

»Betty Blue als Film in den Kinos: auch wenn Beineix die Regie führt, kein Bild kann dieses Buch ersetzen.«
Szene Hamburg

Erogene Zone

Roman. Deutsch von
Michael Mosblech

Niemand kann eine Frau lieben und gleichzeitig einen Roman schreiben. Soll heißen: einen *wirklichen* Roman schreiben, eine Frau *wirklich* lieben. Djian hat es versucht und ist um ein paar Illusionen ärmer geworden. Er ist einem leicht perversen, ziemlich intelligenten Mädchen begegnet. Er hat (wenig) gegessen. Er hat (viel, vor allem Bier) getrunken. Sich Joints gedreht.

Musik gehört. Gelesen und gelesen. Er ist dem Geld nachgerannt, den Frauen, den Wörtern. Er hat sein Bestes gegeben. Er hat ein Buch geschrieben. Ungekünstelt, unprätentiös hat er das Unbeschreibliche beschrieben. Das Leben. In all seiner Derbheit, Schlichtheit und Hoffnungslosigkeit. Einfach großartig.

»Djian schreibt glasklar und in einem Tempo, dem ältere Herren wie Grass und Walser schon längst durch Herzinfarkt erlegen wären.« *Plärrer, Nürnberg*

Verraten und verkauft

Roman. Deutsch von
Michael Mosblech

»Djian sieht ganz genau hin, seine Bilder sind nur scheinbar so simpel, so einfach. Indem er das banale, das scheinbar triviale, das alltägliche Leben respektlos in die Literatur bringt, führt er das gekünstelte Wort ad absurdum. Dabei ist sein Stil so rein wie das kristallklare Wasser jenes kleinen Waldsees, auf dem er tagelang erfolglos angelt, um die Forelle dann mit einer gutherzigen Geste wieder ins Wasser zu werfen, die Hemingway hätte erstarren lassen. Sein Stil ist so rein wie der Schoß der Frau, die er liebt, und wenn er sich ihr hingibt, würde Henry Miller, so er noch könnte, mit seinen großen, roten Ohren schlackern. Zorc ist die Personifikation einer neuen nachmodernen, reinen Minne, und Philippe Djian ist sein Meister. Deshalb ist *Verraten und verkauft* mein Buch des Jahres.« *mid-nachrichten, Frankfurt*

Blau wie die Hölle

Roman. Deutsch von
Michael Mosblech

Ned ist ein Outlaw, einer der Autos klaut, Kneipen leerräumt, der sich nimmt, was er will. Franck ist ein Bulle, besessen und gewalttätig. Nichts haßt er mehr als Typen vom Schlage Neds. Lili ist Francks Frau, Carol seine Tochter. Als Lili Franck verlassen will, begegnet sie Ned. Lili und Carol hauen mit Ned und dessen Freund Henri ab…

»Djians Sprache und Rhythmus verschlagen einem den Atem und ziehen einen in die Geschichten, als wäre Literatur nicht Folge, sondern Strudel.«
Göttinger Woche

»Djian ist ein Stilist. Und Stil ist es, worauf es ihm ankommt… Und alle Stilisten sind Musiker. Musik der Worte, der Sätze, der Abschnitte, der Kapitel…«
Pflasterstrand, Frankfurt

Rückgrat

Roman. Deutsch von
Michael Mosblech

Dieser Roman ist eine Liebeserklärung an die Poesie des Alltags, der durch die Magie von Djians Sprache Literatur wird, eine Mischung aus tiefer Zärtlichkeit und Gewalt, Hoffnung und Verzweiflung. Sein poetischster Roman, ein Buch von überschäumender Vitalität und Sprachlust, das flirrende Orgien des Lebens feiert.

»Djian ging das denkbar größte Risiko ein: er tat, was man von ihm erwartete – er schrieb einen ›Djian‹!«
Pierre Lepape/Le Monde, Paris

»*Rückgrat* wird für Wirbel sorgen. Einzigartig, wie intensiv und eindringlich hier die Schatten- und Glücksmomente, die Ängste, die Wut, die Verrücktheiten derer geschildert werden, die versuchen, ihr Leben zu leben und nicht nur zu ertragen.« *Le Monde, Paris*

»Viele seiner Sätze sind literarische Volltreffer, wahre Blitzlichter voller Esprit und Witz.« *Radio Bremen*

»Djian streut literarisches Nitroglyzerin unter die Leser, daß es nur so kracht.« *buch aktuell*

Krokodile

Sechs Geschichten
Deutsch von Michael Mosblech

Krokodile, das sind die Menschen in Djians neuem Buch, gutmütig hinter dem Panzer, den sie nach außen zeigen, doch auch hinter ihrem breiten Grinsen jederzeit zum Zubeißen bereit. Helden, die Berge versetzen möchten und doch wieder aufgeben müssen, das sind die liebenswerten Hitzköpfe, die dieses Buch bevölkern. Ein Feuerwerk der Gefühle.

»Der schmutzige kleine Alltag mit seinen Flips, seinem Auf und Ab der Stimmungen, seinen Verheißungen – und immer wieder die Begegnung mit einem Menschen, das einzige wahre Abenteuer heutzutage.«
Farid Chenoune / L'Express, Paris

»Ein großartiger Streifzug durch die menschliche Seele. Philippe Djian hat mit seiner Sprache mühelos Zugang zu den Emotionen: der Leser pflichtet ihm begeistert bei, erkennt mit ihm den Zauber der Existenz.«
Christian Charrière / Le Figaro Littéraire, Paris

Ian McEwan im Diogenes Verlag

Der Zementgarten

Roman. Aus dem Englischen von Christian Enzensberger

Ein Kindertraum wird Wirklichkeit: Papa ist tot, Mama stirbt und wird, damit keiner was merkt, einzementiert, und die vier Kinder haben das große Haus in den großen Ferien für sich. Im Laufe des drückend heißen, unwirklichen Sommers kapselt sich die Gemeinschaft mehr und mehr gegen die Außenwelt ab, und keiner merkt, daß etwas faul ist.

»Das ist McEwans Kunst: die sachliche Berichterstattung über Groteskes und Absurdes, die Fähigkeit, aus dem Rahmen Fallendes als Gewöhnliches erscheinen zu lassen durch die Gleichgültigkeit und die Beiläufigkeit des Erzählens.«
The Times Literary Supplement

Verfilmt von Andrew Birken mit Charlotte Gainsbourg in der Hauptrolle. 1993 ausgezeichnet mit dem Silbernen Bären.

Erste Liebe – letzte Riten

Erzählungen. Deutsch von Harry Rowohlt

»Die Mehrzahl dieser Geschichten handelt von Jugendlichen und davon, wie sie von der Welt der Erwachsenen verdorben werden. Die Unschuld der Pubertät wird weniger verloren als zerschmettert... Nichts für Zimperliche, aber dieser Stil hat eine lakonische Brillanz, die Bände – andeutet. Nichts wird ausgesprochen, alles wird angetippt.«
Peter Lewis / Daily Mail, London

»Das brillante Debüt des hoffnungsvollsten Autors weit und breit.« *A. Alvarez / The Observer, London*

Zwischen den Laken

Erzählungen. Deutsch von Michael Walter
Wulf Teichmann und Christian Enzensberger

»Noch in der erbärmlichsten, entfremdetsten Beziehung finden sich Spuren wirklicher Liebe und des wirklichen menschlichen Bedürfnisses, zu lieben und geliebt zu werden.«
Jörg Drews / Süddeutsche Zeitung, München

»Präzis, zärtlich, komisch, sinnlich – und beunruhigend.« *Myrna Blumberg / The Times, London*

»Diese Erzählungen sind gegenwartsnah, ein wenig Beckett verpflichtet und etwas Nabokov, aber auch H.G. Wells und George Orwell.«
Julian Moynihan / The New York Times Book Review

Der Trost von Fremden

Roman. Deutsch von Michael Walter

Hochsommer, Venedig ist von Touristen überschwemmt. Auch das Liebespaar Colin und Mary, das kein Liebespaar mehr ist, macht hier Urlaub. Sie machen sich sorgfältig zurecht für ihren Dinnerspaziergang durch die Stadt: sie parfümieren sich mit teurem Eau de Cologne, mit peinlicher Sorgfalt wählen sie ihre Garderobe... und dann lauert im Labyrinth der beklemmend engen Gassen ein Minotaurus auf sie. Die Kanäle haben Gegenströmungen, die Lagune ungeahnte Tiefen.

»*Der Trost von Fremden* ist ein irritierendes, atmosphärisch dichtes kleines Meisterwerk.«
Neue Zürcher Zeitung

»Ein exzellenter, tückischer Roman.«
Die Weltwoche, Zürich

Verfilmt von Paul Schrader mit Rupert Everett, Helen Mirren, Natasha Richardson und Christoper Walken.

Ein Kind zur Zeit

Roman. Deutsch von Otto Bayer

McEwans dritter Roman ist eine politische Erzählung über eine Welt, in der Bettler Lizenzen haben und Eltern darüber aufgeklärt werden, daß Kindsein eine Krankheit ist und mit größter Disziplin behandelt werden muß. Er ist aber auch eine subtile Ergründung von Zeit, Zeitlosigkeit, Veränderung und Alter.

»Ian McEwan bewältigt seine durchaus schwergewichtigen Themen mit Ernsthaftigkeit und gleichzeitig mit jener leichten Eleganz, die typisch für die englische Gegenwartsliteratur ist und der hiesigen leider so sehr abgeht. McEwan scheut sich nicht, dem Roman überraschend eine hoffnungsvolle Wendung zu geben, die die Rettung aus dem allgemeinen Leid in der Überwindung des persönlichen sieht: durch Mitteilen dieses Leids und Lebensbejahung.«
Zitty, Berlin

»Kein Zweifel: McEwans bisher bester Roman.«
The Spectator

Unschuldige

Eine Berliner Liebesgeschichte

Roman. Deutsch von
Hans-Christian Oeser

»Es beginnt wie ein Spionage-Thriller von John Le Carré: unterkühlt, sachlich, kompetent. Aber Ian McEwan ist nicht John Le Carré. Der englische Spezialist sexueller Schockeffekte hat anderes im Sinne. Aus einem Spionagethriller wird die Einweihungsgeschichte einer männlichen Jungfrau: Leonard Marnham, der junge Londoner Fernmeldetechniker bei der ›Operation Gold‹, verliert in Berlin seine Unschuld – politisch, moralisch, sexuell. Er steigt – faktisch und metaphorisch – hinab in die Unterwelt: in die Eingeweide der Erde, in die verborgenen Reservate des

Sexus, in die Labyrinthe der Geheimdienstwelt, in die Innereien des Blutverbrechens.

Unschuldige – Eine Berliner Liebesgeschichte ist auf mehreren Ebenen zu lesen: als Spionage und Kalte-Kriegs-Story, als Heraufbeschwörung einer politischen Wahnwelt, deren Zusammenbruch wir eben erlebten, als moralisches Puzzle, als panische Blut-Oper, als vertrackte Education sentimentale. Und natürlich auch als eine Art Liebesgeschichte.«
Sigrid Löffler/profil, Wien

»Eine meisterlich aufgebaute Geschichte, für die Georg Büchners Wort zutreffen könnte: ›Jeder Mensch ist ein Abgrund: es schwindet einem, wenn man hinabsieht.« *Welt am Sonntag*

Verfilmt von John Schlesinger mit Anthony Hopkins, Isabella Rossellini und Campbell Scott in den Hauptrollen.